1787-1831

SOUVENIRS

DU

COMTE DE MONTBEL

MINISTRE DE CHARLES X

PUBLIÉS PAR SON PETIT-FILS

GUY DE MONTBEL

Avec un portrait en héliogravure

LABOR — IMPROBUS
OMNIA VINCIT

PARIS

LIBRAIRIE PLON

PLON-NOURRIT ET Cie, IMPRIMEURS-ÉDITEURS

8, RUE GARANCIÈRE — 6e

1913

Tous droits réservés

1787-1831

SOUVENIRS

DU

COMTE DE MONTBEL

DU MÊME AUTEUR :

La Condition politique de la Croatie-Slavonie dans la Monarchie austro-hongroise. 2ᵉ édition. Un volume in-8°, avec une carte de l'Autriche-Hongrie.................. 5 francs

PARIS. TYPOGRAPHIE PLON-NOURRIT ET Cⁱᵉ, 8, RUE GARANCIÈRE. — 18139.

... DE MONTBEL

PARIS
LIBRAIRIE PLON
IMPRIMEURS-ÉDITEURS
6°

1913

LE COMTE DE MONTREL
D'après un portrait de Dallinger

1787-1831

SOUVENIRS

DU

COMTE DE MONTBEL

MINISTRE DE CHARLES X

PUBLIÉS PAR SON PETIT-FILS

GUY DE MONTBEL

Avec un portrait en héliogravure

PARIS

LIBRAIRIE PLON

PLON-NOURRIT et Cⁱᵉ, IMPRIMEURS-ÉDITEURS

8, RUE GARANCIÈRE — 6ᵉ

1913

INTRODUCTION

Mon grand-père, le comte Guillaume-Isidore de Montbel, vécut à une époque où plus que jamais le dévouement fut éphémère et la fidélité changeante. Bien des gens qu'il côtoya devinrent, au gré des circonstances, républicains ardents, impérialistes soumis, royalistes zélés. On doit l'avouer, les temps étaient durs aux courtisans du pouvoir ; il fallait montrer une ingénieuse souplesse pour s'adapter à la diversité des régimes et recueillir les faveurs de chacun.

Au milieu de ces convictions fugitives, quelques hommes gardèrent au cœur une foi politique et restèrent les champions d'une seule cause ; le comte de Montbel fut de ceux-là. Sa courageuse fermeté connut de cruelles épreuves, jamais elle ne subit de défaillance. Dans la bonne et la mauvaise fortune, il fut un partisan inébranlable. Associé au gouvernement de ses princes, il partagea plus tard leur exil. Après avoir été leur ministre, il devint comme un ami respectueux et vigilant qui se dépensa pour eux sans compter.

Il était né à Toulouse le 4 juillet 1787. Dans les pages consacrées à sa première enfance s'évoquent des souvenirs poignants de la Révolution, des jours de deuil et d'épou-

dansait avec un joli entrain, on jouait à chers deniers à la bouillotte, peut-être même encore au pharaon. Mon grand-père se tenait assez éloigné de ce monde aimable et pimpant, mais il le voyait s'agiter gracieusement et les pages où il rappelle cette époque s'égayent de curieux portraits et d'anecdotes piquantes.

En 1810, il se rendit à Paris. Ce fut pour lui un enchantement de frayer avec des artistes, de connaître leurs ateliers, de visiter des expositions, de suivre des concerts. Paris avait alors un somptueux air de fête ; c'était au moment du mariage de Napoléon avec Marie-Louise. Un an plus tard, mon grand-père se trouvait encore dans la capitale, quand la naissance du roi de Rome vint donner aux impérialistes un regain d'assurance. A cette heure, le comte de Montbel ne pouvait guère se douter qu'après d'étranges retours de fortune, il irait un jour abriter sa vie d'exil tout auprès de l'ex-roi de Rome, devenu simple duc de Reichstadt, et qu'il aurait ainsi la pensée d'écrire la biographie du jeune prince.

Durant son séjour à Paris, il vécut dans l'intimité de Mme d'Aspe et de sa fille Agathe avec laquelle son mariage fut conclu dès leur retour à Toulouse. L'affinité des natures, l'identité des principes devaient embellir d'une joie sereine ces deux existences qui s'étaient liées par une tendre inclination mutuelle.

En parlant de la fin de l'Empire, mon grand-père mêle à ses propres souvenirs des traits qu'il tenait de diverses personnalités, cela rend son évocation encore plus vivante et plus colorée. Puis il nous dépeint et les tentatives des royalistes, et la misère publique, et le découragement partout ressenti. Il est ensuite amené à nous décrire la bataille de Toulouse dont il fut le témoin attristé ; son affliction

a

devait d'ailleurs redoubler, lorsqu'il sut que tant de souffrances, tant de blessures, tant de morts avaient été chose vaine, le sort de Napoléon étant déjà réglé. Aussi laisse-t-il en même temps s'exhaler une grande joie de voir le triomphe des Bourbons venir mettre un terme aux guerres incessantes. Malheureusement, l'apaisement intérieur était précaire et c'est avec chagrin que M. de Montbel constatait une animosité implacable entre les ultra-royalistes et les tenants du régime tombé.

Au retour de Napoléon, il prit les armes avec un groupe de volontaires royaux dont le geste, comme tous ceux faits pour repousser l'envahisseur, fut un geste d'impuissance.

Quand la monarchie est rétablie, il éprouve un bonheur profond, mais s'élève en termes indignés contre l'assassinat du général Ramel et contre les représailles des Verdets. Peu à peu reparurent des jours de calme. Si M. de Montbel n'en a pas rappelé le cours dans les pages que je publie, on en trouve toutefois le reflet dans son journal. Celui-ci n'était alors qu'un bref mémorandum fait pour permettre à son auteur de remonter le fil des heures écoulées, mais, à travers le laconisme des phrases, se révèle la délicieuse monotonie d'une existence heureuse.

Mon grand-père et les siens entretenaient à Toulouse de très agréables relations. La ville comptait plusieurs demeures hospitalières où la société se réunissait d'habitude. Il y avait même quelques cénacles dont l'accès valait une consécration. Dans le nombre, brillait surtout celui de la comtesse d'Hargicourt. C'était, paraît-il, une femme incomparable. Un de ses admirateurs lui attribue les plus jolis talents. « Elle avait, affirme-t-il, le don de dire et de faire dire, d'écouter et de faire écouter... Elle ne trouvait pas seulement ce que chacun pouvait entendre avec le plus de plaisir, elle faisait trouver à chacun ce qu'il pouvait dire avec le plus d'avantage. »

En 1822, l'Académie des Jeux floraux, cette vieille institution toulousaine, s'attacha mon grand-père comme mainteneur. Elle appelait ainsi dans ses rangs un véritable ami des bonnes lettres.

Pendant les années 1823, 1824 et 1825, M. de Montbel fit un séjour presque ininterrompu dans la capitale ; il y retrouvait son compatriote M. de Villèle, alors placé au pouvoir. L'occasion lui fut donc offerte de prendre contact avec le monde politique et de se lier avec les personnalités les plus en vue. Nombreux étaient alors les salons où l'on causait et c'est à tort que trop souvent on se représente les hommes de la Restauration raides et compassés. On les suppose engoncés dans des préjugés comme dans leurs grands cols ; or il régnait parmi eux une amabilité souriante et ils savaient fort bien déployer toutes les « grâces de l'esprit », pour user d'une expression chère à leur époque.

En 1826, M. de Montbel fut nommé maire de Toulouse. Son administration eut de l'éclat, car il avait grand souci des intérêts de ses concitoyens. Les Toulousains le payaient de retour, en lui montrant une affection profonde ; leur reconnaissance fut particulièrement émue lors des inondations de 1827, mon grand-père s'étant prodigué avec courage afin de sauver les malheureux en péril.

Entouré de sympathie pour son caractère et de considération pour son zèle éclairé, il reçut bientôt un mandat législatif. Le collège électoral de Toulouse le nomma député le 18 novembre 1827.

**
*

Il abordait la vie politique avec des convictions vigoureusement trempées, avec la volonté de servir de tout
son pouvoir ce qu'il croyait, ce qu'il aimait.

Dès le début de la session, il monte à la tribune pour
stigmatiser une phrase de l'adresse où l'on avait insidieu-
sement glissé un blâme contre le ministère Villèle. S'il
prend alors la parole, c'est sans doute par impulsion de
cœur pour défendre un ami très cher, injustement attaqué,
mais aussi pour dire les qualités éminentes d'un homme
d'État dont on désirait oublier le talent et les services.

Durant les deux années qu'il siégea comme député, le
comte de Montbel prit part à de nombreuses discussions ; il
s'imposait toujours à ses collègues par son intégrité et
par la hauteur de ses vues. Il était le chef de cette fraction
de la Chambre qu'on appelait le parti villéliste. Pendant
la session de 1829, il fut constamment aux premiers postes
de combat et s'acquit dans la droite une situation prépondérante. Son attitude lui valut les éloges aussi bien de
Charles X que de Royer-Collard. Dans tous ses discours,
qu'il parle au nom de la liberté religieuse ou pour les pré-
rogatives royales, on trouve une sincérité persuasive, des
accents généreux et avec cela une modération qui donne
du nerf aux arguments. Lamartine a dit de lui : « C'était
une parole honorée et agréable dans la Chambre où tous
les partis rendaient hommage à son caractère (1). »

Les vacances parlementaires avaient commencé. Le
comte de Montbel était depuis quelques jours à peine de

(1) *Histoire de la Restauration*, t. VIII, p. 143.

retour à Toulouse, quand un message vint lui apprendre qu'on le faisait entrer dans une combinaison ministérielle dont le prince de Polignac serait le chef (9 août 1829). Cette nouvelle le laissa d'abord indécis sur le parti à prendre. Il ne se sentait guère attiré par le pouvoir et croyait être mieux à même de soutenir la monarchie en restant à la Chambre des députés où son influence serait un précieux auxiliaire.

Il se décide toutefois à partir pour Paris. L'Instruction publique et les Cultes lui sont proposés. Il accepte l'offre, car ce portefeuille convenait à ses goûts. C'est à regret que trois mois plus tard (18 novembre 1829) il dut l'échanger contre celui de l'Intérieur. Il lui coûtait d'abandonner un poste relativement paisible pour affronter le choc des partis et se lancer au plus fort de la bataille politique. Il appréciait de reste combien sa nouvelle situation présenterait de difficultés entre les menaces des libéraux et les exigences des ultra-royalistes. Sa tâche lui apparaissait décevante, car, à son avis, le Conseil dont il faisait partie n'était pas en mesure de conjurer une crise que tout annonçait prochaine.

Dans ses lettres à M. de Villèle, on trouve des épanchements pleins de tristesse. « J'ai senti, lui écrit-il, toute l'amertume de ma position en entrant au ministère et cependant j'avais assez réussi à l'Instruction publique pour pouvoir espérer d'y être convenablement. J'ai, pendant huit jours, refusé de passer à l'Intérieur. Le Roi m'envoya chercher et m'en donna l'ordre. J'ai obéi !... (1). » Sous la sobriété de ces mots, ne devine-t-on pas une dure contrainte et une abnégation profonde? L'avenir réser-

(1) V. *Mémoires et Correspondance du comte de Villèle*, t. V, p. 395.

vait au comte de Montbel un autre conflit de devoirs encore plus angoissant pour une âme comme la sienne.

Les passions politiques se faisaient chaque jour plus âpres, plus violentes. Malgré la prospérité qui régnait, le ministère était en butte à des attaques continuelles et les coups dirigés contre lui visaient la personne même du roi. Gouverner devenait quasi impossible. Mon grand-père était persuadé que seul M. de Villèle pourrait surmonter de tels obstacles. Il le répétait sans cesse et l'écrivait en termes pressants à son ami pour le déterminer à reprendre en main la direction des affaires.

Les événements se précipitaient. La fameuse adresse des 221, si blessante pour Charles X, avait entraîné la dissolution de la Chambre. On parlait d'opérer quelques changements dans la composition du ministère. Cette manœuvre, à la veille des élections, alarma le comte de Montbel ; il la croyait périlleuse, car les choix dont il était question devaient rendre plus vive l'hostilité des libéraux. En son âme et conscience, il se crut obligé de faire connaître sa pensée à ses collègues et au roi. Il prit donc la parole au Conseil et déclara que le cabinet devait, sans modification aucune, aborder les élections. Une fois celles-ci terminées, Charles X demanderait à ses ministres de se démettre et choisirait leurs successeurs dans le parti ayant le plus de chance de grouper une majorité.

C'était la voix de la raison, malheureusement elle ne fut pas entendue et le comte de Montbel apprit soudain qu'on le nommait à un autre département. Or il n'avait pas été consulté à cet égard, le procédé le froissa et il se crut en droit de se retirer. D'autres motifs l'y incitaient d'ailleurs impérieusement. MM. de Courvoisier et de Chabrol quittaient le pouvoir ; c'étaient les plus modérés parmi les collègues du prince de Polignac, mon grand-père partageait leurs opinions. Il ne put donc se résoudre à garder son portefeuille, puisque ses deux amis politiques abandonnaient les leurs.

Dès que Charles X connut la décision de M. de Montbel, il le fit venir à Saint-Cloud et le supplia de ne point résilier ses fonctions. C'est avec tout son cœur que le vieux souverain tâcha de montrer combien lui serait nuisible une pareille retraite. Mon grand-père se butait donc à une douloureuse alternative. Il se voyait contraint ou bien de délaisser son roi qui lui demandait si instamment appui, ou bien de prendre à son compte une politique dont il mesurait justement les écueils. Charles X finit par avoir gain de cause. Tant d'affection et de détresse émurent son ministre qui consentit avec chagrin à passer aux Finances. Mais, rentré à Paris, mon grand-père se sentit accablé par le fardeau qu'on voulait faire peser sur lui. Il essaya de se libérer ; sa tentative resta vaine et Charles X lui répondit la lettre suivante que j'ai sous les yeux :

Saint-Cloud, mercredi soir 19 mai (1830).

Au nom de Dieu calmez-vous, mon cher Montbel. Songez que vous m'avez demandé un ordre positif, que je vous l'ai donné, que l'ordonnance a été signée et envoyée de suite au *Moniteur;* songez enfin que je vous ai promis de vous écouter dans trois mois, si (ce que le ciel ne permettra pas) vous persistiez alors dans les mêmes pensées qui vous dominaient aujourd'hui.

Venez demain au Conseil avec cet air calme et résolu qui convient si bien à un homme ferme et dévoué tel que vous.

A demain, mon cher Montbel.

CHARLES.

Les élections amenèrent de nouvelles recrues aux opposants ; la situation du ministère devint donc intenable. Si on avait alors suivi le conseil primitivement donné par M. de Montbel, le cabinet Polignac aurait dû passer la main à des hommes pris dans la majorité, mais ce plan n'étant pas adopté, il fallait chercher ailleurs un port de salut. Les journaux libéraux continuaient à faire flèche de tout bois et s'acharnaient contre le gouvernement avec une odieuse partialité. Jadis, ils lui avaient reproché ses atermoiements pour la question d'Alger ; ils l'accusaient alors d'être pusillanime et de prolonger d'une façon humiliante un blocus inoffensif devant les côtes barbaresques. Et maintenant que M. de Polignac et ses collègues s'apprêtaient à agir avec vigueur en organisant une expédition contre la régence algérienne dont nous étions les offensés, les mêmes organes donnaient libre cours à leur indignation, protestant à cor et à cri contre une entreprise qu'ils trouvaient d'une folle et impardonnable témérité.

Travaillée de la sorte, l'opinion apprit avec indifférence, sinon avec dédain, la prise d'Alger, qui restera la gloire du ministère Polignac et la première page de notre belle politique africaine.

Devant tant de mauvaise foi et si peu de patriotisme, devant l'organisation pour le refus de l'impôt, devant les passions déchaînées, on comprend que Charles X et son gouvernement aient eu la pensée de recourir à l'article 14 de la Charte, d'après lequel le roi pouvait « faire des ordonnances pour l'exécution des lois et la sûreté de l'État ».

Le souverain et ses ministres, prenant appui sur ce texte, y cherchèrent une sauvegarde. Ainsi virent le jour les fameuses ordonnances.

En se prêtant à ce moyen de défense, M. de Montbel

demanda si au moins on avait pris des mesures militaires
suffisantes pour empêcher toute tentative de révolte. On
lui répondit affirmativement. La chose n'étant pas de son
ressort et ne tombant pas sous sa responsabilité, il s'était
adressé à qui de droit ; il avait donc tout lieu d'ajouter
foi à un renseignement aussi catégorique. Or, Paris en ce
moment était loin de contenir des effectifs capables de
tenir tête à l'orage et c'est bien le nombre trop inférieur
des troupes qui permit à l'émeute de devenir une révolution triomphante.

Mon grand-père ne rappelle point dans ses *Souvenirs*
quelles furent ses tribulations pendant les trois journées,
mais il nous fait assister au pénible désarroi de la cour à
Versailles, puis à Rambouillet le 31 juillet et le 1er août.
Atteinte dans ses œuvres vives, la monarchie légitime allait
sombrer. Charles X, se fiant malgré tout à la reconnaissance que lui devait le duc d'Orléans, voulut le nommer
lieutenant général du royaume et il en avisa MM. Capelle
et de Montbel. Ce dernier connaissait particulièrement
bien les menées sournoises du duc d'Orléans et il avait de
bonnes raisons d'appréhender que ce prince ne fût tout
disposé à trahir la monarchie. Il supplia donc le roi de ne
point donner suite à son projet, mais cette pressante requête
fut inutile et les deux ministres reçurent l'ordre d'écrire
l'acte de nomination. La copie de mon grand-père fut
revêtue de la signature royale et envoyée sur-le-champ.

Dans sa loyauté, Charles X avait cru toucher le duc
d'Orléans en faisant appel à son honneur. On sait de quelle
illusion se leurra le vieux souverain.

MM. Capelle et de Montbel étaient les seuls ministres
se trouvant encore à Rambouillet. Leur présence n'y
était plus nécessaire, elle risquait même de compromettre

les princes. Après avoir fait à leur roi des adieux déchirants, ils s'éloignèrent donc et se mirent en quête d'un refuge contre la fureur populaire.

C'est au prix de mille dangers et sous le plus misérable appareil que mon grand-père réussit à sortir de France. On lira dans ce livre son émouvant récit, puis on verra comment, sur les tristes routes de l'exil, il eut l'heur de rencontrer un de ses parents qui l'entraîna à Vienne. Le prince de Metternich fit un accueil plein de bonté au ministre proscrit, et le voyant sans ressources, il lui offrit une aide; mais mon grand-père ne voulait être à charge à personne, il affronta donc vaillamment la pauvreté.

Les premiers temps de son séjour dans la capitale autrichienne s'écoulent pour lui pleins d'amertume. Loin des êtres qui lui sont chers et ne recevant d'eux aucune nouvelle, il s'alarme sur leur compte et s'afflige de l'anxiété qu'il leur cause. Son maigre pécule diminue, de dures privations arrivent. Or, il ne montre d'inquiétude que pour les siens. « Je serais bien fort, leur écrit-il, si je n'avais à braver que des adversités personnelles, mais je souffre tant pour vous ! » Le regret d'avoir compromis la fortune de ses enfants est comme le douloureux *leit-motiv* de toutes ses lettres; quant à lui, il accepte volontiers le coup dont il est frappé, car il a conscience d'avoir fait son devoir.

« Sauf les privations du cœur, écrit-il à sa mère, je suis bien ici; vous savez que je ne tiens pas à l'opulence. Jamais ministre n'a passé plus subitement à l'extrême simplicité et n'en a éprouvé moins de malaise. Le plus

chétif garçon barbier de village n'eût pas troqué sa valise
pour celle qui faisait mon unique ressource. Aussi aujour-
d'hui, mes douze chemises et mes six paires de bas me
paraissent un luxe asiatique. »

Il parvient enfin à établir une correspondance régulière
avec sa famille et sa situation matérielle devient moins
précaire. La nouvelle de son arrivée à Vienne s'étant
répandue, des sympathies vinrent le chercher dans sa
retraite pour l'entourer d'affectueuse sollicitude et il
noua bientôt des amitiés qui furent pour lui un réconfort.
Évitant les fêtes brillantes dont la joie n'aurait pu s'accorder avec les dispositions de son âme, il fréquentait
certains salons qui lui réservaient tout le charme de l'intimité.

Dans la patriarcale demeure du prince Schwarzenberg,
il retrouve la duchesse d'Anhalt-Cœthen, sœur du roi de
Prusse, et le prince de Hohenlohe qu'on se plaît à regarder
comme un thaumaturge ; plus tard, il aura la bonne fortune d'y rencontrer souvent le comte Prokesch-Osten,
l'ami du duc de Reichstadt.

Chez la comtesse Palffy, chez la baronne de Spiegel, chez
le prince Clary, le comte de Montbel est accueilli avec
empressement. Pareille hospitalité devait offrir le plus
séduisant attrait, car ces descendants du prince de Ligne
avaient de qui tenir pour les saillies vives et brillantes ;
c'était pour eux une tradition familiale de courir après
l'esprit et de l'attraper presque toujours.

Quelle urbanité régnait alors dans les salons de Vienne !
Les maîtresses de maison, dans l'intérêt des causeries,
s'ingéniaient à disposer avec beaucoup d'art ce qu'elles
appelaient des « établissements ». Cela consistait à faire
aux bons endroits des assemblages de meubles pour per-

mettre aux hôtes de se grouper en de petits cercles bien intimes. J'imagine quel plaisir on devait éprouver à prendre place dans un « établissement » où se trouvaient la comtesse Rzewuska et sa fille Caliste. Des épreuves les avaient douloureusement meurtries et pourtant elles conservaient une exquise amabilité. Quelques habitués étaient admis à fréquenter chez elles, et quand ses « galopins de chagrins » la laissaient en repos, la comtesse Rzewuska ne manquait pas de lâcher toutes brides à sa verve étincelante. Quelle aubaine alors pour ses amis ! Elle avait vu tant de choses, connu tant de personnalités intéressantes, elle savait si bien raconter et d'une voix si mélodieuse.

Sa fille la secondait en faisant scintiller une intelligence alerte et d'un tour original. Dans une de ses lettres à mon grand-père, la comtesse Caliste se plaignait de ne pas ressembler « aux femmes à la crème fouettée, à l'orgeat ou à la framboise, êtres enchanteurs créés pour adoucir la vie et embellir l'existence ». Cela ne l'empêchait pas d'être parfaitement bonne et de posséder un grand charme à défaut des qualités onctueuses de l'orgeat.

Chez la comtesse Rzewuska venaient surtout les dames de la société polonaise. On y voyait la comtesse Potocka, la comtesse Tarnowska, la princesse Jablonowska et son inséparable, son « autre elle-même », la comtesse de Wrbna. Parmi les hommes, les plus assidus étaient le baron de Hammer, le célèbre orientaliste, et le maréchal Marmont.

M. Étienne Lamy, dans une délicieuse préface (1), nous a raconté qu'Aimée de Coigny avait assez d'esprit pour pouvoir se passer d'être belle et assez de beauté pour

(1) *Mémoires* d'Aimée DE COIGNY. Introduction et notes par Étienne Lamy, de l'Académie française, p. III.

pouvoir se passer d'esprit. Pareil jugement se serait appliqué, je crois, à la baronne de Sturmer qui possédait en outre des qualités morales dont Aimée de Coigny ne semble pas s'être particulièrement embarrassée. Cette charmante baronne de Sturmer et son mari furent des premiers, à Vienne, à combler mon grand-père de leurs prévenances. Aussi aimait-il à les visiter ; il avait d'ailleurs le plaisir de voir habituellement chez eux une vieille connaissance, le baron de Frénilly, celui-là même dont les Mémoires ont été récemment publiés.

Que de silhouettes dessinées d'un trait plus ou moins appuyé se succèdent dans les *Souvenirs* du comte de Montbel ou dans son *Journal*. Mais parmi tant de visages graves ou souriants, jeunes ou vieillis, combien sont attachants ceux des grandes dames qui composaient la société viennoise en 1830. A côté de celles déjà citées me viennent en mémoire les princesses de Courlande, la comtesse Molly Zichy, belle-mère du prince de Metternich, la comtesse Esterhazy, intime amie de la duchesse d'Angoulême, la comtesse O'Donell, l'amusante palatine Potocka, la comtesse Batthyany, qui très bien en cour avait fait de son salon le rendez-vous d'une élite. Chez elle, mon grand-père retrouvait la comtesse Nina Sigray (1) qu'il devait épouser en secondes noces en 1834 ; tant d'intelligence, tant de beauté, un cœur si compatissant avaient exercé sur le comte de Montbel un attrait plein de douceur et ainsi, au milieu de son isolement, il connut ce rayon qui fait lumineuses les routes les plus sombres.

(1) Fille de Joseph, comte Sigray, magnat hongrois, chambellan, conseiller impérial-royal, et d'Amélie de Jeszensky. Elle fut dame d'honneur de S. A. R. Mademoiselle, sœur du duc de Bordeaux. Née en 1814, la comtesse Nina de Montbel mourut en 1838. Elle était dame de la Croix étoilée.

Mais attachons-nous à le suivre dans les débuts de son exil. Alors, comme toujours, la cause à laquelle il s'était donné l'occupait tout entier. Sur la demande de Charles X il entretenait de fréquents rapports avec le prince de Metternich, avec les hommes d'État ou les diplomates résidant à Vienne. De France, ses amis politiques, MM. de Villèle, Berryer et tous les chefs légitimistes, lui écrivaient leurs espoirs ou leurs craintes. Ces propos échangés, ces lettres reçues alimentaient les longues dépêches que le comte de Montbel envoyait à Holyrood où elles allaient renseigner la famille royale.

Mon grand-père avait tout lieu de penser que l'accès de la France lui serait toujours défendu. Ceux de ses collègues tombés aux mains des révolutionnaires avaient été incarcérés, après verdict de la Cour des pairs. Celle-ci devait bientôt achever sa sentence contre le cabinet Polignac en jugeant MM. Capelle, d'Haussez et de Montbel, les trois ministres qui avaient pu gagner la frontière.

Avant que cet arrêt ne fût rendu, l'auteur de ces *Souvenirs* adressa à la haute Assemblée un mémoire plein de courage contre la procédure instruite à son égard (1). « Si je me reconnaissais justiciable des pairs, écrit-il, je me serais rendu à leurs premières sommations... Je n'ai pu être cité en vertu d'une Charte qu'on a déchirée, pour la garantie d'une inviolabilité qu'on a violée ; dès lors, j'ai dû me soustraire à d'inutiles persécutions, à des poursuites sans objet. » Puis, désireux de montrer pourquoi il proteste et pourquoi la relation de sa conduite est oppor-

---

(1) Ce mémoire a pour titre : *Protestation de M. de Montbel, ex-ministre du roi de France, contre la procédure instruite et suivie contre lui devant les pairs, et exposé de sa conduite pendant et avant les événements de Juillet* 1830. Paris, Dentu, 1831.

tune, il déclare : « Mon silence pourrait être attribué au flétrissant espoir d'une indulgence que je ne réclame pas ; on pourrait le prendre pour un lâche assentiment à quelque excuse contraire à mon honneur.

« La vérité, je la dirai avec franchise parce qu'il faut qu'elle soit connue, parce que j'ai le devoir de la dire, parce que j'en ai le droit en ce qui me concerne, alors qu'elle ne peut plus compromettre que mes seuls intérêts. »

Il raconte donc qu'il n'avait pas ambitionné le pouvoir et qu'au 19 mai 1830, lors de la recomposition du Conseil, il donna sa démission. S'il admit de demeurer dans le ministère, c'est pour obéir à Charles X et sous condition de pouvoir s'éloigner prochainement. Mais bientôt la situation apparut plus critique, l'orage plus menaçant et son poste étant devenu dangereux, M. de Montbel ne songea plus à le quitter. « Je rendis au Roi la parole qu'il m'avait donnée de consentir à ma retraite, écrit-il, et je m'engageai volontairement à rester dans mes fonctions tant qu'il y aurait péril à les conserver. »

Il expose ensuite dans son mémoire comment furent motivées et furent prises les décisions ministérielles. Il ne cherche nullement à éluder sa part de responsabilité, il la revendique au contraire et ne se met guère en peine des rigueurs que cette mâle attitude suscitera contre sa personne et contre ses biens. « J'ai agi, dit-il, conséquemment à des principes dont je ne me suis jamais écarté. Si je ne les ai pas oubliés dans une meilleure fortune, je ne les renierai pas dans l'adversité ; les revers d'une cause ne changent rien à sa justice. Ce que j'ai fait, j'ai cru le devoir faire, j'aurais des remords de ne l'avoir pas fait. Je suis resté fidèle au Roi à qui j'avais prêté serment de fidélité, je ne me suis pas écarté des limites de la Charte

dont j'avais juré le maintien. Tout ce qui dépendait de
moi pour la défense des principes conservateurs de
l'ordre social, je l'ai tenté, sans calculer mes intérêts,
ceux de ma famille, mon existence même. Je déplore
les malheurs qui ensanglantèrent la fin de juillet... j'en
laisse les remords à ceux qui les provoquèrent. Je n'ai
pas fait de phrase, il est vrai, sur la philanthropie, mais
ceux qui eurent des relations avec moi savent si jamais
j'ai manqué à la justice, à l'impartialité, aux égards
que je devais à mes semblables, sans distinction de partis
ou de rangs. Dans les calamités publiques, j'eus quelquefois le bonheur d'exposer mes jours pour secourir mes
concitoyens. Je ne faisais alors que remplir un devoir
de mes fonctions, aujourd'hui j'accomplis un devoir non
moins sacré, en protestant contre l'injustice et en ne
cherchant pas dans un lâche silence l'espoir d'une pitié
à laquelle je me sens assez honnête homme pour n'avoir
aucun droit. »

Et à ces paroles, si empreintes de dignité, il ajoute :
« Je plains ceux qui sont condamnés à me juger ; je n'échan-
gerais pas contre leur position les amertumes d'un éternel
exil. Je proteste contre leur arrêt, quel qu'il soit : il ne
leur appartient pas plus de m'absoudre que de me condamner. »

Les légitimistes applaudirent ce ministre qui toujours
dévoué à son roi déclarait au gouvernement usurpateur
qu'il ne lui reconnaissait pas le droit de s'ériger en juge.
Cette protestation pouvait aggraver le verdict, mais qu'importait au comte de Montbel puisque sa conscience la lui
dictait comme un devoir.

Les orléanistes s'indignèrent et M. Bérenger s'éleva
contre ce mémoire *d'une haute imprudence* et qui avait

reçu *une audacieuse publicité* (1). La Cour des pairs se prononça et le 11 avril 1831 rendit un jugement par contumace, condamnant MM. Capelle, d'Haussez et de Montbel à la prison perpétuelle et à l'interdiction légale.

Ainsi furent frappés des serviteurs de la monarchie. S'ils avaient eu l'âme vindicative et s'ils avaient entrevu l'avenir, 1848 leur serait apparu comme leur revanche et comme une expiation pour une couronne usurpée.

Proscrit de la sorte, mon grand-père chercha dans le travail un refuge contre le découragement. En 1832, il fit paraître un livre sur le duc de Reichstadt. Dans l'avant-propos de cet ouvrage, il s'exprimait de la manière suivante : « En disant la vérité, je fais l'éloge du duc de Reichstadt ; ce tribut à sa mémoire aura du moins le mérite d'être déposé sur sa tombe par la main impartiale d'un serviteur fidèle des Bourbons. Le cœur généreux de ces princes m'est assez connu pour être certain d'avance qu'ils ne me blâmeront pas d'avoir rendu justice au fils de Napoléon. »

Cette entreprise était ardue pour un ancien ministre de Charles X, et cependant la manière dont elle fut conduite provoqua des éloges dans les divers camps. L'ex-impératrice Marie-Louise écrivit à l'auteur :

C'est avec un bien vif sentiment de reconnaissance que j'ai reçu, Monsieur le comte, votre lettre et l'ouvrage qui y était joint. Si quelque chose peut adoucir les regrets et les larmes d'une mère qui a perdu un fils qui faisait tout son orgueil et son espoir, c'est bien l'hommage que l'on rendra à sa mémoire et à ses qualités. Vous y avez si bien réussi en retraçant avec vérité l'histoire de son enfance et de sa jeunesse, elle prouvera

(1) V. le discours de M. Bérenger à la Chambre des pairs, dans la séance du 11 avril 1831.

quel être distingué il avait été et comme il aurait répondu dans l'avenir aux soins touchants que mon père avait donnés à son éducation, si la divine Providence n'en avait disposé autrement.

La lecture de votre livre a souvent fait couler mes larmes, mais elles m'ont servi de consolation et ont adouci la plaie que cette perte a laissée pour toujours dans mon cœur...

Quant à la reine Hortense, elle écrivait à la comtesse d'Erlach : « J'ai lu avec le plus grand intérêt la trop courte vie du duc de Reichstadt par M. de Montbel. Il est impossible de faire un ouvrage qui fasse mieux connaître les nobles qualités du jeune homme et qui augmente plus les regrets de l'avoir perdu. C'est une reconnaissance que nous devons avoir envers le noble auteur ennemi. »

Et Chateaubriand, lui aussi, avec des phrases sans doute magnifiques, voulut bien exprimer à mon grand-père de chaleureuses félicitations (1).

Quittant l'Écosse, Charles X et les siens étaient venus se fixer à Prague, la seconde étape de leur exil. M. de Montbel s'empressa d'y aller, mais il revint bientôt à Vienne où l'appelaient les intérêts de son roi. Peu de temps après, celui-ci adressait à l'empereur d'Autriche la lettre suivante :

Monsieur mon Frère,

Le désir de resserrer toujours davantage les liens d'amitié qui m'unissent à Votre Majesté Impériale, en établissant des rapports plus directs avec elle, m'a décidé à accréditer un ministre plénipotentiaire auprès de Votre Majesté et, en nommant le comte de Montbel qui a l'honneur d'être connu et

(1) Malheureusement cette lettre n'a pas été retrouvée, mais le comte de Montbel en fait mention dans un billet à sa mère.

apprécié par Elle, je n'ai pas douté que ce choix lui fût agréable. Je me flatte que Votre Majesté l'accueillera avec bonté et La prie de croire à tout ce qu'il lui dira de ma part, surtout lorsqu'il l'assurera de mon fidèle attachement, de mon amitié, de la haute considération avec laquelle je suis, Monsieur mon Frère, de Votre Majesté Impériale, le bon Frère,

CHARLES.

Ces fonctions d'ambassadeur, mon grand-père les remplit avec un zèle dont on lui sut gré. Charles X lui offrit un traitement, mais l'ancien ministre refusa et dans une de ses lettres on trouve la marque de son désintéressement. « Je dois rester digne de votre estime, Sire, en ne descendant pas au rang de ces âmes vénales qui ne conçoivent le dévouement que lorsqu'il leur rapporte quelque avantage ou que du moins il ne leur coûte aucun sacrifice. Dans la situation actuelle, les personnes avec qui je suis en relation respectent ma pauvreté, il est nécessaire pour votre service que je n'en sorte pas. Tous auraient le droit de me mépriser, si je consentais d'être à charge à l'infortune de mon maître. »

Bientôt, celui-ci prouva à l'auteur de ces *Souvenirs* toute sa confiance, en le chargeant d'une délicate mission dans l'affaire du second mariage de la duchesse de Berry (1).

En 1835, Charles X et les siens demandèrent au comte de Montbel de venir s'établir auprès d'eux. Désormais, il pourra, dans une intimité quotidienne, faire connaître aux princes son attachement. Le bonheur de se dévouer rachètera pour lui les tristesses passées. Comme l'a dit Lacor-

---

(1) V. à ce sujet : *Le Mariage secret de Mme la duchesse de Berry. A propos d'une publication récente*, par M. le marquis Costa DE BEAUREGARD, *Revue des Deux Mondes*, 15 juin 1908.

daire dans une de ses conférences de Notre-Dame : « Quand
on aime, on se donne, quand on se donne, on sert, et quand
on sert par amour, on est heureux. » Ce fut, dès lors, pour
mon grand-père, le sens profond de sa vie ; cette période
est, sans doute, la plus intéressante de son existence, et
afin d'en avoir un aperçu, empruntons-lui quelques pages (1).

« A l'époque, écrit-il, où, par une grande bonté, elle
associa mes malheurs à ses hautes infortunes, la famille
royale se composait, à Prague, du roi Charles X, de son
fils, de Marie-Thérèse de France, des deux orphelins du
duc de Berry, le duc de Bordeaux, encore enfant, et son
aimable sœur, qui devint duchesse de Parme. Autour
d'eux vivaient, dans le château royal du Hradschin, le duc
et la duchesse de Blacas, le duc et la duchesse de Guiche,
le duc de Polignac, la duchesse de Gontaut, la marquise
de Nicolaï, la vicomtesse d'Agoult, le comte et la comtesse
de Bouillé, le cardinal de Latil ; l'évêque d'Hermopolis
qui, grâce à sa belle éloquence, avait été jadis appelé au
ministère des affaires ecclésiastiques et à l'Académie française ; l'ancien chef de son cabinet, l'homme de son affection
et de sa confiance, l'abbé Trébuquet, habile professeur de
rhétorique ; le spirituel abbé de Molinis ; l'humble et stu-
dieux abbé Jocard, depuis 1814 confesseur de Charles X
et de ses enfants, vivant dans la retraite et toujours complètement étranger aux affaires publiques ; plusieurs généraux ; le baron de Damas, successivement ministre de la
guerre et des affaires étrangères ; les comtes de Saint-Chamans et de Bourbon-Busset, tous deux ayant appartenu

---

(1) Les passages suivants sont tirés d'une préface que le comte de Montbel
avait écrite pour un livre où il désirait rapporter des entretiens de la famille
royale. Il ne put finir la composition de cet ouvrage, mais beaucoup des
matériaux qu'il a laissés présentent un véritable intérêt historique.

à la garde royale ; d'Hautpoul, chef d'artillerie pendant les
grandes guerres, et qui, en 1830, commandait l'école d'état-
major ; O'Hegerthy, le plus ancien des serviteurs de
Charles X, le page de la jeunesse du comte d'Artois et son
compagnon au siège de Gibraltar ; il était, au temps dont
je parle, secondé dans ses fonctions d'écuyer par son fils,
le comte Charles ; plusieurs officiers courageux et fidèles :
Alfred de Damas, Sainte-Preuve, La Roncheraie, Guignard,
Wolf, Leroy ; le baron Bougon, de l'Académie de médecine ;
le préfet marquis de Foresta ; le procureur général baron
Billot ; le peintre d'Hardivilliers ; le colonel du génie
Mounier ; le savant géologue Barrande ; le profond géomètre
Cauchy, de l'Académie des sciences. Religion, politique,
administration, arts, sciences, guerre, législation, lettres,
philosophie, toutes les connaissances humaines étaient
représentées dans le cercle de nos princes, chacun y apportait son tribut et augmentait l'intérêt des entretiens.

« Charles X retrouva à Prague une grande famille française
qu'il avait intimement connue, je veux parler des princes
de Rohan jadis forcés à s'expatrier par les troubles de 1790.
Détestant les révolutions, ils n'avaient pas eu la confiance
de rentrer en France sous les auspices des Fouché et des
Talleyrand. Propriétaires de grandes terres en Bohême, ils
passaient les hivers à Prague. Contemporains du roi, les
trois frères avaient porté les armes avec honneur et obtenu
leurs grades élevés sur les champs de bataille. L'aîné, chef
de la famille, le prince Charles de Rohan, duc de Montbazon
et de Bouillon, avait eu de son mariage avec Louise Eglé
de Conflans une fille unique, la princesse Berthe, charmante et spirituelle personne, unie à son oncle le prince
Victor. Le troisième frère, le prince Louis, était aussi marié,
mais, sans être veuf, il n'avait point de femme : jadis, il

avait épousé l'aînée des princesses de Courlande, la belle duchesse de Sagan, alors passée à d'autres hymens.

« N'ayant pas de fils, les trois frères avaient adopté les enfants de leur sœur mariée à Charles de Rohan-Rochefort ; c'étaient les princes Camille et Benjamin ; leurs jeunes femmes, les princesses Adèle de Löwenstein-Wertheim-Rosenberg et Stéphanie de Croy-Dulmen ; toutes deux, remarquables par leur beauté et leurs manières distinguées, étaient la vie et le charme de ce cercle, dont faisait aussi partie une femme célèbre par la tragique mémoire d'une sanglante catastrophe, la princesse Charlotte de Rohan-Rochefort, qu'on disait avoir été secrètement mariée au brave et infortuné duc d'Enghien. Cassée par les chagrins, plus que par les années, appuyant ses pas chancelants et lourds sur un bâton d'ébène semblable à la baguette d'une fée antique, elle n'offrait rien alors, dans son extérieur, qui fût en harmonie avec les souvenirs mystérieux, romanesques et dramatiques qui s'attachaient à son nom.

« Ces nobles descendants des ducs de Bretagne formaient à Prague une illustre colonie française, en rapport de souvenirs, d'habitudes et d'affection avec la famille royale qu'ils venaient visiter au Hradschin. Charles X allait aussi passer des semaines dans leur belle terre de Sichrow. Leur commerce offrait beaucoup de ressources. Le prince Victor racontait avec une facilité merveilleuse. Louis montrait l'esprit, la verve, l'entrain qui caractérisaient les Français de son rang et de son époque ; ils avaient tous la simplicité bienveillante et affable de véritables grands seigneurs.

« Le comte de Mensdorf, général commandant le royaume de Bohême, était aussi un Français qui, par sa valeur et ses talents, avait fourni une belle carrière ; de son mariage avec la princesse Sophie de Saxe-Cobourg, il avait

quatre fils, tous brillants militaires. Il était plein d'égards
et d'empressement pour le roi Charles X; comme le fut
un instant son prédécesseur, le prince Aloys de Liechtenstein, comme aussi un des chefs de la Bohême, le prince
Alfred de Windischgrätz et sa femme si parfaite, la princesse Éléonore de Schwarzenberg. Le comte Chotek, grand
bourgrave du pays, venait aussi chez le roi. Sa sœur était
la princesse Clary, elle conservait toutes les traditions de
ce cercle européen, où régna si longtemps l'esprit du prince
de Ligne, dont elle avait épousé le petit-fils. Charles X la
retrouvait tous les ans à Tœplitz. Avec la plus exquise
bonne grâce elle y faisait les honneurs de son château
féodal à un nombreux concours d'hommes d'État, de généraux illustres, de princes, de souverains.

« Le respectable archevêque Skarbek, quelques membres
de son chapitre, toutes les grandes famille de Bohême se
réunissaient au Hradschin. L'éducation des jeunes princes
y attirait aussi des hommes remarquables dans les sciences
et dans les arts, entre autres l'historien Palacky.

« L'entourage du roi se trouvait souvent augmenté par
beaucoup de Français qui venaient lui rendre leurs hommages. C'étaient des officiers, des administrateurs, des
ministres, d'anciens députés, des pairs, des noms illustres, les Lévis, La Rochefoucauld, Clermont-Tonnerre, le
chancelier resté fidèle (1), le premier de nos orateurs,
Berryer, le plus célèbre de nos écrivains, Chateaubriand,
le vainqueur d'Alger, le maréchal de Bourmont.

« C'est au milieu de cette compagnie illustre et nombreuse,
c'est dans le calme d'entretiens pleins de confiance, à
Prague, à Tœplitz, à Buschtierad, plus tard à Kirchberg,

_____

(1) Il s'agit ici du marquis de Pastoret.

quelques instants à Goritz, que j'ai entendu Charles X,
que, chaque jour, j'ai recueilli ses souvenirs et ceux de
ses enfants.

« Avec le séjour en Bohême, finit presque aussitôt l'existence du Roi (1). A peine arrivait-il à Goritz, qu'il fut
atteint du choléra et rapidement emporté. Ses enfants
m'admirent alors à des habitudes d'intimité plus continuelle. Je passais avec eux une grande partie de mes journées, tantôt m'occupant de l'instruction des jeunes princes,
tantôt faisant, à Marie-Thérèse et au duc d'Angoulême,
des lectures qui donnaient lieu à de longues causeries sur
le présent, sur l'avenir et beaucoup plus encore sur le passé.

« Quelques fidèles vinrent à cette époque remplacer ceux
que nous avions perdus : c'étaient le comte Emmanuel de
Brissac, si connu par sa chevaleresque loyauté ; le général
Clouet, ancien aide de camp du maréchal Ney ; le colonel
comte de Locmaria ; le général vicomte de Champagny,
neveu du ministre des relations extérieures de Napoléon,
et lui-même sous-secrétaire d'État à la guerre ; il était
l'aide de camp de confiance du duc d'Angoulême, qui
retrouva aussi avec bonheur et plaça, auprès du jeune duc
de Bordeaux, un autre de ses officiers de prédilection, un
des hommes dont il estimait le plus le caractère honorable,
calme et ferme, le duc de Lévis, qui, d'accord avec la
duchesse de Lévis, renonça, dès lors, à toutes les satisfac-
tions d'une existence élevée et indépendante pour se vouer
à de difficiles devoirs. »

Le comte de Montbel omet ici de rappeler comment il
lui était loisible de rentrer en France depuis une amnistie

---

(1) Le comte de Montbel lui consacra une notice intitulée : *Dernière époque
de l'histoire de Charles X ; ses derniers voyages ; sa maladie ; sa mort ; son caractère ; ses habitudes dans l'exil.*

du 27 avril 1840 (1), et à ce sujet, je ne puis m'empêcher de citer ce qu'il écrivait à sa mère :

Je vous remercie, ma chère et bonne mère, de votre lettre si tendre et si courageuse. Vous avez compris les sentiments de ceux que je sers. J'étais proscrit comme eux, il y a quelques jours. Les quitter, dès que je ne suis plus sous le poids du bannissement pesant toujours sur eux, il y aurait eu dans ce procédé un défaut de délicatesse de ma part. Cependant, je serais parti si vous m'aviez réclamé, car, devant Dieu et devant les hommes, vous avez les premiers droits à mon respect, à ma tendresse et à mon obéissance.

Je vous remercie donc de vos conseils. J'évite ainsi de causer une peine amère à ces princes si bons à mon égard et auxquels je dois tant de reconnaissance. D'ailleurs, dans ce moment ils n'ont que moi seul pour leurs affaires et pour les études essentielles des plus jeunes. Dieu me ramènera vers vous, ma chère mère, j'en ai l'assurance. Offrons-lui, en attendant, le sacrifice de ce retard...

Il demeura donc auprès de la famille royale. Écoutons-le poursuivre son récit :

« Le séjour à Goritz, dit-il, finit avec la vie de Louis-Antoine (2). Marie-Thérèse de France se retira à Frohsdorf, dans la Basse Autriche, près de Neustadt, et non loin de Vienne. En face du Schneeberg, la plus haute cime des Alpes Noriques, adossé aux contreforts boisés qui servent de limites à la Hongrie, le château est placé dans un site pittoresque. Il avait, jadis, abrité d'autres douleurs et d'autres regrets. La sœur de Napoléon, la veuve de Joachim

(1) L'amnistie du 8 mai 1837 avait libéré ceux des membres du ministère Polignac détenus au fort de Ham, mais elle ne s'appliquait pas aux ministres contumaces dont le sort fut réglé par l'ordonnance du 27 avril 1840.

(2) Louis-Antoine, duc d'Angoulême, qui avait pris en exil le nom de comte de Marnes, mourut à Goritz en 1844. Le comte de Montbel publia sur ce prince une brochure ayant pour titre : *le Comte de Marnes; notice sur son exil; son caractère; sa mort; ses funérailles.*

Murat, avait, jadis, acquis cette terre, où elle passa plusieurs années avec ses enfants. Elle y laissa des souvenirs de bienfaisance ; des gens, qui l'avaient servie, y ont servi depuis la fille de Louis XVI et de Marie-Antoinette.

« Le voisinage de Vienne amenait souvent à Frohsdorf les membres de la famille impériale. Ils venaient y porter les hommages de leur vénération à Madame de France. L'illustre archiduc Charles, le palatin Joseph, le vice-roi Rénier, l'aventureux Jean, le calme Louis, l'impératrice mère, l'impératrice Marie-Anne, les nombreuses archiduchesses s'empressaient autour de la duchesse d'Angoulême, et quand elle allait séjourner dans les palais impériaux de Vienne et de Schönbrunn, on la faisait toujours asseoir à la première place.

« J'ai pu converser librement avec ces personnages et avec leurs brillantes suites. Aux noces de Madame la duchesse de Parme, dix-sept princes avec leurs cours étaient réunis à Frohsdorf. Combien, hélas, ont disparu depuis cette époque !

« Le roi et la reine de Saxe, dans leurs fréquents voyages à Vienne, ne manquaient jamais de rendre visite à leur illustre parente. Mais une des princesses qui venait le plus régulièrement était Marie-Louise, la veuve de Napoléon ; elle avait un respect et un attachement profonds pour la fille de Louis XVI.

« Depuis son établissement à Frohsdorf, pendant sept années, je suis constamment resté auprès de Marie-Thérèse de France. Elle m'avait admis davantage dans son intimité, et m'accordait son entière confiance. Elle m'appelait plusieurs fois par jour pour me consulter sur divers intérêts, pour m'ordonner des bienfaits, toujours distribués avec tant de vraie charité, me révéler ses peines et ses espérances... Ses espérances, hélas, n'étaient plus pour elle ici-bas ! Son douloureux sacrifice était accompli. « Mon cœur est toujours français, mais il ne battra plus en France », disait-elle souvent avec tristesse.

« Elle pensait tout haut avec moi et, après sa famille, j'étais le seul à qui elle ait parlé de sa captivité au Temple. Quel intérêt dans ses récits ! Elle avait vu tant d'événements, tant de grandes figures avaient passé sous ses yeux ! Sa mémoire était si précise !... »

Le comte de Montbel avait épousé en troisièmes noces Mlle de Gain Montaignac (1), qui fut dame d'honneur de S. A. R. Mademoiselle, et plus tard attachée à la personne de la comtesse de Chambord.

Quand il arriva sur l'autre versant de la vie, à cette heure où l'on sent les forces décliner, il lui vint un désir ardent d'aller se fixer avec les siens dans sa ville natale qu'il aimait tant. Il entrevoyait, à travers un mirage enchanteur, la douce quiétude de l'existence en province, auprès de ses parents, de ses vieux amis, et avec plein loisir de s'abandonner, dans le calme et le repos, au charme de ses souvenirs.

En 1851, aussitôt après la mort de la duchesse d'Angoulême, il s'ouvrit au comte de Chambord de son projet de revenir en France ; mais le prince mit une affectueuse insistance à combattre une pareille intention, il voulait conserver ce serviteur, comme guide, et il le détermina à ne point s'éloigner. Mon grand-père resta, dix ans encore, à Frohsdorf, où il s'éteignit le 29 janvier 1861.

(1) Alix de Gain-Montaignac (1813-1889) était fille de Jean-Éléonore Romain, comte de Gain-Montaignac, gouverneur du château de Pau, et de Pauline de Turicque, qui fut sous-gouvernante des enfants de France pendant la Restauration. Alix de Gain-Montaignac s'unit au comte de Montbel le 19 novembre 1845.

J'ai cru nécessaire, pour faire connaître sa physionomie et son rôle, de parcourir sa vie entière. Les pages que je publie aujourd'hui n'embrassent point toute cette période, elles s'arrêtent au début de son séjour à Vienne. Le comte de Montbel désirait pousser plus avant la rédaction de ses *Souvenirs*. Dans ce but, il avait amassé d'innombrables notes, il tenait son *Journal* d'une façon très détaillée, et des plus captivantes. La mort ne lui a pas accordé le temps de lier sa gerbe, mais les documents qu'il a laissés sont plus vivants, plus attachants que des Mémoires, car, ils s'offrent, non comme des tableaux peints longtemps après, mais comme des instantanés pris au jour le jour, à Prague, à Goritz, à Frohsdorf ou dans divers voyages, faits avec la famille royale.

Chassé de France pour avoir prêté jusqu'au bout un loyal concours à la monarchie légitime, après de pénibles vicissitudes, mon grand-père eut le bonheur de passer vingt-cinq ans sous le toit de ses princes. Il fut leur conseiller, leur ami, l'intermédiaire de leur charité, l'administrateur de leurs intérêts, et il reçut mission de collaborer à l'éducation du duc de Bordeaux et de Mademoiselle.

Il existe un mot qui monte naturellement aux lèvres quand on parle de lui, et qu'on voudrait inscrire en exergue de toute son œuvre, ce mot est : Fidélité.

Guy DE MONTBEL.

SOUVENIRS

DU

COMTE DE MONTBEL

CHAPITRE PREMIER

PREMIÈRES ANNÉES
1787-1810 (1).

Je suis né le 4 juillet 1787, à Toulouse, de Jean-Louis Baron de Montbel (2), conseiller de grand'chambre au Parlement, et de Catherine-Rosalie de Reynal.

Ma famille paternelle comptait des capitouls au quinzième siècle, mais elle eut le malheur d'embrasser le calvinisme et dut quitter Toulouse pour se réfugier à Caraman, petite localité des environs. Mon arrière-grand-père (3), ayant épousé une catholique, consentit à ce que ses enfants fussent élevés dans la foi de l'Église romaine. Après la mort de sa femme, il prit grand soin de leur éducation religieuse, veillant scrupuleusement à l'observation de leurs

---

(1) Pour la clarté du récit, j'ai divisé en chapitres les *Souvenirs* du comte de Montbel.

(2) Jean-Louis Baron de Montbel (25 août 1727-18 juillet 1793), conseiller de grand'chambre au parlement de Toulouse (1753), avocat du roi (1777-1791), épousa en premières noces Pétronille de Cazals, et en secondes noces Rosalie de Reynal.

(3) Pierre Baron de Montbel (1669-1752) s'unit en premières noces à Gabrielle de Mercier, et en secondes noces à Françoise de Sanchely.

devoirs. Son fils (1) fut donc un excellent catholique, uni en premières noces à une demoiselle de Villèle, — de ce mariage naquit mon père, — et, en secondes noces, à une demoiselle de Villeneuve-Crosillat dont il eut plusieurs enfants.

Mon père fit de très bonnes études chez les jésuites. Il approfondit avec zèle les meilleurs ouvrages de controverse pour y trouver les arguments capables de convertir son aïeul. Celui-ci, enfin éclairé par la voix persuasive de son petit-fils, abjura le calvinisme et mourut pieusement quelques années après.

Entré au parlement de Toulouse, mon père s'acquit la réputation d'un excellent magistrat. Inébranlablement attaché à l'autorité de l'Église et du Roi, il ne cessa de les défendre contre les entreprises des novateurs. Il s'allia d'abord à une héritière de la famille de Cazals (2) ; elle était fort riche, mais d'un caractère difficile. Aussi, pendant plusieurs années, mon père fut attentif à adoucir les peines qui résultaient pour elle d'un esprit chagrin et de l'état de maladie chronique où elle était tombée. Ayant eu à rédiger le testament de sa femme, il lui conseilla de laisser la totalité de ses biens à son cousin germain pour lequel elle avait peu d'affection, mais qui s'était vaillamment comporté dans l'armée de Rochambeau, durant la guerre pour l'indépendance de l'Amérique. Ce M. de Cazals recueillit ainsi la terre de Cante et plusieurs autres grandes propriétés. Quant à mon père, il se contenta volontairement de sa fortune personnelle, n'acceptant de sa femme que la jouissance d'un appartement.

A cinquante-huit ans il épousa en secondes noces Mlle de Reynal (3), fille d'un de ses collègues à la grand'chambre

---

(1) Jean Baron de Montbel, trésorier de France, marié à Jeanne de Villèle et en secondes noces à Jeanne-Marie de Villeneuve-Crozillat.

(2) Pétronille de Cazals, comtesse de Montesquieu, baronne de Durfort (fille de Raymond de Cazals, conseiller au parlement toulousain, et de Marthe de Sicard), épousa, en 1763, Jean-Louis Baron de Montbel.

(3) Catherine-Rosalie de Reynal (1766-1843) était fille de Joseph de

du parlement toulousain et nièce du marquis de Saint-Géry (1) qui appartenait également à ce corps de magistrats. Je naquis de ce mariage. Ma mère avait reçu la meilleure éducation. Elle rendit mon père très heureux pendant les huit années que dura leur union. Devenue veuve, elle continua à s'occuper de ses enfants avec une constante sollicitude, les guidant dans la droite voie en leur prêchant d'exemple.

Au moment de ma naissance, régnait déjà dans les esprits une grande agitation. Des nuages s'accumulaient à l'horizon et préparaient le terrible orage qui devait emporter tant d'existences. On était loin pourtant de prévoir l'étendue du cataclysme prochain et tout naturellement les miens me voyaient dans l'avenir membre du parlement de Toulouse, cette institution leur semblant éternelle comme la monarchie. D'ailleurs, il faut l'avouer, les parlements étaient encore entourés d'une grande popularité et l'on ne savait guère à cette époque que le peuple est un enfant frénétique caressant son jouet ou le brisant avec un même enthousiasme.

Sans soupçonner les horreurs de la Révolution, mes parents ne pouvaient se défendre d'une vive inquiétude en constatant quels ravages la corruption faisait dans toutes les classes. Non seulement les hommes les plus légers se nourrissaient d'ouvrages licencieux et impies, mais on

Reynal, baron de Montamat, et de Christine de Rey de Saint-Géry. Elle épousa, en 1785, Jean-Louis Baron de Montbel. De ce mariage naquirent: 1° le comte de Montbel, l'auteur de ces *Souvenirs*; 2° Marie-Joséphine, qui épousa le comte de Lauraguel; 3° Anne-Amélie, mariée en premières noces au chevalier d'Assignan, et en secondes noces à Philippe Cadiot de Saint-Paul, qui devint colonel d'artillerie.

(1) Clément-Jean-Augustin de Rey de Saint-Géry, né en 1730, entra au parlement toulousain en 1749. Arrêté pendant la Terreur, il fut incarcéré le 17 mars 1794. Des amis s'employèrent à le sauver, mais il refusa de s'évader, car il avait entrepris de convertir un de ses collègues emprisonné avec lui. Il eut la consolation de réussir dans cette noble tâche et de ramener son ami à des sentiments religieux, mais ce beau dévouement lui coûta la vie. Transféré à Paris et condamné à mort par le tribunal révolutionnaire, il fut guillotiné le 6 juillet 1794. (V. *la Fin du parlement de Toulouse*, par Axel DUBOUL.)

trouvait également ces livres dans la bibliothèque d'hommes que leur état aurait dû rendre inaccessibles à cette frivolité honteuse et immorale.

La jeunesse composant la Chambre des enquêtes était loin de présenter les mœurs vertueuses de l'ancienne magistrature. Des scandales éclataient, les duels se succédaient. Le comte d'Entraigues fut dangereusement blessé par un jeune conseiller, M. de Poucharamet (1), dont il avait persiflé le costume. Un président, jadis officier de dragons, eut trois duels avec un homme qui venait régulièrement le provoquer à la même époque. Un soir, ledit président, peu après son mariage, se trouvait au théâtre avec sa jeune femme. Tout à coup la porte de leur loge s'ouvre et livre passage à l'obstiné bretteur se présentant à sa date habituelle. L'échange d'un regard suffit aux deux hommes pour se comprendre et le président, ayant suivi son adversaire, le tua à la lueur d'un réverbère. Il revint aussitôt auprès de sa femme qui n'avait rien soupçonné. On regardait ce président comme un homme probe et généreux ; poursuivi par un maniaque, il s'était battu, cédant ainsi à l'opinion publique. Cette faiblesse avait un caractère particulièrement regrettable chez un homme appelé par sa fonction à ne point admettre d'aussi néfastes préjugés.

Les magistrats des générations précédentes montraient une parfaite rectitude dans leur conduite. Étrangers au monde, à ses plaisirs, à ses spectacles, ils trouvaient au sein de la famille leur meilleur délassement. Le palais de justice, l'église et leur maison étaient les seuls endroits où on pût les rencontrer, aussi leurs arrêts étaient-ils reçus avec la conviction que l'équité la plus consciencieuse les avait dictés. Jamais ils ne prononçaient sur une accusa-

---

(1) Jean-Antoine-Auguste Jugounoux de Poucharamet, né en 1748, entra au parlement de Toulouse le 7 avril 1770. Comme ses collègues, il fut jugé par le tribunal révolutionnaire de Paris et guillotiné.

tion capitale sans avoir reçu l'Eucharistie. Leur probité était parfaite. Le marquis de Saint-Géry s'aperçut une fois, en étudiant une question de droit chez un commentateur célèbre, que jusque-là il avait été dans l'erreur sur ce point. Le souvenir lui revint d'une cause du même genre où, par son rapport, il avait fait prononcer une condamnation. Il s'agissait de quinze mille francs. Se croyant coupable de son ignorance, il remboursa les quinze mille francs au condamné.

Rapporteur dans une affaire, mon grand-père avait accompli sa tâche avec son impartialité coutumière. Le soir, se retirant dans sa bibliothèque, corps isolé donnant sur un jardin, il vit entrer celui qui avait perdu son procès. Cet homme était armé de pistolets.

— Que venez-vous faire? lui demanda tranquillement mon grand-père.

— Me venger.

— Monsieur, je ne puis vous empêcher de m'assassiner. J'ai parlé selon ma conscience, je n'ai donc rien à me reprocher. Au chagrin d'une perte de fortune, vous allez ajouter l'amer regret d'un crime qui ne tardera pas à vous coûter l'existence. Quant à moi, j'aurai l'avantage de mourir pour l'accomplissement de mon devoir, vous ne serez donc pas vengé.

Il dit ces paroles avec une telle expression de calme, de bienveillance et de douceur que le malheureux se jeta à ses genoux, implorant son pardon. Mon grand-père le reconduisit lui-même jusqu'à la porte pour que ses gens ne pussent rien soupçonner.

Telles étaient les habitudes des conseillers de grand'-chambre. Ceux des enquêtes, beaucoup plus jeunes et séduits par les idées nouvelles, se laissaient entraîner à l'opposition la plus vive contre le gouvernement. On aurait dit qu'ils rougissaient de leur habit, ils ne le portaient guère et cela pour éprouver moins de contrainte.

Leur gaieté, en général inoffensive, était parfois déplacée. Souvent même, ils poussaient la légèreté bien au delà des limites permises à des magistrats. Hélas ! Ces malheureux jeunes gens, si amis de la joie, marchaient avec insouciance vers un sort affreux, mais en mourant sur l'échafaud révolutionnaire, ils allaient tous montrer un superbe courage.

Nous passions un certain temps de l'année à Caraman. Mon père y possédait des terres et une maison dans l'intérieur de la ville. Deux de ses sœurs (1) avaient épousé deux MM. de Villèle, une autre (2) M. Bret de Milhau, une quatrième (3) M. de Mascarville. Quant à mes oncles, l'un (4) était marié à une demoiselle de Puybusque, un autre (5) était mort major d'infanterie, un autre vivait retiré, après avoir été longtemps attaché au roi de Pologne, Stanislas. On le connaissait sous le nom de d'Anel (6). C'était un homme de haute stature, sec de corps, mais de caractère excellent. Il m'amusait infiniment avec ses histoires belliqueuses, mêlées d'anecdotes sur un nain de la cour polonaise. Tout ce passé est maintenant pour moi un peu enveloppé de brume, j'aurais de la peine à en évoquer le détail.

Quelques impressions, quelques faits insignifiants restent

(1) Jeanne-Marie Baron de Montbel, née en 1728, mariée à Ignace de Villèle, capitaine au régiment de Bourbon-Infanterie, et Jeanne-Françoise Baron de Montbel, mariée à Guillaume de Villèle-Laprade. Toutes les deux furent jetées en prison pendant la Révolution.

(2) Jeanne-Marguerite Baron de Montbel, épouse de Jean-Joseph Bret de Milhau, fut détenue durant la Révolution.

(3) Pétronille-Marie Baron de Montbel, née en 1741, mariée à Pierre de Sanchely de Mascarville.

(4) Guillaume-François Baron de Montbel, avocat au parlement, fut incarcéré pendant la Terreur. Il avait épousé en 1767 Claire-Félicité de Puybusque.

(5) Gaspard-Guillaume Baron de Montbel (1739-1780), capitaine commandant au Bretagne-Infanterie.

(6) Jean-Joseph-Anne Baron de Montbel-Ladragonière, officier de dragons avant la Révolution, fut arrêté comme aristocrate le 25 avril 1793 et détenu à Toulouse jusqu'en frimaire an III. Pendant le soulèvement royaliste de l'an VII, il commandait les insurgés de Lézat.

dans ma mémoire, car ils frappèrent vivement mon imagination d'enfant : frayeurs au récit d'absurdes contes de
sorcières, admiration en contemplant les planches de
l'Encyclopédie ou une série de gravures représentant les
cérémonies religieuses chez les divers peuples, vive souffrance quand, un jour, ma mère m'ayant pris dans sa
chaise à porteurs, on me ferma la porte sur la main. Mes
parents m'envoyaient alors chez une Mme Turben qui
tenait une école à Caraman ; là, j'eus l'insigne honneur
d'être roi de la fève, c'est le souvenir le plus net et le plus
glorieux de cette époque de ma vie. A Toulouse, on me
confiait aux soins de Mme Gach, vieille bonne femme qui
avait élevé plusieurs générations et qui fut contrainte de
faire apprendre les Droits de l'homme aux marmots de
son petit établissement.

Les événements prirent bientôt un aspect effrayant.
Quand mon père connut les nominations de Toulouse, des
départements voisins et surtout de Paris à la Convention,
il ne douta plus du sort réservé aux gens de bien, au Roi,
à sa famille. Il tomba dans un chagrin qui m'affectait
vivement, malgré mon extrême jeunesse. Souvent je voyais
ma mère en larmes ; tous autour de moi étaient plongés
dans une cruelle affliction. Cette tristesse devint plus profonde à la nouvelle des assassinats de Septembre. L'abbé
de Villèle (1), neveu de mon père, échappa à ce carnage.
S'étant évadé des Carmes, il escalada le mur d'un jardin
et se sauva tandis qu'on égorgeait l'archevêque d'Arles,
les évêques de Beauvais, de Saintes, avec environ deux
cents prêtres enfermés dans la chapelle où on les avait
refoulés de toutes les parties du couvent.

Le chevalier de Brassac fut au nombre de ceux qu'on

---

(1) Il s'agit probablement ici de Maurice de Villèle, chanoine prébendé de
Saint-Félix, né vers 1763, mort en Espagne en 1794. Il était fils d'Ignace de
Villèle, capitaine au Bourbon-Infanterie, et de Jeanne-Marie-Gabrielle Baron
de Montbel.

relâcha. Il avait été incarcéré à l'Abbaye. Cet homme
fort inoffensif aimait passionnément la musique, il jouait
du violon avec une ardeur infatigable. S'étant fait porter
son instrument dans sa prison, il tourmentait par de
bruyantes études les autres malheureux captifs. Aux
réponses du chevalier de Brassac, les abominables jugeurs
virent combien il était étranger à la politique. Dans un de
leurs moins atroces moments, ils lui accordèrent la liberté.
Pour sortir, le chevalier dut passer au milieu d'un lugubre
entassement de cadavres. Il avait autour de lui les corps
des victimes massacrées, quand tout à coup il s'aperçut
qu'il avait oublié son violon ; il rebroussa chemin aussitôt
et eut la constance de demander aux bourreaux la permis-
sion de reprendre son cher instrument.

Nous étions à Caraman, lorsque nous apprimes l'assassinat juridique de Louis XVI. Ce deuil fut pour nous
d'autant plus douloureux que nous devions cacher l'amertume de nos regrets et notre tristesse pleine d'angoisses.
A cette catastrophe vinrent s'en ajouter toujours de nouvelles ; jamais de trêve aux alarmes ; on tremblait sans
cesse pour quelque ami en danger.

A Toulouse, où nous étions revenus, nous vîmes passer
de chez les Montégut un simulacre de pompe funèbre
pour Lepelletier Saint-Fargeau (1). Les Montégut avaient
des relations d'amitié avec ma famille. Julie (2), mariée
au baron de Batz, m'avait même nourri de son lait. En
songeant à elle, je ne puis m'empêcher de penser à un portrait, où elle est représentée avec une coiffure immense se
terminant en cœur, le tout surmonté d'un minuscule

---

(1) Lepelletier Saint-Fargeau, député à la Convention, ayant voté la mort
de Louis XVI, fut assassiné par le garde du corps Pâris, la veille de l'exécution du roi, le 20 janvier 1793.

(2) Julie de Montégut-Ségla, fille de Jean-François de Montégut-Ségla,
mentionné plus loin, et de Marie-Anne de Mouilhet, épousa, le 8 décembre
1781, Gaspard, baron de Batz et de Mirepoix. Le portrait dont parle le comte
de Montbel se trouve au château de Mirepoix, chez le baron de Batz.

bonnet. La mère (1) de M. de Montégut, maîtresse ès jeux
floraux, jouissait d'une grande réputation littéraire. Quant
à M. de Montégut (2), c'était un véritable antiquaire ; son
fils (3), connu sous le nom de Labourgade, avait épousé très
jeune Mlle de Limayrac, sœur de ce M. de Limayrac (4)
qui fut préfet et député pendant la Restauration.

Les dangers devenaient de plus en plus pressants. La
plupart des parlementaires toulousains ne tardèrent pas à
être emprisonnés comme prévenus d'avoir protesté contre
l'abolition d'un pouvoir qui pendant tant de siècles fut
pour la France l'artisan de sa gloire. Mon père était si
connu par sa bonté, par sa charité inlassable que dans le
premier moment on l'excepta de la mesure, mais son
chagrin le conduisit au tombeau peu de jours après. J'avais
souffert les craintes les plus vives, redoutant à tout instant de le voir arrêter. J'appris sa mort chez mon grand-
père de Reynal (5). Celui-ci, par les soins de M. de Gauran,
réussit à se cacher dans la demeure d'une demoiselle Duclos,
notre parente ; il fut ainsi placé à l'abri, la nuit même qui
précéda l'invasion de sa maison. On la mit sous séquestre ;
quant à lui, son nom fut inscrit sur la liste des émigrés.

(1) Jeanne de Ségla (1709-1752) eut un vrai renom comme poète. Elle
avait épousé M. de Montégut, trésorier de France en la généralité de Toulouse.

(2) Jean-François de Montégut-Ségla (1729-1794), fils de la précédente,
s'adonna aux lettres et fréquenta Marmontel, Fontenelle, etc. Il fut aussi
un archéologue distingué. Membre du parlement de Toulouse, il fut guillotiné
sous la Terreur.

(3) Raymond-André Philibert de Montégut, né en 1768 à Toulouse, entra
au parlement. Il mourut sur l'échafaud le 15 juin 1794.

(4) Charles-Antoine-Gabriel de Limayrac émigra pendant la Révolution
et fit campagne dans l'armée de Condé. En 1815, il devint préfet de Toulouse.
Élu député de cette ville, il la représenta à la Chambre jusqu'en 1826, puis
fut successivement préfet de l'Oise, du Tarn-et-Garonne et de Vaucluse.

(5) De son mariage avec Christine de Rey de Saint-Géry, Joseph de Reynal,
dont il est ici question, avait eu quatre enfants, deux fils qui seront men-
tionnés plus loin et deux filles. L'une de celles-ci, Anne-Françoise de Reynal,
épousa Armand de Gauran, trésorier de France au bureau des finances d'Auch.
L'autre, Catherine-Rosalie de Reynal, s'unit à Jean-Louis Baron de Montbel
et de ce mariage naquit le comte de Montbel, l'auteur des *Souvenirs* que nous
publions.

Quarante-cinq de ses collègues du parlement toulousain allaient bientôt périr à Paris sur l'échafaud révolutionnaire ; parmi ces malheureuses victimes se trouvait le président d'Aspe dont je devais épouser la fille.

Autour de nous, les arrestations sévissaient, la guillotine fut dressée sur la place du Capitole. Un des premiers exécutés fut le comte Jean Du Barry ; par une mort courageuse et chrétienne, il racheta les scandales de sa vie (1). M. de Boucheporn (2), intendant d'Auch, fut aussi décapité. C'était un homme excellent auquel la Révolution faisait un crime de ses principes et de sa droiture. Affable et généreux, il aimait à protéger les arts ; le célèbre violoniste Baillot (3) avait été élevé chez lui. Fort lié avec ma famille, M. de Boucheporn venait souvent la visiter, aussi sa mort causa-t-elle un profond chagrin à tous les miens. Tristan d'Escalonne (4), intrépide jeune homme qui avait énergiquement repoussé une attaque de Jacobins, périt également sur l'échafaud. Cinq cents femmes, parmi lesquelles Mmes de Villèle, sœurs de mon père, furent jetées dans les prisons de Toulouse. De ce nombre était aussi Mme de Cassan (5), arrêtée pour avoir correspondu avec ses fils émigrés. Capelle, l'accusateur public, voulut la sauver. « Déclarez que vous ne connaissez pas cette

(1) Jean Du Barry, né à Lévignac, près de Toulouse, en 1722, fit à Paris a connaissance de la célèbre Mlle Lange. Il l'introduisit à la cour, elle devint la maîtresse de Louis XV, et Jean Du Barry la maria à son frère Guillaume. A l'avènement de Louis XVI, il dut se retirer quelque temps en Suisse. Revenu en France, il se fixa à Toulouse. Traduit devant le tribunal révolutionnaire de cette ville, il fut exécuté le 17 janvier 1794.

(2) Claude-François-Bertrand de Boucheporn, conseiller au parlement de Metz, puis intendant d'Auch. Accusé, malgré ses dénégations, d'avoir fourni des ressources aux émigrés, il fut guillotiné le 3 ventôse an II.

(3) Pierre-Marie-François Baillot (1771-1842), violoniste de talent, attaché au théâtre de Monsieur en 1791, devint professeur au Conservatoire en 1795. Il fit ensuite partie de la musique de Napoléon Ier, puis de la chapelle des Bourbons.

(4) Tristan d'Escalonne, fils de David d'Escalonne, conseiller au parlement toulousain, fut condamné à mort le 24 février 1794.

(5) Antoinette-Adrienne de Rabaudy avait épousé Jean-Joseph-Henri de Cassan. Elle fut guillotinée le 2 mars 1794.

lettre. — Je ne sauverai pas ma vie par un mensonge », lui répondit Mme de Cassan. Ayant donc avoué la vérité devant le terrible tribunal, elle fut condamnée. Dans la nuit qui précéda sa mort, mes tantes l'assistèrent. Au matin de son exécution, ses cheveux étaient devenus entièrement blancs... Temps d'horreur et d'épouvante où tout faisait frissonner, où le seul bruit du marteau de la porte glaçait d'effroi.

Ma mère dut se cacher durant quelque temps, aussi nous confia-t-elle à une gouvernante. Nous étions réduits à une ration d'un pain détestable composé de je ne sais quelles graines corrompues. On faisait queue devant chez les boulangers pour obtenir très maigre pitance ; dans ces conditions, nourrir des proscrits était bien difficile. Il fallait toutefois que ma mère assurât la subsistance de mon pauvre grand-père dans sa cachette. Elle s'unissait à M. et Mme de Gauran pour gagner leur vie et la nôtre, en confectionnant des souliers de chanvre tressé nommés spadrilles.

On était toujours sous la menace de visites domiciliaires. Le municipal Mathieu vint mettre les scellés sur tous nos effets ; ma mère le pria de lui laisser quelques chemises. « Tu en as bien assez pour le temps qui te reste à vivre, » lui répondit-il. La terreur et le découragement se lisaient sur les visages, on enviait le sort des émigrés. Il fut question d'exiler tous les nobles ; au milieu de cette sauvagerie, pareille perspective ne pouvait que nous sourire. Aux persécutions s'ajoutaient d'absurdes outrages ou de révoltantes humiliations. On nous obligea à retourner les plaques de nos cheminées parce qu'elles étaient ornées de fleurs de lis ; nous fûmes tous contraints d'arborer la cocarde tricolore et le bonnet rouge, les femmes comme les hommes durent s'y soumettre.

Sur les places publiques s'érigeaient les arbres de liberté autour desquels une foule en délire exécutait des danses effrénées et chantait des couplets obscènes ou féroces.

Dans leur détresse des gens mirent leur espoir en Barère. Sa politesse, sa douceur, quelques succès littéraires aux Jeux floraux l'avaient fait naguère accueillir par les cercles de Toulouse. Pendant la Terreur, il conserva une certaine urbanité de langage et une mise élégante. C'était un tel contraste avec les manières ou le costume des sansculottes que Barère se vit appelé l'Anacréon de la guillotine. Quelques personnes avec lesquelles il avait été en relation implorèrent son aide pour sauver des malheureux, mais elles ne trouvèrent chez le membre du Comité de salut public qu'une complète insensibilité.

Dans les départements voisins du nôtre, avaient lieu les mêmes scènes, les mêmes crimes de tyrannie révolutionnaire. A Castres, un tribunal composé de calvinistes et de leurs ministres envoyait impitoyablement au supplice les prêtres catholiques. Nîmes, Montpellier, Cahors, Agen furent couverts de sang et de ruines. Un membre de la Convention, Dartigoeyte (1), parcourait le Gers avec une guillotine et livrait à la mort les ecclésiastiques, les vieillards, les religieuses. M. de Barbotan, député à l'Assemblée constituante, poursuivi pour avoir adressé des secours à son fils émigré, fut mené devant le tribunal criminel du Gers, ainsi que son gendre, M. de Saint-Julien. Le jury les déclara non coupables. Dartigoeyte aussitôt porte plainte contre ce jugement devant la Convention et, sur le rapport de Merlin, les acquittés sont livrés au tribunal révolutionnaire, qui les condamne à être exécutés. M. de Barbotan, vieillard de soixante-quinze ans, fut donc décapité avec toute sa famille.

Dartigoeyte et Cavaignac, par leur abominable férocité, soulevaient des haines furieuses. Dartigoeyte, se trouvant une fois à la Société populaire d'Auch, s'y était laissé

_____

(1) Député des Landes.

emporter à des accès de rage contre ceux qu'il appelait les « malveillants ». Une brique lui fut alors décochée sans l'atteindre. Dix personnes sont arrêtées sur-le-champ, puis envoyées à l'échafaud par une commission extraordinaire. Celui qu'on prétendait être l'auteur de l'attentat fit entendre, jusqu'à son dernier moment, le cri de « Vive Louis XVII ! ».

La folie des assassins devenait toujours plus sauvage. Non contents d'avoir tué le Roi, la Reine, Madame Élisabeth et tant d'autres, ils s'égorgeaient entre eux. Dans cette tourmente sanglante, que de turpitudes et de monstrueuses cruautés, que de douleurs et de détresses poignantes !

Les malheureux parlementaires ne furent pas les seuls Toulousains exécutés à Paris. Beaucoup d'autres de nos compatriotes y périrent sous le couperet. C'étaient Baras, officier municipal ; de Charbonnet, capitaine de volontaires ; Charbonnier de Sainte-Croix ; Charleval ; Douziech, général de la garde nationale de Toulouse ; Sévennes, son aide de camp ; Lartigue ; Maindouze ; Toulan ; Roux de Puyvert ; le médecin Ruffat... (1). Le premier président de Cambon (2) ayant réussi à se sauver, on incarcéra sa femme

(1) Marc-Antoine Baras, publiciste, fut nommé en 1791 officier municipal. Pour s'être affilié au parti girondin, il fut condamné à mort le 13 avril 1794 ; Pierre de Charbonnet, capitaine d'infanterie, guillotiné le 9 juillet 1794 ; Charbonnier de Sainte-Croix, exécuté le 6 juillet 1794 ; Charleval, garde du corps de Louis XVI, monte à l'échafaud le 24 juillet 1794 ; Jean Douziech, né à Toulouse en 1745, devint général des gardes nationales et fut condamné à mort le 11 juin 1793 ; son aide de camp, Toussaint Sévenne, est guillotiné le 11 messidor an II ; Antoine-Louis Lartigue, curé de Fontenay-aux-Roses, exécuté le 26 mars 1794 ; Maindouze, né à Toulouse en 1741, était commis aux Affaires étrangères, au début de la Révolution. Ayant vu au Temple la détresse de Louis XVI et des siens, il devint un fervent royaliste. Il fut condamné à mort le 2 juin 1794 ; Toulan, né à Toulouse en 1761, fut un des membres de la Commune de Paris. Ainsi que son ami Maindouze, en voyant les prisonniers du Temple, il aurait décidé de se dévouer à eux. Accusé avec plusieurs autres officiers municipaux de vouloir favoriser l'évasion de Marie Antoinette, il fut condamné à mort le 30 juin 1794 ; Roux de Puyvert (1763-1794), officier de marine, fut guillotiné pour avoir participé à une prétendue conspiration ; Jean-Baptiste Ruffat, exécuté le 29 juin 1794. (Pour tous ces noms, voir la *Biographie toulousaine*, publiée à Paris, chez Michaud, en 1823.)
(2) Jean-Louis-Emmanuel-Augustin de Cambon (1737-1809) fut nommé

et sa fille Pauline. En marchant au supplice, Mme de Cambon confia sa pauvre enfant au jeune d'Ayguevives, qui l'épousa quand ils eurent recouvré la liberté.

Ce fut une ivresse sans nom, une joie indicible, lorsqu'on apprit les luttes de la Convention, la chute et la mort de Robespierre. On crut l'ère des persécutions enfin close, une confiance ardente réchauffa les cœurs torturés depuis si longtemps par un morne désespoir. Mon grand-père quitta sa cachette ; dès lors, nous rentrâmes dans sa maison pour ne la plus quitter. Ma mère et Mme de Gauran se trouvaient ainsi auprès de leur père, dont les deux fils manquaient à notre réunion familiale. L'aîné, membre du parlement de Toulouse, avait suivi le comte O'Kelly, ministre du roi, à Mayence ; il évita de la sorte la mort qui frappa ses collègues. Le second, lieutenant dans un régiment d'infanterie, avait émigré avec tous les officiers de son corps, il servait dans les chevaliers de la couronne. La tourmente semblait désormais passée et notre vie paisible nous aurait presque tenu lieu de bonheur, si de nouvelles afflictions ne nous avaient atteints. Mme de Gauran, minée par une maladie de poitrine causée par les chagrins et les inquiétudes, succomba à ses souffrances. Elle avait partagé avec nous les angoisses de la Terreur, et son mari, qui s'était alors si complètement dévoué à mon grand-père, continua de nous montrer une très grande sollicitude.

Des jours plus heureux semblaient luire pour la France. Les politiques du Palais-Royal présageaient de meilleures destinées. La *Quotidienne* de Michaud (1), les feuilles de

---

par Louis XVI, en 1787, premier président au parlement de Toulouse. Sa femme, née Dorothée de Riquet, périt sur l'échafaud, la veille de la mort de Robespierre. Leur fille Pauline épousa, en 1795, Félix de Martin d'Ayguesvives (1769-1826), procureur à la cour de Toulouse.

(1) Joseph-François Michaud (1767-1839), pendant la Terreur, défendit la monarchie avec beaucoup de courage dans des articles que publièrent les journaux feuillants. Il fut arrêté au 13 vendémiaire pour sa collaboration à la *Quotidienne*. Il a écrit une *Histoire des Croisades*, et il édita avec son frère la *Biographie universelle.*

Richer de Serisy (1) faisaient les délices des royalistes. Ma
mère en donnait lecture et je l'écoutais avec beaucoup
d'attention. Le temps des muscadins commença. On appelait ainsi les antirévolutionnaires. Ils portaient des habits
carrés, des culottes liées à moitié mollet, des bas à rayures
horizontales bleues et blanches ou des bottes à retroussis,
de hautes cravates dans lesquelles leur menton se perdait.
Aux deux côtés de leur figure, les cheveux pendaient en
oreilles de chien, et ils les nouaient par derrière en catogan.
On les appela aussi les Incroyables. Ils parlaient avec une
ridicule affectation, s'évertuant à ne prononcer aucun *r*.
A chaque instant, des combats avaient lieu entre muscadins
et terroristes ; les élèves se battaient à coups de pierres.
Pour signaler les députés, crus royalistes, à la haine des
révolutionnaires, le Directoire les désignait sous le nom de
Clichyens, parce qu'ils tenaient leurs réunions à Clichy.

Je repris bientôt mes études. On m'envoya chez M. Cailhive (2), digne ecclésiastique, petit et bossu, assisté, dans
sa mission pédagogique, par un frère au regard torve.
Ce dernier, il m'en souvient, nous montrait à enluminer
des gravures illustrant les *Métamorphoses* d'Ovide. J'avais
là pour camarades les deux frères Marsac (3).

Je quittai bientôt les enseignements de M. Cailhive pour
être confié aux soins de M. Ponthier, directeur d'une importante pension où professaient des hommes qui ont, depuis,
parcouru fort honorablement la carrière de l'instruction
publique. C'étaient MM. Lamarie, Prévôt, Pujol, Savy (4)

(1) Richer Serisy, né à Caen, en 1764, mort à Londres en 1803. Incarcéré
pendant la Révolution, il publia après le 9-Thermidor *l'Accusateur public*, où
le Directoire fut violemment attaqué.
(2) Jean-Denis Cailhive, né le 15 octobre 1795. Incarcéré après le 18-Fruc-
tidor, il ne recouvra la liberté qu'en 1801. (V. *Une ordination à Toulouse en
1795 ; Jean-Denis Cailhive*, par M. l'abbé TOURNIER. Toulouse, 1906.)
(3) Victor et Eugène de Marsac étaient fils de Pierre de Marsac, qui fut
guillotiné en 1794 avec ses collègues du parlement toulousain.
(4) L'abbé Dominique-Marie Savy devint vicaire général à Toulouse, et
en 1826 il fut nommé à l'évêché d'Aire. Il mourut en 1842. Dans la brochure

mort évêque d'Aire, Dom Dejoy, ancien chartreux, et
l'abbé Monnerot, qui nous fouettait consciencieusement.
Passionné de musique, j'allais recevoir les leçons de l'abbé
Prax. J'avais chanté devant lui une de ses œuvres intitulée : le Lis et la Rose, allusion à Louis XVI et à Marie-
Antoinette. Mlle Justine de Villèle m'accompagnait sur
la harpe. Ravi de m'entendre, l'abbé Prax me réclama
aussitôt comme élève. Il était logé chez une dame Lagarrigue, qui avait trois filles, dont l'une possédait un vrai
talent de harpiste. M. Ducreux me donnait les premiers
principes du dessin, et M. Labadens m'initiait aux difficultés du violon.

Le 18-Fructidor fit brutalement s'évanouir nos rêves de
bonheur. Nos appréhensions recommencèrent, tout nous
portait à redouter d'effrayantes tribulations. Ordre fut
donné aux individus inscrits sur la liste des émigrés de
quitter la France sous peine de mort. Mon grand-père
tombait sous le coup de cet arrêt; or, il ne voulait
pas accepter le titre d'émigré, alléguant à juste titre
qu'il n'avait point passé la frontière durant la Révolution. Il fut donc contraint de se cacher encore. Un
grenier au-dessus de sa bibliothèque lui offrit un asile
assez sûr, on y pénétrait par une trappe invisible. Mis
dans le secret, je fus, de temps en temps, chargé de
monter la garde.

L'institution de M. Pontier avait péri au 18-Fructidor.
Les prêtres qui s'y trouvaient furent poursuivis. Le chartreux Dom Dejoy, d'une remarquable agilité, échappa aux
agents du pouvoir dictatorial en sautant par une fenêtre
dans la rue.

Ma mère voulait employer tous ses efforts pour obtenir
que mon grand-père fût rayé de la fatale liste des émigrés.
Dans ce but elle se rendit à Paris. Avant son départ, elle

de M. l'abbé Tournier, mentionnée plus haut, il est également question de
François-Médard Pontier, de son école, de ses collaborateurs.

me mit en pension chez M. Ruffat (1), fils d'un célèbre
professeur de droit romain. Lui-même se destinait à cette
carrière quand la Révolution vint détruire ses projets. Il
était excellent latiniste, particulièrement versé dans les
Institutes, les *Pandectes*, le *Digeste*. Un portrait de Cujas
ornait majestueusement sa chambre. Bon littérateur, il
faisait agréablement les vers ; c'était un homme de cœur
et d'esprit. Il avait pour associé M. Salvan ; sa sœur et ses
nièces prenaient également soin des élèves. Leur institution se trouvait dans l'hôtel de Lasbordes, si remarquable par les sculptures de Bachelier. Je fis là des études
aussi complètes qu'on pouvait le souhaiter à cette époque.

L'ancien mode d'enseignement avait disparu. Le régime
d'alors était l'œuvre de Lakanal et Daunou. A côté des
écoles primaires figuraient quatre-vingt-dix-huit écoles
centrales. Comme il n'y avait là aucune garantie morale,
mais bien plutôt une complète négation des principes religieux, les gens honnêtes se gardaient de mettre leurs
enfants dans ces établissements. Ils les plaçaient dans des
institutions libres dont l'existence avait été admise par
Lakanal et Daunou, qui reconnaissaient la liberté du père
de famille. Le Directoire soumit toutefois à une étroite
surveillance les chefs de ces maisons d'éducation. Il exigea
d'eux le serment absurde de haine à la royauté, l'observation des Decadi, l'emploi du nom de citoyen. M. Ruffat,
pour nous conserver sa bienfaisante instruction et surtout
un enseignement religieux, dut subir ces conditions qui lui
étaient odieuses. Le jour des Decadi, il conduisait quelques
élèves, appartenant à des familles attachées au Directoire,

---

(1) Jean-Dominique-François-Marie Ruffat (1762-1842) devint, en 1782,
avocat au parlement de Toulouse. Sous le Directoire, il fonda une école dans
cette ville. En 1806, il devint professeur à l'École de droit, mais en 1830,
ses principes lui interdisant de prêter serment à la monarchie de Juillet, il
donna sa démission. Il était chevalier de la Légion d'honneur et membre de
l'Académie des Jeux floraux. Son frère, Jean-Baptiste Ruffat, dont il a été
question plus haut, avait été guillotiné en 1794.

dans le temple de la Raison ; c'était l'église métropolitaine de Saint-Étienne qu'on avait profanée par ce titre écrit en énormes caractères au-dessus du portail. Le maire y tenait des discours sur des sujets républicains, mais en gardant un ton modéré comme son caractère. Les élèves des différentes écoles y récitaient les Droits de l'homme ou la Constitution, mélangeant à tout cela des amplifications civiques. Ceux de M. Ruffat déclamaient une traduction en vers de quelque ode d'Horace, entre autres celle commençant ainsi :

Cœlo tonantem credidimus Jovem regnare.

Toujours pour sacrifier aux nécessités de l'époque, M. Ruffat appela chez lui, comme professeur de mathématiques, un prêtre ayant abandonné son état et que tout le monde prenait bien soin d'appeler « citoyen Romieu ». C'était, d'ailleurs, un homme bienveillant qui ne proférait jamais de mots déplacés, aussi resta-t-il dans l'institution quand les temps devinrent meilleurs. M. Ruffat avait encore auprès de lui un autre paratonnerre politique, le citoyen Peffau, perruquier de l'établissement, investi de fonctions municipales pendant la Terreur. Son rôle à notre égard était de haute importance. On devait, en effet, à cette époque-là, considérer le perruquier comme une des personnalités essentielles d'un collège. Les élèves portaient encore les cheveux longs et poudrés, aussi les bons offices du citoyen Peffau nous étaient-ils précieux. Au fond très brave homme, cet artiste éminent avait rendu quelques services à M. Ruffat durant sa détention.

On n'exerçait plus de poursuites contre le culte catholique, mais il n'avait point lieu en dehors des chapelles particulières. Un prêtre, M. Dirat, qui, au plus fort de la tempête, était toujours resté à Toulouse pour y continuer son ministère secrètement, nous donnait l'instruction religieuse et célébrait la messe dans notre école deux fois la semaine. Tout cela se passait assez mystérieusement, la prudence étant nécessaire sous un gouvernement hostile. Bientôt je fus admis à la Sainte Table avec mon camarade Castelbajac (1). Nous étions bien jeunes, mais notre piété n'avait pu que se tremper vigoureusement pendant ces années de persécution. D'ailleurs, l'héroïsme des prêtres accomplissant leur tâche sous la menace de la déportation ou de l'échafaud avait ramené les fidèles à la ferveur de la primitive Église.

Ma mère poursuivait à Paris, avec une patiente ténacité, la radiation de mon grand-père. Elle réussit enfin, après s'être adressée en toute confiance à un député de Toulouse, nommé Destrem (2), membre du conseil des Cinq-Cents. Réputé pour ses opinions exaltées, il était cependant honnête ; il mourut sans laisser de fortune à ses nombreux enfants, dont l'un est général au service de l'empereur de Russie. Ma mère prouva à Destrem que M. de Reynal n'avait point quitté la France. Il s'était caché pendant les années 1793 et 1794 pour se soustraire à la mort qui avait moissonné ses collègues. « Il est encore à Toulouse, dans sa propre maison, ajouta-t-elle ; je vous le déclare avec la conviction que vous respecterez un pareil secret. » Touché par cette franchise, Destrem s'engagea à diriger l'affaire ; il obtint de ses collègues la radiation demandée. Mon grand-père recouvra donc ses propriétés, sauf la portion de ses deux fils émigrés sur son héritage, portion que lui vivant fut obligé de payer d'avance au gouvernement directorial. Telle était la justice d'alors.

Ce fut une grande joie pour nous de voir arriver ma

---

(1) Barthélemy-Dominique-Jacques-Armand, marquis de Castelbajac (1787-1864), devint lieutenant général, et de 1844 à 1854, représenta la France en Russie. Il avait épousé Sophie-Blanche-Charlotte de La Rochefoucauld.

(2) Hugues Destrem fit partie de l'Assemblée législative, où il représentait le département de l'Aude. En 1798, il fut envoyé par le département de la Haute-Garonne au Conseil des Cinq-Cents. Déporté après le 18-Brumaire il mourut à Oléron en 1805.

mère, mais sa mise nous surprit étrangement. A cette époque, les départements, pour ne plus dire les provinces, étaient fort arriérés sous le rapport des costumes. Ma mère, à son départ, avait encore la grande coiffure poudrée et des vêtements que nous ne savions point surannés. Elle revint transformée. Ses cheveux étaient noirs, des boucles avaient l'air d'être collées à son front, à ses oreilles pendaient d'énormes anneaux en filigrane, la taille de sa robe montait très haut, sur sa tête se trouvait juché un tout petit chapeau vert. Ainsi était la mode en 1799.

Nous vivions des heures assez tranquilles. Mon grand-père pouvait vaquer à ses paisibles occupations. Chaque jour, il faisait une promenade sur le boulingrin en terrasse auquel, en dépit de la République, on conservait le nom de Jardin-Royal. Là se réunissaient de vieux et profonds politiques qui déambulaient avec une grave lenteur. Chemin faisant, ces heureux mortels rencontraient toujours la meilleure solution aux problèmes les plus complexes. Ils voyaient les événements à travers le prisme de leurs espérances et quand les faits ne cadraient pas avec leurs idées, ils les niaient imperturbablement. Ces bonnes gens aimaient à prédire l'avenir, mais ne s'attardaient guère à constater les démentis que leur infligeaient les circonstances au jour le jour.

L'expédition d'Égypte passionnait l'opinion publique. Elle défrayait toutes les conversations et les politiques du Jardin-Royal ne se faisaient pas faute de disserter à perte de vue ou plutôt à perte de bon sens sur un tel sujet. Cette entreprise semblait grandie par les souvenirs qu'elle évoquait. On pensait aux Israélites, à Moïse, à saint Louis ; les soldats de la République n'avaient pourtant rien des Croisés ; leur premier acte ne fut-il pas la destruction de cet ordre chevaleresque qui était la vivante expression, quoique dégénérée, de l'esprit des croisades? En réalité, quel but poussait Bonaparte vers ces rives lointaines, sous la menace des flottes formidables de l'Angleterre ? Certes de grands intérêts politiques et commerciaux se rattachaient à l'occupation d'un pays se trouvant sur la route des Indes, mais, dans ses appréhensions jalouses, le Directoire n'avait-il pas surtout cru opportun d'écarter un général jeune, actif, ambitieux et qui avait l'inquiétant prestige de la gloire ?

Une nouvelle coalition se formait contre la France. Le congrès de Rastadt venait d'être rompu quand on apprit une sanglante catastrophe. Les trois plénipotentiaires français avaient été attaqués par des hussards szecklers. Bonnier et Roberjot étaient restés morts sur la place. Jean Debry, couvert de blessures, réussit à se sauver. Quelle que fût la cause, quels que fussent les auteurs de ce crime, le Directoire en tira parti. Il ordonna des fêtes funéraires qui eurent lieu dans toute la France. Je fus témoin des cérémonies célébrées à Toulouse sur le Boulingrin. On avait érigé un grand monument en charpente et en toile peinte, sorte d'arc de triomphe, sous lequel étaient placées des urnes voilées de crêpe ; la patrie en pleurs les montrait au peuple. Le tout se trouvait entouré de trépieds, jetant des flammes. Sur l'architrave, on lisait :

Le 9 floréal an VII, à neuf heures du soir, le gouvernement autrichien a fait assassiner par ses troupes les ministres de la République française Bonnier, Roberjot et Jean Debry, chargés par le Directoire exécutif de négocier la paix au congrès de Rastadt. Mort au tyran !

Des chœurs firent entendre un hymne dont le refrain était :

> *Mourir pour sa patrie*
> *C'est un sort plein d'honneur, le plus digne d'envie.*

Un personnage à l'écharpe et aux plumes tricolores harangua la foule qui, en général, n'entendit pas un mot de son discours, débité avec des gestes frénétiques. Une fois sa philippique achevée, cet orateur au verbe enflammé remit à un chef militaire un étendard portant cette inscription :

La nation a été outragée dans la personne de ses plénipotentiaires par les satellites de l'Autriche. Vengeance!

De nombreuses troupes s'ébranlèrent alors au bruit de salves d'artillerie, puis défilèrent devant le monument en criant avec fougue : « La victoire en chantant nous ouvre la barrière. » Le soir, un feu d'artifice se termina par l'illumination subite du monument, au centre duquel le coq français foudroyait les aigles et les léopards, tout cela dans le fracas de détonations multiples. Ces représentations théâtrales attiraient le peuple et exaltaient son imagination.

Les victoires remportées par Bonaparte en Égypte, puis le désastre d'Aboukir avaient captivé l'attention générale ; on eut bientôt à s'entretenir des défaites subies par Schérer et de la marche triomphale de Souvarow en Italie. Beaucoup croyaient être délivrés de l'odieuse tyrannie du Directoire par ce général russe qui abhorrait la Révolution. A travers toute la France on avait répandu l'histoire et des portraits de Souvarow Rimnisky, les hommes adoptèrent des chapeaux ou des bottes dits à la Souvarow. L'esprit public accueillait avec enthousiasme tout ce qui pouvait présager la chute prochaine d'un système honteux livrant notre pays à des hommes sans portée et souillés des crimes les plus odieux de la Révolution ; ne célébraient-ils pas encore comme une fête nationale l'assassinat de Louis XVI?

Tous les genres de corruption semblaient s'être groupés autour de ces cinq étranges caricatures de la royauté. La cour de Barras imitait Caprée, les femmes qui en faisaient l'ornement avaient donné le signal de la plus grande licence. Les jongleries de La Révellière-Lépeaux insultaient aux croyances ravivées dans beaucoup de cœurs par la persécution. Les exactions des traitants, le pillage de la fortune publique, des enrichissements scandaleux, la lourdeur des charges, la mort de l'industrie et du commerce rendaient ce pouvoir de plus en plus méprisable.

Les royalistes, poussés à bout, tentèrent de secouer leurs chaînes. Dans le Midi et particulièrement dans la Haute-Garonne, les esprits s'agitaient au point de vouloir essayer un mouvement pareil à celui qui avait naguère soulevé la Vendée. L'organisation comprenait la Gironde, les Landes, le Gers, le Lot-et-Garonne, l'Ariège, l'Aude, l'Hérault, le Gard. Par la Gironde, des communications étaient possibles avec la Vendée, le Poitou, la Saintonge. Par le Gard, on pouvait se mettre en rapport avec la Provence. On comptait sur les Pyrénées-Orientales et sur les Basses-Pyrénées, ces deux départements étant mal défendus. Le Directoire décrié n'avait pas de partisans. Les gardes nationales se trouvaient disséminées en colonnes mobiles ; dans leurs rangs figuraient de nombreux ennemis de la Révolution. Le peuple était sans travail et sans pain. Il n'avait plus de prêtres, plus de sœurs, pour lui prodiguer des consolations. Les paysans ne cachaient pas leur animosité, ils s'insurgeaient contre la conscription et les réquisitions. On sentait qu'un vent de révolte ne tarderait pas à souffler, on parlait avec mystère du coup qui allait éclater et c'était le secret de la population entière.

C'est au mois de juillet 1799 que le soulèvement commença ; des bandes de paysans prirent les armes, ils devaient bientôt avoir comme chefs le général Rougé (1) et le comte Jules de Paulo (2), jeune homme plein de cou-

_____

(1) Rougé, promu général sous l'an II, fut placé en demi-solde quelque temps après. Il devint un des principaux chefs du soulèvement royaliste de l'an VII. Une amnistie ayant été accordée aux insurgés, il se retira à Saint-Orens, près de Toulouse.

(2) Le comte Marc-Antoine-Jules de Paulo (1775-1804) passa en Espagne

rage, unique rejeton de la famille du grand maître de
Malte. A ces royalistes manquait un plan d'ensemble, et
la contrée où ils agirent ne se prêtait guère à leur entreprise. Débutant par quelques succès faciles, ils s'assem-
blèrent dans plusieurs bourgs, arborant le drapeau blanc
sans opposition aucune. Mais peu à peu, les événements
devinrent sanglants. Après avoir battu les républicains à
Lanta et à Montgiscard, les insurgés arrivèrent jusqu'aux
portes de Toulouse, campant d'abord sur les hauteurs de
Pech-David, puis s'avançant jusqu'au faubourg Saint-
Michel. Mais que pouvaient-ils faire contre des troupes
disciplinées, comment auraient-ils résisté à la cavalerie?
Peut-être eussent-ils triomphé si un mouvement s'était
produit à l'intérieur de la ville afin de favoriser leur marche.
Il aurait fallu occuper l'arsenal pour fournir armes et
bagages à ces paysans si mal équipés. Ce secours n'étant
point venu, les royalistes furent mis en déroute. De notre
collège nous entendions tonner le canon.

Le général Aubugeois conduisit alors un groupe de
troupes républicaines contre l'Isle-Jourdain où le chevalier
d'Albis avait arboré les emblèmes royaux. Ce furent dans
cette partie du Gers des scènes affreuses de meurtre, de
pillage, plusieurs villages furent mis à sac. Les vainqueurs
n'osèrent toutefois marcher sur Muret où se trouvaient
huit mille royalistes commandés par le général Rougé.

Une autre colonne républicaine attaqua le château de
Terraqueuse, près de Saverdun ; elle en fit les approches
en règle, comme pour une forteresse, or la demeure était
vide ; elle fut ravagée, puis livrée aux flammes. Terraqueuse appartenait au comte Jules de Paulo, qui, après
avoir soumis Calmont et les bourgades du voisinage,

après l'insurrection de l'an VII. Le 18-Brumaire lui permit de revenir en
France, et, selon certains auteurs, il aurait été question de son mariage
avec Hortense de Beauharnais, mais Bonaparte se serait opposé à cette
union. (V. DE CASTERAS, *Histoire de la Révolution dans l'Ariège;* LAVIGNE,
Histoire de l'insurrection royaliste de l'an VII.)

s'était dirigé sur Muret où il rejoignit le général Rougé. Là ils apprirent soudain qu'un fort contingent venait les attaquer et qu'un autre allait de l'Ariège vers Saint-Martory. Paulo part aussitôt avec ses bandes de paysans, il atteint Saint-Martory avant les soldats républicains, réussit à les culbuter, gagne Saint-Gaudens et Montréjeau. Bientôt un combat acharné met aux prises ses hommes avec ceux des généraux Latour et Berthier-Saint-Hilaire. Les républicains finissent par rester maîtres de la situation. Deux mille morts jonchaient le terrain. Plusieurs royalistes se noyèrent dans la Garonne, deux mille furent faits prisonniers, seuls quelques débris de cette malheureuse armée parvinrent à se sauver et à passer en Espagne par le val d'Aran.

Dès lors, la Terreur régna de nouveau dans notre ville ; les arrestations sévirent, les visites domiciliaires recommencèrent, des colonnes de prisonniers furent enfermées dans les églises. Parmi ces captifs se trouvaient plusieurs de nos parents, entre autres d'Anel, le frère de mon père. Pour assister ces malheureux, on mit tout en œuvre, mais les révolutionnaires et les anciens terroristes, furieux de la lutte, enivrés par leur victoire, voulaient du sang. Le Directoire avait à se venger du mépris qui débordait sur lui. Des commissions militaires entrèrent en fonction, envoyant à la mort des hommes de toutes les conditions. On les fusillait au pied des anciens remparts de la ville, près de la tour appelée la tour de Rigaud. Ces nombreuses victimes enduraient leur supplice avec la résignation et le courage de soldats chrétiens.

Les Jacobins avaient dressé la liste de ceux qui devaient être sacrifiés, le nombre s'en élevait à mille. L'un d'eux, fils d'un des parlementaires toulousains exécutés à Paris, était M. Auguste d'Aguin (1). Son ancien instituteur,

(1) Né du mariage de Thérèse-Rosalie de Rességuier avec Jean-Joseph d'Aguin, qui fut guillotiné le 14 juin 1794.

M. Poitevin, avocat éloquent, littérateur distingué, plus tard secrétaire perpétuel de l'Académie des Jeux floraux, entreprend de l'arracher à la mort. Avec une logique merveilleusement serrée, il prouve que, même d'après les lois en vigueur, des commissions militaires sont incompétentes pour juger des citoyens n'ayant pas été pris sur un champ de bataille. En outre, M. Poitevin avait eu pour compagnon d'études Cambacérès, le ministre de la justice, il lui envoya donc un mémoire plein de raison et qu'il eut le bonheur de rendre persuasif. Les jugements militaires furent suspendus et le jacobinisme se vit enlever sa proie. On ne peut imaginer quelles étaient alors les émotions poignantes de la population toulousaine. Tout ce que la ville renfermait d'hommes honorables, moraux, religieux, c'est-à-dire l'immense majorité des habitants, avait en horreur les atrocités révolutionnaires et pourtant nous étions opprimés par une minorité turbulente qui avait pour elle le Directoire et ses troupes. Un ardent courage animait les royalistes, mais il leur manquait l'ensemble, si difficile à obtenir ou à conserver dans une époque tellement bouleversée et en présence des sociétés populaires, de leurs manœuvres, de leurs délations.

La loi de l'emprunt forcé vint accroître la gêne occasionnée à ma famille par les remboursements en assignats sans valeur, par la banqueroute des deux tiers de nos créances sur l'État, par les exactions et les vols dont nous avions été victimes. Nous fûmes taxés à une somme considérable pour notre fortune.

Le Directoire cédait chaque jour aux instances des Jacobins. Pour leur complaire il avait appelé au ministère le général Bernadotte et Fouché. Les clubs ouvraient de nouveau leurs repaires, les journaux demandaient le retour à la Terreur. C'est au milieu de cet état de souffrances et de craintes qu'on apprit l'arrivée soudaine de Bonaparte à Cannes, puis à Paris. L'espoir que ce grand capitaine anéantirait le joug d'un gouvernement détestable se manifesta d'un bout de la France à l'autre. Le coup du 18-Brumaire avait été habilement préparé par Bonaparte, Sieyès et Ducos ; le Conseil des Anciens leur fut favorable ; quant au Conseil des Cinq-Cents, il voulut résister, des baïonnettes décidèrent la question. Les députés se sauvèrent par les fenêtres et leur costume théâtral, peu conforme à une semblable déroute, leur attira les huées de la foule, toujours prête à venir au secours du vainqueur.

L'allégresse fut générale, quand on vit tomber ces pentarques abhorrés. Les prisonniers politiques recouvrèrent la liberté et la loi des otages devint sans application. On regardait Bonaparte comme un sauveur, les royalistes entretenaient les plus téméraires espérances. Ils s'imaginaient que l'ambitieux général préférerait la gloire désintéressée de Monk au pouvoir exorbitant de Cromwell.

L'institution de M. Ruffat prit une importance plus grande, les études y furent mieux organisées ; en outre une pension voisine, dirigée par un certain M. Lassus, ayant dû fermer ses portes, de nouveaux élèves vinrent se joindre à nous. J'avais d'excellents camarades ; parmi les meilleurs, je comptais Lefranc de Pompignan, petit-fils de l'auteur de *Didon*, et Armand de Castelbajac, aujourd'hui lieutenant général. Ayant assez d'amour-propre, j'étais naturellement stimulé au travail ; une ardeur particulière m'animait au moment des compositions et des distributions de prix. A onze ans, déjà, je montrais un goût très marqué pour la versification. J'obtins des succès locaux, grâce à un petit poème racontant : « Le retour d'un curé de village dans son presbytère dévasté par la Révolution. » Une épître à Mme Julie de Batz, poète fort aimable, me valut aussi quelques éloges, je réussis enfin à m'acquérir une situation de premier ordre dans mon collège par un drame monstrueux intitulé : *Charlotte Corday*. Il m'avait plu d'appeler cela une tragédie. Bref, on entrevoyait pour moi un glorieux avenir, on me présageait de superbes destinées poétiques auxquelles, hélas ! j'ai manqué.

Ma passion pour la lecture me donnait un certain avantage sur mes compagnons d'étude. J'avais lu l'histoire ancienne, l'histoire romaine, l'histoire générale des voyages, l'histoire universelle et beaucoup d'autres ouvrages qui, en développant mon instruction, me faisaient remuer pas mal d'idées. Le récit des expéditions de flibustiers exaltait mon imagination, je rêvais de pays lointains, d'aventures et de gloire. Bojardo, l'Arioste et même Don Quichotte m'avaient incité à fabriquer pour mon usage personnel des armures fantaisistes. Je fis chevalier un de mes amis, Théodose Naylies, que je convertis en une manière de Sancho Pança, moins ferme dans les arçons que dans l'espoir d'une île merveilleuse. Le frère de ce pauvre Théodose est devenu un militaire distingué. C'était un jeune homme doux et timide qui, parti simple soldat, devint capitaine, gagnant sur les champs de bataille ses grades et la croix d'honneur. Devenu cher au duc de Rivière, il fut nommé officier instructeur des gardes du corps, resta fidèle à la famille royale et vit aujourd'hui de sa retraite d'officier de cavalerie.

Outre mes études classiques, je m'adonnais aux mathématiques, au dessin, à la musique. Les symphonies m'électrisaient, j'étais heureux d'être admis à les entendre exécuter sous la direction de deux artistes qui furent toujours affectueux pour moi, MM. Falcon et Guénée.Combien ces premières impressions ont de force ! Je me rappelle encore la vivacité de mes transports et le charme d'émotions profondes. Je m'abandonnais avec délices à l'influence pénétrante de cette musique tour à tour mélancolique ou ardente, mais éveillant toujours de nobles sentiments. Je continuais le dessin d'abord sous la direction de M. Goudin, qui travaillait dans le genre de Natoire, puis avec M. Suau, élève de Rivals. Les dessins d'après estampe, comme nous en faisions alors, n'ont guère d'utilité, on s'applique à de minutieuses hachures, sans penser à la forme, aux effets, à la vie même de l'œuvre. Nous reproduisîmes au crayon, il m'en souvient, des gravures représentant la mort de Desaix et celle de Kléber. Desaix était figuré tombant de cheval dans les bras de son aide de camp, le fils du consul Lebrun ; au-dessous étaient inscrites les dernières paroles qu'on lui attribuait : « Allez dire au Premier Consul que je meurs avec le regret de n'avoir pas assez fait pour la postérité. »

La victoire de Marengo eut un retentissement considérable. De nombreux poètes la célébrèrent, on nous fit apprendre par cœur les strophes d'Esmenard, l'auteur du poème de *la Navigation* et qui périt si malheureusement quelques années après en Italie d'une chute de voiture.

> *Plaine de Marengo, lieux à jamais célèbres*
> *Où l'homme déplora les succès du héros…, etc., etc.*

Ces temps étaient fertiles en événements bien propres à surexciter nos jeunes imaginations, mais rien ne leur parla plus vivement que la fin de La Tour d'Auvergne, le célèbre premier grenadier de France.

Toulouse, ville très religieuse, avait été plongée dans l'affliction et le deuil à la nouvelle de la mort de Pie VI. Enlevé de Rome le 20 février 1798, il avait été traîné d'abord à Sienne, puis à Florence, puis en France. Les fidèles se pressaient en foule sur son passage. Après un long et pénible voyage, il arriva à Valence le 14 juillet 1799 et y mourut le 29 août de la même année, âgé de quatre-vingt-un ans. Quelques mois après, le 14 mars 1800, le cardinal Chiaramonte fut élu pape à Venise. Combien les catholiques se félicitèrent de cet événement qui déconcertait si fort les ennemis de leur foi, proclamant à hauts cris la fin de la papauté. Pie VII lui-même devait être captif plusieurs années, et le siège de saint Pierre n'a pas été anéanti. Pie VII compte déjà quatre successeurs et qu'est-il advenu du trône de Napoléon?

Ma famille eut une grande joie. M. de Reynal (1), le fils aîné de mon grand-père, revint après dix années de proscription ; il avait trouvé d'honorables moyens d'existence en s'associant aux travaux de M. de Pontgibaud (2) qui, sous le nom de Labrosse, tenait une maison de commerce à Trieste. Cette maison possédait à Hambourg une succursale dont la direction fut confiée à mon oncle. M. de Pontgibaud, ancien colonel, était secondé dans ses affaires par des officiers, des magistrats, des administrateurs émigrés comme lui. Sa fortune prospéra et son nom est toujours honoré à Trieste où j'ai revu ses enfants, venus pour visiter les propriétés qu'ils y ont encore. Mes deux oncles de Reynal gagnaient leur vie dans cette entreprise de M. de Pontgibaud, fondée après le licenciement de l'armée de Condé. Le plus jeune des deux (3), connu sous le nom de baron de Montamat, fut très aimablement reçu par une famille française émigrée à Gratz. Le général comte de Maudet s'y était fixé, comme beaucoup d'officiers attirés par la présence de M. le duc d'Enghien. La comtesse de Maudet avait infiniment d'esprit et les Français trouvaient toujours chez elle l'accueil le plus cordial. M. le duc d'Enghien fréquentait ce cercle ; lui et son aide de camp, le comte de Cheffontaine (4), y apportaient toujours la plus aimable

---

(1) Pierre-Marcel de Reynal entra au parlement de Toulouse en 1784, puis suivit la carrière diplomatique sous les ordres du comte O'Kelly à Mayence. Il resta à l'étranger pendant la Révolution. Revenu à Toulouse, il rentra dans la magistrature et devint président de chambre. Il mourut le 22 juin 1828 à l'âge de soixante-huit ans. Il était chevalier de la Légion d'honneur.

(2) Il s'agit probablement ici d'Albert-François de Moré, comte de Pontgibaud, qui, avant la Révolution, était lieutenant-colonel au régiment de Dauphiné-Infanterie, et qui présida les États d'Auvergne en 1789.

(3) François-Joseph-Auguste de Reynal, baron de Montamat, officier d'infanterie, fit campagne dans l'armée des princes et épousa en émigration Aimée-Louise de Maudet.

(4) Le vicomte de Cheffontaine servit pendant l'émigration dans l'armée

gaieté. Grâce à l'amitié de la reine de Naples, la comtesse
de Maudet avait les secours nécessaires contre l'indi-
gence. L'aînée de ses filles était mariée à un Breton, le
marquis de Bruc-Montplaisir, la seconde épousa le baron
de Montamat, mon oncle. De ce mariage très heureux
naquit une fille dont la reine de Naples fut marraine ; on
l'appela donc Caroline, d'où lui vint le nom de Lina (1).

J'étais dans la pension de M. Ruffat quand fut signé le
Concordat rétablissant le culte public. On savait depuis
longtemps que le Premier Consul traitait avec Pie VII qui
avait envoyé à Paris le cardinal Consalvi. Mais on savait
aussi les efforts néfastes des hommes irréligieux. Par système philosophique ou par stupide ignorance, ils conseil-
laient à Bonaparte, les uns de laisser le catholicisme abandonné aux querelles entre prêtres assermentés et non
assermentés, les autres de se faire chef d'une Eglise nationale ou bien encore de proclamer le protestantisme. D'un
côté quelques membres de l'Institut, égarés par l'orgueil
de leur science, de l'autre quelques soldats braves, mais
accoutumés aux haines grossières professées par les clubs
jacobins contre tout culte, cherchaient à effrayer le Premier
Consul sur les conséquences d'un retour à la religion.
Volney, Laplace, Monge, Lannes, Augereau firent auprès
de lui de vaines démarches. Il avait compris qu'elle doit
être la base essentielle de l'ordre social. Il parla avec raison,
avec force, il commanda et le Concordat fut proclamé.

Je me rappelle encore avec quelle allégresse le peuple
se porta dans la vénérable cathédrale, l'église de Saint-
Étienne, si longtemps profanée par le titre de Temple de

de Condé. Il était alors aide de camp du duc d'Enghien. En 1814, il fut nommé
sous-lieutenant dans les chevau-légers et suivit Louis XVIII à Gand. Après
les Cent-Jours, il devint maréchal de camp.

(1) Marie-Caroline-Dominique de Reynal-Montamat (1802-1888) épousa,
en 1822, Joseph-Louis de Puymirol (1789-1864), qui prit part, comme
officier d'artillerie, aux campagnes du premier Empire. Il se rallia aux
Bourbons dès leur retour, et prit sa retraite en 1829 comme major d'artillerie. Il était chevalier de la Légion d'honneur et de Saint-Louis.

la Raison. L'odieuse inscription tomba aux applaudissements unanimes ; le rideau, qui séparait la nef du chœur
où les prêtres assermentés célébraient leur culte, fut
arraché et la vieille basilique revit, prosternés devant Dieu,
tous les habitants de Toulouse restés chrétiens et rendus
plus fervents par la tempête révolutionnaire. Comme à
Paris, un *Te Deum* fut solennellement chanté, les voix
vibrantes de reconnaissance s'unirent dans le sublime
cantique de saint Ambroise et de saint Augustin. On
pleurait de joie, on s'embrassait, on remerciait Dieu
d'avoir suscité un chef à l'intelligence et au caractère si
supérieurs. Ce sont là d'impressionnants spectacles auxquels
on est heureux d'avoir assisté et qu'on n'oublie jamais.

Nous vîmes reparaître dans le costume de leur état les
prêtres et les sœurs de charité qui, quelque temps auparavant, devaient recourir au déguisement pour aller porter
leurs secours aux malades et aux pauvres. Un de nos amis,
dom Pons, ancien prieur de bénédictins, étant fort pauvre,
fit teindre en noir son habit couleur fauve. Mais le teintu-
rier se montra peu expert. A la première pluie le costume
se moucheta de fauve, comme une peau de léopard ; l'infortuné dom Pons vint nous conter sa mésaventure en
nous faisant admirer la bigarrure de son frac.

Le Concordat étant signé, la plupart des anciens évêques
résignèrent leurs fonctions. Le vertueux archevêque de
Toulouse, M. de Fontanges (1), quitta son siège avec des
expressions dignes de la primitive Église et mourut quelques
années après en soignant des soldats atteints par le typhus.
La population toulousaine éprouva une véritable affliction, en voyant M. de Fontanges contraint d'abandonner
son diocèse, d'autant plus qu'on mettait à sa place

(1) François de Fontanges (1744-1806) devint évêque de Nancy en 1783,
archevêque de Bourges en 1787, archevêque de Toulouse en 1788. Ayant
refusé de prêter serment à la constitution civile du clergé, il se réfugia en
Espagne. En 1801, il donna sa démission d'archevêque de Toulouse. Quelque
temps après, il fut appelé à l'évêché d'Autun.

M. Primat, membre du clergé assermenté. Cet ancien ora-
torien, nommé d'abord évêque du département du Nord,
avait remis ses lettres de prêtrise à la Convention en
novembre 1793 ; il fut plus tard transféré à l'évêché de
Rhône-et-Loire, c'est de là qu'il vint à Toulouse. Il faut
en convenir, notre nouveau prélat arrivait sous de fâcheux
auspices dans une ville essentiellement catholique. Toutefois, M. Primat, qui regrettait profondément son schisme,
fit choix de grands vicaires respectés par tout le monde.
En outre, il se montra pieux, humble, charitable et peu
à peu s'attira une considération qu'on lui avait d'abord
refusée. Il fut atteint d'apoplexie dans une visite pasto-
rale à Villemur et mourut à Toulouse en octobre 1816.

Peu après le Concordat, M. de Chateaubriand publia
le *Génie du Christianisme*. Nous avions déjà lu dans le
Mercure plusieurs fragments d'*Atala*, brillant épisode de
cet ouvrage ; nos jeunes imaginations avaient accueilli
avec enthousiasme une narration aussi touchante, conduite dans un style noble et harmonieux. Le *Génie du
Christianisme* nous intéressa vivement, il répondait aux
aspirations de nos âmes. On avait couvert notre foi de
sarcasmes, mais la conscience publique venait enfin d'être
éclairée ; elle préférait la religion qui console au philoso-
phisme qui égorgeait les hommes. M. de Chateaubriand
exprimait nos sentiments les plus profonds en célébrant
tout ce que nos mystères ont de sublime, tout ce que les
Saintes Écritures ont de beauté, tout ce que notre morale
a d'admirable.

Dans les églises on redonnait beaucoup d'éclat aux
cérémonies et nous entendions avec bonheur retentir sous
les vieilles voûtes les chants religieux dont nous avions été
si longtemps privés. Pendant bien des jours nous avions
assisté à la messe dans une maison contiguë à celle de
mon grand-père. Là se trouvait une pension de jeunes
filles dirigée par Mmes Geoffroy, religieuses du Bon-Jésus ;

mes sœurs (1) y furent quelque temps avec Mlle de Gélas ;
ma sœur Joséphine, vrai diablotin, n'avait pas tardé à
s'en faire retirer : pour cela elle n'imagina rien de mieux
que de se raser les sourcils. Elle était célèbre par ses espiè-
gleries.

En 1803, je quittai les enseignements de M. Ruffat ;
son établissement avait été transféré de l'hôtel de Lasbordes dans la rue de la Plau. Dès lors, je pus me consacrer
davantage aux arts. Je continuai à travailler avec M. Suau,
disciple de Despax, de Subleyras, de Rivals. Il faisait tout
son possible pour concilier ses idées personnelles avec un
retour à l'étude exclusive de l'antique, retour mis en
honneur par Vien et David. J'avais la bonne fortune de
rencontrer dans l'atelier de M. Suau plusieurs de mes
amis, entre autres les frères Marsac, mes anciens condis-
ciples chez M. Cailhive. Nous allions le soir dessiner d'après
le modèle vivant à l'Académie des Arts ; j'y recevais
aussi quelques leçons du statuaire Lucas et j'y remportai
une médaille d'or pour un bas-relief représentant Jacob
béni par Isaac. MM. Pomiau et Virebent m'initiaient aux
principes de l'architecture. Malgré tout cela je ne négligeais
point la musique, je l'aimais trop pour lui être infidèle·
Nous avions organisé d'intéressants quatuors, c'était pour
moi le plus agréable délassement à mes études scientifiques.

La majeure partie de mon temps se trouvait, en effet,
absorbée par les mathématiques, un de mes camarades,
M. de Saint-Simon, m'ayant inspiré la vocation d'entrer à
l'École polytechnique. Pour m'y préparer je me rendais

(1) Marie-Joséphine Baron de Montbel (1789-1864), mariée en 1813
au comte de Lauraguel, qui mourut en 1839, et Anne-Amélie Baron de
Montbel (1791-1868), unie en premières noces (janvier 1812) au chevalier
Jacques-Joseph-François-Fortuné Tarbouriech d'Assignan, et en secondes
noces à Philippe Cadiot de Saint-Paul, qui combattit avec les émigrés, entra
dans l'armée en 1807, fit les campagnes d'Espagne, de Russie, d'Allemagne,
de France, fut décoré de la Légion d'honneur en 1812, devint colonel d'artillerie et mourut en 1850.

régulièrement chez un certain M. Romieu qui, me regardant comme un de ses élèves les plus avancés, me confia le soin d'instruire les autres. Je faisais la classe à MM. de Gérusse, Lapène, etc. Ils subirent l'examen avec succès ; quant à moi, je fus absolument décontenancé par les questions de l'examinateur, M. Monge. C'était un homme petit, maigre, cassant, fort poudré et coiffé en ailes de pigeon. Sa physionomie sévère me parut peu encourageante, bref, je perdis devant lui tout mon savoir, il crut donc opportun de me renvoyer à l'année suivante. Ce M. Monge avait pour frère le célèbre auteur de la *Géométrie descriptive*, celui-là même qui fut nommé sénateur par Bonaparte. Quoi qu'il en soit, j'endurai la pénible mortification de voir mes élèves reçus et moi rejeté. De ceux qui me furent préférés, plusieurs périrent tragiquement, entre autres les deux fils du commandant de la place, M. de Reynier. On apprit leur mort à un mois de distance, l'un avait été emporté par un boulet en Allemagne, l'autre s'était noyé en Italie. M. de Reynier avait pour sœur cette Mme de Lavergne, qui, assistant au tribunal révolutionnaire à la condamnation de son mari, voulut être exécutée sur le même échafaud et n'hésita pas à pousser le cri de : « Vive le Roi ! »

Mon insuccès permit à ma mère de me faire renoncer à l'École polytechnique ; je commençai donc à suivre les cours de droit. Je liai bientôt connaissance avec un M. Tissier, jeune homme aux talents les plus variés. On pouvait le considérer comme un merveilleux danseur, dans ce temps où la gloire de Trénis avait tourné tant de têtes et provoqué tellement de pirouettes. Il était en outre fort redoutable à l'escrime, jouait à ravir du violon et de la flûte, peignait on ne peut mieux, excellait aux mathématiques et presque à tout. La fortune lui fut d'abord peu propice, mais il sut mériter ses sourires. Par son travail, son intelligence, son excellente conduite, il acquit une situation et devint un des banquiers les plus riches de Montpellier.

MM. Tissier et Cavalier-Larive semblaient être les étoiles d'un salon où l'on dansait beaucoup, où l'on jouait encore davantage. Mme Romiguières était la Terpsichore de ces fêtes, son mari se montrait alors fort tranquille, il a depuis donné de fréquentes preuves d'agitation (1). Quand Mme Romiguières et M. Tissier exécutaient une gavotte, on s'empressait d'abandonner les cartes et l'on grimpait sur des banquettes pour admirer avec extase. Les Vestris ou les Gardel n'auraient certes pas mieux fait. Mmes de Rességuier, de Bellissen, de Mauléon avaient aussi beaucoup de grâce dans leurs danses. Ce salon comptait de nombreuses beautés parmi lesquelles brillaient surtout Mmes de Malaret, de Loubaissens, Galabert, Dubreuil de Frégose, de Roquefeuil, etc. Dans ces sociétés on jouait souvent de grosses sommes à l'écarté ou à la bouillotte.

Je trouvais les plus agréables ressources auprès de ma mère. Pour occuper les soirées de mon grand-père, elle recevait chez elle un assez grand nombre de personnes, venant régulièrement entre huit et onze heures du soir. Ma mère avait, pour l'aider à faire les honneurs de son salon, sa belle-sœur, Mme de Montamat. Le mari de celle-ci était mort à Gratz où, bientôt après, s'éteignirent presque en même temps le comte et la comtesse de Maudet. La pauvre veuve rejoignit alors, avec sa chère Lina, les parents de son mari. C'était une femme d'un caractère excellent, formée à l'école du malheur, charitable, prévenante, dévouée à sa fille et à ses amis.

Une parfaite communauté de sentiments régnait dans notre groupe. Les personnes fréquentant notre salon étaient toutes plus ou moins des victimes de la Révolu-

---

(1) Jean-François-Louis Romiguières, né en 1775, devint avocat au barreau toulousain et fut député pendant les Cent-Jours. Le gouvernement de Juillet le nomma procureur général à Toulouse.

tion ; elles en avaient souffert dans leur famille, dans leur fortune, elles avaient été emprisonnées, proscrites, menacées de mort. Dans le nombre figurait M. de Pesseplanes, lieutenant-colonel à l'armée de Condé pendant l'émigration. Au cours de la Terreur on l'incarcéra ; il savait sa fin prochaine, car il avait appris qu'on devait le fusiller. Des amis courageux parvinrent à se procurer l'empreinte de sa serrure et lui firent passer des clefs. Avec quelle émotion il évoquait le moment où il essaya d'ouvrir. A chaque tour de clef, une atroce anxiété l'étreignait. Mais le guichetier ayant été convenablement enivré, M. de Pesseplanes put franchir tous les obstacles ; à la dernière porte, il crut s'évanouir. Combien d'autres nous racontaient leurs tribulations. M. de La Rivière, ancien officier au régiment de Cambrésis, avait été jugé par la Haute-Cour d'Orléans. Il se trouvait avec plusieurs amis sur la charrette les menant à Paris, quand tout à coup, à Versailles, ils se virent entourés par une bande d'égorgeurs que dirigeait l'Américain Fournier. Un coup de sabre coupa par hasard la corde liant le chevalier de La Rivière, il se glissa aussitôt sous la charrette, puis s'évada au milieu de la foule.

M. de Laporte-Mauriac, lui aussi, avait miraculeusement échappé au supplice. Il était désigné pour l'échafaud ; son exécution n'était plus qu'une question d'heures, on avait déjà taillé ses cheveux. La mort de Robespierre lui valut soudain de recouvrer la liberté. Quant à M. de La Rochebarneaud, s'il ne succomba point aux massacres de Quiberon, c'est grâce au dévouement de quelques paysans qui le cachèrent au péril de leur vie. De quelle impressionnante façon il dépeignait la nuit ayant précédé l'assassinat de ses cinq cents compagnons. Un chevalier de Malte récitait l'office des morts et, tout le long de l'horrible veillée, il exhorta les malheureux captifs au moment du redoutable passage. L'un d'entre eux demanda à ses camarades : « Si je découvrais un moyen de me sauver,

m'aideriez-vous? — Sans aucun doute », lui répondirent-
ils. Or, ces malheureux se trouvaient dans une vaste
grange où traînaient quelques planches et quelques outils.
Le prisonnier en question avait remarqué dans la charpente deux poutres presque contiguës pouvant toutefois
laisser place à une personne. Il pria ses amis de le mettre
entre ces deux poutres et de clouer quelques planches au-
dessous. On l'enferma donc et, de cet espèce de cercueil
qui lui sauvait la vie, il entendit partir pour la mort ses
intrépides compagnons. Après de longues souffrances, il se
décide à appeler au secours ; le propriétaire l'entend, le
retire de sa boîte et lui assure la liberté.

Parmi nos intimes, nous comptions le chevalier de
Corn et sa sœur, Mme de Voisins-Lavernière. La famille
de Corn était du Quercy, elle comprenait plusieurs frères (1),
tous militaires, excepté l'un d'entre eux entièrement perclus.
A l'appel des princes ils émigrèrent. Le perclus, que ses
infirmités auraient pu dénoncer, fut placé dans la vache
de la voiture de sa sœur ; il atteignit' ainsi la frontière,
mais on comprend après quelles tortures. Avant de quitter
leur château pour passer à l'étranger, les de Corn virent
arriver un jeune homme auquel ils montraient le plus
grand intérêt. Ce jeune homme était fils d'une pauvre
cabaretière habitant les environs de Cahors, il avait pourtant quelque instruction. La famille de Corn, le prenant

(1) L'un d'entre eux, Guillaume-Joseph-Blaise-Marie de Corn du Peyroux,
entré dans le régiment de Bourbonnais-Infanterie, y devint capitaine le
21 mars 1779. Il fit la campagne d'Amérique avec Rochambeau, émigra
pendant la Révolution et en 1814 reçut le grade de colonel. Il avait épousé
en 1779 Marie-Thérèse d'Encocoelles de Salers. Le colonel de Corn était
chevalier de Saint-Louis. Son frère Zacharie-Jean de Corn avait également
figuré comme capitaine dans le régiment de Bourbonnais-Infanterie et combattu dans la guerre de l'indépendance américaine. En 1790, il fut nommé
officier de Saint-Louis. Ayant émigré, il s'enrôla dans l'armée de Condé,
devint major dans un régiment levé à la solde de l'Angleterre, passa avec
lui aux colonies, et fut réformé en 1799 à la Martinique. C'est là qu'il épousa,
en 1800, Fortunée de Courdemanche. Rentré en France, il reçut de Louis XVIII
le grade et la retraite de lieutenant-colonel.

sous sa protection, l'avait fait élever au séminaire de Toulouse ; on le destinait à l'état ecclésiastique. La Révolution le chassa du séminaire et le ramena au cabaret maternel.

Il fut bientôt signalé comme aristocrate, car il était en relations habituelles avec MM. de Corn. Avant leur départ, il vint les trouver : « Tout ce qui est royaliste, leur dit-il, quitte la France pour se réunir sous les ordres des princes. Vous allez certainement émigrer, je veux partir avec vous. — Non, lui répondirent-ils, vous ne devez pas suivre notre exemple, la raison s'y oppose. Comme militaires et comme gentilshommes, nous avons le devoir de répondre sans hésiter à l'appel des princes, il n'en est pas de même pour vous. Une expatriation peut avoir les plus graves conséquences, rien ne vous oblige à les subir. En ce moment, on forme la garde constitutionnelle du roi. Il importe qu'elle soit bien composée. Partez pour Paris ; voilà de l'argent, entrez dans la garde de Louis XVI ; vous lui serez plus utile que nous. » Le jeune homme convint avec peine que leur conseil était plus sage que son désir, il se décida pourtant à ne pas les suivre. Plus tard, la Révolution le poussa aux frontières, elle en fit un général, un héros en Égypte, un beau-frère de Bonaparte, elle en fit un roi de Naples. Ce jeune homme était Murat.

Lorsqu'il fut grand-duc de Berg, il mit tout en œuvre pour décider sa mère à venir le joindre. La digne femme, dans la droiture de son cœur et de son jugement, sentait que les habitudes de toute son existence ne cadraient nullement avec les grandeurs souveraines. Elle continua d'habiter sa modeste demeure et de porter ses humbles vêtements. Son fils fut admirablement bien pour elle. Différent du grand nombre des parvenus, il rendait visite à sa mère aussi souvent qu'il le pouvait, lui montrant toujours une respectueuse tendresse. Rien n'était bizarre comme l'assemblage de ce fils si théâtralement somptueux et de

cette femme vêtue comme la plus pauvre ménagère. Elle
ne voulut jamais renoncer à son état, elle y mourut.
Murat, grand-duc de Berg, réclama les restes embaumés
de sa mère ; or, dans tout le pays, on n'avait aucune idée
de ce qu'est un embaumement, on sala donc le corps de
cette digne femme, morte dans les plus beaux sentiments
chrétiens.

Toute la famille de Murat ne resta pas dans sa condition primitive. Deux nièces, campagnardes en bonnet rond,
furent conduites à Toulouse ; elles étaient fort jeunes. Le
même jour, une baigneuse les étuva, un coiffeur passa
leur chevelure au fer à papillotes, une couturière empri-
sonna leur taille épaisse dans un solide corset, un bijoutier
leur perça les oreilles, un dentiste leur arracha des sur-
dents. Les pauvres malheureuses étaient complètement
ahuries par ces douloureux débuts dans le monde. Après les
tortures de la toilette, on les soumit dans une pension au
supplice de l'éducation. Quand on les estima suffisamment
dégrossies, on les expédia à leur oncle.

Un des émigrés qui nous inspirait le plus grand intérêt
se nommait M. de Pélissier (1). Il avait servi dans l'armée
de Condé comme lieutenant-colonel d'un corps dont tous
les soldats étaient d'anciens officiers. Il jouissait d'une
réputation de chevaleresque héroïsme. Une fois, ayant
surpris une compagnie de grenadiers endormis, il leur cria
avant de les attaquer : « Grenadiers, aux armes ! » Il
combattit avec vaillance cette troupe qu'il aurait pu faire
prisonnière sans coup férir et il la força de se rendre. Cette
loyauté excessive semble contraire à la prudence, mais elle
exerçait un puissant empire sur ces gentilshommes-soldats.

La France avait été divisée en préfectures et sous-
préfectures. Le premier préfet nommé pour la Haute-

---

(1) Pendant l'émigration, M. de Pélissier commandait Mirabeau-Infanterie
et il fut blessé à l'attaque des lignes de Wissembourg. (V. *Histoire des émigrés
français*, par A. ANTOINE (de Saint-Gervais). Paris, 1828. T. Ier, p. 306 et 310.)

Garonne et envoyé à Toulouse, fut un ancien conventionnel,
M. Richard (1). Il vint occuper l'ancien palais de l'arche-
vêché attenant à la cathédrale. M. Richard était un administrateur actif et bienveillant. Un terrible remords pesait
sur sa vie. Il avait voté la mort de Louis XVI, mais il
s'en accusait tout le premier et disait à plusieurs personnes :
« Si vous pouviez comprendre le fatal entraînement des
assemblées délibérantes, vous auriez pitié de moi. » La
compassion est chose rare et bien des gens avaient la perfidie de ne point respecter ce chagrin qui devait inspirer une
certaine réserve à toute personne de cœur. Un soir, une
dame fort exaltée jouait à l'écarté. M. Richard, pariant
pour elle, s'était assis à ses côtés pour la conseiller. « Madame, lui dit-il, accusez donc le roi ! — Monsieur, répli-
qua-t-elle, à Toulouse on n'a jamais accusé le roi ; on le
nomme. » Un profond silence augmenta le poignant effet
de cette cruelle réponse. Cela se passait chez une demoiselle de Bessières, excellente personne, qui, ayant la manie
de tenir maison ouverte, recevait des individus d'opinions
les plus hétérogènes. On s'amusait de tous les événements
survenus dans son salon. La première fois que le préfet
Richard s'y présenta avec sa femme, le laquais, peu au
fait d'une dénomination toute nouvelle pour lui, annonça
M. le préfet et Mme la préfecture, aux rires de la société
réunie.

On contait mille choses étranges sur les réceptions de
cette demoiselle. Sa vieille sœur et sa vieille mère assis-
taient aux bals qui duraient jusqu'au jour. Un enfant de
treize ans, affublé du nom et de la veste d'un jockey, avait

(1) Le baron Charles-Joseph Richard (1761-1834) fut membre de la Convention et du Comité de salut public. En 1795, étant commissaire auprès de
l'armée du Nord, il ordonna de mettre en liberté plusieurs émigrés qui allaient
passer devant une commission militaire. Durant le Directoire, il fit partie
du Conseil des Cinq-Cents, puis fut, tour à tour, préfet de la Haute-Garonne,
de la Charente-Inférieure, du Calvados et de nouveau de la Charente-Inférieure au commencement de la seconde Restauration.

mission de veiller sur cette pauvre mère toute décrépite.
On parlait de petits chiens noyés dans le baquet de
limonade devant servir à la consommation de la soirée
et d'une quantité de mésaventures provoquées par
quelques mauvais plaisants qui se permettaient tout
dans ce salon, quoique souvent la maîtresse de céans
leur fît les plus spirituelles leçons. Une fois, deux officiers
d'artillerie vinrent à un de ses bals, sans lui avoir été
présentés. Mlle de Bessières se dirige vers l'un d'eux et
lui dit : « Monsieur, voudriez-vous bien me faire connaître
le nom de votre camarade? — Certainement, mademoiselle, il se nomme N***· — Bien, je vous remercie. Je
vais à présent lui demander comment vous vous appelez. » Les rieurs ne furent pas pour les officiers d'artillerie.

Elle arborait les plus étranges costumes et ne craignait
pas d'exhiber une horrible perruque jaunie par le temps.
Un jour, elle avait à dîner le vieil amiral de Saint-Félix (1).
Au cours du repas, un petit mulâtre vint porter une poule
au riz. Il cherchait à la déposer sur la table, quand tout
à coup, le plat lui glissant des mains s'abattit sur la tête
de l'amiral et fit sauter la poule sur la perruque de Mlle de
Bessières. Celle-ci ne se troubla guère ; elle prit à son aise
sa chevelure mobile toute coagulée, y passa deux ou trois
fois une serviette, puis se mit en mesure de découper le
malencontreux volatile. Quant à l'amiral, il sortit de table,
entièrement englué de riz et maugréant comme il convient
à un vieux marin.

Cet amiral de Saint-Félix était le meilleur homme du
monde, brave comme pas un, généreux autant qu'on peut
l'être, mais souvent aussi très vif. Quand, sur mer, il faisait
sa partie de trictrac et qu'il perdait, les dés, le cornet,

(1) Armand-Philippe-Germain de Saint-Félix, marquis de Maurémont
(1737-1819), entra en 1755 dans la marine, devint vice-amiral et grand-croix
de Saint-Louis.

parfois même le casier ne tardaient pas à se rejoindre dans l'eau ; on en avait de rechange.

D'un courage à toute épreuve, M. de Saint-Félix était un survivant de cette ancienne et glorieuse marine qui a compté Suffren, d'Orvilliers, La Motte, etc. Il avait fait un grand nombre de très belles campagnes. Il était resté sept ans à naviguer avec une fièvre tierce qu'il promena sous les diverses latitudes et longitudes, à l'équateur et au cercle polaire. Après ces longues années de souffrances vaillamment supportées, il finit par guérir. Son fils aîné (1) devint préfet sous la Restauration. Les Saint-Félix sont une des meilleures et des plus anciennes familles du Languedoc. Un d'entre eux (2) s'était uni à une cousine germaine de mon père et Joséphine (3), ma compagne d'enfance, se maria au général de Laplane.

Quant à Célestin de Saint-Félix (4), il était chevalier de Malte et se trouvait dans l'île au moment de la campagne d'Égypte. Lorsque la place capitula, il se vit, comme la plupart des chevaliers, dans le plus grand embarras, ne possédant pour toute fortune que cinq francs. Le général Darmagnac prit ce pauvre malheureux en compassion. « Qu'iriez-vous faire en France, lui dit-il, vous n'y seriez point en sûreté. La guerre que nous allons entreprendre n'a rien à démêler avec vos principes politiques. Venez donc avec moi. Vous serez mon aide de camp, si vous n'y

(1) Armand-Joseph-Marie de Saint-Félix, marquis de Maurémont, fut préfet du Lot en 1823 et de la Vienne en 1830.

(2) Le chevalier Jean-Jacques de Saint-Félix, marié en premières noces à Jeanne-Catherine de Jossé-Lauwreins, et en deuxièmes noces, le 15 février 1773, à Marie-Françoise-Alexis de Padiès, fille de Jean-Pierre-Étienne de Padiès et de Marie Baron de Montbel.

(3) Marie-Joséphine, née en 1788, épousa Jean-Grégoire-Barthélemy Rougé, baron de Laplane, lieutenant général mis à la retraite le 9 septembre 1815.

(4) Né en 1775, fut reçu chevalier d'ordre de Malte de minorité et devint chevalier de Saint-Louis et de la Légion d'honneur. (Pour cette famille, voir : la France moderne, Grand dictionnaire généalogique, historique et biographique, par J. VILLAIN, t. III. Montpellier, 1911.)

avez pas trop de répugnance. Avant tout, il faut vivre, et, ajouta-t-il en souriant, vous savez bien qu'avec moi on n'a pas à craindre de mourir de faim. » Darmagnac, en effet, avait été cuisinier chez les parents de Saint-Félix. L'offre fut acceptée, le chevalier de Malte suivit Darmagnac qui se montra pour lui plein d'égards. Quelquefois, après une journée de fatigues et de combats, retiré dans sa tente, le général disait avec bonhomie : « Saint-Félix, si je ne m'en mêle, nous aurons un mauvais souper. Assez de canon pour aujourd'hui, je reviens à mes anciennes batteries. » Et sortant son uniforme, il préparait leur commun repas.

A propos du siège de Malte et de sa facile capitulation, notre compatriote, le général Caffarelli, avait déclaré avec raison à Bonaparte, en lui montrant les formidables défenses : « Nous sommes heureux qu'il y ait eu quelqu'un ici. S'il n'y avait eu personne pour nous ouvrir les portes, jamais nous n'y serions entrés. » Maximilien Caffarelli était un homme très distingué et fort instruit. J'ai beaucoup connu ses frères et sa famille avec qui j'entretenais d'étroites relations. Maximilien, l'aîné de tous, périt au siège de Saint-Jean-d'Acre, où, par ses talents, il cherchait à suppléer aux moyens matériels nécessaires pour amener la place à se rendre. Il avait eu un bras emporté, mais malgré cela il voulut commander une attaque. Mécontent de voir ses ordres mal exécutés, il eut un accès de violence qui lui coûta la vie ; sa blessure se débanda et il perdit tout son sang.

CHAPITRE II

En 1810 et en 1811, je fis un séjour à Paris. J'étais parti de Toulouse avec un de mes amis, nous descendîmes tout près de l'Opéra ; c'était, il m'en souvient, un mardi gras et soir de bal. Dès mon arrivée, je rendis visite à M. de Puymaurin et à Mme d'Aspe ; ils étaient logés à l'hôtel de Hambourg, rue de l'Université. Sur leur conseil, je vins moi-même m'établir dans cet hôtel. Mon séjour à Paris fut plein d'attraits, j'avais de nombreuses lettres de recommandation, elles me valurent le plus aimable accueil dans plusieurs salons, où je me créai de très agréables relations.

Un des événements qui, au cours de l'année 1810, captiva le plus l'attention générale, en la détournant des préoccupations politiques, fut l'institution de prix décennaux avec exposition des objets d'art concourant pour ces grandes récompenses nationales. J'avais lié connaissance avec divers artistes, et par eux j'étais mis au fait de toutes les passions déchaînées en cette occurrence ; elles devinrent particulièrement violentes, quand le jury eut prononcé sur le mérite des ouvrages. Il faillit se produire un soulèvement dans l'école de David, lorsque le grand prix pour le tableau d'histoire fut décerné au *Déluge* de Girodet. Le public, d'ailleurs, montrait, lui aussi, beaucoup de faveur à ce peintre, l'affluence était continuelle devant son œuvre, qui parlait si fort à l'imagination et excitait les émotions les plus vives.

David étant chef d'école, et restaurateur du goût antique, il fallut s'arranger pour consoler son amour-propre. Le jury crut y réussir, en attribuant le prix d'histoire nationale à son tableau sur le Sacre. C'était, en même temps, une couronne indirectement ajoutée à celle de Napoléon. Les sculpteurs Chaudet et Lemot obtinrent deux grands prix, l'un pour une statue de Napoléon, l'autre pour le bas-relief qui décore le fronton de la colonnade du Louvre. Quant au grand prix d'architecture, — toujours afin de plaire au maître, — il fut adjugé à Percier et Fontaine pour leur arc de triomphe du Carrousel. Tout cela suscitait beaucoup d'effervescence, faisait naître des animosités ou en réveillait d'anciennes. Mais les amateurs d'art n'avaient point lieu de se plaindre ; l'occasion leur était fournie de voir groupés, pendant plusieurs mois, les chefs-d'œuvre de David, Prudhon, Vernet, des statuaires Cartellier, Chaudet, Lemot, Julien et plusieurs autres. J'étais fort heureux de pouvoir étudier à loisir ces différents ouvrages.

Pour le grand prix de musique dramatique, le jury proposa la *Vestale* de Spontini et *Joseph* de Méhul. On s'indigna que justice ne fût point rendue aux *Deux Journées* de Cherubini, à *Montano et Stephanie* de Berton, à *la Caverne* de Lesueur, à toutes les œuvres de Grétry et de Dalayrac.

Quant aux lettres et aux sciences, les choses n'allèrent pas sans difficultés. Les récompenses furent distribuées d'après le rapport de Joseph Chénier. Cédant à ses inclinations révolutionnaires, il prit soin d'écarter des hommes tels que Chateaubriand, Bonald, La Harpe. Sa prédilection se manifesta pour deux catéchismes, qui, à la vérité, n'étaient point l'œuvre de deux Pères de l'Église, mais bien de Volney et de Saint-Lambert. Le premier de ces ouvrages se nommait : *le Catéchisme du citoyen français ou la loi naturelle primitive, universelle, bienfaisante et suffisante*; le second était : *le Catéchisme universel*. Ce jugement provoqua une levée générale de boucliers. Le public protesta avec énergie contre un tel outrage aux lettres, à la morale et au bon sens. La classe des lettres de l'Institut intervint et cassa la décision du jury ; ce dernier comprenait les présidents et les secrétaires perpétuels de chacune des sections de l'Institut. La lutte fut encore plus ardente pour un grand prix que le jury avait eu la fantaisie de donner à l'*Examen critique des historiens d'Alexandre*, par Sainte-Croix. La classe de l'Institut trouva ce choix peu judicieux ; il portait, en effet, sur un ouvrage de critique historique, et il s'agissait de récompenser un ouvrage de critique littéraire. La classe de l'Institut s'étonna de voir passer sous silence une œuvre aussi importante que *le Lycée* de La Harpe, et elle s'empressa de le couronner.

Les salons, les cafés, tous les lieux de réunion étaient agités par ces querelles scientifiques, artistiques et littéraires. Tel grand homme avait ses partisans, tel autre ses détracteurs ; on s'enthousiasmait avec fougue, on dénigrait avec passion. Certains portaient aux nues une œuvre dont la place naturelle était beaucoup plus près de terre que du ciel, d'autres s'acharnaient contre des talents d'après eux trop haut placés, ils cherchaient à les rabaisser, sans doute, pour les amener à leur propre niveau.

Quoi qu'il en soit, le gouvernement pouvait se féliciter. Il avait atteint son but, l'attention générale était absorbée en dehors de la politique. Toutefois, il fut aisé d'apercevoir qu'il y a danger à vouloir décerner des récompenses publiques dans des concours où figurent les grands artistes et les grands savants d'une époque. Les concours sont parfaits pour exciter l'émulation d'élèves qui se préparent à entrer dans une carrière et ne jouent point une renommée encore absente. En ce cas, on n'a pas à craindre les passions de parti, puisqu'il s'agit d'inconnus. Mais, soumettre des talents consacrés au classement d'un jury quelconque, c'est provoquer les résultats déplorables et les désordres profonds dont on fut alors témoin. Le jury vit se dresser

contre lui d'innombrables amours-propres cruellement
blessés. L'opinion publique l'accusa, ou d'injustice, ou
d'ignorance. Qu'un gouvernement sage encourage et
récompense individuellement les littérateurs, les savants,
les artistes, rien de plus noble, rien de plus utile ; mais qu'il
se garde de prononcer sur leur mérite respectif. Au temps
seul appartient ce rôle ; il casse les jugements trop hâtifs.
Beaucoup des lauréats de 1810 dorment aujourd'hui dans
l'oubli.

Durant mon séjour à Paris, je vivais dans l'intimité de
Mme d'Aspe (1) et de sa fille Agathe, à qui je fus uni dès
notre retour à Toulouse, notre ville natale. Mme d'Aspe
avait subi de terribles épreuves. Son père, le marquis de
Grammont, était mort de faim dans les cachots révolutionnaires. Son mari, président au parlement toulousain, avait
péri avec ses nombreux collègues sur l'échafaud de cette
place, témoin de tant de fureurs, de tant de forfaits, et
qu'on nomme aujourd'hui la place de la Concorde, comme
les anciens se plaisaient à donner aux Furies le doux nom
d'Euménides. Mme d'Aspe eut encore la douleur de perdre
son fils. Elle se dévoua avec un zèle éclairé à l'éducation
de sa fille ; celle-ci était douée d'une grande intelligence, et,
ce qui vaut encore mieux, des plus hautes vertus. J'ai dû
un grand bonheur à sa raison si droite, à son caractère
parfait. Je me rappelle encore, avec une profonde émotion,
les nobles et courageux sentiments qu'elle me montra,
en 1830, dans un entretien qui fut, hélas ! le dernier. Je ne
devais plus la revoir. Je la quittai pour me rendre au

(1) Marie-Jeanne-Adélaïde de Caulet de Grammont (1766-1839), fille de
Marie de Mesplez et de Tristan de Caulet, marquis de Grammont (1732-1794),
chevalier de Malte et de Saint-Louis, mestre de camp. Elle épousa, le 27 novembre 1787, Augustin-Charles-Louis, marquis d'Aspe (1752-1794), seigneur
de Fourcès, président à mortier au parlement de Toulouse, fils de J.-B. d'Aspe,
président à mortier, et de J.-M. d'Auxion de Vivent.
    Du mariage de Marie-Adélaïde de Caulet de Grammont avec Augustin-
Charles-Louis d'Aspe naquit Agathe d'Aspe (1792-1832), qui épousa, en 1812,
le comte de Montbel, l'auteur de ces *Souvenirs*.

conseil des ministres, afin de lutter contre la Révolution...
La Révolution triompha.

Mme d'Aspe et sa fille avaient un esprit vif et brillant,
une instruction solide, des talents variés. Je rencontrais
habituellement chez elles des littérateurs et des artistes.
Toutes les discussions de l'époque animaient ce petit cercle,
où arrivait l'écho des ateliers et des réunions littéraires.
J'y rencontrais, surtout, plusieurs musiciens distingués,
entre autres le compositeur et excellent pianiste, Pradher,
professeur au Conservatoire, alors marié avec la fille de
Philidor, et plus tard, avec Mlle More, dont il toucha le
cœur, quoiqu'on eût appliqué à cette charmante actrice
les vers de Malherbe :

> La More a des rigueurs à nulle autre pareilles ;
> On a beau la prier,
> La cruelle qu'elle est se bouche les oreilles

Je voyais aussi de jeunes peintres appartenant aux
écoles de David ou de Girodet, et principalement deux
frères jumeaux nommés Frank. Il existait entre eux une
telle ressemblance que Mlle d'Aspe, à qui ils donnaient
des leçons de peinture, ne savait jamais les distinguer ; elle
continuait souvent avec l'un une conversation commencée
avec l'autre. Ces deux frères avaient un égal talent, ils
travaillaient ensemble aux mêmes tableaux, leur entente
du dessin et de la couleur était semblable, ainsi que
leur manière. Je vis d'eux, à l'exposition, une scène
impressionnante du dernier jour de Pompéi : des femmes
somptueusement parées fuient dans un char, emporté
par des chevaux affolés, au milieu de monuments qui
s'écroulent sous la lueur sinistre des flammes.

Avec Mmes d'Aspe venait faire de la musique Lafond,
violoniste élégant et chanteur agréable. Ce fidèle élève de
Rode et de Garat, après avoir charmé les salons, eut une
mort bien malheureuse dans les Pyrénées, où une chute

4

de voiture mit fin à ses jours. Un des plus assidus auprès ds ces dames était Henri Montano-Berton, admirable musicien, fils d'un artiste célèbre, et dont les enfants annonçaient un talent précoce. Sa fille Stéphanie chantait, avec beaucoup d'art, plusieurs morceaux remarquables de ses opéras et surtout le grand air de son chef-d'œuvre, *Montano et Stéphanie*, noms réunis du père et de la fille. Avec quelle tendresse il écoutait alors les accents qu'il avait créés. L'illustre musicien éprouvait une double jouissance paternelle. J'aimais à entendre Boïeldieu dont le talent fécond avait produit tant d'œuvres intéressantes, depuis le *Calife de Bagdad*, *Zoraïne et Zulnare*, *Ma Tante Aurore*, jusqu'à la *Dame blanche*. Nous eûmes le plaisir de voir souvent réunis au Conservatoire Cherubini, Méhul, Catel, Paër, le vieux Gossec, dont les accents énergiques prêtaient une apparence de force aux stances assez faibles des Tyrtées révolutionnaires ; l'octogénaire Momigny, auteur pathétique de *Félix* et du *Déserteur*. Grétry, accablé par ses soixante-dix-sept ans, se montrait rarement. Je l'aperçus dans une loge à une représentation du *Tableau parlant;* il n'allait écouter que ses propres ouvrages. Mon compatriote Dalayrac, dont je connaissais beaucoup la famille, n'existait déjà plus ; il était mort l'année précédente, à peine âgé de cinquante-six ans. Le charme de ses mélodies, ses succès innombrables, lui avaient mérité le nom de second Grétry.

Tout l'intérêt public se porta bientôt sur le grand événement qui se préparait. Napoléon, arrivé au faîte de la gloire, allait s'unir à l'archiduchesse Marie-Louise. C'est le 1er avril qu'eut lieu leur mariage à Saint-Cloud où, piqué par la curiosité, je me rendis.

Les abords de la belle résidence étaient superbement illuminés. Je me promenais dans les jardins avec plusieurs de mes amis, nous admirions les masses d'arbres éclairées par des guirlandes de verres de couleur, les bassins, les jets d'eau brillant sous les lumières, quand, tout à coup, les cataractes et les feux du ciel se mirent de la partie, un orage terrible éclata. Mes compagnons et moi eûmes bientôt rejoint une voiture d'où, à la lueur des éclairs, nous apercevions une multitude de personnages de tout âge, de tout sexe, de toute élégance, mouillés jusqu'aux os, et barbotant avec désespoir dans les chemins transformés en rivières. Ce fut un sauve-qui-peut général, une véritable débâcle. Et le lendemain, les journaux officiels nous apprirent qu'un temps magnifique avait favorisé les illuminations de Saint-Cloud.

L'entrée à Paris fut vraiment belle. Le public avait hâte de voir une véritable princesse. Si, jadis, Napoléon s'était montré flatté en obtenant la main de Joséphine de Beauharnais, on peut aisément comprendre quel effet produisit sur lui la pensée d'épouser une princesse de la maison de Habsbourg, une nièce de Marie-Antoinette ; il ne parlait plus de Louis XVI qu'en disant : mon malheureux oncle. Le cardinal Fesch bénit le mariage aux Tuileries. Pris dans une foule compacte, entraîné par une poussée générale, je pus voir la nouvelle impératrice dans une cohue de rois, de vice-rois, de grands-ducs, de princes veloutés, satinés, dorés, empanachés. Elle était alors svelte, éblouissante de fraîcheur, presque belle. Depuis 1830, je l'ai retrouvée à Vienne, à Schœnbrunn, dans divers voyages, et plusieurs fois à Frohsdorf, où elle venait visiter sa tante Marie-Thérèse de France, pour qui elle avait conservé un vif et respectueux attachement. Mais alors, l'ex-jeune impératrice des Français n'était guère reconnaissable. Son teint, jadis si frais, était plombé, des formes amaigries avaient succédé à un brillant embonpoint, son corps, raidi par des douleurs rhumatismales, se mouvait péniblement. Elle parlait avec facilité ; comme tous les membres de sa famille, elle s'exprimait également bien en allemand, en italien, en français. Tout ce qu'on a raconté sur ses méprises dans notre langue est absolument faux. D'ailleurs, la conversation à la cour, comme dans tous les salons de Vienne, se fait le plus souvent en français.

Marie-Louise avait une grande confiance dans la duchesse d'Angoulême, qui, souvent, l'interrogeait sur son séjour en France. « Je n'ai jamais perdu de vue, lui répondait l'ex-impératrice, ni votre sort ni celui de votre noble mère. Mon père a réclamé de moi un pénible sacrifice, dans l'intérêt de ses peuples, j'ai dû me soumettre. Napoléon m'a toujours traitée avec égards, et même avec respect, mais quels tourments j'ai eus à souffrir de sa famille, et surtout de mes belles-sœurs. » Sans doute, la pensée de s'unir à Napoléon, l'ennemi de sa famille, produisit les plus pénibles impressions sur Marie-Louise. Mais, autour d'elle, on s'attacha à la rassurer, à exalter son dévouement, et elle se résigna. Quelques personnes à Vienne, entre autres le prince Dietrichstein (1), m'ont même assuré que la gloire militaire de Napoléon avait tout compensé pour elle, et qu'elle avait accepté avec plaisir la couronne d'impératrice des Français. Je dois ajouter que ceux dont je tiens cette assertion étaient des gens favorables aux idées nouvelles.

La dernière fois que Marie-Louise vint à Frohsdorf, c'était quelques mois avant sa mort. Je me rappelle qu'en prenant congé de sa tante, elle déclara : « Je prie Dieu, chaque jour, de m'accorder la grâce de vivre assez longtemps pour voir la chute de Louis-Philippe et le rétablissement d'Henri V. » Ses vœux ne furent pas exaucés, elle mourut en 1847, avant que les anciens complices de Louis-Philippe l'eussent renversé de son trône. La duchesse d'Angoulême la regretta.

Après le mariage de Napoléon et de Marie-Louise, les fêtes se succédèrent à Paris. Ce ne furent que des bals, des

(1) Prince François-Joseph Dietrichstein Nicolsbourg (1767-1854), conseiller privé, chambellan impérial et royal.

illuminations, des feux d'artifice, des temples de la paix, des temples de l'hymen, des allusions théâtrales, l'Union de Mars et de Flore. La ville, la garde impériale, les ambassadeurs luttèrent en ruineuses flagorneries.

Par une soirée magnifique, je revenais avec M. de Lamothe-Langon (1) de chez le docteur Portal (2), auprès duquel nous retrouvions, le mercredi, tous les membres de l'Institut et les cardinaux du Sacré-Collège. Nous marchions le long des quais, contemplant les étoiles, qui scintillaient dans le ciel, quand, tout à coup, une lueur se montra au-dessus des Tuileries. On aurait cru voir une aurore boréale. C'était un horrible incendie chez le prince de Schwarzenberg (3) ; sa belle-sœur (4) y périt victime d'un beau dévouement maternel. Écartée de sa fille par la chute d'un chevron embrasé et entraînée malgré elle dans le jardin, elle revint au milieu des flammes et ne reparut point. Sa fille fut sauvée. J'assistai aux obsèques de la princesse Pauline Schwarzenberg, de la princesse de Leyen, de Mme de Labensky. Les cercueils traversèrent une foule profondément attristée et saisie d'horreur.

Vingt ans après, accueilli à Vienne par le prince Joseph Schwarzenberg, et admis dans son intimité, je l'ai trouvé en proie à une vive émotion au souvenir de cette effroyable scène de deuil. La femme qu'il avait si cruellement perdue était fille du duc Louis d'Aremberg. Elle avait dû quitter Paris avec sa famille, avant cette fête, où elle trouva la mort ; les instances de son beau-frère, le maréchal, l'avaient

(1) Le baron Étienne-Léon de Lamothe-Langon (1786-1864), conseiller d'État en 1809, sous-préfet de Toulouse en 1811, de Livourne en 1813, a écrit d'innombrables ouvrages.

(2) Antoine Portal (1742-1832) fut membre de l'Académie des sciences, professeur au Collège de France, médecin de Louis XVIII.

(3) Le maréchal Charles-Philippe de Schwarzenberg (1771-1819) était alors ambassadeur d'Autriche à Paris.

(4) Pauline-Charlotte, fille du duc Louis-Engelbert d'Aremberg, avait épousé, en 1795, le prince Joseph Schwarzenberg (1769-1833), chancelier et conseiller intime de l'empereur d'Autriche.

décidée à rester. C'est avec des larmes dans la voix que le prince Joseph parlait de cette nuit tragique, de ses angoisses sur le sort de sa femme et de sa fille, de son désespoir, quand il constata son malheur. Les restes de cette infortunée, victime de l'amour maternel, furent reconnus à un cœur de cristal où étaient enfermés des cheveux de ses enfants. Cet emblème de tendresse était seul resté intact. La princesse Pauline (1), la fille du prince Joseph, ne périt point dans l'incendie, mais de graves brûlures la mirent quelque temps en danger. Le 16 juin 1817, elle épousa le prince Henri-Édouard de Schœnburg. Au moment de devenir mère, ses blessures se rouvrirent et elle succomba, victime, elle aussi, de la catastrophe qui, dix ans auparavant, avait coûté la vie à sa mère.

Le prince Joseph avait également perdu son frère, le maréchal. Et en évoquant toutes ces tristesses, tous ces deuils, il me disait : « Dans ma famille, comme témoins de l'événement du 1er juillet 1810, il ne reste que moi et ma fille Éléonore, aujourd'hui princesse Windischgraetz (2). Plus heureuse que sa mère et que sa sœur, elle a été épargnée par cette affreuse catastrophe, elle est restée pour ma consolation. » Il ne se doutait point que cette fille chérie devait tomber sous les balles révolutionnaires, dirigées en 1848 contre le prince Windischgraetz. Rappelé dans un monde meilleur, le prince Joseph Schwarzenberg n'eut pas à subir ce nouveau coup qui eût frappé si douloureusement son cœur de père.

Durant mon séjour à Paris, en 1810 et en 1811, je suivais avec beaucoup d'intérêt les concours du Conservatoire

---

(1) La princesse Marie-Pauline-Thérèse-Éléonore Schwarzenberg (1798-1821) avait épousé, en 1817, le prince Henri-Édouard de Schœnburg (1787-1872), qui se remaria, en 1823, avec sa belle-sœur la princesse Aloyse Schwarzenberg (1803-1884).

(2) Marie-Éléonore, princesse Schwarzenberg (1796-1848) avait épousé, en 1817, le prince Alfred Windischgraetz (1787-1862), qui fut, en 1848, général en chef des troupes autrichiennes.

où je voyais Saint-Prix, Monvel, Baptiste, Fleury, Talma.
Je fréquentais assez régulièrement le Théâtre-Français ;
il était alors dans toute sa gloire. Aux acteurs si fameux
que je viens de nommer, il faut joindre Mlle Contat, admirable dans les grands rôles ; Mlle Mars, parfaite dans les
ingénuités, charmante dans *le Philosophe sans le savoir* et
dans *la Jeunesse d'Henri IV;* Mlle Devienne, dans les
soubrettes et la tragédie ; Mlle Raucourt, qui donnait le
frisson par sa rauque énergie ; Mlle Duchesnois, dont le
talent faisait oublier l'excessive maigreur ; Mlle Bourgoin,
trop gaie dans ses rôles ; Mlle Volnais, trop lacrymonieuse
dans les siens.

Je passais au Conservatoire de délicieux moments à
entendre exécuter, avec un ensemble parfait, les magnifiques symphonies d'Haydn, de Mozart et de Beethoven.
Les jeunes artistes qui les jouaient obéissaient, avec une
précision inconcevable, à l'habile impulsion de leur chef
Habeneck, et reproduisaient, jusqu'aux plus légères
nuances, la pensée de ces trois grands compositeurs.

Le 20 mars 1811, Marie-Louise mit au monde celui qu'on
salua du nom de roi de Rome. Au moment où le canon des
Invalides se mit à tonner pour annoncer la nouvelle, tout
Paris se trouva en suspens. Au vingt-deuxième coup ce
fut une explosion d'allégresse parmi les impérialistes, une
terrible consternation chez ceux qui conservaient d'autres
affections et d'autres espérances. Napoléon fit immédiatement connaître sa grande joie *urbi et orbi*, un fils lui était
né. Je fus témoin des fêtes données en cette circonstance.
Je vis Napoléon présenter son enfant, l'héritier de sa couronne, aux troupes massées dans les cours du Carrousel
et du Louvre, et sur les quais adjacents. Suivi d'un brillant
état-major, il parcourut les rangs, arrêtant tout à coup
son cheval pour adresser quelques paroles à des officiers,
souvent même à de simples soldats. Devant lui défilèrent
ensuite quarante mille hommes ; ils marchaient d'un pas

ferme et résolu avec une flamme d'enthousiasme dans le
regard. C'était bien le *Cæsar morituri te salutant.* Leur
maître n'allait-il pas bientôt les conduire aux extrémités
glacées de l'Europe?

Paris était à cette époque tout plein de la gloire d'une
diseuse de bonne aventure. Le crédit dont elle jouissait
montrait à quelle incroyable superstition en arrivent les
gens les plus rebelles à nos augustes croyances. Des hommes
ou des femmes de tout âge et de toute condition se rendaient en foule dans la rue de Tournon pour y recueillir
des oracles. Les cartes, les verres d'eau et même les ome-
lettes leur indiquaient l'avenir, grâce aux habiles interpré-
tations de la fameuse sibylle qui exerçait

> Le droit qu'un esprit vaste et ferme en ses desseins
> A sur le reste obscur des vulgaires humains.

Mlle Lenormand, car c'est d'elle qu'il s'agit, était née
dans la petite ville d'Alençon. Elle avait reçu une éducation suffisante pour s'exprimer facilement et possédait
en outre un charme naturel, l'aidant à captiver ses adeptes.
Joséphine Beauharnais la connaissait depuis de longues
années et la fréquentait assidûment. Il n'y avait à cela
rien d'étonnant. Joséphine était créole et avait rapporté
de la Martinique des habitudes contractées auprès de sa
mère. Or, Mme Tascher de la Pagerie consultait à tout
propos et avec la plus aveugle confiance une vieille créature nommée Euphémie. Cette Euphémie possédait,
paraît-il, une surprenante perspicacité. On la mandait
principalement quand un objet avait été volé; on lui
menait les nègres soupçonnés et devant ses regards péné-
trants l'attitude terrorisée du coupable ne manquait pas
d'être un aveu. Plus tard le comte de Bouillé (1) me parla

---

(1) François-Marie-Michel, comte de Bouillé (1779-1853), émigra pendant
la Révolution. Sous la Restauration, il devint aide de camp du comte d'Artois,

beaucoup d'Euphémie. Il l'avait vue à la Martinique prodiguer conseils et prophéties. C'est elle qui avait prédit
à Joséphine : « Vous serez plus que reine, mais vous
mourrez sur un fumier. » On comprend combien la
renommée d'Euphémie s'accrut quand Joséphine devint
impératrice. Mme Tascher de la Pagerie redoubla de foi,
la sorcière lui paraissant infaillible, mais elle ne voulut
point abandonner sa vie indolente pour l'éclat des Tuileries. Elle repoussa toutes les instances de sa fille qui
l'appelait à Paris. La seconde partie de la prédiction
d'Euphémie lui inspirait peut-être quelques craintes et
lui conseillait une prudente réserve. Napoléon lui envoya
de riches présents, entre autres son portrait entouré de
superbes diamants.

« J'allais souvent la voir dans son habitation, me dit
M. de Bouillé. Je la trouvais coiffée à la diable d'un mou-
choir de Madras, les pieds nus dans de vieux souliers dont
elle usait comme pantoufles, en robe de grossière coton-
nade et sur ce misérable appareil resplendissait un magnifique médaillon impérial. » Joséphine avait donc de qui
tenir pour sa croyance dans les sorciers. Au reste sa foi
religieuse était assez nonchalante puisque à son mariage
avec Bonaparte, elle avait oublié la bénédiction nuptiale.
Quoi d'étonnant si elle aimait à consulter la sibylle de la
rue de Tournon et si Mlle Lenormand exerçait un grand
ascendant sur une semblable nature? Mais conçoit-on que
des gens, se targuant d'avoir secoué le joug des préjugés
et de la superstition, vinssent porter leur or et leur crédulité à cette diseuse de bonne aventure? On assure que
Napoléon lui-même eut recours aux talents de Mlle Lenormand. Il la fit toutefois enfermer en 1809 ; lui aurait-elle
prédit 1812?

gouverneur de la Martinique de 1825 à 1827 et pair de France. Après 1830,
il resta fidèle aux princes exilés.

CHAPITRE III

LE DÉCLIN DE L'EMPIRE

Je retournai bientôt à Toulouse avec Bruno de Bastoulh. De nouveau dans ma famille, je repris mes occupations habituelles, tout heureux d'être avec les miens et de revoir mes amis. Les dames d'Aspe, avec qui je m'étais si étroitement lié durant notre séjour à Paris, arrivèrent à leur tour et je ne tardai pas à solliciter l'honneur d'être uni à Mlle d'Aspe, dont j'avais apprécié le charme et les belles qualités. Notre mariage fut célébré à Toulouse le 13 avril 1812, par l'abbé Pons, dans la chapelle des dames de Laporte. Plusieurs fêtes furent données pour nous ; je me rappelle tout particulièrement celle que nous offrirent M. et Mme d'Hargicourt. Je jouissais d'un bonheur complet, notre vie paisible et heureuse s'écoulait soit à Toulouse, soit au Garros, propriété de ma femme.

Nous apprîmes soudain que Napoléon, poussé par sa folle ambition, allait attaquer la Russie. Rien ne pouvait apaiser sa soif de conquête. Il lui fallait toujours d'autres batailles, toujours d'autres victoires et pourtant n'avait-il pas dépecé l'Europe au profit des siens? Il avait prétendu livrer l'Espagne à l'insignifiant Joseph ; il envoyait Murat et Caroline régner à Naples ; il proclamait son fils roi de Rome et ordonnait à ses gendarmes de traîner Pie VII à Fontainebleau ; il revêtait Jérôme du royaume de Westphalie, habit d'arlequin composé de lambeaux arrachés à la Prusse, à la Hesse, au Hanovre, à la Saxe ; il donnait

à Louis la Hollande pour l'annexer bientôt à la France.
Quant à Élisa Bacciochi, elle occupait le duché de Lucques
et de Piombino (1) en attendant quelque royaume. Voici
ce que m'a raconté à son sujet le duc de Lucques (2), bien
des années après le temps dont je parle. « Napoléon, me
dit-il, avait envoyé à sa sœur une belle pendule. Il y est
représenté en habits impériaux, debout sur le globe ter-
restre soumis à son épée victorieuse. Celle-ci repose en
un point de l'Océan et ce point n'est autre que Sainte-
Hélène. La pendule est restée dans le salon du château de
Marlia où Élisa l'a laissée, et, ajoutait le duc de Lucques,
je ne la regarde jamais sans penser à l'étrange coïncidence
de cette épée fixée à l'endroit même où Napoléon devait
finir ses jours. »

L'entreprise insensée de Napoléon partant pour envahir
la Russie faisait naître en France les illusions les plus folles.
On voyait nos armées ne s'arrêtant ni à Pétersbourg, ni à
Moscou, mais allant faire planer leurs aigles triomphantes
sur la Perse, sur Bombay, sur Calcutta. Ces rêves étaient
bons pour des politiques de café, mais comment Napoléon
se laissa-t-il séduire par la pensée de refouler en Asie le
chef de cet immense empire où nos troupes subiraient
d'atroces souffrances, où elles se heurteraient à d'insur-

(1) Lucques avait été érigé en duché le 15 février 1328. En 1805, Napoléon
donna la principauté de Piombino à sa sœur Élisa et à son mari Bacciochi,
qui fut aussi élu chef de la principauté de Lucques, à laquelle se joignirent
Massa et Carrare. Au Congrès de Vienne, tout cet ensemble fut morcelé.
Le prince Ludovisi Buoncompagni eut Piombino, l'archiduchesse Marie-
Béatrix d'Este eut Massa et Carrare, enfin l'infante Marie-Louise d'Espagne,
fille de Charles IV d'Espagne et veuve du roi d'Étrurie, reçut le duché de
Lucques au gouvernement duquel lui succéda son fils qui fait l'objet de la
note suivante.

(2) Charles II Louis de Bourbon, infant d'Espagne (1799-1883), succède
à sa mère à la tête du duché de Lucques le 13 mars 1824. Il cède Lucques
à la Toscane le 5 octobre 1841, et après le décès de l'ex-impératrice Marie-
Louise, il prend le gouvernement de Parme, Plaisance et États annexés
(décembre 1847). Par un manifeste daté de Weistropp (14 mars 1849), il
abdiqua en faveur de son fils le duc Charles III. Celui-ci avait épousé, le 10 novembre 1845, S. A. R. Mademoiselle, fille du duc et de la duchesse de Berry et
sœur du comte de Chambord.

montables difficultés pour assurer leur subsistance, où
les routes leur feraient défaut et où, si la campagne se
prolongeait, elles connaîtraient les effroyables rigueurs
de l'hiver? Déjà en Lithuanie nos soldats commencèrent
à subir de pénibles épreuves. Ils marchaient sur un sol
détrempé par des pluies torrentielles, les convois ne pouvaient avancer, les vivres manquaient, on n'avait à boire
qu'une eau marécageuse, la dysenterie faisait d'affreux
ravages.

Après la prise de Smolensk, au combat de Walutina
Gora, périt un officier de grande valeur avec qui j'avais
eu des relations. C'était le général Gudin (1). Il avait
commandé la division de Toulouse où il s'acquit l'estime
et l'affection générales par son caractère bienveillant et
par l'urbanité de ses manières, qualités bien rares parmi
les généraux de cette époque. Sa femme était Allemande,
elle parlait avec un accent qui ajoutait un certain charme
à sa conversation à la fois naïve et spirituelle. La mort
de son mari la mit au désespoir. Que de femmes, que de
mères, que de familles se trouvaient alors dans les angoisses
ou la douleur! Dix-huit mille blessés ou malades mou-
raient dans Smolensk incendié. Que de raisons Napoléon
avait-il de s'arrêter dans cette voie d'ambition inextinguible!

La guerre prenait chez les Russes un caractère national
et religieux. A la voix d'Alexandre tous les hommes
valides couraient aux armes. Les femmes, les enfants, les
vieillards s'enfuyaient, la rage au cœur, devant nos
malheureux soldats que leur détresse rendait impitoyables.
L'exaltation patriotique des Russes n'acceptait plus le
rôle de Fabius Cunctator qu'avait su prendre Barclay
avec sagesse et habileté. Barclay, en outre, était Livonien

(1) Charles-Étienne-César Gudin (1768-1812) était condisciple de Bonaparte à l'école de Brienne. Sous-lieutenant en 1784, il eut une rapide et brillante carrière ; en 1800, il était nommé général de division.

et on voulait un véritable Moscovite pour réduire sans
retard l'ennemi de la patrie. Kutusow, le vainqueur de
l'armée turque, le vieux compagnon d'armes de Souvarow,
fut appelé par le sentiment général ; le peuple russe mit
en lui tout son espoir. Kutusow se retrancha à Borodino
pour y attendre l'attaque des Français. La lutte fut terrible. Après un combat acharné nos troupes restèrent
maîtresses du terrain. On ne fit point de prisonniers et il
paraîtrait que dans une lettre à Maret, son ministre des relations extérieures, Napoléon écrivait : « Le champ de bataille,
couvert de trente mille morts, est superbe !... » Ainsi les
chasseurs comptent à la fin d'une journée le nombre de
pièces que leur adresse vient d'abattre. Napoléon a-t-il
réellement tracé cette phrase horrible? Je n'ai point vu
la lettre. Mais il est certain que trente mille hommes
avaient payé de leur vie l'orgueilleuse passion d'un
conquérant pour cette chose terrible qu'on nomme la
guerre.

Durant toute cette bataille, Napoléon fut presque passif.
Je tiens d'un de ses officiers d'ordonnance, placé auprès
de lui pendant le combat, qu'il se trouvait en proie à une
vive souffrance, premier symptôme du mal auquel il devait
succomber. Il répondait péniblement aux rapports des
chefs de corps, mais cherchait à se dominer, car il lui fallait
à tout prix une victoire, et il l'obtint.

Quelque temps après ces événements, je voyageais avec
le jeune Saint-Marcellin, fils adoptif de M. de Fontanes.
Il se rendait à Barèges, dans les Pyrénées, pour y guérir
de graves blessures reçues à la Moskowa. Sa tête était
enveloppée d'un appareil que couvrait un bandeau de
soie noire, une écharpe soutenait un de ses bras. C'était
un charmant jeune homme. Je lui prodiguais les soins
que réclamait son état et j'écoutais avec le plus profond
intérêt sa conversation si captivante. Il me raconta avec
beaucoup de détails la campagne de 1812, la première à

laquelle il eût assisté. Il me parla surtout de la bataille
de la Moskowa.

« Je sortais de l'école militaire, me dit-il, et j'étais
entré dans un régiment d'infanterie du 4e corps. Le vice-
roi Eugène Beauharnais me prit comme officier d'ordonnance ; je me trouvais sous les ordres directs de son chef
d'état-major, le général Guilleminot, qui me traita avec une
affectueuse confiance. Les débuts de notre action furent
contrariés par la pluie, mais le beau temps revint et nous
comptions sur une grande bataille. Enfin, nous fûmes en
présence d'une armée fortement retranchée, ses redoutes
étaient garnies d'une artillerie formidable. Pendant la
nuit, nous aperçûmes les feux des bivouacs russes s'éten-
dant au loin. Au point du jour, on lut dans chaque corps
une proclamation courte, mais énergique, rappelant aux
soldats leurs belles victoires et ajoutant : « Que la postérité
« admire votre valeur dans cette journée, qu'on dise de vous :
« Il était à cette grande bataille sous les murs de Moscou. »
Je fus enthousiasmé par cette proclamation, mais autour
de moi on montrait quelque indifférence à l'égard de la
postérité et de son opinion. Le retour dans la patrie,
c'était le vœu général. Chacun toutefois fit vaillamment
son devoir. La redoute fut prise et reprise, mais le général
Guilleminot ne me cachait point ses craintes. Soudain, il
me donne un ordre du vice-roi à remettre au général que
je pourrais joindre. Je me lance au galop ; j'arrive dans la
redoute ; je tends la main vers le général Morand, il tombe
atteint d'un coup de feu ; je me dirige vers un autre chef,
il est emporté par un boulet. Tout à coup un ouragan de
cavalerie m'enveloppe. Un chevalier-garde me touche
au bras d'un coup de pointe, je me retourne, à l'instant
même j'aperçois un sabre levé sur ma tête et tout s'évanouit pour moi.

« Mon brave serviteur, ne me voyant pas reparaître
après la bataille, fut au désespoir. Il vint dans la redoute

pour tenter de m'y découvrir. Par un bonheur providentiel, il me reconnut au milieu d'un monceau de cadavres.
Mon crâne était fendu, j'avais perdu tout sentiment, je
me trouvais entièrement nu. Les vautours à face humaine,
qui exploitent les champs de bataille, m'avaient complètement dépouillé comme tous les malheureux gisant avec
moi sur la terre sanglante. Que de blessés comptés pour
morts restaient privés de secours ! Pour moi, la tendre
fidélité d'un serviteur me sauva. Il sentit mon cœur battre
et s'empressa de bander mes blessures avec quelques
lambeaux de ses misérables vêtements. Il me chargea sur
ses épaules et parvint à me faire soigner par un chirurgien
de notre corps d'armée. Heureusement il était dépositaire
de ma bourse. Il réussit donc à se procurer une petite
voiture et me transporta à Moscou avec les plus grandes
précautions. J'étais revenu à la vie et en même temps au
sentiment douloureux de mes blessures. Ce trajet de
vingt-cinq lieues fut pour moi une torture ; à chaque
cahot, il me semblait que ma tête allait se briser. Enfin
nous arrivâmes ; je fus logé dans la maison d'un négociant
qui, malgré l'indignation des Moscovites contre les Français, me prit en pitié. Mon fidèle serviteur recruta à prix
d'or une vieille femme pour l'aider à me fabriquer une
pelisse et il espérait par des soins inlassables me ramener
à la santé. Soudain, le feu éclate dans Moscou. La ville
devient une horrible fournaise, un infernal brasier. Quand
le fléau suspend son œuvre de rage, presque toute la cité
est en cendres. Devant cette catastrophe, mon serviteur se
décide à me ramener en France. Malgré la gravité de mes
blessures, malgré ma faiblesse, malgré les dangers et la
longueur de la route, il m'emmena sans retard. S'il eût
hésité, je périssais dans les horreurs de la retraite. Ma jeunesse triompha du mal et la Providence protégea mon périlleux voyage. J'arrivais en France, quand commencèrent
les souffrances indicibles de notre armée quittant Moscou. »

Quel impressionnant relief, quel poignant intérêt prennent les récits de guerre quand ils nous sont développés par des témoins ou pour mieux dire par des acteurs mêmes des combats ! Toutes les circonstances épouvantables de la dramatique retraite de Russie me furent racontées par des généraux de l'armée française ou de l'armée russe, par des hommes en qui Napoléon avait pleine confiance. Je fus mis en rapport avec ces divers personnages, soit au cours de ma carrière politique, soit en exil, mais j'ai été tout particulièrement en relation avec le général Partouneaux (1). Il commandait une division dans le corps du maréchal Victor dont l'arrivée sur la Bérézina rendit le passage praticable à nos troupes. Envoyé vers Bonisoff pour occuper un pont, Partouneaux le trouva détruit par les Russes. Il remonta la rive gauche vers Studjanska, afin de rejoindre l'armée dont il formait l'extrême arrière-garde. Sa division, réduite par les malheurs de la campagne de douze mille hommes à quinze cents, fut tout à coup cernée par les soldats de Wittgenstein et de l'hetman Platoff. Après une défense d'une intrépidité inouïe, il fut contraint de se rendre, sa retraite étant coupée sur tous les points. Homme d'honneur et d'une valeur éprouvée, il avait fait tout ce qu'on peut attendre d'un dévouement héroïque. Le général Partouneaux était un bel homme de guerre, aux traits nobles et réguliers, à la physionomie franche et loyale, au caractère d'une constante bienveillance. Sa femme, originaire de la principauté de Monaco, était un ange de douceur et de piété, ainsi que sa mère, Mme de Bréa, qui passait sa vie dans les églises. A ce propos le général Partouneaux nous disait le plus sérieusement du monde : « Je ne conçois vraiment pas ma belle-mère, elle prie continuellement Dieu, comme s'il n'avait autre chose à faire que de s'occuper d'elle. C'est

(1) Le général comte Partouneaux (1770-1835) commanda la 10e division à Toulouse, pendant la Restauration.

d'une révoltante indiscrétion. » Le général Partouneaux avait pour aide de camp son beau-frère (1), alors capitaine.

J'étais aussi lié d'amitié avec un général d'artillerie fort distingué, le baron Levasseur. Il m'a souvent entretenu de la campagne de 1812 et des cruelles épreuves qu'on eut à subir durant la néfaste retraite. Pour sa part, il avait eu les pieds gelés.

Napoléon, par tous moyens, cherchait à se procurer des troupes. On ne saurait se figurer l'impression que produisaient sur l'opinion publique les actes arbitraires du gouvernement. Beaucoup d'appelés fuyaient dans les forêts ou dans les montagnes et l'on rendait les familles responsables de ces désertions. J'ai connu un préfet inventeur d'un moyen trouvé par lui très ingénieux. Pour forcer les parents à dénoncer leurs fils réfractaires, il faisait enlever le toit de leur pauvre chaumière. On lui sut gré de ce procédé et, voulant récompenser son zèle, on le nomma officier de la Légion d'honneur.

Les associations royalistes prirent à ce moment une importance et une activité qu'elles n'avaient pas jusqu'alors. Dans le Midi, MM. Bénigne et Ferdinand de Bertier (2) en furent les ardents, les courageux promoteurs. Ils voulurent même susciter une prise d'armes dans les montagnes de l'Aveyron, mais cette tentative prématurée avorta ; elle compromit plusieurs personnes auprès de la police.

La guerre allait éclater avec la Prusse. Un traité d'alliance offensive et défensive fut signé à Kalisch entre

(1) J.-B. de Bréa, né à Menton en 1790, devint général de brigade. Il fut assassiné à Paris, le 25 juin 1848, tandis qu'il allait vers les insurgés comme parlementaire.

(2) Ferdinand de Bertier de Sauvigny émigra en 1792 et fit campagne dans l'armée des princes. Entré dans les chevau-légers en 1814, il suivit Louis XVIII à Gand. En 1815, après le retour des Bourbons, il fut nommé député de Seine-et-Oise. Il sera question plus loin de son frère Bénigne.

Frédéric-Guillaume et Alexandre. Ce dernier prit l'engagement de ne point poser les armes avant de voir la Prusse
rétablie dans ce qu'elle était avant 1806. Une proclamation
datée de Kalisch annonça la dissolution de la Confédération du Rhin. Tous les princes allemands adhérèrent à
cette résolution, excepté le roi de Saxe ; il voulut rester
fidèle au système napoléonien. Il faillit en être de même
pour un autre souverain et voici ce que je puis rapporter
à cet égard.

Le lieutenant général Wacquant (1), qui a rendu de
brillants services militaires ou diplomatiques en Autriche,
m'a raconté qu'on l'envoya sommer le roi de Wurtemberg
de se prononcer contre Napoléon et d'agir avec toute
l'Allemagne.

« Je fus choisi pour ce rôle, me dit le général Wacquant,
car mon caractère déterminé pouvait avoir, croyait-on,
l'influence voulue sur ce prince. Je descendis dans un
hôtel de Stuttgart et je fis prévenir le roi que j'avais une
mission à remplir directement auprès de lui, au nom de
mon maître, l'empereur d'Autriche. Il me reçut. Vous
savez quelle corpulence invraisemblable avait le roi de
Wurtemberg. « Que me voulez-vous? me dit-il, avec l'air
« d'un sanglier furibond. — Je suis chargé, lui répondis-je,
« par l'empereur et ses augustes alliés de réclamer l'adhé-
« sion de Votre Majesté à leur coalition pour la délivrance
« de l'Allemagne. Voici mes lettres de créance... » Il les
prit, les lut, puis les froissa avec colère. « Veut-on violer
« mon indépendance? s'écria-t-il. — Votre Majesté, répli-
« quai-je, est parfaitement libre de choisir sa position dans
« une lutte à mort entre l'Allemagne et l'oppresseur de
« l'Europe. Mais les souverains coalisés sont résolus à
« traiter en ennemis tous les princes allemands qui persis-
« teraient à vouloir maintenir la Confédération rhénane... »

(1) Le baron Théodore Wacquant-Greoselles, mort en 1844, à l'âge de
quatre-vingt-dix ans.

Le roi se leva furieux ; il se dirigea vers la porte de son cabinet et, au lieu de l'ouvrir, l'enfonça d'un violent coup de pied. Je restai impassible à ma place ; il se retourna. « Je « n'ai point à discuter avec Votre Majesté, lui dis-je, mais « je dois à la dignité de ceux que je représente de ne pas « prolonger ici mon séjour. Si dans une demi-heure je n'ai « point la réponse de Votre Majesté, je quitte Stuttgart. »

« Je me retirai donc dans mon hôtel, continuait le général Wacquant ; un quart d'heure après, on m'apporta une lettre du roi. Il adhérait à l'alliance allemande et il m'invitait à dîner. Le repas fut taciturne de la part du souverain, mais les officiers wurtembergeois me témoignèrent des égards empressés, indiquant bien leur ardeur pour la cause de l'Allemagne. »

Cette mission du général Wacquant auprès du roi de Wurtemberg eut lieu après la bataille de Leipzick.

Que d'existences furent encore moissonnées dans cette nouvelle guerre. La veille de la bataille de Lutzen, un boulet vint frapper un vieux compagnon d'armes de Napoléon, le maréchal Bessières. Je connaissais beaucoup la maréchale, belle, aimable et sainte femme. Elle regretta vivement son mari et l'amertume de son chagrin ne fut guère adoucie par une lettre de Napoléon où il lui disait avec une sensibilité de conquérant : « Ce qui doit consoler votre douleur, c'est que votre mari n'a pas eu le temps de souffrir, il a été tué comme par la foudre. » « Hélas ! gémissait la malheureuse duchesse d'Istrie, ce serait pour moi une consolation bien plus grande si mon mari avait eu le temps d'élever à Dieu ses dernières pensées. » Le maréchal Bessières était né dans la petite ville de Preissac, en Languedoc. Pauvre et sans éducation, il était parvenu, grâce à son courage et à sa probité. Marengo, Austerlitz, Iéna, Eylau, furent témoins de son intrépidité. A Wagram, un boulet le fit tomber de cheval sans le blesser, et c'est dans une simple reconnaissance qu'il devait finir.

Je fus mis au fait de la bataille de Kulm par le général Crossard (1), alors colonel d'état-major attaché au grand-duc Constantin de Russie. Dans cette affaire, après avoir déployé une rare valeur, le général Vandamme, commandant un corps français, dut capituler. J'entendis également parler de ce combat par Foissac-Latour (2), qui fut plus heureux que Vandamme. Il avait tenu conseil avec ses frères d'armes et ils décidèrent qu'en bravant la mort, des chances leur restaient d'échapper à la captivité. Lançant donc leurs chevaux à toutes brides au cœur des bataillons d'infanterie, ils rencontrent de nouvelles recrues dont l'aplomb n'est pas suffisant pour tenir tête à une charge furieuse ; Foissac-Latour réussit à passer avec sa troupe qui laisse toutefois un grand nombre des siens sur le champ de bataille. « Arrivés hors du défilé, racontait Foissac-Latour devant le maréchal Marmont et devant moi, nous eûmes encore de grandes difficultés pour nous dérober à l'arrière-garde des alliés. Heureusement, nos manteaux cachaient nos uniformes et nous pûmes enfin gagner un corps français. »

Après la défaite d'Oudinot à Grossbeeren, Napoléon avait envoyé le maréchal Ney prendre le commandement de l'expédition sur Berlin. Le 6 septembre, Ney se trouva en présence de l'armée du prince de Suède à Dennewitz, près de Juterbock, où un siècle auparavant le Suédois Torstenson avait mis en déroute la cavalerie de Gallas. Malgré la hardiesse et les talents du maréchal, son armée fut complètement battue par Bülow et Tauentzien.

J'eus, dans la suite, l'occasion d'entendre le général

---

(1) Le baron Crossard servit d'abord dans diverses armées étrangères, puis fut nommé maréchal de camp le 30 décembre 1814. En 1825, il commandait à Foix. Après la révolution de 1830, il suivit Charles X en exil, et mourut à Vienne, en 1845, à l'âge de quatre-vingts ans.

(2) Le vicomte de Foissac-Latour devint lieutenant général en 1823, et deux ans après commandeur de la Légion d'honneur. En 1830, il commandait la deuxième division de cavalerie de la garde et était membre du Conseil supérieur de la guerre.

Clouet vanter le courage dont Ney fit tout particulièrement preuve en cette circonstance.

« Le maréchal, nous disait Clouet (1), ne possédait
point cette instruction qu'on acquiert par l'étude. A peine
savait-il se servir d'une carte ; mais sur le champ de bataille
il avait un coup d'œil d'aigle. Il saisissait tous les détails
d'un terrain, tous les avantages et inconvénients d'une
position, son intelligence s'élevait en raison directe du
danger. Devant le feu ennemi, il devenait admirable. Nul
ne l'a égalé en héroïsme et pourtant, au premier coup de
canon, il payait régulièrement à la faiblesse humaine le
même tribut que ce brave d'Imbercourt dont Brantôme
nous a rapporté les faits et gestes. Mais ce moment passé,
il est impossible de pousser plus loin la vaillance et le
mépris de la mort. Eh bien ! cet homme si courageux était
d'une extrême indulgence pour les poltrons. Dans une
affaire très chaude, il me donna mission de porter au
général R*** l'ordre de charger. Celui-ci ne s'en souciait
pas le moins du monde et chercha par tous moyens à
gagner du temps. « Vous souvenez-vous, Clouet, me dit-il,
« de l'excellente musique que nous exécutions chez la com-
« tesse Merlin? — Mon général, lui répondis-je, il ne s'agit
« pas de filer des sons, mais de faire filer l'ennemi. » Il
n'obéit qu'à la dernière extrémité avec une lenteur admirablement calculée pour arriver lorsqu'il n'y aurait plus
rien à opérer. Je rendis compte au maréchal de cette couar-
dise. « Que voulez-vous, mon cher, me dit-il sur un ton
« de compatissante bonhomie, les hommes ont leurs mau-
« vais moments. » Je ne le vis qu'une fois s'indigner ouvertement d'une lâcheté. C'était contre F*** S***, duelliste
de profession, s'exerçant perpétuellement au maniement

(1) Le baron Clouet fut nommé maréchal de camp en 1823, et en 1830 il
commandait une brigade de l'expédition d'Afrique. Après les journées de
Juillet, il resta fidèle à la famille royale proscrite et collabora à l'éducation
militaire du duc de Bordeaux. En 1838, il se retira à Fribourg.

des armes pour égorger de sang-froid les malheureux qu'il provoquait avec insolence. Dans une circonstance où le maréchal l'envoya charger une batterie ennemie, il tourna honteusement bride ; il ne connaissait point la parade voulue pour éviter la mitraille. Au soir de la bataille, F** se montra plus arrogant que jamais. « Monsieur F***, lui dit sévèrement le maréchal, depuis « que j'existe j'ai vu bien des poltrons, je n'en ai point « rencontré d'aussi plat que vous. » Chacun de nous se réjouit d'un blâme si justement infligé à cet être odieux.

« Le maréchal Ney, ajoutait Clouet en faisant allusion à la campagne de 1813, fut aussi héroïque soldat et habile général que dans les guerres précédentes, mais nos conscrits inexpérimentés, accablés de fatigues et de privations, ne pouvaient résister à l'exaltation des peuples soulevés pour reconquérir leur liberté. » Ainsi les vaillantes légions romaines de Varus tombèrent sous les coups d'Hermann. La discipline militaire resta impuissante devant l'enthousiasme patriotique de l'Allemagne.

En France, la foi dans la toute-puissance de Napoléon s'évanouit après les désastreuses campagnes de 1812 et de 1813. Nos frontières furent envahies et, malgré les mensonges des organes officiels, la vérité nous arrivait, mais enveloppée de mystère, ce qui la rendait plus effrayante encore. Nous voyions rentrer dans leurs foyers des employés impériaux chassés d'Espagne, d'Italie, d'Allemagne, de Hollande, de Belgique. J'en connaissais plusieurs et leurs récits empreints d'épouvante nous divulguaient les événements dans leur sombre réalité. D'ailleurs les mesures désespérées qu'on prenait, les levées d'hommes, le doublement des impôts, l'appel des gardes nationales dévoilaient suffisamment les dangers de la situation.

L'année 1814 commença sous de bien alarmants auspices

pour l'empereur des Français et pour tant de braves et infortunés soldats dont le sang allait couler sur notre sol.

Des commissaires impériaux extraordinaires furent envoyés dans toutes les grandes villes de France pour diriger l'opinion ou du moins pour la surveiller. Celui qui fut chargé de cette tâche à Toulouse était un de mes compatriotes, le conseiller d'État Joseph Caffarelli, frère du général Maximilien Caffarelli, tué au siège de Saint-Jean-d'Acre, le 8 avril 1799. Cette famille comptait alors, outre Joseph, qui avait été préfet maritime à Brest, le comte Auguste, général de division; l'évêque de Saint-Brieuc; Charles, préfet de l'Aube, et trois sœurs. Celles-ci, fidèles à la maison paternelle et aux principes dont elles avaient été nourries, n'avaient jamais quitté le château du Falga où elles se voyaient entourées de l'estime et de la reconnaissance publiques. Elles consacraient leur temps, leurs ressources, leur intelligence à faire le bien, en exerçant toutes les vertus chrétiennes.

Joseph Caffarelli était dévoué à Napoléon; mais, d'un caractère réfléchi et modéré, il comprit quelle réserve lui imposait l'opinion existant généralement dans la métropole du Midi. D'ailleurs, par sa naissance, il se trouvait en relation avec plusieurs familles distinguées qu'il n'aurait pas voulu blesser. Il s'honorait surtout de sa parenté avec la comtesse d'Hargicourt (Élise de Chalvet) (1). Cette femme, supérieure par la noblesse de son caractère, par sa remarquable beauté, par les grâces et l'étendue de son esprit, usa de son ascendant sur le commissaire impérial pour lui démontrer la nécessité, dans l'intérêt même de

---

(1) Élisabeth-Anicet-Rosalie de Chalvet (1776-1840) était fille de Bernard-Marie-Barbe de Chalvet, capitaine d'infanterie, et de Marie-Jaquette d'Albouy-Monestral. Elle épousa, le 21 germinal an XI, Jean-Baptiste-Guillaume-Nicolas Du Barry, comte d'Hargicourt (1742-1820), maréchal de camp. Celui-ci avait épousé en premières noces Louise-Michèle-Élisabeth de Fumel. Il était le frère de Jean et de Guillaume Du Barry; on l'avait appelé, à juste titre, Du Barry l'honnête.

sa cause, d'adoucir les sévères instructions qu'il avait reçues. Avec l'état des choses et des esprits, lui disait-elle, une persécution serait comme une étincelle dans un magasin à poudre... Caffarelli allait le soir dans le salon de la comtesse d'Hargicourt ; il y voyait les personnes qu'il avait ordre de surveiller ; elles espéraient le retour de l'ordre, c'était tout leur crime. Le seul conspirateur sérieux contre l'Empire était l'Empereur. Lui seul, par une inextinguible ambition, renversait son œuvre colossale. Caffarelli et les commissaires impériaux ne pouvaient rien contre ce fait. Quant à organiser la guerre nationale, à soulever les masses, il n'y fallait point songer. Il restait seulement des femmes, des vieillards, des infirmes, peu disposés à se passionner en faveur d'un système qui avait emporté leurs protecteurs, leurs soutiens, leurs consolations.

Caffarelli n'ignorait pas l'existence d'associations royalistes et religieuses. Elles opéraient en secret sans attaquer le gouvernement par leurs actes, mais en s'efforçant de raviver et de maintenir les principes capitaux de l'ordre social par l'influence de leur parole et surtout par leurs exemples persuasifs ; une admirable charité leur attirait l'estime et l'affection. Pouvait-on punir la vertu et la bienfaisance comme un crime de lèse-majesté ?

Ces associations comprenaient les noms les plus illustres et les plus honorables de France. Mathieu de Montmorency en fut le chef. Dans nos contrées, le comte du Pac de Bellegarde (1) et Robert de Mac Carthy (2) en étaient les agents les plus actifs. On y trouvait des hommes d'un très grand mérite, le marquis de Saint-Géry (3), les Can-

(1) Le comte du Pac de Bellegarde (1754-1849) était, en 1781, capitaine commandant. Il devint colonel de cavalerie, chevalier de Saint-Louis, commandeur de l'ordre de Saint-Lazare. En 1816, le duc d'Angoulême le nomma prévôt de l'Ariège.

(2) Le comte Robert de Mac Carthy, né du mariage de Justin, comte de Mac Carthy, avec Mlle Tuite, était le frère du prédicateur.

(3) Jean-Jacques-Augustin de Rey, marquis de Saint-Géry, était fils de Clément-Jean-Augustin de Rey, marquis de Saint-Géry, guillotiné pendant

talauze, les d'Orgeix, l'éloquent abbé de Mac Carthy, les Raymond, les du Bourg et chacun d'eux, toujours en quête d'une bonne action à faire, s'empressait auprès de malheurs à secourir, de douleurs à consoler. Je présentai à cette société et j'y fis recevoir M. de Villèle, dont on ne prévoyait pas alors la si belle carrière.

Toulouse avait vu arriver dans ses murs deux frères courageux royalistes, MM. Louis et Ferdinand de Bertier, dont le nom rappelait une des premières victimes de la fureur révolutionnaire. Ils étaient fils de Bertier, intendant de Paris, et petits-fils de Foulon, contrôleur général. La tête de leur père et celle de leur grand-père, portées au bout de piques, avaient orné le triomphe des héros assassins du 14 Juillet. Les deux frères étaient venus visiter leur sœur, mariée au comte Hippolyte de Solages, dont la famille possédait les mines de Carmaux. Cette importante exploitation était alors dirigée par une femme admirable, la comtesse de Solages (1), qui devint centenaire et conserva jusqu'à sa mort toute son activité et toute la force de son intelligence. Hippolyte de Solages (2) fut à la tête des royalistes du Tarn. Dans ses montagnes et celles de l'Aveyron, il recueillit, avec l'aide de MM. de La Goudalie (3), des conscrits réfractaires et plusieurs personnages compromis.

---

la Terreur, et de Marie O'Kelly. Il fut député et conseiller d'État. Il avait épousé en 1772 Christine de Mac Carthy.

(1) Elle était née de Juillot de Longchamps et avait épousé, en 1749, le chevalier Gabriel de Solages, maréchal des camps et armées du roi, chevalier de Saint-Louis, commandant pour Sa Majesté la province de l'Albigeois. Née en 1724, elle mourut en 1827, à l'âge de cent trois ans neuf mois vingt et un jours.

(2) Le comte Gabriel-Hippolyte de Solages (1772-1811) était, en 1788, officier dans les gardes françaises. Il émigra pendant la Révolution. En 1802, il épousa Blanche-Louise-Antoinette de Bertier de Sauvigny, fille de Louis-Bénigne-François de Bertier de Sauvigny et de Marie-Joséphine de Foulon. Le comte Hippolyte de Solages était le petit-fils de la comtesse de Solages, qui a fait l'objet de la note précédente. (V. *Documents historiques et généalogiques sur les familles et les hommes remarquables du Rouergue*. Rodez, 1854, t. II, p. 137.)

(3) Pierre-Antoine-Hippolyte de Goudal de La Goudalie (1776-1837),

Parmi les gardes d'honneur, despotiquement appelés par Napoléon, quoiqu'ils eussent des remplaçants à l'armée, certains protestèrent contre l'illégalité dont ils étaient victimes. Le chevalier Léopold de Rigaud (1) fut de ce nombre. Des gendarmes à cheval le poursuivant pour l'arrêter, il fit feu sur eux, les mit en fuite et parvint à trouver un asile dans les bois de La Goudalie où affluaient les conscrits réfractaires, chair à canon récalcitrante. On cherchait à traîner ces hommes, la chaîne au cou, vers des champs de carnage et, comme Spartacus, « de leurs fers rompus se forgeant une épée », ils se préparaient à marcher contre leurs oppresseurs. Louis de Bertier était allé les joindre pour leur prise d'armes. On les détourna heureusement de cette intention téméraire, en leur apprenant l'arrivée prochaine à Toulouse de l'armée du maréchal Soult.

Ce projet d'insurrection n'avait point échappé à la police impériale. L'ordre d'arrêter Louis de Bertier pour le faire juger par une commission militaire fut transmis à Caffarelli. Celui-ci aussitôt s'empresse d'en prévenir la comtesse d'Hargicourt.

— Que M. de Bertier se tienne à l'écart, lui dit-il, et j'ignorerai sa retraite.

Épuisé par les fatigues de sa vie aventureuse dans les montagnes de l'Aveyron, Louis de Bertier tomba malade et dut rester dans l'asile que lui offrait son digne ami M. de Cantalauze. Un jour, Joseph Caffarelli vint chez la comtesse d'Hargicourt : « Un de vos chefs les plus actifs se meurt, lui déclara-t-il. Soyez-en assurée, lui et les siens

---

nommé chevalier de Saint-Louis en 1814 pour services rendus à la cause royale, et René-Jean Goudal de La Goudalie, mort à Rodez en 1832.

(1) Léopold de Rigaud fut nommé en 1815, par le duc d'Angoulême, commissaire extraordinaire à Toulouse. Il était fils de Honoré-Joseph-Julien de Rigaud (1749-1794), guillotiné sous la Terreur comme membre du parlement de Toulouse. Léopold de Rigaud devint officier supérieur, chevalier de la Légion d'honneur et de Saint-Louis.

m'inspirent une vraie compassion. » Effectivement, Louis
de Bertier, auquel les royalistes avaient donné le nom de
Bénigne, expira entouré de sa famille et de plusieurs amis,
ayant reçu les suprêmes consolations de la religion qu'il
pratiquait avec la ferveur d'un chevalier du moyen âge.
J'accompagnai son cercueil. C'était peu de jours avant
la bataille de Toulouse et pour arriver au cimetière nous
eûmes à traverser les troupes qui préparaient les moyens
de défense. Au passage du modeste convoi, j'entendis un
soldat dire à un autre : « Voilà un particulier qui ne con-
naîtra pas les dangers de la bataille ni ceux de la politique. » Ce bon militaire ne se doutait point que le malheureux Bénigne n'avait guère marchandé son courage et
qu'il mourait après s'être dévoué corps et âme à la cause
royale.

Dans la matinée du 2 février, M. Ramel, neveu d'un
ancien ministre des finances de la République et maître
de poste à Toulouse, me fit prévenir qu'il avait reçu ordre
de tenir quelques chevaux prêts, hors de la ville, pour
transporter le pape qu'on ramenait en Italie. « Le Saint-
Père captif et persécuté, me dit-il, ayant besoin de mes
chevaux, je dois les conduire moi-même. Je vais donc
endosser l'habit d'un de mes postillons, trop honoré de
pouvoir rendre un humble hommage à l'auguste vieillard. » M. Ramel joignait aux avantages de la fortune ceux
d'une éducation distinguée ; il s'éleva beaucoup dans l'estime générale par son acte de déférence vis-à-vis du Saint-
Père.

La nouvelle du passage du pape se propagea rapidement
à travers la ville et la population se porta en foule sur la
route que Pie VII devait suivre. Malgré les rigueurs de la
saison, tous les âges, toutes les classes, tous les sexes confondus dans une même pensée de piété et de vénération,
à genoux sur la terre humide, la tête nue sous un vent
glacial, tendaient les mains vers le saint pontife en solli-

citant sa bénédiction. Soixante-mille habitants étaient prosternés devant le deux cent cinquante-huitième successeur
de saint Pierre.

Mme de Montbel et quelques autres dames de Toulouse partirent en poste pour Castelnaudary où le Saint-
Père devait s'arrêter pendant la nuit. Parvenues à ses
pieds, elles lui transmirent les vœux d'une cité fidèlement
catholique. Il leur fit un accueil d'une bienveillance extrême,
les bénit ainsi que leurs familles et que la population de
Toulouse la sainte. En les congédiant, il leur dit avec une
infinie douceur ces deux mots : « Courage et prière. » Sur
toute sa route, Pie VII vit s'empresser les foules heureuses
de lui témoigner leur humble obéissance et leur respectueuse affection. Il paraît que dans plusieurs villes, les
dames de distinction, ne pouvant arriver jusqu'à lui, se
déguisèrent en servantes d'auberge. Elles servaient à sa
table et il reconnaissait aisément ces pieuses intruses qui se
trahissaient par leurs belles manières, mais aussi par leur
grande maladresse à remplir leurs fonctions.

Le jour même où le pape bénissait la population de
Toulouse, le duc d'Angoulême arrivait à Saint-Jean-de-
Luz et adressait aux soldats français une proclamation
entraînante. Des hommes courageux de notre cité ou de
Bordeaux traversèrent les lignes de l'armée française pour
aller prendre les ordres du prince qui, réservé comme un
moyen d'action, était toléré par lord Wellington à l'ins-
tar d'un simple volontaire.

Toulouse eut bientôt la visite d'illustres personnages.
Napoléon avait décidé de faire sortir Ferdinand VII de sa
captivité de Valençay pour le renvoyer en Espagne. Le
17 mars dans la soirée, nous apprîmes que le roi et les
infants d'Espagne se trouvaient dans nos murs. Ils étaient
descendus à l'hôtel de France où ils devaient passer la
nuit. Un roi ! Des Bourbons ! Des enfants de Louis XIV !
Ces pensées agirent fortement sur les imaginations méri-

dionales. Une foule immense s'assembla sous les fenêtres de l'hôtel et fit retentir les cris depuis si longtemps oubliés de : « Vive le roi ! Vivent les Bourbons ! » Le sentiment qui inspirait ces acclamations devait sûrement être considéré comme factieux par le gouvernement impérial, mais dans l'état des esprits, il fallait éviter tout acte de violence. Joseph Caffarelli et le préfet Destouches eurent le bon sens de ne pas s'opposer à ces manifestations. On autorisa même plusieurs personnes à présenter leurs hommages à la famille royale espagnole.

Le génie de Napoléon brillait de son plus vif éclat. Tous les généraux des troupes alliées admiraient l'incroyable activité dont il faisait preuve, le talent supérieur avec lequel il savait multiplier par une habile et foudroyante stratégie des ressources bien inférieures à celles des grandes armées d'invasion. Mais les succès qu'il remportait lui coûtaient de nombreux soldats et il ne parvenait plus à combler les vides. Ayant besoin de tous ses hommes pour combattre les alliés, il ne savait comment garantir l'ordre à l'intérieur. Il dut très à contre-cœur rétablir la garde nationale, institution révolutionnaire, armée sans discipline, qui délibère quand il faut agir, qui cause souvent beaucoup de mal et n'empêche jamais un désordre. A Toulouse comme ailleurs, nous eûmes notre garde nationale. Elle fut composée de tous les propriétaires et négociants aisés auxquels on eut soin de donner pour officiers des hommes dévoués à l'Empire, ou tout au moins connus par leur haine contre l'ancienne monarchie. Les autorités ne négligeaient rien pour faire naître des sentiments belliqueux. Caffarelli, dans une proclamation, s'écriait : « Il faut que tout citoyen devienne soldat, que tout fonctionnaire sans exception donne l'exemple. Napoléon ! Patrie ! Honneur ! Voilà quelle doit être la devise des Français jusqu'à leur dernier soupir. » Il régnait un mécontentement trop profond, trop général pour que des appels aux

armes eussent un pouvoir quelconque sur de paisibles
citoyens au caractère prudent et d'ailleurs révoltés contre
les vexations incessantes dont ils étaient victimes.

On suivait passionnément la lutte gigantesque entreprise par Napoléon. Son arrivée à Troyes fut marquée
par le supplice d'un royaliste et la destitution de Charles
Caffarelli, frère de notre commissaire impérial. Charles,
préfet de l'Aube, avait quitté sa ville, quand les alliés s'en
emparèrent. Jugeant la cause impériale perdue, il était
venu joindre son frère à Toulouse. Il passait avec nous
ses soirées chez la comtesse d'Hargicourt et par lui nous
avions un tableau exact de l'état de décomposition où se
trouvaient les forces dont disposait encore Napoléon. A son
avis, les victoires de Montmirail, Champaubert, Montereau,
étaient le dernier éclat d'une flamme expirante. Quoi qu'il
en soit, il se vit bientôt frappé par le décret suivant :

« Le baron Charles Caffarelli, préfet de l'Aube, s'étant
éloigné de son département et n'étant pas rentré à Troyes
au moment où les étrangers en ont été chassés par l'armée
française victorieuse, est destitué de ses fonctions. »

Charles Caffarelli montrait une véritable passion pour
l'administration. Sa disgrâce l'aurait donc désespéré, si
deux circonstances ne lui avaient servi de consolation. Il
était prêtre et chanoine de Toul en 1789. Éloigné de son
ministère par la Révolution, il ne reprit ni la soutane, ni
ses attributions sacerdotales. En 1800, lors de l'organisation des préfectures, Napoléon se rappela qu'en mourant
à Saint-Jean-d'Acre, son ami, le général du génie Caffarelli,
lui avait recommandé ses frères. Il nomma donc l'ex-cha-
noine d'abord préfet de l'Ardèche, puis du Calvados, enfin,
en 1810, il l'envoya dans l'Aube. Charles était de mœurs
parfaitement pures. Il disait régulièrement tous les jours
son bréviaire, mais l'habit brodé d'argent ne garantissait
point contre les remords un cœur qui avait longtemps
battu sous la soutane. Ce digne homme vit, dans les événe-

ments qui l'enlevaient à ses chères fonctions préfectorales, une grâce providentielle le ramenant à ses devoirs ecclésiastiques. Quelque temps après, il reprit, en effet, le petit collet, s'étant parfaitement réconcilié avec l'Église à laquelle il avait toujours conservé des sentiments de vénération. Il devint l'aumônier de ses sœurs au château du Falga. Il participait à leurs œuvres d'infatigable charité, édifiant tous les habitants du Lauraguais par sa piété humble et fervente. La passion administrative ne l'avait point quitté, aussi appartenait-il à de nombreuses commissions. Je devais le retrouver chaque année aux sessions du conseil général de la Haute-Garonne. Son expérience et son instruction nous étaient fort secourables. Nous ne manquions jamais de le choisir comme secrétaire : la rédaction du procès-verbal de nos travaux lui procurait une délicieuse jouissance, il se trouvait dans sa sphère. C'était un excellent homme avec qui j'entretenais de très bonnes relations. Sa conversation variée présentait toujours un caractère intéressant ; les lettres, l'agriculture et l'économie politique formaient l'objet de ses constantes études. Il mourut saintement en 1826 ; je lui succédai comme secrétaire au conseil général.

Ce qui, en 1814, contribua à ne point faire regretter à Charles Caffarelli sa destitution, fut la nouvelle de l'exécution d'un homme qu'il connaissait et tenait en estime particulière. Sur ce triste événement il reçut quelques détails dont il conçut un vif chagrin, et dont il nous fit part dans l'intimité de notre cercle. Voici les faits.

Au moment où les alliés pénétrèrent dans Troyes, les royalistes y manifestèrent le désir et l'espérance de voir la monarchie légitime rétablie. Ils furent encouragés dans ces sentiments par le comte de Rochechouart, attaché à l'état-major de l'empereur Alexandre. Ils apprirent de lui que le comte d'Artois et le duc de Berry avaient débarqué sur le continent. A cette nouvelle le marquis de Widranges et le chevalier de Gouault, officiers émigrés, donnent libre cours à leur enthousiasme, ils arborent la croix de Saint-Louis, et incitent plusieurs habitants à signer une adresse pour le retour de Louis XVIII. Introduits par le général Barclay de Tolly, MM. de Widranges et de Gouault, suivis d'une députation, se présentent devant l'empereur Alexandre. Il les reçoit, eux et leur adresse, avec bonté, mais ne prend aucun engagement. Sa bienveillance suffit toutefois à entretenir une confiance ardente parmi ces royalistes. Aussi ayant appris l'arrivée prochaine du comte d'Artois à Bâle, ils s'empressent de lui dépêcher le marquis de Widranges.

Les révolutionnaires et les bonapartistes avaient épié tout cela. Les délateurs veillaient, ils avaient marqué leurs victimes.

Napoléon était donc informé. Dès son entrée à Troyes, il distingue un commissaire de police en uniforme, il pousse vers lui son cheval.

— Il y a ici cinq personnes qui ont pris la croix de Saint-Louis, s'écrie-t-il.

— Votre Majesté est mal renseignée, dit le commissaire, il n'y en a que deux.

— Nommez-les-moi.

— MM. de Widranges et de Gouault.

— Quelle est leur moralité?

— Sire, je n'en ai jamais entendu dire que du bien.

— Qu'on les arrête immédiatement.

M. de Widranges était parti au-devant du comte d'Artois. Quant à M. de Gouault, il avait eu l'imprudence de rester dans la ville. Malgré les sollicitations de plusieurs amis, il ne put se décider à quitter sa femme éplorée à l'idée de son départ. Il se flattait que Napoléon, dans la préoccupation de ses grands mouvements stratégiques, ne songerait pas à lui ou bien qu'il éviterait de donner trop de retentissement à une manifestation politique en faveur des Bourbons. Il ignorait l'âme vindicative du Corse. Des gendarmes vinrent l'arrêter chez lui et le menèrent devant une commission militaire. A peine entrait-elle en délibération qu'un officier accourt vers les juges pour leur dire : « L'empereur ordonne de fusiller Gouault sur-le-champ. »

A cette nouvelle la ville de Troyes fut consternée. Le maire implora vainement la pitié impériale. M. Duchatel, propriétaire de la maison dans laquelle Napoléon avait établi son quartier général, alla se jeter à ses pieds pour obtenir la grâce de Gouault, mais Napoléon ne se laissa pas fléchir.

Il était onze heures du soir. A la lueur sinistre des torches, Gouault fut conduit à la place des exécutions. Il portait sur la poitrine et sur les épaules cette inscription : « Traître à la patrie. » Il marcha à la mort en intrépide chevalier. Ayant refusé d'avoir les yeux bandés, il commanda lui-même le peloton d'exécution et tomba en criant : « Vive le Roi ! »

Poussé par sa colère, Napoléon se fit amener le propriétaire de la maison où avait logé l'empereur Alexandre. Il lui reprocha ce fait comme un crime, et se laissa aller aux imputations les plus calomnieuses sur de prétendues relations entre la femme de cet homme et l'empereur Alexandre.

Tous ces détails furent adressés plus tard à Charles Caffarelli par le maire de Troyes, et augmentèrent l'indignation qu'il avait déjà éprouvée en lisant les passages du bulletin relatant cette tragédie.

A Toulouse, notre sécurité était gravement menacée par le mouvement de concentration des armées françaises reculant devant lord Wellington. La bataille d'Orthez, où les Anglais avaient forcé le passage du Gave, fut marquée par des pertes cruelles dans les rangs de nos soldats ; ils en éprouvèrent encore de nombreuses à Saint-Sever et à Aire. Des convois de blessés étaient amenés dans notre ville ; les malheureux, en proie à de terribles tortures,

6

gisaient, pressés les uns contre les autres, sur de mauvaises charrettes. Nous allions, chaque jour, au-devant de ces tristes cortèges pour tâcher d'être utiles à nos pauvres compatriotes. Les cahots leur arrachaient souvent des cris de douleur, mais enfin ils arrivaient dans des hôpitaux où l'on avait tout organisé pour soulager leurs souffrances. Ceux qui n'étaient blessés qu'au bras préféraient marcher pour se soustraire au supplice d'être entassés dans les voitures. On entrait en conversation avec eux, on leur offrait quelques secours et, chemin faisant, ils vous parlaient de la guerre. Ces soldats, sous l'influence de leur mal individuel, exagéraient le mal général, et cependant, malgré leurs fatigues et leurs blessures, ils conservaient une remarquable fierté militaire. Je demandais à l'un de ces pauvres diables quel effet avaient produit les fusées à la Congrève, dont les Anglais s'étaient servis contre nos troupes. « Elles ont le grave inconvénient, me répondit-il, de jeter de la *distraction* dans les rangs. »

L'aspect était navrant de ces longues files de charrettes d'où s'exhalaient des plaintes. De quelle pitié on se sentait pénétré devant toutes ces misères ! Je vis passer plusieurs litières où l'on avait couché des chefs grièvement atteints.

— Par qui est occupée la plus grande ? demandai-je à un homme de l'escorte.

— Par le général Foy, me dit-il. A Orthez deux balles l'ont touché à la poitrine. S'il meurt, ce sera une perte bien douloureuse.

On logea le général Foy chez Auguste de Cambon, qui lui prodigua les soins nécessaires. Le docteur Viguerie, le chirurgien le plus célèbre du Midi, assista le blessé et parvint à le sauver. Le général Foy fut conservé à l'armée, et on ne se doutait pas alors que, de cette poitrine si dangereusement atteinte, sortiraient les accents d'une éloquence remarquable, mais malheureusement employée à détruire tout ce que la France avait un si haut intérêt à conserver.

Malgré leur animosité contre les perpétuelles levées d'hommes, les impôts accrus chaque jour, les réquisitions en nature, malgré leurs opinions et leur attachement inébranlable à l'ancienne monarchie, les Toulousains, comprenant leur devoir, portèrent secours avec un zèle admirable aux infortunés militaires.

La guerre continuait. Napoléon luttait pied à pied ; il croyait qu'il finirait par triompher. Ayant quitté Troyes, les alliés durent exécuter un mouvement rétrograde. L'empereur d'Autriche se dirigea d'abord sur Bar-le-Duc, ensuite sur Chaumont, et enfin sur Dijon. A ce propos il me revient en mémoire une aventure que m'a contée le prince de Metternich. Le célèbre homme d'État accompagnait souvent l'empereur François en voiture. Ils allaient sans escorte, le souverain étant convaincu que personne ne soupçonnerait leur présence dans une simple calèche. Un matin, ils voyageaient ainsi par un épais brouillard. Soudain, à une faible distance, ils entendent éclater quelques coups de feu. Ils entrevoient un groupe de cavaliers, mais à travers l'atmosphère nébuleuse, impossible de distinguer les uniformes.

Le prince de Metternich avait avec lui un valet de chambre qu'il estimait beaucoup pour sa fidélité exemplaire et aussi pour sa simplicité à toute épreuve. Ce brave homme aurait pu assister aux conférences les plus importantes ou lire les dépêches les plus confidentielles, c'était sans risque, il était incapable d'en saisir un seul mot. Dans cette occurrence le prince de Metternich dut recourir à lui.

— André, lui dit-il, allez avec précaution examiner si ces cavaliers sont des nôtres ; glissez-vous prudemment le long des arbres.

André obéit aussitôt et d'un pas furtif s'avance lentement vers les soldats. Nul ne l'aperçoit. Tout à coup, quand il se trouve à la portée du groupe, il s'écrie d'une voix de stentor : « Camarades, êtes-vous des nôtres ou des vôtres ? »

— Heureusement, me disait le prince de Metternich, ils étaient des nôtres. Mais, depuis ce moment, je ne consentis plus à ce que l'empereur voyageât sans escorte. Quelle péripétie étrange si Napoléon avait tenu sous sa griffe l'empereur François et son principal ministre !

CHAPITRE IV

LA BATAILLE DE TOULOUSE

Les événements se précipitaient. Nous allions bientôt voir se dérouler sous nos yeux une phase sanglante du grand drame qui se jouait. Toulouse devait endurer de pénibles épreuves. Le 24 mars 1814, Soult y arriva avec son armée. Les lamentables convois de blessés et de malades, venus d'Orthez, nous avaient fait croire à la désorganisation presque absolue de nos troupes. Nous fûmes donc frappés d'admiration en voyant l'ordre et l'air martial des régiments entrant dans nos murs. Soult marchait en tête. C'était un contemporain de Napoléon et de lord Wellington. Comme eux, il était né dans cette année 1769, fertile en hommes célèbres et à laquelle appartient une gloire plus paisible, notre illustre Cuvier. Soult avait les traits mâles, la physionomie sévère d'un guerrier endurci contre toutes les fatigues et tous les périls. Son habileté et son courage lui attiraient la confiance de ses hommes. Son état-major comprenait des généraux, dont quelques-uns imposaient par leur belle stature ; tels nous parurent surtout les comtes Clausel et Villate. L'armée française comptait trente-cinq mille hommes, parmi eux figuraient dix mille conscrits que le maréchal éloigna ; il préférait confier la défense de Toulouse à des troupes moins nombreuses, mais habituées au danger et rompues à la discipline.

Dès ce moment, la ville et tout le département furent

déclarés en état de siège par une proclamation du commissaire impérial Caffarelli. La garde nationale fut revue et
considérablement augmentée. On lui donna pour chef
le marquis de Castellane (1), homme distingué par ses
manières, son esprit et son rang social. Sous lui, commandait M. Chaptives, négociant considéré, plus tard imbu de
libéralisme. Les chefs de cohorte étaient MM. d'Assignan
et Auguste de Cambon. Le maréchal voulut passer en revue
cette milice plus citoyenne que guerrière, et il insinua la
pensée de la faire combattre aux premiers rangs. Beaucoup
se trouvant indignes d'un tel honneur accueillirent cette
proposition avec une remarquable modestie ; mais, outre
ces timides, la garde nationale comptait plusieurs hommes
très braves, quelques officiers couverts de glorieuses cica-
trices.

Le maréchal ne perdit pas un instant pour convertir
la ville en un vaste camp retranché. Avant lui, était arrivé
parmi nous un colonel du génie, Juchereau de Saint-
Denis (2), avec lequel j'entretins, dans la suite, des relations intimes. Juchereau de Saint-Denis affligea profondément la population toulousaine en abattant les magnifiques
arbres des avenues méridionales. On en fit des madriers
dont on palissada les portes du faubourg Saint-Cyprien
et du cours Dillon. De larges fossés furent creusés, des
retranchements s'élevèrent, les murailles et les maisons se
couvrirent de créneaux. Mais avec quelle rudesse on faisait
travailler les malheureux soldats à ces ouvrages ! Quelques

---

1) Joseph-Léonard, marquis de Castellane, né à Saint-Paul-Trois-Châ-
teaux (Drôme), devint maréchal de camp et chevalier de la Légion d'honneur.
Il mourut à Toulouse le 17 octobre 1845, à l'âge de quatre-vingt-quatre ans.
Il avait épousé Marie-Madeleine-Charlotte Dandrieu de Moncalvel.
(2) Le baron Juchereau de Saint-Denis était élève à l'école de génie militaire à Mézières, quand éclata la Révolution. Il passa alors en Angleterre,
puis en Amérique, et fut ensuite au service de la Porte ottomane. Rentré
dans l'armée française, il devint colonel du génie et fit les campagnes
d'Espagne. En 1830, il était de l'expédition d'Alger, et en 1831, il fut
nommé maréchal de camp. Né en 1778, il mourut en 1850.

habitants ayant voulu intervenir, un officier sortit vivement des tranchées et s'écria devant moi : « Nous connaissons les sentiments hostiles que professent les Toulousains
contre l'Empereur. Le premier qui dit un mot sera pris
et fusillé immédiatement dans ces fossés. » Il n'y avait pas
à discuter devant de tels arguments *ad hominem*.

Le lendemain, on exerça la presse dans les rues. Je fus
moi-même arrêté et avec plusieurs compagnons d'infortune, on me conduisit aux retranchements pour y travailler. Heureusement Charles Caffarelli m'aperçut dans
ce convoi de piocheurs, il courut en prévenir son frère ;
celui-ci s'empressa de me soustraire à ces fonctions pour
lesquelles j'avais aussi peu d'inclination que d'aptitude.

Si nous avions provincialement regretté la belle végétation de nos avenues, ce fut bien pis lorsque l'armée alla
poster son parc d'artillerie dans nos promenades publiques.
Les arbres séculaires qui avaient ombragé tant de générations, auxquels se rattachaient tant de souvenirs, ces
témoins d'un lointain passé, ces vieux amis dont nous admirions la vigoureuse splendeur, tous furent détruits en
quelques instants. Les habitants en éprouvèrent un vrai
chagrin, mais qu'importait la conservation de quelques
ormes à des soldats voués continuellement à des œuvres
de destruction.

Dans sa retraite l'armée avait perdu ses magasins.
Accoutumée à exercer en Espagne son despotisme, elle
agit pareillement sur le sol français. Les réquisitions se
multiplièrent. Aucune indemnité ne venait consoler le
pauvre paysan à qui on enlevait ses bœufs ou ses chevaux.
J'ai vu des soldats mettre le feu à la demeure où ils avaient
logé la nuit. C'est ainsi que fut détruite la maison de campagne de M. Saint-Raymond, au nord de la ville. Tout cela
provoquait la haine contre le gouvernement impérial. Les
Anglais avaient adopté une politique opposée. La discipline la plus stricte régnait dans leurs troupes. Les excès

envers les habitants étaient immédiatement réprimés. Tout
dommage, même le plus faible, donnait lieu à une généreuse indemnité, les fournitures étaient bien payées, l'or
anglais circulait en abondance.

Dans Toulouse même, les exactions se pratiquaient plus
décemment sous les yeux des chefs ; ceux-ci, il faut l'avouer,
avaient pour excuse l'épuisement de toutes ressources,
avec nécessité de pourvoir aux besoins de leurs hommes...
La disette commençait à sévir. Les prévoyants amassaient
quelques vivres, mais en cachette, pour éviter les réclamations des troupes. Une partie d'entre elles rentrait le soir
dans nos murs et se logeait militairement, c'est-à-dire au gré
de sa fantaisie. Dans une de ces retraites plusieurs soldats
voulurent pénétrer chez un chevalier de Saint-Louis, le
vieux M. de Cazals, dont la demeure était somptueuse. Il
avait fait jadis en Amérique la guerre sous Rochambeau,
et, depuis, il se plaisait à le raconter fort souvent. Ce bon
M. de Cazals essaya de modérer l'intrusion indiscrète
des soldats qui, malgré tout, n'ayant aucun égard pour
ses cheveux blancs, le culbutèrent dans le ruisseau. « Mais,
disait Cazals, quoique je fusse étendu tout de mon long
dans la crotte, à mon attitude, ils n'ont pu s'empêcher
de reconnaître un ancien capitaine des grenadiers de Rochambeau. » Cette illusion le charmait et lui faisait oublier
qu'on s'était emparé de sa maison et qu'on l'avait mis à
la porte.

Wellington aurait pu se trouver à Toulouse avant le
maréchal Soult, il eut sans doute des motifs pour agir avec
une pareille circonspection. Il arriva devant notre ville
à la tête de douze mille cavaliers et de cinquante mille
fantassins anglais, écossais, espagnols, portugais. Les
travaux déjà effectués par l'armée française pour défendre
le faubourg Saint-Cyprien déterminèrent lord Wellington
à tourner la position. Il jeta un pont volant à Pinsaguel,
mais les routes défoncées arrêtèrent ce mouvement.

La population fut d'abord très effrayée en pensant aux dangers qu'elle aurait à courir, entre deux armées acharnées à se disputer le point le plus important du Midi. Mais cette terreur fit bientôt place à une sécurité irréfléchie. La foule se porta vers les retranchements méridionaux où les armées étaient en présence. Des femmes élégantes dirigeaient leur promenade de ce côté, elles voyaient cependant à toute minute rapporter dans nos murs de pauvres soldats horriblement blessés. Ces malheureux inspiraient une pitié profonde, on leur prodiguait des soins empressés, mais avides d'émotions et poussées par la curiosité, les jeunes femmes ne pouvaient s'empêcher d'aller vers les points dangereux. Une fois, je fus témoin d'un sauve-qui-peut général, un boulet anglais ayant ricoché dans toute la longueur de la grande rue Saint-Cyprien. Heureusement, il n'atteignit personne, mais il épouvanta tout le monde et opéra le vide dans cette avenue. Pour ce jour-là les élégantes eurent assez d'une semblable émotion, mais elles revinrent le lendemain et jusqu'au moment où l'autorité militaire fit défense de gêner la circulation des troupes.

Dans la nuit du 7 avril, Wellington fit jeter un pont de bateaux sur la Garonne, au village de Beauzèle, au-dessous du château de Blagnac. Quinze mille hommes sous les ordres de don Manuel Freyre passèrent le fleuve, mais une crue subite emporta le pont. Le maréchal Soult aurait pu tirer grand avantage de cette circonstance et détruire ce corps isolé. Il ignora le fait, et quand il l'apprit il était trop tard pour en profiter, le pont était réparé, les communications rétablies. Le 8, nos amis nous firent savoir l'entrée des alliés à Paris, sans toutefois pouvoir nous indiquer ni les événements de la capitale, ni la situation où se trouvait l'armée de Napoléon.

De l'Observatoire, grâce à un télescope, je vis un engagement de cavalerie. Le 13e régiment de chasseurs défendait un cours d'eau. Des hussards ennemis s'avancèrent

dans cette direction. Il pleuvait, les officiers anglais étaient
à cheval, un parapluie à la main, ce qui avec nos habitudes paraissait éminemment ridicule. Tout à coup les
hussards anglais ferment leurs parapluies, les attachent
aux arçons, dégainent leurs sabres et se jettent sur nos
chasseurs qui se défendent vaillamment, mais leurs montures n'avaient pas la vigueur des chevaux adverses. Nos
soldats sont donc culbutés et leur colonel est grièvement
atteint. Ce spectacle me causa l'impression la plus douloureuse. Rien n'est affreux comme une scène de carnage
dont on ne partage pas les dangers. Que n'aurais-je pas
fait pour mettre à l'abri nos malheureux compatriotes?

Je passai la journée du 9 avril avec plusieurs membres
de la Confédération royaliste pour délibérer sur le parti à
prendre. De temps en temps, quelques détonations semblaient annoncer le commencement d'une bataille. Je parcourus les vieux remparts aux tours rondes, ils étaient
garnis de mortiers, de canons aux calibres les plus divers.
A côté se tenaient des artilleurs, la mèche allumée; ils
attendaient le signal avec un calme parfait. Leurs projec-
tiles devaient franchir le canal du Midi pour tomber sur
les rangs ennemis.

Le 10 avril était le jour de Pâques. A six heures du
matin, je m'étais rendu dans l'église de Saint-Étienne,
notre antique cathédrale, pour mettre ma famille et moi-
même sous la protection de Dieu. De ferventes prières
montaient vers les voûtes majestueuses pour célébrer la
fête de la résurrection, dans ce jour qui devait briller sur
la mort d'un si grand nombre de victimes. En sortant de
la cathédrale, je me rendis au Boulingrin. Des arbres
étaient en fleurs, les feuillages se développaient, c'était
la matinée riante d'un beau jour de printemps. Soudain
une explosion lointaine m'arrache à la jouissance de ce
doux spectacle. L'artillerie tonne, les feux de peloton cré-
pitent, le combat est commencé. L'esplanade se couvre

d'équipages de guerre. Je vois passer plusieurs généraux avec leur état-major ; ils se dirigent en toute hâte vers le champ de bataille. L'attaque se rapproche, c'est bientôt un vacarme affreux. Quelle épouvantable et inutile effusion de sang ! Au moment même où les redoutes, attaquées par les Espagnols, prises et reprises par les Anglais, les Français, les Écossais, se jonchaient de cadavres, à Paris, les alliés, réunis autour d'un autel dressé sur la place de la Concorde, célébraient par un *Te Deum* solennel et par le Saint-Sacrifice la paix rendue au monde. Le cœur se serre en pensant que la bataille de Toulouse fut vaine, puisque à l'instant où elle se livrait, Napoléon était déjà déchu.

Du haut d'une des tours, je vis se dérouler cette lutte terrible. Les Français étaient très inférieurs en nombre, mais la position de la ville leur donnait quelque avantage. Presque tout le long de son périmètre, elle est garantie par la Garonne et par le canal du Languedoc, au delà duquel, sur les éminences dominant le nord de la cité, on avait construit quelques formidables redoutes. Non loin coule une petite rivière, l'Hers, elle formait la ligne extérieure de défense confiée au général Villate. Les redoutes étaient occupées par le général Clausel. Sur la rive droite de la Garonne les divisions Darricau et Darmagnac protégeaient la gauche de la position. Le général Reille défendait le faubourg Saint-Cyprien et la rive gauche du fleuve.

Dans les premières heures les Français repoussèrent avec une valeureuse énergie les Espagnols et les Anglo-Portugais. Après beaucoup d'efforts le maréchal Beresford parvint à prendre une redoute. Pour les autres, la lutte fut chaude, enfin lord Wellington y envoie quelques compagnies écossaises qui, vers midi, restent maîtresses de la situation. La bataille était alors générale. Le maréchal Soult, espérant couper le centre de l'ennemi, commande au général Taupin une attaque sur les hauteurs. Celui-ci ne comprend pas l'ordre, ou exécute mal la manœuvre ; Beresford l'entoure en jetant la confusion dans ses troupes. Taupin est tué. Le général Lamorlière accourt, il est lui-même blessé et sa brigade mise en désordre ; la division Darmagnac vient heureusement la sauver d'une destruction complète. Nos troupes occupaient le cimetière. Elles en avaient crénelé toute l'enceinte. C'était pour nous une indicible douleur de voir bouleverser les tombes de nos parents, de nos amis.

Les Toulousains montraient les sentiments les plus généreux et les plus compatissants envers les malheureux mis hors de combat. Plusieurs ecclésiastiques fermèrent leurs églises pour célébrer la fête de Pâques sur le champ de bataille en assistant les mourants et en recueillant les blessés. Quelques saints prêtres, entre autres MM. Gary, de Chièse, Mac Carthy, transportaient sur leurs épaules les pauvres soldats cruellement atteints. Entraînés par ces nobles exemples, les habitants rivalisaient de charité. Sans cesse affluaient dans la ville des militaires de tout grade qu'on rapportait sur des matelas, sur des civières. Quelle affliction on éprouvait à entendre les douloureux gémissements auxquels se mêlait le râle des agonisants ! Ce qu'il faut avoir vu pour le croire, c'est l'enthousiasme de ces infortunés pour l'auteur de leurs maux. Plusieurs se redressaient convulsivement, criaient une dernière fois : Vive l'Empereur ! et retombaient morts. Parmi les blessés soignés dans la ville se trouvaient les généraux Harispe, Bouret, Gasquet, Berlier, Lamorlière, plusieurs colonels et officiers supérieurs.

Il était sept heures du soir quand le canon cessa de gronder. La bataille avait duré douze heures. Nous apprîmes que les Français conservaient leurs positions sur le canal du Languedoc. La ville était encore à l'abri, mais nous nous attendions à voir les hostilités reprendre dès le jour suivant. Par un accord tacite il y eut cependant suspension d'armes et le lundi de Pâques fut consacré à ensevelir une multitude de soldats moissonnés pour une cause déjà décidée.

Nos troupes rentrées dans nos murs se préparaient à une défense opiniâtre. Dans la soirée du lundi se tint un conseil de guerre. On raconta plus tard que durant cette délibération, le général Darmagnac, notre compatriote, avait fléchi la résolution du maréchal, qui voulait s'ensevelir sous les débris de la ville plutôt que de la livrer à lord Wellington. Quoi qu'il en soit, Soult décida la retraite, vraisemblablement parce que Toulouse cernée n'avait point les approvisionnements nécessaires pour les habitants et pour l'armée. En outre, il ignorait les événements survenus à Paris et il comptait sans doute faire sa jonction dans le bas Languedoc avec les quinze mille hommes du maréchal Suchet, puis, en remontant le Rhône, s'unir à Augereau pour se porter sur les communications des ennemis. Il était neuf heures du soir quand les troupes commencèrent à partir. Soult, enveloppé d'un grand manteau, l'air sombre, mais énergique, traversa la ville escorté de son état-major. Il avait combattu vaillamment contre des forces supérieures, il cédait non à la crainte, mais à la nécessité. Je vis partir de la maison de ma mère le comte d'Erlon qui y était logé avec ses aides de camp. Cette retraite se fit dans le plus grand ordre ; les régiments gardaient un profond silence, on entendait seulement le bruit sourd et cadencé du pas militaire et au loin le roulement des canons et des équipages.

La confédération royaliste s'employait à faire tourner les événements au profit de la cause monarchique en arborant notre drapeau historique et en proclamant Louis XVIII. Le commissaire impérial Caffarelli avait abandonné Toulouse, emmenant avec lui le préfet et le maire. La confédération royaliste allait diriger la ville et cela très facilement, car le vœu général était de voir le régime oppressif du glaive impérial faire place au gouvernement paternel d'une antique race française. Des proclamations affichées sur tous les murs invitaient les habitants à se prononcer contre Napoléon, qui avait suscité à la France la réaction des peuples de l'Europe et leur invasion sur notre sol. Pour rendre la paix au monde et retrouver notre indépendance, il fallait nous-mêmes repousser les couleurs révolutionnaires et appeler Louis XVIII sur le trône.

L'armée de Wellington était devant nos portes encore occupées par les gardes nationales. Cependant l'accord était fait. A l'ordre donné par leur général, les alliés devaient relever tous les postes et entrer dans Toulouse. Seuls quelques officiers d'ordonnance avaient déjà pénétré à l'intérieur de nos murs. Leurs uniformes rouges, leurs chapeaux étriqués amusaient la foule. Le temps était magnifique. Les dames les plus distinguées avaient fait apporter des corbeilles remplies de cocardes blanches qu'on arborait au cri de : « Vive le Roi ! » Les femmes du peuple surtout, dont les familles avaient cruellement payé l'impôt du sang, manifestaient pour Louis XVIII un enthousiasme débordant. La populace, qui ne met jamais un frein à ses explosions de colère, déchira tous les drapeaux tricolores, renversa toutes les enseignes impériales et finit même par précipiter du haut du Capitole le buste de Napoléon placé sur le fronton de l'édifice. Dans leur fureur, des gens traînèrent cette effigie jusqu'au fleuve pour l'y précipiter. Heureusement il n'y eut à déplorer ni vengeance ni excès contre les personnes.

Wellington entra dans la ville avec son état-major, tandis que ses divisions allaient suivre les mouvements de l'armée française en retraite. Poussés par l'opinion publique, le conseil municipal et la garde nationale vont, drapeau blanc en tête, demander au général anglais sa protection pour une cité dévouée à l'héritier légitime de nos rois.

Wellington est au Capitole, il s'y voit entouré d'une foule nombreuse criant sans cesse : « Vive Louis XVIII ! Vivent les Bourbons ! »

« Habitants de Toulouse, leur dit le général anglais, votre dévouement à l'ancienne famille de vos rois émeut vivement mon âme. Je serais fâché que vos nobles sentiments puissent compromettre votre existence et vous rendre victimes d'un zèle trop empressé. On traite à Châtillon, je ne puis vous le dissimuler. Peut-être la paix est-elle signée au moment où je vous parle et si le traité est conclu, vous attirerez sur vos têtes et sur vos familles les vengeances de Napoléon et l'application sévère des lois de votre empire. »

Cette déclaration inattendue provoqua une certaine consternation. Mais le sous-préfet Limayrac s'écria aussitôt : « N'importe ! Vive le Roi ! » Et le comte d'Hargicourt d'ajouter noblement : « Maréchal de camp dans les armées du roi de France, j'ai repris aujourd'hui la cocarde blanche, je ne la quitterai plus, elle ne tombera qu'avec ma tête. » « Vive le Roi ! Vive le Roi ! » répondit la foule avec enthousiasme. Wellington était profondément troublé. Quant au général Alava, il ne put s'empêcher de dire : « Jamais je n'abandonnerai ces braves gens, je protégerai leur retraite en Espagne. »

Les séides des gouvernements révolutionnaires nous observaient. Leurs physionomies haineuses s'illuminèrent quand Wellington déclara que la paix était probable. Par eux, des listes de proscription furent dressées et chacun de nous put prévoir qu'un exil volontaire pourrait seul le soustraire au sort du chevalier de Gouault. Mais la satisfaction de ces farouches délateurs fut brève. On apprend soudain que le marquis de Saint-Simon est arrivé à Toulouse. Le colonel Cooke l'a conduit devant le général anglais. M. de Saint-Simon porte des dépêches françaises. Un gouvernement provisoire est établi à Paris, le Sénat a prononcé la déchéance de Napoléon, qui a lui-même abdiqué. Louis XVIII est appelé sur le trône, l'armée française adhère à tous les actes du gouvernement provisoire qui, d'accord avec les alliés, envoie l'ordre de suspendre les hostilités.

Une explosion de joie accueillit ces nouvelles. Wellington, voulant exprimer sa sympathie envers nos sentiments royalistes, attache une cocarde blanche sur sa poitrine et nous dit : « Je suis heureux de voir se terminer ainsi mes anxiétés pour une population qui ce matin s'est si noblement compromise en faveur de son antique royauté. »

Le marquis de Saint-Simon avait quitté Paris le 7 avril. S'il fût venu avec la rapidité d'un courrier de cabinet, il aurait empêché une hécatombe tristement inutile. L'injustice des partis imputa au maréchal Soult d'avoir livré bataille tout en ayant connaissance des événements. Cette accusation est aussi perfide qu'absurde. D'abord Soult n'attaqua point les Anglais, il défendit sa position lorsqu'elle fut attaquée. Avoir tenu en échec pendant quinze jours une armée double de la sienne et avoir gardé intacte une ligne aussi importante était pour lui une fin de campagne assez glorieuse pour ne pas la compromettre, mal à propos, dans un combat dont le résultat serait vraisemblablement désastreux ou pour le moins bien inutile, puisque d'après cette théorie Soult aurait été au fait de la paix conclue à Paris. Il risquait une défaite et s'il remportait une victoire, il n'en tirerait aucun profit, car il devait s'attendre à recevoir sous peu l'ordre de cesser la guerre. Connaissant les événements, lequel des deux généraux avait intérêt à livrer bataille? Était-ce celui qui occupait la ville ou celui qui trouverait tant d'avantage à la prendre avec ses approvisionnements? D'ailleurs Wellington occupait depuis deux jours les routes de Toulouse à Paris, il aurait donc pu savoir l'état des choses avant le maréchal Soult dont les communications étaient interceptées. L'évidence absout donc le maréchal Soult.

Quant à lord Wellington, sa moralité empêche de lui imputer le crime d'avoir provoqué en pleine paix un affreux carnage. Ce torrent de sang était-il nécessaire pour cimenter sa gloire? Il faudrait en outre lui reprocher une abominable hypocrisie, quand il répondit à nos manifestations royalistes par ces mots : « On traite à Châtillon, je ne puis vous le dissimuler. Peut-être la paix est-elle signée au moment où je vous parle. »

Comment le général anglais ignorait-il encore le 11 avril que le congrès de Châtillon était dissous depuis le 20 mars? Sans doute dans les grands mouvements de leurs armées, dans les alternatives de succès et de revers, les souverains alliés n'avaient guère pensé à faire connaître rapidement la situation au chef de l'armée anglo-espagnole opérant dans le Midi. Mais alors, le champ de bataille étalait ses horreurs comme une terrible accusation contre cette incurie. Sur les redoutes, c'était un entassement de schakos déchirés, de chariots en pièces, d'affûts fracassés. Partout des mares de sang, des cadavres de chevaux dont les membres roidis se dressaient sur ce sol dévasté. Par endroits, la terre fraîchement remuée couvrait à peine les corps des soldats abattus pendant la terrible journée. Des mains, des pieds s'apercevaient sous cette couche trop légère. On planta quelques croix et dans ce champ désolé, les chrétiens s'agenouillèrent et prièrent en pleurant. Devant les horreurs d'un champ de bataille, devant l'œuvre de destruction que l'homme appelle sa gloire, l'âme comprend dans toute leur beauté ces paroles célestes : « Gloire à Dieu dans le ciel et paix sur la terre aux hommes de bonne volonté. »

Les nouvelles contenues dans les dépêches portées par M. de Saint-Simon me furent communiquées, il m'en souvient, par le lieutenant-colonel O'Kelly (1). Son père,

(1) Jean-Henri-Denis, comte O'Kelly-Farrell, lieutenant-colonel au service de Sa Majesté Britannique, mort dans l'île de Céphalonie en 1833.

7

Irlandais réfugié en France, avait été ministre de Louis XVI à Mayence ; la Révolution le contraignit à abandonner sa seconde patrie : une de ses filles (1) était mariée au comte de Puységur dans les environs de Toulouse. Quant à ses fils, plusieurs servaient en Angleterre. L'un d'eux, le comte Charles O'Kelly (2), avec qui j'avais été élevé dans mon enfance, après s'être distingué sur les flottes de la Grande-Bretagne, revint en France. Il brava tous les dangers pour rejoindre à Saint-Jean-de-Luz le duc d'Angoulême. Il m'amena son frère, le lieutenant-colonel, encore tout noir de poudre et les habits déchirés ; je sus par lui la déchéance de Napoléon et la restauration monarchique.

Dans la soirée, Wellington donna une grande fête. Il est sans doute dans la politique des chefs militaires de faire ainsi diversion aux scènes de carnage. Mais pour nous, quels pénibles sentiments nous étreignaient en pensant à ces milliers de morts à peine ensevelis, à ces milliers de blessés aux prises avec la souffrance et en voyant au même moment les jeunes femmes se couronner de fleurs pour danser joyeusement ! Que de légèreté et d'égoïsme en ce monde !

Le lendemain, j'entendis avec consternation retentir la séditieuse *Marseillaise* et le détestable *Ça ira*. Un régiment écossais passait sous mes fenêtres. A cause de leurs petites jupes battant leurs jambes nues, l'armée française avait donné à ces Highlanders le surnom de Sans-Culottes. Voulant probablement se venger, les Écossais s'étaient emparés des hymnes révolutionnaires et les exécutaient odieusement sur les pibrocks, ces affreuses cornemuses,

---

(1) Amélie-Éléonore-Joséphine O'Kelly-Farrell, mariée en 1804 à Augustin-Athanase, comte de Puységur.

(2) Charles-Denis-William, comte O'Kelly-Farrell, chevalier de Saint-Jean de Jérusalem, né en 1788, avait servi dans la marine anglaise. En 1814, il fut envoyé en mission par les royalistes du Midi auprès de Wellington et du duc d'Angoulême. Il avait épousé, en 1814, Zoé-Antoinette de La Motte-Védel de Termes.

sur les flûtes et les hautbois. Ils s'éloignèrent en jouant
l'air :

Veillons au salut de l'Empire!

C'était une dérision, mais le sens en échappait peut-
être à ces montagnards dont le costume pittoresque, la
belle stature et la figure martiale avaient un grand succès
parmi notre population. J'entendis un jour la conversation d'une femme avec son mari ; tous deux contemplaient
un bataillon écossais.

— Qu'ils sont beaux ! disait la femme. Ah ! mon ami,
que je serais flattée si notre Alfred pouvait entrer dans
ce corps. Il aurait si bonne mine.

— Impossible, répliqua l'homme.

— Et pourquoi donc?

— Pour entrer dans les Écossais, il faut absolument
être Irlandais.

Dans les rangs de l'armée anglaise, je vis deux hommes
que depuis j'ai beaucoup connus, le duc de Guiche (1) et
le duc Des Cars (2). Le premier méritait alors le nom de
bel Agénor, qu'on lui donnait généralement. Le duc Des
Cars, très blond et un peu voûté, quoique bien jeune,
n'avait pas l'extérieur brillant de son frère d'armes, mais
c'était un officier fort distingué. Tous deux servaient dans
le même régiment de hussards.

La ville était remplie de blessés. Wellington rendit
visite au général Harispe, qui avait tenté d'armer tous les
habitants de sa contrée pour repousser l'invasion étran-

(1) Antoine-Héraclius-Agénor-Geneviève de Gramont, duc de Guiche, né
le 27 juin 1789 au château de Versailles, devint lieutenant général, grand-
officier de la Légion d'honneur, grand-croix de Saint-Maurice et de Saint-
Lazare. Il avait épousé Anna-Quintina-Albertine-Ida d'Orsay.

(2) Amédée-François-Régis, comte, puis duc Des Cars (1790-1868), fut
aide de camp du duc d'Angoulême pendant la Restauration, pair de France
en 1822, lieutenant général en 1823. Il donna sa démission en 1830 et accompagna Charles X en exil. Il avait épousé Augustine-Frédérique-Joséphine de
Tourzel.

gère. Atteint au pied par un coup de feu, durant la bataille du 10 avril, il eut à subir l'amputation d'un orteil. Wellington traita le général Harispe avec distinction et chercha par ses égards à rendre son sort moins amer.

Dans la maison que j'habitais fut porté un colonel anglais grièvement blessé à la jambe. On le soigna le mieux possible. Sa convalescence fut longue et il aurait été bien malheureux si on ne s'était relayé à son chevet pour lui tenir presque tout le temps compagnie. Parfois, il préférait être seul, il employait alors cette formule : « A présent, je m'ennuie. » C'était l'équivalent de « vous m'ennuyez », avec toutefois une nuance moins impolie... Il savait mal notre langue, il était très bon homme, il souffrait ; c'étaient bien des titres à notre indulgence.

Tous nos amis faisaient un accueil très dévoué aux malheureux blessés. Parmi les plus dangereusement atteints se trouvait un lieutenant-colonel français, le comte de Sainte-Hélène. Quand Soult arriva dans nos murs, le comte et la comtesse de Sainte-Hélène vinrent habiter chez une de nos amies intimes, Mme de Saint-André, appartenant à la famille de Labarthe. La veille de la bataille, grande fut la surprise, lorsqu'on vit la comtesse de Sainte-Hélène, vêtue en militaire, suivre à cheval son mari. Dans la soirée du 10, elle ramena le lieutenant-colonel, porté sur une civière ; une balle lui avait traversé la cuisse. M. et Mme de Saint-André partagèrent les soins dont Mme de Sainte-Hélène entoura aussitôt l'objet de son affectueuse sollicitude. Comment ne pas compatir au chagrin d'une héroïne qui accompagne son époux sur le champ de bataille? Les Saint-André furent parfaits pour elle. Cette belle Rosa avait parfois quelque chose d'étrange dans les manières, mais elle était Espagnole, on ne pouvait lui demander les formes françaises. Quant au comte de Sainte-Hélène, il payait les soins qu'on lui prodiguait par les narrations les plus variées, auxquelles se mêlaient quelques anecdotes piquantes. Elles n'étaient pas toutes du meilleur goût, mais, à cette époque, les militaires se distinguaient plus par leur courage à la guerre que par leur attitude dans un salon. Après avoir été gravement malade, le comte de Sainte-Hélène se rétablit lentement et quitta les Saint-André, en leur témoignant, ainsi que sa femme, une vive reconnaissance pour la bonne hospitalité dont ils avaient été comblés pendant à peu près trois mois. On reçut avec plaisir de leurs nouvelles; le comte, déjà décoré de la Légion d'honneur, avait obtenu la croix de Saint-Louis; en 1815, il suivit Louis XVIII à Gand et, plus tard, il fut nommé lieutenant-colonel de la légion de la Seine.

Quelle fut la consternation de Mme de Saint-André, quand, en 1818, elle apprit l'arrestation du comte et de la comtesse de Sainte-Hélène ! On accusait le chevalier de la Légion d'honneur d'être un chevalier d'industrie; l'étoile des braves brillait sur sa poitrine, mais les stigmates infamants marquaient ses épaules. En un mot, M. de Pontis, comte de Sainte-Hélène, n'était autre que le forçat Coignard, condamné en l'an IX à quatorze années de travaux publics et qui s'était évadé du bagne en 1805. La comtesse, une indigne créature, se nommait Rosa Marcen.

Comment cet homme était-il parvenu à se faire admettre, en qualité d'officier, dans l'armée française? Il avait produit des papiers établissant son rang social et un grade de sous-lieutenant obtenu en Espagne, durant les guerres de la première Révolution. C'est en 1810 qu'il entra dans nos troupes. A cette époque, Napoléon et ses lieutenants aimaient à voir figurer les noms de l'ancienne monarchie parmi les militaires. Le comte de Sainte-Hélène fut donc le bienvenu. Le maréchal Soult accueillit favorablement sa demande et tint ses papiers pour complètement authentiques. Grâce à son intelligence, le filou s'éleva rapidement;

il gagna la croix d'honneur, après avoir courageusement
versé son sang. A Paris, les maisons les plus distinguées
le reçurent ; il en profita pour faciliter leurs vols aux
malandrins dont il s'était fait le chef. Ce lieutenant-colonel
montrait vraiment beaucoup de... légèreté, en ouvrant à
nouveau devant lui les perspectives du bagne d'où il avait
eu l'indicible bonheur de s'échapper.

Un jour, le brillant comte de Sainte-Hélène commandait les troupes de la légion de la Seine sur la place
Vendôme. La foule affluait pour contempler ce spectacle
qu'un homme couvert de haillons suivait d'un œil particulièrement attentif. La manœuvre finie, ce pauvre gueux
se glisse comme un serpent jusqu'au lieutenant-colonel.
« Coignard, lui dit-il à mi-voix, je t'ai reconnu. Sois bon
camarade, secours-moi et je ne te trahirai pas. — Qu'on
chasse ce manant ! » s'écrie le comte de Sainte-Hélène, en
poussant son cheval contre le forçat libéré. Ainsi repoussé,
celui-ci n'hésite plus à faire sa déposition devant la police.
Il avait passé plusieurs années au bagne avec Coignard ;
sa surprise fut grande de retrouver ses traits chez un colonel.
Il crut d'abord au hasard d'une étonnante ressemblance,
mais un tic bien reconnaissable dans la mâchoire lui
permit de ne plus avoir de doute sur l'identité de Coignard.

Depuis quelque temps, la police se préoccupait de nombreux vols, elle était sur la trace des filous, mais comment
croire à la culpabilité du lieutenant-colonel? La surprenante déposition recueillie sur son compte éclaira soudain
le mystère. Des agents de police le surveillèrent étroitement,
et il fut surpris la nuit, à l'extrémité du faubourg du Temple,
au moment où, avec deux complices, il venait d'exercer
sa criminelle industrie. Il défendit chèrement sa vie. D'un
coup de pistolet, il fracassa l'épaule à l'un des agents, mais
blessé lui-même à la tête, il tomba aux mains de la justice.
Malgré ses dénégations absolues, malgré la rhétorique de

l'avocat Dupin, l'identité du prévenu avec le forçat Coi-gnard fut établie par des preuves tellement évidentes qu'il fut mis à la disposition du procureur général pour être réintégré au bagne.

Nous avions donc vécu en société avec un forçat.

CHAPITRE V

LE RETOUR DES BOURBONS

Ce furent Talleyrand et le Sénat qui prononcèrent la déchéance de Napoléon. Or, si la victoire avait fondé l'Empire, les revers le renversaient, en culbutant dans la même chute toutes ses institutions. Napoléon tombé, son Sénat s'écroulait avec lui, et alors de quel droit cette assemblée prétendait-elle décider le sort de la France? Quant à Talleyrand, cette honte de l'épiscopat, de la noblesse, de la monarchie française, traître à Dieu, au roi, à la république, à l'empire, il crut bon de tout mener et de régler impudemment nos destinées. Il avait trouvé un appui auprès de l'empereur Alexandre qui avait une âme élevée, mais dont le jugement avait été faussé. Ce monarque ne cherchait-il pas à concilier deux choses opposées? Il voulait ajouter au positif de son autocratie la popularité d'un grand libéralisme.

Par Nesselrode, Talleyrand savait que les souverains ne consentiraient plus à traiter avec Napoléon, et d'autre part il voyait l'entraînement général vers les Bourbons. Il s'était donc entendu avec quelques affidés pour amener la proclamation de la monarchie légitime, mais cela par des moyens révolutionnaires, faussant ainsi le caractère historique de cette monarchie, pour l'avoir à leur merci et l'exploiter à leur gré.

Talleyrand flatta si bien la vanité d'Alexandre qu'il lui fit signer un projet de déclaration. Le vieux diplomate

eut l'air de l'improviser et le rédigea séance tenante. Le
projet invitait le Sénat à désigner un gouvernement provisoire et à préparer une constitution. Cet acte fut immédiatement imprimé et affiché dans Paris. Talleyrand triom-
phait. Le 1er avril, il parvint à réunir les sénateurs et à faire
proclamer par un sénatus-consulte un gouvernement provisoire qu'il avait déjà institué lui-même. En faisaient
partie le duc de Dalberg, le comte François de Jaucourt,
Beurnonville et l'abbé de Montesquiou. Le 2 avril, le
Sénat prononça la déchéance de Napoléon et Lambrechts
fut chargé de rédiger les motifs de cette déchéance ; Lambrechts promit son travail pour le lendemain. En attendant, les pères conscrits, en corps, se rendirent chez l'empereur de Russie pour lui porter la résolution prise.
Alexandre avait la faiblesse d'aimer tous les hommages.
Il accueillit avec joie ceux du Sénat. « Je vois bien que tu
me flattes, disait un grand seigneur à son intendant, mais
c'est égal, continue, ça fait toujours plaisir. »

— Vous allez vous occuper de la constitution, dit
Alexandre aux sénateurs. Il est juste, il est sage, de donner
à la France des institutions fortes et libérales, en rapport
avec le progrès des lumières.

A ces mots les idéologues s'extasièrent. Garat, qui
en 1793 avait accepté la mission de lire à Louis XVI son
arrêt de mort, donna libre cours à son enthousiasme.
Quant au prêtre régicide Grégoire, il sentit une grande
félicité l'inonder et il fut sur le point de pleurer d'attendrissement. Le débonnaire Alexandre ne songeait même pas
à la part prise par ces deux champions de la souveraineté
populaire dans l'assassinat du plus juste des rois.

J'ai souvent témoigné au prince de Metternich quel
étonnement me causait le rôle joué à cette époque par
l'empereur Alexandre.

« C'était un noble cœur, me répondait-il, mais on lui
avait persuadé que tous ceux s'appuyant sur la tradition

étaient des radoteurs ou des imbéciles. Lorsqu'il alla en
Angleterre avec le roi de Prusse, je m'y rendis aussi
(1er juin 1814). On le reçut d'une manière enthousiaste.
Un jour, lord Grey vint me joindre et me dit : « Vous con-
« naissez beaucoup l'empereur Alexandre ; entre nous, il
« est un peu fou. — Pourquoi donc? — Figurez-vous
« qu'il m'a fait inviter à me rendre chez lui. Lord Grey,
« m'a-t-il demandé, comment pourrais-je m'y prendre pour
« établir une opposition en Russie? — Votre Majesté n'a
« qu'à laisser faire, lui répondit lord Grey, elle s'établira
« d'elle même. »

Lambrechts se montra diligent ; il rédigea sans retard les
motifs de la déchéance de Napoléon, le tout fut voté par
le Sénat et promulgué comme décret. Que Napoléon eût
accablé notre pays d'impôts onéreux, de conscriptions
incessantes, que dans son ambition il eût épuisé la fortune
et le sang français, nul ne songeait à le nier ; mais quels·
avaient été ses complices? Ceux-là mêmes qui prêtèrent à
ces mesures néfastes l'aide infatigable de leurs sénatus-
consultes. Toute la France pouvait s'élever contre Napoléon, le Sénat, si longtemps muet, devait seul garder le
silence. La multitude était pressée de voir mettre un
terme à ses angoisses. L'acte du Sénat lui parut méprisable, toutefois elle l'accueillit comme un moyen d'en
finir avec la guerre. Les adhésions au gouvernement provisoire et à l'acte de déchéance se multiplièrent rapidement. Les courtisans du pouvoir impérial expirant voulaient assurer leurs positions sous le gouvernement nouveau, quel qu'il fût. Ils abandonnaient avec hâte le soleil
couchant pour être les premiers à saluer l'aurore et à se
chauffer à ses rayons.

Tout à coup, le Sénat, le gouvernement provisoire,
Talleyrand et les divers intrigants politiques furent frappés
d'une indicible stupeur : Napoléon allait marcher sur
Paris. Bonaparte avait bien conçu ce projet hasardeux,

mais il rencontra l'opposition formelle des maréchaux se trouvant avec lui à Fontainebleau. Devant leur révolte contre son autorité, il dut, la mort dans l'âme, signer un acte d'abdication. Il chargea Caulaincourt, Macdonald et Ney d'aller régler avec l'empereur Alexandre la régence que Marie-Louise exercerait pour le roi de Rome. Caulaincourt et les maréchaux partirent immédiatement, mais s'arrêtèrent à Essonnes où se trouvaient Marmont et son armée. Ils exposèrent au duc de Raguse la mission dont ils étaient investis. Auparavant, Marmont avait reçu son aide de camp M. de Montessuy, chargé par Talleyrand et par le prince de Schwarzenberg de dépêches contenant les actes du Sénat, les adhésions des divers corps administratifs et judiciaires ; Montessuy portait, en outre, les instances des banquiers Perrégaux et Laffitte. On disait au duc de Raguse : « Au nom de la patrie et de l'humanité, écoutez ces propositions, vous arrêterez ainsi l'effusion du sang ; adhérez aux actes du Sénat et du gouvernement provisoire, l'armée suivra votre exemple, et le repos sera rendu à notre pays, après vingt-deux ans de calamités. »

Si je rapporte ces événements, c'est que Marmont lui-même m'en a donné le détail et m'a souvent parlé du rôle qu'il joua en cette occurrence.

Les dépêches transmises par Montessuy firent sur le duc de Raguse une profonde impression, mais il ne voulut rien décider sans avoir consulté les généraux placés sous ses ordres. Il les réunit en conseil, leur exposa les faits, leur communiqua les pièces et sollicita leur avis. La perspective de marcher le lendemain sur Paris, d'engager une lutte désespérée et sûrement désastreuse contre des forces dix fois plus considérables, ne souriait guère à ces officiers. Ils engagèrent donc unanimement le maréchal à répondre favorablement aux propositions qui lui étaient faites et à traiter avec le prince de Schwarzenberg.

En conséquence, dans la nuit du 3 au 4 avril, le duc de

Raguse écrivit au généralissime prince de Schwarzenberg la lettre suivante :

Monsieur le Maréchal,

J'ai reçu la lettre que Votre Altesse m'a fait l'honneur de m'adresser ainsi que les papiers qu'elle renfermait. L'opinion publique a toujours été la règle de ma conduite. L'armée et le peuple se trouvent déliés du serment de fidélité envers l'empereur Napoléon par le décret du Sénat. Je suis disposé à concourir à un rapprochement entre le peuple et l'armée, pour prévenir toute chance de guerre civile et arrêter l'effusion du sang français En conséquence, je suis prêt à quitter avec mes troupes l'armée de l'empereur Napoléon, aux conditions suivantes dont je vous demande la garantie par écrit :

ARTICLE PREMIER. — Moi, Charles, prince de Schwarzenberg, maréchal et commandant en chef les armées alliées, je garantis aux troupes françaises qui, par suite du décret du Sénat du 2 avril, quitteront les drapeaux de Napoléon Bonaparte, qu'elles pourront se retirer en Normandie avec armes, bagages et munitions et avec les mêmes égards et honneurs militaires que se doivent les troupes alliées.

ART. 2. — Que si par suite de ce mouvement les événements de la guerre faisaient tomber entre les mains des puissances alliées la personne de Napoléon Bonaparte, sa vie et sa liberté lui seraient garanties dans un espace de terrain et dans un pays circonscrit au choix des puissances alliées et du gouvernement français.

On ne saurait reconnaître à un officier le droit de conclure avec les ennemis un traité où il est dit que lui et ses troupes abandonneront l'armée de leur souverain. Pour ma part, je suis loin d'approuver qu'un maréchal de France écrive cette phrase : « L'opinion publique a toujours été la règle de ma conduite. » La règle de la conduite, c'est le devoir et le devoir d'un militaire; c'est la soumission absolue à son chef et au gouvernement établi. Mais cela bien affirmé, quels sont les accusateurs implacables du maréchal Marmont? Les révolutionnaires qui ont pris part à toutes les révoltes, qui ont dirigé les conspirations et les sociétés secrètes contre le gouvernement légal et historique de leur pays, les hommes qui avaient aidé Bonaparte à faire sauter par les fenêtres le Corps législatif et à renverser le Directoire au 18 brumaire, les généraux Foy, Sébastiani, Lamarque et tant d'autres. Nous les avons entendus à la tribune exciter les troupes à la sédition, en établissant comme maxime : Le militaire, avant d'obéir au gouvernement, doit délibérer, parce que le soldat est citoyen... Marmont n'avait-il donc pas suivi ces principes, ne s'était-il pas comporté en citoyen? Il avait délibéré sur l'invitation du Sénat, qui avait prononcé la déchéance de Napoléon, sur l'invitation également du gouvernement provisoire, des cours de justice, des conseils administratifs, de la garde nationale, de la riche bourgeoisie parisienne. Il écouta les appels faits à ses sentiments d'humanité.

Comme militaire, Marmont avait prouvé son courage et son talent, lorsqu'il défendit Paris contre les alliés. Noir de poudre, couvert d'un uniforme troué par les balles, il dirigeait la lutte ayant autour de lui les cadavres de plus de la moitié de ses soldats. Pour Marmont, un témoignage émis par un ministre de Charles X ne saurait être suspect de partialité. Si, en 1830, il avait montré la même fermeté qu'en 1814, quand il chargea les Russes dans la grande rue de Belleville, le roi de France ne serait pas mort en exil, Marmont n'aurait point connu la proscription sur la terre étrangère et moi-même je n'écrirais pas ces lignes dans le château de Frohsdorf.

Comme citoyen, quand il reçut les propositions faites par Schwarzenberg, le duc de Raguse mesura l'abime dans lequel une lutte insensée pouvait précipiter la France et cela pour satisfaire l'ambition d'un seul homme. Il pensa

que sept mille soldats sur treize mille étaient un holo-
causte suffisant pour une cause perdue et qu'il y aurait
cruauté s'il menait le reste de ses troupes à une mort
certaine et complètement inutile. Ceux-là mêmes qui con-
vertirent Marmont en bouc émissaire, ne travaillèrent-ils
pas avec perfidie au renversement de la Restauration, à
laquelle ils prêtaient serment de fidélité? Durant les journées de Juillet, Marmont eut à les combattre ; il le fit sans
énergie, parce que malheureusement son courage politique
ne se trouvait pas au niveau de sa valeur militaire, parce
que l'opinion publique était beaucoup trop la règle de sa
conduite.

Mais il est vraiment étrange que son attitude en 1814
soit blâmée par un parti dont le philosophe par excel-
lence, M. Cousin, déclare (1) :

... Si le vaincu excite notre pitié, il faut réserver notre plus
grande sympathie pour le vainqueur, puisque toute victoire
entraîne infailliblement un progrès de l'humanité (2)... Il faut
être du parti du vainqueur, car c'est celui de la meilleure cause,
celui de la civilisation et de l'humanité, celui du présent et de
l'avenir, tandis que le parti du vaincu est toujours celui du
passé (3)... La victoire et la conquête ne sont autre chose que
la victoire de la vérité du jour sur la vérité de la veille, devenue
l'erreur d'aujourd'hui (4)... La victoire est non seulement nécessaire et utile, elle est juste dans le sens le plus étroit du mot (5)...
Puisque le vaincu est toujours celui qui doit l'être, accuser le
vainqueur et prendre parti contre la victoire, c'est prendre
parti contre l'humanité et se plaindre des progrès de la civilisation. Il faut aller plus loin... le vaincu doit être vaincu et a

(1) Les citations suivantes sont tirées du *Cours de l'histoire de la philosophie.*
— *Introduction à l'histoire de la philosophie*, par V. Cousin, pair de France,
membre de l'Académie française, ministre de l'instruction publique. Nouvelle édition revue et corrigée. Paris, Didier, libraire-éditeur, 1841.
(2) P. 321.
(3) P. 322.
(4) P. 276.
(5) P. 281.

mérité de l'être ; le vainqueur non seulement sert la civilisation, mais il est meilleur, plus moral et c'est pour cela qu'il est vainqueur... Tout est parfaitement juste en ce monde (1).

S'il en est ainsi, pourquoi attaquer Marmont? En agissant comme il l'a fait, il pensait sans doute que prendre parti contre la victoire, c'eût été prendre parti contre l'humanité et puisqu'en ce monde tout est juste, peut-on blâmer le duc de Raguse?

Mais reprenons le cours des événements... Le duc de Ragusse s'était donc soumis au gouvernement provisoire et avait passé une convention avec Schwarzenberg, quand ses deux collègues et Caulaincourt vinrent le trouver à Essonnes. Dès qu'il apprit par eux l'abdication de Napoléon et les négociations dont celui-ci les avait chargés pour la régence, il leur communiqua son traité le liant à Schwarzenberg. Marmont, qui m'a souvent confié ses chagrins, m'a dit qu'il entrevit à ce moment certaines chances d'empêcher une lutte meurtrière, tout en s'associant à ses compagnons d'armes. Il résolut donc de retirer sa convention. Il estimait y avoir droit, car il se trouvait en présence d'une situation nouvelle, créée par l'abdication impériale et par la proposition pour la régence. Ces deux choses tendaient à provoquer la fin des hostilités, or, c'était bien là le but poursuivi par Marmont. Il promit donc son concours à ses collègues, leur demandant même de joindre ses efforts aux leurs pour aller négocier avec Alexandre.

Avant de quitter Essonnes pour se rendre à Paris, le duc de Raguse confia le commandement du 6e corps au général Souham, en lui donnant, ainsi qu'à Bordesoulle, l'ordre de garder la position et de ne faire aucun mouvement avant son retour. Ils promirent d'observer ces instructions formelles.

(1) P. 281 et 282.

Arrivé au quartier général du prince de Schwarzenberg, Marmont obtint aisément que le maréchal autrichien lui rendît sa parole, il put donc s'associer à l'ambassade confiée par Napoléon à Caulaincourt, Macdonald et Ney. Leur apparition dans l'hôtel de la rue Saint-Florentin — qu'habitait Talleyrand et où logeait Alexandre — plongea dans la stupeur le gouvernement provisoire dont les membres pensèrent être mis en bien fâcheuse posture, si on donnait la régence à Marie-Louise. Ayant montré qu'il approuvait la démarche faite par les plénipotentiaires de l'ex-Empereur, le duc de Raguse les laissa remplir leur mission et se retira dans l'hôtel du prince de la Moskowa.

Tout à coup le colonel Fabvier survient. Marmont apprend par lui que ses généraux, violant les ordres reçus, ont mis le 6e corps en mouvement et l'ont conduit près de Versailles où il est entouré par les troupes alliées. Cette nouvelle consterne le duc de Raguse. Fabvier lui explique comment la chose s'est faite. Dans la soirée du 4 avril, Napoléon songeant encore à marcher sur Paris, — principalement si les tentatives pour la régence échouaient, — avait envoyé à Essonnes le colonel Gourgaud. Celui-ci venait demander des renseignements à Marmont et — au cas où les ennemis ne prépareraient aucun mouvement — il devait inviter le duc de Raguse à gagner Fontainebleau. Ne le trouvant point, Gourgaud voulut voir Souham. Ce dernier fit répondre qu'il était absent. Sur ces entrefaites, des officiers de Berthier étant venus par ampliation prier Marmont de se rendre à Fontainebleau, les généraux du 6e corps crurent que Napoléon connaissait le traité passé avec Schwarzenberg et voulait en tirer vengeance ; or, ce traité, ils l'avaient tous approuvé ; une vraie terreur les saisit donc. Voulant, à tout prix, échapper au ressentiment de Napoléon, ils firent croire aux officiers et aux soldats qu'il s'agissait d'un mouvement général de l'armée sur Paris et, par une nuit profonde, ils dirigèrent leurs troupes sur Versailles. Cette marche inopinée surprit Fabvier ; il en demanda très respectueusement la raison à un des généraux. Celui-ci lui répondit : « Je n'ai pas à donner des explitions à mes inférieurs. » Fabvier insista, rappelant l'ordre donné par Marmont de ne pas quitter la position. Le chef répondit que le maréchal s'était mis à l'abri, les laissant dans l'embarras, et qu'eux n'avaient nulle envie d'encourir les châtiments impériaux. Fabvier obtint toutefois l'autorisation de prévenir Marmont.

« Ce fut pour moi un coup terrible, me disait le duc de Raguse. J'en éprouvai un affreux désespoir, quoique les maréchaux et Caulaincourt fussent témoins de mes ordres au 6ᵉ corps, de ma démarche auprès de Schwarzenberg, de l'annulation de mon traité. Je vis aussitôt tout espoir de régence anéanti, et je compris combien les passions allaient s'acharner contre moi. »

L'empereur Alexandre déclara, en effet, que devant ces événements, il ne pouvait plus être question d'une régence exercée par Marie-Louise. Quant à Napoléon, il se vit forcé de renoncer au trône pour lui et pour son fils. Le 20 avril, après avoir fait ses adieux à la garde, à quelques officiers et serviteurs, il partit pour l'île d'Elbe. Beaucoup le délaissèrent dans ce triste moment... *Væ victis!* Comment est-il possible d'abandonner durant leur infortune ceux dont on servit le pouvoir et dont on accepta la confiance?

J'ai parlé assez longuement de Marmont. Après 1830, me trouvant à Vienne avec lui et fréquentant les mêmes cercles, j'ai pu l'apprécier. Doué d'un véritable amour pour l'étude, ayant acquis une vaste instruction, il possédait une intelligence très vive. C'était un homme supérieur. Malheureusement il lui manquait des principes politiques solides. Son point de départ en fut la cause ; le monde et le temps si mobiles où il vécut n'étaient pas de nature à lui donner la fermeté qui lui faisait défaut. Une proscription injuste, le malheur et l'exil assombrirent les dernières

8

années de sa vie, mais il trouva dans l'adversité les plus nobles enseignements ; l'épreuve grandit son âme. Je n'oublierai jamais l'amitié qu'il me témoignait et je pense souvent au dernier entretien que nous eûmes ensemble à Goritz, près du cercueil de Marie-Thérèse de France.

Dans la soirée du 6 avril, le Sénat adopta une constitution qui, en appelant Louis XVIII sur le trône, réglait la forme du gouvernement. Une grande indignation se manifesta partout. De quel droit quelques membres d'un corps parlementaire, évidemment tombé avec l'Empire, prétendaient-ils imposer à la nation et au descendant de tant de rois, les conditions de notre existence politique ? Quand la nouvelle nous parvint à Toulouse, je me trouvais le soir, suivant mon habitude, avec M. de Villèle et plusieurs amis, les Saint-Félix, Limayrac, Marsac, etc. Une chose nous frappa immédiatement, c'était le soin des ex-sénateurs, tout d'abord, à maintenir pour eux, puis à rendre inamovible et héréditaire dans leurs familles, une dignité que, jusqu'alors, ils ne pouvaient transmettre à leurs descendants ; ils avaient glissé cet acte de basse cupidité dans la constitution que le mépris public appelait : *la constitution de rentes* du Sénat (1).

Mais cela ne diminuait en rien l'enthousiasme causé par le retour des Bourbons. A Toulouse la joie se manifestait avec impétuosité. Sur plusieurs maisons je lisais, écrit en grosses lettres : « Vive Louis Dizuit ». Dans notre cathédrale de Saint-Étienne un *Te Deum* fut chanté ; le maître

---

(1) L'article 6 de cette constitution disait :

« Il y a cent cinquante sénateurs au moins et deux cents au plus.

« Leur dignité est inamovible et héréditaire de mâle en mâle par primogéniture. Ils sont nommés par le roi.

« Les sénateurs actuels, à l'exception de ceux qui renonceraient à la qualité de citoyens français, sont maintenus et font partie de ce nombre. La dotation actuelle du Sénat et des sénatoreries leur appartient. Les revenus en sont partagés également entre eux et passent à leurs successeurs. Le cas échéant de la mort d'un sénateur sans postérité masculine directe, sa portion retourne au Trésor public. Les sénateurs qui seront nommés à l'avenir ne peuvent avoir part à cette dotation. »

de chapelle Despouy, artiste habile et royaliste fervent, convoqua toutes les ressources musicales du pays pour exécuter solennellement, en l'honneur du nouveau roi, un *Vivat in æternum...* composé pour le sacre de Napoléon. Aux chants des chœurs répondirent les acclamations de la foule et sous les vieilles voûtes retentit en échos prolongés le cri de : « Vive Louis XVIII ! » poussé par des milliers de poitrines. Cette scène imposante m'a laissé un souvenir que je ne puis évoquer sans émotion.

Le dimanche suivant, l'abbé de Trenqualie voulut que la chaire de Saint-Étienne ne le cédât point à l'effet produit par les chœurs du maître de chapelle. Il hasarda son éloquence dans le panégyrique des princes et surtout du roi Louis XVIII. Emporté par son zèle monarchique, il entreprit aussi de faire l'éloge de la reine, ne sachant pas qu'elle était morte depuis quatre ans. Ses ressources d'imagination s'épuisant, il commençait à patauger. Pour se tirer d'affaire, il eut recours à une figure de rhétorique, l'interrogation.

« Et que dirons-nous, mes frères, de notre aimable Reine ? » s'écria-t-il en bondissant dans la chaire. A cette question *ex abrupto*, l'auditoire abasourdi répondit par un regard où l'on pouvait lire : « Ma foi, s'il m'en souvient, il ne m'en souvient guère. » En effet, après les années tourmentées qui venaient de s'écouler, le peuple avait encore présents à l'esprit le règne paternel de Louis XVI et les victimes du Temple, mais il avait oublié les autres princes de la famille royale. On savait seulement qu'il existait un roi légitime, appartenant à la maison de France, et on acclamait son retour sur le trône.

Obéissant aux ordres donnés par Napoléon, les chefs des administrations toulousaines avaient presque tous abandonné la ville, au moment où Soult la quittait. Il fallut pourvoir au remplacement du maire, M. de Malaret (1). Sa

---

(1) Le baron Joseph-François de Malaret (1770-1846) fut incarcéré à

famille montrait des sentiments essentiellement royalistes ;
quant à lui, c'était un homme très estimable et très religieux, mais l'influence de la duchesse de Rovigo (Mlle de
Faudoas), dont sa femme était proche parente, avait fait
abandonner à M. de Malaret les opinions des siens... Je fus
convoqué à une assemblée des notables de la ville ; nos
suffrages confièrent provisoirement la mairie au marquis
d'Escouloubre (1), qui méritait grandement la considération dont il était entouré. On nomma aussi quelques députés pour aller à Bordeaux supplier le duc d'Angoulême
de venir dans notre ville. Il fit bon accueil à cette demande,
et les députés nous annoncèrent son arrivée prochaine. Lord
Wellington, étant logé dans l'ancien palais archiépiscopal,
devenu la préfecture, se mit en mesure de céder ce vaste
logement au duc d'Angoulême et transporta sa demeure
dans l'hôtel de France. Lord Wellington montrait une
grande sympathie aux Toulousains, il les invitait chez lui ;
j'ai eu l'occasion de voir réunis à sa table les hommes les
plus marquants de son état-major, le maréchal Beresford,
sir Thomas Picton, les généraux Hill et Bing, les chefs
espagnols don Manuel Freyre et Alava, le général Pac-
kenam, frère de lady Wellington ; ce dernier était jeune
et fort distingué, sa courte carrière allait bientôt trouver

Paris pendant la Révolution et n'échappa à la mort que par la chute de
Robespierre. En 1812, il fut nommé maire de Toulouse qu'il quitta à la première Restauration. Ayant repris ses fonctions pendant les Cent-Jours, il
fut bientôt envoyé à la Chambre des représentants. Au cours de la seconde
Restauration il ne reçut point de charges publiques, mais, en novembre 1830,
il fut nommé député et devint ensuite commandeur de la Légion d'honneur
et pair de France. De 1824 à 1834, il avait été secrétaire perpétuel de l'Académie des Jeux floraux.

(1) Louis-Gaston-François, marquis de Monstron d'Escouloubre (1755-
1834), était fils de Henri-François de Monstron d'Escouloubre, maréchal de
camp commandant le Royal-Normandie, et de Hervée-Marine de Montcalm-
Gozon, sœur du marquis de Montcalm, le héros du Canada. Il entra dans
l'armée et devint colonel en second du régiment de Bresse. En 1789 il fut
député de la noblesse du Languedoc aux États généraux, émigra pendant
la Révolution et en 1814 fut maire de Toulouse. Il avait épousé en 1775 une
fille du marquis de Puylaroque

un terme devant les remparts de la Nouvelle-Orléans.

Chez Mme d'Hargicourt je retrouvais le colonel Hamilton et le duc de Buckingham qui avait recueilli le roi de France dans sa maison de campagne d'Hartwell. Parmi le grand nombre d'Anglais qui se trouvèrent ensuite à Toulouse on remarquait le duc et la duchesse de Portland, lord, lady Howarden et miss Bruce, lady Melvil, fixée dans la maison de campagne de M. de Cambon, Mr. et Mrs. Howard, les deux belles misses Oklagen, etc.

Au moment où le duc d'Angoulême allait arriver, on voulut, très mal à propos, modifier la garde nationale. Je vis à cette occasion quels sentiments hostiles régnaient contre ceux à qui on attribuait la pensée de rétablir les idées et les privilèges de l'ancien régime. Heureusement quelques hommes sages intervinrent, et les imprudents réformateurs se décidèrent à laisser la garde nationale dans son organisation primitive ; on y fit seulement entrer quelques officiers émigrés, et on forma une garde à cheval où tous furent admis ; mais par la force des choses, elle se trouva composée en grande majorité d'hommes appartenant à l'ancienne noblesse ; les commerçants, les légistes, les médecins, les savants, les littérateurs n'ayant jamais eu à Toulouse des habitudes équestres. Le chef de cette garde à cheval fut le comte du Pac de Bellegarde, homme des plus respectables, qui avait été entièrement ruiné par la Révolution.

Quand la garde nationale fut passée en revue, avant de se rendre vers le duc d'Angoulême, un officier de l'armée de Condé se présenta pour prendre le drapeau blanc. Le sergent qui, jusqu'à la fin de l'empire, avait porté le drapeau tricolore, ne voulut pas céder ce qu'il regardait comme un droit acquis, et il en vint à une lutte violente avec l'officier, M. de L***. Les esprits s'échauffent, des cris sont poussés contre l'émigré. La garde à cheval, déterminée à protéger M. de L***, fait un mouvement en avant, comme pour charger les fantassins. Voyant cela, ceux-ci croisent aussitôt la baïonnette ; un affreux malheur menaçait. Le comte d'Hargicourt, qui commandait en chef, mit fin à cette scène désastreuse ; sur ses ordres chacune des cohortes reçut un drapeau blanc. Par cet arrangement le sergent et l'officier eurent l'un et l'autre leur enseigne et la discorde cessa, mais, depuis lors, il y eut antagonisme entre les fantassins et les cavaliers.

Ce jour-là même, je déplorai une autre maladresse. Le marquis du L***, homme d'ailleurs fort estimable, eut une idée très inopportune. Sous son inspiration plusieurs gentilshommes, ayant attaché à leur bras l'écharpe blanche brodée de fleurs de lis d'or qu'ils avaient portée dans l'armée de Condé, se rendirent à cheval à la rencontre du duc d'Angoulême. Évidemment cette pensée était honorable en elle-même, mais la moindre réflexion devait faire comprendre combien, en pareilles circonstances, il fallait assembler dans un même sentiment la population entière. Il s'agissait du rétablissement de l'ordre en France, mais pour le bonheur de tous les Français ; on devait donc s'unir, former un seul faisceau, et ne point donner à croire que, les Bourbons revenant, les émigrés et les nobles triomphaient sur la masse de la nation. La démarche inconsidérée dont je parle eut naturellement un fâcheux résultat. Le duc d'Angoulême, qui en jugeait la portée, éprouva une grande contrariété. Il ne put la dissimuler et les gentilshommes en furent blessés. Ainsi donc, tous, prince, nobles et bourgeois ressentirent un égal mécontentement.

Étranger à toute fonction publique, satisfait de mon sort, heureux dans ma famille, je n'avais aucune ambition, mon seul désir était de voir régner en France l'ordre et l'équité. Dans l'impartialité que me donnait ma position, je pouvais mesurer avec sang-froid les difficultés qu'allaient susciter à la monarchie les intérêts anciens se heurtant aux prétentions nouvelles. Combien une restauration est malaisée après tant de bouleversements !

En causant avec des avocats ou des négociants, je compris quel accès facile le libéralisme trouverait parmi eux, surtout si avec leurs mensonges, la tribune et la presse venaient les ameuter sans cesse contre l'autorité royale. Parmi les officiers, je retrouvais plusieurs amis d'enfance ; certains portaient des blessures pas encore cicatrisées ; quant à celles de leur amour-propre et de leur ambition, elles me semblèrent incurables. La guerre avec ses chances d'avancement rapide était devenue leur passion. Napoléon tombant, leurs illusions s'écroulaient comme un palais de là fée Morgane avec tous ses enchantements, ses paladins devenus rois et empereurs par Durandal, Flamberge ou la lance d'Argail. De telles observations m'attristaient vivement, car j'étais sans esprit de parti. J'avais conservé toutes mes relations antérieures, j'entendais ainsi les opinions les plus diverses et je prévoyais des discordes prochaines, si l'autorité ne se montrait forte et habile.

Toutefois, notre population accueillit chaleureusement le duc d'Angoulême. Il arriva le soir par la porte Saint-Cyprien, ayant pour escorte un nombreux état-major avec les gardes à cheval de Bordeaux et de Toulouse. Le peuple fit éclater franchement sa joie. N'éprouvant ni les susceptibilités de la bourgeoisie, ni l'ambition des militaires; il avait le sentiment que, sous le sceptre des Bourbons, on n'aurait plus à subir les impôts écrasants ou les guerres qui plongeaient les familles dans le deuil et dans la misère.

Le duc d'Angoulême alla dîner chez lord Wellington, qui avait invité quelques officiers français ; dans le nombre je distinguai surtout les généraux Clausel et Villate. Le prince se rendit ensuite au théâtre, il y fut salué par de longues acclamations ; des femmes vêtues de blanc et parées de lis garnissaient les loges et les galeries. Dans un bal que donna le duc d'Angoulême, parut tout à coup le maréchal Suchet, duc d'Albuféra. Il avait quitté son armée dans les Pyrénées-Orientales pour apporter lui-même sa soumission au prince. En entrant, il se précipita à ses pieds, voulut baiser sa main, mais le duc d'Angoulême le releva aussitôt et l'embrassa. Le maréchal avec son riche uniforme avait un aspect imposant, gâté toutefois par l'étrange arrangement de ses cheveux, tombant en longues boucles sur ses épaules. Il cherchait sans doute à imiter Murat, qu'on s'amusait à appeler le roi Franconi. Le lendemain 30 avril, Wellington partit pour Paris. Dans la soirée, on joua au théâtre une pièce de circonstance, composée par Lefranc de Pompignan, fils de celui à qui on doit *Didon* et l'ode sublime sur la mort de Jean-Baptiste Rousseau. M. de Pompignan avait beaucoup de moyens, mais il ne possédait point le talent poétique de son père. Quoi qu'il en soit, la pièce fut très applaudie. Le célèbre Pompignan avait un petit-fils, mon ami de collège, qui était alors auditeur au Conseil d'État ; il se montrait homme d'esprit comme son père et son aïeul, mais l'illustration poétique de sa famille lui paraissait suffisante, il se gardait de la compromettre par des vers de sa façon.

Le duc d'Angoulême visita les établissements publics de Toulouse, surtout les hôpitaux, où il porta les consolations de son âme courageuse et chrétienne aux innombrables blessés ou malades. Il passa en revue la garde nationale, qui lui témoigna un grand dévouement. Le 3 mai, il alla inspecter l'armée du maréchal Soult, avec le duc de Guiche et le comte Des Cars, devenus ses aides de camp. Son absence dura trois jours. Il se montra heureux de la réception que lui avaient faite le maréchal et les troupes. Le 7 mai, il partit pour Paris, où, après tant d'émotions, il devait retrouver son père, le comte d'Artois, le frère de Louis XVI et de Louis XVIII, le futur Charles X.

Le comte d'Artois avait quitté l'Angleterre. En février 1814, il se trouvait à Bâle ; de là, vu le cours des événements, il pénétra en France et vint à Vesoul, où la population lui fit bon accueil ; les horreurs des guerres, la honte de l'invasion la ramenaient à la monarchie. Le comte d'Artois désirait se porter en avant, croyant amener par sa présence la fin d'une lutte inégale, mais Caulaincourt se plaignit officiellement au Congrès de Châtillon de l'arrivée du prince ; celui-ci se vit donc forcé par les alliés de ne point dépasser Vesoul, il y demeura jusqu'au 19 mars, puis se rendit à Nancy qu'il devait quitter pour marcher sur Paris. Le Sénat et le gouvernement provisoire mirent d'abord tout en œuvre pour annuler le titre de lieutenant-général du royaume donné par Louis XVIII à son frère. Ils voulurent déterminer le comte d'Artois à jurer pour le Roi qu'il acceptait leur œuvre ; mais, au discours de Talleyrand, le prince se contenta de répondre : « J'ai pris connaissance de l'acte constitutionnel qui rappelle au trône de France le Roi, mon auguste frère. Je n'ai point reçu de lui le pouvoir d'accepter la constitution, mais je connais ses sentiments et ses principes, et je ne crains pas d'être désavoué en assurant en son nom qu'il en acceptera les bases. » C'est grâce à cette sorte d'engagement que le Sénat consentit à conférer le gouvernement provisoire au comte d'Artois.

Dès qu'il se trouva dans Paris, Monsieur se vit entouré par une grande quantité de gens oubliant aisément les malheurs dont ils avaient accablé sa famille. Jadis, le comte d'Artois aimait beaucoup La Fayette avec lequel il avait fait ses exercices académiques, mais il pensait que maintenant son ancien ami n'éprouverait aucune hâte à le revoir ; des souvenirs trop pénibles se dressaient entre eux. Cependant La Fayette écrivit au prince un billet dans lequel son attachement se mêlait à sa phraséologie coutumière ; Charles X lui-même m'en a parlé. « J'appris, me disait-il, par Alexis de Noailles (neveu de Mme de La Fayette) que La Fayette désirait me donner ce qu'il appelait les leçons de son expérience. Je ne voulus point entrer en discussion avec lui, il m'aurait été trop amer d'adresser d'inutiles reproches. Je chargeai donc Alexis de Noailles de le remercier pour son souvenir, sans l'encourager à reprendre notre intimité. Il vint toutefois aux Tuileries en 1814. Louis XVIII le reçut avec politesse, et moi je l'accueillis suivant l'impulsion de mon cœur. Après 1814, je ne l'ai plus revu. Il a jugé que son hostilité renouvelée pendant les Cent-Jours ne lui permettait pas de se présenter devant nous. »

Quand Louis XVIII arriva en France, il reçut avec dignité le Sénat et signa une déclaration datée de Saint-Ouen. Cette déclaration ne satisfaisait pas entièrement les pères conscrits. A leur gré, Louis-Stanislas-Xavier ne devait être roi qu'après avoir juré d'observer leur constitution. Par contre, les révolutionnaires furent dans la joie, en entendant Louis XVIII dire : « Les propriétés seront inviolables et sacrées. La vente des biens nationaux restera irrévocable. » C'était là pour les émigrés une épreuve cruelle, la plus pénible, la plus amère de toutes celles qu'ils avaient subies si longtemps. Ils avaient enduré l'exil, la proscription et la misère, leurs familles restées en France avaient péri sur l'échafaud. Quant à eux, bravant les dangers de la guerre et les atrocités des lois révolutionnaires, oubliant leurs grades, ils s'étaient faits simples soldats à la voix de leurs princes, et ce Roi, qui jadis les avait appelés autour de son drapeau, tout en proclamant la propriété inviolable et sacrée, les mettait eux-mêmes hors la loi. Ils restèrent cependant dévoués à Louis XVIII ; les acquéreurs de leurs biens furent au contraire les ennemis implacables de la monarchie.

Il y aurait injustice à croire que le Roi prononça facilement cet arrêt contre ses fidèles serviteurs. Il résista longtemps aux instances d'Alexandre et de plusieurs hommes d'État s'ingéniant à lui représenter combien les propriétés des émigrés avaient été divisées et avaient changé de mains depuis plus de vingt ans. D'ailleurs, ajoutait-on, si Louis XVIII revenait sur ce point, il tomberait aussitôt et devrait repartir en exil. Qu'auraient donc gagné les émigrés? La spoliation dont ils souffraient serait devenue irrévocable. Il fallait donc, pour le moment, rassurer les intérêts nouveaux et, plus tard, on trouverait peut-être un moyen de s'acquitter envers les intérêts lésés. Devant ces raisons le Roi céda, mais bien malgré lui. M. de Villèle m'a souvent dit que son ascendant sur Louis XVIII fut principalement dû aux moyens qu'il lui fournit pour solder cette dette. Dès que M. de Villèle entra au ministère, Louis XVIII l'entretint sur la compensation à donner aux émigrés; il considérait cela comme une question d'honneur et de conscience. Le ministère Villèle accomplit, en effet, cette réparation, mais comment, en 1814, ne s'était-il pas trouvé un légiste pour montrer au Roi cet article du Code : « Nul ne peut être contraint de céder sa propriété, si ce n'est pour cause d'utilité publique et moyennant une juste et préalable indemnité. »

Louis XVIII se mit en mesure de présenter une constitution conforme à sa déclaration de Saint-Ouen. A cet effet, se réunirent neuf membres du Sénat et neuf membres du Corps législatif. M. Dambray présidait cette commission ; il était assisté de l'abbé de Montesquiou, de MM. Ferrand et Beugnot ; ce dernier, jouant le rôle de secrétaire, prenait note des délibérations. M. Beugnot fit même beaucoup plus. Sous l'inspiration de MM. Ferrand, Dambray et de Montesquiou, il rédigea cette Charte dont on a fort gratuitement donné la paternité à Louis XVIII. M. de Blacas m'a fixé à cet égard, tout en me renseignant sur les dispositions de Louis XVIII en exil.

Ce prince avait grand souci de briller parmi les littérateurs. Si, avant 1789, il était porté à l'opposition, c'est sans doute par caractère, mais aussi et surtout pour agir comme les écrivains célèbres de son époque ; toutefois, en émigration, quoi qu'on en ait dit, loin de méditer avec admiration la constitution anglaise, il se plaisait à en signaler les défauts. Gérard l'a représenté appuyé contre une certaine table en bois blanc et sur laquelle on prétendait très à tort qu'il avait rédigé la Charte. La table était bien à Hartwell, mais elle lui servait pour dessiner des plans ou des châteaux imaginaires — Louis XVIII avait beaucoup de prétentions à l'architecture — ou bien encore pour écrire des lettres d'un tour fort spirituel ou des notes sur les auteurs français, anglais, latins. Il possédait une mémoire prodigieuse. A ce propos, il me revient un trait que m'a raconté la duchesse d'Angoulême. Un jour Shéridan vint chez Louis XVIII qui eut l'air de lire devant lui une scène de l'*Ecole du scandale*. « Quelle est donc cette édition, demanda Shéridan, je ne reconnais pas le format ? » Il s'approche, c'était un volume de Tacite. Le Roi avait récité par cœur une scène entière de la comédie anglaise. Très flatté, l'auteur fut naturellement dans l'admiration.

Dès son arrivée en France, Louis XVIII avait été circonvenu par des intrigants, et M. Beugnot qui était chargé de rédiger la Charte dut la composer avec une précipitation extrême ; on n'aurait pas fait un vaudeville avec autant de légèreté. A proportion qu'un ou plusieurs articles étaient achevés, M. Dambray ou l'abbé de Montesquiou les remettait au duc de Blacas. Quand l'horloge sonnait quatre heures, celui-ci soumettait le travail à Louis XVIII qui faisait quelques observations judicieuses. Six heures étant arrivées : « Finissons-en, s'écriait le Roi, c'est détestable, mais je suis engagé », et il acceptait la rédaction.

Il s'était prononcé avec force contre le cinquième article ; les rédacteurs le présentaient ainsi : « Chacun professe sa religion avec une égale liberté et obtient pour son culte la même protection. » En lui montrant ce texte, le duc de Blacas déclara à Louis XVIII que les constitutions impériales mentionnaient la religion catholique ; il serait donc surprenant de voir l'héritier de saint Louis faire moins à cet égard. Louis XVIII fut de cet avis et il ordonna au duc de Blacas d'écrire : « La religion catholique est la religion de l'État ; néanmoins chacun professe sa religion avec une égale liberté et obtient pour son culte la même protection. » Talleyrand était présent, il voulut soutenir qu'avec la disposition des esprits il y aurait danger à proclamer le catholicisme religion d'État. Louis XVIII, insensible à ces allégations, insista fermement. L'article composé sous sa dictée fut soumis aux commissaires, mais ceux-ci intervertirent les deux paragraphes. La liberté du culte devint le principe et la religion de l'État l'exception.

Nous allions donc vivre sous le régime de la Charte. On accueillit fort bien et avec raison l'égalité des Français devant la loi et l'impôt, l'admissibilité de tous aux emplois civils ou militaires, la tolérance religieuse, l'acceptation des lois et le vote des charges publiques par les contribuables, l'indépendance judiciaire, mais tous les esprits sages et impartiaux s'alarmèrent, en voyant se relever la tribune et s'ouvrir l'officine des folliculaires, sans qu'on cherchât à prévenir leurs excès. La presse et les clubs pouvaient recommencer à l'aise leur rôle destructeur. Sous leurs excitations, on devait bientôt voir se changer en haine furieuse l'enthousiasme qui avait accueilli le retour des Bourbons. En outre la création d'une Chambre des pairs, votant la loi et jugeant les crimes d'État, aurait pu offrir un point d'appui à la monarchie, mais en fait il n'en fut rien, car si un tiers de cette assemblée se recruta dans la haute noblesse, les autres tiers furent pris dans le Sénat impérial ; or, celui-ci n'était-il pas le prolongement des assemblées révolutionnaires ? Ces anciens sénateurs reçurent les trente-six mille francs qu'ils avaient eu soin de sti-

puler, et en assurant ainsi leur bien-être matériel ils n'ajou-
tèrent guère à la minime considération dont ils jouissaient.
La Chambre haute durant la Restauration se montra
toujours bien plus hostile que la Chambre élue. Les pairs
héréditaires, rompus aux iniquités de la République et de
l'Empire, l'emportèrent en détestables principes sur la plupart des députés de la gauche.

La nomination des ministres et des principaux agents
administratifs n'eut lieu que le 13 mai, après de longues
hésitations. M. Dambray était nommé chancelier, Talleyrand prenait le portefeuille des Affaires étrangères, l'abbé
de Montesquiou l'Intérieur, le général Dupont la Guerre,
le baron Louis les Finances, le baron Malouet la Marine,
M. de Blacas la Maison du Roi. M. Beugnot devenait directeur général de la police, M. Ferrand des postes, M. Bérenger
des contributions indirectes. M. Pasquier était placé aux
ponts et chaussées, M. Becquey au commerce, agriculture,
arts et manufactures. Parmi ces noms, quelques-uns nous
inspiraient confiance, d'autres nous laissaient dans l'incertitude. J'ai connu plus ou moins ces diverses personnalités au cours de ma vie politique.

Le chancelier, M. Dambray, était un homme irréprochable sous le rapport de la droiture, de la loyauté, de la
fidélité à ses devoirs. Il avait brillé dans la magistrature.
Comme homme d'État, il ne montra point les mêmes
talents. En qualité de chancelier, chargé de présider la
Chambre des pairs, il aurait dû y exercer une salutaire
influence, mais il laissa la direction à M. de Sémonville
auquel on avait donné le titre un peu byzantin de « Grand
Référendaire ». M. de Sémonville, sous des formes polies
et très insinuantes, masquait des intentions dangereuses
pour l'autorité légitime. Ambassadeur de la République
française en Italie, il avait été jadis arrêté par le gouvernement autrichien, ainsi que son collègue Maret. Tous deux
figurèrent parmi les prisonniers que l'empereur d'Autriche

échangea contre la fille de Louis XVI, captive au Temple. Ses anciens rapports d'amitié avec Dambray et Ferrand permirent à M. de Sémonville d'avoir une situation prépondérante, dès le début de la Restauration. Son esprit d'à-propos et sa conversation piquante, semée d'anecdotes, lui acquièrent une certaine faveur auprès de Louis XVIII. Après 1830, il fit parvenir à Charles X par le comte et la comtesse de Bouillé l'assurance de son zèle et de son inaltérable dévouement. Il continua jusqu'à sa mort ses relations avec la famille royale, à qui il avait expédié la moitié d'une médaille. « Quand je vous enverrai l'autre moitié, nous fit-il dire, — car il se gardait de se compromettre au point d'écrire, — ce sera le moment du retour. »

L'abbé de Montesquiou, chargé de l'Intérieur, avait un esprit distingué, une instruction variée, des manières parfaites. Il lui manquait l'activité prodigieuse et la connaissance profonde des hommes et des affaires si indispensables dans ce département du pouvoir. Pendant les discussions avec le gouvernement provisoire et avec les sénateurs, l'abbé de Montesquiou défendit courageusement les principes monarchiques contre les sophismes révolutionnaires. Ses intentions de rallier tous les partis autour du trône étaient aussi loyales que sincères. C'est sans doute dans ce but qu'il prit pour secrétaire de l'Intérieur le protestant Guizot et qu'il confia la direction de la librairie à Royer-Collard. Toutefois les hommes religieux s'étonnèrent de voir l'ancien agent général du clergé, le prêtre catholique, pousser la tolérance jusqu'à adresser une lettre officielle aux rabbins juifs, en leur demandant des prières pour le Roi Très Chrétien. *Ad majorem Dei gloriam.*

Le général Dupont, appelé au ministère de la guerre, s'était fait remarquer par de brillants exploits et par le calme courage du vrai chef. La capitulation de Baylen, dont la cause avait été un défaut de munitions et de subsistances, avait allumé contre lui les colères de Napoléon, qui le soumit à un jugement militaire. En le délivrant de sa captivité la Restauration était sûre de ne pas donner sa confiance à un bonapartiste ; mais quels que fussent les incontestables talents du général Dupont, il était devenu aux yeux des troupes le bouc émissaire de tous nos revers dans la péninsule hispanique. Il se trouvait donc dans une position très fausse, et d'ailleurs quel labeur immense, quelle tâche pleine d'écueils s'imposait à lui pour diriger cette armée dévorée par une fièvre ambitieuse, rêvant toujours de ce temps où la guerre ménageait d'étourdissantes destinées, où l'on gagnait des bâtons de maréchaux, où ces bâtons devenaient parfois des sceptres. Malgré sa bonne volonté, le général Dupont fut impuissant à faire le bien qu'il désirait.

Le baron Louis fut chargé des Finances. Il dut ce portefeuille à l'amitié de Talleyrand. Tous deux se connaissaient d'ancienne date. L'abbé Louis avait fonctionné comme diacre de l'évêque d'Autun à l'autel de la patrie, lors de la Fédération. Ayant quitté notre sol, l'abbé Louis prit chez un banquier l'habitude de la comptabilité. D'accord avec Talleyrand, il imposa à la France un arriéré d'un milliard trois cents millions et il commença ce système de vente à vil prix des forêts de l'État, système qu'il a continué pendant ses divers ministères, sous la Restauration et sous Louis-Philippe.

Malouet, qui devait diriger la Marine, était un parfait honnête homme. Il avait montré dans un autre temps les plus grands talents, mais il était usé et son action fut impuissante.

L'homme de confiance de Louis XVIII, M. de Blacas, reçut comme ministère la Maison du Roi. Ce portefeuille avait à cette époque une grande importance. Il fallait obtenir une liste civile, amener le payement des dettes contractées par les princes en émigration, organiser la

cour et la maison militaire. M. de Blacas était le seul des
serviteurs d'Hartwell que Louis XVIII appelait à figurer
dans le conseil. Il était naturel que le Roi ne fît pas un
autodafé général de tous ses amis, comme l'auraient désiré
les très humbles et très souples serviteurs des divers
régimes. Les gens de bien approuvèrent qu'il fût choisi,
mais les envieux s'acharnèrent contre lui. On le signala
comme le favori, comme un maire du palais. Louis XVIII,
homme de goûts littéraires, avait une grande répugnance
à s'occuper d'affaires, aussi renvoyait-il à M. de Blacas
les ministres qui venaient lui soumettre leurs embarras.
Quelques-uns acceptaient sans murmurer cet intermédiaire,
d'autres en étaient profondément blessés. L'abbé de Montesquiou surtout croyait avoir un droit direct à la confiance du monarque. Dans une contestation avec M. de
Blacas, il s'emporta jusqu'à dire : « La France, qui
supporterait vingt maîtresses, ne peut pas subir un
favori. »

J'ai passé plusieurs années avec M. de Blacas dans
l'intimité de la vie d'exil, sous le toit de la famille royale.
Je puis assurer que nul homme n'a été plus méconnu, ni
plus calomnié. S'il paraissait hautain à ceux l'ayant peu
fréquenté, c'est pour une raison en général ignorée et
qu'il cachait sous un aspect de froideur. Le duc de
Blacas éprouvait, en effet, une extrême timidité avec les
personnes qu'il ne connaissait pas beaucoup et il échappait à l'embarras par la réserve. Dans le cercle habituel
de ses relations, il se montrait tout autre. Excellent pour
sa famille, parfait pour ses amis, il était envers les malheureux d'une générosité admirable, car il la dissimulait avec
soin pour ne pas humilier ceux qui recevaient ses bienfaits. Il aimait trop Louis XVIII et la famille royale pour
chérir en même temps la Révolution et ses adeptes. Il était
franc à cet égard... trop peut-être, c'est ce qui lui a fait
des ennemis, mais les plus haineux lui ont été suscités par

une basse envie ; on jalousait la confiance que lui témoignait Louis XVIII.

A côté de ces ministres se trouvait un personnage qui à ce moment joua un rôle très actif dans les affaires et que je connus également. Le baron de Vitrolles appartenait à une famille du parlement d'Aix. Ayant émigré, il fit plusieurs campagnes dans l'armée de Condé ; il rentra en France pendant le Consulat et devint membre du conseil général de son département. En 1814, après avoir conféré avec les comités royalistes, il se rendit au congrès de Châtillon et de là à Nancy pour rejoindre le comte d'Artois qui l'envoya muni de ses pouvoirs au quartier général des alliés. Arrêté sur la route par les troupes de Napoléon, sa vie fut mise en danger ; il parvint toutefois à s'échapper et gagna Paris qui était déjà affranchi du joug impérial. Le comte d'Artois le nomma secrétaire des conseils. Dans toutes les missions dont il fut chargé, M. de Vitrolles fit preuve d'une activité inlassable et d'une intelligence pénétrante. C'était un homme de beaucoup d'esprit, il causait avec facilité, racontait avec grâce.

Le 3 juin 1814, les souverains alliés quittèrent Paris et le lendemain, dans une séance solennelle, Louis XVIII donna communication publique et officielle de cette Charte qui ouvrait toute grande la lice aux tribuns et aux pamphlétaires. Ainsi allait recommencer la lutte du Roi avec le peuple souverain, du pouvoir et de l'anarchie, de la raison d'un seul homme avec les passions aveugles de la masse. Le dénouement était facile à prévoir. Quand l'autorité se soumet à être contestée impunément, elle n'existe plus et la révolution est imminente.

Dès les premiers jours de la Restauration, l'opposition se fit si violente que le ministère, revenant, mais trop tard, sur une concession dont il n'avait pas apprécié toute la portée, proposa aux Chambres une loi pour prévenir les excès de la presse. Il ne fut pas difficile à M. Raynouard, rapporteur de la Commission, de prouver que cette première mesure était contraire à la lettre et à l'esprit de la Charte. L'abbé de Montesquiou se montra assez faible dans son argumentation en faveur de cette loi; elle fut cependant adoptée avec des amendements qui en limitèrent l'efficacité et la durée.

Outre l'opposition des tribuns et des pamphlétaires, la Restauration se trouva immédiatement aux prises avec d'autres complications. Quels soins habiles il aurait fallu pour apaiser les ressentiments, pour ne pas irriter des amours-propres blessés!

On avait laissé subsister l'armée de Napoléon telle qu'il l'avait composée pour dominer l'Europe. Or cette armée était pleine de rancœur, elle perdait à la fois son empereur, ses aigles, la couleur de ses enseignes, ses conquêtes. Sous un monarque pacifique, elle reprenait son rang normal dans l'État, rang toujours hautement apprécié sans doute, mais qui, après des années de prédominance, lui paraissait une cruelle et honteuse dégradation. La surabondance d'officiers désormais inutiles en fit mettre un grand nombre à la demi-solde; c'était une charge accablante pour l'État et ces officiers n'en étaient pas moins irrités; de plus leur rentrée éventuelle dans les cadres, à mesure des extinctions, augmentait le mécontentement de l'armée en rendant pour une longue durée tout avancement impossible. On conservait la garde impériale sous le nom de grenadiers de France, mais elle n'était plus à Paris où avaient été reformées les compagnies des gardes du corps, des mousquetaires, chevau-légers, gardes de la porte, gardes de la manche, des Cent-Suisses. Ces compagnies revenant à l'existence, après une telle interruption, causèrent une surprise mêlée de curiosité aux gens paisibles; et on conçoit aisément quel motif d'animosité il y avait là pour les militaires, pour la garde impériale surtout. Elle voyait arriver dans ces corps privilégiés, où tous les soldats possédaient le grade d'officier, une multitude de jeunes gens n'ayant point servi, mais qui, appartenant à des familles riches et distinguées, allaient bientôt éclipser les hommes vieillis et blessés sur les champs de bataille. Ceux-ci s'indignaient, trouvant qu'on ne comptait plus que par les aïeux dont l'insignifiance importait peu ; il fallait avant tout en avoir une longue procession se perdant dans la nuit des temps, nuit qui aurait bien fait de projeter son ombre sur la nullité des descendants. Conserver les troupes de Napoléon dans leur organisation et reconstituer en même temps des corps privilégiés de gentilshommes, comme sous Louis XIV et Louis XV, c'était mettre une torche dans un magasin à poudre.

Que de froissements devaient forcément se produire entre ces divers éléments ! Quelques émigrés rentrèrent au service de la France, pour qui, jadis, ils avaient vaillamment combattu. Ils reprirent les grades où la Révolution les avait atteints et se trouvèrent placés sous les ordres de leurs anciens soldats devenus colonels, généraux, maréchaux, durant la République et l'Empire. Avec une assez basse méchanceté on surnommait ces anciens émigrés : les voltigeurs de Louis XIV.

En somme, les amours-propres d'illustration personnelle et ceux de race se dressaient les uns contre les autres. Il y avait des deux côtés un orgueil souvent insolent. Les royalistes, dans leur pétulance, desservaient leur cause en voulant forcer les impérialistes à crier : « Vive le Roi ! » La majorité des hommes est terriblement maladroite... Sans doute, quelques officiers se rattachèrent avec franchise à la monarchie, mais ce fut le petit nombre. Ayant beaucoup d'amis dans l'armée, j'entendais leurs doléances et leurs griefs contre la Restauration ; certains l'auraient acceptée, mais, disaient-ils, ce n'est point l'ancienne dynastie qui nous inspire de l'éloignement, c'est le parti qui prétend régner en son nom. A propos de ces rivalités, je ne saurais m'empêcher de faire connaître quels étaient les sentiments du duc d'Angoulême. « Parfois, me racontait-il, quelque personnage de l'ancienne cour prononçait cette phrase vaniteuse et ridicule : tels et tels sont des gens de rien. C'était alors comme si on m'avait appliqué un fer chaud. Je souffrais cruellement pour certains de mes officiers ; j'éprouvais même, je le crois, une impression encore plus pénible qu'eux. »

Après le départ des Anglais, l'armée du maréchal Suchet fit son entrée à Toulouse. Il y eut une apparence d'entente entre ces troupes et la garde nationale, qui leur offrit un banquet dans les vastes emplacements de l'Arsenal. La ville, à son tour, donna un bal pour le maréchal et son état-major ; toutes les personnes notables se rendirent à cette réunion, mais elle fut glaciale, il y régnait des sentiments trop opposés. On subit la fête comme une contrainte dont chacun désirait la fin.

Le maréchal me fit l'honneur de m'inviter à dîner. Il avait une physionomie douce et agréable, une conversation réservée, mais fine et charmante. A mon grand étonnement, ses aides de camp n'étaient pas admis à sa table ; ils mangeaient à part dans une autre pièce et cependant c'étaient des hommes fort distingués : l'un se nommait le comte de Brosses, fils du préfet de Lyon ; l'autre, le marquis de Lusignan, avec lequel j'avais des relations de société. — Wellington et le duc d'Angoulême traitaient mieux leurs aides de camp. — M. de Lusignan possédait dans le Midi le château de Xaintrailles, cela faisait un assemblage de noms bien chevaleresques. Sa femme, Mlle de Chateaugirous, était une jeune, grande et belle personne ornée de magnifiques cheveux blonds qui tombaient en boucles abondantes sur son cou et ses épaules ; elle avait un air si majestueusement féodal que nous l'appelions la reine de Chypre et de Jérusalem.

Je viens de dire quelles dispositions animaient l'armée ;

elles étaient peu favorables aux Bourbons. Or, ceux-ci, dès
leur retour en France, se virent entourés par d'autres inimitiés, par des inimitiés féminines. Plusieurs dames, ayant
appartenu à la cour de Napoléon, se trouvèrent dédaignées.
Le Roi ne leur avait dit que quelques mots, les princes
leur parlaient avec trop peu d'égards, une ancienne duchesse avait pris le pas sur elles, on chuchotait à leur passage, on daubait sur leur compte. La duchesse d'Angoulême a souvent rappelé devant moi ces jalousies mesquines
dont l'écho ne manquait pas de lui arriver, en lui causant
une vraie tristesse.

Parmi les femmes qui ont le plus contribué à nuire à la
Restauration, il faut placer en première ligne celle qu'on
appelait la reine Hortense, quoique son époux Louis Bonaparte et elle-même eussent renoncé à la couronne de Hollande. Alexandre réclama pour cette ex-reine le titre de
duchesse de Saint-Leu. Elle en remercia Louis XVIII, qui
fut si enchanté de sa grâce et de ses manières qu'il ne
pouvait se lasser d'exprimer son admiration pour elle.
« Puisqu'elle est douée de tant de charmes, épousez-la donc,
lui disait-on en riant dans sa famille. Elle divorcera avec
Louis Bonaparte et rien n'empêchera votre union. »

Mais ce bel enthousiasme cessa bientôt. Louis XVIII
apprit que l'hôtel habité par Hortense était le quartier
général d'une conspiration bonapartiste ; dès lors, il ne
s'avisa plus de voir la duchesse de Saint-Leu. Celle-ci,
en effet, attisait les ardeurs impérialistes, elle entretenait
le feu d'où allait sortir l'incendie. De côté et d'autre on
travaillait contre les Bourbons. Fouché, prêt à servir ou
à trahir tous les partis, suivant ses intérêts, chercha, mais
en vain, à enrôler Barras dans un complot dont le but était
le retour de Napoléon. Barras resta sourd à ces insinuations, car il exécrait son ancien et ingrat protégé par lequel
il avait été banni, après le renversement du Directoire. Sa
haine contre Napoléon et tous les Bonaparte était si forte

qu'il voulut assurer le maintien de la Restauration. Dans ce but, il désira s'entretenir avec Louis XVIII, mais le Roi ne put se décider à recevoir ce gentilhomme de haute naissance, plus coupable par son vote régicide que la plupart de ses complices. Il le fit donc prier de confier ses révélations au comte de Blacas. L'entrevue de ces deux représentants de la noblesse provençale eut lieu chez le duc d'Havré. M. de Blacas m'a mis au fait de cette conférence. Son interlocuteur se perdit d'abord en de vagues considérations sur l'état des choses, puis il revint à son idée et insista pour voir Louis XVIII. Guérin de Saint-Tropez, ancien officier de marine, intervint à son tour pour montrer l'urgence d'une conversation entre le Roi et l'ex-directeur ; ce dernier trouverait dans une audience plus de garanties pour dévoiler le complot qui se tramait. Devant une pareille ténacité, Louis XVIII écrivit à Barras lui-même et l'engagea à parler sans crainte au duc d'Havré et au ministre de sa Maison ; mais ce conseil ne fut pas écouté et, persistant dans ses vues, l'ancien Directeur partit pour ses terres de Provence, afin, disait-il, de se soustraire aux communications des conjurés.

Si Barras avait ainsi manifesté le désir de servir la monarchie, Carnot, tout à l'opposé, la combattit violemment. Il s'était comporté avec le vrai courage d'un tribun du peuple en votant contre le Consulat à vie, contre l'Empire. Aux faveurs brillantes de la cour napoléonienne, il avait préféré une vie retirée pour se consacrer à l'étude et à la science, jusqu'au moment où il reprit les armes pour repousser l'invasion. Dès le retour des Bourbons, il éprouva le désir de se présenter aux Tuileries. Comment un homme, à l'intelligence si remarquable, n'eut-il pas la sage pensée de rester dans cette noble retraite qui l'avait honoré sous le despotisme impérial ? Bien loin de se laisser guider par ce sentiment de haute convenance, il voulut voir Louis XVIII, qui refusa de le recevoir. Carnot en conçut une vive irritation. Il adressa au Roi un mémoire qui fut imprimé et distribué à profusion. C'était une ardente provocation contre la monarchie ; Carnot prétendait même y justifier le meurtre de Louis XVI.

Il parut plusieurs autres écrits de ce genre. Le frère du régicide Lepelletier de Saint-Fargeau en publia un contre le serment au Roi. Ce pamphlet était rédigé avec une ridicule bouffissure ; l'auteur adjurait le génie des révolutions de précipiter dans le Tartare de la nullité les perfides déprédateurs des espérances du genre humain. D'autre part, un vil agent d'espionnage, un odieux secrétaire de la Commune de Paris en 1793, un septembriseur, Méhée de Latouche, attaquait le gouvernement en faisant l'impudente apologie des crimes commis durant la Révolution.

Dans le Midi et surtout à Toulouse, ces libelles soulevèrent l'indignation ; toutefois, je m'aperçus avec chagrin que le mémoire de Carnot agissait puissamment sur les officiers de l'école d'artillerie. Le nom de Carnot était très en honneur dans les armes spéciales, toutes recrutées à l'École polytechnique, institution restée républicaine, même sous l'épée triomphante de Napoléon. Les militaires répétaient de plus en plus les plaisanteries cyniques du *Nain jaune* sur les émigrés et ils chantaient à leur adresse des refrains insolents.

> Voyez ce vieux marquis
> Nous traitant en peuple conquis ;
> Il vient brandissant
> Son sabre innocent.
> Chapeau bas ! Chapeau bas !
> Place au marquis de Carabas !

Ces insultes amenaient fréquemment des duels. Chaque jour semblait s'accroître parmi les troupes l'hostilité contre les Bourbons.

CHAPITRE VI

LES CENT-JOURS. — LA SECONDE RESTAURATION

A Toulouse, la nouvelle du débarquement de Napoléon fut reçue avec indignation. Après avoir bien temporisé, les autorités locales annoncèrent que deux bataillons de volontaires royaux iraient joindre l'armée organisée par Gouvion-Saint-Cyr pour s'opposer à l'entreprise de l'ex-Empereur. Une compagnie de la garde nationale figurait dans ces bataillons, dont l'un fut placé sous les ordres de M. d'Assignan, tandis que l'autre devait être commandé par M. de Bouscatel. Quant à la compagnie de la garde nationale, on lui donna pour capitaine le comte d'Aguilar ; j'étais son lieutenant et j'avais comme collègues MM. d'Orgeix et de Bégué. M. d'Albis, jeune et excellent officier de cavalerie, était notre chef d'état-major.

Je quittais ma famille dans de pénibles circonstances. C'était le moment où je m'établissais dans ma maison, jusque-là occupée par divers locataires, et ma femme était sur le point d'accoucher. Ma belle-mère appréhendait avec angoisse le retour de ces mouvements révolutionnaires, qui lui avaient enlevé à la fois son père et son mari. Elle tremblait pour sa fille unique et pour moi ; cependant, ferme dans son dévouement à la monarchie, elle avait approuvé ma résolution. Nous avions souscrit ensemble une somme considérable pour subvenir aux frais de la lutte contre Napoléon. Ma souscription s'élevait à cent mille francs, c'était alors tout ce que je possédais. Donner ma fortune et, s'il le fallait, ma vie, c'était suivre l'exemple d'un grand nombre de mes proches, morts pour la cause royale.

Le 23 mars était un jeudi saint ; le soleil brillait dans un ciel magnifique. Les bataillons se mirent en marche au milieu de la population entière qui, sur notre passage, faisait entendre des acclamations et nous saluait de ses vœux, en agitant des drapeaux blancs. Nos parents, nos amis, la garde nationale nous accompagnèrent quelque temps, puis il fallut se séparer. L'instant des adieux ne se passa pas sans émotion, mais la gaieté naturelle à la jeunesse et au caractère français s'épanouit bientôt et nos sombres préoccupations se dissipèrent.

De grandes leçons de dévouement nous étaient données. Je voyais marcher dans les rangs, comme simples soldats, des jeunes gens appartenant aux premières familles de mon pays. Entre autres, je puis citer Victor et Eugène de Marsac. Tous deux, possédant une fortune considérable, ne se distinguaient de leurs camarades qu'en subvenant avec générosité à toutes leurs dépenses. Là figuraient aussi MM. Virebent, fils d'un architecte distingué et dignes de lui par les qualités de leur cœur autant que par leur talent. Avec eux se trouvaient de simples ouvriers, montrant les plus nobles sentiments. J'étais humilié de leur commander, car vraiment je sentais qu'ils m'étaient bien supérieurs en mérite, que leur fusil et leur sac valaient mieux que mon épée.

On nous dirigeait vers les montagnes de l'Auvergne où, disait-on, Gouvion Saint-Cyr établissait son quartier général pour opérer avec le duc d'Angoulême.

Le second jour, nous franchissions le Tarn et j'eus la satisfaction de passer la soirée avec des parents bien chers au château de Saint-Géry. Là vivait dans une noble demeure une famille patriarcale dont le chef avait péri sur l'échafaud. Victor de Marsac et moi fûmes accueillis avec un affectueux empressement. Les Puységur, qui habitaient Rabastens, vinrent nous joindre et nous apprirent la triste défection du maréchal Ney. En dépit de tant de sinistres présages, nous cherchions encore quelques motifs d'espérance. Il fallait être réduit à de tristes extrémités pour se laisser prendre à un manifeste contre Bonaparte, rédigé et signé par Benjamin Constant. La marquise de Saint-Géry nous en fit lecture, elle voulait trouver dans cette diatribe quelques chances de dompter l'usurpation.

Le 25 mars, en arrivant à Albi, je rencontrai deux de mes parents, l'abbé de Rozières et le chevalier de Pujol, lieutenant général rentré de l'émigration avec Louis XVIII. Ils étaient venus au-devant de moi pour me conduire et me loger dans leur demeure. Quand j'y parvins, l'abbé s'exclama et me dit comme le prêtre Panthée au héros troyen :

Venit summa dies et ineluctabile tempus
Dardaniæ, Fuimus Troes, fuit Ilium et ingens
Gloria Teucrorum...

— Que diable lui marmottez-vous là ? s'écria le vieux général.

— Je lui dis à peu près que nous venons de recevoir la nouvelle de l'entrée de Bonaparte à Paris dans la soirée du 20 mars.

Ce bon M. de Rozières m'apprit en outre que le Roi, le comte d'Artois et le duc de Berry avaient quitté la capitale. Quant au duc d'Angoulême, il se défendait courageusement dans la Drôme.

— Je suis bien vieux, nous dit alors M. de Pujol, mais mon cœur reste jeune. Dans les périls et les traverses de ma si longue carrière, je me suis toujours souvenu que vingt et un officiers portant mon nom combattirent à Fontenoy, sept moururent sur le champ de bataille. Je suis le dernier de ma race, elle finira noblement si je péris en combattant pour mon prince. Je vais le joindre sans délai.

Le préfet d'Albi, M. de Vîmes, royaliste sincère, réunit chez lui les officiers de nos deux bataillons. Il nous fit savoir que la garnison de Rodez avait arboré le drapeau tricolore et qu'elle s'apprêtait à nous combattre avec de l'artillerie. Il nous était par conséquent indispensable d'avoir des canons. On décida donc que je partirais pour Toulouse, dans le but d'obtenir les moyens de défense nécessaires.

Un royaliste zélé me conduisit dans une charrette légère et j'arrivai à Toulouse le lendemain. Je me hâtai de me rendre chez M. de Sainte-Aulaire (1), afin de lui montrer que de l'artillerie nous était indispensable pour pénétrer à Rodez. Il me répondit que, le baron de Vitrolles et le comte de Damas-Crux étant arrivés dans notre ville avec l'intention d'y établir le centre du gouvernement royal, il devait les consulter pour l'objet de ma demande. Je serais d'ailleurs fixé le jour même.

Dans l'entre-temps, je sus par M. de Villèle que la duchesse d'Angoulême avait organisé la résistance à Bordeaux tandis que le duc d'Angoulême agissait de son côté avec énergie. Quelques Toulousains avaient suivi ce prince, entre autres Ernest de La Hitte (2), Henri de Lasbordes, d'Acher, le colonel Saint-Vincent. Quand je revis M. de Sainte-Aulaire, il me donna les dépêches du gouvernement provisoire pour notre chef de bataillon. C'était l'ordre de ne point attaquer, de nous porter sur Villefranche où les renforts voulus seraient envoyés et d'où nous irions rejoindre le quartier général de Clermont.

(1) Louis de Beaupoil, comte de Sainte-Aulaire (1778-1854), était alors préfet de Toulouse. Après 1830, il fut ambassadeur à Rome, à Vienne, à Londres, pair de France et membre de l'Académie française.

(2) Jean-Ernest du Cos, vicomte de La Hitte (1789-1878), nommé lieutenant d'artillerie le 1er octobre 1810, prit part à la guerre d'Espagne. En 1815, le duc d'Angoulême lui donna le grade de chef d'escadrons, en 1823 il le choisit comme aide de camp. Le vicomte de La Hitte commanda l'artillerie dans l'expédition contre Alger. Mis en disponibilité de 1831 à 1837, il fut ensuite successivement lieutenant général (1841), ministre des affaires étrangères (1849-1851), sénateur 1852, décoré de la médaille militaire et grand-croix de la Légion d'honneur. Il avait épousé, en 1822, Jane-Cecilia Cotter.

Je ne trouvai plus le bataillon à Albi, il avait gagné Sauveterre, situé à une marche de Rodez. Soldats et officiers témoignèrent le plus vif regret en apprenant les ordres dont j'étais porteur. Nous déplorions tous de ne point attaquer cette ville de Rodez dont nous étions si près. Le capitaine Barthélemy adressa même des propos peu mesurés au chef de bataillon, qui le punit en champ clos par un coup de sabre. Ces méfiances, ces discordes étaient désolantes dans un pareil moment.

Après être passés par Carmaux, puis par Cordes, nous nous dirigions sur Caylus, quand survint à cheval le capitaine d'état-major Delèle. Il arrivait pour nous avertir que les tentatives de MM. de Vitrolles et de Damas ayant échoué, le drapeau tricolore était arboré à Toulouse. De plus, la duchesse d'Angoulême, trahie par les troupes de Bordeaux, avait dû s'embarquer. Le capitaine Delèle venait donc nous dire de rentrer dans notre ville. Il ne nous restait aucun moyen d'action, point de vivres, point de munitions. En outre, le général Compans, que nous devions rejoindre à Clermont, s'était empressé de passer à Bonaparte et si nos bataillons ne regagnaient point Toulouse, on allait envoyer contre eux des troupes et des canons. Toute résistance de notre part — d'ailleurs absolument vaine — pouvait, nous affirmait-on, mettre en péril nos familles.

L'ordre du retour fut donc donné. A Caussade, M. de Sainte-Aulaire et le lieutenant général Villate vinrent nous demander de ne point séjourner dans Montauban. On voulut en outre voir disparaître nos cocardes blanches, nous refusâmes d'accepter une pareille humiliation. Le lendemain, notre petite troupe atteignit donc Montauban. Les habitants s'étaient portés en foule sur notre passage et à la vue de notre drapeau éclatèrent des cris enthousiastes de : Vive le Roi ! Tandis que nous passions près d'un café plein d'officiers en demi-solde, l'un d'eux eut l'indignité d'arracher sa cocarde blanche à un de nos hommes qui se trouvait dans l'arrière-garde. Apprenant cela, le capitaine d'Albis rétrograde aussitôt, se rend audit café et demande raison d'un acte aussi odieux. Sa mâle assurance fit impression sur les officiers en demi-solde qui s'excusèrent au nom de leur camarade.

Suivant ce qui fut convenu à Saint-Jory, nous arrivâmes à Toulouse le soir. Les hommes faisant partie de la garde nationale conservèrent leurs armes, les autres durent déposer les leurs à l'arsenal. Ainsi se termina pour nous cette expédition, hélas ! vaine. Rappelons donc maintenant quelques épisodes marquants de cette époque.

Le duc d'Angoulême et sa femme s'étaient rendus à Bordeaux pour célébrer l'anniversaire du 12 mars avec les habitants de la ville qui, la première, proclama Louis XVIII. C'est dans une fête que le duc d'Angoulême apprit par un courrier le débarquement de Napoléon. Il reçut en même temps sa nomination à la lieutenance générale du Midi avec les pouvoirs les plus étendus. Comprenant toute la gravité de la situation, il pensa que sa femme en restant à Bordeaux contribuerait à y maintenir l'excellent esprit de la population. Quant à lui, il s'empressa de se rendre à Nîmes pour organiser la résistance. De vaillantes troupes se groupèrent à ses côtés. Deux de nos compatriotes, La Hitte et d'Acher (1), lui ayant montré un courageux dévouement, le prince reconnaissant de leurs services les attacha plus tard à sa personne.

Après 1830, dans les soirées de l'exil, j'ai entendu le duc d'Angoulême rappeler quelles furent ses pénibles tribulations, quand il essaya de lutter contre Napoléon revenant de l'île d'Elbe. Le duc Des Cars, le duc de Guiche, le duc de Lévis, le baron de Damas, qui avaient fidèlement suivi le prince durant cette campagne, m'en relatèrent également

(1) Comme nous l'avons dit précédemment, le vicomte de La Hitte fut aide de camp du duc d'Angoulême, et le baron d'Acher-Montgascon devint secrétaire du cabinet du prince.

les divers épisodes. Malgré l'injustice des partis, nul ne peut méconnaître combien le duc d'Angoulême montra un calme courage, une conscience parfaite de ses devoirs, une inlassable activité à les remplir. Si les troupes qu'il commandait n'avaient point fait défection, il aurait soustrait la moitié de la France au fléau qui s'abattait sur elle. Mais, abandonné peu à peu par ses hommes, enfermé entre la Drôme, le Rhône, les Alpes et la Durance, ne pouvant plus combattre, il chercha tout au moins à préserver par une capitulation le sort de ses soldats, quelles que fussent personnellement pour lui les conséquences d'une telle détermination.

Il envoya donc son chef d'état-major d'Aultanne négocier avec le général Gilly. D'Aultanne trouva à Pont-Saint-Esprit le colonel Laurent du 10e de chasseurs et arrêta avec lui les articles de la reddition. Le duc d'Angoulême avait déjà adhéré aux stipulations établies, quand il apprit que Gilly, ne les approuvant pas, retenait le général d'Aultanne prisonnier. Le baron de Damas se rendit aussitôt auprès de Gilly pour éclaircir ce que sa loyauté regardait comme un malentendu. Le lendemain, il rapporta, en effet, une convention nouvelle, suivant laquelle l'armée royale était licenciée, les gardes nationales rentreraient dans leurs foyers, après avoir déposé leurs armes et sans pouvoir être recherchées pour les faits antérieurs à la capitulation ; les troupes de ligne seraient dirigées sur les garnisons qu'on leur assignerait, les officiers demeurant libres de donner leur démission ; le duc d'Angoulême s'embarquerait à Cette avec les personnes de sa suite, pour telle destination qui lui conviendrait.

Croyant tout terminé, le prince quitta, la mort dans l'âme, ses fidèles serviteurs. Avant son départ, il avait fait exécuter ponctuellement les articles de la capitulation ; le désarmement était complet. Confiant dans le traité, il était parti en poste pour Cette. A quelque distance de Pont-

Saint-Esprit, sa voiture fut subitement entourée par un détachement du 10e de chasseurs à cheval et, à la porte de la ville, un officier d'état-major vint lui signifier qu'il ne pouvait continuer son voyage. La voiture fut conduite chez M. Renoyer, maire de la ville, et le baron de Damas dut se rendre auprès du général Grouchy. Ce dernier était arrivé le jour même (9 avril) à Pont-Saint-Esprit, Napoléon lui ayant donné le commandement en chef de l'armée du Midi. Devant M. de Damas, Grouchy montra un vrai chagrin de n'avoir pu ratifier la capitulation, mais elle était contraire aux instructions reçues par lui ; il s'était d'ailleurs adressé à l'Empereur dont il attendait les ordres.

N'était-il pas étrange de méconnaître ainsi une convention parfaitement régulière et dont le duc d'Angoulême avait déjà observé toutes les clauses à sa charge? C'est quand il avait été complètement désarmé qu'on l'arrêta.

Quoi qu'il en soit, la maison du maire où se trouvait le duc d'Angoulême fut gardée jusque sur le toit par des soldats. On plaça même un officier de gendarmerie dans la chambre du prince, qui s'attendait à subir le sort affreux du duc d'Enghien. Voulant communiquer ses dernières pensées à ses fidèles et envoyer un suprême adieu au Roi, à son père, à sa femme, il désirait ne plus subir l'inquisition constante du gendarme. Le baron de Damas fut donc chargé de demander à Grouchy si on ne pourrait pas donner satisfaction sur ce point. Le prince, en retour, donnerait sa parole de ne faire aucune tentative d'évasion. En voyant Grouchy, le baron de Damas ne put s'empêcher de lui dire : « Vous avez donc l'intention de renouveler ici les sanglants souvenirs de Vincennes? » A ces mots, le général protesta vivement et déclara que la présence de l'officier de gendarmerie ne lui était pas imputable ; elle était due au général Corbineau, envoyé par Napoléon comme surveillant. De plus, si les stipulations n'avaient pas été observées, voici quelle en était la cause : l'avocat

Teste s'était prononcé contre, et on se vit contraint de suivre son avis.

— Au reste, nous disait le baron de Damas, en nous rappelant ces choses, Grouchy ne montra point d'hostilité. Il déplorait sa situation avec des accents qui firent sur moi une impression profonde.

Durant sa détention, le duc d'Angoulême ne se départit nullement de sa courageuse fermeté. Il écrivait à son père : « Je suis résigné à mon sort. Je demande, j'exige que le Roi ne consente à rien d'indigne de sa couronne pour me délivrer, je ne crains ni la mort, ni la prison. Tout ce que Dieu m'enverra sera bienvenu. » Enfin, le 13 avril, ces douloureuses angoisses cessèrent. Le général Corbineau fut chargé par Napoléon de faire exécuter le pacte. Le duc d'Angoulême quitta Pont-Saint-Esprit le 15 et arriva le 16 à Cette, d'où il s'embarqua pour Barcelone.

Voici ce que m'a raconté — quand j'étais ministre — M. de Sémonville, désireux d'obtenir mon intervention en faveur de son ami Maret, duc de Bassano, pour que le Roi lui montrât de la bienveillance et utilisât ses services.

M. de Sémonville me déclara donc que le duc de Bassano, pendant les Cent-Jours, vit rapidement fléchir son influence modératrice auprès de Napoléon. Le crédit des hommes voulant pousser le gouvernement aux pires excès augmentait au contraire chaque jour. Voyant que sa voix n'était plus écoutée et qu'on allait obéir à des insinuations perfides, Maret donna sa démission. Mais l'Empereur insista affectueusement pour l'engager à ne pas se retirer dans un moment aussi difficile. Le duc de Bassano se soumit et il s'en allait tristement, quand on lui remit une dépêche du maréchal Suchet annonçant la reddition du duc d'Angoulême et demandant les ordres impériaux. Maret rentre aussitôt dans le cabinet de Napoléon et lui communique la nouvelle. A en croire M. de Sémonville, qui me rapportait la chose, une joie mauvaise aurait alors animé la figure de l'Empereur qui s'écria : « Répondez que le duc d'Angoulême soit fusillé sur-le-champ. »

Devant cette cruauté, le duc de Bassano se serait indigné et sa logique éloquente l'aurait emporté sur les passions de son terrible maître.

— Eh bien, dit enfin Napoléon, j'y consens, la capitulation sera exécutée et le duc d'Angoulême pourra partir, mais à la condition que les diamants de la couronne me seront restitués.

— Sire, répondit l'ami de M. de Sémonville, pas de nouvelles conditions, je vous en supplie. L'exécution loyale de la capitulation vaut mieux pour votre gloire que tous les diamants possibles.

En ce moment, le duc de Bassano éprouva un vrai bonheur d'avoir aussi opportunément différé sa retraite. Il se hâta d'envoyer au télégraphe un ordre en son nom pour le maréchal Suchet et dans le sens heureusement décidé par Napoléon. Presque au même instant, il reçut lui-même une dépêche arrivant directement de Pont-Saint-Esprit et dans laquelle Grouchy annonçait qu'il avait fait arrêter le duc d'Angoulême, car il ne voulait point admettre l'acte de reddition, avant· d'avoir les instructions impériales. En outre, Chappe, le directeur du télégraphe, renvoyait au duc de Bassano sa dépêche à Suchet, pensant, disait-il, que les données étant nouvelles, les ordres pouvaient changer.

Maret, craignant de voir Napoléon céder à quelque conseil violent, retint courageusement la communication de Grouchy, puis il envoya un homme sûr, M. Benoist, à Chappe, pour lui reprocher de n'avoir pas expédié sur-le-champ ce qui était adressé au maréchal Suchet. M. Benoist devait en outre assister à la transmission immédiate de la dépêche retenue par Chappe. Maret attendit ensuite que la nuit rendît impossible toute communication par le télégraphe. Vers huit heures, il alla donc chez Napoléon, lui remit ce qu'il avait reçu de Grouchy et ce qu'il avait fait transmettre par Benoist.

En lisant les informations données par Grouchy, l'Empereur devint anxieux.

— J'espère, dit-il, que la première dépêche au maréchal Suchet n'est pas partie.

— Je demande pardon à Votre Majesté, elle doit même être parvenue.

— Celle du maréchal Grouchy n'est donc arrivée qu'après le départ de la vôtre?

— Elle est arrivée avant, mais cela ne m'a pas empêché d'obéir aux ordres de l'Empereur.

A ces mots, Napoléon se plongea dans de longues réflexions. Sa physionomie reflétait des pensées douloureuses. Tout à coup, il se lève, serre le bras de son ministre et lui dit d'un ton fortement accentué : « Maret, vous avez bien fait. Restez avec moi ; vous voyez bien que vous m'êtes utile. »

J'ai raconté là ce que m'a affirmé Sémonville. Quand, durant l'exil, j'en fis le récit au duc d'Angoulême : « Ce qu'il y a de certain, me répondit-il, c'est que la capitulation fut violée le 9 et le 13 le général Corbineau vint la faire exécuter. Je m'embarquai seulement le 16 au soir. Si Napoléon avait voulu me faire fusiller, il aurait eu le temps d'en donner l'ordre. On ne doit pas calomnier ses ennemis. »

Après avoir parlé de la courageuse fermeté dont fit alors preuve le duc d'Angoulême, peut-on passer sous silence la noble attitude de son épouse?

Elle m'a souvent entretenu avec une admirable simplicité de sa conduite à Bordeaux, au début des Cent-Jours. On sait quelle énergie elle déploya, en vue d'organiser la résistance, enflammant les courages, soulevant l'enthousiasme, groupant pour la cause royale toute la population de la ville et toute la garde nationale. Des cœurs généreux la secondaient dans ses efforts, mais peu à peu la révolte fermenta parmi la garnison. Devant de tels dangers, la duchesse d'Angoulême n'hésita pas à tout braver afin de ramener les troupes à leur devoir. Elle se rendit dans diverses casernes pour haranguer les soldats, mais ceux-ci eurent l'impudence de montrer des sentiments hostiles à l'infortunée princesse.

— Que m'importait la mort dans un pareil moment, me disait la malheureuse fille de Louis XVI, car je serais tombée en accomplissant un grand devoir.

Mais la lutte devenait vaine, toutes les troupes de la ville étant acquises à Napoléon et le maréchal Clauzel arrivant pour les renforcer avec son armée. La duchesse d'Angoulême quitta donc Bordeaux le samedi 1er avril. Le lendemain matin, la princesse s'embarquait à Pauillac sur le sloop anglais *Wanderer*. Malgré l'agitation des flots, d'innombrables embarcations vinrent entourer le navire. Les bras se tendaient vers Marie-Thérèse de France et elle entendait avec émotion monter jusqu'à elle non des adieux, mais des vœux ardents pour son prompt retour. Ces hommages affectueux qu'elle recevait dans l'adversité auraient apaisé son chagrin, s'ils n'avaient augmenté son regret de s'expatrier encore.

Pris pendant deux jours dans une terrible tempête, secoué par la rafale et les vagues au milieu d'un brouillard opaque, le *Wanderer* avait subi de sérieuses avaries, quand se montrèrent les côtes de Biscaye. Vainement on tenta de joindre Santander, Bilbao ou Saint-Sébastien ; le 8 avril, on parvint enfin à débarquer au Passage ; mais la duchesse d'Angoulême repartit bientôt pour l'Angleterre et alla se fixer à Battersea.

Elle y reçut la visite du prince régent et eut chez elle un concours incessant de hauts personnages. Dans la cour de la jolie maison, c'était un va-et-vient d'équipages élégants, se succédant sans relâche. Un matin la princesse était assise à son balcon et lisait. Tout à coup, elle voit arriver une calèche découverte ; un jeune homme s'y trouvait et semblait donner quelques ordres à des individus qui, en l'écoutant, témoignaient un profond respect. Peu d'instants après, Mlle de Choisy vint dire à la duchesse d'Angoulême que le nouveau venu demandait à lui être annoncé sous le titre de Louis XVII. La princesse pria aussitôt un de ses gentilshommes d'enjoindre à l'imposteur de se retirer sur-le-champ. L'étrange personnage obéit sans difficulté au gentilhomme.

— Jamais jusqu'à cette époque, me disait Marie-Thérèse de France, aucun de ces prétendus Louis XVII qui ont abusé de la crédulité publique ne s'était adressé à moi. Pendant la seconde Restauration, ils ne tentèrent pas de démarche auprès de moi ; mais à Holyrood, après 1830, j'ai commencé à être en butte aux tracasseries écrites de quelques fripons et de leurs nombreuses dupes. Il faut vraiment qu'il y ait dans l'homme un singulier penchant au merveilleux pour que des personnes haut placées se laissent aussi facilement tromper par les assertions les plus absurdes.

Sauf une courte visite à Gand, où elle se rendit auprès des siens, la duchesse d'Angoulême resta en Angleterre pendant deux mois et ne revint en France qu'en juillet. Hélas ! son retour fut sans illusion ; elle prévoyait l'avenir.

Infortunée princesse qui fut si mal comprise ! On lui a fait grief de son caractère trop triste ; mais quand elle rentra dans Paris, les souvenirs de Versailles, des Tuileries, de Varennes, du 20 juin, du 10 août, du Temple, n'étaient-ils pas venus, avec une cruelle précision, raviver les plaies dont son cœur ne pouvait se guérir ? « Je pardonne de toute mon âme à ceux qui nous ont fait tant de mal, disait-elle, je prie pour eux, mais je ne puis oublier toutes mes souffrances. »

J'ai rappelé quelles furent les tentatives du duc et de la duchesse d'Angoulême pour sauver la monarchie. D'autre part, dès que Louis XVIII eut appris le débarquement de Napoléon, il pria son frère, le comte d'Artois, de partir pour Lyon avec le duc d'Orléans et le maréchal Mac Donald. Le duc de Berry devait en même temps aller à Besançon pour lier ses mouvements à ceux de son père. Mais tous ces plans de résistance échouèrent, les troupes et leurs chefs ne voulant point agir contre Bonaparte qui avançait victorieusement.

Le comte d'Artois fut donc forcé de revenir à Paris où il y avait une garde nationale nombreuse, mais naturellement incapable d'opposer un obstacle sérieux à des troupes éprouvées.

Depuis quelque temps, des personnes de la cour et du faubourg Saint-Germain répétaient à tout propos que les royalistes étant incapables de conduire les affaires, il fallait appeler un sauveur, il fallait s'en remettre au trop célèbre Fouché. Celui-ci, depuis le début de la Restauration, avait conspiré de côté et d'autre. Il prétendait se servir de Maret, de Carnot, de Napoléon, de Louis XVIII, de la royauté, de l'empire, de la république, des orléanistes, des constitutionnels, de l'Autriche, du monde entier pour trouver quelque part un piédestal à sa fortune personnelle. Ses admirateurs se firent plus pressants quand la monarchie fut mise en danger par l'audace de Napoléon. Obsédé de toutes parts et réduit aux moyens suprêmes, Louis XVIII voulut marcher avec l'opinion. Il demanda donc au comte d'Artois de se rencontrer chez la princesse de Vaudémont (1) avec Fouché, duc d'Otrante.

Le comte d'Artois, à qui j'ai entendu raconter ce trait, fit donc prévenir la princesse de Vaudémont dont les salons étaient ouverts aux partis les plus opposés. La princesse, spirituelle et maligne, aimait les intrigues poli-

(1) Louise-Auguste-Élisabeth, princesse de Montmorency-Logny (1763-1832), avait épousé, en 1778, le prince Joseph-Marie de Vaudémont, feld-maréchal au service de l'Autriche (1759-1802), frère du prince de Lambesc.

tiques, surtout quand elles prenaient une couleur libérale. Elle reçut le comte d'Artois avec mystère et lui dit :

— Voilà donc Votre Altesse Royale dans l'antre de la sibylle.

— J'ai besoin des enfers, lui répliqua Monsieur, je viens les consulter.

La princesse se mit à rire.

— Vous n'avez pas tort, Monseigneur, Fouché a un esprit de diable ; il peut démêler les écheveaux les plus embrouillés.

— Ou plus facilement encore, du fil le plus uni faire un inextricable nœud gordien.

Dans une pièce retirée, éclairée avec une prudente parcimonie, le comte d'Artois attendit quelques instants. Mme de Vaudémont revint enfin, amenant elle-même le duc d'Otrante. Puis se retirant, elle laissa ses deux hôtes en présence. Il est facile de deviner combien cette entrevue fut pénible au frère de Louis XVI. Fouché se perdit d'abord dans de longues divagations ; mais quand Monsieur lui eut offert le portefeuille de la police pour conjurer le péril, le sinistre personnage déclara qu'il était trop tard, qu'il n'y avait plus rien à tenter contre le soulèvement militaire. Toutefois, à l'en croire, Napoléon, dès son retour, ne pouvait manquer de l'employer, donc, insinuait-il au comte d'Artois, sauvez le Roi, je sauverai la monarchie.

Monsieur rejoignit alors dans l'autre salon la princesse de Vaudémont, mais il abandonna au duc d'Otrante le soin de lui raconter à sa guise leur entretien.

Peu d'instants après, la complicité de Fouché dans les événements qui allaient renverser la monarchie ayant été reconnue, le soin de l'arrêter fut confié par M. de Blacas à Bourrienne (devenu préfet de police). Celui-ci fit appel à ses meilleurs agents. Le duc d'Otrante était sur ses gardes et cependant il fut surpris par la rapidité de l'attaque. Il demanda d'entrer un moment dans son cabinet, avant de suivre les hommes venus pour se saisir de lui. Or, ce cabinet donnait sur un escalier, par lequel Fouché eut le temps de se dérober aux policiers maladroits ou complaisants. Au moyen d'une échelle, il passa dans le jardin de la reine Hortense sa voisine, puis se sauva chez un ami.

D'ailleurs, en quoi cette arrestation aurait-elle empêché le plein succès d'une conjuration qui s'étendait de plus en plus et que rien ne pouvait maîtriser? La situation était désespérée; la garde nationale céderait sûrement. La monarchie n'avait plus pour soutien que les corps brillants de la Maison du Roi et quelques compagnies de volontaires. En résistant, on les ferait massacrer inutilement et toute la famille royale tomberait aux mains d'un conquérant impitoyable.

Louis XVIII fut donc contraint de s'éloigner. Ne pouvant trouver asile en France, il se retira jusqu'à Gand. Le comte d'Artois l'y rejoignit bientôt. Ainsi exilé le Roi forma auprès de lui comme un ministère *in partibus* composé de Jeaucourt, Clarke, Beurnonville, le baron Louis, Beugnot et Lally-Tollendal. Ce conseil se réunissait régulièrement et Louis XVIII le présidait avec autant de dignité que s'il eût siégé aux Tuileries. Pour compléter l'apparence d'un gouvernement actif, on institua un *Moniteur* de Gand. Chateaubriand en était l'âme; il faisait une guerre à mort à Napoléon, dont il détestait la célébrité qui lui semblait une usurpation sur la sienne. J'ai entendu dire à Charles X que Louis XVIII goûtait peu Chateaubriand, non, comme l'a ridiculement avancé ce dernier, par un sentiment de jalousie littéraire, mais parce que l'amour-propre excessif de l'homme, rapportant tout à l'effet qu'il prétendait produire, fatiguait le bon sens de Louis XVIII.

Ayant par intérim le ministère de l'intérieur, l'illustre écrivain rédigea un mémoire au Roi sur la situation de la France et contre Bonaparte. Benjamin Constant avait naguère insulté le conquérant en le nommant Attila ou

Gengis-Khan. Ne voulant pas être en reste et, à défaut des Huns ou des Tartares déjà employés, Chateaubriand eut recours aux Vandales : dans son écrit, Napoléon devint le nouveau Genséric.

Au reste, le style de ce rapport était aussi chaleureux que brillant. Ces pages eurent du retentissement en Europe, et en France beaucoup de succès, car elles traduisaient l'indignation du commerce, de l'industrie, de la propriété. Dans les halles de Paris retentissait une chanson dont la police s'appliquait à ne pas comprendre le double sens. Le refrain en était :

> *Rendez-nous notre paire de gants (Père de Gand)*
> *Rendez-nous notre paire (Père).*

A Toulouse, dès le commencement des Cent-Jours, nous eûmes à subir vexations et outrages. Nos volontaires royaux furent incorporés dans les régiments et leurs chefs placés sous la surveillance de la police. Quant à moi, des amis me firent savoir que j'étais menacé d'une arrestation, je fus obligé de me cacher pendant quelque temps. La population nous prouvait sa sympathie avec un empressement d'autant plus vif que nous étions molestés davantage.

Le détachement de la garde nationale à cheval, qui était parti pour rejoindre le duc d'Angoulême, rentra après nous dans la ville ; égaré dans les Cévennes, il avait eu à lutter contre les mauvaises dispositions des montagnards.

Autour de nous, les officiers en demi-solde étaient fort nombreux et s'attachaient à exciter les bandes de recrues qu'on levait en toute hâte. La nuit, à la sortie des spectacles, ces forcenés parcouraient les rues en vociférant. Tandis que les soldats chantaient :

> L'étendard aux trois couleurs
> Reste gravé dans nos cœurs.

les officiers entonnaient un air de l'opéra *Eliska*, qu'on représentait par ordre impérial pour attiser l'héroïsme guerrier :

> Le repos ne sied pas pour un cœur conquérant
> Et la mer en courroux est mon seul élément.

A ces couplets se mêlaient des cris furieux de : « A bas les Bourbons ! Vive l'Empereur ! » Pendant ces manifestations nocturnes, les gens paisibles s'enfermaient chez eux. Malheur aux imprudents qui s'aventuraient alors à sortir. Un honnête royaliste, M. Satgé, fut poignardé par un fédéré qui, quelques mois plus tard, se vit condamné aux travaux forcés. Un jour j'aperçus sous mes fenêtres un groupe d'officiers en demi-solde s'acharnant à poursuivre, l'épée à la main, quelques habitants. L'un de ces militaires, que je connaissais, et qui appartenait à une famille distinguée, s'élança sur un menuisier travaillant tranquillement dans sa boutique. En frappant ce pauvre homme d'un coup de sabre, l'officier s'écria avec rage : « Coquin de royaliste, tu paieras pour les autres. »

J'avais comme voisin un chef de bataillon nommé Ricard, très honnête homme, mais qui n'était point monarchiste. Un soir, au moment de rentrer chez lui, il fut entouré par une bande de malfaiteurs et cruellement blessé, sans pouvoir s'expliquer la cause de cette agression. Le lendemain, il reçut un billet anonyme dans lequel on lui disait : « Nous sommes désolés de la méprise dont vous êtes victime. Les coups portés sur vous étaient destinés à votre voisin, le volontaire royal Montbel. Malheureusement on s'est trompé d'adresse. » M. Ricard eut la loyauté de m'envoyer ce billet. Je pris en conséquence quelques précautions contre le système de liberté qui s'établissait.

Le général Decaen, qui commandait dans notre ville, s'entendit avec les autorités pour frapper d'une contribution extraordinaire les familles royalistes. Cette mesure avait été ordonnée par Napoléon. Pour mon compte, sommation me fut faite de payer quinze mille francs et Mme d'Aspe, ma belle-mère, se vit taxée à trente mille. C'était Brennus voulant obtenir de l'or, sans autre droit que le brutal : *Væ victis!* Aucun des imposés n'acquitta la part dont on voulait le charger. Seul, le vieux M. de Cazals alla trouver le général Decaen et lui tint à peu près ce langage : « Général, j'ai deux filles. L'une est mariée et il m'a fallu lui donner une dot convenable. L'autre a dix-huit ans et n'a pas fait vœu de célibat : voilà donc une seconde dot qui me talonne. Vous avez évalué mon patriotisme à vingt mille francs ; d'après mon exposé, vous devez comprendre que je ne puis vous verser une somme aussi considérable. Mais dans toutes les affaires il y a des accommodements. Pour vous prouver ma bonne volonté, je vous apporte trois cents francs en or, les voici, et qu'il n'en soit plus question. »

Decaen accepta les trois cents francs, c'est tout ce qu'il eut des millions imposés à la ville. Après la bataille de Waterloo, le pauvre M. de Cazals gémissait : « Ah ! si je m'en étais douté, je ne lui aurais pas donné une obole. »

La guerre allait recommencer. Il avait fallu à Napoléon tout son génie pour former en trois mois une armée de deux cent mille hommes parfaitement organisée. Il quitta Paris dans la nuit du 11 au 12 juin et les troupes accueillirent avec enthousiasme sa proclamation. Quelques timides parlaient bien du nombre énorme des ennemis, mais les soldats leur répondaient en chantant la *Chanson de Roland* que Napoléon avait fait ressusciter par un de ses Tyrtées.

> Combien sont-ils? Combien sont-ils,
> C'est le cri du soldat sans gloire ;
> Le héros cherche les périls,
> Sans les périls point de victoire.
> Imitons, mes braves amis,
> De Roland l'âme noble et fière.
> Il ne comptait ses ennemis
> Qu'étendus dans la poussière.

Méhul avait fait tout son possible pour enflammer ces vers assez médiocres avec une musique passionnée.

Il est difficile de se figurer l'agitation qui régnait alors dans toute la France. On attendait avec une fiévreuse anxiété les bulletins de la Grande Armée. Le premier nous apprit le passage de la Sambre, il exagérait les avantages remportés sur le corps de Zieten. Celui du 16 juin grossit démesurément la grande victoire de Napoléon sur les armées alliées. « Blücher, après avoir perdu cinquante mille hommes, fuit vers Namur. Wellington cherche à gagner Bruxelles avec les débris de son armée. Nous étions un contre trois. Wellington et Blücher ont eu peine à se sauver. Le noble lord est confondu. C'était comme un effet de théâtre. » Je me rappelle les airs de triomphe que prirent les officiers à ces nouvelles. Blücher anéanti, le noble lord confondu, c'était comme un effet de théâtre, répétaient-ils en traînant leurs sabres à grand bruit dans tous les endroits où l'éclat d'une belle journée et l'agitation générale avaient attiré la foule.

Or le canon célébrait en France la victoire de Fleurus, au moment même où quatre cents pièces d'artillerie vomissaient la mort à Waterloo et tandis que s'anéantissait la dernière armée qu'ait conduite Napoléon. Que de souffrances, que de victimes, que de destructions ont servi à composer sa gloire ! Les journées des 16, 17 et 18 juin 1815 semblaient être une commémoraison terrible des trois journées d'octobre 1813 à Leipzig. Les drames les plus tragiques de notre époque de guerres et de révolutions sont constamment en trois actes. Trois journées suffisent pour attaquer, ébranler et renverser les gouvernements ; la constance de leurs défenseurs ne va pas au delà. Au Mont Saint-Jean du moins, les soldats combattirent avec une valeur digne d'une meilleure cause et s'ils furent décimés, c'est après une lutte à outrance.

En évoquant les événements de cette époque, je pense

aux dernières tribulations de l'infortuné Murat. Il avait essayé une diversion en Italie, mais complètement battu à Tolentino il vint débarquer à Cannes pour rejoindre Napoléon. Celui-ci redoutant la présence de son beau-frère, dont le désastre serait de mauvais augure, mit en quarantaine la contagion de ses revers, et lui défendit de partir pour Paris. Murat végéta donc en Provence jusqu'à la nouvelle de la catastrophe de Waterloo. Traqué de toutes parts, il dut bientôt s'embarquer et gagna la Corse. Peu de temps après, tourmenté par le désir de reprendre son royaume, il voulut tenter un 20 Mars napolitain et se lança dans la malheureuse équipée qui devait si tragiquement finir. Fait prisonnier par les habitants du Pizzo, puis condamné à mort, il subit sa cruelle destinée avec le courage d'un soldat intrépide. Il avait adressé à sa femme quelques lignes touchantes :

Pizzo, 13 octobre 1815.

Ma chère Caroline, ma dernière heure est arrivée. Dans quelques instants j'aurai cessé de vivre, dans quelques instants tu n'auras plus d'époux... Ne m'oublie jamais ! Je meurs innocent, ma vie ne fut jamais entachée d'aucune injustice ! Adieu, mon Achille ! Adieu, ma Lætitia ! Adieu, mon Lucien ! Adieu, ma Louise ! Montrez-vous au monde dignes de moi. Je vous laisse sans royaume et sans biens, au milieu de mes nombreux ennemis. Soyez constamment unis. Montrez-vous supérieurs à l'infortune. Pensez à ce que vous êtes, à ce que vous avez été et Dieu vous bénira. Ne maudissez point ma mémoire... Sachez que ma plus grande peine dans les derniers moments de ma vie est de mourir loin de mes enfants ! Recevez la bénédiction paternelle ! Recevez mes embrassements et mes larmes. Ayez toujours présent à votre mémoire votre malheureux père.

Je retrace ces lignes dans un appartement de Frohsdorf qui appartint à la veuve de Murat. J'écris sur une table où peut-être elle a relu ces adieux désespérés, en pleurant sur la lettre que son courageux époux avait lui-même mouillée de ses larmes. Je me suis assis dans un fauteuil où elle a brodé son chiffre. Le portrait de Joachim était appendu dans le salon où je me trouve en ce moment. Que de fois Caroline et ses enfants ont dû le contempler avec un amer chagrin !... Oh ! combien mon cœur et ma raison repoussent la peine de mort, quand elle n'est pas impérieusement exigée pour défendre la société contre le crime. Murat avait agi comme un insensé, il m'eût paru bien plus politique de le traiter en conséquence et de lui laisser toute l'impopularité de sa provocation, sans la glorifier par un arrêt de mort subi avec une grande bravoure.

Les portraits de Murat, de Napoléon, de ses sœurs, de ses frères suivirent à Trieste la comtesse de Lipona. Ils ont fait place dans le salon de Frohsdorf à ceux de Henri IV, de Louis XIII, de Louis XIV et de leurs descendants. Les pieuses mains de Marie-Thérèse de France les ont appendus à ces murs devenus sa propriété.

Malgré la seconde abdication de Napoléon et la retraite de l'armée française sur la Loire, le général Decaen voulait maintenir l'autorité impériale à Toulouse. Sur ces entrefaites, nous reçûmes les ordres de M. le duc d'Angoulême qui était passé d'Espagne en France, et donnait pleins pouvoirs au maréchal Pérignon. On se préparait donc à la lutte, quand, soudain, notre général, reconnaissant qu'il était impossible de prolonger une situation aussi fausse et aussi tendue, annonça, par une proclamation, l'entrée de Louis XVIII dans la capitale et le rétablissement du pouvoir royal. Le jour même, presque tous les soldats vendirent leurs armes et s'empressèrent de regagner leurs foyers. La garde nationale occupa les divers postes ; le drapeau blanc fut arboré au Capitole, à la tour de Saint-Étienne, à toutes les maisons de la ville. Jamais la joie ne fut plus expansive, ni plus générale. Dans tous les rangs de la société, mais particulièrement dans le peuple, ce ne

furent pendant plusieurs jours que chants, danses, illuminations, feux de joie, feux d'artifice.

Malheureusement, au milieu de cette allégresse, on
entendait des cris de réaction que nous aurions voulu
étouffer ; mais il était impossible de faire comprendre à des
hommes aveuglés par leurs passions que les excès dont ils
avaient été victimes ne pouvaient justifier ceux dont ils
seraient les auteurs.

Pour assurer l'apaisement, on adjoignit à la garde nationale les bataillons de volontaires royaux ; avec ceux-ci on
forma la légion de Marie-Thérèse. Il s'agissait d'organiser
ce corps et je dus accepter d'être capitaine d'une des compagnies, mais cela provisoirement, car je ne voulais point
poursuivre une carrière militaire ainsi improvisée. Dans
mes nouvelles fonctions je m'appliquais de tout mon pouvoir à modérer les esprits échauffés par des ressentiments,
explicables sans aucun doute, mais qu'il fallait généreusement sacrifier au rétablissement de l'ordre.

L'arrivée du duc d'Angoulême fit une heureuse diversion. Rien assurément ne fut plus populaire que son entrée
dans notre ville. Il était à cheval, escorté par la cavalerie
de la garde nationale, entouré d'officiers fidèles et d'une
multitude de maires ou d'adjoints appartenant aux
diverses localités qu'il venait de traverser. Ces braves
gens, juchés sur d'étranges montures, étaient affublés des
vêtements les plus bizarres. Ils s'étaient endimanchés pour
la circonstance et avaient arboré des défroques d'antan.
Entre autres, je remarquai, parmi ces cavaliers de fortune,
un pauvre diable en culottes courtes et en bas à grandes
raies horizontales blanches et bleues, c'était un misérable
vestige des modes incroyables. A côté trottaient quelques
bons paysans dont les sabots, engagés dans de gros étriers
en fer rouillé, contrastaient avec les bottes vernies d'élégants gentilshommes. Tout cet ensemble, animé d'un vrai
patriotisme, fut chaleureusement accueilli par la ville

entière. On accourait vers le prince, chacun voulait presser sa main, embrasser ses genoux.

Il y a plusieurs années, à Goritz, le duc d'Angoulême évoqua devant moi ces heures joyeuses où la population toulousaine l'acclamait avec son impétuosité méridionale. Le prince s'égayait à ces souvenirs. Il me rappelait que certain brave maire de village plein de sollicitude lui avait amicalement frappé sur l'épaule pour lui demander : « Avez-vous de bonnes nouvelles du papa et de madame votre épouse? » Et qu'un autre, avec une bonhomie parfaite, l'interpellait en disant : « Quand vous verrez monsieur votre oncle, faites-lui mes amitiés. Nous sommes bien pour lui de père en fils. »

Usant de ses pouvoirs de lieutenant-général, le duc d'Angoulême nomma M. de Villèle maire de Toulouse et M. de Limayrac préfet. Désirant me témoigner sa reconnaissance pour mon attitude comme volontaire royal, il m'invita à sa table et, avec une grande bonté, me félicita de mon zèle dans l'organisation du régiment de Marie-Thérèse.

Dès que ma présence ne fut plus utile, je me dérobai aux honneurs militaires et j'allai passer un mois aux eaux thermales de Saint-Sauveur. J'étais donc absent de Toulouse quand eut lieu l'affreux assassinat du général Ramel. Pendant les Cent-Jours, quelques royalistes exaltés de notre ville s'étaient formés en compagnies secrètes et se disposaient à lutter contre leurs oppresseurs. A peine l'autorité royale était-elle établie dans le Midi que ces compagnies parurent en uniforme vert pour se distinguer de la garde nationale et des autres volontaires vêtus d'uniformes bleus ; on les surnomma donc les Verdets. Les volontaires royaux incorporés dans la légion de Marie-Thérèse recevaient la solde des troupes de ligne, les Verdets réclamèrent le même paiement, mais leur organisation n'impliquait pas ce droit et d'ailleurs le ministère voulait les dissoudre. Sur ces entrefaites se répandit le bruit que l'échec de leur demande était imputable au général Ramel. Dès lors, celui-ci ne fut plus qu'un transfuge, persécutant les vrais royalistes et tramant un complot avec les fédérés.

La populace ajoutant foi à toutes ces accusations, si absurdes fussent-elles, s'attroupait constamment sur la place des Carmes où était située la demeure du général. Le 15 août, Ramel avait été convié à un dîner. Pour revenir chez lui, il eut à traverser les groupes circulant devant sa maison. « Voilà le traître ! » s'écrièrent tout à coup quelques forcenés. On le suit, on l'entoure, et, au moment où il touche le seuil de son logis, un misérable lui tire un coup de pistolet qui l'atteint au bas-ventre. Ramel porte la main à son épée, les énergumènes de hurler aussitôt : « Il a tué un de nos frères ! »

Quelle horrible chose que ce grouillement de passions aveugles et cette volonté féroce de détruire, dont une réunion d'hommes est parfois saisie, quand chaque individu, pris à part, serait incapable d'une mauvaise action ! J'avais connu plusieurs des assassins du général Ramel. Leur intelligence était médiocre, mais ils me paraissaient doux et inoffensifs ; dans cette abominable cohue, ces moutons imbéciles s'étaient transformés en tigres féroces.

Mais poursuivons le récit du terrible drame. La nouvelle d'une sédition s'étant propagée, la garde nationale courut aux armes, elle ignorait ce qui s'était passé. M. de Villèle, maire par intérim, crut d'abord que la multitude se dirigeait vers les prisons où il avait fait placer les fédérés pour les soustraire aux vengeances. Cependant la vérité est bientôt connue et les autorités se rendent au domicile de Ramel. L'habile chirurgien Viguerie avait déjà placé un appareil sur les blessures du malheureux, quand tout à coup, des misérables font irruption, se précipitent sur l'infortuné général et, malgré l'intervention des assistants, le frappent de dix-sept coups de baïonnette et taillent avec leurs sabres les lambeaux de sa chair. Le maréchal Pérignon

11

arrive, quelques troupes le suivent et mettent en fuite les assassins, mais il était trop tard, la victime ne pouvait survivre à tant d'horribles blessures. Le général reçut pieusement les dernières consolations et les derniers sacrement. Ce qui l'honore particulièrement, c'est son refus de nommer ses agresseurs ; or, il en avait reconnu plusieurs. Il expira le lendemain, victime innocente d'une fureur exécrée par tous les gens de bien.

Cette affaire donna lieu à une procédure criminelle. Les prévenus, envoyés devant la cour royale de Pau, furent déclarés par le jury non coupables ; trois d'entre eux se virent condamnés à plusieurs années d'emprisonnement pour avoir pris part à une sédition armée. Ce sont là d'affreux souvenirs. Nous, qui sommes dévoués à la cause de l'ordre social, nous ne devons point admettre le système de réaction et de vengeance. Si grands soient les torts qu'aient eus, à notre égard, nos ennemis triomphants, nous devons assurer à nos ennemis vaincus la protection des lois que nous invoquons pour nous-mêmes. Le seul moyen de les punir est de leur faire autant de bien qu'ils nous ont fait de mal.

CHAPITRE VII

NOUVEAU SÉJOUR A PARIS

Dans les années 1823, 1824 et 1825, des affaires de famille me conduisirent à Paris. La comtesse de Montmorency (1), cousine de ma belle-mère, était morte sans testament et sa succession se divisant entre plusieurs parents, quelques-uns me confièrent leur procuration. Donc, pour les intérêts de divers héritiers, je dus faire un séjour à peu près constant de deux années dans la capitale.

La défunte appartenait à la famille de La Roche-Gensac. Elle possédait plusieurs terres considérables dans le midi de la France, une maison de campagne sur les bords de la Seine et deux hôtels à Paris. Celui qu'elle habitait sur le quai, en face des galeries du Louvre, était célèbre. Il fut occupé pendant plusieurs années par M. de Villette (2), à qui Mme de Montmorency l'avait loué à vie. Cet homme opulent, fantasque, toujours visant à l'effet, avait disposé les appartements de la manière la plus bizarre. Voltaire logea dans cette demeure, lors de son dernier voyage, de ses derniers triomphes. Après y avoir savouré pendant deux mois l'encens de ses fanatiques adeptes, il y tomba malade et mourut le 30 mai 1778. Villette se mit en posses-

(1) Elle était fille de M. de La Roche-Gensac et d'Anne-Jeanne-Amable de Caulet de Grammont. Elle avait épousé le comte Joseph-Adélaïde de Montmorency-Laval.

(2) Charles marquis de Villette (1736-1793) prit part à la guerre de Sept ans, puis se lia avec Voltaire. Pendant la Révolution, il représenta le département de Seine-et-Oise à la Convention.

sion du cœur de son hôte, voulant garder chez lui cette relique du grand homme, quoique ce ne fût pas par le cœur que brillât l'illustre poète. Pour attirer les adorateurs de Voltaire, Villette enferma le viscère dans une urne précieuse qu'il plaça dans un salon richement doré et au-dessous de cette urne on put lire l'inscription suivante :

Son esprit est partout et son cœur est ici.

Cette exhibition devint, dès lors, le but d'un incessant pèlerinage philosophique. Tous les hommes sensibles, comme on disait alors, toutes les femmes vaporeuses, après avoir pleurniché à Ermenonville sur la tombe de Jean-Jacques, vinrent s'attendrir auprès du cœur de Voltaire. La patrie reconnaissante jugea même convenable d'unir pour toujours, dans son Panthéon, ces deux ennemis intimes qui n'auraient pas consenti à passer cinq minutes sous le même toit, chacun prétendant que l'autre était pétri d'orgueil et dévoré de fiel.

Quoi qu'il en soit, le 10 juillet 1791, l'hôtel de Mme de Montmorency fut témoin d'une scène ridicule, voulant être une apothéose du patriarche de Ferney. Les restes de cet implacable ennemi du christianisme devaient être transportés au Panthéon. Ils allaient insulter par leur présence une église déjà profanée, en attendant qu'elle devînt le temple de Marat.

Un char de forme antique portait un sarcophage au-dessus duquel était couchée l'image du poète philosophe couronné par la Renommée. Sur le char on lisait deux vers du *Discours sur l'Envie :*

Si l'homme est créé libre, il doit se gouverner.
Si l'homme a des tyrans, il doit les détrôner.

Les organisateurs de la fête s'étaient bien gardés d'ajouter le troisième vers :

On ne le sait que trop, ces tyrans sont les vices.

Au reste tous les vices étaient largement représentés à ce cortège funèbre : citoyennes drapées de tricolore, vierges parfaitement dignes du chaste auteur de *la Pucelle*, héroïnes de corps de garde, décorées du nom d'amazones, armées de piques et coiffées de bonnets rouges comme les jacobins qui les suivaient, soldats en révolte, ouvriers séditieux, bref tous ces gens qui, par amour de la liberté, détruisirent la Bastille pour couvrir aussitôt la France de prisons et d'échafauds. Le char était traîné par douze chevaux blancs que conduisaient des hommes vêtus de chlamydes et chaussés de cothurnes. A côté de cette tourbe et de cet appareil à la grecque, on voyait des gens de lettres, des magistrats poudrés et frisés, portant des costumes en soie et des bas blancs qui avaient fort à souffrir de la boue, car le soleil s'était montré inclément ; il avait beaucoup plu dans la matinée.

Arrivé devant la maison où le grand homme avait expiré, le cortège s'arrêta, il était attendu. M. de Villette avait reproduit en gros caractères sur la façade de l'hôtel l'inscription de l'urne. Un arc de triomphe abrita le char. Mme de Villette couronna de roses la statue de celui qui lui avait décerné jadis les titres de belle et bonne, pendant qu'un chœur chantait un hymne de Chénier, mis en musique par Gossec. Mme de Villette et plusieurs jeunes filles se joignirent ensuite au convoi qui fit encore une station au Théâtre-Français.

Mme de Villette était une excellente femme, elle se prêta à cette ovation par égard pour la mémoire de celui qui avait protégé son mariage, par déférence pour son mari, peut-être aussi par un mouvement d'amour-propre, heureuse de se voir associée à un triomphe littéraire. Mais certainement dans ce moment son cœur souffrait, ses sentiments intimes étaient froissés. Son frère Varicourt n'avait-il pas été tué en défendant Marie-Antoinette contre la tourbe qui pendant les journées d'Octobre assaillit Versailles? Quant au marquis de Villette, toujours avide de renommée, il se fit élire à la Convention et montra un réel courage, durant le monstrueux procès de Louis XVI, en votant pour la réclusion. Dans cette caverne d'assassins, ne pas voter la mort, c'était de l'héroïsme. Villette périt de chagrin, d'inquiétude, de consomption. Mme de Montmorency, recouvrant dès lors la jouissance de son hôtel, l'habita depuis cette époque et le cœur de Voltaire suivit Mme de Villette dans son château de Pont-Sainte-Maxence.

La Terreur interrompit les pèlerinages à la célèbre maison. Mais Thermidor sembla donner à la sensiblerie philosophique un nouvel essor. L'île des Peupliers eut de nombreux visiteurs et l'hôtel du quai Voltaire fut envahi par une nuée de fervents disciples qui ne laissaient plus respirer ni le portier, ni la comtesse. Elle prit le parti de faire condamner la porte de la chambre où le philosophe avait fini ses jours et on répandit parmi les badauds le bruit que, par ordre du grand homme, la fameuse pièce serait ouverte seulement cinquante ans après son décès. Dans le salon doré Mme de Montmorency avait remplacé l'inscription de M. de Villette par ces mots : *Son cœur n'est plus ici.* C'est ainsi qu'elle parvint à se débarrasser de tous les fâcheux que l'ami de Voltaire attirait dans l'hôtel. Seul restait encore là un certain M. Claux, ancien conseiller d'État, homme instruit, doux, poli et admirateur monomane du patriarche de Ferney. Il s'était logé chez M. de Villette et à la mort de celui-ci il sollicita, comme une grâce de Mme de Montmorency, de ne pas lui retirer l'appartement qu'il louait dans la célèbre maison. Elle y consentit, aussi vîmes-nous souvent dans son salon ce vieillard plein d'aménité.

M. Claux mourut en 1810. On mit en vente son mobilier où figuraient plusieurs reliques du poète-philosophe, les amateurs accoururent en foule. Corvisart, le médecin de

Napoléon, acheta une canne munie d'un bec à corbin en or et sur laquelle s'appuyait jadis Voltaire. Quelques jours après, Corvisart parut devant Napoléon avec le précieux objet dont il était devenu possesseur.

— Qu'est-ce donc que cette canne, Corvisart? Vous êtes-vous blessé?

— Non, Sire, mais j'use d'un privilège de mes fonctions. Les premiers médecins du roi de France avaient le droit de se présenter ainsi devant lui. D'ailleurs cette canne est celle d'un grand écrivain.

— Quel est-il?

— Voltaire.

— Je n'aime pas cet homme, répondit vivement Napoléon. Ses sarcasmes ont sapé tout ce qui est digne de respect, il a ébranlé l'autorité en corrompant la morale publique.

... Depuis lors Corvisart n'usa plus de son privilège.

Lorsque dans l'intérêt des héritiers on procéda à l'inventaire du mobilier de Mme de Montmorency, les portes de l'appartement de Voltaire, fermées si longtemps, furent enfin ouvertes. Nous aperçûmes deux petites pièces bien mesquinement meublées et très tristes, les fenêtres donnaient sur la rue de Beaune. Auprès du lit, dont la housse et les rideaux de damas vert foncé offraient un aspect fort sombre, on voyait sur une petite table une grossière statuette de plâtre colorié, représentant le grand homme. Elle valait quelques sous, des voltairiens fanatiques se la disputèrent avec passion ; le vainqueur la paya cent soixante-huit francs.

Durant mon séjour à Paris, j'étais logé chez un de mes parents, le vicomte de Castelbajac (1), directeur général

(1) Marie-Barthélemy, vicomte de Castelbajac, né en 1776, créé chevalier de Malte de minorité en 1789, émigra pendant la Révolution et fit partie de l'armée de Condé. En 1815, il fut nommé député du Gers et deux ans après de la Haute-Garonne. En 1822, il reçut la direction générale de l'agriculture et du commerce et en 1824, celle des douanes. Commandeur de la Légion

de l'agriculture et du commerce, plus tard directeur
général des douanes. Je trouvais là un grand nombre de
personnages politiques, mais des relations de famille et
d'ancienne amitié avec M. de Villèle, alors président du
conseil des ministres, me mettaient encore plus à portée
de suivre la marche des affaires publiques et de connaître les hommes qui les dirigeaient à cette époque.
Dans les salons de M. de Villèle, on pouvait rencontrer
tous les soirs des pairs de France, des députés, des conseillers d'État, des ministres, des diplomates, des hommes
marquants de pays étrangers, des solliciteurs de tous
rangs et de toutes contrées. M. de Villèle n'avait de repos
que dans les moments où il se trouvait seul avec sa famille
et quelques amis éprouvés ; alors, échappant aux tortures
de la vie politique, il reprenait ses habitudes patriarcales.

Il y avait déjà bien des années que j'étais intimement lié
avec lui. Je fis sa connaissance dans ma première jeunesse,
quand il arriva de l'île Bourbon pour venir chez ses parents,
si heureux de le revoir après une absence bien longue et
bien pénible, car la guerre avait empêché leur correspondance. A quatorze ans, M. de Villèle était entré dans la
marine, sous les auspices d'un ami des siens, le comte de
Saint-Félix-Maurémont, chef d'escadre hautement apprécié
pour ses talents, ses longs services et sa brillante valeur.
La tourmente révolutionnaire soufflant en France vint
également ravager l'île Bourbon où des commissaires
envoyés par la métropole excitèrent les passions et poussèrent aux horreurs de la sédition. Le comte de Saint-
Félix, pour se soustraire à ses équipages révoltés, dut se
cacher dans les forêts. Le jeune Villèle devint alors son .
protecteur, il veillait sur lui et lui apportait sa nourriture, mais les commissaires ne tardèrent pas à le faire
arrêter.

d'honneur en 1825, il devint pair de France en 1827. Après la révolution
de 1830, il rentra dans la vie privée.

— Tu sais où est ton ancien chef? s'écrièrent-ils. Déclare-le sur-le-champ.

— Je ne le dirai pas.

— Parle ou tu seras fusillé.

— Plutôt mourir que trahir.

Cette belle attitude valut au jeune homme d'être tenu en prison et menacé de mort, mais il resta inébranlable. Une telle fermeté chez un enfant força l'admiration et le sauva. Un colon connaissant la famille de Villèle le recueillit et l'occupa à l'administration de grandes propriétés. Il y montra la rectitude et la sagesse qui le caractérisent. Le plus riche habitant de l'île, M. Desbassayns, distingua Joseph de Villèle, lui donna une de ses filles (1) et par là une existence avantageuse dans la colonie, à laquelle le jeune homme, par son intelligence, rendit d'éminents services. Dès que la paix lui rouvrit le chemin de la France, il revint auprès de ses parents dont il avait vécu éloigné depuis dix ans. Il leur conduisit sa femme, son fils Henri, sa fille Louise, aujourd'hui comtesse de Neuville.

La première fois que je le vis, il remplissait avec tendresse des fonctions bien différentes de celles d'un président du conseil, il nourrissait sa fille à la fiole. M. de Villèle avait alors une assez chétive apparence, il était étranger aux arts et aux sciences, mais il possédait un jugement sain, une intégrité parfaite, une aptitude merveilleuse à comprendre les questions les plus ardues dès qu'on les lui présentait, à s'approprier en un instant l'instruction de ses interlocuteurs et à présenter les affaires sous l'aspect le plus vrai, le plus simple. Aussi lui rendit-on bien vite justice dans notre cercle où il se classa en première ligne par son intelligence et son caractère. Je le voyais tous les jours et j'appréciais en lui non seulement

(1) C'est le 13 avril 1799 que le comte Joseph de Villèle épousa Barbe-Mélanie Panon-Desbassayns, fille de Henri-Paulin Panon-Desbassayns et de Marie-Thérèse Gonneau de Montbrun.

sa haute capacité, mais encore la bonté de son cœur et
ses qualités morales. Nos relations étaient d'étroite intimité et nous vivions dans un accord parfait de sentiments
et de principes. M. de Villèle devint pour moi un ami, quoiqu'il fût plus âgé de quatorze ans. On l'appela au conseil
général du département, il en fut nommé président grâce
à la supériorité de son talent. Au moment de la Restauration on le choisit comme maire de Toulouse, puis comme
député de la Haute-Garonne. Il conquit la situation de
chef de la majorité royaliste, entra dans un ministère et
fut bientôt président du conseil.

C'est dans ces fonctions élevées que je le retrouvai, en
1823, au moment où les succès de la guerre d'Espagne
semblaient donner à la monarchie une solidité auparavant
fort compromise. Toutefois il ne se laissait point fasciner
par l'enivrement de ce beau résultat et même, en plusieurs
circonstances, il ne me cacha point ses craintes. Je lui
avais apporté le plan d'une grande maison qu'il venait
d'acheter à Toulouse. Les siens se réjouissaient à la
pensée du calme qu'ils goûteraient dans cette demeure,
loin de la vie politique, mais M. de Villèle leur répondait :
« Hélas ! qui peut prévoir si nous jouirons paisiblement
de cette retraite. La révolution est à nos portes, je la vois
menaçante. » Et, comme nous montrions quelque surprise
d'une telle appréhension, après une si heureuse campagne
et au milieu de manifestations énergiquement royalistes
dans tous les collèges électoraux, M. de Villèle nous
expliqua ses craintes. « L'opinion est bien mobile en France,
nous disait-il ; je tenterai ce qui dépendra de moi pour la
faire servir à l'affermissement de la royauté, mais les succès
même sont dangereux. L'absence, dans la Chambre, de
députés représentant les principes révolutionnaires, va
briser le faisceau royaliste. Au lieu de nous unir pour lutter
contre un ennemi qui va devenir de plus en plus fort, nous
allons nous tirer les uns sur les autres, et nous perdre,

Quand l'esprit révolutionnaire se sera étendu, nos divisions nous empêcheront de le vaincre. »

Je voyais aussi M. Panon-Desbassayns, beau-frère de M. de Villèle. C'était un excellent et digne homme, vivant en dehors de toute fonction et de toute ambition. Il était établi au ministère avec sa femme, sa fille et son gendre, M. de Saint-Didier. Mme de Villèle avait deux autres frères, l'un nommé Desbassayns-Montbrun, l'autre Desbassayns de Richemont. Ce dernier avait une belle maison, une belle fortune et une femme plus belle encore, Mlle de Mourgues, qui lui avait donné une nombreuse famille.

Mme de Villèle était douée de qualités parfaites, d'un dévouement complet à son mari et d'une haute raison qui ne se laissait pas éblouir par l'éclat d'une position dont elle connaissait les amertumes. Son fils aîné Henri (1) voyait, avec une indignation rappelant celle d'Alceste, toutes les flagorneries pour obtenir les faveurs ministérielles, toutes les haines, toute l'envie éclatant souvent dans le salon même de son père. Il fut saisi d'un tel mépris pour ces bassesses, d'une antipathie si vraie pour les grandeurs, qu'à l'âge de vingt ans il sollicita instamment de M. de Villèle l'autorisation de quitter Paris et de retourner seul dans son pays. Afin d'avoir un prétexte plausible pour y rester, il se fit nommer auditeur à la cour royale de Toulouse, alors que le Conseil d'État lui aurait ouvert facilement le chemin des emplois brillants. Dieu récompensa son admirable philosophie. Il épousa une jeune personne de son pays, élevée dans des habitudes sages et réservées. Mlle de La Fite était la fille d'un loyal et courageux gentilhomme que la famille royale avait connu en émigration. Ce M. de La Fite (2) avait eu, de son union avec Mlle de

(1) Louis-Henri, comte de Villèle (1800-1882), épousa, en 1829, Louise-Marie-Renée de La Fite, fille de Jean-Bernard-Tristan de La Fite et de Gabrielle de Chalvet.
(2) Le chevalier Jean-Bernard-Tristan de La Fite entra, en 1768, dans l'armée comme sous-lieutenant au régiment de Vivarais. Il assista avec les

Chalvet, une fille et deux fils ; l'un de ces jeunes gens, atteint fortuitement d'un coup de fusil par un imprudent ami, expira dans les bras de sa mère éplorée, l'autre, quelques années après le mariage de sa sœur, faisant un voyage en Russie, fut tué dans une chute de traîneau. Cette double catastrophe rendit le jeune Villèle possesseur de la fortune considérable du marquis de Chalvet. Elle devint pour lui non pas un moyen de luxe, mais la source d'une intarissable charité. C'est un juste qui passe en faisant le bien.

Pendant mon séjour à Paris, je fus témoin du mariage de Mlle Louise de Villèle (1) avec le comte Léon de Neuville. La bénédiction nuptiale leur fut donnée dans la chapelle du Palais-Bourbon. Tous les ministres, leurs familles ainsi que beaucoup de personnes distinguées y assistèrent. Le vicomte Sosthène de La Rochefoucauld (2) se faisait remarquer, entre autres, par l'élégance de sa mise excentrique, ses bas de soie rose et son frac d'un violet éclatant. Lorsque M. de Villèle alla avec MM. de Neuville, et les témoins présenter le contrat de mariage à la signature royale, Louis XVIII leur dit gaiement : « Si vous ne devez pas rire aux dépens de mon talent musical, je vais vous chanter des vers faits à l'occasion du mariage de mon frère et qui conviennent ici parfaitement. » Effectivement il entonna joyeusement quelques couplets dont le refrain signifiait : les honnêtes gens ne sauraient trop se multiplier. Sa voix était cassée, un peu fausse, mais pleine d'entrain. Il prit ensuite un riche écrin. « J'ai appris, dit-il, que Mlle Louise est allée chez le bijoutier Houzille et,

gardes du corps aux journées des 5 et 6 octobre 1789 et commandait une compagnie de grenadiers de son nom quand il émigra. Il combattit dans l'armée des princes, puis fit partie de l'expédition de Quiberon et fut nommé chevalier de Saint-Louis (V. *Histoire de la baronnie de Merville*, par l'abbé LARRONDO. Toulouse-Paris.)

(1) Louise-Augustine de Villèle (1804-1888) épousa, en 1824, Léon-Alfred Rioult, comte de Neuville.

(2) Le vicomte Sosthène de La Rochefoucauld (1785-1864) fut aide de camp du comte d'Artois, et en 1824 directeur des Beaux-Arts.

parmi beaucoup de parures, elle a surtout remarqué ces rubis. Elle a eu la sagesse de ne point les prendre, en trouvant le prix trop élevé. Je charge M. de Neuville de les lui offrir de ma part. »

Le jour de la signature de ce contrat de mariage fut un jour mémorable par la publication de l'ordonnance qui appelait le baron de Damas au ministère des Affaires étrangères, le marquis de Clermont-Tonnerre à la Guerre, M. de Chabrol à la Marine, le duc de Doudeauville à la Maison du Roi et qui confiait à MM. de Martignac, de Vaulchier et de Castelbajac les directions générales de l'enregistrement, des postes et des douanes. Dans la soirée, chez M. de Villèle, il y eut grande affluence de personnages marquants. Témoin calme et impartial, il me fut aisé de distinguer les satisfaits et les mécontents, car l'ordonnance était trop récente pour avoir laissé aux visages le temps de se composer.

Une personnalité fort importante du ministère des finances était alors Alphonse de Rainneville. Doué d'une intelligence remarquable, d'une aptitude merveilleuse aux affaires, d'un caractère constant, d'une rectitude parfaite de mœurs et de principes religieux, il vint se proposer à M. de Villèle pour remplacer son chef de cabinet M. Desgrassyns, qui avait été éloigné. Rainneville sortait à peine des bancs de l'école et il n'hésita pas à demander au ministre d'être chargé seul du travail du cabinet, s'engageant à se retirer sans réclamation, au premier signe de mécontentement. Cette assurance plut à M. de Villèle. Rainneville entra donc en fonction. Il travailla dès lors avec une ardeur et une assiduité inébranlables, montrant d'éminentes capacités. Sévère pour lui-même, juste pour ses subordonnés, inaccessible aux intrigues et aux séductions, il domina bientôt le ministère et ne voulut jamais souffrir que personne partageât avec lui la confiance de son chef. D'abord il fut utile, bientôt il devint nécessaire.

M. de Villèle avait eu parfaitement raison de se confier
à ce jeune homme remarquable. Les solliciteurs le détes-
taient, à cause de la franchise de ses réponses. Il faut être
passé par les ministères pour connaître la plaie des solliciteurs, plus funeste à elle seule que toutes les plaies
d'Égypte réunies. Depuis cette époque, j'ai eu les meilleures relations avec M. de Rainneville; elles se sont
poursuivies jusqu'au moment où la révolution de 1830
me fit quitter Paris. Il est vraiment déplorable de voir, à
l'heure présente, de tels hommes écartés des emplois
publics où l'on met des gens bien inférieurs en talent et
surtout en moralité.

Au temps dont je parle, le ministère des finances n'était
pas encore dans la rue de Rivoli; M. de Villèle habitait
l'ancien hôtel du contrôle général. Dans le grand salon
se trouvait un magnifique tapis qui subit bien des tribulations; sa chaude épaisseur avait jadis garanti du froid
les pieds du grand Colbert. Le centre offrait avec l'ensemble du travail un contraste choquant. Les armoiries
de France y formaient une sorte de dépression, regrettable
à tous égards. Un autre vieux meuble du ministère en
fournissait l'explication. C'était un huissier entré sous
M. de Calonne aux finances et que j'y ai laissé en 1830. Ce
brave homme, annales vivantes de l'établissement, nous
disait de ne point nous étonner en voyant l'état où se
trouvait le milieu du tapis. Il y avait vu, pendant sa jeunesse, figurer les armes de France dans toute leur splendeur. Plus tard, on coupa le médaillon pour lui substituer
un faisceau républicain surmonté d'un bonnet rouge. Le
tapis fit alors ses preuves de solidité, les visiteurs le fou-
laient avec de gros sabots. Sous l'Empire, ses destinées
changèrent, il connut de nouveau des pieds chaussés de
soie et de cuir verni, son faisceau républicain fut remplacé par des couronnes, des abeilles et l'aigle impérial.
Mais tout cela disparut en 1814, où il reprit les antiques

fleurs de lis. Pendant les Cent-Jours, éclairé par l'expérience, on se hâta d'enlever ce malheureux objet qui
souffrait de l'instabilité des gouvernements, mais on
attendit les événements avant de faire une modification
d'armoiries; on n'y procéda qu'au retour des Bourbons.

Ce tapis rappelait bien des choses et bien des gens au
brave huissier qui avait vu défiler sur cette laine l'élégant
M. de Calonne, le grave M. Necker et sa sémillante fille la
baronne de Staël, le banquier Clavière, les membres gros-
siers du comité de Salut public et du Directoire, le duc de
Gaëte et le comte Mollien avec leurs coiffures poudrées,
le baron Louis, Corvetto, Roy et Villèle.

Cet huissier était un homme de très bon sens. Je l'ai
laissé au ministère des finances où j'ai rapidement passé
comme tant d'autres. Sa mémoire était imperturbable.
Aux jours de réception, il introduisait les visiteurs, toujours très nombreux. Lorsqu'il voyait alors quelqu'un
pour la première fois, il le regardait attentivement et lui
demandait son nom. Il écrivait aussitôt ce nom sur sa
liste, le ciselait dans sa pensée et désormais l'empreinte
était ineffaçable. Toutes les fois qu'il apercevait l'individu,
il n'hésitait pas un instant pour l'annoncer d'une voix
forte et parfaitement intelligible. C'était prodigieux, j'en
ai souvent fait l'expérience.

« Vous devriez écrire vos souvenirs, » lui disions-nous et
cet excellent homme de répondre : « J'ai la mémoire des
noms et des physionomies, cela me garantit ma place;
mes Mémoires me la feraient perdre. »

J'allai plusieurs fois avec M. de Villèle visiter le nouvel
hôtel des finances qu'il devait occuper vers la fin de 1824.
C'était un vaste établissement dont la vue sur le jardin des
Tuileries est très belle et certainement beaucoup plus
riante que l'ancien contrôle général; mais l'ordonnance
de la rue de Rivoli avait gêné l'architecte, M. Destailleurs,
en le forçant à suivre exactement les dimensions déter-

minées pour les arcades, les fenêtres et la hauteur des
étages. Il n'avait donc pas pu donner un caractère de
grandeur aux salles de réception ; ce sont de longues galeries dont les plafonds manquent d'élévation. La seule
pièce majestueuse est la salle à manger. J'étais alors bien
loin de me douter que ces appartements seraient ma dernière demeure en France, que j'y éprouverais tant de
cruelles émotions, que j'y quitterais tous les miens,
quelques-uns, hélas ! pour ne plus les revoir jamais ici-bas.

Le 2 décembre 1823, grâce à mes amis de Castelbajac,
j'eus place dans la galerie vitrée du château des Tuileries
pour assister à l'entrée solennelle du duc d'Angoulême,
revenant de la campagne d'Espagne. La galerie était
remplie d'une foule si pressée que malgré la saison, il y
régnait une chaleur étouffante. Rien de plus beau que
l'aspect du jardin. Toutes les allées étaient occupées par
de nombreux bataillons. Les bassins et les parterres de
fleurs étaient les seuls espaces vides et se dessinaient enca-
drés dans les brillants uniformes. Le prince arriva par
l'Arc de triomphe de l'Étoile. On avait décoré la barrière
de colonnes rostrales, de trophées et d'étendards. Le
temps était pluvieux ; toutefois, au moment où le canon
des Invalides se fit entendre, le soleil brilla d'un éclat
radieux. Le prince s'avançait à cheval, avec son état-
major, dans la grande allée du jardin. A cet aspect, d'unanimes acclamations retentirent. Il se produisit alors un
de ces malentendus assez fâcheux dans les occasions
d'apparat. Le duc d'Angoulême arrivait trop tôt. La porte
de Louis XVIII était fermée, le Roi s'occupait encore à
sa toilette et ce n'était pas une petite affaire, ni surtout
une affaire courte. Vieux, cassé et infirme, mais plein
d'énergie morale, Louis XVIII voulait paraître dignement
dans cette grande circonstance ; il lui fallut donc beaucoup de temps pour réparer des ans l'irréparable outrage.
En conséquence, le duc d'Angoulême subit une longue

attente. Enfin la porte du cabinet royal s'ouvrit et Louis XVIII reçut avec affection le vainqueur du Trocadéro. Peu après, traîné dans son fauteuil et entouré des siens, il arriva au grand balcon des Tuileries : « Messieurs, dit le Roi, en s'adressant aux chefs militaires, voici mon neveu, j'aime à le montrer à mes amis comme à mes ennemis. »

Louis XVIII soutint l'épreuve de cette séance solennelle avec plus de force que ne semblait l'admettre son état déjà bien grave et dont sa famille et ses ministres s'alarmaient.

Je fus particulièrement frappé de l'altération de ses traits, dans une des fêtes les plus brillantes de la cour. C'était le 17 décembre, au théâtre des Tuileries. Le magnifique lustre central et, à l'hémicycle, douze lustres chargés d'innombrables bougies versaient des torrents de lumière sur une éblouissante assemblée. En face du théâtre, se trouvaient le Roi déjà courbé sous la faux de la mort, le comte d'Artois, tout joyeux des succès de son fils, le duc d'Angoulême simple et réservé, les duchesses d'Angoulême et de Berry attirant tous les regards par le luxe de leurs parures. Les dames de la cour et celles qui avaient été présentées étaient dans la galerie sur quatre rangs, toutes en robes blanches lamées d'argent. Derrière elles, d'autres femmes, également parées, se trouvaient sur des gradins formant un vaste amphithéâtre. A droite, les maréchaux et les ministres, à gauche, le corps diplomatique occupaient des places d'honneur. Tout resplendissait d'or, de diamants, de pierreries. On joua un grand opéra de circonstance, *Vendôme en Espagne*, ennuyeux comme toutes les pièces de circonstance. Il n'y eut qu'un moment où l'assistance parut émue, ce fut quand Vendôme, fier de sa victoire, chanta d'une voix énergique :

> Honneur au drapeau sans tache,
> Il a guidé les Français ;
> Comme autrefois le panache
> Que portait le Béarnais.

12

Tous les regards se dirigèrent alors vers la famille royale. Monsieur se leva, une larme de joie brillait dans ses yeux. Quant à Louis XVIII, il sembla se réveiller un instant du sommeil léthargique sous lequel son front s'inclinait sans cesse.

Par une bizarrerie inexplicable, le Roi ayant entendu parler plusieurs fois d'un étrange saltimbanque, nommé Mazurier, eut envie de le voir et voulut qu'on l'introduisît comme intermède dans cette représentation majestueusement triomphale. *Non erat hic locus.* Quoi qu'il en soit, Mazurier vint, en présence de cette solennelle assemblée, faire diversion par des grimaces et des farces de polichinelle à l'ennuyeux sublime du grand opéra. Doué d'une souplesse incroyable, Mazurier disloquait tous ses membres. Costumé en singe, il imitait à s'y méprendre les attitudes les plus étranges, les sauts les plus vifs, les mouvements les plus capricieux de cet animal. Quelle satisfaction pouvait éprouver un roi perclus de tous ses membres au spectacle de cet abus de locomotion !... Quelques mois après, la tombe se fermait en même temps et sur l'agile Mazurier et sur l'impotent Louis XVIII.

Cette fête se termina par le ballet de la dansomanie. La légèreté de Paul, la vivacité de sa sœur, la grâce de Mlle Bigotini laissèrent le Roi parfaitement insensible ; il dormit profondément. Un silence respectueux pour Sa Majesté et mortel pour les artistes pesait sur l'assemblée. Tout à coup, dans un pas de trois exécuté par ces danseurs célèbres, le violon de Baillot se fait entendre, électrisant aussitôt l'auditoire. Un mouvement se produit parmi les spectateurs et ce mouvement devient une explosion d'enthousiasme, quand le grand artiste a l'inspiration d'amener dans sa cadence l'air triomphal : « La victoire est à nous. » Tous les spectateurs se lèvent à la fois, le Roi se réveille en sursaut, il applaudit.

J'ai connu cet excellent Baillot, ce fut un homme de

bien et un violoniste incomparable. Quel talent pur, large, énergique il déployait dans les concertos ou les œuvres de Viotti, son maître. Quel charme, quand, dans sa modeste demeure, il exécutait avec ses amis Habeneck, Urhan et Baudiot les quatuors de Haydn, de Mozart, de Beethoven. Il opéra une fois un prodige plus grand que d'avoir réveillé Louis XVIII, il remua le cœur de Napoléon. Un jour, aux Tuileries, avec sa verve entraînante, il jouait dans le remarquable quatuor de Bocherini devant l'heureux Empereur dont l'esprit était occupé de tout autre chose que d'harmonie et d'accords. Arrivé à l'agitato, l'artiste se montre merveilleux. Napoléon écoute, s'agite, se lève et s'écrie : « Baillot, c'est admirable ; c'est une lutte de l'âme, ce sont des remords. » Depuis ce moment, au Conservatoire, on appela Baillot : le premier remords de l'Empereur.

La famille royale se montra aussi aux représentations de l'Académie de musique et aux Français. Le *Cid* offrait des allusions qui furent saisies avec transport. Lafon représentait avec éclat Rodrigue, mais Talma, dans le rôle si court de Don Sanche, fut écrasant de supériorité. Lafon avait l'habileté d'un acteur consommé, Talma toute la profondeur d'une nature éminemment tragique ; il n'avait pas même besoin de parler pour exciter l'admiration, même en écoutant il était sublime. Jamais son talent ne me frappa aussi vivement que cette fois-là.

L'Hôtel de Ville adressa six mille invitations pour une fête splendide. Les salles furent richement décorées. Un somptueux banquet réunit tous les princes, qui admirent à leur table douze dames de la ville et trente de la cour. Le Roi n'avait pu honorer ce banquet de sa présence, cependant sa place était respectée, comme jadis celle d'Ajax. Festin, illuminations, bal, tout fut d'un luxe féerique. Mais dans ces grandes occurrences, comment ne rien négliger ? Il advint qu'on répandit le sel dans les glaces et que les salières furent garnies de sucre en poudre. Monsieur cons-

tata le premier l'erreur des salières et il répondit gaiement
au désespoir du préfet, M. de Chabrol : « Il est écrit qu'ici,
pour moi tout sera douceur... » Le bal fut ouvert par
Mme la duchesse de Berry et le prince de Savoie-Carignan,
qui portait les épaulettes de grenadier français, prix de sa
valeur au Trocadéro. Mme la duchesse d'Angoulême ne
dansait plus dans cette ville remplie pour elle de si douloureux souvenirs, mais elle était radieuse des succès de
son noble époux.

Les fêtes se succédèrent alors à Paris. Les ministres, les
ambassadeurs ne furent pas les seuls à suivre ce mouvement en harmonie avec la sécurité qui venait de renaître.
Le roi des banquiers, Rothschild, donna un bal magnifique
où afflua tout ce que Paris renfermait d'illustre et d'opulent. C'était la première fois que Rothschild ouvrait ses
splendides salons à l'aristocratie ; de grandes dames se
chargèrent d'en faire les honneurs. Bien des gens ne négli-
gèrent aucune bassesse pour être invités. A côté de la pla-
titude se trouva l'envie et ceux qui ne réussirent pas
à être admis dans ce paradis israélite s'en vengèrent par
des sarcasmes.

Ces sentiments de jalousie se manifestèrent d'une façon
odieuse aux fêtes données par la vicomtesse d'Osmond
pour inaugurer son hôtel, rue Basse-des-Remparts. Elle
avait dépensé des sommes énormes pour la restauration
et l'ameublement de sa demeure. Mme d'Osmond était
douée des plus généreuses qualités du cœur, mais son corps
ne manifestait pas toute la rectitude de son âme. Elle
avait pourtant de très beaux yeux et une fortune plus
belle encore. L'auteur de ses jours, M. Destillières, un
des plus habiles capitalistes du commencement de ce siècle,
avait rivalisé d'ardeur, d'intelligence et de succès avec
M. Roy. Il laissa à sa fille unique d'incalculables richesses.
Elle accorda sa main à un aide de camp du duc d'Angoulême, le vicomte d'Osmond, dont la sœur était devenue la

femme du nabab de Chambéry, le général de Boigne. A
l'exemple de Mlle Destillières, ce digne millionnaire, dans
son contrat de mariage, assura une pension de soixante
mille francs à ses beaux-parents ; ce qui faisait dire à M. de
Talleyrand : « Il faut en convenir, en mariant leurs enfants,
les d'Osmond ne s'appauvrissent pas. »

Quoi qu'il en soit, malgré sa réserve et sa modestie naturelle, Mme d'Osmond, amenée par son mariage dans l'aristocratie parisienne et à la cour, dut faire un brillant usage
de sa fortune qu'elle aimait tant à consacrer aux bonnes
œuvres. Par les soins d'un habile et célèbre architecte, son
hôtel devint splendide. Les glaces, les marbres, les dorures,
les tableaux, les tentures furent prodigués avec un luxe
incomparable. Pour l'exhibition de toutes ces magnifi-
cences, elle convia les amis de son père et ceux de sa nouvelle famille à une fête somptueuse. Les invitations furent
nombreuses, les réclamations pour en obtenir plus nombreuses encore. Les murs n'étant pas élastiques, il fallut
arriver aux refus et par conséquent se créer des ennemis
farouches. Quant à ceux admis dans l'intérieur de la
place, quelques-uns, torturés par une horrible envie, en
présence d'une fortune dont on leur faisait généreusement
les honneurs, saisirent bassement l'instant du souper pour
rayer avec des diamants les glaces magnifiques et pour
abîmer les meubles ou les tentures. Par une maladresse
inexplicable, on renversa une table couverte de porce-
laines d'un grand prix, tout fut brisé : « Ah ! que je suis
enchanté ! » s'écria un jeune capitaliste que l'opulence des
Destillières faisait sécher de jalousie : « Monsieur, lui
répondit avec douceur Mme d'Osmond, qu'il n'avait pas
aperçue près de lui, je suis bien aise que quelque chose
puisse vous enchanter chez moi, jusqu'à présent vous
aviez l'air si triste. »

La manie de s'introduire partout où il y avait du monde,
en dépit des maîtres de la maison, était poussée si loin que

j'ai été témoin du fait suivant. Un soir j'avais accompagné Mme de Villèle à un concert chez le maréchal Lauriston. La cour s'y trouvait réunie et dans les salons on ne pouvait se mouvoir tant la réunion était nombreuse. La maréchale Lauriston vint à Mme de Villèle, s'excusa de la chaleur étouffante et de l'affluence si compacte : « Mais, ajouta-t-elle, avec les mœurs actuelles, qui de nous est maître chez soi? Tenez, voilà Mmes de L*** et de N*** qui m'ont écrit hier pour avoir un billet d'invitation. J'ai été obligée de leur répondre par un refus, en leur disant qu'à mon regret, le nombre des personnes pouvant contenir dans mes salons était déjà atteint. Or, les premières arrivées, ce soir, sont ces deux dames; elles ont même choisi les places les plus commodes. »

Dans cette soirée, Pellegrini, Mlle Cinti, Mme Mombelli et Mlle Paer chantèrent avec talent plusieurs morceaux des opéras de Rossini ; Paer tenait le piano avec son savant aplomb. Talon faisait de sa flûte un instrument tout nouveau par le volume et la pureté argentine du son, par le sentiment et la grâce de son jeu. Un enfant de neuf ans, le fils de l'habile violoniste et compositeur Kreutzer, exécuta merveilleusement un concerto de son père. Mais dans ce genre, comment s'étonner lorsqu'on avait vu le jeune Liszt, quelques jours auparavant. Cet enfant, à peine dans sa onzième année, était venu un soir chez M. de Castelbajac. Sur des thèmes que lui donnèrent les dames de la maison et que je lui donnai moi-même, il nous fit entendre d'admirables fantaisies exécutées avec une chaleur et une verve incroyables. J'y prenais un plaisir extrême, mais ce plaisir fut troublé par des membres pesants des deux Chambres, fort choqués qu'un piano privât notre cercle du charme de leur éloquence parlementaire. Ils discouraient donc sans se gêner. L'un d'eux, à qui on fit une observation à cet égard, déclara s'intéresser fort peu aux petits prodiges et il reprit à haute voix une assommante dissertation sur les douanes.

C'était alors la coutume au ministère de la Maison du
Roi et chez les grands personnages de donner des concerts
où l'on entendait les artistes les plus remarquables de
la capitale, de l'Italie et de l'Allemagne. Les étrangers
aimaient à se produire ainsi devant une société brillante
qui propageait leur réputation et leur faisait espérer des
Mécènes. C'est là que j'ai entendu Lafond, qui, disait-on,
chantait du violon, tandis que Mme Catalani jouait de la
voix ; c'est là que Bériot fit goûter le charme de ses premiers
accents, c'est là que débuta inconnue, humble et presque
timide la fille de Garcia, la plus grande artiste des temps
modernes, Marie Malibran. Elle exécuta avec Mlle Sontag
et Mme Pezzaroni le trio dit *Matrimonio segreto*, ce chef-
d'œuvre de Cimarosa. Le piano était tenu par le maëstro
Paer. Dès les premiers accords, ces trois femmes soulevèrent l'enthousiasme. Les deux premières étaient jeunes
et jolies, la Pezzaroni âgée et affreuse. Mlle Sontag dirigeait
avec une délicieuse souplesse les traits de son timbre d'argent ; Marie Malibran mettait dans son chant un sentiment
profond qui pénétrait l'âme. La grande et horrible bouche
de la Pezzaroni se tournait jusqu'à son oreille, mais son
organe avait une puissance indicible. On ne peut se faire
une idée de ce beau trio exécuté par ces artistes admirables.

Je ne sais ce qu'est devenue Mme Pezzaroni, quant à
Marie Malibran, elle épousa le violoniste Bériot, après avoir
rompu ses premiers nœuds avec le négociant de New-York,
au nom duquel elle est toujours restée fidèle. Elle avait
tous les talents. Elle parlait aisément plusieurs langues.
Passionnée pour le chant, elle abusa de ses forces ; elle
mourut à Londres, victime de son art.

Mlle Sontag devint la femme d'un diplomate, le comte
Rossi. Accoutumée aux émotions du théâtre, elle ne renonça
qu'avec peine à son élément. — Comment n'êtes-vous pas
heureuse, lui demandait-on, vous êtes comtesse. — Hélas !
répondait-elle, j'étais reine... Pure et pieuse comme le sont

rarement les actrices, sa conduite fut parfaite et elle ne se trouva jamais déplacée dans sa nouvelle position, ni dans les cours où elle fut présentée. Le sort, en renversant la fortune du comte Rossi, ressuscita tout à coup Mlle Sontag. Son talent toujours cultivé reparut sur le théâtre dans tout son éclat et toute sa fraîcheur. Les applaudissements, les transports, les dollars et les guinées ne manquèrent pas à ses triomphes. Elle vient, hélas ! de périr du choléra à Mexico.

Giuditta Pasta n'eut pas le même succès, quand elle voulut reprendre sa carrière théâtrale. Retirée depuis quelques années sur les bords délicieux du lac de Côme, elle jouissait en paix du fruit de ses travaux, mais des banqueroutes atteignirent sa fortune et elle essaya de la relever, en paraissant de nouveau sur la scène. Pauvre Giuditta, elle ne connut alors que des mécomptes. Et pourtant elle avait eu jadis des admirateurs enthousiastes qui ne pardonnèrent jamais à Mme Malibran la supériorité de son style et de son art. A cet égard, j'ai vu des passions en lutte à la cour et même parmi les princes.

A l'un de ces brillants concerts, chez M. de La Bouillerie, intendant de la Maison du Roi, j'étais assis, il m'en souvient, auprès de M. de Bonald. Je le voyais très habituellement, ma profonde estime pour son noble caractère et son talent me firent rechercher son amitié ; il me l'accorda. Philosophe chrétien, loyal gentilhomme, il avait la foi courageuse d'un croisé, l'élévation de pensée d'un Leibniz ou d'un Malebranche. Éloigné de tout orgueil, il joignait, à l'intelligence la plus haute, la simplicité la plus aimable. Il aimait les enfants et combien de fois l'ai-je vu s'en entourer ; il jouait gaiement avec eux, protestant quand on voulait les éloigner de lui. Penseur profond, écrivain habile et distingué, il n'avait jamais en vue que la vérité, dédaignant l'encens dont s'enivraient alors tant de têtes. Jamais il ne manœuvrait pour le succès.

Il voyait les progrès du mal et signalait des symptômes alarmants : « La catastrophe arrivera inévitablement, me disait-il, et cela surtout par les divisions du parti royaliste. Je ne comprends pas, ajoutait-il, que notre ami Villèle ne veuille point voir les manœuvres de Chateaubriand pour le supplanter dans la présidence du Conseil. Égaré par ses flatteurs et principalement par Frisell, Chateaubriand travaille à renverser le ministère dont il fait partie pour arriver à la direction des affaires. Or, son genre d'esprit ne le désigne nullement pour ces hautes fonctions. Son imagination est vive et brillante, mais il est dénué de principes solides. Il recherche avant tout les faveurs de la popularité et passe aux idées les plus opposées, aux antithèses les plus étranges, aux amitiés les plus hétéroclites. »

M. de Bonald me raconta alors que Mme Franchet avait récemment rencontré Chateaubriand ; il était bras à bras avec Benjamin Constant. Mme Franchet en resta immobile. « Eh quoi ! madame, lui dit le célèbre écrivain, vous ne me voyez donc pas? — C'est parce que je vous vois, lui répondit-elle, qu'il m'est impossible de vous reconnaître. »

Chez Jules de Rességuier, je trouvais des littérateurs. Je fis chez lui connaissance avec Hugo, qui récita cette fois-là une ode sur la mort de Mlle de Sombreuil et une petite pièce intitulée : *le Sylphe*. Je me rappelle qu'à cette réunion, M. de Chateauneuf, le Talma des salons, ou plutôt le Lekain, puisqu'il était l'élève de ce dernier, déclama avec beaucoup d'énergie quelques scènes de *Cinna*, de *Mahomet*, de *l'Orphelin de la Chine*. Étaient également présents Émile Deschamps et Mme Hugo, alors une jeune et jolie femme.

CHAPITRE VIII

LE COMTE DE MONTBEL DÉPUTÉ. — SON JOURNAL EN 1829

Dans la nuit du lundi au mardi 20 janvier (1), je pars de Toulouse dans la malle-poste, avec mon fils Marcel (2) et M. Domézon, député du Gers. Le temps est froid, mais très beau. A Montauban, nous prenons encore M. Charles de Puységur. En avançant, le froid augmente. Vers Limoges, les glaces de notre voiture se couvrent de givre, la neige tombe en abondance, les rivières sont prises. Nous nous arrêtons pendant trois heures à Orléans dans une auberge. Reprenant notre route, nous arrivons morfondus. Nous descendons à l'hôtel d'Angleterre, rue Montmartre, chez un ancien courrier. Je m'occupe aussitôt de trouver un logement rue Duphot, hôtel des Étrangers, pour Bastoulh (3), Roquette (4) et moi. Dans le monde politique on s'occupe beaucoup du changement de ministère ; on parle d'une com-

---

(1) Mon grand-père avait été nommé maire de Toulouse en 1826, et député de cette ville en 1827. Comme il n'a point relaté dans ses *Souvenirs* son rôle à la Chambre, j'ai cru opportun de donner ici un extrait du *Journal* qu'il tenait en 1829. Ce document est écrit *currente calamo*, mais il permet cependant de connaître un peu la vie parlementaire de M. de Montbel.

(2) Le comte Marcel de Montbel (1813-1884) fut officier dans les hussards hongrois. Il épousa, en 1842, Pauline de Labarthe-Malard.

(3) B. de Bastoulh était procureur général près la Cour de Toulouse et député de cette ville. Il mourut en 1852.

(4) Anne-Antoine, comte de Roquette-Buisson (1771-1841), reçu chevalier de Malte, devint lieutenant-colonel du régiment des chasseurs de Malte. Il fut député de 1826 à 1830. Il avait épousé Georgette-Macrine de Souillac.

binaison où figureraient La Bourdonnaye (1) et Ravez (2).

Samedi 24. — Nous quittons l'hôtel d'Angleterre pour celui de la rue Duphot. Je me rends chez le duc de Clermont-Tonnerre qui m'accueille très cordialement ; je cause fort agréablement avec lui, sa femme et M. Fallatieu, ancien député. En traversant la place Louis XV, je rencontre Mme la duchesse de Berry, au bras de M. de Mesnard (3) et suivie de la duchesse de Reggio. Je vais visiter M. de Martignac (4). Il me demande mon avis sur le nouveau préfet de Toulouse. Je lui réponds que mes relations avec ce préfet sont trop récentes pour me permettre de le juger ; je me borne à lui croire de bonnes intentions ; je ne puis toutefois cacher quelle surprise j'avais éprouvée en apprenant la destitution de M. de Juigné. Nous parlâmes ensuite de la loi sur les élections et je mis en avant les résultats déplorables qu'elle amenait. Dans le département de l'Aude, le général Clauzel n'avait-il pas été repoussé par les électeurs, sous prétexte qu'étant militaire, il devait avoir une tendance à se soumettre au pouvoir. Pour ce motif, on lui a préféré un homme complètement obscur. Il a ensuite été question entre nous de la loi municipale qui va être proposée. D'après Martignac, elle serait très favorable à la monarchie (5).

(1) François-Régis, comte de La Bourdonnaye (1767-1839), émigra pendant la Révolution, fit campagne dans l'armée de Condé, puis dans celle des Vendéens. Il devint député sous la Restauration et fit partie du ministère Polignac.

(2) Simon Ravez fut président de la Chambre de 1819 à 1827. En 1829, il fut nommé pair de France. Il quitta la vie politique en 1830, mais siégea à l'Assemblée législative en 1849, année où il mourut. Il était né en 1770.

(3) Louis-Charles-Bonaventure-Pierre, comte de Mesnard (1769-1844), fut élève de l'école de Brienne. Il émigra durant la Révolution et devint, pendant la Restauration, premier écuyer de la duchesse de Berry et pair de France. Il prit part à l'insurrection de Vendée en 1832, fut arrêté avec la duchesse de Berry à Nantes et la suivit à Blaye.

(4) M. de Martignac était ministre depuis le 4 janvier 1828.

(5) La principale question qui devait occuper la session de 1829 était la présentation par le ministère Martignac de deux projets de loi sur l'organisation communale et départementale. Tous les efforts de la droite allaient tendre à empêcher le vote de ces projets.

Dimanche 25. — Je passe la soirée avec M. de Peyronnet, ancien garde des sceaux. Il est question de placer M. de Mortemart à la présidence du Conseil.

Lundi 26. — Je quitte Paris pour aller mettre mon fils au collège de Juilly. Je reviens le mardi. J'étais absent pendant la séance d'ouverture des Chambres, quoique je fisse partie de la grande députation.

Le mercredi, à la Chambre, j'occupe par erreur la place de secrétaire, j'en suis éconduit par M. Oberkampf plus jeune que moi. Nous formons les bureaux ; de mauvaises nominations ont, en général, lieu. Le soir, je me trouve à une réunion chez M. de Sainte-Marie pour le choix des candidats à la présidence de la Chambre. Il avait été d'abord question de porter MM. Ravez, de La Bourdonnaye et moi. On veut éloigner Ravez comme ayant été la pierre d'achoppement de l'année dernière. Je repousse cette opinion qui ferait triompher nos adversaires. Quant à moi, il est convenu que, nouvellement arrivé à la Chambre et défenseur de M. de Villèle, il vaut mieux me réserver pour la vice-présidence. Nous nous arrêtons en conséquence à proposer MM. de La Bourdonnaye, Ravez, Pardessus, Lur-Saluces et Alexis de Noailles.

Jeudi 29. — La Défection, s'entendant avec la gauche, porte comme candidats à la présidence Sébastiani, Casimir Périer, Royer-Collard, de Lalot et de Berbis. Ils passent. Sur deux cent soixante-cinq votants, La Bourdonnaye et Ravez ont quatre-vingt-dix suffrages.

Samedi 31. — Le côté droit m'avait proposé pour la vice-présidence. Les vice-présidents nommés sont Girod de l'Ain, Sainte-Aulaire, Dupont de l'Eure et Cambon. A dîner chez Desbassayns je retrouve le comte de Peyronnet, l'archevêque de Bourges, lady Hawarden, etc.

Dimanche. — Avec mes collègues de Toulouse je me rends chez le Roi. Mme la duchesse de Berry ne peut nous recevoir, mais nous voyons le duc de Bordeaux. Le baron de Damas nous accueille fort aimablement et nous invite à dîner, Roquette et moi. La Dauphine me parle avec beaucoup de bonté, elle a remarqué mon absence à la séance royale pour l'ouverture de la session. Charles X me dit que Madame (1) était très satisfaite de son séjour à Toulouse. En sortant du cabinet du Roi, Alexis de Noailles vient me trouver et m'apprend que M. Feutrier cherche à établir la contribution des royalistes dans la nomination de Dupont de l'Eure à la vice-présidence de la Chambre ; je fais un article pour démontrer l'absurdité de cette assertion.

Lundi 1ᵉʳ février. — A la Chambre, élection des secrétaires. Par une convention, on nomme pour le côté droit M. de Chateaufort, pour le centre droit, Beaumont, centre gauche, Pas de Beaulieu, gauche Lascours. J'ai un entretien avec Laffitte sur l'affaire d'Haïti. Il me montre beaucoup d'attachement pour M. de Villèle. Je cause aussi avec Casimir Périer sur la situation. Je lui demande si, quand il sera au pouvoir, il compte s'appuyer sur les hommes qui s'assoient derrière lui. « Oh ! me dit-il, je leur exposerai mon système et je leur demanderai s'ils veulent me soutenir. — Ils vous diront oui, lui répondis-je, et vous attaqueront le lendemain. Voyez quel a été le sort de Roland, devenu ministre de Louis XVI. »

On procède à la nomination de la commission de l'adresse, nous n'obtenons que MM. Seguy et Chabrol ; le côté gauche nomme Dupin aîné, Eusèbe Salverte, Sainte-Aulaire.

Mardi 3 février. — Je dîne chez Castelbajac, puis je rends visite à M. et Mme de Chastellux. Je finis ma soirée chez les dames de Rougé.

Mercredi 4. — Je suis convoqué pour assister aux obsèques de Lefèvre-Gineau (2). Une voiture vient me

(1) La duchesse de Berry avait fait, en 1828, un voyage dans le midi de la France.

(2) Louis Lefèvre-Gineau (1751-1829), physicien, professeur au Collège de France, membre de l'Institut, fut député sous l'Empire et sous la Restauration.

prendre, elle contient déjà M. de Corcelles, député de
l'extrême gauche, et nous allons chercher M. Jacques
Lefebvre. Nous nous rendons au Collège de France. Nous
y trouvons les parents du défunt, plusieurs membres
de l'Institut, le président de la Chambre, le questeur
Laisné de Villevêque, plusieurs de nos collègues. Après
l'absoute à Saint-Sulpice, je me retire avec Jacques Lefebvre ;
il me dépose devant ma nouvelle demeure, rue de Richelieu,
hôtel de la Paix, n° 27. A dîner chez le comte de Quinsonas,
je retrouve quelques députés. Dans la soirée, nous allons
voir M. de Balzac et je raconte que le matin même, le président de la Chambre m'a affirmé qu'on était convenu,
à la presque unanimité, de mettre dans l'adresse une simple
réponse au discours royal.

Vendredi 6. — Séance de l'adresse. Le général Lamarque
reste au-dessous de sa réputation d'homme supérieur.
Laffitte, Mauguin, Conny, Vatimesnil parlent successivement. Je monte également à la tribune pour protester
contre l'approbation des ordonnances qui ont frappé les
jésuites (1), en dépit des libertés contenues dans la Charte.
Je m'exprime à peu près en ces termes : « Nos observations étant l'expression des idées de la minorité ne pourront certainement pas modifier l'adresse, œuvre d'une
majorité, ayant presque seule des organes dans la commission qui a rédigé le projet. Toutefois, nous ne laisserons
point passer, sans protestation, l'approbation d'actes surpris
à la religion du monarque et attentatoires aux droits les
plus précieux des citoyens.

« La première ordonnance du 16 juin a détruit huit
établissements célèbres par la confiance qu'ils inspiraient
à un très grand nombre de pères de famille, par la garantie
d'une éducation qu'éclairaient la religion et la morale.
Pour les anéantir, on a invoqué l'ordre légal, mais alors

---

(1) Le ministère Martignac avait fermé les collèges des jésuites en vertu
des ordonnances du 16 juin 1828.

qu'on invoquait l'ordre légal, devait-on violer ouvertement la loi fondamentale, la loi où tous les Français doivent chercher la reconnaissance de leurs droits, trouver la sauvegarde de leurs libertés?

« On n'a pas craint d'établir que nul ne pourrait être ou demeurer chargé de l'enseignement, s'il n'a affirmé par écrit n'appartenir à aucune congrégation religieuse non autorisée. Je ne chercherai pas à m'expliquer comment un ministre a pu donner son approbation à une ordonnance qui frappait d'une proscription inconstitutionnelle ces mêmes hommes que, quelques jours auparavant, il s'était plu à signaler, ·à cette tribune, comme les exemples vivants de toutes les vertus, couronnant ainsi les victimes pour les frapper au nom de la loi d'un coup illégal.

« Que deviennent, en effet, devant les dispositions de l'ordonnance, les dispositions de la Charte elle-même? « Tous les Français sont égaux devant la loi ; » et l'on a dit : Vous qui avez dirigé l'enseignement dans les sentiers de l'ordre, de la morale, de l'amour de tous les devoirs, je vous déclare déchus des droits consacrés par la Charte ; j'anéantis, par la rétroactivité d'une ordonnance pénale, les titres légaux qu'avaient pu vous acquérir de longs et pénibles services, à moins que vous ne consentiez à démentir, en vous parjurant, l'apologie que j'avais faite de vos vertus. « Chacun professe sa religion avec une égale « liberté et obtient pour son culte la même protection.» Et on a dit : Vous qui appartenez à la religion de l'État, qui en êtes les auxiliaires et l'exemple, n'attendez pas cette liberté, cette protection que ne réclamerait pas en vain l'athéisme.

« Si un ministre s'empare du pouvoir de mettre des Français hors de la Charte, sous prétexte qu'ils suivent certains règlements de vie, qu'ils ont certaines opinions, qu'ils se livrent à certaines pratiques dans la religion de l'État, s'il peut ainsi porter son investigation jusque dans

les plus minutieux détails de la vie intérieure, que devient
la liberté religieuse? Un ministre suivant ne se croira-t-il
pas le droit de torturer d'autres consciences, d'établir un
régime exceptionnel contre d'autres Français? Messieurs,
croyez-moi, dans l'intérêt de la liberté civile et religieuse,
n'applaudissez pas à cette manifeste violation de la Charte.
Dans l'intérêt de tous, ne souffrez pas qu'on méconnaisse
les droits de quelques hommes qui, quelles que soient
vos idées à leur égard, n'en sont pas moins vos concitoyens. »

J'ai ensuite parlé de la campagne de Morée, puis, à
propos de la liberté de la presse, j'ai combattu l'idée d'après
laquelle la raison publique fait elle-même justice des écarts
de la licence. « Je vous le demande, m'écriai-je, quand la
magistrature a frappé d'un juste arrêt un outrage dirigé
contre le monarque, cela empêcha-t-il la raison publique
de saluer du nom de « poète national » celui qui avait si
indignement insulté son Roi; cela empêcha-t-il qu'une
souscription ne conjurât la peine prononcée par la loi
contre le coupable (1)? » Ce discours applaudi par la droite
a consterné la gauche et les ministres. Agier est venu à
la tribune déclarer que mon assertion était inexacte. J'ai
alors prouvé le fait en apportant les numéros du *Courrier*
où se trouvait la liste des souscripteurs, au nombre de plus
de trois cents. La droite a montré une contenance ferme
et n'a pas voté. M. Feutrier (2) a pris la parole pour me
répondre. L'adresse a été acceptée par deux cent cinq
suffrages.

Je vais chez le baron de Damas (3). Après le diner, le
duc de Bordeaux s'amuse avec les fils de M. de Damas et
le jeune Rivière. Ils ont beaucoup de jouets militaires.

(1) Il s'agit ici de Béranger. Pour la publication de certaines chansons, il
avait été condamné à une amende, qui fut couverte par une souscription.
(2) Mgr Feutrier, évêque de Beauvais, était à ce moment ministre des
affaires ecclésiastiques.
(3) Le général baron de Damas était alors gouverneur du duc de Bordeaux.

M. de Damas me fait un grand éloge des moyens intel-
lectuels, de la franchise et du caractère du prince. « Quels
sont les rois que vous voudriez imiter? lui demandait
un jour son gouverneur. — Je vais vous dire, répliqua-t-il,
ceux à qui je ne voudrais pas ressembler : Louis le Débonnaire, Charles VI et Louis XI... » On a remis au duc de
Bordeaux pour ses étrennes un établi de menuisier et un
ouvrier lui donne des leçons. L'ouvrier enchanté lui déclara :
« Monseigneur, vous devriez faire des ouvrages pour l'exposition. — Le voulez-vous? » lui demanda son gouverneur.
L'enfant répond d'abord oui, puis .après un moment de
réflexion : « Non, dit-il, je ne le veux pas, ce n'est point
un métier de roi... » En jouant ces jours-ci, il s'écriait :
« Sacristi! — Vous n'y songez pas, Monseigneur! s'ex-
clama-t-on. — Si, j'y ai songé, Henri IV avait son juron,
je veux aussi avoir le mien. »

Franchet, l'ancien directeur de la police, dînait avec nous.

Samedi 7 février. — Kératry (1) écrit dans son journal
une lettre où il se plaint que je n'eusse pas été entendu
quand j'ai voulu lire la liste des souscripteurs de Béranger.
Il dit qu'ayant été applaudi, lorsque j'ai défendu l'ancien
ministère, il augure assez de mon caractère pour croire que
je .dois les approuver de ne pas avoir abandonné leur
ami.

Le duc de Cadore (2) m'engage à venir le voir. Je dîne
chez le duc de Clermont-Tonnerre ; j'y retrouve l'ex-
ministre marquis de Clermont-Tonnerre (3) ; d'après lui,

(1) Auguste-Hilarion de Kératry (1769-1859), nommé député du Finistère
en 1818, siégea parmi les représentants avancés du parti libéral. N'ayant pas
été réélu en 1822, il continua sa campagne d'opposition dans le *Courrier
français*. Il revint à la Chambre en 1827, et devint conseiller d'État après la
révolution de 1830.

(2) J.-B. Nompère de Champagny, duc de Cadore (1756-1834), fut ambassadeur à Vienne en 1801, ministre de l'intérieur en 1804, des relations extérieures en 1807, puis intendant des domaines de la couronne. Sous la Restauration, il fut nommé pair de France.

(3) Aimé-Marie-Gaspard, marquis, puis duc de Clermont-Tonnerre (1780-

13

nous devons agir avec la plus grande modération à la Chambre. Je vais chez Peyronnet, il approuve la marche de la droite et me parle tout au long de M. Ravez. Il me dit que ce dernier a toujours été royaliste ; n'aimant pas les dangers, il se comportait toutefois avec honneur quand il en rencontrait sur sa route. Adonné surtout à l'étude des lois et des procès, il manque d'idées générales. D'après Peyronnet, ce serait un allié peu utile pour la campagne que nous allons entreprendre.

Lundi 9. — Je vois M. de Polignac ; il me demande des détails sur notre position et m'assure que le Roi est avec nous de cœur. M. de Martignac fait l'exposé des motifs des lois communales et départementales. Son rapport tient toute la séance, excepté le court intervalle consacré au rapport de la loi sur la dotation des pairs. Je vais dîner chez M. de Genoude avec Curzay, Lourdoueix, le marquis de Forbin, Rainneville. De là, nous allons chez la princesse de Talmont (1).

Mardi 10 février. — Labbey de Pompières et Eusèbe Salverte répètent leur proposition d'accusation contre l'ancien ministère (2).

Mercredi 11. — Je me rends chez Madame, duchesse de Berry. Elle me reçoit avec beaucoup de bonté, me témoigne un vif intérêt pour Toulouse, pour ses habitants et leur bonne manière de penser. Elle parle des mauvaises lois qu'on propose. Elle appelle son fils : « Bordeaux. — Bordeaux, viens, voilà M. de Montbel qui sera bien aise de te voir. » L'enfant me tend sa main que je baise. Il pressait le baron de Damas de partir pour Bagatelle. Comme j'avais demandé des nouvelles de Mademoiselle, Madame court la chercher. J'ai causé avec M. de Damas et je lui ai promis

---

1865), fut successivement ministre de la marine et ministre de la guerre dans le ministère Villèle.

(1) Henriette, comtesse d'Argouges, veuve du prince Antoine-Philippe de Talmont, mort dans la guerre de Vendée en 1794.

(2) Celui de M. de Villèle.

de venir le trouver pour nous entretenir sur l'accusation renouvelée par Salverte et Labbey de Pompières.

Mardi 17 *février*. — Je vais par méprise chez Mme Fulchiron où j'étais invité pour le mardi suivant. J'y rencontre une compagnie fort libérale. On parle des ouvrages de M. de Lamennais. Ces messieurs défendent ceux qui soutiennent leurs opinions. Les opinions, disent-ils, sont plus que la patrie, c'est l'homme intérieur, c'est la conscience. Théorie dangereuse à émettre d'une façon absolue ; elle conduirait à approuver la Révolution qui combattait pour ses idées, elle absoudrait le comité de Salut public : il luttait pour ses principes.

Jeudi 19. — Séance à la Chambre. Salverte développe sa proposition d'accusation contre l'ancien ministère. On ne l'écoute pas un seul instant. Il reste deux heures à la tribune au milieu des conversations générales. Le ministre de l'intérieur constate qu'il n'a pu l'entendre. Benjamin Constant lui-même me dit : « Salverte est mon ami, mais, je dois en convenir, son succès a été bruyant. » Ému par une telle scène, Labbey de Pompières propose alors d'ajourner ses développements sur l'accusation ; en cela il est soutenu par Benjamin Constant. Je monte à la tribune. « Vous n'avez pas le droit, leur dis-je, de prendre encore un moyen dilatoire. Vous ne pouvez suspendre indéfiniment sur la tête des anciens ministres une accusation menaçante. L'épée de Damoclès n'est pas le glaive de la justice... » Après moi, La Bourdonnaye et Ravez parlent à leur tour. Labbey de Pompières retire sa proposition ; ce qui s'est passé aujourd'hui anéantit tout moyen de revenir sur cette question.

Mardi 24. — Je me rends chez le Roi ; il m'entretient longuement sur le mariage d'Henri de Villèle. Puis il me parle de la Chambre. Je lui dis que le jour où il le trouvera convenable, elle marchera sans doute avec lui. Il faut pour cela de la fermeté chez les ministres. A propos des lois administratives, il me dit : « J'ai cru nécessaire de faire quelque chose, mais soyez-en sûr, si l'on veut y apporter le plus léger changement, je retire la loi. Du reste, suivez votre conscience, je serai toujours au milieu de vous. »

Jeudi 26. — Je vais chez Mme Dinet. Il y avait beaucoup de monde ; entre autres, Bertin de Vaux (1). On me place auprès de lui, nous entrons en conversation. Il me déclare que personne n'a été plus lié que lui avec M. de Villèle et me demande de ses nouvelles sur un ton de véritable intérêt. « Son tort, me dit-il, a été de se brouiller avec ses amis. Nous avons été dans la plus grande intimité, lui, Corbière, Jules de Polignac, Mathieu de Montmorency, Chateaubriand, l'évêque de Pamiers et moi. Il a rompu avec tous. Sans doute, Chateaubriand et Montmorency le trahirent au congrès de Vérone ; s'étant laissé entraîner par les insinuations de l'empereur Alexandre, ils conclurent à la guerre, contre leurs instructions. Toutefois Villèle commit une faute en rompant avec Montmorency, qui jouissait d'une grande réputation et dont les amis, Polignac et le duc de Rivière, agirent dès lors contre le ministre. Villèle aurait certainement, par sa grande capacité, pu conduire la Chambre actuelle, mais ses ennemis effrayèrent le Roi, en lui disant que son conseil n'avait plus d'appui. Villèle a cru pouvoir dire : Moi seul et c'est assez. Il aurait eu raison, si le talent était évident pour tout le monde, comme il l'était pour nous. Quand il eut renvoyé Chateaubriand, j'allai le trouver ; c'était le lundi de la Pentecôte : « Vous me mettez dans la position la plus fausse, lui dis-je, « mais de deux amis je dois naturellement m'attacher au « plus faible et soutenir sa cause. Nommez Chateaubriand à « la place de Grand Veneur, qui est vacante, et je pourrai « vous soutenir. — Laissez-moi quinze jours. — Non, lui

---

(1) Louis-François Bertin de Vaux (1771-1842) fut l'un des fondateurs du *Journal des Débats*. S'étant déclaré pour la Restauration en 1814, il suivit Louis XVIII à Gand, devint député en 1815, et conseiller d'État en 1827.

« répondis-je, je suis obligé de me décider immédiatement, et
« si vous refusez, je serai contraint de vous faire la guerre.
« Vous savez combien elle a été nuisible à Decazes. — Vous
« n'aurez pas le même avantage », répliqua-t-il.

« Et, continuait Bertin, il a lutté avec intrépidité. Il
n'aurait pas succombé sous Louis XVIII, sur lequel il
régnait. Je lui rends d'ailleurs justice, c'est l'homme qui
a montré le plus de capacité de tous ceux ayant paru aux
affaires depuis la Restauration. Il affectionnait le pouvoir
pour lui-même, ce qui est nécessaire dans l'art de bien
gouverner. Martignac, au contraire, n'aime du ministère
que le clinquant, aussi voyez quelle est sa direction. Quoi
qu'il en soit, à l'heure présente, nous n'avons personne qui
puisse remplacer Villèle. Tout est en question. Les affaires
sont entravées et les ministres dans l'embarras. Je ne sais
comment nous allons encore. Du reste, quelle confusion
dans les partis ; je serais en peine de dire quelle différence
essentielle existe entre Casimir Périer et vous par exemple.
Nous allons faire une expérience bien dangereuse avec les
deux lois qui vont être discutées, mais j'espère que nous
ne traiterons pas celle des communes. On a eu tort de
demander ces lois. A présent, il est trop tard pour reculer. »
Ainsi parla Bertin de Vaux.

Vendredi 27. — Le soir, avec Roquette, nous allons
chez Madame, duchesse de Berry ; nous y trouvons beaucoup de députés, tous de la droite. Le Roi et la cour viennent
chez la princesse. On se rend dans une salle de concert
pour entendre successivement Mlle Sontag, Mme Malibran,
A. Nourrit. Lafond joue du violon, Drouet de la flûte.
Madame et le Roi me traitent avec une grande bonté.

Samedi 28. — Je vois Ravez et je lui raconte que, la veille,
j'ai fait une visite au ministre, il s'est également entretenu
avec lui. Nous concluons ensemble que les efforts de Martignac tendent à l'alliance des deux centres, idée impraticable. Elle rejetterait partie du centre droit à droite et

partie du centre gauche à gauche. A la Chambre, séance
de pétition remarquable par la doctrine de M. de Tracy
qu'il faut abolir la peine de mort.

Mardi 3 mars. — Nous nous étions donné rendez-vous
avec Ravez et Chantelauze, chez la marquise de Talaru ;
on cause sur l'ancien ministère. Je raconte ma conversation avec Bertin de Vaux, elle paraît digne de remarque.
Nous parlons ensuite de l'esprit de M. de Corbière. Un jour,
Mme de Colbert, qui est une Lamoignon-Malesherbes,
venait solliciter chez lui pour faire nommer à une préfecture le marquis de B***. Elle avait beaucoup attendu :
« Que diraient mes ancêtres, s'écria-t-elle en entrant chez
le ministre, s'ils m'avaient vue faire si longtemps anti-
chambre chez M. de Corbière? — Ma foi, madame, lui
répondit-il, mes ancêtres seraient tout aussi étonnés que
les vôtres. » Elle ne put s'empêcher de rire. M. de Talaru
nous entretint de son ambassade en Espagne et des ordres
incohérents que lui donnait M. de Chateaubriand.

Samedi. — Séance relative à la pétition d'Isambert pour
la suppression des missions de France, des missions étrangères, des lazaristes. Je prends la parole, ainsi que MM. de
Lépine et Feutrier, contre MM. de Kératry et Marchal. Je
demande l'ordre du jour pur et simple, pour cette pétition
qu'on devait croire oubliée et dont le scandale ne se re-
nouvellera pas, je l'espère. La séance est lourde. Le renvoi
au ministre de la justice est décidé à deux voix de majorité.

Dimanche 8. — Le matin, je me rends au château ; je
vois la duchesse de Berry, le duc de Bordeaux, la Dauphine.
Le Roi me parle avec chagrin de la séance d'hier. Je vais
chez Mme de Chastellux qui a perdu son père ; de là, chez
la duchesse de Tonnerre où j'entends une excellente musique, Rossini accompagnait Mme Malibran. M. de Vatimesnil (1) était présent. La duchesse de Tonnerre m'en-

(1) Qui était alors ministre de l'instruction publique.

gage à le convertir. Il vient à moi et je lui fais observer que, d'après la séance de la veille, les centres ne pouvaient point former une majorité, puisqu'ils votaient l'un contre l'autre. « Oh ! me dit-il, nous ne pouvons aller qu'avec le centre gauche, là est l'avenir de la France. Impossible de marcher avec vous autres, que l'opinion générale repousse. Quant à vous personnellement, qui aviez obtenu tous les suffrages dans votre défense du ministère Villèle, vous vous nuisez en prenant fait et cause pour les jésuites ; ils sont impopulaires. C'est compromettre à l'avenir votre nomination de député. » Je lui répondis que j'agissais non par calcul, mais par conviction, par conscience.

Dimanche 15. — Ces jours-ci, je suis allé à un concert chez Martignac ; j'ai eu des entrevues avec La Bourdonnaye et Chantelauze. Hier, j'ai parlé à la Chambre, à propos d'une pétition concernant l'admission de M. de Bully comme député ; la séance a été orageuse. Ce matin, j'ai déjeuné chez Lamothe-Langon, dont la femme est gravement malade.

Lundi 16. — Nous convenons avec mes collègues de demander que la discussion de la loi départementale précède celle de la loi communale.

Jeudi 19 *mars.* — Nous entendons le rapport de Dupin sur la loi communale. On est peu satisfait de cet exposé, il n'offre aucune idée élevée. Dupin s'y montre inférieur à son talent de tribune. Le rapport de Sébastiani sur la loi départementale est au contraire fort bien, dans un ordre de pensées très supérieur. Le ministère tient beaucoup à faire discuter d'abord la loi communale dont il obtiendrait plus facilement le vote que pour la loi départementale. Afin d'empêcher cette priorité nous nous levons et le côté gauche se levant en même temps, le ministère perd son avantage et la majorité. Nous nous sommes ainsi entendus avec la gauche, pour choisir les armes et le terrain du combat. Le ministère était comme une coquette entre deux

rivaux qui ont voulu avoir une explication ensemble
avec elle ; forcée de se déclarer pour l'un ou pour l'autre,
si elle ne veut les perdre tous les deux. En somme, nous
avons réussi : la priorité de discussion est assurée à la loi
départementale.

Vendredi 20. — Alexandre de Lameth vient de mourir.
On tire au sort pour la députation. Le hasard désigne
Curzay. Les libéraux lui adressent quelques plaisanteries (1) : « Comment, monsieur de Curzay, vous irez à la
suite de Lameth? — Ah! messieurs, leur réplique-t-il,
attrapez-moi souvent de la sorte, je serai exact à vous
rendre ce que je vous dois. »

Samedi 21. — A la Chambre, je réponds à Marchal qui
attaque les conseils municipaux et généraux.

Mardi 24. — Je reçois le comte de Saint-Roman (2),
pair de France qui vient me consulter sur ce qu'il y a à
faire dans la discussion des lois administratives. Je vois
en même temps Genoude et Rainneville et je leur donne
quelques renseignements. Plusieurs députés me rendent
visite.

Vendredi 27. — Ce soir, chez Mme de Belissens, j'entends
rapporter un trait de Talleyrand. Bonaparte en colère lui
disait un jour : « Savez-vous que si l'on voulait se défaire
de moi, c'est par vous qu'on commencerait. — Je n'avais
pas besoin de cette raison pour tenir à la conservation de
Votre Majesté », lui répondit avec souplesse Talleyrand.

Lundi 6 *avril.* — A la Chambre, j'ai parlé ces jours-ci
sur une question de diplomatie, j'ai prononcé un discours
sur la loi départementale (3) et pris part à la discussion

---

(1) Le comte Alexandre de Lameth (1760-1829), député de Seine-et-Oise,
était un des orateurs de la gauche, tandis que le vicomte de Curzay, député
de la Vienne, siégeait parmi les membres de la droite.
(2) Alexis-Jacques de Serre, comte de Saint-Roman (1770-1843), émigra
pendant la Révolution, servit dans l'armée de Condé et fut créé pair de
France en 1815.
(3) V. séance du 3 avril.

dans l'affaire du général Allix (1). Aujourd'hui, nous avons discuté la loi départementale. Benjamin Constant met en avant les théories les plus dangereuses. « Deux grands principes, dit-il, se disputent le monde social : le principe de l'élection et celui de l'hérédité. Que dans les sociétés naissantes l'hérédité protège les peuples, à qui une instruction insuffisante ne permet pas de se diriger eux-mêmes, rien de plus naturel. Mais, à mesure que la civilisation se développe, le principe de l'élection doit subjuguer celui de l'hérédité. » Passant ensuite à l'analyse de nos discours, il accuse la droite d'être bonapartiste, puisqu'elle soutient les lois administratives de Bonaparte. Je demande aussitôt la parole pour repousser cette attaque et je déclare : « Je hais le despotisme, cependant je le préfère mille fois à l'anarchie ; l'épée d'un despote est une cruelle sujétion, mais, du moins, elle rayonne de gloire et n'est pas ignominieuse comme l'absurde tyrannie des masses. Oui, Napoléon rendit un grand service à la société, quand il détruisit, par la loi de l'an VII, les désordres anarchiques des élections administratives. Le préopinant semble craindre que j'aie trop de penchant pour l'absolutisme impérial. Qu'il se rassure. Au 19 mars 1815, j'ai fait une énergique protestation et je pris les armes contre l'usurpateur. J'occupais alors une position moins importante que celle du préopinant (2). Elle n'était point toutefois sans honneur. J'obtins une place... sur une liste de surveillance de celui dont il me croit un dangereux séide.

« Je ne dirai pas en terminant, comme aujourd'hui un organe du ministère : Puissent les dieux inspirer à nos législateurs ce qui sera le plus utile aux intérêts de la République, mais je dirai : Puisse la sagesse éternelle se

(1) V. séance du 4 avril.
(2) Benjamin Constant, en 1814, s'était rallié aux Bourbons, et il protesta avec véhémence contre le retour de Napoléon, mais, peu après, il accepta de lui la place de conseiller d'État et prit part à la rédaction de l'Acte additionnel.

reproduire dans nos législateurs et leur inspirer les résolutions les plus utiles aux intérêts de la monarchie. »

Cette réponse a été très bien accueillie par le côté droit et Benjamin Constant a soutenu qu'il n'avait pas voulu m'attaquer. Ravez monte à la tribune pour combattre la loi départementale ; il produit grand effet. Le public des tribunes siffle de colère.

Mardi 7. — Je réunis chez moi les députés de ma section. Je les détermine à rester immobiles dans la discussion des articles de la loi départementale. La discussion générale est close. La commission demande d'intervertir l'ordre pour l'examen des articles et de commencer à traiter des conseils généraux. On met aux voix ; nous ne bougeons pas ; mais un peu d'incertitude se produit, les ministériels s'emportent, quelques-uns des nôtres nous abandonnent et nous perdons l'avantage. Aujourd'hui, c'est une défaite, il faudra mieux lutter demain.

Mercredi 8. — Lacroix-Laval, Sainte-Marie et Curzay viennent chez moi pour m'engager à relever le courage de La Bourdonnaye qui est profondément abattu et veut partir de Paris. Je vais le voir. Je tâche d'exciter son énergie, mais il refuse de se rendre à la séance. Hier, l'abandon de quelques-uns des nôtres lui a porté une rude atteinte et lui a fait perdre désormais tout espoir. Je lui dis que si certains nous ont délaissés, nous les ramènerons ; je l'assure du triomphe, j'essaie de l'entraîner, mais vainement. Je vais à la Chambre. Par la persuasion, j'attire de nouveau ceux que La Bourdonnaye avait éloignés par sa brusquerie. Il me fallut combattre l'obstination de Sirieys et de quelques autres. Enfin, le moment décisif approche. Le ministre de l'intérieur me regarde d'un air ironique et son geste semble dire : « Réussissez-vous ? — Oui », lui répondis-je ; mais il ne me croyait nullement. La commission mettait aux voix, pour la loi départementale, un amendement que le ministère ne voulait pas accepter ;

elle demandait la suppression des arrondissements. Quand le moment fut venu de mettre aux voix cet amendement, le centre gauche et la gauche se levèrent pour, excepté trente d'entre eux. Les ministériels croyaient donc triompher, mais à la contre-épreuve, quand il s'agit de savoir qui votait contre, pas un seul de nous ne se leva, le centre droit resta seul debout. L'amendement était adopté. Deux ministres partent aussitôt pour le Château. Ils reviennent au milieu de l'agitation générale, apportant une ordonnance qui retirait le projet de loi communale et celui de loi départementale.

Pendant la séance, Bertier vint me dire que le Roi est fort satisfait de ma conduite et de nos discours. Il les a lus avec la plus grande attention.

Jeudi 9 avril. — Je vais chez M. Roy (1) qui m'avait engagé à dîner. Je causais avec M. de Saint-Luc, quand M. Roy vint à moi. Il me serra la main et nous dit : « Messieurs, est-ce que vous me trouveriez importun entre vous deux? — Non, monseigneur, lui répondis-je, nous ne serons jamais trop nombreux, quand il s'agira de défendre les intérêts de la France et de la monarchie. Dans cette voie nous vous seconderons volontiers. Nous avons fait tous nos efforts pour anéantir vos lois administratives, car elles sont essentiellement dangereuses. D'ailleurs, vous avez dû le voir vous-même par la discussion de la droite et encore mieux par celle de la gauche. — Oui, messieurs, ces lois étaient effectivement dangereuses, vu la disposition des esprits. »

Dimanche 12 avril. — Le soir, nous nous rendons avec Roquette et Castelbajac chez le Roi; nous y trouvons grande affluence. Charles X est éblouissant de diamants, il me parle très longuement et on se montre fort curieux d'entendre ce qu'il me dit. Plus tard, il m'envoie le duc

(1) Le comte Antoine Roy (1765-1841) était alors ministre des finances, charge qu'il avait déjà occupée de 1819 à 1821.

d'Aumont ; celui-ci me prévient que je suis désigné pour jouer la partie de whist de Madame, duchesse de Berry. Je ne puis accepter, ne connaissant point ce jeu.

Lundi 13. — Je vais le matin chez La Bourdonnaye et nous convenons de soutenir à la Chambre toutes les mesures favorables au pouvoir en évitant les questions personnelles. Genoude me raconte que Madame la Dauphine lui a dit de renoncer à attaquer le ministère.

Mardi 14 *avril.* — Je rends visite à Peyronnet et chez lui je rencontre Chantelauze. Peyronnet est d'avis de soutenir le ministère pendant la session. Il nous montre un exemplaire original du projet de la Charte, il le croit rédigé par Beugnot. On y lit ces mots : « La liberté de la presse est conservée. La loi *prévient* et réprime les abus qui en pourraient résulter. Les journaux profiteront de cette liberté en se conformant aux conditions qui leur seront imposées par les règlements de police. » — J'apprends par Castelbajac un mot de Casimir Périer. Celui-ci, parlant du discours de Ravez, le trouve sec mais fort ; par contre, celui de Martignac lui a paru très brillant, mais faible. L'un, ajoute-t-il, est un poisson sans sauce et l'autre une sauce sans poisson. — On fait courir des bruits sur la formation de divers ministères. On me désigne pour l'instruction publique.

Jeudi 16. — Je vais trouver Martignac pour des questions intéressant Toulouse.

Samedi 18 *avril.* — Je communique à La Bourdonnaye une lettre du prince de Polignac, où il demande que nous donnions au Roi le conseil d'une brusque décision. Nous estimons que pareille démarche serait tout à fait inconvenante et le conseil fort imprudent.

A la Chambre, Dupin me déclare qu'il partage mes idées sur les lois administratives. « Il est impossible, me dit-il, de marcher avec un ministère de gauche qui serait toujours en contradiction avec lui-même ; d'autre part, un ministère de centre, nous l'avons et il ne va guère. Quant à un ministère de droite, pourrait-il se soutenir? » Je présume qu'il voulait me proposer un ministère de coalition, proposition que, dans la même séance, Sébastiani vint me faire en termes très nets.

Jeudi 23 avril. — Hier, dans la discussion de la loi des pairs, j'ai proposé un amendement et aujourd'hui je suis de nouveau monté à la tribune. Casimir Périer me témoigne ses craintes sur la situation actuelle. « Le tort, me dit-il, n'est pas à nous, mais aux ministres. L'autre jour, on me racontait plusieurs mots de Talleyrand, entre autres, celui-ci : J'ai toujours aimé les formes rondes, déclarait-il, mais l'Empereur m'en a dégoûté. — Comment cela? lui demandait-on. — Par les boulets. »

Samedi 25 avril. — Je me rends chez Bertier, il me rapporte que le Roi se félicite de la conduite de la droite dans la discussion de la loi des pairs. Il nous demande d'agir avec modération dans le budget. »

Jeudi 7 mai. — A la Chambre, je réponds vivement à Benjamin Constant (1). Mon discours est applaudi par la droite.

Dimanche 24 mai. — J'étais allé à Saint-Cloud où la famille royale m'avait témoigné beaucoup de bonté. A mon retour, je vais chez Mme de Beauregard où il m'arrive une plaisante aventure. Un monsieur que je ne connaissais nullement m'assura qu'il ne partageait ni les opinions de Benjamin Constant, ni celles de Chauvelin, ni celles de La Bourdonnaye, ni celles de Montbel. En apprenant que j'étais ce dernier, le pauvre homme fut tout décontenancé. Le soir, je dîne chez Genoude avec Corbière, MM. de Bonald père et fils, Lourdoueix, etc. M. de Bonald me

(1) Dans la séance précédente, Benjamin Constant, parlant de la droite, l'avait traitée de *faction*. C'est contre ce mot que protesta énergiquement M. de Montbel, dans le courant d'un discours sur les crédits supplémentaires exigés par l'expédition de Morée.

fait un accueil dont je suis profondément touché. En parlant des doctrinaires, il me dit qu'ils sont le « clergé des
Jacobins ». Je vais le soir chez la princesse de Talmont.

Samedi 30 mai. — On parle de l'arrivée de Chateaubriand. Il annonce aux uns qu'il veut entrer dans le ministère et, aux autres, qu'il est décidé à partir. Mes collègues,
Pina et Frotier, viennent me complimenter sur ma nomination au Conseil. Je leur réponds que, pour ma part, je
l'ignore et ne l'ambitionne guère.

Dimanche 31. — Je me rends chez Peyronnet, il est
dans une bien vive affliction, il vient de perdre sa fille,
âgée de trente ans.

Je dîne chez Genoude avec Lamartine, sa mère, sa femme,
M. de Vichet, etc. M. et Mmes de Lamartine me font les
plus aimables félicitations. M. de Lamartine nous récite
une épître très remarquable par la hauteur de l'inspiration
poétique et par l'expression. Nous parlons littérature,
Lamartine nous assure que Hugo fait le vers mieux que lui,
assertion à laquelle nous ne souscrivons nullement.

Samedi 6 juin. — A la Chambre, je parle en réponse à
La Fayette (1).

Dimanche 7 juin. — J'ai dîné chez la marquise de Talaru.
Le soir, je vois Chantelauze et sa femme, puis je vais
signer le contrat de mariage de Mlle Dupont, la fille du
général, avec M. de Richemont. Je trouve là tous les
anciens ministres et tous les nouveaux. Je cause longuement avec le baron Portal (2). D'après lui, l'expérience
du gouvernement représentatif n'est pas assez avancée
pour décider s'il peut, oui ou non, être compatible avec

(1) La Fayette, à propos d'une pétition sur le double vote, ayant fait l'éloge
de l'Assemblée constituante, M. de Montbel déclara que, sans doute, elle
avait renfermé de grands talents et de bonnes intentions, mais on ne pouvait
oublier que, par son action imprudente, elle avait amené les heures sanglantes
de la Révolution.
(2) Le baron Pierre-Barthélemy Portal (1765-1845) devint conseiller d'État
à la seconde Restauration, fut nommé député du Tarn-et-Garonne, puis
ministre de la marine en 1818 et pair de France en 1821.

notre existence sociale. Tandis que nous parlions, Martignac vint nous interrompre et, s'adressant au baron Portal :
« Vous conspirez avec ce député, lui dit-il en me montrant. — Je ne crains nullement de conspirer avec lui,
répliqua Portal. — Moi non plus, reprit Martignac, car
j'aime beaucoup ses opinions. Malheureusement, je ne
suis pas toujours d'accord avec lui. — C'est vrai, lui
répondis-je, et ce n'est pas ma faute. »

Portal me raconte qu'il a reçu d'un de ses hommes d'affaires une lettre ainsi conçue : « Monsieur, je vous apprends
avec la plus vive satisfaction que la gelée d'avant-hier
n'a fait aucun mal dans vos terres, mais celle d'hier a tout
brûlé. »

Je cause avec les ministres Bourdeau, Roy, Saint-Cricq,
la conduite de la gauche les indigne.

Mardi 9. — Le matin, j'ai eu un entretien avec M. de
La Bouillerie. A dîner chez Becquey, je suis placé à côté
de l'abbé-duc de Montesquiou, dont la conversation m'in-
téresse vivement. Il m'assure que la pensée des auteurs
de la Charte avait été d'appeler les Chambres seulement
à la consultation des lois et de ne point admettre la décision des majorités. Il me confirme qu'il n'avait jamais été
question de laisser participer les journaux à la liberté de
la presse. Dans une assemblée pour la rédaction de la
Charte, il avait même personnellement soutenu la nécessité
d'établir à ce sujet des moyens préventifs.

Mercredi 10. — Je vois Peyronnet pour son affaire du
crédit supplémentaire. A la Chambre, discussion très
ardente pour le budget des affaires ecclésiastiques. Je
parle avec succès en réponse à Corcelles. La séance est
violente, Martignac est obligé de dire au côté gauche :
« Vous marchez à l'anarchie. »

Dimanche 14. — Je dîne chez Genoude avec M. de Bonald, l'amiral de Rigny, etc. Mme de La Rochejaquelein
me presse très aimablement d'aller la voir en Vendée.

L'amiral de Rigny nous raconte des détails sur son expédition de Morée. Ibrahim lui a paru très spirituel. Se trouvant dans la même tente avec plusieurs officiers, Ibrahim demanda une fois à l'un d'eux : « De quel endroit arrive votre régiment? — D'Espagne. — Ah ! je comprends, vous êtes allés faire des esclaves en Espagne et vous venez faire des hommes libres en Morée. C'est bien français. »

Une jeune femme grecque déclarait devant la commission qu'elle voulait suivre Ali Aga. Celui-ci, assis à quelque distance, fumait tranquillement et semblait insensible à cette scène. La mère de la Grecque se meurtrissait la figure et suppliait son enfant de venir avec elle dans les montagnes. « Non, répondait la fille en pleurant, je suivrai partout Ali. Ma mère, donnez-moi votre bénédiction et je partirai ; donnez-moi votre malédiction et je partirai aussi... » Ali, s'approchant alors de M. de Rigny, lui dit : « Vous ne comprenez pas cela ; réfléchissez que cette femme n'a pas vos idées sur ce que vous appelez la liberté ; elle est esclave, mais elle sait bien que si j'ai dix piastres, il y en a neuf pour elle et cela lui suffit. »

M. de Rigny cherchait à expliquer l'intervention des Français au pacha de Smyrne, en lui assurant que toutefois les Français étaient leurs amis : « Écoute, lui répondit le pacha, une histoire que j'ai à te raconter : Un vieillard avait plusieurs ennemis et seulement un ami. Les ennemis lui lancèrent des pierres qui ne le blessèrent pas ; l'ami lui jeta au front une feuille de rose et il expira. »

Il est ensuite question de la bataille de Missolonghi et de celle de Navarin. Depuis que M. de Rigny est à Paris, les partis l'entourent, chacun cherche à l'accaparer.

Lundi 15 *juin.* — Après la Chambre, je vais chez Bourdeau. J'y dîne entre Humann et Salvandy. Tous deux sont effrayés de la situation.

Mercredi 17 *juin.* — A la Chambre, vive discussion sur

les fonds de la police. Martignac parle très bien à ce sujet, mais on lui retranche deux cent mille francs. La Chambre des pairs repousse l'amendement de la Chambre des députés dans l'affaire du crédit supplémentaire de Peyronnet.

Jeudi 18. — Je parle pour le maintien des secrétaires généraux et je réussis. A dîner chez Mme de Chastellux, je retrouve M. de Bonald, M. de Vogüé, etc.

Vendredi 19. — A la Chambre, Royer-Collard me déclare de nouveau qu'il ne veut plus présider, que nous sommes dans l'absurde et l'ingouvernable. Il dit devant moi Bérard : « Je crois qu'on est au moment de méconnaître mon autorité. — Ah ! monsieur le président, lui réplique l'autre, pensez-vous donc avoir un privilège pour votre autorité, quand les autres n'existent plus ou sont si mal traitées ? Vous seriez la seule autorité en France. »

Mardi 23. — Je parle dans l'affaire du crédit supplémentaire de Peyronnet. Je passe aux bureaux de la *Gazette de France* et dîne chez Formon avec Curzay. Celui-ci a reçu une lettre d'un homme de sa connaissance qui lui annonce les couches de sa femme en ces termes : « Mme Camus a donné le jour cette nuit à un nouveau-né. »

Samedi 27 *juin*. — Nous causons avec Martignac et Bourdeau de l'article de *l'Album*, intitulé *le Mouton enragé*, et qui offense si cruellement le Roi. Bourdeau lui-même me dit qu'on rend la liberté de la presse impossible.

Mercredi 1er *juillet*. — Je vais le matin avec Bastoulh et Roquette rendre visite au cardinal de Clermont-Tonnerre. Il arrive de Genève avec l'abbé Ortric et ne peut marcher, s'étant fracturé les os de la cuisse durant son voyage à Rome. Je vois Mme de Saint-Sernin à l'Abbaye-aux-Bois. Elle m'avait fait prier de passer chez elle, j'y allai à l'heure indiquée. « Vous êtes un des membres influents du côté droit de la Chambre des députés, me dit-elle. Des personnes de mérite voudraient que vous vous chargiez d'une cause

14

digne d'intérêt. Louis XVII n'est pas mort comme on l'a cru. Il vit encore. Vous pourrez le voir. — Madame, lui répondis-je, déjà deux personnages ont voulu jouer ce rôle et ont été condamnés pour ce fait. Le premier se nommait Hervagaut, l'autre Mathurin Bruneau. Si l'individu qui se présente avait quelques titres, pensez-vous que le Roi, Monsieur le Dauphin, Madame la Dauphine, dont personne ne peut contester les vertus, eussent en cette circonstance hésité à remplir leurs devoirs, eussent pu méconnaître leur infortuné parent, le fils de Louis XVI, leur Roi enfin? » Elle répondit longuement à mon objection, chercha à me convaincre, me pria de vouloir examiner la question avec des personnes qui seraient bien heureuses de me rencontrer, mais, comme je ne voulais pas m'engager dans une intrigue, j'ai refusé cette entrevue.

Jeudi 2 juillet. — On s'agite beaucoup pour le remplacement du ministère. Chez le président de la Chambre, je suis placé auprès de Sébastiani, avec lequel je cause pendant le dîner. Royer-Collard me déclare qu'il n'a pas changé de manière de voir un seul instant, il est de conviction pour la succession monarchique. Quant à Sébastiani, il proteste aussi de ses sentiments, mais il a toujours marché pour la liberté, excepté, avoue-t-il lui-même, quand, au 18 brumaire, il ferma les portes du Corps législatif aux députés. Après le dîner, le duc Decazes vient me trouver et me parle avec éloge de ce que j'ai fait dans la session. Il me déclare ensuite avoir donné d'excellents conseils à Martignac, mais celui-ci ne veut pas les suivre. « Cet homme, me dit Decazes, m'a prétendu qu'il n'avait pas besoin de majorité, qu'il la suivrait quand elle serait formée. »

Vendredi 3 juillet. — La Bourdonnaye m'engage à rester après la session. Je lui réponds que mon intervention étant plus utile comme député que dans une position en apparence plus élevée, je trouve préférable de quitter Paris immédiatement après le budget.

Samedi 4. — Je vais avec Roquette à Saint-Cloud. Dans le salon du baron de Damas arrive le duc de Bordeaux, juché sur les épaules de M. de La Villate (1). Il tient une lance qu'il brandit en gesticulant. Il s'est fait une entaille au front en cognant contre une table. Je lui raconte une histoire qui semble l'amuser beaucoup. Nous allons ensuite dans la salle où est Mademoiselle ; cette petite princesse nous reçoit avec beaucoup de gentillesse ; elle s'occupe avec son frère à transporter des lithographies sur des boîtes de bois blanc. Le duc de Bordeaux possède une tabatière dont il est enchanté. On lui a également donné du tabac. Il se fait un malin plaisir de le renverser à terre dans un coin, puis d'en offrir aux dames qui ne se sont aperçues de rien.

Le baron de Damas m'entraîne dans son cabinet. Il me recommande de dire à La Bourdonnaye de ne point se laisser placer dans un ministère qui serait une agrégation n'offrant aucune homogénéité de principes et condamnée par là même à s'entre-détruire bientôt. « A la fin du dernier ministère, me dit-il, le Roi me proposa d'entrer dans une nouvelle combinaison. J'y consentis à condition de composer moi-même le conseil avec des hommes pris dans les départements et tout à fait inconnus. Ils auraient agi sur les imaginations plus faciles à émouvoir par l'inconnu que par le connu. »

Dimanche 5. — Je vais chez Corbière, chez le duc de

---

(1) Le vicomte Walsh raconte sur le capitaine La Villate le trait suivant : M. de La Villate père, ayant été arrêté sous la Terreur, fut condamné à mort. Dans la nuit qui précéda le jour fixé pour son exécution, son fils (celui dont il est ici question), à peine âgé de quinze ans, mit tout en œuvre pour parvenir jusqu'à lui. Le jeune homme y réussit enfin, en donnant une grosse somme à un geôlier ; il supplia alors son père d'échanger leurs habits et de fuir, tandis que lui resterait en prison. Il croyait que cet exemple de dévouement ferait fléchir la cruauté des bourreaux. M. de Lavillate père finit par céder et, en effet, on suspendit le jugement de son fils, qui recouvra la liberté après le 9 Thermidor, et fut, plus tard, attaché à la personne du duc de Bordeaux. (V. *Voyage à Prague, à Léoben*, par le vicomte WALSH, p. 273. Paris, 1834.)

Cadore et chez les Rougé. Je rends visite à Becquey, je trouve auprès de lui Beugnot qui cause avec beaucoup d'amabilité. A l'en croire, nous sombrons sous voile, mais tout doucement. Il nous raconte le trait suivant. Durant la Révolution, étant officier municipal dans une commune et ne sachant comment se dépêtrer d'un homme bien né qui s'était fait dénonciateur, après avoir bien cherché, un moyen lui vint à l'esprit, il inscrivit l'individu sur la liste des émigrés.

Mardi 7 juillet. — Je fais à La Bourdonnaye toutes mes observations sur la nécessité de chercher l'effet moral dans la composition d'un nouveau ministère. Celui-ci ne pourrait jouer rôle utile que s'il comprend des hommes fermes et loyaux. Je vais à un rendez-vous que m'a donné le baron de Damas à son domicile, rue de Varenne, n° 16. Il s'ouvre à moi de ses idées. Sa position particulière lui fait un devoir de ne pas se mêler de politique avec les princes. Son seul souci est de remplir noblement la tâche dont il a la charge. « Que La Bourdonnaye, me dit-il, se méfie des intrigants. Si un ministère doit se faire, qu'il soit formé par un seul homme ou par deux hommes tout au plus. Autrement, le conseil serait un assemblage de gens n'ayant pas les mêmes opinions et qui, forcés de se tolérer les uns les autres, n'arriveraient à aucun résultat, surtout dans des circonstances aussi difficiles. »

Vendredi 10. — J'apprends par La Bourdonnaye que le Roi persiste dans son intention de changer le ministère après la session. Il désirerait garder Roy, mais on doute que celui-ci veuille rester et l'on parle de Chabrol pour le remplacer. Du reste La Bourdonnaye, Ravez et Polignac composeraient le ministère. La Bourdonnaye indique pour le portefeuille de la guerre le duc de Bellune, mais Charles X trouve un pareil choix délicat. Il serait bien question du général Dode de La Brunerie, l'inconvénient est qu'il appartient à une arme spéciale. La Bourdonnaye me propose d'entrer dans cette combinaison. Je lui réponds que je tiens à conserver, par mon indépendance absolue, mon influence sur les députés. Il me presse inutilement et finit par me déclarer qu'il n'entrera pas si je l'abandonne.

Mercredi 15 *juillet.* — Nous votons le budget des recettes. Il est adopté par deux cent trente-deux suffrages contre cinquante-cinq. J'ai une longue conversation avec Ravez. Je l'engage à ne point quitter Paris, puisque le Roi sollicite son avis dans des circonstances aussi graves. « Je veux partir au plus tôt, me répondit-il. On m'a enchevêtré dans ces affaires, et je ne puis rester pour inciter les autres à figurer dans un ministère dont je suis résolu à ne pas faire partie. Je suis un homme spécial ; bon pour la carrière que j'ai embrassée, je ne vaudrais rien dans une autre position. J'ignore trop de choses, et il me manquerait surtout la confiance en moi, sentiment si nécessaire dans des positions élevées. Des hommes moins forts seraient préférables, précisément parce que cette confiance ne leur ferait pas défaut. — Mais, lui dis-je, ne vous jugez pas, comparez-vous. — Eh bien, qu'en résulte-t-il ? Je m'étonne au dernier point de voir désirer par d'autres ce que moi-même je redouterais tellement. »

Après avoir vu Genoude, M. de Champagny et Vatimesnil, je vais chez Martignac. Il me fait de grands éloges sur la conduite de la droite et m'en attribue l'honneur. Chantelauze est au moment de son départ. Quant à La Bourdonnaye, il éprouve un vrai mécontentement, car Ravez a quitté Paris immédiatement après avoir eu audience du Roi.

Mardi 21 *juillet.* — Je vais avec Roquette chez le baron de Damas, nous avons ensemble un long entretien. Après avoir déjeuné avec le duc de Bordeaux, à qui je raconte des histoires, nous allons au Trocadéro pour assister aux exercices gymnastiques du jeune prince, il montre beaucoup d'adresse et d'intrépidité. Il a pour compagnons

Louis de Rivière, les enfants de M. de La Bouillerie, du général Lafond, de Mme Desmoutier. Je vois les Rougé, Balzac, Becquey.

Mercredi 22. — Étant allé chez Martignac pour diverses affaires, il me dit : « Vous reverrez bientôt M. de Villèle. Assurez-le que je n'oublierai jamais que je lui dois tout. J'ai été affligé de ne pouvoir le lui témoigner, mais ma première visite, quand je ne serai plus ministre, sera pour lui. »

Nous partons de Paris, Bastoulh, Roquette et moi, par la malle-poste de Bordeaux, où nous arrivons à quatre heures, le vendredi. Aussitôt, nous allons voir M. d'Haussez, puis Ravez, qui était à la campagne. Le samedi, Roquette se rend à Bergerac. Nous déjeunons chez le baron d'Haussez, et partis à onze heures pour Toulouse, nous y arrivons le dimanche à une heure.

Avant de quitter Paris, j'étais allé faire ma visite d'adieu à Royer-Collard pour le remercier de la bienveillance habituelle qu'il me témoignait. Je trouvai chez lui MM. Decazes, d'Argout et Humann. On s'entretenait sur les violences de la tribune, sur celles de la presse et sur les quatre-vingt-quinze suffrages contre le budget. Tous les interlocuteurs en montraient leur chagrin et leurs inquiétudes. M. Royer-Collard en était douloureusement indigné. « Comment sortir d'une situation grosse de tempêtes? disait-il. Ne vous y trompez pas, c'est une révolution qui s'avance formidable, l'opinion égarée la précipite, elle est certaine. Avez-vous lu la b ochure de M. Cottu? Il expose le mal des esprits avec une frappante vérité et il indique le seul remède praticable. Il est impossible de réformer la loi sur les élections et sur le journalisme avec une Chambre en majorité hostile à la royauté, cependant les élections et les journaux vont amener un cataclysme prochain. Il n'y a d'autre moyen d'échapper à cet affreux malheur *que dans le pouvoir constituant du Roi.* » MM. Decazes, d'Argout et Humann adhérèrent complètement à cette manière de voir. Tous établirent seulement ceci : un tel coup d'État est absolument indispensable pour sauver la France, mais il n'est praticable que par un ministère pris dans le centre gauche, car le centre gauche possède la confiance du grand nombre, la droite au contraire lui est suspecte et trouverait contre toutes ses entreprises l'opposition irritée de l'opinion publique.

J'écoutai attentivement, je parlai peu et avec réserve, mais je fus très frappé des convictions émises par ces messieurs.

Mercredi 29. — M. de Villèle arrive de Morville pour me voir. Je lui remets différentes lettres dont j'ai été chargé. Il éprouve une grande satisfaction de ce que je me sois dérobé aux intrigues de la capitale et aux inconvénients d'entrer dans une si malheureuse combinaison. A son avis, le mal n'est pas du tout dans la loi d'élection, mais dans le peu de confiance des Français à l'égard du pouvoir. D'après lui, le remède est tout entier dans ceci : que le Roi soutienne son ministère et ne se le laisse pas arracher par les Chambres. Qu'il repousse les adresses, si elles sont insultantes. On ne lui refusera pas le budget. Au cas où une Chambre oserait en arriver là, il lui ferait un appel, si elle y restait sourde, c'est alors qu'il pourrait avoir recours à un coup d'État pour sauver le pays.

Je reçois une lettre de La Bourdonnaye. Il m'annonce que le ministère est au moment d'être changé, je dois faire partie du nouveau. Je lui écris en lui disant mon désir de rester député. Villèle approuve ma réponse. D'après lui, je dois, en tous cas, refuser formellement les finances et voir pour le reste.

Le 10 août il m'arrive une dépêche télégraphique de Bordeaux ainsi conçue : « Le prince de Polignac, ministre des affaires étrangères, transmet à M. de Montbel l'ordre du Roi de se rendre immédiatement à Paris. »

J'envoie aussitôt un exprès à Villèle pour le consulter. Il me conseille de partir sans délai. Je me mets donc en route le soir par la malle-poste. A Limoges, Seguy m'apprend que, par ordonnance du 8 août, je suis nommé ministre des affaires ecclésiastiques et de l'instruction publique. Arrivé à Paris, je vais descendre chez Rainneville. Je me décide enfin à entrer dans le nouveau conseil. Chez M. de Polignac, je trouve l'amiral de Rigny. Il proteste à la pensée de figurer dans un ministère qui compterait Bourmont parmi ses membres, et pour ce motif, il refuse la marine. '

Samedi 15. — Aux Tuileries, le Roi m'accueille très affectueusement. Il me dit que Royer-Collard lui a fait un grand éloge de La Bourdonnaye et de moi ; il a été bien aise de recueillir un tel suffrage sur mon compte.

Dimanche 16. — Je vais à Saint-Cloud. Le Dauphin me reçoit bien, et le duc de Bordeaux me manifeste sa joie en me répétant : « Je suis très content que vous soyez nommé. » Je me rends dans le cabinet du Roi, où se trouvent tous les anciens ministres. Je prête serment entre les mains de Charles X ; Portalis agit de même pour ses nouvelles fonctions de président de la Cour de cassation.

Lundi 17. — Je fais mes visites de ministres et d'ambassadeurs. Pozzo di Borgo me raconte au long comment les Alliés voulaient traiter avec Napoléon et comment il les en a empêchés.

Jeudi 20 *août.* — D'Haussez accepte la marine que Chantelauze avait refusée. On pensait à Vitrolles, mais on a craint l'effet du nom (1).

Samedi 22. — Je préside pour la première fois le conseil royal de l'instruction publique. Cuvier et les autres

_____

(1) Le ministère était composé de la façon suivante : MM. de Polignac aux affaires étrangères, de Bourmont à la guerre, de La Bourdonnaye à l'intérieur, de Courvoisier à la justice, de Chabrol aux finances, d'Haussez à la marine, de Montbel à l'instruction publique.

membres paraissent satisfaits de la déférence avec laquelle j'ai rempli mon rôle.

Dimanche 23. — Avec Bourmont, je vais à Saint-Cloud. Il me raconte que devant une personne se plaignant de le voir, lui, Bourmont, à la tête d'un ministère, le Dauphin aurait répondu : « C'est moi qui ai conseillé ce choix à mon père, et savez-vous pourquoi? parce que Bourmont montera à cheval avec moi, s'il le faut. »

. . . .

Le peu d'homogénéité dans le Conseil se révélait de plus en plus. Polignac se montrait trop homme de cour et La Bourdonnaye était certainement un homme d'esprit, mais mieux fait pour la polémique de tribune que pour la conduite des affaires. Arrivé à soixante et quelques années au poste pénible de ministre de l'intérieur, sans avoir été préparé à une tâche aussi astreignante, il se découragea dès le principe. Bientôt il se trouva en opposition constante d'idées avec Chabrol, administrateur expérimenté et qui, avec des formes douces et polies, signalait à La Bourdonnaye les obstacles dressés sur notre route. Mais c'est surtout avec Courvoisier, le garde des sceaux, que La Bourdonnaye était en désaccord. Courvoisier possédait une profonde connaissance des lois, ce qui lui donnait sans conteste un avantage marqué.

Une fois, nous nous rendions avec La Bourdonnaye à Saint-Cloud, pour le Conseil, c'était environ six semaines après notre nomination. Tout à coup, il me dit : « Montbel, je ne tiens plus à cette vie assommante de bureaux, c'est une perpétuelle contrainte qui ne va ni avec mon caractère, ni avec mes habitudes, je vais donner ma démission.

— Gardez-vous-en bien, répliquai-je, il serait déplorable de quitter brusquement et sans raison apparente le ministère que vous avez été appelé à former il y a si peu de temps. Les fatigues et les amertumes, vous deviez les prévoir. Si effectivement vous ne pouvez supporter cette existence, attendez, pour la quitter, un événement quelconque qui motive votre démission. »

Je parvins, mais difficilement, à lui faire ajourner son projet. Il reprit cependant assez de calme et même une certaine gaieté. J'étais un jour avec lui quand le préfet de police vint prendre ses ordres. Quelque temps auparavant, on avait représenté l'opéra de *Paul et Virginie*. Le gouverneur de l'île, M. de La Bourdonnais, paraissait sur la scène, et un couplet ayant prêté à des allusions malignes contre le ministre, le public s'était obstiné à faire redire la chose. « On joue cette même pièce ce soir, me dit La Bourdonnaye, dois-je défendre qu'on répète le couplet? — Point du tout, lui conseillai-je, vous le ferez au contraire chanter trois fois, et voici comment. Quand, sur la réclamation des spectateurs, on aura entendu à nouveau le couplet, le régisseur leur dira : « Et maintenant, nous allons redire « ces paroles une troisième fois, à la demande de M. de « La Bourdonnaye, le ministre... » Il en fut ainsi ; un rire général accueillit cette déclaration et, depuis, le couplet passa inaperçu.

Mais ces saillies n'empêchaient pas mon collègue d'éprouver un profond dégoût de sa position ministérielle. Il persistait à vouloir la quitter le plus tôt possible ; l'occasion lui en fut bientôt fournie. Lors de la formation du ministère, M. de Polignac avait exposé à La Bourdonnaye l'importance de rétablir la présidence du Conseil pour nous donner une direction ayant manqué à nos prédécesseurs et il lui proposa cette présidence. Non seulement La Bourdonnaye refusa, mais il déclara que s'il y avait un président, il quitterait son poste. Ses relations devenant difficiles avec quelques-uns de ses collègues, il en résultait un défaut d'entente et l'on n'arrivait pas à décider quelle marche il faudrait suivre à l'ouverture de la session. Sur ces entrefaites, on agita dans un conseil la question de savoir s'il n'y aurait pas avantage à posséder un président.

Sachant combien cette idée était dangereuse, je m'efforçai de l'écarter ; elle fut reprise chez M. de Chabrol par d'Haussez, je parvins encore à diriger la discussion sur un autre point, mais la chose fut de nouveau abordée chez le prince de Polignac par Courvoisier, qui exposa la nécessité d'apporter plus d'unité et d'action dans nos travaux en demandant au Roi le rétablissement de la présidence du conseil. La proposition fut appuyée et acceptée par la majorité. La Bourdonnaye se prononça fortement contre, en indiquant ses raisons. Après cette scène, nous dînâmes tous ensemble fort tristement. Une pénible gêne pesait entre nous. Le repas se prolongea jusqu'à huit heures ; il nous parut éternel, et nous dûmes rester encore réunis jusqu'à dix heures, nos voitures n'étant pas arrivées.

Le lendemain, tandis que La Bourdonnaye se rendait chez le Roi et se démettait de ses fonctions, je me trouvais avec le prince de Polignac, et je lui montrais quels inconvénients devaient résulter du départ de notre collègue. Ses partisans se recruteraient de tous les mécontents du royalisme, son influence sur l'opinion serait agrandie par sa retraite, il fallait donc avoir un contrepoids. Un seul homme pourrait rétablir la situation, c'était M. de Villèle. Je racontai que mon opinion à cet égard était partagée par Chabrol et Courvoisier. Le prince en fut étonné, et peu à peu combattit cette idée.

Genoude et Lourdoueix vinrent peu après, délégués par M. de Polignac, pour me répéter la proposition qu'il m'avait déjà faite de prendre le ministère de l'intérieur. Je leur répondis que cette responsabilité me paraissait trop lourde et que, d'ailleurs, je ne voulais pas être accusé d'avoir coopéré à la retraite de La Bourdonnaye pour m'emparer de sa dépouille. Quoi qu'il en soit, le Roi me fit appeler et me pressa de prendre ce portefeuille. Je résistai longtemps ; il finit par m'en donner l'ordre, je crus devoir accepter, mais je le fis en protestant que c'était par une excessive obéissance (1).

(1) M. de Montbel passant au ministère de l'intérieur fut remplacé par M. de Guernon-Ranville à l'instruction publique.

CHAPITRE IX

LE COMTE DE MONTBEL AU MINISTÈRE
LES ORDONNANCES. — LA RÉVOLUTION DE JUILLET

La prorogation des Chambres avait eu lieu quand M. de Villèle vint à Paris (1) ; il sut la mesure qui avait été prise et pensait aller siéger aux Pairs. Je le vis dès son arrivée, nous nous entretînmes longtemps sur l'état des choses ; il les voyait sous l'aspect le plus sombre. « Vous paraissez croire avec quelques-uns de vos collègues, me dit-il, que ma présence pourrait être utile à la défense de la monarchie, vous êtes dans l'erreur ; mes efforts seraient vains, car l'opinion est gangrenée dans tous les rangs. Cependant ma reconnaissance pour la famille royale, mon dévouement pour le Roi sont tels que si Charles X m'ordonnait de prendre un portefeuille quel qu'il fût, même sous la présidence du prince de Polignac, je n'hésiterais pas un instant à l'accepter, mais avec la certitude de succomber inévitablement dans une crise prochaine. Comme je veux me mettre à l'abri d'une telle calamité, aussitôt après le baptême de mon petit-fils, je pars pour le Midi et je me réfugie dans mon agriculture pour distraire mon esprit des malheurs imminents. »

(1) C'est le 23 mars 1830 que M. de Villèle arriva dans la capitale. Mon grand-père était à ce moment ministre de l'intérieur. Le Parlement venait d'être ajourné au 1er septembre, à cause de l'adresse votée par deux cent vingt et un députés et dans laquelle la Chambre déclarait audacieusement à Charles X qu'un concours de vues entre elle et le gouvernement ne pouvait plus exister. C'est à ce point de sa vie politique que M. de Montbel reprend le cours de ses *Souvenirs*.

M. de Villèle était persuadé que Charles X n'aurait pas la constance nécessaire pour soutenir un combat suprême. Il redoutait en outre le caractère aventureux du prince de Polignac. « Pour triompher, me disait-il, il faut une volonté inébranlable au milieu des obstacles et des dangers; or, cette volonté n'existera pas, croyez-en mon expérience. Quant à vous, mon cher ami, saisissez la première occasion honorable de vous retirer de cette position désolante et sans autre issue qu'une catastrophe inévitable. »

MM. Courvoisier, Chabrol, Bourmont, d'Haussez insistèrent dans nos conseils suivants pour que le Roi plaçât Villèle à la tête du ministère. « Vous savez, disait M. Courvoisier, que je songe à me retirer. Si M. de Villèle reprend la direction des affaires, je resterai fermement à mon poste, car alors j'aurai dans la sagesse de notre marche une confiance qui me manque complètement. » M. de Chabrol exprima le même sentiment, mais M. de Polignac voyait un inconvénient grave à rappeler M. de Villèle; ce dernier était encore sous la menace d'une proposition d'accusation, elle n'avait pas été rejetée par la Chambre des députés; en l'occurrence, elle serait infailliblement renouvelée et l'on verrait surgir des complications nouvelles. M. de Polignac ne s'en rendait pas compte, mais au fond, il ne voulait point voir revenir aux affaires publiques un homme dont la raison supérieure et la longue expérience lui enlèveraient la possibilité de réaliser le vœu de son cœur. Le prince de Polignac, courageux et loyal comme un preux chevalier, se croyait prédestiné à sauver la monarchie et justifiait ce que M. de Sémonville me disait plaisamment de lui : il se croit un Jean d'Arc. Il tenait à ne renoncer ni à la gloire, ni aux dangers de cette mission, dût-elle le conduire au martyre.

Le Roi ne vit point M. de Villèle en particulier pendant le court séjour que ce dernier fit à Paris, sauf dans une audience d'un quart d'heure qu'il lui avait assignée et qui précéda le conseil. Charles X parla vaguement des circonstances actuelles, sans demander aucun avis à son ancien ministre. Cette réserve envers un homme consulté par tous les partis tenait à une convention faite avec le prince de Polignac. De son côté, vu les dispositions d'esprit où il se trouvait, M. de Villèle se garda bien d'amener la conversation dans un sens dont il redoutait les conséquences.

Le jour même, il reçut une visite à laquelle il était loin de s'attendre. Deux députés appartenant à l'opposition, MM. Humann et du Marhallach, vinrent lui proposer, au nom des centres, un engagement signé par une forte majorité de faire passer le budget que soumettrait M. de Villèle, si le Roi le chargeait de former un nouveau ministère et si en outre il ne présentait durant cette session aucun autre projet de loi. Par ce moyen on gagnerait du temps, les esprits se calmeraient. Les deux députés témoignèrent à M. de Villèle combien ils regrettaient d'avoir voté l'adresse, cause d'une telle complication ; ils avaient pensé qu'elle amènerait un changement de ministère et ils voyaient avec angoisse une lutte de pouvoir, dont la conclusion certaine serait un coup d'État. D'après eux, ce coup d'État étant conduit par un homme inexpérimenté comme M. de Polignac, devait amener une révolution effrayante pour tous ceux ayant l'amour de leur pays. Ils croyaient donc remplir un devoir en s'adressant à l'habileté et à la sagesse universellement reconnues de l'ancien ministre. La majorité qui les envoyait lui donnerait l'appui, non de ses discours, mais de ses votes. La réponse de M. de Villèle fut la suivante : Si Charles X l'avait librement appelé à former un ministère, il aurait accepté, mais il ne pouvait tenter aucune démarche pour s'imposer à la confiance royale.

Les deux députés du centre s'adressèrent alors à M. de Chabrol, en le priant de transmettre leur requête au Roi ;

celui-ci la repoussa. M. de Polignac fit à son tour une louable tentative. Il se rendit chez M. de Villèle pour solliciter une aide ; avouant son insuffisance, il l'invita à prendre la présidence du conseil. M. de Villèle répondit que sa présence au pouvoir serait nuisible, elle fournirait de nouveaux griefs aux Chambres et à l'opinion publique ; on ne voudrait voir dans cette annexion qu'un assemblage de ministres peu d'accord sur les principes. Dans cette démarche, M. de Polignac avait agi avec loyauté et avec le désir du bien, il avait même sacrifié son amour-propre, en offrant de renoncer à sa position prépondérante pour la confier à un autre.

M. de Chabrol revint à la charge, il insista encore auprès de M. de Villèle, qui resta inébranlable dans sa décision. Le seul moyen pratique eût été d'accepter la combinaison présentée par MM. Humann et du Marhallach, mais on fit entendre au Roi que, luttant pour sa prérogative, il devait maintenir à leur poste M. de Polignac et ses collègues. Cette opinion était fausse. Charles X aurait au contraire parfaitement agi en appelant au pouvoir un homme éminent et qui possédait toute sa confiance. Il y aurait eu là quelques chances de salut ; les centres, épouvantés de l'avenir, ne voulaient-ils pas franchement se grouper pour soutenir l'autorité royale ?

Je me rencontrai souvent avec M. de Villèle pendant son court séjour à Paris. Il me répétait que la monarchie légitime serait bientôt renversée et il m'engageait à saisir la première occasion pour me retirer du ministère. Il partit, la tristesse dans le cœur, et moi je le vis s'éloigner avec peine. Chaque jour j'acquérais une conviction plus vive de notre impuissance à arrêter le mal. Les divers départements fonctionnaient avec une régularité parfaite, les ministres se dévouaient à leur tâche avec un zèle infatigable, avec honneur et succès ; plusieurs montraient même de vrais talents administratifs, mais la vie manquait à leur ensemble, l'opinion publique les frappait de mort. L'autorité est une puissance morale ; quand tout le monde la nie, elle n'existe plus ; quand ses mesures les plus équitables, les plus utiles sont signalées chaque jour à la haine publique, comme des actes de perfidie et de trahison ; quand les tribunaux lui refusent leur appui, quand des chefs militaires peuvent impunément exciter l'armée à l'indiscipline, à la révolte, il n'y a plus de ministère possible, il n'y a plus de royauté, il n'y a plus aucun gouvernement.

Profondément ému par ces tristes idées, j'avais peine à comprendre comment, au milieu des passions furieuses partout déchaînées, il existait encore un ordre quelconque. Parfois, la nuit, je sortais seul et, en parcourant les rues de Paris, je m'étonnais à l'aspect du calme apparent de certains quartiers. C'était pour moi comme l'apaisement, le silence précédant les tempêtes et les tremblements de terre. Je résolus de parler au Roi devant l'assemblée des ministres et de dire la vérité telle qu'elle m'apparaissait. Je fus confirmé dans ma résolution par la question suivante posée au conseil : y aurait-il lieu, si les élections amenaient encore une Chambre hostile à l'autorité royale, de recourir à l'article 14 de la Charte pour modifier par des ordonnances le système électoral et la législation sur la presse?

Dans le conseil j'exposai donc au Roi ma conviction des dangers menaçant la monarchie et de l'insuffisance où se trouvait le ministère pour les conjurer. « Je suis loin de penser, dis-je, que mes collègues n'aient point les connaissances, les talents et le caractère indispensables pour conduire avec honneur les affaires de leurs divers départements, mais la plupart de nous, débutant dans ces hautes fonctions administratives, nous sommes connus du public seulement par les calomnies et les sarcasmes que les journaux accumulent quotidiennement contre nous, depuis

15

plusieurs mois. Il en résulte ceci : nous n'inspirons ni assez de crainte à nos adversaires, ni assez de confiance à nos amis. Le Roi a dissous la Chambre des députés, qui, en lui refusant son concours, prétendait lui enlever la prérogative de choisir les agents de son autorité administrative. Une nouvelle Chambre va être élue ; elle doit l'être sous notre ministère, sans modification aucune, car la presse a épuisé sur nous tous les outrages, il ne faut point lui fournir d'autres aliments. Les préfets m'écrivent leur espoir en des choix favorables à la monarchie, ils peuvent se tromper. Quel que soit le résultat des élections, mon avis est qu'avant la réunion des Chambres, le Roi nous congédie et forme le ministère ayant le plus de chance de grouper une majorité parmi les députés nouvellement élus. En nous retirant, nous aurons le témoignage de notre conscience que nous avons rempli nos devoirs envers le Roi, envers la France, et l'honneur d'avoir pris part aux délibérations qui amèneront, je l'espère, la conquête d'Alger. » MM. de Chabrol, Courvoisier et Ranville appuyèrent mon opinion. Le Roi garda le silence (1).

(1) Après la révolution de 1830, durant le procès intenté contre les ministres signataires des ordonnances de juillet, M. de Courvoisier eut à faire une déposition ; en voici des extraits :

« Le 21 avril (1830), dit-il, le président du Conseil soumit à la délibération la question suivante : Que fera-t-on si les nouveaux choix (dans les élections) présagent une majorité plus hostile ?

« J'opinai le premier. Mon avis fut qu'un ministère sans majorité devait se démettre... La retraite de M. de Chabrol et la mienne furent dès ce jour chose convenue. »

Mais, ajoute Courvoisier, on se demanda dans un autre conseil si l'annonce officielle de cette double retraite ne devait pas être prorogée jusqu'après les élections.

« Cette question, dit-il, avait été proposée par M. de Montbel ; il insistait sur la nécessité de l'ajournement ; telle était aussi l'opinion de M. de Guernon-Ranville. M. de Montbel voyait la crise et le danger ; il désirait vivement des choix modérés et trouvait une ressource dans le retour de M. de Villèle, de qui la gauche et le centre gauche avaient manifesté l'intention de se rapprocher.

« M. le Dauphin revint de Toulon ; peu de jours après, le *Moniteur* annonça notre retraite. M. de Montbel voulut aussi se retirer : il résista pendant deux jours aux plus vives instances, il ne céda que sous la condition expresse qu'il

Nous avions entendu parler d'une réunion chez M. Ollivier, qui était devenu pair de France. MM. de Villèle et de Peyronnet s'y trouvaient. On avait discuté sur les événements, sur les dangers très prochains d'une explosion révolutionnaire et l'on s'était demandé quelle règle de conduite devaient adopter les Pairs dans des circonstances aussi alarmantes. Ne faudrait-il pas provoquer le retour du ministère, dont M. de Villèle avait été président, pour offrir une résistance plus efficace aux projets des ennemis de l'ordre social? « Messieurs, avait répondu en substance M. de Villèle, gardons-nous d'aggraver les périls où se trouve le trône par une démarche inconsidérée. Soutenons l'autorité royale en donnant appui aux ministres actuels. Mais ne rallumons pas des passions mal éteintes en rentrant au pouvoir. Je pars demain pour éviter toute proposition à cet égard et je suis convaincu que mes anciens collègues pensent comme moi. — M. de Villèle doit parler pour lui seul, dit avec émotion M. de Peyronnet. Quant à moi, si le Roi me fait l'honneur de m'appeler dans le conseil, je n'hésiterai pas à y rentrer. J'y ai longtemps joué un second rôle, je me sens le courage et la force d'y remplir le premier. »

A ces mots un frisson parcourut l'assemblée; il fut évident pour tous que des propositions étaient faites à M. de Peyronnet et qu'il les avait acceptées. Aucun de mes collègues n'en savait plus que moi à cet égard. Ces questions se traitaient dans l'intimité du Roi, du Dauphin et de M. de Polignac. Comme MM. de Courvoisier et de Chabrol manifestaient l'intention de se retirer, il fallait bien leur trouver des successeurs et se procurer des hommes de tribune. J'avais appris indirectement le désir où l'on

remettrait son portefeuille aussitôt après les opérations des collèges d'arrondissement, et avant qu'on en connût le résultat. J'ai su dès lors que cet excellent homme, dont l'intégrité, le désintéressement, les vertus et la modestie sont au-dessus de mes éloges, n'avait abandonné sa résolution que pour se lier au sort du monarque dont allait se briser le sceptre. »

était d'appeler M. de Chantelauze, alors premier président
à la cour royale de Lyon. On ne pouvait faire un choix
plus digne ; talent, instruction, éloquence, probité, droiture de cœur et d'esprit, tout était réuni dans cet homme
de bien. Le Dauphin allait partir pour Toulon afin d'assister à l'embarquement de l'armée d'Alger, il devait
déterminer Chantelauze à accepter les sceaux qu'il avait
refusés jusque-là. Avant son départ je me rendis chez le
duc d'Angoulême, je lui répétai avec insistance ce que
j'avais dit au Roi pendant le conseil, je le suppliai qu'il
conjurât Charles X de ne faire aucun changement minis-
tériel jusqu'aux élections et de nous congédier avant la
convocation des Chambres. Le Dauphin m'écouta avec
bienveillance, mais il me répondit vaguement. Je ne
doutai plus de son accord avec le Roi pour les modifications
dont il était question.

Dès le retour du duc d'Angoulême, M. de Chantelauze,
avec lequel j'étais lié, m'écrivit pour me dire combien il
regrettait de n'avoir pas su repousser l'appel transmis par
le Dauphin. Il allait donc devenir mon collègue au ministère.

Un soir, M. de Polignac eut avec moi un entretien particulier.

— Je vous annonce, me dit-il, que nous perdons MM. de
Courvoisier et de Chabrol ; ils sont remplacés par MM. de
Peyronnet et de Chantelauze. Cette modification entraîne
un changement dans l'organisation des ministères. Celui
de l'intérieur est trop chargé, je l'ai divisé en deux ; vous
serez ministre des travaux publics et Peyronnet de l'intérieur. Le baron Capelle remplacera Chabrol aux finances.

— Il me semble, répondis-je, qu'avant de disloquer le
ministère qui m'est confié, il eût été convenable de porter
l'affaire au conseil et de me demander mon avis. D'après
moi, l'appel de M. de Peyronnet à l'intérieur, au moment
des élections, va compromettre les chances du gouverne-

ment. M. de Peyronnet est un homme de talent et de courage, j'apprécie toutes ses qualités, mais parmi tous les membres du ministère auquel il a appartenu, il est le plus impopulaire (1).

— Mon cher Montbel, vous avez une idée fixe, le retour de votre ami Villèle aux affaires. Comme vous, j'admire sa haute intelligence, nous lui remettrons plus tard nos portefeuilles, mais avant tout sauvons le pays.

— Je vois la chose tout autrement, lui répondis-je. Dans une situation calme et régulière, je me sens assez de jugement et assez d'application au travail pour diriger l'administration qui m'est confiée, mais devant une telle surexcitation des partis hostiles à la royauté légitime, je suis persuadé que ni vous, ni moi n'avons l'autorité morale suffisante pour conjurer la crise. Je ne continue pas à travailler au retour de M. de Villèle, comme vous le croyez à tort. D'ailleurs, il me l'a récemment déclaré, il s'estime trop heureux d'être sans responsabilité à cette heure où va s'abattre une catastrophe qu'il ne se croit pas en mesure de conjurer. Quant à moi, je n'accepte point la part que vous voulez me laisser dans une dislocation faite à mon insu et je vous prie de porter au Roi ma démission.

— Pourquoi ne voulez-vous pas être ministre des travaux publics?

— Parce qu'il ne me convient pas d'être ainsi condamné par surprise aux travaux forcés.

Le prince de Polignac sembla peiné. Ses manières étaient douces, polies et toujours bienveillantes, mais avec son dévouement exalté, il oubliait les égards dus à ses collègues, sans avoir toutefois l'intention de les blesser.

Je me préparai donc à quitter le ministère, quand le prince de Polignac arriva chez moi et me dit : « Le Roi tient à vous garder au conseil, je viens donc vous proposer le

(1) Le comte de Peyronnet avait été à la tête du département de la justice sous le ministère Villèle.

portefeuille des finances. — Je vous réponds sans aucune amertume : rien n'est plus contraire au bien du service que de promener un même individu d'un ministère à l'autre. Par ce moyen, il ne peut connaître ni les affaires, ni le personnel de son département. Je n'accepte donc pas votre proposition, je rentre dans la Chambre des députés où je servirai la cause de l'ordre social bien mieux qu'au pouvoir. — Puisque telle est votre résolution, le Roi vous recevra demain, après MM. de Chabrol et de Courvoisier, car vous avez à lui remettre le compte de vos fonds secrets. »

Je passai le reste de la soirée avec MM. de Chabrol et de Courvoisier, déplorant l'égarement des esprits qui se jetaient dans les hasards d'une révolution, à une heure où il existait une prospérité sans exemple. Nous nous félicitions d'échapper par notre retraite à une situation désespérée, où nous redoutions d'être moins utiles que dangereux au service du Roi.

Le lendemain, à l'heure indiquée, je partis pour Saint-Cloud. Arrivé au bois de Boulogne, je rencontrai Chabrol et Courvoisier ; ils descendirent de voiture et vinrent me joindre. « Nous vous plaignons, me dirent-ils. Nous voilà hors de cause, mais vous, vous aurez grand'peine à échapper aux instances du Roi. Il veut vous conserver à tout prix dans un ministère et nous ne pouvons le cacher, nous sommes tombés d'accord avec lui, en disant que votre intégrité connue serait d'un bon effet aux finances. »

Je continuai tristement ma route et j'arrivai auprès du Roi. Je lui remis les comptes des fonds secrets de l'intérieur. « C'est bien, me répondit Charles X, mais je n'accepte pas votre démission. Je vous demande comme un service, auquel j'attache la plus haute importance, d'entrer au ministère des finances. Chabrol et Courvoisier, en se retirant, amènent un changement dans le conseil. J'ai appelé deux hommes ayant une grande habitude de parler en public : Peyronnet et Chantelauze. Ce dernier par ses aptitudes est tout désigné pour être garde des sceaux. Dès lors, à Peyronnet revenait tout naturellement l'intérieur où son activité nous sera utile. Je désirais confier les finances à Capelle, mais puisque vous ne voulez pas être aux travaux publics, c'est lui que j'y mettrai. »

Persistant dans mon refus, je répétai au Roi ce que je lui avais dit durant le conseil. Je lui montrai la réprobation générale dont était frappé le ministère. Les qualités intellectuelles et morales de ses membres importaient peu. Toutes leurs mesures, tous leurs actes étaient contrariés par l'opinion dans la presse, dans les Chambres, dans les salons et jusqu'à la cour. La grande affaire était maintenant les élections. Selon ma conviction intime, elles auraient dû s'accomplir sous notre ministère, sans innovation aucune. La présence de MM. de Chabrol et de Courvoisier, la mienne aussi, inspiraient quelque confiance aux électeurs timides, car notre modération était connue. La venue de M. de Peyronnet attirerait au contraire toutes les méfiances et serait regardée comme une provocation. Je suppliai le Roi, dès que les élections seraient terminées, de composer un nouveau ministère pouvant réunir une majorité.

— Ma résolution est prise, me répondit Charles X, j'ai appelé ces nouveaux ministres. Tout le monde connaît le départ de Chabrol et de Courvoisier, il n'y a pas à revenir sur ce qui est fait. Je vous demande de rester avec nous.

Comme je résistai, la conférence se prolongea pendant deux pénibles heures.

— Votre retraite me nuirait beaucoup pour les élections ; ne m'abandonnez pas à un moment si grave, me dit le Roi en me pressant dans ses bras. Que deviendrai-je, si mes vrais amis s'éloignent de moi ?

Je fus profondément touché par l'émotion de cet auguste vieillard qui unissait tant de bonté à tant de noblesse.

Peut-être aussi, sans m'en douter, me laissai-je aller à un mouvement de répréhensible faiblesse, en voyant Charles X manifester un tel désir de me garder dans son conseil.

— Ma conscience, lui dis-je enfin, m'oblige à déclarer au Roi que je ne me crois pas utile à son service, mais s'il m'ordonne d'entrer au ministère des finances jusqu'après les élections, je lui obéirai.

Il m'embrassa avec effusion ; sa reconnaissance me pénétra. Je retournai à Paris, le chagrin dans l'âme. Ma famille, qui avait compté rentrer dans ses habitudes de calme, fut au désespoir. J'essayai une dernière tentative en écrivant à M. de Polignac d'obtenir que le Roi autorisât ma retraite. On me répondit que les ordonnances étaient déjà imprimées. M. de Peyronnet vint donc au ministère de l'intérieur pour en prendre possession : « Je souhaite, lui dis-je, que vous ayez ici plus de satisfaction que je n'en ai éprouvé depuis six mois. »

Je ne cessai de me demander pourquoi Charles X tenait tellement à me faire rester malgré moi au gouvernement. Je n'ai eu l'explication de ce problème que quelques années plus tard. Après 1830, je revis M. Alphonse de Rainneville, « J'ai, me dit-il, à vous demander pardon d'être la cause de vos malheurs et de votre exil. — Je n'ai jamais eu la pensée de vous les imputer. Que voulez-vous dire? — Vous le savez, reprit-il, je voyais habituellement le prince de Polignac et il me témoignait beaucoup de confiance. Quand j'appris votre résolution de quitter le ministère, j'allai le trouver et je lui dis : M. de Montbel, l'ami connu de M. de Villèle, est le lien fait pour rattacher à vous tous ceux qui ont suivi en politique ce ministre éminent. Si vous vous séparez de M. de Montbel, tous ces hommes seront offensés, ils vous abandonneront — Mais Montbel ne veut point rester au Conseil, répliqua le prince de Polignac. — Il faut qu'il y reste. Vous l'avez sans doute blessé en divisant à son insu son département, proposez-lui les finances. — Et s'il refuse? — Adressez-vous au Roi. Que Charles X le prie de ne point se retirer. Qu'au besoin il lui en donne l'ordre. »

Il importait à M. de Polignac, après s'être attiré les ressentiments de M. de La Bourdonnaye et de ses partisans, de ne pas rompre avec les amis de M. de Villèle ; il obtint donc que le Roi fît tout son possible pour me retenir. « Combien de fois, plus tard, ajoutait M. de Rainneville, ne me suis-je pas reproché vos infortunes et celles de votre famille ; aussi quels vœux ardents fis-je pour vous voir échapper aux poursuites de nos ennemis. »

Ainsi me furent expliquées les longues instances du Roi. J'eus tort d'y céder, ma conscience me faisait un devoir de quitter ce poste. Quant à mes malheurs personnels, je les ai peut-être mérités par cette faute. J'en remercie d'ailleurs la Providence. Ils m'ont étroitement attaché à ces princes si respectables et si méconnus qui m'appelèrent sous le toit de leur exil. J'ai été admis à l'intimité de leur vie simple, digne, immensément charitable, de leurs pensées si nobles, si bienveillantes. Sous les regards les plus sévères, ils auraient pu habiter une maison de cristal, mais ils cachaient leurs bienfaits avec plus de soin que d'autres n'en mettent à dissimuler leurs mauvaises actions. Leur vie m'a enseigné comment on doit vivre, leur mort comment on doit mourir. Au terme de ma carrière, je ne saurais regretter pour moi les circonstances qui m'ont fait recevoir de si hauts exemples. Puissé-je vivre et mourir comme eux !...

. . . .

Le 20 mai, les nouveaux ministres assistèrent au conseil. Nous préparions activement la session, elle devait s'ouvrir au commencement du mois d'août. Les travaux étaient poursuivis avec zèle, il y avait d'importantes résolutions à prendre et sur l'affaire d'Alger et sur les questions d'Orient, particulièrement pour l'établissement d'un roi de Grèce. Le prince Léopold de Saxe-Cobourg, au moment de recevoir l'investiture de cette royauté qu'il avait vivement sollicitée, y renonça tout à coup, car Charles X ne consentit point à lui garantir un emprunt de 60 millions. D'autre part, le duc d'Orléans, ayant très peu de confiance dans cette monarchie hellénique, ne voulut point donner sa fille en mariage à Léopold de Saxe-Cobourg. Il la lui donna plus tard... quand ce prince devint roi des Belges.

Mais les affaires intérieures s'imposaient à nous avec une particulière gravité. Sous l'influence désastreuse de la défection royaliste, le comité directeur se rendit maître des élections dans la plupart des collèges. Par suite Charles X s'estimait réduit à la nécessité de défendre ses droits ou d'abdiquer sa couronne, en subissant les volontés des 221 qui revenaient à peu près tous, renforcés d'hommes connus par leurs sentiments hostiles à la monarchie légitime. Royer-Collard avait été honni par ses électeurs, car il leur avait parlé de fidélité au Roi et à la Charte.

Dans ces graves circonstances, le 29 juin, nous nous trouvions réunis en conseil à la Chancellerie quand Chantelauze nous dit : « Je connais un moyen sûr pour le Roi de sortir de la position fausse où il est placé. » On le pressa de s'expliquer. Trois mesures seraient à prendre : 1° suspendre le régime constitutionnel ; 2° déclarer nulle l'élection de ceux qui ont voté l'adresse ; 3° dissoudre la nouvelle Chambre et en faire nommer une autre par un système d'élection que réglerait une ordonnance royale. Mais pour ces mesures, il fallait avoir à Paris quarante mille hommes, placer de fortes garnisons à Lyon, à Rouen, à Bordeaux et déclarer ces villes en état de siège.

Un long silence suivit cette communication. Pour ma part, je demandai qu'avant tout le conseil examinât si de telles déterminations pouvaient s'accorder avec la portée de l'article 14 de la Charte. La discussion fut longue et sérieuse. On admit que toute constitution doit renfermer implicitement ou explicitement un moyen de se défendre contre l'anarchie des pouvoirs. Quand le salut de l'État l'exige et que la législation est insuffisante, il faut recourir à la maxime romaine : *Salus populi suprema lex esto*. Ce principe, disait-on, est d'ailleurs littéralement exprimé dans l'article 14 de la Charte : le Roi fait les ordonnances pour la sûreté de l'État. Nous repoussâmes du reste les propositions de M. de Chantelauze, comme intempestives.

Quelques jours après, le 6 juillet, M. de Peyronnet nous présenta le tableau des élections. C'était l'évidence d'une telle majorité contre le gouvernement qu'il en conclut la nécessité de recourir à l'article 14. Il nous développa le projet suivant. Le Roi convoquerait en « Grand Conseil de France » une assemblée composée de pairs, de députés, de magistrats, de membres de conseils généraux sous la présidence de M. le Dauphin. Le Roi ferait exposer à cette assemblée les obstacles dangereux que rencontrait le gouvernement dans le système électoral et dans les excès du journalisme ; il lui demanderait, en conséquence, son avis sur les mesures à prendre pour sauver la monarchie menacée. M. de Peyronnet présenta ce plan avec assez de froideur. M. de Polignac l'adopta et le soutint chaleureusement ; je crois qu'il en était l'auteur. M. d'Haussez se joignit à eux pour faire valoir les avantages de cette mesure. Tous les autres membres du Conseil, nous la repoussâmes ; c'était la convocation d'une assemblée de notables sans autorité ; ses avis ne donneraient aucune force au gouvernement et multiplieraient les difficultés. Les assemblées de notables, ayant précédé la convocation des États généraux, démontraient l'inanité et le péril d'une pareille ressource. Ce serait recourir à l'article 14 de la Charte, sans avoir le courage d'en assumer la responsabilité, ce serait augmenter notre discrédit, en déclarant que nous n'avions aucune idée précise sur les moyens de sauver l'État. MM. de Polignac et d'Haussez appuyèrent ce projet, mais M. de Peyronnet, trouvant nos objections fondées, se rallia à notre opinion. Le « Grand Conseil de France » fut rejeté.

M. de Peyronnet proposa alors la dissolution de la Chambre des députés, une ordonnance sur les élections, une autre contre la licence des journaux. Il y eut contestation sur l'opportunité de la mesure. Guernon de Ranville soutint fermement qu'il faudrait attendre le refus du budget, soumettre des lois telles que l'émancipation des communes et d'abord faire revenir l'armée d'Alger. « Tout ce que vous proposerez, lui répondirent MM. de Peyronnet et de Polignac, sera sûrement repoussé. »

Dans ce pénible état de choses, les menées sournoises et cauteleuses du duc d'Orléans devenaient de plus en plus actives. Charles X en recevait avis de toutes parts. Je lui fis moi-même plusieurs rapports à ce sujet, et je lui relatai fidèlement des communications que Sémonville m'avait instamment prié d'apporter à la connaissance royale. Voici d'ailleurs les faits. Quinze jours environ avant la signature des ordonnances, le Grand Référendaire vint chez moi. Il me parla d'abord de l'intérêt qu'il voulait bien me porter, du bonheur qu'il éprouverait en me voyant à la Chambre des pairs, des torts de Talleyrand dans le meurtre du duc d'Enghien, des services que Maret avait rendus au duc d'Angoulême en retenant une dépêche de Napoléon, puis tout à coup, allant avec précaution s'assurer que les doubles portes de mon cabinet étaient fermées, il mit sa main sur mon bras, et me dit à voix basse, mais avec véhémence. « Le plus grand danger qui menace actuellement le trône, le seul péril donnant de la consistance à tous les autres, c'est le duc d'Orléans. Sans lui, une révolution serait impossible, car elle compromettrait trop d'intérêts, trop d'existences. Le duc d'Orléans conspire, je le sais.

Dites cela au Roi. Dites lui que c'est moi, Sémonville, qui l'avertis. Je me suis adressé à vous, car votre caractère m'inspire confiance. Le prince de Polignac est un homme loyal et excellent, mais je me méfie de ses idées exaltées. » Sémonville se préparait à s'éloigner, mais quand il fut contre la porte, il revint sur ses pas pour me répéter : « Surtout n'oubliez pas de bien dire au Roi que c'est moi, Sémonville, qui lui donne cet avis. »

Je m'acquittai scrupuleusement de son message auprès de Charles X. Mais cette histoire peut être complétée. Tandis qu'après la révolution de 1830 je me trouvais à Vienne, l'ambassadeur de Russie Pozzo di Borgo y passa ; c'était au moment où Charles X quittait l'Écosse pour venir se fixer en Autriche. Pozzo témoigna le désir de me voir à M. de Tatistcheff, son collègue dans la capitale autrichienne. Celui-ci nous invita donc, tous deux, dans sa maison de campagne à Hietzing. Là, Pozzo me fit des protestations sur son attachement à la légitimité, je ne les contestai point. Il me parla des événements de 1830, et du rôle joué par Louis-Philippe. Je lui racontai l'anecdote de Sémonville. « Je le reconnais bien là, s'écria-t-il, et vous allez aussi le reconnaître dans ce que je vais vous apprendre. » Pozzo me dit alors que, le dimanche où Charles X avait signé les ordonnances, Sémonville et lui étaient invités à dîner chez le duc d'Orléans. Pozzo fut placé à table à côté de Mademoiselle Adélaïde, qui semblait fort agitée. « Croyez-vous à un coup d'État ? dit-elle à son voisin. — Je n'y crois pas, répondit Pozzo, ce serait le tocsin contre la monarchie. » Au sortir de table, le duc d'Orléans prit Pozzo par le bras et, tout en marchant avec lui, il le questionna : « Que vous racontait donc ma sœur ? — Monseigneur, elle me demandait si je croyais à un coup d'État ; je lui ai répondu : Ce serait le tocsin contre la monarchie. » Au même moment, entre la tête du duc d'Orléans et celle de Pozzo, s'insinua la figure de Sémonville. « Et, continua ce dernier, ce tocsin serait le signal pour Monseigneur de ramasser la couronne. »

Mais reprenons le cours des événements ; le 7 juillet, à Saint-Cloud, le conseil soumit au Roi toutes les discussions qui avaient eu lieu dans les séances préparatoires sur l'objet dont nous nous étions occupés. Charles X nous dit alors : « Je vois avec satisfaction que vous êtes d'accord sur mon droit d'user de l'article 14 de la Charte. Le reste est une question d'opportunité. J'ai malheureusement plus d'expérience que vous, messieurs. Vous n'êtes pas d'âge à avoir pu juger la Révolution dans ses débuts. Je me souviens de ce qui se passa. La première concession de Louis XVI fut le signal de sa perte. Les factieux de cette époque, tout en lui adressant des protestations d'amour et de fidélité, demandaient seulement le renvoi des ministres ; il céda, tout fut perdu. Aujourd'hui on prétend n'en vouloir qu'à vous, on me dit : « Congédiez vos « ministres et nous vous entendrons. » Je ne vous renverrai pas, messieurs, d'abord parce que vous m'inspirez tous affection et confiance, mais aussi parce que, si je m'inclinais devant de pareilles exigences, nous subirions le sort de Louis XVI. On ne nous conduira pas à l'échafaud, on nous tuera à cheval. »

Peyronnet se chargea alors de préparer trois projets d'ordonnances pour la dissolution de la nouvelle Chambre, pour un nouveau système d'élection et pour la police des journaux. Chantelauze devait rédiger un rapport motivant le recours à l'article 14.

L'ordonnance concernant la presse soumettrait les journaux à une autorisation royale renouvelée tous les trois mois, et pouvant être révoquée.

L'ordonnance sur les élections établirait deux degrés. Les collèges d'arrondissement, composés de contribuables pris uniquement dans la propriété foncière et mobilière, présenteraient des candidats parmi lesquels le collège départemental choisirait les députés. Le collège départemental serait composé du quart le plus imposé des électeurs. En écartant les patentes, on éloignait la partie la plus hostile au gouvernement établi. Du reste, l'ordonnance remettrait en vigueur quelques articles de la Charte abrogés par des lois ; entre autres l'article 36, fixant le nombre des députés, et l'article 37, d'après lequel, les représentants étant élus pour cinq ans, le Chambre devait se renouveler chaque année par cinquième. L'ordonnance rappellerait en outre la Chambre à l'observation exacte de l'article 46 de la Charte, déclarant que nul amendement ne serait fait à une loi, s'il n'avait été.proposé ou consenti par le Roi.

Une dernière ordonnance fixerait l'époque des élections et convoquerait les Chambres pour le 8 septembre.

Le dimanche 25 juillet, ces ordonnances furent soumises à la signature royale. Avant le conseil, Charles X eut une réception nombreuse. Il y avait là plusieurs pairs, tous semblaient anxieux à l'idée de la lutte qui allait s'engager avec une Chambre hostile. La plupart adressaient au Roi des vœux sincères, quelques-uns étaient venus dans l'espoir de connaître l'avenir. Sémonville, prudemment placé dans un groupe d'opposants, cherchait à lire, dans les regards de Charles X, si j'avais exactement transmis son message. Depuis plusieurs jours certains s'empressaient de dire au souverain qu'il fallait en finir avec la faction. Toutefois, Vitrolles, qui avait particulièrement insisté sur l'urgence d'un coup d'État, le trouvait maintenant inopportun.

Le Conseil se réunit, seul Chantelauze y manquait. Ses travaux n'étaient point terminés, nous l'attendîmes assez longtemps. Il arriva enfin pour nous lire son rapport, qui obtint l'approbation royale et la nôtre. Les bases de cet exposé avaient été arrêtées d'avance, mais dans sa rédaction, nous reconnûmes bien la droiture et le talent de Chantelauze, l'esprit juste et clairvoyant de ce magistrat si dévoué aux vrais principes d'ordre. Son travail montrait combien le journalisme était responsable de l'anarchie déchaînée sur la France, à une heure de si grande prospérité. « La presse, disait cet acte d'accusation, n'a même pas rempli sa condition essentielle, la publicité. Elle a odieusement altéré les faits et calomnié toutes les intentions, elle a présenté les vérités comme des mensonges et les mensonges comme des vérités. Au moment de l'expédition d'Alger, elle a multiplié ses efforts pour voir les outrages à notre honneur national rester impunis, et le monde civilisé continuer son assujettissement envers des pirates. Elle a fait plus. Par d'infâmes complicités, ayant surpris les plans de la campagne d'Alger, elle les a publiés pour permettre aux ennemis de la France de ruiner notre juste et belle entreprise. En agissant ainsi, elle ne se souciait guère de la vie de nos marins et de nos soldats. Par ses déclamations furieuses, elle a voulu provoquer la révolte de l'armée contre son chef aujourd'hui victorieux.

« En outre, la presse dirige les plus sanglants outrages contre les fidèles agents de l'administration et rend leur tâche impossible. Elle poursuit de ses sarcasmes haineux la religion et ses ministres, partout elle attise les discordes. Que conclure? La presse périodique est une exploitation industrielle, comme les autres et, plus que les autres, elle doit être soumise à la surveillance de l'autorité publique. Nul gouvernement ne resterait debout, s'il n'avait le droit de pourvoir à sa sûreté. Ce droit est préexistant aux lois, car il est dans la nature des choses. De telles maximes ont pour elles et la sanction du temps et l'aveu des publicistes, elles ont même une confirmation plus positive encore dans l'article 14 de la Charte, d'après lequel le Roi a la faculté non de changer nos institutions, mais de les consolider. Vu les circonstances, il fallait exercer, sans retard, ce pouvoir suprême. »

Telle est l'analyse de cet exposé mémorable. Il n'y eut point de discussion dans cette séance du Conseil. Mes

collègues et moi, après avoir écouté le rapport de Chantelauze, nous y apposâmes nos signatures. Le Roi prit alors les
ordonnances, il parut s'absorber dans une grave médita-
tion ; la tête appuyée sur sa main, il tenait sa plume immobile, à deux pouces du papier ; il restait ainsi dans un recueillement profond, l'instant était solennel ; enfin, il se décida
et signa les ordonnances, tous les ministres les contresi-
gnèrent. « Messieurs, nous dit alors Charles X, je vous
remercie de vous être associés à cet acte, car il va redoubler
contre vous les fureurs libérales. Du reste, ce n'est pas à
vous qu'on en veut réellement, c'est à moi, c'est à la monarchie. Sous Louis XVIII et sous mon règne, il n'est pas un
ministère, quelle que fût sa couleur, qui n'ait été en butte
aux attaques incessantes d'une opposition passionnée,
s'efforçant toujours de rendre le gouvernement légitime
impossible. En vous choisissant j'étais sûr de votre inébranlable fidélité, moi aussi je vous resterai fidèle. Plus j'y
pense, plus je demeure convaincu qu'il m'était impossible
de ne pas faire ce que je fais. »

M. de Polignac nous avait donné plusieurs fois l'assurance que toutes les mesures militaires étaient prises.
D'après lui, il y aurait des forces assez considérables pour
garantir la paix publique et, au besoin, empêcher toute
perturbation. Quant à M. Mangin, le préfet de police, il
nous avait déclaré : « Quoi que vous fassiez, Paris ne
bougera pas, marchez hardiment, je réponds de Paris sur
ma tête (1). »

. . . .

« Je déplore que l'absence des précautions exigées par un

(1) Le comte de Montbel n'ayant point rappelé dans ses *Souvenirs* ce
qu'il fit pendant les trois journées de révolution, il m'a paru intéressant
de suppléer à cette lacune en intercalant ici quelques pages publiées jadis
par lui. Elles sont extraites d'une brochure ayant pour titre : *Protestation
de M. de Montbel, ex-ministre du roi de France, contre la procédure instruite
et suivie contre lui devant les pairs convoqués en cour de justice, et exposé de sa
conduite pendant et avant les événements de Juillet* 1830. (Paris, Dentu, 1831.)
Le passage qu'on va lire est compris entre les pages 7 et 19 de ce Mémoire.

16

tel état de choses ait facilité une lutte qui devait avoir de si funestes résultats. Ces précautions ne dépendaient pas de moi. Je ne pouvais que les réclamer avec instance. A cet égard, je n'ai pas négligé mes devoirs, il fut déclaré, devant nous et devant le Roi, que la garde royale, que de nombreuses troupes étaient disposées pour prévenir toute révolte. Je ne sais quelle funeste erreur donna lieu à des assertions si éloignées de la vérité ; elles nous inspirèrent la confiance que toutes les tentatives de désordre seraient, sinon entièrement prévenues, du moins facilement réprimées.

« Les ordonnances étaient convenues depuis plusieurs jours. Leur publication n'était suspendue que par le retard des opérations électorales de quelques départements. Elles furent présentées au Roi, ainsi que le rapport qui en développait les motifs, dans le conseil du 24 juillet ; le même jour fut arrêtée l'ordonnance qui donnait le commandement supérieur de la première division militaire au maréchal duc de Raguse, alors de service comme major-général de la garde royale. Ces actes ne furent signés qu'au conseil suivant, le dimanche 25 juillet. On convint d'avertir le jour même le maréchal et le préfet de police. Le garde des sceaux fut chargé de faire appeler près de lui, dans la nuit, le directeur de l'imprimerie royale et le gérant du *Moniteur*, pour que les ordonnances fussent publiés le lendemain dans le *Bulletin des lois* et dans le *Journal officiel*. J'étais auprès de mon collègue, que j'assistais dans ses travaux, lorsqu'il remit l'expédition de ces divers actes à MM. Sauvo et de Villebois (1).

(1) Pendant le procès contre les signataires des ordonnances, le comte de Bastard, dans son rapport devant la Cour des pairs (29 novembre 1830), mentionna le fait dont parle ici M. de Montbel. Il déclara que M. Sauvo, rédacteur du *Moniteur*, en recevant les ordonnances, ne put s'empêcher de remarquer la profonde émotion de M. de Montbel et de M. de Chantelauze.

Déjà à la Chambre des députés, dans son rapport sur le projet de mise en accusation du ministère Polignac, M. Bérenger avait dit :

« M. Sauvo reçut le 25 (juillet 1830) l'ordre inusité pour lui de se rendre chez M. le garde des sceaux, à onze heures du soir. Introduit dans son cabinet, il trouve ce chef de la magistrature en compagnie de M. de Montbel, l'un et

« Le 26 au soir, se manifestèrent les premiers symptômes d'une insurrection dès longtemps préparée. Nous nous réunîmes chez le garde des sceaux, pour y conférer de l'état des choses et des mesures qui pouvaient devenir nécessaires. Tandis que nous étions rassemblés, des cris tumultueux se firent entendre. On vint m'annoncer que l'hôtel des finances était assailli. Je me hâtai de m'y transporter ; et pour y parvenir, je fus forcé de traverser les groupes nombreux qui l'entouraient.

« Le lendemain dès le matin, l'hôtel des affaires étrangères était menacé. Je m'y rendis, dans l'intention de prendre part à toutes les délibérations qu'exigeaient les circonstances. Des ordres furent délibérés, dirigés et transmis à l'autorité compétente, pour qu'elle eût à poursuivre et à faire arrêter, sans délai, les journalistes signataires d'une provocation à la révolte. Les rapports annonçaient que le désordre s'accroissait à chaque instant ; que l'autorité administrative ne pouvait plus se faire entendre ; que la gendarmerie devenait insuffisante pour contenir la multitude ; qu'on élevait des barricades ; que les troupes étaient assaillies ; qu'on faisait feu sur elles ; qu'on avait forcé les magasins de quelques armuriers. La gravité de ces faits nous fit proposer au Roi de mettre Paris en état de siège, pensant que, dans un tel désordre, l'autorité militaire

---

l'autre la tête tristement appuyée sur leurs mains. Le garde des sceaux remit les ordonnances à M. Sauvo, lui dit de les reconnaître et d'en donner reçu. En les feuilletant, et parcourant, quoique très rapidement, ce qu'elles renfermaient, il fut difficile à M. Sauvo de cacher son émotion. M. de Montbel la remarqua et lui dit : *Eh bien!*

« Le digne rédacteur répondit peu de mots, mais ils étaient expressifs : « Monseigneur, *Dieu sauve le Roi! Dieu sauve la France!* » Un long silence succéda, après lequel M. de Montbel, voulant le forcer à s'expliquer, dit encore : *Eh bien!* M. Sauvo répéta les mêmes paroles. Il se retirait, lorsque M. de Montbel, se levant précipitamment, le retint et le provoquant avec anxiété : « *Parlez?* » — « Messieurs, dit M. Sauvo en se retournant, j'ai cinquante-sept « ans, j'ai vu toutes les journées de la Révolution, et je me retire avec une « profonde terreur. » La porte se ferma sur lui. »

M. Bérenger présenta ce rapport le 23 septembre 1830. Dans l'extrait cité, il reproduisait la déposition faite par M. Sauvo.

était désormais la seule qui pût arrêter la sédition. Vers onze heures du soir, le maréchal nous fit annoncer que la tranquillité était rétablie, que les troupes rentraient dans leurs quartiers, que le rapport des événements était transmis au Roi, et qu'il faisait ses dispositions pour le lendemain.

« Dès le commencement de la journée du 28, nous apprîmes qu'une multitude furieuse détruisait les emblèmes de la royauté, en faisant retentir les cris les plus sinistres. Nous pensâmes que, dès lors, la place du ministère était aux Tuileries ; qu'il devait y rester en permanence auprès du quartier général du duc de Raguse. En conséquence, le Roi fut prévenu que l'état des choses exigeant notre présence à Paris, nous n'irions pas à Saint-Cloud pour le conseil, qui devait avoir lieu ce jour-là, suivant l'usage. Nous nous rendîmes ensemble de l'hôtel des affaires étrangères aux Tuileries pour y remplir nos devoirs, et non pour y chercher un asile. Ce n'est pas la crainte qui m'avait fait quitter une demeure que ma famille continua d'habiter pendant cette journée.

« J'appris du maréchal la faiblesse des moyens militaires dont il pouvait disposer, le caractère dangereux que prenait l'insurrection, les appréhensions que lui inspirait l'attitude plus que douteuse de la troupe de ligne. Il nous déclara qu'une prompte démonstration lui paraissait le seul moyen de faire cesser les troubles et de prévenir les plus grands malheurs. En conséquence, il commanda devant nous aux généraux de service de dissiper les attroupements, de détruire les barricades, de repousser la force par la force, mais de ne faire usage de leurs armes qu'après avoir essuyé plusieurs décharges. Des ordres avaient été expédiés, dès la veille, pour faire arriver sans retard les régiments qui se trouvaient dans les départements voisins. Les colonnes commencèrent leurs mouvements vers midi. Bientôt divers rapports se succédèrent. On saisissait sur les individus

arrêtés d'irrécusables preuves d'un complot : des cartes
d'associations révolutionnaires qui indiquaient une vaste
organisation et désignaient des points de ralliement ; des
ordres du jour imprimés où étaient commandées avec
précision les différentes manœuvres nécessaires pour
engager les troupes, les entourer de barricades, les assaillir
ensuite sans risque, en faisant feu sur elles de toutes les
ouvertures des maisons. Ces ordres ne négligeaient aucun
détail d'exécution ; ils prouvaient l'existence d'un plan
médité d'avance, et l'expérience militaire de ceux qui
l'avaient rédigé.

« On nous signala quelques personnes comme excitant
les masses et les provoquant à la sédition ; ces personnes
appartenaient pour la plupart aux sociétés qui se glori-
fient d'avoir travaillé sans relâche au renversement du
trône légitime. Le ministère (1) décida de les faire arrêter ;
tel fut mon avis. On ne peut donc imputer au duc de
Raguse l'ordre d'arrestation. C'est à notre réquisition qu'il
le signa ; c'est devant nous qu'il le remit au colonel de la
gendarmerie... Je déclare que je n'ai pris part à aucune
délibération pour révoquer cet ordre.

« Cependant le bruit des armes retentissait de toutes
parts. J'éprouvais une profonde douleur à la pensée de
cette lutte sanglante entre des soldats fidèles à leur drapeau
et des ouvriers égarés que leurs chefs avaient inhumaine-
ment précipités dans tous les périls de la sédition, en leur
arrachant tout à coup le pain du travail, pour leur jeter
la solde de la révolte. Mais ma conviction intime était que,
désormais, le Roi ne pouvait plus reculer : que toute trans-
action était la perte du trône et le signal de tous les
fléaux pour la France. J'appris vers le soir que quelques

(1) Dans la brochure de M. de Montbel figure ici la note suivante : « On
doit se rappeler qu'il a été établi aux débats que M. de Peyronnet ne s'est
réuni à ses collègues, dans la journée du 28, que vers les cinq heures de
l'après-midi. »

citoyens s'étaient présentés au maréchal, pour lui proposer des conditions. Je suis persuadé que ces propositions ne pouvaient avoir aucun résultat favorable. Si ceux qui les firent crurent de bonne foi à leur utilité pour la France, les événements postérieurs leur apprennent chaque jour qu'il est plus facile d'exciter les fureurs populaires que de les maîtriser.

« Plusieurs positions essentielles étaient perdues, la manutention des vivres militaires était enlevée ; j'engageai le maréchal à s'assurer des subsistances, en faisant acheter sans retard le pain, les farines, les viandes qui pouvaient se trouver à Saint-Cloud et dans les environs. Le maréchal donna des ordres en conséquence. Mais, à cause de la situation des troupes, sans aucune nourriture après une si cruelle journée, il nous proposa de payer aux soldats une indemnité que le Roi leur accordait, afin qu'ils pussent se procurer eux-mêmes sans retard les ressources les plus urgentes. Les ministres approuvèrent cette demande ; et vu l'impossibilité où se trouvait le ministre de la guerre de communiquer avec ses bureaux, alors envahis, je consentis à rédiger un mandat sur le trésor, avec la réserve que tout serait régularisé le plus tôt possible, par le seul ordonnateur des dépenses de la guerre. Si plus tard je n'ai pas réclamé cette régularisation, chacun peut apprécier les sentiments qui me défendaient d'occuper la pensée de cet infortuné monarque d'une circonstance qui n'intéressait que ma responsabilité personnelle.

« Le maréchal nous exposa la nécessité où il se trouvait de substituer désormais à un système d'attaque, qui ne pourrait réussir qu'en incendiant Paris, un système de défense qui donnerait aux troupes les mêmes avantages que la population avait eus contre elles pendant cette journée. « Je pourrai tenir pendant trente jours, nous dit-il, dans « les positions que j'occuperai ; nous aurons le temps de « réunir des forces suffisantes, et je vais prendre sans retard

« toutes les dispositions nécessaires pour la défense. » Des ordres furent expédiés, en effet, pour conduire sur-le-champ à Paris l'artillerie de Vincennes, pour faire arriver à marches forcées les troupes des camps de Lunéville et de Saint-Omer. Le Roi reçut les rapports sur les événements, et il nous ordonna de nous rendre le lendemain à Saint-Cloud pour le conseil.

« Dès le matin du 29, les troupes étaient attaquées dans leurs lignes. MM. de Sémonville, d'Argout se présentèrent au maréchal et au président du conseil. Ils pressèrent les ministres de proposer au Roi de céder. Céder, c'était abdiquer ; et certes ma pensée n'était pas que le Roi dût renoncer à ses droits devant une émeute, ni qu'il dût déposer sa couronne, alors que ses troupes la défendaient vaillamment. M. de Sémonville s'adressa directement à moi ; il me peignit avec vivacité des malheurs que je déplorais comme lui et dont, sans doute, autant que lui j'abhorrais le principe. Il me parla des dangers que nous appelions sur notre tête. *Monsieur de Sémonville*, lui répondis-je, *je remplis avec conviction de pénibles devoirs dans un poste que je n'ai pas ambitionné, mais que certainement aujourd'hui je ne déserterai pas. Quant à ce qui me concerne personnellement, je suis sans crainte, c'est vous dire que je ne commettrai pas une lâcheté.*

« Au reste, ces deux pairs ne furent pas les seules personnes qui pressèrent le maréchal de transiger avec l'insurrection ; parmi celles qui les secondèrent avec le plus de zèle, j'en connais qui, quatre jours auparavant, démontraient aux ministres qu'il était aussi indispensable de recourir à un coup d'État, qu'il était facile de l'exécuter. Outre ces communications avec le quartier général, il y en eut de plus circonspectes ; diverses lettres furent adressées au duc de Raguse, une entre autres par le premier président Séguier.

« Nous dûmes partir pour Saint-Cloud à l'heure indiquée, pour nous rendre à la convocation du Roi, et non, comme

on l'a prétendu, par suite des communications du Grand
Référendaire ; bien moins encore pour nous soustraire à
une arrestation. On croira sans peine qu'un tel projet ne
nous avait pas été communiqué. Et dans tous les cas, qui
de nous aurait le droit de douter que le duc de Raguse
n'ait senti une profonde indignation qu'on osât outrager
sa loyauté, au point de venir lui proposer de répondre à la
confiance du Roi en livrant ses ministres? Avant notre
départ, le maréchal écrivit au Roi, et nous déclara que, dans
l'état des choses, il ne pouvait plus répondre de tenir dans
ses lignes au delà de quatre jours.

« Dès notre arrivée à Saint-Cloud, le Roi entendit nos rapports, lut la lettre du duc de Raguse ; et, s'occupant avec
fermeté des moyens d'organiser la défense et d'arrêter
la sédition, il nomma M. le Dauphin généralissime des
troupes. Ce prince se disposa sur-le-champ à se rendre à
Paris : je devais l'y suivre, pour être à portée de donner
les ordres relatifs au service des finances. Dans cet instant
même, un officier d'état-major vint apporter la nouvelle
qu'immédiatement après notre départ, la troupe de ligne
s'était jointe au peuple ; que le Louvre, les Tuileries étaient
abandonnés ; que la garde royale était en pleine retraite,
avec le maréchal, qui lui-même avait couru risque d'être
tué. M. le Dauphin partit promptement pour aller au-
devant des troupes.

« Le Grand Référendaire fut alors introduit auprès du Roi
avec MM. d'Argout et de Vitrolles ; ils venaient, disaient-
ils, se proposer pour négociateurs d'un traité... Le conseil
fut immédiatement convoqué. Lès ministres, pour la plupart, se préoccupèrent trop de l'espérance qu'en appelant
sur leur tête toute la responsabilité des événements, ils
pourraient sauver encore l'inviolabilité royale. Les résultats de cette délibération sont connus. Ce qui ne l'est pas, ce
qui mérite de l'être, ce que les circonstances me donnent le
droit de publier, ce sont les paroles sublimes de M. le Dauphin.

« *Ce n'est pas un avis que je donne*, dit-il, *c'est une conviction, c'est mon sentiment intime que je fais entendre. Je suis loin de penser que nous ne trouvions pas de nombreuses ressources en France contre la sédition de Paris; mais, s'il était vrai que nous fussions entièrement abandonnés, si ce jour doit être le dernier de notre dynastie, subissons notre destinée avec gloire; périssons les armes à la main*. Et ce prince, qui avait manifesté le désir d'éviter les ordonnances, qui eût voulu qu'on cherchât encore s'il ne restait pas quelque moyen de conjurer l'orage, ce prince, au milieu de sa grande infortune, ne proféra pas une plainte, ne nous fit pas entendre un mot qui ressemblât à un reproche. Plus tard, pendant la retraite, resté presque seul au milieu d'une troupe furieuse et armée, il prouva qu'il n'avait rien perdu de ce courage inflexible qu'il montra sur le champ de bataille et dans les fers de Napoléon. Ses nobles sentiments étaient dignes d'une meilleure destinée.

« *Ce qu'on eût dû prévoir arriva. Loin d'être utiles à la cause royale, les négociations déterminèrent sa perte. L'inaction amena le découragement. En contact avec le peuple, entourés des séductions les plus actives, les soldats commencèrent à déserter en grand nombre* (1). »

(1) Ici finit l'extrait que j'ai pris dans la brochure du comte de Montbel. Ses *Souvenirs* reprennent au chapitre suivant.

Dans ses *Mémoires*, le baron d'Haussez, membre du cabinet Polignac, déclare que pendant le conseil du 24 juillet 1830, il combattit les ordonnances. Pour celle sur les élections, seul il aurait tout d'abord refusé catégoriquement sa voix, tandis que M. de Montbel ne donnait la sienne qu'avec hésitation. D'Haussez se serait enfin décidé à admettre ces projets par point d'honneur, pour ne pas échapper aux responsabilités et aux périls qu'affrontaient ses collègues. Dans le conseil suivant, avant de signer les ordonnances, il aurait affirmé à Charles X que la mesure lui semblait indispensable, mais que les moyens pour la faire triompher lui paraissaient insuffisants.

Dans des pages précédentes, d'Haussez donne un portrait de chacun de ses collègues. Au sujet de mon grand-père, il écrit entre autres choses : « Venait enfin M. de Montbel, homme de conscience et de dévouement s'il en fut jamais, d'une droiture, d'une franchise, d'une probité admirables et faisant valoir ces précieuses qualités par un jugement sain, un esprit cultivé, une grande intelligence des affaires... »

CHAPITRE X

LES DERNIÈRES HEURES DE LA MONARCHIE LÉGITIME (1)

Nous rédigions les proclamations dont nous étions convenus avec le Roi, quand une nouvelle vint jeter l'alarme parmi les habitants du château (2). On avait appris que des tendances à la révolte se manifestaient au milieu des troupes de Versailles, ainsi que dans la ville, composée d'une population en majeure partie extrêmement libérale. La situation n'avait rien de sûr. A chaque instant, les positions pouvaient être tournées par les rebelles.

Je sortis du conseil pour savoir ce qui se passait. Je trouvai plusieurs personnes dans le vestibule. Un jeune homme, à l'aspect très animé, s'avance vers moi. « Me reconnaissez-vous? me dit-il. Je suis le censeur du collège royal de Versailles. Quand vous étiez ministre de l'instruction publique, vous m'avez traité avec bonté, j'en ai été profondément touché. Je veux aujourd'hui vous témoigner ma reconnaissance ; disposez donc de moi. Personnellement, je ferai tout ce qui sera en mon pouvoir pour vous être utile et cependant je partage l'enthousiasme de ceux qui veulent le triomphe des idées libérales. On n'attend ici que le départ du roi pour arborer les couleurs nationales. »

Il était hors de propos d'entrer en contestation avec cet homme, de lui montrer l'injustice de ses préventions, de

(1) Ce chapitre des *Souvenirs du comte de Montbel* a été écrit quelques semaines seulement après la révolution de Juillet.
(2) Charles X avait quitté Saint-Cloud pour se rendre à Versailles ; de là commence le récit qu'on va lire.

lui rappeler qu'à une autre époque il m'avait tenu un tout autre langage. Je fus cependant touché de l'intérêt qu'il me témoignait. J'écrivis à la hâte quelques mots au crayon, pour rassurer ma famille. Il se chargea de faire parvenir ce billet à l'adresse que je lui indiquai.

Le baron de Damas m'envoya quelqu'un, pour me prévenir qu'on partait sur-le-champ. Je me rendis auprès de lui. Quelle noble contenance il gardait, de quels sentiments élevés il faisait preuve ! Son admirable conduite est une leçon que le jeune prince a déjà sentie dans son cœur et que sa raison ne manquera pas d'apprécier un jour.

Nous étions au moment du départ. C'était un étrange et affligeant spectacle que cette multitude de personnages, de courtisans, de militaires, d'employés, de valets qui se hâtaient avec anxiété, les uns de retrouver leurs voitures, leurs chevaux, les autres de charger pêle-mêle des objets précieux sur les fourgons de la cour. Le Roi parut à cheval, suivi de M. le Dauphin et de plusieurs de ses officiers. A son aspect, la garde royale et les gardes du corps poussèrent de longues acclamations : « Vive le Roi toujours ! Nous le défendrons jusqu'à la mort ! » criaient ces braves militaires en brandissant leurs sabres avec enthousiasme. Autour de cette scène touchante, on voyait de sinistres figures dont l'expression mauvaise indiquait assez les sentiments qui allaient bientôt à leur tour faire explosion.

L'ordre de marche s'établit difficilement à travers une longue file de voitures. On avançait lentement dans un mortel silence, au milieu d'une poussière épaisse et d'une chaleur étouffante. Les soldats, qui déjà le matin avaient parcouru la distance de Saint-Cloud à Versailles, marchaient péniblement, mais sans perdre leur courageuse contenance. La colonne fit halte une fois. Partie à trois heures de l'après-midi, elle parvint de nuit à Rambouillet.

Depuis longtemps le château n'était plus qu'un rendez-vous de chasse. L'arrivée inopinée et nocturne d'une

cour et d'une armée devait nécessairement produire de
la confusion. J'entrai dans le château pour convenir avec
le comte de La Bouillerie (1) des mesures à prendre en vue
de concentrer les fonds au trésor du quartier général. En
errant dans ces appartements, naguère solitaires, actuellement encombrés d'habitants de passage, j'arrivai à Mme la
duchesse de Berry. Cette princesse avait auprès d'elle
un petit nombre de serviteurs braves et dévoués. Dès
qu'elle m'aperçut, elle vint à moi ; elle tenait un morceau
de pain. « Voilà, me dit-elle, à quoi l'on a voulu nous réduire, mais, tant qu'il me restera quelque chose, il ne sera
pas dit que j'oublie mes fidèles amis ; partagez avec moi. »
J'acceptai avec émotion ce don si précieux. Madame était
revêtue d'une redingote d'amazone, elle avait à la ceinture
quatre pistolets, ses cheveux ramassés étaient couverts
d'un chapeau d'homme. Le feu du courage et de l'indignation brillait dans ses yeux : « Aidez-moi, je vous en conjure,
me dit-elle, à obtenir du Roi de marcher vers la Vendée.
Nous y trouverons des moyens de combattre. J'encoura-
gerai ces braves gens de ma présence et de mon exemple.
Je suis armée et je me montrerai aux premiers rangs. »
Je promis à Madame d'appuyer son avis auprès du Roi
et de M. le Dauphin. Les personnes qui l'entouraient
partageaient son ardeur. Le comte Emmanuel de Brissac
ne démentait pas dans cette circonstance sa réputation de
dévouement et de loyauté. Son Altesse Royale me tendit
sa main que je baisai avec respect.

Après avoir reçu les ordres du Roi, je retrouvai le baron
Capelle. J'appris de lui que, dégoûtés par les récrimina-
tions des courtisans, nos collègues s'étaient déjà éloignés.
M. de Polignac était parti de Versailles même, dans une
voiture de la cour. M. d'Haussez était monté à cheval pour
se rendre chez un de ses amis, dans le voisinage. Quant à

(1) Intendant du trésor de la couronne et pair de France.

MM. de Peyronnet, de Chantelauze et de Ranville, ils avaient dû nous quitter en arrivant à Rambouillet. Mais le baron Capelle ignorait la direction prise par eux. Je regrettais que nos collègues se fussent si promptement déterminés à agir ainsi. Ils s'étaient laissé dominer par une considération dont il eût mieux valu surmonter l'amertume ; mais ils prévoyaient sans doute l'impossibilité de mettre un frein au mouvement révolutionnaire. Ils avaient craint que leur présence, désormais inefficace pour la défense de la cause, ne devînt nuisible à la famille royale. Nous nous promîmes de rester auprès du Roi tant que nos services pourraient lui être de quelque utilité.

Nous allâmes occuper une chambre et deux grabats qu'on nous avait préparés dans un local attenant au château et où étaient aussi logés les officiers de la Maison du Roi. Nous espérions y trouver le repos dont nous avions besoin, mais ces affreux événements avaient bouleversé nos esprits qui ne cessèrent d'être obsédés par de cruelles pensées.

Les ordres transmis par moi au receveur de Rambouillet restèrent sans résultat. Soit fatalité, soit crainte ou complicité, ce fonctionnaire s'était hâté de faire partir sa caisse pour la verser à la recette générale du département et les fonds de la liste civile, qui fournissaient seuls aux besoins de l'armée, étaient près de s'épuiser.

Tout, dans la grande allée et dans le parc de Rambouillet, retentissait d'un bruit d'armes, du roulement des chariots d'artillerie, de pas et de hennissements de chevaux. Sur ce mouvement extraordinaire enveloppé par une nuit limpide, les feux des bivouacs projetaient des lueurs tremblantes. La pureté du ciel, le calme de l'atmosphère nous faisaient par leur contraste sentir plus douloureusement l'orage des passions qui allaient ébranler l'Europe.

Dès le point du jour, je sortis pour me concerter avec M. de La Bouillerie. Je fus entouré par plusieurs jeunes gens qui m'étaient inconnus. Ils arrivaient de Paris, disaient-ils, pour témoigner au Roi leur intérêt et mettre tout leur dévouement à son service. Je louai ce zèle, mais je ne répondis pas aux questions qu'ils me posèrent. De graves indices me donnaient à croire que sur le nombre, plusieurs étaient des émissaires de la révolte, venus dans le but de surveiller notre situation et nos mouvements, peut-être même avec l'intention de propager la corruption parmi les troupes.

Je me rendis à l'église. J'avais besoin de prier Dieu pour mon malheureux Roi, pour ma patrie bien plus malheureuse encore ; j'avais besoin de retremper mon âme contre les amertumes et les anxiétés qui m'attendaient. Je retournai ensuite au château, voulant prendre les ordres de Charles X, après la messe qu'il allait entendre. Quelle différence entre ce salon d'attente, où je me trouvais alors, et ces brillantes galeries, ces magnifiques salles des Tuileries et de Saint-Cloud, où se pressait naguère une multitude couverte d'or, de broderies, de décorations, où une foule pompeuse apportait tant de vanités, tant de flatteries qu'elle masquait de protestations de dévouement à toute épreuve. J'avais vu récemment le vaste cabinet des Tuileries devenu trop étroit pour contenir les nombreux gentilshommes de la Chambre, et à présent je n'apercevais que quelques-uns des principaux officiers du Roi, mornes, tristes, abattus. Au lieu de leurs somptueux uniformes, des habits simples, des redingotes ; au lieu de leurs airs apprêtés, des propos pleins d'inquiétude.

Parmi les premiers gentilshommes de la Chambre, seuls le duc de Duras et le duc de Maillé se trouvaient là. M. le duc de Blacas n'aurait certainement pas manqué d'y être aussi, s'il n'eût en ce moment été éloigné pour accompagner le roi de Naples. Quelques fidèles apportaient encore au Roi le tribut d'un dévouement d'autant plus honorable qu'il était moins imité. De ce nombre, on comptait le marquis de Courtemanche, qui avait consulté son courage plus que sa santé ruinée, le comte Adrien de Rougé, venant, au milieu des dangers, demander les ordres du Roi pour lui et son fils, jeune enfant alors aux pages, mais animé de sentiments aussi généreux que son père. Je reconnus également le général Crossard, ce brave militaire qui a fait continuellement la guerre pendant trente ans et a mérité sur les champs de bataille les décorations les plus flatteuses des différentes puissances qu'il a servies. Les ducs de Luxembourg et de Mouchy, le prince de Solre, capitaines des gardes, étaient également à leur devoir. Le duc de Polignac, dans l'accablement d'un tel désastre, auquel le nom de son frère était lié, n'oubliait pas ce qu'il devait montrer de courage, d'honneur et de fidélité. Des nombreux aides de camp, entourant le Roi avec faste aux fêtes de la cour, on ne voyait plus que les comtes Mermet, Trogoff, O'Hegerthy, La Salle, de Bouillé et le baron de Kentzinger. Le général Vincent, écuyer de Charles X, continuait à donner des preuves de résolution et de respectueux attachement.

Les ducs de Guiche et de Ventadour, le marquis de Fontenille se trouvaient seuls à leur poste auprès de M. le Dauphin. Cette nuée d'officiers obséquieux qui se pressaient aux jours de réception pour solliciter ses regards et ses grâces avait entièrement disparu (1).

Mme la duchesse de Berry avait conservé à côté d'elle le brave et loyal comte Emmanuel de Brissac, son chevalier d'honneur, ainsi que le comte de Mesnars, son premier écuyer. Comme dame de sa suite, on n'apercevait que Mme de Bouillé. La duchesse de Reggio s'était excusée par raison de santé et Madame n'avait pas voulu que la marquise de Gourgue l'accompagnât au départ de Saint-Cloud.

Plus heureux, M. le duc de Bordeaux se voyait entouré par tous ceux à la loyauté desquels le Roi l'avait confié. Ceci montrait en toute évidence quel avantage on trouve

---

(1) Plusieurs officiers ne pouvaient alors se trouver auprès du duc d'Angoulême, car ils faisaient partie de l'expédition d'Alger.

à faire appel à des hommes dont la conduite sans tache est une garantie qu'ils ne transigeront jamais avec l'honneur et leurs devoirs. Le bel exemple du baron de Damas était noblement imité par les sous-gouverneurs, comte de Maupas et marquis de Barbançois, par le fidèle et intrépide capitaine La Villate, pour qui le jeune prince a une si grande affection et qui la mérite si bien en retour de son dévouement et de son inébranlable caractère. Le jeune et savant instituteur Barande montrait par sa ferme attitude qu'aux lumières de l'esprit il joint ces qualités du cœur indispensables pour diriger une éducation aussi importante. Le prince de Beauffremont, les généraux suisses Salis et Curtz, destinés à devenir un jour les aides de camp du duc de Bordeaux, se montraient dignes de la confiance de Charles X.

Les personnages que je viens de nommer et quelques autres attendaient que le Roi sortît de sa chambre pour l'accompagner à la messe. Les expressions variées des physionomies indiquaient les divers sentiments qui agitaient cette réunion. Quelques-uns parlaient avec courage des moyens de lutter contre la révolte, d'autres se laissaient aller à un mortel abattement, et, semblables à des victimes, ils paraissaient attendre dans un morne désespoir le coup qui mettrait fin à leur angoisse. MM. de Courtemanche et de Rougé me parlaient des ordres qu'ils venaient prendre de Charles X, de leur zèle à les exécuter, quels qu'ils fussent. Le vicomte N... m'entretenait de la possibilité qui restait aux officiers de la cour de conserver leurs traitements. Plusieurs me demandaient avec anxiété : « A-t-on des nouvelles du duc de Mortemart? Le nouveau ministère est-il formé? Certainement il y aura un accommodement prochain. » Aveugles, ne voyant pas qu'un pouvoir qui recule n'est plus un pouvoir, qu'il a cessé de régner, qu'une révolution dans l'enivrement de son triomphe ne traite pas, mais écrase, qu'une révolution faite par les passions d'une démocratie fougueuse est inexorable envers ces courtisans dont elle a pu accepter l'alliance, mais pour les renverser plus sûrement dans le précipice creusé avec eux autour du trône.

Ils spéculaient sur le retour de M. de Mortemart, rapportant au Roi les insultantes conditions qu'une populace effrénée daignerait mettre à une grâce illusoire. Cette attente obstinée était vaine. M. de Mortemart ne devait pas revenir.

Tandis que la crainte et l'égoïsme se cramponnaient à l'espoir d'une négociation impossible, une pensée désolante consternait les vrais amis de la famille royale. Depuis un mois à Vichy, Madame la Dauphine avait annoncé son retour. Elle était en route pendant les fatales journées. On n'avait pas de nouvelles de son voyage, on connaissait le mauvais esprit de plusieurs villes qu'elle devait traverser et on ignorait où elle avait appris la terrible catastrophe. Tous savaient son courage, tous savaient son dévouement et son attachement à sa famille, personne ne doutait qu'elle n'affrontât les plus grands dangers pour venir partager la destinée de ceux qui lui étaient chers. On était plein d'angoisse et, pour se rassurer, on se demandait s'il pouvait exister d'autres sentiments que le respect et l'amour envers celle dont la vie entière ne fut qu'un ensemble de malheurs supportés avec le plus noble courage, de vertus pratiquées avec la même constance, dans la patrie et dans l'exil. On aimait à penser qu'un peu de reconnaissance lui serait accordé pour les bienfaits qu'elle distribuait elle-même sans ostentation à toutes les infortunes, même à celles de ses ennemis.

Tout à coup, un mouvement inattendu appelle notre attention, on se presse de toutes parts. Couverte de vêtements simples et en désordre, une femme s'élance dans le salon. Le Roi accourt : « Mon père ! Ma fille ! » Ces paroles entrecoupées de sanglots sont les seules que nous puissions entendre. Avec une profonde émotion, l'infortuné monarque presse contre son cœur la fille de Louis XVI. Oh ! qui ne fut bouleversé par cette déchirante entrevue? Sur cette douloureuse physionomie, qui ne sut lire les plus affreux souvenirs? Les conspirations, les émeutes, les massacres de 92, l'écroulement du trône, la prison du Temple, l'échafaud de Louis XVI, de Marie-Antoinette, d'Élisabeth, de tant de nobles victimes, l'atroce agonie d'un frère, les fossés sanglants de Vincennes, les horreurs de l'exil et de la proscription, l'assassinat du malheureux Berry ; tout ce terrible passé se déroulait sans doute dans la mémoire de la Dauphine, s'ajoutant à l'effroyable tableau du présent et de l'avenir.

Pendant que Mme la duchesse d'Angoulême était avec le Roi, le marquis de Conflans (1) nous contait quels outrages cette princesse avait subis à Dijon, sa ferme résolution de rejoindre les siens, son inflexible courage, la nécessité où elle s'était trouvée de recourir à un déguisement pour parvenir jusqu'à Rambouillet. Lui-même, méconnaissable sous des habits empruntés, avait fidèlement suivi Son Altesse Royale.

Bientôt le Roi et sa famille revinrent dans la salle où nous étions réunis. Dans leur infortune, ils trouvèrent encore des mots consolants à dire à ceux qui ne les avaient pas abandonnés. On se rendit à la chapelle. Les dernières fois que j'avais assisté à la messe avec le Roi, c'était aux anniversaires de la mort de Louis XVI et de Marie-Antoinette. De tristes pressentiments m'avaient serré le cœur pendant la lecture solennelle du testament et nous nous étions communiqué de sombres réflexions avec mon collègue, M. de Guernon-Ranville.

Au sortir de l'église, le Roi nous fit appeler dans son cabinet, M. Capelle et moi. Nous lui exposâmes la nécessité

---

(1) Premier écuyer de la duchesse d'Angoulême.

de ne pas s'abandonner à l'incertitude d'un traité qui serait déjà conclu s'il avait été possible. Il importait pour la défense de la cause de faire des actes ostensibles de royauté. Un appel à tous les Français fidèles devait être envoyé sur les points avec lesquels on était en communication et particulièrement aux troupes des camps de Lunéville et de Saint-Omer, à l'armée d'Afrique, au Midi, à la Vendée. Les proclamations, interrompues à Trianon, devaient être reprises à Rambouillet, rédigées, signées, imprimées et expédiées promptement. Nous prendrions, d'accord avec le comte de La Bouillerie, toutes les mesures qui pourraient procurer aux troupes une solde et des moyens d'existence. Comme ministres, nous avions dû être sacrifiés à la possibilité d'un traité, mais ce traité ne se concluant pas, nous devions rester en fonctions pour servir la cause royale. Le Roi approuva notre avis, il nous ordonna de rédiger les proclamations et de les lui apporter le plus tôt possible.

Nous nous mîmes en devoir d'exécuter ces ordres, mais nous n'avions ni plumes, ni papier, ni local où il fût possible d'écrire. L'idée nous vint alors d'aller chez le sous-préfet de Rambouillet (1), neveu de l'évêque d'Hermopolis, homme excellent sous tous les rapports. Il nous donna l'hospitalité et nous fournit avec empressement tout ce qui était nécessaire.

Nous commençâmes alors à rédiger deux proclamations, l'une aux Français, l'autre à l'armée. Il n'était pas difficile d'exposer les intentions si droites du Roi, les intentions si perverses de ses ennemis contre l'ordre, contre l'évidente prospérité dont jouissait la France, contre la gloire si récente de l'importante conquête d'Alger. Malgré ce que le Roi avait fait de sacrifices, on ameutait la multitude contre lui. Deux cent vingt et un députés lui avaient déclaré une guerre à mort. Leurs attaques, les ovations scanda-

(1) Qui était alors M. de Frayssinous, neveu de Mgr de Frayssinous, évêque d'Hermopolis.

leuses que certains s'étaient ménagées, entre autres La
Fayette, avaient préparé l'association pour le refus de
l'impôt, annoncée comme une conséquence du refus du
budget. La haine et la vanité de quelques hommes réussirent à pousser de malheureux ouvriers à la révolte. En
les plaçant entre la faim et le désespoir, on les avait froide-
ment envoyés à la mort ou à l'assassinat des troupes du Roi.
Charles X exposait aux Français les malheurs qui fondraient
sur leurs têtes, s'ils se livraient ainsi au désordre suscité
dans la capitale par un groupe de factieux. Il les appelait
à l'aide, au nom de l'honneur et des intérêts de la patrie,
pour refouler cette nouvelle poussée révolutionnaire. Tel
était le sens de notre travail.

Quand les proclamations furent terminées, nous nous
rendîmes auprès du Roi pour les lui soumettre et lui demander sa signature. Nous le trouvâmes dans son cabinet
avec M. le Dauphin et M. de La Bouillerie ; je lui proposai
de lire les proclamations que nous venions d'achever ; il
avait l'air profondément triste et agité.

— Messieurs, nous dit-il, il ne s'agit plus de proclamations. J'ai à vous lire un acte bien différent par lequel je
nomme M. le duc d'Orléans lieutenant-général du royaume.

Cette déclaration nous consterna. Je rappelai au Roi que,
pendant la durée de mon ministère de l'intérieur, je lui
avais journellement envoyé ou remis des rapports sur les
conjurations et les manœuvres continuelles de ce prince
avec les ennemis de l'État, particulièrement avec Sébastiani, Schonen et Benjamin Constant ; je lui rappelai le
vote récent de son conseil pour le refus de l'impôt, sa conduite pendant les trois journées, la part qu'il avait prise
aux apothéoses de Foy et de Manuel, la protection manifeste qu'il accordait aux fauteurs de tous les désordres, de
toutes les calomnies, son attitude si coupable au moment
de la naissance du duc de Bordeaux. Je répétai ce que
récemment m'avait raconté Sémonville, ce que Mme S***

m'avait dévoilé des communications de M. le duc d'Orléans avec les chefs du comité directeur.

Le Roi me répondit vivement :

— Je sais tout cela et j'en sais encore davantage. Je connais M. le duc d'Orléans depuis plus longtemps que vous, mais il faut que je prenne un parti, étant donnée l'affreuse situation où se trouvent ma famille et mes fidèles serviteurs.

— Quoi, Sire, un semblable parti quand vous avez des canons et la garde royale !

— Ne vous abusez pas, nous répondit-il, le général Bordesoulle vient d'emmener à Paris la grosse cavalerie de la garde ; elle a fait en masse sa soumission aux révoltés, les autres régiments désertent.

— Cela n'est que trop vrai, dit le Dauphin, et ce qui prouve à quel point de vertige on est arrivé, les gardes du corps à pied de la compagnie de M. de Mortemart m'ont fait signifier qu'ils resteraient encore vingt-quatre heures auprès du Roi, mais qu'après cela, ils iraient à Paris se mettre au service du gouvernement provisoire. Toutefois, je suis d'avis de se méfier du duc d'Orléans, dont la conduite n'a jamais été franche. Mon devoir est de me soumettre aux ordres du Roi. Mais que va dire ma femme ? Certainement elle ne pourra approuver un tel expédient.

— Il le faut, dit Charles X. Voici la situation : M. le duc d'Orléans est à Paris, les rebelles l'ont déjà nommé lieutenant-général du royaume. Il est possible qu'en le nommant moi-même, je fasse à son honneur un appel auquel il ne sera pas tout à fait insensible. Il est possible également que cette démarche l'oblige à renoncer à ses projets coupables. Ma confiance peut le compromettre et le forcer ainsi à défendre les intérêts de la couronne. D'ailleurs, je ne vois pas d'autre moyen d'échapper à une situation qui serait pour moi bien affreuse. Je ne veux pas tomber entre les mains de La Fayette. Il vient de me faire dire par un homme qui s'est donné comme son aide de camp que, demain, à la tête de la population de Paris, il se rendrait ici pour s'emparer de moi et de ma famille. Je veux absolument éviter un tel sort. J'y ai bien réfléchi, je ne vois pas d'autre moyen que cette nomination du duc d'Orléans. Je vais vous dicter ce que j'ai fait, je vous ordonne de l'écrire.

Il n'y avait plus à délibérer. MM. de La Bouillerie, Capelle et moi, nous écrivîmes sous la dictée du Roi, en présence de M. le Dauphin. Ma copie, étant la plus correctement écrite, fut signée par le Roi, et il l'expédia sur-le-champ.

La figure de Charles X était bouleversée. Un profond chagrin se lisait sur son front, sur ses lèvres, dans toute son attitude. Le Dauphin, au contraire, restait le même ; aucune altération dans ses traits n'indiquait de l'inquiétude. Tout chez lui était soumission aux volontés de son père et entière confiance en Dieu.

Étant donné le parti que le Roi s'était décidé à prendre, nous ne pouvions plus lui être d'aucun secours. Il venait de remettre toute son autorité au duc d'Orléans, il ne devait donc plus avoir de gouvernement, et la présence de ministres signalés aux fureurs populaires aurait compromis la famille royale. On aurait demandé nos têtes au Roi, il n'eût pu nous défendre ; nous devions donc partir. Nous lui exposâmes notre pensée à cet égard. Ce prince si bon nous manifesta une profonde sympathie.

— Mais qu'allez-vous devenir? s'écria-t-il.

— Nous subirons loin de vous, Sire, la destinée que nous réserve la Providence. Si notre présence avait pu vous être utile, rien ne nous aurait décidés à vous quitter, mais elle deviendrait un danger pour votre personne.

— Du moins, revenez près de moi dès qu'il sera possible, ajouta-t-il les larmes aux yeux.

Il nous embrassa avec affection, ainsi que Monsieur le

Dauphin, et nous les quittâmes, pénétrés d'une bien vive douleur.

J'allai donner des ordres pour le lendemain, dans les cours du château, devant de nombreux curieux dont l'attention pouvait tenir à des sentiments ou favorables, ou hostiles. Les courtisans montraient des alternatives de crainte et d'espérance avec un égal défaut de mesure. Je les laissai à leurs illusions, et moi qui ne pouvais plus en avoir aucune, moi qui voyais avec une amertume profonde la couronne confiée à un prince ayant conspiré sans relâche contre ses bienfaiteurs, je n'avais qu'à me retirer pour préparer mon départ. Pendant que je prenais des dispositions bien simples, j'entendis des cris nombreux de : « Vive le Roi ! » Charles X était descendu avec la Dauphine dans l'avenue du château, et il parcourait les rangs des soldats restés encore dans le devoir. Ces troupes courageuses et les habitants, émus par cette scène, entouraient le monarque avec empressement. C'était un dernier adieu de la fidélité à la monarchie expirante. Henri IV aurait peut-être trouvé un moyen de dompter une capitale rebelle, mais il est vrai qu'Henri IV était l'expression d'un parti passionné. Ses talents, son activité, son courage auraient été impuissants contre l'exaltation de la Ligue, s'ils n'avaient dirigé l'exaltation non moins ardente du protestantisme. Il n'y a de lutte possible que si l'on oppose à des passions des passions égales. Si l'on n'a pour soi que la raison, les droits et la justice, on doit inévitablement succomber.

Avant de quitter la famille royale, peut-être pour ne la plus revoir, je voulus consacrer encore quelques instants à notre jeune prince. J'allai le joindre dans le parc du château. Les deux orphelins du duc de Berry étaient alors près de la grande pièce d'eau avec les personnes de leur suite. On s'efforçait de détourner leur imagination des tristes pensées qu'ils pouvaient cependant lire sur toutes les physionomies, incapables de dissimuler le chagrin ou l'inquiétude. Mademoiselle était déjà, quoique bien jeune, arrivée à un développement intellectuel qui lui permettait certainement d'apprécier l'horreur de sa position. Quant au duc de Bordeaux, il avait une perspicacité au-dessus de son âge ; il avait jugé la situation de sa famille, malgré l'attitude calme du baron de Damas et des officiers attachés à son éducation. On ne remarquait en lui aucune altération ; une vivacité impatiente rendait seulement ses mouvements plus prompts, sans rien ôter à son affabilité. Il vint à moi avec empressement, mais sans me demander s'il y avait quelque événement nouveau ; il était cependant facile d'apercevoir son vif désir d'apprendre où en étaient les choses. Je m'éloignai à quelque distance avec le baron de Damas, qui ignorait les dernières déterminations du Roi. Je les lui fis connaître, et nous nous affligeâmes ensemble sur une telle catastrophe, dont nous étions en mesure de comprendre l'étendue.

— Je frémis, me dit le baron de Damas, pour le précieux enfant qui m'est confié. Quand la fureur de Louvel a passé dans tant de cœurs, je ne puis oublier que le poignard de cet assassin voulait prévenir l'existence d'un fils du duc de Berry. Je veille avec mes officiers et nous ne laissons approcher aucun inconnu. Je ne veux pas que mon élève ait sous les yeux le spectacle d'aucune faiblesse, aussi vous avez pu remarquer que mes officiers et moi avons conservé notre attitude de Saint-Cloud, et pour que l'imagination du jeune prince n'erre pas inutilement, je fais continuer les leçons comme aux jours ordinaires.

Je restai longtemps plongé, avec le baron de Damas, dans d'amères réflexions.

— Adieu, lui dis-je enfin, que la Providence vous assiste et veille sur l'enfant dont vous avez la garde !

— Que Dieu vous protège aussi, me répondit-il en me serrant la main. Puissions-nous un jour nous retrouver encore !

CHAPITRE XI

Je rejoignis M. Capelle. Avec le crépuscule, l'instant du départ était arrivé. Nous allons chez le sous-préfet.

— Nous partons pour Paris, lui dis-je, donnez-nous, s'il vous plaît, des passeports.

— Je le veux bien, mais remarquez que ces passeports vous seront plus dangereux qu'utiles. Le nom de Rambouillet et le mien suffisent pour éveiller les soupçons.

— N'importe, il arrive souvent que les héros d'émeute n'ont guère d'instruction. L'exhibition d'un passeport étouffe leur enthousiasme. Ils déploient maladroitement le document officiel et feignent de l'examiner, mais ils ne lisent pas un seul mot, parce qu'ils ne savent pas lire. Il s'agit à présent de nous orienter pour gagner Paris, où il nous sera possible de trouver des passeports et des moyens de quitter la France. Nous partons à pied à l'instant, comptant traverser la forêt. Voyons sur votre carte de l'arrondissement la direction précise de notre marche. Des interrogations à cet égard pourraient nous rendre suspects.

— Voici une carte très détaillée. Vous suivrez cette longue route au milieu de la forêt. Vous éviterez la voie directe de Rambouillet à Paris, qui serait pour vous trop dangereuse. Je vais vous mener à l'entrée de cette allée afin d'empêcher toute erreur. La nuit commence, elle favorisera votre départ.

Le bon sous-préfet guida notre marche pendant un quart d'heure, puis se sépara de nous avec émotion. Nous voilà donc sous bois, à la garde de Dieu. Au-dessus de nos têtes brillait un ciel resplendissant d'étoiles ; parfois le vent du soir apportait jusqu'à nous les rugissements révolutionnaires poussés autour de l'asile de Charles X, parfois éclataient des détonations d'armes à feu. Soudain, nous entendons le son de nombreux grelots et le galop d'un cheval venant de Rambouillet. C'est sans doute une estafette envoyée par les ennemis du Roi à Paris. Nous nous cachons derrière les arbres pour éviter l'attention de ce messager, chargé peut-être d'annoncer notre départ ; mais il passe rapidement et nous reprenons notre marche favorisée par une belle nuit d'été.

Le jour commençait à poindre, nous sortions de la forêt. Plus âgé que moi et d'une structure un peu lourde, le baron Capelle exténué de fatigue me dit qu'il sentait les premières atteintes d'une crise de goutte. Jamais semblable crise n'était venue plus mal à propos. Que faire en pareille occurrence? Où trouver un refuge pour ce pauvre malade? Je ne pouvais abandonner cruellement mon compagnon d'infortune, je tâchai donc de l'encourager.

— Essayons d'aller un peu plus loin, lui dis-je.

— C'est tout à fait impossible. Il faut que je me repose et que je dorme. Je suis accablé et vraiment incapable de faire un pas.

Nous étions au bord d'une prairie brillante de rosée. Nous voilà étendus sur l'herbe humide, abrités par un tertre boisé. Bientôt la fatigue endort complètement M. Capelle. Il n'était pas encore quatre heures. Les habitants des hameaux voisins allaient à leurs travaux et remarquaient naturellement ces deux hommes, dont le costume n'avait rien de ce qui caractérise les villageois ou les voyageurs à pied. M. Capelle était en frac noir, en gilet de soie et cravate blanche ; quant à moi, j'avais troqué mon habit pour la redingote bleue d'un valet du baron de Damas. Je ne dormais pas, je voyais la surprise des passants, leur pantomime, j'entendais leurs propos.

— Voilà, disaient-ils, des particuliers qui ont certainement employé la nuit dernière à tout autre chose qu'à dormir, puisqu'ils sommeillent de si bon matin dans une prairie mouillée. Ils sont vêtus comme des messieurs, mais ça n'empêche pas qu'ils aient pu faire quelque mauvais coup. Peut-être viennent-ils de Rambouillet.

Ces commentaires étaient peu rassurants pour nous. J'éveillai mon compagnon de voyage et je lui communiquai les observations dont nous étions devenus l'objet. Il en comprit comme moi les dangers et se détermina à tenter un effort. Il s'appuya sur mon bras et nous atteignîmes péniblement un sentier bordé de haies et ombragé de chênes. .

— Voici, lui dis-je, une place où nous serons moins en vue et où vous pourrez reprendre des forces par un peu de sommeil.

Bientôt, en effet, il s'endormit profondément, mais aussi, hélas! très bruyamment. Je m'étendis près de lui pour moins attirer les regards et éviter toute interrogation qui pouvait devenir embarrassante et par suite dangereuse. J'avais un instant fermé les paupières. En les rouvrant à demi, j'aperçus un quidam les mains appuyées contre ses genoux, se courbant vers moi et attachant sur mon visage les regards de deux gros yeux.

— Je doute que celui-ci dorme, dit-il. Quant à l'autre, il ronfle comme un tuyau d'orgue. Quels peuvent être ces gens rôdant ici, ou plutôt y dormant à différentes places? Il faut éclaircir ce mystère. Je vais en prévenir qui de droit.

Et il partit.

Il n'y avait plus à douter de notre sort, si nous restions en cet endroit. M. Capelle, réveillé, me dit :

— Peut-être que mon affaiblissement extrême tient à un défaut de nourriture. Hier, dans la journée, nous n'avons pris qu'un morceau de pain, essayons de voir si quelques aliments me donneraient la force d'aller plus loin.

Une maison isolée se trouvait à quelque distance. Nous nous y rendons. C'était une auberge pour les charretiers. On nous donne à chacun un œuf, un morceau de pain noir et un verre d'eau. Ce repas frugal suffit avec la nécessité pour permettre à M. Capelle de se remettre en route.

Nous arrivons à Dourdan, dont le clocher et quelques maisons s'élevant au-dessus des arbres avaient déjà frappé nos regards. Tout à coup, au détour du chemin, nous apercevons devant nous, à quelque distance, des soldats armés qui nous barrent le passage. Deux ou trois se détachent du peloton et viennent à nous en courant.

— Mon cher ami, me dit M. Capelle, voilà certainement la fin de notre odyssée et de nos fatigues. On nous a signalés, ces soldats vont nous arrêter. Je ne puis pas fuir, quittez-moi, sauvez-vous.

— Je m'en garderai bien. Faisons bonne contenance, c'est la seule chance d'échapper à un danger peut-être imaginaire, mais que toute fausse manœuvre, de notre part, rendrait certain.

Deux sous-officiers essoufflés s'adressèrent à nous.

— Messieurs, dit l'un d'eux, veuillez nous indiquer la route la plus courte pour aller à Ablis.

— Allez devant vous, prenez le premier chemin à droite, puis au second ruisseau, tournez à gauche.

— Mille grâces !

Il n'y avait pas lieu à beaucoup de reconnaissance. J'avais répondu au hasard, mais sans hésitation. Il importait qu'on nous crût des naturels du pays. Les sous-officiers et les soldats nous adressèrent en passant un salut amical. Il est probable que, plus tard, ils nous maudirent, nous et nos renseignements.

Après avoir traversé la petite ville de Dourdan, nous pénétrons dans la forêt pour nous enfoncer bientôt au milieu de taillis épais, loin de tous regards.

— Il est dix heures, me dit M. Capelle. J'ai un extrême besoin de repos. Le soleil est brûlant ; la marche nous exténuerait, je ne pourrais pas la supporter. Restons ici jusqu'à quatre heures. Nous arriverons, vers le soir, chez le receveur général, M. de Saulty, avec qui je suis lié et qui était sous vos ordres aux finances. Nous y trouverons un refuge et les moyens de gagner Paris un peu moins en évidence et plus commodément. Je connais le pays, mais en retour, j'y suis malheureusement très connu, puisque j'y ai exercé naguère les fonctions de préfet et que les conscrits ont tous passé devant les conseils que je présidais. Chaque individu peut ici retrouver en moi la physionomie inoubliable du préfet de Seine-et-Oise. Mes cheveux noirs, bouclés et touffus, mes épais sourcils sont trop caractéristiques pour passer inaperçus. Nous avons besoin des ténèbres de la nuit et demain des stores d'une voiture.

Nous voilà donc couchés, dominés par des feuillages compacts, sous lesquels l'air immobile devient bientôt d'une chaleur insupportable. Nous entendions des voix nombreuses, souvent des cris. Les aboiements des chiens nous faisaient craindre l'approche d'une chasse, dont nous pourrions bien devenir le gibier. Six heures dans cet étouffoir me parurent bien longues. Que de tristes réflexions se pressaient dans ma pensée ! Quel allait être, dans cette journée, le sort du Roi et de sa famille ? Qu'étaient devenus nos collègues ? A quelles cruelles angoisses étaient en proie ma femme, mes enfants, ma mère, ma belle-mère, tous ceux qui m'étaient chers ? Quelles seraient pour eux les conséquences de ma situation ? Nous savions, par une douloureuse expérience de famille, ce qu'il faut attendre de la philanthropie révolutionnaire. Dans de telles épreuves, la seule ressource est d'élever son âme vers Dieu par la prière, d'accepter les sévères décrets de sa volonté en expiation de nos fautes.

Notre long séjour dans ce taillis brûlant fit sur M. Capelle l'effet d'un bain de vapeur continuel. Il était trempé, ce qui, joint à notre diète austère, amena la disparition de la crise de goutte. A quatre heures, nous étions en marche avec des forces nouvelles et, après avoir traversé le Marais, belle terre de M. Molé, nous arrivâmes enfin chez le receveur général.

— M. de Saulty (1) est-il chez lui? demanda M. Capelle.

— Non, répondit le concierge, il est sorti ainsi que Madame, mais Mademoiselle est sur la terrasse.

On nous conduit. Nous traversons un salon élégant. Mlle de Saulty était assise sous une véranda, elle causait avec un homme âgé.

— Monsieur le baron Capelle, quoi, vous voilà ! s'écriat-elle avec surprise. Mon père est allé à Paris, mais ma mère va rentrer bientôt, elle sera heureuse de vous revoir.

L'exclamation de cette jeune personne, en présence d'un inconnu, révélait le secret de notre voyage à Paris. Cela nous causa une vive contrariété, mais il fallut en prendre son parti. La conversation s'engage sur les événements dont nous ignorions les conséquences. On nous donne les journaux qui renferment des articles désolants pour notre attachement à Charles X et à sa famille, des outrages et des calomnies dirigés même contre la fille de Louis XVI. Mlle de Saulty nous lit ces lignes : « On assure que l'ex-ministre Peyronnet a été arrêté au moment où il rentrait

(1) Philippe-Albert-Joseph de Saulty (1767-1833) fut trésorier du génie militaire, puis receveur général des finances de Seine-et-Oise, député de ce département sous la Restauration, chevalier de la Légion d'honneur et l'un des régents de la Banque de France. Il avait épousé le 10 février 1803 Marie-Adélaïde Pruvost (1777-1851). De ce mariage il eut deux fils et deux filles ; l'une de celles-ci, Albertine de Saulty (1805-1863), épousa M. Henri de Soye et l'autre, Henriette-Alexandrine de Saulty (1810-1858), s'unit, le 14 mars 1830, à Gaspard-Marie-Amédée, comte de Chabrol-Tournoël, maître des requêtes au Conseil d'État.

dans Paris. » Cette nouvelle était peu rassurante, vu nos projets, toutefois elle ne les changea pas.

Mme de Saulty arriva enfin. Elle fut parfaitement bonne et charitable. Elle prit les mesures que la prudence lui inspirait. Nous quittâmes la terrasse.

— Messieurs, nous dit-elle, vous serez sans doute bien aises de voir ma fille, Mme de Chabrol, qui est forcée de garder la chambre ; je vais vous conduire chez elle.

Nous la suivons et nous trouvons la jeune femme avec son mari, neveu du comte de Chabrol, mon ancien collègue au ministère. Quand nous fûmes ainsi loin de toute oreille indiscrète, Mme de Saulty nous dit avec une affectueuse chaleur :

— Je suis heureuse, messieurs, d'abriter sous mon toit des amis tels que vous, exposés à de si grands dangers. Je suis désolée que l'inexpérience de ma fille vous ait tenus longtemps sur cette terrasse en butte aux indiscrétions des personnes qui viennent me voir. Les habitants de cette contrée sont détestables ; s'ils soupçonnaient votre présence dans ma demeure, vous n'y seriez plus en sûreté. Quel est votre projet ?

— Nous allons à Paris.

— A Paris ? Y songez-vous ? Mais vous allez vous livrer à vos ennemis les plus acharnés. Savez-vous que M. de Peyronnet a été arrêté au moment où il y entrait ?

— Nous le savons et pourtant nous persistons dans notre projet. C'est au cœur d'une grande capitale qu'il est le plus facile d'échapper aux recherches. C'est à Paris seulement que nous pouvons nous procurer les passeports et les moyens nécessaires pour sortir de France.

— Puisque telle est votre résolution, je vais vous fournir la possibilité de l'exécuter. Vous devez être épuisés de faim et de fatigue. Suivez-moi, je vais vous conduire dans un appartement retiré et paisible, où vous trouverez un souper et de bons lits.

Nous la suivons ; elle nous installe dans des chambres éloignées de tout bruit et, malgré nos tristes pensées, la fatigue finit par nous endormir. Quel bienfait de la Providence que le sommeil pendant les grandes douleurs morales, mais aussi quel supplice que le réveil !

Une nouvelle journée d'épreuves se dressait devant nous. Vers dix heures du matin Mme de Saulty vint nous dire :

— Tout est arrangé pour votre départ. Un cabriolet de meunier vous conduira à Paris. Le cocher est un brave homme, mais il ignore qui vous êtes, il croit emmener avec lui deux négociants. Vous ne partirez qu'à cinq heures de l'après-midi, afin d'arriver le soir à Paris, à une heure où vous courrez moins de risque d'être reconnus.

Adoptant ce plan, nous prîmes congé de nos généreux hôtes à cinq heures précises pour monter dans le large cabriolet du meunier. Notre automédon, décoré d'une énorme cocarde tricolore, nous conduisit fort bien jusqu'à Longjumeau, mais, arrivé là, il voulut absolument faire reposer son cheval pendant une heure. Toutes nos instances pour aller plus loin furent inutiles ; il avait des connaissances à l'auberge, des affaires dans le bourg et, selon lui, nous retrouverions le temps perdu, grâce à la nouvelle ardeur qu'aurait le cheval, après un peu d'arrêt et une bonne ration d'avoine.

— Nous ne voulons pas, lui dis-je alors, nous enfermer dans une auberge, nous allons nous promener sur la route ; vous nous rejoindrez dans une heure.

— C'est convenu.

Nous nous engageons donc dans l'interminable rue de Longjumeau. Il était sept heures du soir. Tous les habitants, assis devant leurs portes, cherchaient à respirer un peu d'air frais, après la température torride de la journée.

— Ce sera un miracle si je ne suis pas reconnu, me dit

M. Capelle. J'ai passé tous ces gens-là en revue et maintenant l'ex-préfet va subir à son tour l'inspection de ses
administrés. Il suffit d'un conscrit mécontent, d'un gar-
nement bien aise de produire de l'effet, pour que je sois
immédiatement signalé et arrêté. Comme vous n'êtes pas
aussi connu que moi, marchez en avant, afin que mon
malheur n'entraîne pas le vôtre.

Je pris donc les devants entre deux haies d'habitants,
très occupés de la nouvelle révolution, se communiquant
leurs impressions, faisant la lecture des bulletins de la
capitale, chantant des airs soi-disant patriotiques. Des
voitures de toute espèce passaient rapidement, se rendant à Paris.

Sorti de Longjumeau, je m'avançai lentement sur la
route dans l'attitude d'un promeneur paisible, mais le
temps s'écoulait et M. Capelle n'arrivait pas. Je rétro-
gradai jusqu'à l'entrée du bourg, il était assis sur une borne
et semblait préoccupé.

— J'ai échappé aux regards de ceux qui auraient pu
me reconnaître, me dit-il, mais je suis excédé de fatigue.
J'attends ici notre cabriolet. Continuez à avancer; d'ailleurs, en étant séparés, nous courons moins de risques ; je
vous prendrai au passage.

Je poursuivis donc ma promenade solitaire sur la route
de Paris. Le jour s'éteignait graduellement. Tout à coup
j'entendis s'élever dans Longjumeau une clameur immense :
« Vive la Charte ! A bas le Roi ! Mort aux ministres ! »
Quelle était la cause de ces cris forcenés? M. Capelle
était-il découvert, était-il arrêté? Dans cet instant d'anxiété
des hommes à mines farouches passèrent auprès de moi
et semblèrent m'observer avec attention. Le cabriolet
du meunier parut enfin. Je m'approchai pour y monter...
Il était vide.

— Où donc est mon compagnon de voyage? demandai-je au cocher.

— Votre compagnon de voyage? Vous devez savoir où il est beaucoup mieux que moi. Vous ne me l'avez pas donné en garde.

M. Capelle, pensai-je, a été livré à nos ennemis par ce traître qui va me livrer à mon tour.

— Je ne veux pas partir sans mon compagnon, il est resté sur la route, je vais le ramener, attendez-moi.

Je cherchai vainement M. Capelle, il n'était plus à la place où je l'avais laissé; je ne doutai donc pas de son malheur. De nouvelles vociférations éclatèrent comme de vrais cris de cannibales. Étant, hélas, impuissant à sauver la victime, je m'éloignai pour tâcher de ne pas tomber moi-même aux mains des ennemis. Dans cette intention, j'évitai le cabriolet et son conducteur que je tenais pour un perfide. La nuit aidait à mon projet. Je m'écartai de la route pour attendre l'obscurité complète, dans des champs dont les riches productions me dérobaient à tous les regards. Quand les bruits eurent cessé et que Longjumeau me parut plus calme, je repris ma route, comptant arriver à Arcueil au lever du jour. Comme je marchais dans un chemin de traverse, *per amica silentia lunæ*, j'entendis tout à coup les pas de nombreux chevaux. Je me blottis aussitôt dans un champ de blé. Un régiment de chasseurs à cheval défile près de moi, faisant probablement une marche de nuit pour éviter la chaleur accablante des journées d'août. C'est sans doute le passage de ces soldats à Longjumeau qui avait provoqué les cris forcenés des habitants. Les escadrons se succèdent lentement sans soupçonner ma présence. Un chien du régiment vient aboyer autour de moi. Allait-on me prendre pour un malfaiteur ou pour un homme d'État? Je fis en sorte qu'on me prit pour un homme endormi. Je ne bougeai pas. Le chien, me croyant peut-être mort, m'abandonna; personne ne fit attention à moi.

Je me remis en marche; mais il faisait très sombre et, ne pouvant plus m'orienter, je m'égarai pendant quelque temps. Heureusement j'aperçus enfin l'étoile polaire, ce qui me permit d'assurer ma direction et de rejoindre la grand'route.

L'aube paraissait à peine, lorsque j'arrivai à Arcueil. Aucune maison n'était encore ouverte; où m'arrêter? J'allai pendant quelques instants m'asseoir sur un tertre, près de l'aqueduc dont j'avais l'air d'étudier les arceaux, attendant ainsi que le soleil vînt réveiller les habitants. Portes et fenêtres s'ouvrirent enfin; des blanchisseuses, des ouvriers se mirent au travail.

— Voudriez-vous m'indiquer la demeure de M. Dinet? demandai-je à un petit garçon.

— Bien volontiers, monsieur.

Je suis les pas de mon jeune guide.

M. Dinet, inspecteur général de l'Université, examinateur des aspirants à l'École polytechnique, avait épousé une demoiselle de Lasplanes, d'esprit très distingué et fort liée avec ma famille; lui-même était un homme de mérite auquel j'avais été heureux de faire accorder par le Roi le titre d'officier de la Légion d'honneur. J'étais avec lui en relations habituelles et amicales, aussi comptais-je sur son assistance dans ce moment d'épreuve. Je frappe à sa porte; un homme à moitié endormi vient m'ouvrir.

— Puis-je voir M. Dinet?

— Il n'est pas cinq heures, Monsieur ne se lève pas si matin.

— J'ai à l'entretenir d'une affaire importante, permettez-moi de l'attendre dans son jardin.

— Soit, dit l'homme.

Une heure après, M. Dinet parut en robe de chambre. A mon aspect il fut pétrifié.

— Quoi, c'est vous! s'écria-t-il; ma maison est ouverte au public, je ne suis pas sûr de la discrétion de mes gens. Malgré toute mon amitié pour vous, je ne saurais vous donner un asile, vous n'y seriez pas à l'abri.

— Je ne viens pas solliciter un tel service, donnez-moi un verre d'eau, car je meurs de soif, puis faites-moi conduire à l'établissement du docteur Esquirol (1).

Quelques moments après, M. Dinet m'apporta lui-même le verre d'eau demandé. Je le reçus avec reconnaissance. Il faut avoir éprouvé toutes les tortures de la soif pour bien apprécier cette parole de l'Évangile : « Le verre d'eau que vous donnerez en mon nom à votre frère pauvre, vous sera compté. » M. Dinet me dit alors :

— Venez, je vous servirai moi-même de guide jusqu'à l'établissement du docteur Esquirol, mais je marcherai un peu devant vous.

Nous approchions de Paris. Tout à coup, M. Dinet s'arrête ; je me trouve bientôt auprès de lui.

— Voilà, me dit-il, l'établissement de M. Esquirol, vous y arriverez bien vite. Que Dieu vous conduise, vous protège et vous sauve, c'est le plus cher de tous mes désirs.

Je lui serre furtivement la main et nous nous séparons.

J'arrive enfin à la porte de M. Esquirol. J'avais visité son établissement lorsque j'étais ministre de l'intérieur. Les gens de service m'avaient considéré avec attention, me reconnaîtraient-ils ? M. Esquirol était absent. Son neveu, M. Mitivier, vint me recevoir, il comprit de suite qui j'étais et me conduisit aussitôt dans une pièce isolée.

— Soyez le bienvenu, me dit-il avec effusion. Vous avez eu raison de compter sur notre hospitalité. Nous vous sommes tout dévoués. Votre famille est en sûreté, mais elle est à votre sujet dans une inquiétude que je vais faire cesser en lui portant de vos nouvelles.

— J'avais foi en votre amitié. J'en apprécie toute la valeur par l'accueil que vous faites à un proscrit. J'use de votre hospitalité, je n'en abuserai pas. Conduisez-moi au

---

(1) Jean-Étienne-Dominique Esquirol, né à Toulouse en 1772, mort en 1840, fut un médecin aliéniste célèbre. Il devint membre de l'Académie de médecine et de l'Académie des sciences morales.

quartier des aliénés. Ordonnez qu'on me tienne au lit et qu'on me donne quelques aliments. Je suis épuisé de fatigue et de chagrin. Je sais qu'il m'est impossible de rester ici, puisque votre maison est soumise à l'inspection de l'autorité et que vous devez faire une déclaration exacte de l'entrée des malades. Pour rien au monde je ne voudrais causer des embarras ni surtout des dangers à aucun de vous. Instruisez votre cousin Adelphe de ma présence ; qu'il me procure un passeport pour la Suisse. Je partirai demain, j'aurai donc cette journée-ci et la suivante pour retrouver par le repos les forces dont j'ai besoin.

Je fus donc traité comme un aliéné. M. Mitivier me prépara lui-même un breuvage qui n'était autre chose que du thé ; il recommanda aux gardiens de ne pas me laisser sortir de mon lit, prescription que je n'avais nulle envie d'enfreindre. Après avoir reçu ma ration, je m'endormis et mes douleurs morales furent encore suspendues pendant plusieurs heures.

A mon réveil, Adelphe Esquirol (1) me pressait dans ses bras avec effusion. Il avait été le compagnon de mes travaux pendant ma carrière ministérielle. Il m'avait suivi dans les trois ministères de l'instruction publique, de l'intérieur et des finances, comme chef de mon cabinet. Cœur loyal et fidèle, il possédait justement toute ma confiance.

— J'ai rassuré votre famille sur votre sort, me dit-il, sans toutefois lui faire part de vos projets, afin de lui éviter de nouvelles inquiétudes. Tous les vôtres se sont trouvés sous le toit de mon oncle pendant les premiers jours ; ils logent actuellement à l'Hôtel des Ministres. Mme de Montbel a soutenu cette épreuve avec une grande force d'âme. Dès que j'ai su que vous étiez ici, j'ai couru au bureau des passeports. En m'apercevant, M. Portes m'a appelé et, me

(1) Adelphe Esquirol était le neveu du médecin. Il fut conseiller référendaire à la Cour des comptes.

prenant à part : « Vous n'avez besoin de rien dire. Je sais
déjà pourquoi et pour qui vous venez ; dans un instant
je vous remettrai ce qui est nécessaire à notre ami ; heureux
si avec vous je puis contribuer à le sauver. » En me disant
cela, poursuivit Esquirol, ce brave homme avait les larmes
aux yeux. Voici le passeport qu'il m'a donné pour vous.
Votre signalement est exact. Vous êtes désigné sous le
nom de Capdeville, artiste paysagiste, se rendant en
Suisse par Neuchâtel. Pour être d'accord avec votre titre
d'artiste, voici un album où se trouvent quelques croquis
au crayon. Une blouse bien commune, une horrible casquette et un petit havresac compléteront votre équipement ; j'ajoute en outre une vieille carte de France pour
vous conduire. Il y aura du malheur, si, sous ce harnais
misérable, on reconnaît le ministre des opulentes finances
du royaume le plus riche de l'Europe. Vous allez partir
pour Fontainebleau, de là vous vous rendrez à Sens.
Après-demain soir, à neuf heures, arrivera dans cette ville
la diligence de Laffitte et Caillard, une place y est arrêtée
pour vous jusqu'à Dijon. Descuns, mon camarade du
ministère de l'intérieur, s'y trouvera avec plusieurs de
nos amis. Il vous escortera jusqu'en Suisse et rapportera
à votre famille la certitude que vous êtes sauvé. Tout ce
que nous avons d'argent est à votre disposition.

— Je vous en remercie, mon cher ami, mais je n'ai
besoin de rien. Avant notre départ de Rambouillet, le Roi,
préoccupé de l'embarras où nous pourrions être à cet
égard, nous a fait parvenir à chacun un billet de mille
francs. Ce billet, je vous le remets. Ma famille se trouve
peut-être actuellement sans ressources, apportez-lui sept
cents francs et donnez-m'en trois cents qui suffiront pour
ma route et seront plus en harmonie avec mon modeste
havresac, dans lequel on ne peut pas m'accuser d'emporter les trésors de la France.

J'endossai la blouse et le havresac, j'enfonçai sur mes

yeux la casquette et je suivis Adelphe qui, par une porte
latérale, me fit sortir de l'établissement. Il marchait assez
loin devant moi et personne ne pouvait supposer la moindre
relation entre nous. Au bout de quelques minutes, il
s'arrêta. Quand je passai devant lui, il me dit à voix basse,
sans me regarder :

— Vous voici sur la route de Fontainebleau, que Dieu
vous conduise.

Et, sautant un fossé, il pénétra dans un champ voisin,
comme un propriétaire qui va examiner les travaux qu'il
a ordonnés. Je poursuivis mon chemin, le cœur bien
triste de quitter, sans lui dire adieu, un ami si cher et si
dévoué.

Je marchais résolument sous l'abri de mon misérable
accoutrement. Il était près de sept heures du soir, quand,
en vue d'Essonnes, je me trouvai tout à coup en présence
d'un régiment de cavalerie ; c'étaient les lanciers de la
garde, qui allaient dans la direction de la capitale. Je ne
m'amusai pas à les regarder, craignant d'attirer leur attention et une reconnaissance pour le moins inutile. Je lon-
geai leurs rangs du côté où le vent portait la poussière,
réussissant ainsi à me cacher au milieu d'un nuage plus
épais que poétique. Dans la situation où j'étais alors on
est méfiant, je crus donc que quelques regards se dirigeaient vers moi.

A peine avais-je dépassé la troupe et fait environ une
centaine de pas sur la route que deux sous-officiers vinrent
derrière moi au grand trot et se portèrent rapidement
vers Essonnes. Ils en sortirent quelques moments après,
se faisant précéder d'un cabriolet semblable à celui que
j'avais abandonné à Longjumeau, pour fait de trahison
supposée. Cette analogie me parut d'assez mauvais augure,
d'autant mieux que tout à coup le véhicule et les deux
sous-officiers s'arrêtèrent, interceptant complètement la
route. M'attendaient-ils? Je ne me souciais pas d'aller leur

demander réponse à cette question. Étant assez loin d'eux, je prends un sentier à droite et je me dirige vers une maison isolée. Une femme travaillait devant la porte.

— Ma bonne dame, lui dis-je, pouvez-vous me loger pour la nuit?

— Je ne loge personne; il y a des auberges à la ville, tout près d'ici.

— Hélas! ce sont les auberges que je voudrais éviter, je suis un pauvre diable qui a une longue route à faire et peu d'argent à dépenser. Un peu de paille me suffira et je vous paierai exactement ma couchée et ma nourriture.

— Bien, bien, vous avez la physionomie d'un brave homme. J'ai des ouvriers qui couchent au galetas; si vous voulez passer la nuit avec eux, ils vous feront place. Je vais vous donner à manger, asseyez-vous là.

Quelques moments après, elle m'apporta de la soupe dans une écuelle de terre, un morceau de pain noir et un verre d'eau. Ce fut pour moi un repas bien meilleur que les festins ministériels les plus somptueux.

La maîtresse de céans m'avait quitté un moment. Elle rentre, s'assied près de moi et me dit :

— Les lanciers sont partis d'Essonnes à six heures; je ne sais pourquoi deux ou trois d'entre eux y sont revenus; on dirait qu'ils cherchent quelqu'un.

— Ou quelque chose, répondis-je évasivement, car dans leurs marches les troupes sont exposées à égarer divers objets; mais j'ai terminé mon souper, je voudrais maintenant me reposer sans tarder, puisque je dois partir demain matin vers quatre heures. Conduisez-moi, s'il vous plaît, au galetas dont vous m'avez parlé.

Je grimpe avec elle dans un taudis bien misérable. Il y avait plusieurs grabats, elle m'en indique un sur lequel je me jette tout habillé, appuyant mon visage contre mon havresac pour être moins vu par les habitants du dortoir. J'étais installé depuis une heure, lorsque j'entendis l'arrivée bruyante de douze maçons et charpentiers. En me voyant, ils se récrièrent :

— Qui donc est ce nouveau venu? se demandèrent-ils.

Je dus subir leur examen; ma blouse fut soulevée et mon havresac soigneusement tâté.

— Comme il dort, ce gaillard-là, finirent-ils par dire; c'est sans doute quelque voyageur, mais pas trop chargé tout de même.

En quittant leurs vêtements, ils entonnèrent des hymnes révolutionnaires dont le refrain était : « A bas Charles X ! A bas ses ministres! » Je ne bougeai pas. Moins j'étais disposé à dormir, plus mon sommeil paraissait profond. Peu à peu les chants s'achevèrent en quelques hideux blasphèmes auxquels succéda un concert de vigoureux ronflements. Je ne dormis pas une minute et j'eus le temps de me livrer à d'amères réflexions, songeant avec tristesse combien ils sont criminels ceux qui ont réussi à dépraver ainsi de pauvres ouvriers. En arrachant de leurs âmes toute idée religieuse, ils ont enlevé à ces infortunés le sentiment de leur dignité, ils les ont condamnés aux tortures d'un malheur sans résignation et sans espérance.

Dès que l'aube parut, je fus sur pied. Mes bruyants compagnons ronflaient encore et mon hôtesse vigilante était déjà aux soins de son ménage. Elle me donna un verre de lait avec un morceau de pain noir. Mon compte pour les deux repas et la couchée ne dépassa pas quinze sous. La prudence m'empêcha de reconnaître plus généreusement l'hospitalité de cette brave femme. Je la remerciai de mon mieux, elle me souhaita bon voyage et je me mis en route.

Tout était calme, le cabriolet et les lanciers avaient disparu, personne n'encombrait mon chemin. Les habitants d'Essonnes dormaient profondément; les rues étaient désertes. Il faisait une matinée radieuse dont la fraîcheur sereine, les parfums et le charme compensaient délicieusement pour moi la nuit étouffante du galetas. Je marchais tranquillement et après quelques haltes sous les arbres séculaires de la forêt, j'arrivai à Fontainebleau où je m'arrêtai dans une auberge. D'après les indications que me fournit mon hôte, une voiture partait le lendemain de chez lui pour Sens ; j'y arrêtai ma place. Afin d'éviter toute fâcheuse rencontre, je me retirai ensuite dans ma chambre, et, pour être fidèle à mon rôle d'artiste, je me mis à dessiner sur mon album ce que j'apercevais de ma fenêtre J'ai conservé ce dessin et cet album qui me rappellent tant de souvenirs mêlés à celui de la protection divine dont je ne cessai alors d'être l'objet.

Le lendemain 7 août, je partis de Fontainebleau dans une voiture où montèrent après moi une dame avec sa fille, jeune personne d'environ dix-huit ans, et un soldat de la garde, à la mine attristée ; il s'éloignait sans doute de la ville révolutionnaire pour rentrer dans ses foyers. Deux autres personnages insignifiants complétaient la cargaison du véhicule. J'observais une grande réserve, mais je fis placer les deux dames au fond de la voiture en leur cédant mon rang ; voyant ma casquette et ma blouse, leurs regards étonnés semblèrent vouloir dire : « Où donc la politesse va-t-elle se nicher ? » Il s'établit entre nous des relations de confiance mutuelle et ces deux femmes mirent bientôt leur voyage sous ma protection. Je me faisais un appui de notre apparence d'intimité. Nous avions, en effet, l'air d'être d'anciens amis.

En arrivant à Montereau, nous entendons des cris menaçants. On voulait faire un mauvais parti à un soldat suisse, car, disait-on, les Suisses avaient tiré sur le peuple de Paris. Notre voiture devait s'arrêter une heure et demie à Montereau. Les deux dames, effrayées, s'empressèrent de me dire :

— Ce qui se passe ici est horrible ; éloignons-nous, allons dans la campagne attendre le moment du départ.

J'acceptai avec empressement cette proposition convenant si bien à ma dangereuse position.

— Ah! monsieur, me dit la mère, vous nous rendez un véritable service. D'ailleurs, vos procédés et votre air honnête me font supposer que, comme nous, vous avez horreur de cette affreuse révolution qui triomphe de notre bon Roi et menace de ses excès tous les gens de bien.

— Vous me rendez justice, madame, ma modeste blouse couvre un cœur dévoué aux principes que la révolution veut détruire ; mais gardons à cet égard une grande réserve et ne prononçons pas dans la voiture un mot relatif aux événements actuels.

Je restai avec ces dames pendant le séjour à Montereau. Nous nous rendîmes ensemble à la promenade publique, alors déserte. J'offris à la mère de s'appuyer sur mon bras, mais malgré sa reconnaissance pour la délicatesse de mes soins, elle répugnait évidemment à compromettre sa dignité sociale avec mon humble blouse ; je n'insistai donc pas.

Le temps de l'arrêt avait passé sans incident pour nous. La voiture nous reprit et nous porta à Sens avant la nuit. Je pris congé des deux excellentes femmes et, conformément à ma consigne, je me rendis à l'*Ecu de France* où devait arriver le lendemain matin la diligence qui me permettrait de poursuivre mon voyage. Voulant échapper aux inconvénients d'une soirée d'auberge, je prétextai des affaires en ville. J'allai effectivement acheter plusieurs objets nécessaires à ma route et je parcourus les rues de Sens avec la sécurité que me donnait son éclairage alors très parcimonieux. J'attendis ainsi l'heure raisonnable du repos.

Au lever du jour, un bruit formidable m'annonça l'arrivée de la diligence dans la cour de l'*Ecu de France*. Descuns en descendit et, passant devant moi, me dit rapidement :

— Votre place est retenue, nous allons partir ; vous entrerez dans la rotonde.

Quelques instants après, la diligence nous emportait vers Joigny. La raison Laffitte et Caillard cachait à son insu sous son pavillon tricolore un ministre de Charles X. Descuns avait déterminé à partir avec lui MM. Péré, Terrier de Santan, fils du maire de Besançon, et la famille de Tancey sans leur dire quel serait leur compagnon de voyage ; mais il était certain qu'aucun des voyageurs, venant à me reconnaitre, ne trahirait mon secret. A Joigny, puis à Tonnerre, des gendarmes vinrent nous inspecter avec attention et examiner nos passeports. Celui dont ils s'occupaient le moins, c'était le peintre Capdeville qu'ils traitaient avec un dédain dont j'étais fort aise. A mon côté, se trouvait dans la rotonde un bon villageois revêtu comme moi d'une modeste blouse. La similitude de nos costumes me valut sa sympathie qu'il me témoignait en me persécutant pour partager avec lui les victuailles dont il s'était abondamment pourvu. Je n'avais pas le cœur aussi solide ni l'estomac aussi actif que mon nouvel ami. D'ailleurs, la maudite diligence s'arrêtait aux auberges pour déjeuner, pour diner, pour souper. Il fallut ainsi subir à Tonnerre, à Semur, à Dijon l'épreuve de m'asseoir à la table d'hôte et de voir arriver autour de nous les affamés de nouvelles qui venaient s'informer des événements de Paris. Que d'occasions d'être reconnu ! Le seul moyen de ne pas attirer l'attention, c'était de payer d'assurance. En cherchant à se cacher, on se fait découvrir.

Je me sentis mieux à mon aise quand je partis de Dijon dans une voiture qu'avait loués Descuns pour faire nos dernières étapes. J'étais enfin débarrassé de toute contrainte, seul avec cet excellent jeune homme, qui me conta alors comment M. de Balzac (1) et lui avaient

(1) Le baron Marie-Auguste de Balzac était né le 4 août 1788. Il fut nommé en 1810 auditeur au Conseil d'État, devint préfet du Tarn-et-

défendu le ministère de l'intérieur contre l'insurrection.

— Avez-vous quelques détails sur l'arrestation de M. Capelle? lui demandai-je.

— Mais personne, me répondit-il, n'a dit que M. Capelle ait été arrêté.

— Qu'est-il donc devenu?

— Je l'ignore. Quant à vous, ajouta Descuns, vous avez eu bien raison de partir à pied, en blouse et le sac sur le dos. MM. de Peyronnet, Chantelauze et Ranville, qui ont agi avec moins de prudence, sont arrêtés. Puissions-nous arriver à Auxonne avant qu'on ferme les portes de la place, sans cela nous devrions subir un fâcheux retard.

— J'ai une autre crainte, lui dis-je, alors. La ville d'Auxonne a été en contestation devant le ministère de l'intérieur pour la conservation de son école d'artillerie que les habitants de Besançon voulaient faire transporter dans leur ville. Une nombreuse commission d'Auxonne m'a alors été députée ; beaucoup de gens me connaissent donc dans cette petite cité.

Nous arrivâmes heureusement avant l'heure fatale. On prit nos passeports.

— Vous les aurez demain matin, nous dit-on.

— Mais nous sommes pressés d'arriver à Dôle où nous avons affaire.

— L'heure est bien avancée.

— Nous vous serons bien reconnaissants.

L'idée de notre reconnaissance donna des ailes à la bonne volonté de l'agent de police qui, au bout d'un instant, revint avec nos passeports, dûment visés par l'autorité. Notre reconnaissance engendra la sienne et, de l'air le plus affectueux, il nous souhaita bon voyage :

— Traversez la ville sans vous arrêter, ajouta-t-il ; dans un quart d'heure, les portes seront fermées.

Garonne en 1817, de l'Oise en 1822, de la Moselle en 1823, puis secrétaire général du ministère de l'intérieur en 1828, et, en 1829, député.

Nous n'avions aucune envie de manquer à cette consigne, nous partons donc vivement et arrivons à Dôle pour y passer la nuit.

Le lendemain, 10 août, nous prenons un compagnon de voyage, M. de Pernes, ami intime de Descuns et partageant nos principes politiques. Obligés de faire halte pendant deux heures à Salins, nous pûmes voir les traces du terrible incendie qui avait naguère ravagé la ville. « Le 27 juillet 1825, nous dit un vieillard, le feu, passant à travers une cheminée lézardée, se communiqua à des toits couverts de bois desséchés par un soleil ardent. Le désastre fut si prompt que tous les secours furent inutiles. En deux heures, la ville fut détruite. Cinq mille habitants se trouvaient à la fois sans pain et sans gîte. L'hôpital, l'hôtel de ville et les bâtiments d'exploitation furent seuls préservés. Les pertes s'élevèrent à sept millions. Dans notre extrême détresse, on vint à notre aide, mais le plus empressé à nous secourir fut le roi Charles X. On l'outrage aujourd'hui, mais, ici, il reste des cœurs qui se souviennent. »

La soirée fut belle. Il faisait nuit tandis que notre équipage gravissait péniblement les montagnes qui précèdent Pontarlier ; des convois de petites charrettes de roulage descendaient les pentes que nous montions ; derrière nous venait une voiture de poste dont le voyageur avait mis pied à terre ; il accosta Descuns qui marchait sur la route et la conversation s'engagea entre eux. Quand nous fûmes au sommet, Descuns revint à moi et me dit :

— Le personnage qui voyage dans le coupé à côté de nous est chargé, prétend-il, d'une inspection par le gouvernement. Il m'a demandé si j'étais seul dans la calèche, je lui ai répondu que j'avais un compagnon de voyage malade. Restez donc dans la voiture, c'est plus prudent, quoique très probablement l'inspection dont est chargé l'individu n'ait aucune corrélation avec vous.

Notre arrivée à Pontarlier et la nuit que nous passâmes

dans son auberge ne furent troublées par aucun incident. Le lendemain, nous prîmes nos places dans la diligence de Neuchâtel. Avant le départ, il nous fallut subir l'examen de nos passeports ; on nous les rapporte, nous partons enfin.

La frontière nous paraissait devoir être le point le plus dangereux à franchir. Mais personne ne s'y étant présenté à nous, notre voiture put rouler sans arrêt au delà des limites.

— Grâces à Dieu, s'écria affectueusement Descuns, me voici maintenant délivré de terribles angoisses. Il aurait été si cruel d'échouer au port. Je suis bien heureux de pouvoir annoncer à votre famille que vous êtes sauvé.

Excellent jeune homme dont l'avenir semblait brisé et qui ne songeait pas un instant à lui-même. Je lui souhaitai tout le bonheur dont il était si digne. La Providence s'est chargée d'acquitter ma dette envers lui.

J'avais enfin le sentiment d'être à l'abri, mais aussitôt me vinrent au cœur le regret de la patrie et les premières amertumes d'un exil dont je touchais à peine le seuil, sans en prévoir le terme. Quelle vague tristesse m'envahissait en pensant aux incertitudes de l'existence qui s'ouvrait devant moi ! Les charmes d'une route pittoresque ne pouvaient me distraire. Au délicieux village de Mottier, Descuns prit congé de moi.

— Adieu, me dit-il ; ma mission est remplie ; je retourne à Pontarlier, d'où j'irai retrouver mon père à Besançon.

Et, me pressant la main, il s'échappa pour ne pas s'abandonner à l'émotion qui l'étreignait. Que je me sentis seul ! En regardant s'éloigner cet ami dévoué, il me semblait voir disparaître tous ceux que j'aimais.

CHAPITRE XII

SUR LES ROUTES DE L'EXIL

C'est le 11 août que je quittai la France. J'arrivai dans la soirée à Neuchâtel. Après avoir retenu une petite chambre, en rapport avec mes piètres ressources, je me rendis sur le bord du lac. Il était en ce moment très agité. Des vagues venaient se briser avec fracas contre les rochers et les quais. Mon isolement me devenait pénible et je sentais le besoin d'en sortir pour me soustraire aux tristes pensées dont j'étais obsédé. Non loin de moi, un homme et une femme, tous deux fort âgés, se trouvaient assis sur un banc. Leur physionomie sereine m'attira. J'allai me placer près d'eux ; ils continuèrent leur conversation.

— Que se passe-t-il à Paris ? disait la dame.

L'homme répondit d'une voix douce et tranquille :

— La révolution triomphe ; elle traque Charles X, sa famille, ses ministres, les prêtres, les nobles. Il faut espérer que cette fois-ci, pas un seul n'échappera à la guillotine, c'est le seul moyen d'en finir.

— Vous avez raison, oui, il faut l'espérer.

Marat était de Neuchâtel. Je crus assister à la résurrection de ce monstre. Je m'éloignai avec horreur de ces gens dont l'apparente bonhomie m'avait d'abord séduit.

J'étais encore sans projet bien arrêté sur le lieu de ma résidence. Je reste deux jours à Neuchâtel dans un isolement complet, sans même trouver l'église catholique où j'aurais voulu remercier Dieu de m'avoir protégé dans les dangers que j'avais courus. Le 12, j'emploie mon temps à dessiner la vue qu'on a de la promenade au-dessus du lac, puis je visite la ville. Elle est généralement bien bâtie, plusieurs maisons sont même d'aspect fort élégant. L'hôtel de ville offre une belle masse ; sur un soubassement rustique, huit colonnes d'ordre toscan supportent un fronton d'exécution assez lourde. Le château domine la ville, mais n'a rien de remarquable. Dans les rues, sur les places, on trouve de nombreuses fontaines ; la plus jolie supporte la statue d'un chevalier armé de toutes pièces. Le 13, je vais dans les environs de Neuchâtel dessiner divers sites pittoresques. Mon album était à la fois une distraction et un moyen de justifier le passeport de l'artiste Capdeville. Pendant que de la hauteur où est placé le cimetière, je contemplais la vue, un vent violent s'élève et agite la surface du lac. Je m'attache alors à suivre des yeux plusieurs barques naviguant avec adresse à travers les vagues. Mon imagination unit mon avenir à leur sort ; quelques-unes disparaissent dans la brume, d'autres arrivent au port. Trouverai-je, moi aussi, le refuge où jeter l'ancre ?

Le 14 août, je me décide à partir pour Lausanne. J'avais demandé à Adelphe Esquirol de m'y adresser ses lettres et celles de ma famille. Dans la diligence voyageait avec moi une dame d'Yverdun dont la douceur contrastait avec l'arrogance d'un jeune Français qui ne se séparait jamais de sa carabine et nous contait avec abondance ses mirifiques exploits en Grèce dans les rangs des Philhellènes.

Nous arrivons à Lausanne à l'heure où la poste faisait ses distributions. Une foule empressée venait réclamer ses journaux et ses lettres, en manifestant son admiration pour la révolution de Juillet et pour les glorieuses journées. Il y avait là des Anglais qui se livraient à des transports de joie ; ils étaient heureux que Charles X et son

gouvernement fussent châtiés d'avoir fait la conquête
d'Alger contre les intérêts de la Grande-Bretagne et
malgré ses menaces. Je ne trouvai point de lettres pour
moi. J'écrivis à ma famille en demandant que les réponses
me fussent adressées à Berne où je résolus de me rendre
le lendemain.

Je parcourus les rues montueuses de Lausanne dont la
population me parut fort active, puis je sortis de la ville
pour me plonger dans le calme et l'air pur de la campagne.
La Suisse est le pays où l'on s'est le mieux occupé du bien-
être des voyageurs. De distance en distance, on trouve
toujours sur les routes des bancs en pierre ou en bois ;
le piéton est heureux de pouvoir s'y délasser et de déposer
un moment son fardeau. Souvent, près du banc, une fontaine verse par un simple tuyau de bois une eau limpide
et abondante dans une auge faite avec un tronc de sapin.
C'est à côté d'une de ces fontaines que je pris mon repas,
composé d'un morceau de pain et d'une eau excellente
bue au creux de la main.

Pendant ce repas paisible et solitaire, j'avais sous les
yeux l'admirable ensemble du lac de Genève et de la
majestueuse chaine des Alpes, dominée par le mont Blanc,
s'élevant comme un dôme d'albâtre. La soirée était
magnifique, le soleil à son déclin dorait toute la ligne des
montagnes. Des flèches de lumière perçaient à travers les
arbres du premier plan. Le lac, parfaitement immobile,
avait une teinte d'aigue-marine et, sur ses bords, se reflé-
taient les belles couleurs des rives ; quelques voiles
blanches glissaient à sa surface, une colonne de fumée
indiquait le passage d'un bateau à vapeur qui laissait derrière lui une longue trace argentée. Le soleil disparut
lentement et la scène, après avoir plusieurs fois changé,
prit enfin une gravité sombre et recueillie. Je ne quittai
ce beau spectacle que lorsque les étoiles vinrent se mirer
toutes frémissantes dans le lac légèrement plissé par le

brise du soir. Il eût été difficile de ne pas élever son âme
vers l'auteur infini de tant de merveilles.

Le lendemain 15 août, je revins à la même place dessiner le lac et les montagnes avant le départ de la voiture
qui devait me conduire à Berne. Le séjour à l'auberge
m'était devenu odieux, à cause de ses habitants actuels.
A sept heures du soir, je montai dans la diligence où se
trouvait un officier prussien très instruit et ayant d'excellentes manières. Sa conversation m'intéressa, il me prit
en affection et nous étions si liés en arrivant qu'il logea
dans ma chambre pendant la journée qu'il passa à Berne.

Je me hâtai d'aller chez l'ambassadeur de France.
C'était alors M. de Gabriac qui, par son récent mariage
avec Mlle Davidoff, était devenu le neveu du prince de
Polignac. Je ne doutais ni de sa fidélité au Roi, ni de sa
destitution, mais j'avais appris qu'il attendait son rem-
plaçant à Berne. Les armes de France étaient encore à
sa porte. Je trouvai auprès de lui un accueil très amical.
Il me confirma l'arrestation de MM. de Peyronnet, Chantelauze, Guernon-Ranville, me fit part de ses anxiétés au
sujet du prince de Polignac et ne put me donner aucune
indication sur le sort de mes collègues d'Haussez et Capelle (1).

_____

(1) Dans son *Journal*, en 1843, le comte de Montbel consacre une note
biographique au baron Capelle, dont le fils venait de lui annoncer la mort.
Voici ce qui est dit à la fin de cette note : « Le baron Capelle fut appelé
au ministère des travaux publics en mai 1830. Après la catastrophe, il
quitta avec moi Rambouillet. A Longjumeau, je fus séparé de lui ; il
s'était réfugié chez le curé. Il entra ensuite à Paris et en partit bientôt
pour la frontière de Prusse, dans la voiture de son compatriote et ami le
baron de Balzac, qui l'accompagna jusqu'à Luxembourg. Le gouverneur
de Hesse-Hombourg l'accueillit avec empressement et lui donna un passeport au moyen duquel il put rejoindre Charles X en Écosse. Depuis lors, il
resta dévoué sans réserve au service des princes exilés. Une longue et
pénible maladie lui fit quitter Londres, où il s'était fixé. Il mourut à
Montpellier, en donnant aux siens l'exemple d'une courageuse résignation
chrétienne. » Pendant tout le temps qu'il passa en Angleterre, le baron
Capelle ne cessa d'entretenir une active correspondance avec le comte
de Montbel.

— Je suis, me dit-il, dans une position vraiment pénible. Ma femme vient d'accoucher et je ne puis, sans compromettre son existence, la faire transporter ailleurs. Voilà pourquoi vous me trouvez encore ici. J'ai reçu une circulaire de M. Bignon qui s'est constitué provisoirement ministre des affaires étrangères. Nommé par le roi Charles X, je ne reconnais que son autorité, je n'ai donc pas répondu à M. Bignon. Mais, à chaque instant, l'homme de Louis-Philippe peut arriver ; il faut, par conséquent, que j'établisse ma femme le plus tôt possible dans une maison rapprochée.

« Ici, ajouta M. de Gabriac, la révolution de Paris a fait éclater des passions latentes. L'avoyer Fischer a montré beaucoup d'énergie. Il voulait que tous les soldats suisses renvoyés de France fussent maintenus sous les drapeaux pour garantir la sûreté intérieure et la neutralité politique. Quoi qu'il en soit, voulez-vous que je vous fasse reconnaitre par M. Fischer ?

— Non, répondis-je, ce serait lui créer des difficultés de plus. Je suis et je reste l'artiste Capdeville. Instruisez-le toutefois de ma présence ici et de mon intention d'y rester inconnu.

— Voulez-vous, me dit alors M. de Gabriac, accepter un logement chez moi, pendant votre séjour à Berne ?

— Je vous suis bien reconnaissant, lui répondis-je, de cette très aimable proposition, mais l'accepter serait compromettre mon incognito. Je vous prierai seulement de me prêter quelques livres pour me distraire durant le temps que je passerai à l'auberge.

— Permettez-moi, reprit M. de Gabriac, de vous demander si vous avez l'argent nécessaire à votre subsistance. Le mien est à votre disposition.

— Mon intention, lui dis-je, est de m'établir à Milan, ville qui a des habitudes presque françaises et qui est à portée de mon pays ; mes ressources sont bien faibles

pour ce voyage, vous me rendriez donc un vrai service
en me prêtant cent cinquante francs.

— Je vous en remettrai mille.

— Ce serait trop, je ne sais du reste si on me laisserait
le moyen de vous les rendre.

Je me retirai pénétré de la plus vive gratitude envers
M. de Gabriac. J'avais convenu avec lui des heures où
nous pourrions nous voir sans attirer l'attention.

Obligé par les habitudes du pays de me rendre à la table
d'hôte, j'y trouvais des Anglais qui écoutaient avec joie
les propos d'un démagogue suisse. Pour échapper à ses
déclamations, je pris un journal : sous le nom de Charles X,
on avait dessiné au crayon une guillotine et à côté une
tête tranchée. Je rejetai la feuille avec indignation, en
m'écriant : « Quelle infamie ! » et je me retirai. Rentré
chez moi, j'entendis bientôt ouvrir avec fracas la porte
d'une chambre contiguë à la mienne et dont je n'étais
séparé que par quelques planches. Un colloque très vif
s'établit entre deux personnes et je reconnus la voix de
l'affreux démagogue de la table d'hôte. Ce misérable dis-
cutait avec un complice les moyens de renverser le gouvernement des divers cantons. Il criait à faire trembler
la maison ; j'eus beau tousser, rien n'arrêtait sa faconde.
Son complice lui dit enfin :

— Il y a quelqu'un près de nous.

— Que m'importe ! s'écria-t-il, ce que je dis, je le cla-
merai bientôt sur les places publiques. Mon fusil le dira
d'ailleurs mieux que moi.

La pensée d'avoir un tel voisin m'était odieuse ; cette
nuit fut pour moi sans sommeil.

Le mauvais temps m'empêcha pendant deux jours
d'aller dessiner dans la campagne les beaux sites que
couronnent magnifiquement les cimes de la Jungfrau.
J'employai ma journée à visiter la ville de Berne. Pendant
la pluie, je profitai des arcades qui existent le long de trois

grandes rues parallèles. Dans les nombreuses boutiques on voit des objets utiles, mais ceux d'art et de luxe y sont très rares. Les femmes ne portent point de bijoux. Proprement vêtues de noir, elles ont sur leur chevelure, divisée en deux ou trois tresses tombant sur leurs épaules, un bonnet de velours noir autour duquel se dresse, comme une crête, une dentelle de crin ; coiffure bizarre, mais qui n'est pas dépourvue d'une certaine élégance.

La cathédrale, l'église du Saint-Esprit, l'hospice, les casernes, le collège, l'arsenal me parurent les monuments les plus remarquables de cette ville généralement bien bâtie, quoique aucune maison n'y ait l'apparence de ce qu'en Italie on nomme un palais et en France un hôtel, si ce n'est toutefois l'ambassade française dont l'aspect est assez imposant, et qui est assez agréablement située sur un bassin formé par l'Aar. La porte de Morat est surmontée de deux ours en pierre d'une bonne exécution ; dans un fossé voisin, on entretient plusieurs ours vivants d'une grosseur monstrueuse ; ce sont les armes parlantes, ou plutôt grognantes, du canton. Berne vient de *Bär*, qui signifie ours en allemand.

La lecture et d'intéressants entretiens avec M. de Gabriac sur le gouvernement et sur la politique des cantons remplirent une bonne partie de mes journées. Le 18, comme j'arrivais à la table d'hôte, une charmante jeune femme que j'avais vue à la cour de Charles X, Mme de Verneau, vint près de moi :

— Je vous ai reconnu, me dit-elle, ayons l'air étrangers l'un à l'autre, mais je serai rassurée de me trouver entre vous et mon mari, car je suis effrayée des affreux propos que j'entends. Venez me voir plus tard chez moi ; ici, gardons le silence.

Dès que le repas fut achevé, je me rendis chez elle. Les deux époux me firent l'accueil le plus empressé et me dirent qu'ils allaient revenir en France. Je remis quelques

lignes à Mme de Verneau, en la priant de les faire parvenir
à ma famille. Elle m'assura qu'elle porterait elle-même
mon billet à son adresse. Je sus plus tard que l'aimable
jeune femme avait exactement tenu sa promesse et que sa
visite avait été une douce consolation pour les miens.

La journée du 20 août fut superbe, je pus dessiner
plusieurs paysages et visiter en détail le jardin de bota-
nique.

M. de Gabriac m'apprit que le cardinal de Rohan était
à Fribourg, réfugié dans l'établissement des Jésuites.
Déterminé à me rendre à Milan, cette nouvelle décida mon
départ pour le lendemain ; je voulais passer quelques
jours auprès du cardinal avec qui j'étais en relations amicales depuis plusieurs années.

Le 21 août, j'avais quitté mon hôtel afin d'aller prendre
ma place déjà arrêtée pour Fribourg ; je m'aperçus que
j'avais négligé de payer une petite dépense, je revins sur
mes pas pour réparer ce tort involontaire. Je rentre dans
l'hôtel, au même moment y arrive de son côté un jeune
homme dont la marche paraissait douloureuse et embarrassée.

— Quoi, c'est vous !

Et nous étions dans les bras l'un de l'autre. Ce jeune
homme était M. Thomas Russell (1), de la même famille
que lord John Russell, mais d'une branche catholique. Il
avait épousé une de mes cousines, fille du marquis de
Saint-Géry.

— Que je suis heureux, lui dis-je, de vous retrouver !
J'étais déjà parti pour rejoindre la diligence de Fribourg,
un oubli à réparer me ramène ici.

— C'est un coup providentiel, me dit Russell. Logé à
l'autre extrémité de la ville où je suis arrivé hier, je passais

(1) Thomas-John Russell (1798-1875) épousa en premières noces Marie-
Christine de Rey de Saint-Géry et en secondes noces Ferdinande-Marie
de Grossolles-Flamarens, fille du marquis de ce nom.

dans ces parages, quand une forte douleur de sciatique m'a forcé à me réfugier ici.

— A quoi tiennent les rencontres ! Mais je vous croyais à Naples?

— En effet, vous m'aviez fait donner pour l'ambassadeur des lettres du prince de Polignac. Lorsque à Milan j'ai appris la révolution de Juillet, j'ai pensé que vos lettres de recommandation seraient loin de me servir, d'autant plus qu'une grande exaltation politique se manifestait en Italie. J'ai donc renoncé à ce voyage et je compte maintenant ne revenir en France qu'après avoir visité, à Vienne, mon frère, capitaine de cavalerie au service d'Autriche. Pourquoi ne viendriez-vous pas avec moi à Vienne?

— Mais j'ai pris mon passeport pour Milan.

— Milan applaudit à la révolution de France, vous y serez froissé par des opinions et des sentiments contraires aux vôtres. A Vienne, au contraire, vous trouverez les sympathies de la population et l'appui du gouvernement.

— Au fait, vous avez raison. Ce sera d'ailleurs un bonheur pour moi de passer quelques jours avec vous. Nous parlerons ensemble de tous ceux qui nous sont chers. Mais j'ai annoncé mon départ pour Fribourg et ma place est prise à la diligence; pour éviter d'attirer l'attention sur moi, je pars; je vais voir le cardinal de Rohan et demain nous nous retrouverons ici. En attendant, organisez notre voyage à Vienne.

Quelques minutes après, je roulais vers Fribourg, à travers un pays admirable. Descendu à l'hôtel du Faucon, je me fis conduire immédiatement au collège, où je trouvai le cardinal de Rohan entouré de trappistes, chassés comme lui par les révolutionnaires. Le cardinal écarta tout le monde, afin de ne pas compromettre le secret de ma situation. Je lui contai tous les détails de ma triste existence depuis les journées de juillet.

« La Providence vous a sauvé, me dit-il, elle m'a égale-

ment sauvé. Quand la révolution éclata, j'étais à Paris.
Je pensai aussitôt que mon devoir épiscopal m'appelait
dans mon diocèse où mon action pouvait éclairer les fidèles
dans ces heures de crise. J'étais arrivé presque à l'extrémité de Paris, lorsque la populace se mit à vociférer : « Il
« y a un ministre dans cette voiture, arrêtez ! arrêtez ! » Les
chevaux sont saisis, le cocher est renversé, on me force à
descendre.

« — Mort au ministre ! Mort au ministre ! criait-on.

« — Je ne suis point un ministre, je suis l'archevêque de
Besançon.

« — Raison de plus ! Ce sont ces coquins de prêtres qui
conspirent contre la liberté, ces scélérats de calotins qui
causent tous les malheurs du peuple. Il faut tuer celui-ci,
nous serons débarrassés d'autant.

« — S'il y avait parmi vous un habitant de Besançon,
il pourrait vous dire si je fais du mal au peuple.

« A ma grande surprise un ouvrier robuste s'avance alors
et dit :

« — L'archevêque a raison. Je suis de Besançon, et je
puis affirmer que, cet hiver, il a nourri un grand nombre
d'entre nous qui étions sans travail et sans pain. Il s'est
montré l'ami du peuple.

« Cette déclaration inattendue, poursuivit le cardinal,
suspendit un moment la fureur des forcenés. Le maire de
Vaugirard me fit entrer chez lui et me laissa dans sa chambre.
Quelques instants après, il rentra précipitamment :

« — Voici, me dit-il, un pantalon, une veste et un bonnet
de garçon boucher. Mettez ces vêtements et fuyez. Il n'y
a pas un moment à perdre ; des scélérats ont excité de
nouveau la foule, elle va forcer ma porte, fuyez promptement ou vous êtes mort.

« Il me conduisit par son jardin dans la campagne et sous
ce déguisement étrange je courus à travers champs, suivi
de mon valet de chambre. Nous entendions les rugisse-

ments des gens acharnés après moi. Ne m'ayant pas trouvé dans la maison du maire, ils venaient dans ma direction.

« — Il nous reste une seule chance de salut, me dit mon fidèle serviteur. Voici un établissement industriel qui appartient à un grand chef des libéraux. Adressez-vous à son honneur, personne ne vous cherchera chez lui.

« Il n'y avait pas à délibérer. J'entre dans cette maison et je me fais connaître par son propriétaire.

« — Monsieur, me dit-il, je suis doublement votre ennemi. Je hais les prêtres et les nobles, mais vous réclamez mon hospitalité, je vous l'accorde. Ici vous n'avez plus rien à craindre. Vous êtes sauvé.

« Effectivement, deux jours après, mon hôte, prétextant des affaires en Belgique, me conduisit en poste à Bruxelles. J'en conserverai une éternelle reconnaissance et je prie Dieu d'éclairer cette âme qu'il a douée de sentiments si généreux.

« Je me suis rendu, continua le cardinal, de Bruxelles à Fribourg où j'avais appelé les trappistes de Bellevaux. Ces malheureux, persécutés par la population du Gard, n'avaient trouvé aucune protection auprès des autorités administratives ou judiciaires contre les plus audacieux attentats. Ici mes pauvres trappistes sont tolérés, à condition de n'être jamais plus de huit dans la même maison. Je serai forcé de leur chercher un autre asile. »

Ce que me contait là le cardinal de Rohan me remet en mémoire une étrange aventure. J'appris, en effet, dans la suite, que j'avais été la cause d'une visite domiciliaire faite par les ouvriers de l'Aigle, pendant la nuit du 30 août, au monastère de Notre-Dame de la Trappe-du-Val. Menaçant les religieux de leurs fusils, ces ouvriers s'écriaient avec fureur :

— L'ex-ministre Montbel est caché dans vos murs, livrez-le, ou nous mettrons le feu au couvent.

— Il n'est jamais venu ici, répondit le supérieur avec

calme. Vous pouvez vous en convaincre en visitant la maison.

Ils bouleversèrent alors le couvent fort inutilement, et ne découvrirent aucun personnage politique. Le seul suspect qu'ils arrêtèrent fut un manuscrit latin. Les meneurs, n'y comprenant rien, déclarèrent que c'était probablement une correspondance contre-révolutionnaire avec l'étranger. Le cahier fut donc solennellement remis au préfet comme une pièce des plus importantes, comme une preuve accablante de la conjuration des trappistes... C'était un traité de théologie. Après leur habile exploit ces héros ne pouvaient prétendre à un repas bien somptueux dans l'asile de l'abstinence. Ils se contentèrent donc de prendre ce qu'ils trouvèrent et firent main basse sur les simples légumes du jardin qui auraient suffi pendant un mois à la nourriture des religieux. Je servis ainsi de prétexte à la consommation fort peu légale de tous les choux et de tous les artichauts des trappistes.

Après de longs entretiens avec le cardinal de Rohan, je regagnai l'hôtel du Faucon. Il était tard, je ne pus trouver place dans la diligence ; je résolus de partir pour Berne le lendemain matin et de m'y rendre à pied, mon sac sur le dos. Neuf lieues séparent ces deux villes, mais la route est superbe. Pendant mes divers ministères, astreint à un travail continu, je ne pouvais sortir qu'en voiture. J'avais pris les voitures en horreur, et je m'étais promis pour plus tard d'aller aussi souvent que possible à pied. Maintes fois, en nous rendant au Conseil du Roi à Saint-Cloud, M. de Guernon-Ranville et moi avions formé le projet d'un voyage en Suisse, dès que nous serions délivrés de notre tâche accablante. Hélas ! mon pauvre collègue n'avait pu me suivre dans ce beau pays, il languissait maintenant en prison... Je parcourus toute ma route sans m'arrêter et quand j'arrivai à Berne, j'étais si fatigué que, sans prendre de nourriture, je me hâtai de gagner mon lit et, pour la première fois depuis bien des nuits, mon sommeil fut long et paisible.

Dès que je fus réveillé, j'allai trouver Thomas Russell. Tout fut convenu pour notre départ. Un cocher nommé Lehmann, très honnête homme, fort intelligent et parlant plusieurs langues, devait nous mener par Zurich et Constance jusqu'à Munich où nous trouverions des voitures publiques pour nous conduire à Vienne. Je me rendis donc chez M. de Gabriac à qui je contai ma rencontre avec Russell, et le parti que j'avais pris d'aller à Vienne.

— J'en suis bien aise, me dit-il, vous y serez mieux qu'à Milan.

— Mais, ajoutai-je, il ne saurait entrer dans ma pensée de surprendre sous un faux nom l'hospitalité de l'empereur d'Autriche. Veuillez, en priant M. de Binder de viser mon passeport pour Vienne, lui dire qui je suis et lui demander de prévenir le prince de Metternich de mon arrivée.

M. de Binder s'empressa de faire tout ce que je réclamais de son obligeance, il m'envoya même une lettre d'introduction pour le prince de Metternich, en me donnant l'assurance que je serais le bienvenu auprès de son chef.

Le lendemain matin 24, je m'apprêtais donc à partir non plus pour Milan, mais pour Vienne. Ce changement de décision influa sur toute ma destinée et c'est à lui que je dois d'avoir associé mon existence à l'exil de la famille royale. De quoi avait dépendu mon sort? D'une rencontre imprévue, invraisemblable, presque impossible. Sans la sciatique de Russell, sans le souvenir d'une dette que j'avais omis de payer, nous ne nous serions pas retrouvés tous deux dans le salon de l'*Abbaye des Gentilshommes*, et ma vie se serait autrement orientée. Vulgairement on appelle cela du hasard ; pour moi, je me plus à y reconnaître la main de la Providence qui voulait me conduire auprès de ces princes dont la résignation devait m'apprendre à trouver dans le malheur un grand moyen d'amélioration morale.

A midi, nous montions dans la voiture de Lehmann et nous quittions Berne par une journée superbe que tempérait la brise des montagnes. Tandis que je causais avec Russell, Lehmann sifflait joyeusement. Il était sans doute du nombre de ces heureux mortels qui savent apprécier les avantages de leur modeste fortune.

O fortunatos nimium sua si bona norint!

Dans les montées, il descendait de son siège pour s'entretenir avec nous. Il parlait parfois anglais avec Russell, avec moi français et de temps en temps allemand ou italien avec les gens du pays. Son talent de polyglotte, il l'avait acquis sans professeurs, sans grammaires, sans travail. Il ne voiturait pas de livres, mais des Français, des Italiens, des Anglais. Il causait avec eux — c'étaient ses maîtres de langues — et les payait de leurs leçons par d'utiles services. Il savait le nom, l'histoire, la chronique de chaque village, de chaque hameau, presque de chaque auberge. Les voyageurs lui avaient conté beaucoup d'anecdotes, et il avait recueilli nombre d'observations judicieuses. C'était un La Bruyère des grandes routes, un vrai moraliste ambulant, un philosophe pratique qui parcourait sagement le sentier de la vie et les chemins de la Suisse... Bon Lehmann! Combien de fois votre aimable bavardage sut nous distraire !

Après deux journées de marche à travers des contrées délicieuses et quelques arrêts dans de riants villages, dans la petite ville de Bade, curieuse par ses toits aux compartiments vernissés et de diverses couleurs, à Luisburg dont nous visitâmes le château, nous atteignons enfin Zurich où Russell fut heureux de rencontrer inopinément son ancien instituteur qu'il aimait beaucoup. Quant à moi, j'eus la grande joie de trouver à la poste des lettres qui me donnaient des nouvelles de ma famille. Elle était en sûreté et comptait quitter Paris pour 'e rendre incessamment dans le Midi de la France. Après tant d'angoisses pour les miens, quel apaisement je ressentis en étant tranquillisé sur leur sort ! Ma femme, me sachant sauvé, se décidait à quitter la capitale pour ramener ma mère et nos enfants dans notre bonne ville de Toulouse, renommée par le caractère loyal et religieux de ses habitants.

Le 27 août, nous quittions Zurich à dix heures du matin. Arrivés à Winterthur, nous apercevons un rassemblement considérable.

— Est-ce une émeute? demandai-je à Lehmann.

— Je ne le crois pas, tout le monde a l'air joyeux, mais calme.

Tout à coup un individu sort de la foule et accourt vers nous :

— Comment, c'est vous ! crions-nous tous à la fois.

A notre grande surprise nous avions devant nous Henri de Bonald (1).

— Mais par quelle étrange circonstance êtes-vous à Winterthur, vous que j'ai vu à Paris dans les derniers jours de juillet?

Il nous expliqua alors que n'ayant pu supporter l'explosion de joie des révolutionnaires, il était venu en Suisse. Il y apprit bientôt que dans la seconde quinzaine d'août se donnerait à Winterthur une suite de festivals musicaux. Cédant à son goût pour la musique, Henri de Bonald s'était empressé d'accourir ici pour assister à ces fêtes.

— Je me rends à Vienne avec Russell, lui dis-je à mon tour. Nous allons aujourd'hui à Constance où nous devons passer deux jours.

— Mais je vais vous accompagner, s'écria-t-il. Ces deux journées seront un bonheur pour moi. Nous les passerons

---

(1) Louis-Anne-Henri de Bonald (1778-1848), journaliste légitimiste, était fils du vicomte Louis-Gabriel de Bonald, le célèbre auteur de la *Théorie du pouvoir*, et d'Élisabeth-Marguerite de Guibal de Combescure. Henri de Bonald avait épousé Louise-Suzanne-Alexandrine de Vivens de Ladous. (V. *la France moderne*, t. III, par J. VILLAIN. Montpellier, 1911.)

ensemble dans un pays qui m'est cher. C'est à Constance que mon père a vécu longtemps pendant son émigration et que je recevais ses enseignements, assis près de la table où il écrivait sa *Théorie du pouvoir*.

Henri de Bonald prit donc place dans la voiture de Lehmann qui nous porta assez rapidement à Constance où nous prîmes un logement à l'Aigle d'Or. Cet hôtel, hors de la ville, était agréablement situé ; il avait une tour assez élevée d'où notre hôte nous fit admirer les beautés du pays qu'il énumérait avec emphase. Entre autres choses, il nous montra le château d'Arenenberg où se trouvait alors la reine Hortense, belle-fille de Napoléon et femme de l'ex-roi de Hollande. A en croire notre hôte, la reine Hortense aurait éprouvé une bien vive joie en apprenant la révolution de Paris.

Henri de Bonald m'indiqua ensuite une maison non loin du lac.

— Voilà, me dit-il, où fut la demeure de mon père, à l'époque où la Convention égorgeait des milliers de Français par amour de l'humanité. J'irai demain visiter cette humble habitation peuplée pour moi de tant de souvenirs.

— Si vous le permettez, lui dis-je alors, je vous accompagnerai dans cette visite. Mais où avez-vous laissé votre père? Que pense-t-il des événements?

— Hier, j'ai reçu de lui une lettre bien triste. Dans la catastrophe actuelle, il voit la conséquence logique du faux système créé, en 1814, et accepté par la royauté imprévoyante.

Le lendemain, je suivis Henri de Bonald vers les bords du lac, jusqu'à une maison de bien modeste apparence.

— C'est ici, me dit-il, d'une voix tremblante d'émotion. Quel plaisir j'éprouverai en revoyant les anciens hôtes de mon père, les anciens amis de mon enfance...

Il sonna. Une vieille femme vint ouvrir la porte.

— M. et Mme L*** sont-ils chez eux en ce moment? demanda Henri.

— Ah ! Monsieur... il y a longtemps qu'ils sont morts tous les deux. J'étais leur nièce et je suis leur héritière; mais pourrais-je moi-même vous être utile en quelque chose?

— Nous désirerions voir la chambre qu'occupait ici, il y a trente-sept ans, un émigré français, M. de Bonald.

— Oui, oui, j'avais oublié le nom, mais je me souviens très bien de la personne. C'était un bien brave homme. Mes parents ont toujours conservé la chambre de l'émigré telle qu'elle était quand il l'habitait et, conformément à leurs vœux, je n'y ai rien changé. Je vais vous y conduire.

Henri reconnut les chaises, le fauteuil de paille, l'humble table de sapin qu'il avait jadis tatouée de dessins, parmi lesquels il retrouva des petits soldats dégingandés, armés de grands sabres et juchés sur d'inconcevables quadrupèdes.

— C'est ma plume qui, autrefois, a tracé cela, me dit-il. Comme les frères de Kotzebue, je m'attendris en retrouvant mes hussards qui ont survécu aux habitants du logis... Quelle multitude de choses s'évoque ici pour moi !

Nous étions tous deux vivement émus et plongés dans de graves pensées, quand la voix de la vieille femme vint nous rappeler à la réalité.

— Messieurs, nous dit-elle, cette chambre paraît vous plaire. Peut-être êtes-vous aussi des émigrés. Si vous désirez loger chez moi, je vous recevrai avec une bien grande satisfaction, car j'ai appris de mes parents que le Français, qui habitait ici, était un homme excellent, chéri et respecté de tous ceux qui le connaissaient.

— C'est mon père, s'écria Henri.

La femme entendant cela vint aussitôt lui baiser la main en silence... J'ai conservé vivant dans mon cœur le souvenir de cette scène touchante.

Nous revenions de ce pèlerinage, quand une calèche brillante, emportée par des chevaux fringants, passa devant nous. Il y avait dans cette voiture une femme vêtue de blanc, élégamment drapée d'une écharpe rouge ; sur son chapeau étaient piquées de grandes plumes blanches. Deux personnes se trouvaient avec elle. La calèche s'arrêta devant l'Aigle d'Or.

— Quelle est la dame qui vient d'arriver? demandons-nous à l'hôte.

— C'est la reine Hortense dont je vous parlais hier. Depuis la révolution de France elle ne tient plus en place. Arenenberg est trop petit pour elle. Je ne sais même pas si, désormais, le monde lui paraît assez grand. Vous allez la voir remonter en voiture avec sa dame et un Anglais qui est actuellement chez elle. Elle va continuer sa promenade... ou son voyage.

Quelques moments après, la reine Hortense passa devant nous. Sa tournure et sa mise conservaient de l'élégance, mais ses traits avaient perdu leur délicatesse. Émus encore par les souvenirs de la véritable sagesse, nous rencontrions tout à coup un symbole de folle ambition. Le lac de Constance avait vu sur ses bords deux exilés, dont les pensées étaient bien différentes. Quel contraste entre la dignité du philosophe chrétien et la vanité de cette femme s'acharnant à rêver le trône de France pour ses enfants ; entre l'austère M. de Bonald et Hortense de Beauharnais ! Louis Bonaparte, alors qu'il régnait en Hollande, avait écrit à M. de Bonald pour lui demander d'être le gouverneur de ses fils. Un tel choix fait l'éloge des intentions paternelles du frère doux et paisible de Napoléon, mais les doctrines et les sentiments politiques de M. de Bonald ne permettaient pas à celui-ci d'accepter. Il refusa donc. Que fût-il advenu s'il eût élevé dans ses convictions les fils de la reine Hortense?

Le 30 août, à dix heures du matin, nous partions de

20

Constance. Henri de Bonald nous suivit jusqu'au bord du lac, jusqu'au bateau qui allait nous conduire à Meersburg. Le moment de se quitter était venu. Dans l'amertume de cette séparation et de mon exil, il m'était doux de confier à un vrai chevalier français mes derniers adieux pour la France. Je chargeai Henri de porter à son vénérable père mes souvenirs d'estime et d'amitié, puis nous prîmes congé l'un de l'autre. Il resta longtemps sur la rive à regarder s'éloigner le bateau qui emportait son ami. Lorsque nous fûmes au moment de disparaître l'un pour l'autre, deux drapeaux blancs soudainement improvisés furent les signaux de nos pensées suprêmes, de notre fidélité à la France de saint Louis. Celui qu'agitait Henri se rétrécissait rapidement à mes yeux, il ne fut bientôt plus qu'un point qui finit par s'évanouir.

Le ciel orageux était chargé de sombres nuages. De rares rayons de soleil éclairaient vivement Lindau, Meinau, Ueberlingen. Quelques coteaux du rivage se détachaient brillants de lumière sur l'obscurité d'un fond parfois sillonné d'éclairs rougeâtres. Le tonnerre grondait majestueusement, tandis que le canon de Meersburg saluait, non pas notre humble arrivée, mais la fête du grand-duc. Le lac, assombri, s'agitait de plus en plus, les vagues se brisaient contre notre embarcation et nous couvraient de leur écume ; c'était une vraie tempête. Toutefois notre débarquement à Meersburg se fit sans accident. La ville était pavoisée de drapeaux et ornée de feuillages ; les habitants se pavanaient dans leurs habits de fête, les femmes ayant arboré leurs bonnets d'or, lourde coiffure plus riche que gracieuse.

Nous traversâmes rapidement Meersburg et les États du grand-duc pour aller passer la nuit à Ravensburg dans le royaume de Wurtemberg.

Le lendemain, au moment où nous allions partir, nous voyons arriver à la porte une élégante berline de voyage attelée de quatre chevaux, puis des voitures de suite, des femmes, des valets. Une dame, jeune encore, à la physionomie bienveillante, se montre à la portière ; elle est bientôt entourée d'une foule de gens qui accourent de toutes parts.

— Voilà la reine ! Voilà la reine ! disent-ils.

En effet, c'était la reine de Wurtemberg qui se rendait de Friedrichshafen à Stuttgart. Elle parla avec beaucoup d'affabilité à plusieurs personnes.

— Comme elle a le type russe, me dit mon compagnon de voyage.

— Je le trouve comme vous et cependant la reine Pauline est la fille du duc Louis-Frédéric-Alexandre de Wurtemberg. Avant elle, la reine de Wurtemberg était cette belle grande-duchesse Catherine, sœur de l'empereur de Russie et veuve du prince Pierre de Holstein-Oldenbourg. Sa merveilleuse beauté produisit un effet magique au congrès de Vienne, elle y fit naître des passions romanesques. Le prince royal de Wurtemberg fut subjugué ; il épousa en 1816 la belle grande-duchesse et devint roi à la fin de la même année. Mais, hélas ! Catherine de Russie régna à peine deux ans, elle mourut dans tout l'éclat de sa beauté.

Nous parlions encore de tout cela, quand nous vîmes la reine Pauline partir rapidement pour Stuttgart. A son tour notre véhicule s'ébranla et se mit en route vers la Bavière, mais à une allure beaucoup plus modérée. Je ne m'arrêterai pas à décrire Wursach avec sa belle église ornée de grandes fresques, ni les rivages de l'Iller dont les eaux servent de limite aux deux petits royaumes, ni le riant aspect de Memmingen. Les jardins qui entourent cette ville étaient ce jour-là fort animés. De nombreux couples y dansaient joyeusement aux accents d'orchestres infatigables, tandis que la partie la plus grave de la population s'abreuvait à longs traits d'une bière mousseuse dans d'immenses verres aux couvercles argentés.

— Est-ce la fête de Memmingen ou du roi de Bavière? demandai-je à notre hôte.

— Non, c'est la fête du poisson. On célèbre ainsi l'époque de nos grandes pêches.

Pour notre malheur, les danses se prolongèrent pendant toute la nuit dans notre auberge. J'étais accablé de chaleur, de fatigue, de sommeil. Mais comment dormir? Ébranlé par les vibrations du plancher, mon lit prenait part à la valse. Si je fermais les yeux un instant, je me réveillais en sursaut : tantôt, comme si un bœuf mugissait à mon oreille, c'étaient les sons graves des contrebasses et des trombones ; tantôt, comme si des milliers de chats miaulaient autour de moi, c'étaient les sons criards des violons et des clarinettes. Tant de tapage ne s'accordait pas mieux avec mon sommeil que tant de joie avec ma tristesse. A ce vacarme s'ajoutaient les désagréments d'une connaissance nouvelle à faire avec les lits de plume si asphyxiants et les couvertures si exiguës de l'Allemagne.

Le lendemain 1er septembre, en passant à Mindelheim, nous fûmes témoins d'une scène tragi-comique ; elle commença par le ridicule pour se terminer par une catastrophe qu'il nous fut impossible de prévenir. Nous étions dans la salle à manger de l'auberge, quand y survint un personnage court et obèse, tel que le chanoine Gil Perez décrit par Le Sage. Une calotte immense couvrait sa tête chenue, une large houppelande noire enveloppait son corps alourdi que soutenaient avec peine deux jambes torses et courtes se terminant dans de vastes souliers. Une gouvernante à bonnet d'or dirigeait les pas incertains du vieil ecclésiastique qu'elle installa à une table voisine de la nôtre. Le pauvre homme, excessivement replet, avait la respiration courte et pénible.

La gouvernante se fit apporter un plat de viande qu'elle découpa en petits morceaux ; puis, attachant une serviette sous le lourd menton du chanoine, elle commence une

manœuvre qui nous inquiète ; elle l'empiffre avec une
activité incroyable et un zèle plus affectueux qu'éclairé.
Le malheureux se prête d'abord assez volontiers à ces
soins empressés, qui bientôt cependant paraissent lui
déplaire et le lasser. Soit étouffement, soit fatigue, soit
mauvaise volonté, il ferme à la fois les yeux et la bouche.
La gouvernante, désolée et résolue à combattre à outrance
la faiblesse de son maître, essaie en vain d'introduire son
infatigable fourchette entre les dents du chanoine qui
s'obstine et dont les lèvres restent inexorablement closes.

Que faire en pareille occurrence ? La gouvernante commençait à douter de ses lumières. Elle appelle en consultation une matrone dont le front ridé, sous le bonnet à
dorure fanée, témoigne d'une vieille expérience. Les deux
commères se mettent à délibérer. Bientôt, pour éclairer
la discussion, elles s'adjoignent l'aubergiste. Celui-ci, les
jambes écartées, les mains croisées derrière le dos, le bonnet
de coton derrière l'oreille, les écoute d'un air capable,
puis, à ce que nous croyons comprendre, il propose d'aller
chercher son docteur. Effectivement, il quitte la salle et
revient un moment après, escortant un personnage fluet,
efflanqué, décharné, vêtu d'une misérable redingote d'un
vert bleuâtre, tournant au jaune le long des coutures. Un
chapeau jadis noir, mais auquel les années avaient donné
une teinte roussâtre, couvrait sa nuque beaucoup plus
que son front de parchemin fané ; ses mains longues et
pendantes sortaient de deux manches déchirées. L'aspect
de cet Esculape nous parut de mauvais augure. La consultation fut très animée. Les faits furent exposés par la gouvernante, développés par la vieille commère, commentés
par l'aubergiste, interprétés par le famélique docteur. Ce
dernier déclara que le chanoine, manquant de forces, il
fallait lui faire prendre coûte que coûte de la nourriture.
Cela dit, le docteur passa dans la cuisine pour commander
le repas du chanoine, mais aussi pour partager le repas de

l'aubergiste. Bientôt arrivent les mets, instruments du supplice du pauvre ecclésiastique. Russell et moi, nous avons beau protester dans un jargon anglo-franco-germanique appuyé de gestes de détresse, rien ne peut arrêter le zèle des deux Bavaroises. Armées chacune d'une fourchette et placées aux deux côtés du chanoine, elles épient avec une tendre sollicitude l'instant où, pour respirer, le malheureux entr'ouvre ses lèvres appesanties ; alors, à l'envi l'une de l'autre, elles insinuent prestement dans sa bouche un morceau de viande qu'il avale pour ne pas en être immédiatement suffoqué. Tout à coup, il devient pourpre, puis pâlit et tombe évanoui. On court chercher un matelas sur lequel on l'étend, il était sans mouvement, frappé d'apoplexie. La gouvernante et son innocente complice font retentir la salle de leurs sanglots. Notre automédon se présente à la porte : « Messieurs, la voiture est prête, il faut partir. » Nous quittons donc l'auberge, péniblement impressionnés par la scène lamentable à laquelle nous venions d'assister.

Une chose nous frappa dès notre entrée en Bavière. Dans les villages et les bourgs que nous traversions, presque toutes les maisons étaient décorées à leur façade de quelques fresques pieuses. Dans les salles communes des hôtelleries, l'image de la Vierge ou d'un saint surmontait un bénitier. Chaque Bavarois en arrivant allait prendre de l'eau bénite et faisait le signe de la croix avec recueillement, comme s'il entrait dans une église. Profession de foi touchante ! Un proscrit n'est plus en péril et ne se sent plus en danger, là où il se voit entouré de frères unis à lui par les liens d'une charité divine.

Avant d'arriver à la petite ville d'Inningen, nous parcourons un pays magnifique. A travers des montagnes couvertes à leurs cimes de hauts sapins et vers la base de hêtres touffus, mêlés à des chênes séculaires, la route se développe en courbes gracieuses au milieu de riantes prairies arrosées d'eaux courantes qui se précipitent vers l'Ammer-See. Le pays perd graduellement cette beauté pittoresque à mesure qu'on approche de Pfaffenhofen dont le nom rappelle le faux créancier de Charles X et ses persécutions acharnées. Près d'un autre Pfaffenhofen, plus au nord, se trouvent les ruines du château de Scheyern, antique berceau de l'illustre maison de Wittelsbach qui règne aujourd'hui en Bavière.

Nous approchions peu à peu de Munich. Une vaste plaine à parcourir nous offrait en perspective les tours élevées de la cathédrale. Le pays monotone et triste ne présentait point de ces élégantes habitations s'échelonnant, en général, aux abords d'une capitale. Nous apercevions toutefois à notre gauche le palais, les vastes jardins, les eaux magnifiques de Nymphenbourg, somptueuse résidence du roi de Bavière pendant la belle saison.

Nous arrivâmes à Munich dans la soirée du 2 septembre, le quatrième jour depuis notre départ de Constance. Notre premier soin fut de régler nos comptes avec notre conducteur en lui payant environ quarante-cinq francs par journée et en lui témoignant notre reconnaissance pour ses soins empressés et intelligents. Quelques instants après, nous arrêtions nos places à une voiture publique qui devait partir le lendemain soir. Nous eûmes encore le temps de nous promener sur les bords de l'Isar dont les deux bras peu considérables roulaient alors des eaux fangeuses. La grande rue centrale, qui conduisait à notre hôtel, nous parut belle, mais fort peu animée. Aucune voiture n'en troublait le silence, quelques piétons la parcouraient paisiblement, leurs vêtements étaient simples, généralement propres, quoique vulgaires. Les femmes du peuple étaient coiffées de bonnets en fourrure. Celles qui appartenaient à une classe plus fortunée couvraient le sommet de leur tête d'un ornement en passementerie d'or ou d'argent, ayant assez de ressemblance avec une épaulette militaire.

A cette époque de l'année, la cour, le corps diplomatique et les personnages opulents étaient absents de la
ville, ce qui expliquait le calme qui y régnait. Mais, en
outre, Munich, par son étendue et l'importance de ses
monuments, pourrait être la capitale d'un grand royaume
et la Bavière n'a que quatre millions et demi d'habitants.
Munich, en 1830, avait une population de quatre-vingt
mille âmes et aurait pu en contenir le double.

Le lendemain, je me rendis de bonne heure à la cathédrale afin de demander à Dieu sa protection, pour nos
princes dans la tristesse de leur exil, pour mes collègues
captifs, pour ma famille et pour moi-même, au milieu
des épreuves que j'aurais à subir. Un grand concours de
fidèles assistait en ce moment à une messe solennelle dont
la musique était exécutée par un chœur nombreux et un
puissant orchestre. Un recueillement profond régnait dans
tous les rangs. J'ignorais le but de cette cérémonie, je
m'unis pourtant par la prière à l'intention inconnue du
saint sacrifice. L'église est spacieuse, mais l'entrée du
chœur est masquée par le tombeau de l'électeur Maximilien qui, pendant cinquante-cinq années, gouverna glo-
rieusement la Bavière ; de grandes figures de bronze
entourent le monument et des guerriers tenant des enseignes
en occupent les quatre angles.

Six années avant mon passage à Munich, la ville avait
vu s'éteindre dans ses murs un Français dont l'étrange
destinée, grandissant avec l'inconcevable fortune de Napoléon, avait dû subir l'influence de la catastrophe qui renversa le dominateur de l'Europe. Eugène de Beauharnais,
en disparaissant de la scène guerrière et politique, s'était
retiré paisiblement auprès de son beau-père, le roi Maximilien-Joseph. Il y vécut et y mourut presque ignoré,
sous le nom germanique de duc de Leuchtenberg.

Leuchtenberg, jadis principauté de l'Empire, avait appartenu à une famille qui s'éteignit en 1646. L'héritière du

dernier landgrave épousa un prince de la maison de Wittelsbach ; dès lors, le landgraviat de Leuchtenberg, situé entre le duché de Neubourg et le haut Palatinat, appartint à l'électeur de Bavière et fut donné en apanage à Eugène de Beauharnais par le roi Maximilien-Joseph, après que la grande réaction européenne de 1814 eut renversé l'empire de Napoléon et la vice-royauté de l'époux de la princesse Auguste-Amélie. C'est en 1817 qu'eut lieu l'érection du duché de Leuchtenberg. Le roi fit en même temps à Eugène la cession de la principauté d'Eichstadt, au prix de cinq millions de francs, d'après les clauses du traité du 11 avril 1814 ; les souverains coalisés ayant pris l'engagement de créer un établissement au prince, aussitôt que les circonstances politiques le permettraient.

Ainsi, Eugène de Beauharnais, devenu Altesse Impériale, vice-roi d'Italie, prince de Venise, grand-duc héréditaire de Francfort, se transforma en Son Altesse Royale le duc de Leuchtenberg, prince d'Eichstadt, premier pair du royaume de Bavière. C'était peu pour le fils adoptif de Napoléon le Grand, c'était beaucoup pour l'héritier du comte Alexandre de Beauharnais et de la créole Joséphine Tascher de la Pagerie.

Mort le 24 septembre 1824, dans sa quarante-troisième année, Eugène de Beauharnais a laissé une mémoire honorable : il fut brave dans les combats, juste et modéré dans son administration, sage et résigné dans ses revers. Je l'avais vu dans sa brillante fortune, je voulus voir son tombeau.

Ce monument, placé dans la belle église de Saint-Michel, fait honneur au génie du statuaire, le Danois Thorwaldsen. Sur un large soubassement, on lit une inscription latine dont voici le sens :

« La princesse Amélie, fille de Maximilien-Joseph, roi de Bavière, a consacré ce monument à la mémoire de son époux Eugène-Napoléon, autrefois vice-roi d'Italie. »

Eugène, debout, vient d'ôter de sa tête inclinée une couronne de laurier qu'il tient penchée vers la terre. Assise à sa droite, l'Histoire lève ses regards vers lui ; à sa gauche, est un groupe : l'Hymen et l'Amour éplorés. L'Hymen a renversé son flambeau éteint, le flambeau de l'Amour brûle d'une flamme immortelle. Cette grande composition est d'un style élevé. L'allégorie en est peut-être ingénieuse, mais on la trouve froide ; il manque à ce monument une pensée religieuse.

En quittant l'église Saint-Michel, j'allai visiter le palais du duc de Leuchtenberg qu'habitait la veuve d'Eugène. La galerie artistique de ce palais consiste en deux salles élégamment décorées où je retrouvai plusieurs tableaux de l'école française sous l'Empire. Près de l'*Inès de Castro*, de M. de Forbin, de la *Valentine de Milan*, par Richard, d'une reproduction des *Horaces* de David, de plusieurs scènes de la vie de Napoléon, de quelques paysages italiens, je m'attachai à considérer l'*Ossian*, de Girodet, composition étrange, peinture blafarde au-dessous du talent de ce peintre.

J'aurais éprouvé un vif intérêt à demeurer quelque temps à Munich. Pendant plusieurs années, je m'étais consacré à l'étude des beaux-arts ; je m'étais adonné à leur pratique, à leur langue, à leur histoire, en fréquentant des ateliers célèbres où j'avais manié la brosse des peintres, l'ébauchoir des sculpteurs, la règle et le compas des architectes. Comment rester insensible à la pensée de me trouver dans la sphère d'une brillante pléiade d'artistes éminents, soutenus par la munificence éclairée d'un roi poète qui voulait faire de Munich la ville possédant les plus beaux monuments de l'Allemagne. Malgré mes tristes préoccupations, j'aurais voulu contempler en détail leurs travaux déjà si considérables et si variés. J'aurais été heureux de connaître personnellement et de visiter dans leurs ateliers les habiles statuaires Eberhardt, Wagner et surtout

Schwanthaler. J'aurais aimé à m'entretenir avec les savants architectes Fischer, Léon de Klenze, Gärtner, Ohlmüller, Ziebland, avec les peintres déjà célèbres Cornelius, Hesse, Schnorr, Kaulbach.

Il m'eût été agréable de contempler au moins tous les travaux de l'école nouvelle ; mais je n'avais qu'une journée à ma disposition, je la consacrai à voir attentivement a Glyptothèque et les chefs-d'œuvre qu'elle renferme. Puis, j'eus encore le temps de parcourir à la hâte la galerie des tableaux de toutes les écoles, collection riche et nombreuse qui offrait de précieux modèles à plusieurs jeunes artistes que je trouvai occupés à reproduire les chefs-d'œuvre qu'ils avaient devant les yeux.

Nous partîmes de Munich dans la soirée. En arrivant à la voiture qui devait nous emmener, je crus apercevoir des officiers d'assez bonne apparence : c'étaient nos postillons, aux vêtements bleu clair, galonnés d'argent, au grand chapeau surmonté d'un immense panache. Ils étaient aussi calmes que brillants. Conduits par eux, six chevaux tiraient notre lourde machine, allant gravement au pas dans les nombreuses montées et tout au plus au petit trot dans la plaine. Ainsi, nous fallut-il deux jours entiers pour arriver à la frontière autrichienne. Rien ne troubla du reste notre marche, rien ne captiva notre attention, si ce n'est Hohenlinden, charmant village au riant aspect et qui a donné son nom à la sanglante bataille où le général républicain Moreau battit l'armée autrichienne commandée par l'archiduc Jean, frère de l'empereur François.

A Schärding, on divisa les voyageurs en groupes de quatre personnes et chacun de ces groupes occupa une voiture ; tous les bagages furent chargés ensemble sur un grand fourgon. On nous donna deux compagnons de route. Si nous avions eu la liberté du choix, ce n'est certainement pas à eux que nous aurions donné la préférence. C'étaient deux libéraux français venant de Paris et dont l'insipide bavardage nous mit bientôt au fait de toutes les circonstances les plus insignifiantes de leurs projets et de leur existence. Le plus jeune allait à Odessa établir un magasin de modes. A l'appui de son ignorante sottise, il citait continuellement les vers les plus spirituels de Voltaire, de manière à les rendre faux et bêtes. Il s'entretenait avec son compagnon, qui était marchand de sangsues, et lui parlait de sociétés secrètes. Il faisait partie de l'une d'elles et comptait grâce à cela trouver des protecteurs en Russie.

— Voyez ce portefeuille, dit-il. Parmi mes nombreux échantillons de modes, j'ai des lettres de recommandation. Il est grand, mon portefeuille ; il ne me quitte jamais. N'ai-je pas l'air d'un ministre de Charles X qui se sauve ?

— Ah ! si vous étiez un ministre de Charles X, avec moi, vous ne seriez pas à votre aise, s'écria Poirier, le marchand de sangsues.

Il fallut subir leurs interminables dissertations sur la révolution de Juillet. Je réussis enfin à y mettre un terme, en me faisant donner par Poirier de nombreux détails sur son commerce de sangsues. Il fut charmé de trouver en moi un auditeur aussi bénévole. Il se fit bientôt notre guide, nous expliquant le pays à sa manière et nous donnant des indications dont l'exactitude n'était pas incontestable. Ce qu'il connaissait le mieux, c'était le personnel des auberges. Dès qu'il descendait de voiture, des figures peu recommandables accouraient vers lui et l'entretenaient mystérieusement. Quant aux nombreux Allemands qui voyageaient avec nous et que nous retrouvions aux fréquents et détestables repas, ils étaient entièrement absorbés dans la contemplation d'une jeune et belle Autrichienne, à la taille svelte et élevée ; ils la nommaient « Frau Abélé ». Tout en lui souriant, ils dévoraient avec un infatigable appétit des tranches de bœuf dures et racor-

nies comme des semelles de bottes et des morceaux de
pain de seigle au cumin.

Nous parvînmes ainsi jusqu'à Linz, jolie ville peuplée
d'environ vingt-quatre mille habitants. C'est là que nous
vîmes pour la première fois le Danube avec son aspect
majestueux, rendu plus imposant encore par les vapeurs
qui semblaient éloigner indéfiniment la rive opposée. Le
fleuve reflétait les tons lourds d'un ciel sombre et cette
scène avait un caractère de grandeur et de tristesse qui
s'accordait avec mes pensées.

A quelles pénibles réflexions mon esprit fut en proie
pendant la nuit suivante! J'atteignais Vienne, quelle vie
d'épreuve allait s'y ouvrir pour moi? Mes ressources
étaient presque nulles, mes biens en France seraient saisis ; pourrais-je me procurer en Autriche quelque moyen
d'activité pour subvenir à mon existence? J'arrivais
pauvre et conduit par des revers ; la pauvreté et le malheur,
quelles tristes recommandations !

Nous passâmes le matin devant Schönbrunn. Cette
demeure impériale était dans la joie. Au moment où
l'émeute de Paris, brisant le sceptre légitime de France,
couronnait la complicité révolutionnaire de Louis-Philippe d'Orléans, était venu au monde le premier né (1) de
l'archiduc François-Charles et de l'archiduchesse Sophie.
Dans ce palais de Schönbrunn qu'avait habité Napoléon,
vainqueur de l'Europe, vivait alors son fils le roi de Rome,
tombé au rang obscur de duc de Reichstadt. L'ensemble
du château me parut imposant, il se détachait sur une
fraîche et riche végétation. La chaîne des Alpes Noriques,
qui se termine auprès de Vienne par le Kahlenberg, donne
un beau caractère aux environs de cette capitale, tous
parsemés d'élégantes habitations.

(1) François-Joseph, l'empereur d'Autriche actuel.

CHAPITRE XIII

ENTRETIENS AVEC LE PRINCE DE METTERNICH

Le dimanche 5 septembre, à huit heures du matin, nous arrivions à Vienne et nous prenions un logement dans l'hôtel qui porte le nom de l'archiduc Charles et se trouve situé rue de Carinthie. Notre premier soin fut de nous rendre à l'antique cathédrale. J'allai me placer dans la chapelle qui renferme le tombeau de l'empereur Frédéric III, chef-d'œuvre dû au ciseau de Nicolas Lersch. Là nous étions seuls, au milieu d'une obscurité qui me convenait. Un grand nombre de fidèles remplissaient le chœur ; pour la première fois, j'entendais le beau cantique « Heilig ! Heilig ! » accompagné par les accords solennels d'un orgue.

Dans la matinée, Russell se rendit chez le prince de Metternich pour lui remettre une lettre que je lui adressais et les dépêches dont j'avais été chargé à Berne par le baron de Binder. Dès que le prince aperçut Russell :

— Je sais qui vous êtes, lui dit-il, et avec qui vous arrivez. Je vous attendais depuis plusieurs jours l'un et l'autre ; demandez à M. de Montbel de venir me joindre ici, ce soir, à huit heures. Il est le bienvenu. L'Empereur rend hommage au caractère de ce fidèle serviteur du roi Charles X et de l'ordre social.

C'était un dimanche ; tous les magasins étaient fermés. Il n'y avait aucun moyen de me procurer d'autres vêtements. J'avais toujours la redingote bleue du valet du baron de Damas et ma seule coiffure était une casquette

des plus misérables. C'est dans cet équipement que je me
rendis le soir à la chancellerie d'État. Dans leur longue
carrière le portier, les valets, les huissiers avaient vu entrer
bien des gens chez le puissant ministre, mais certainement
personne dans un tel négligé. Je traversai humblement les
salons d'attente et je fus immédiatement introduit dans ce
cabinet où se sont traités tant de grands intérêts, où se
sont réunis tant d'illustres personnages. Le prince de
Metternich vint au-devant de moi avec une affabilité parfaite. Il me tendit la main, pressa la mienne avec bienveillance et me fit asseoir près de sa table de travail, à la
même place où, depuis, je me suis entretenu si souvent
avec lui, où sa confiance et son amitié pour moi ne se sont
jamais démenties.

— L'Empereur, mon maître, me dit-il, m'a chargé de
vous donner l'assurance de son estime, de ses sentiments
affectueux et de sa protection, regardez-vous donc dans
ses États comme dans votre patrie. Veuillez m'attendre
un instant, j'ai quelques ordres à donner, je serai bientôt
de retour.

J'eus le temps de regarder autour de moi. Un ordre
parfait régnait dans cette pièce. Quelques papiers étaient
classés sur le bureau du chancelier ; une bibliothèque
occupait une partie du cabinet, orné de nombreux objets
d'art. Un petit temple égyptien monolithe en granit rose,
couvert d'hiéroglyphes, était placé sur la large tablette
d'une cheminée ; c'était un don du pacha d'Égypte Mehe-
met-Ali. En face du fauteuil du prince, un grand portrait
en pied dominait plusieurs tableaux de prix. Il représentait cette délicieuse Antoinette Leykam dont le charme
avait séduit l'homme d'État, à la grande surprise de la
haute noblesse autrichienne. Veuf, en 1825, de la princesse
Éléonore de Kaunitz, deux ans après, le prince de Metternich épousa Antoinette Leykam. Avant le mariage, par
affection pour son ministre et afin d'éviter à la jeune

femme les difficultés d'une position nouvelle, l'empereur François lui donna le titre de comtesse de Beilstein. Par sa grâce exquise, par sa bonté, Antoinette, devenue princesse de Metternich, parvint à se faire pardonner auprès d'un monde futile sa beauté, sa fortune si brillante et si rapide. Hélas ! Ce fut l'éblouissement fugitif d'un éclair. Le 17 janvier 1829, à peine âgée de vingt-trois ans, Antoinette disparut de ce monde en donnant le jour à un fils qu'on nomma Richard. Le peintre l'a représentée debout, vêtue d'une robe blanche, élégamment drapée d'une écharpe de cachemire. Penchée sur ses beaux cheveux noirs, une seule rose s'harmonise avec le charme mélancolique répandu sur cette gracieuse figure... Triste prévision de sa destinée !

> Et rose elle a vécu ce que vivent les roses,
> L'espace d'un matin.

A l'époque où s'établirent mes relations avec le prince de Metternich, il avait atteint sa cinquante-huitième année ; mais la parfaite conservation de toutes ses facultés dissimulait son âge. Il y avait encore de la jeunesse dans son activité, dans l'aplomb de sa pose et de ses idées, dans la vivacité de son esprit. Noble dans son extérieur, distingué dans ses manières, bienveillant pour ses inférieurs, affable pour ses égaux, affectueux pour sa famille et ses amis, calme et juste envers ses adversaires, naturel avec tous, il traitait les sujets les plus variés avec autant de profondeur que de facilité. Ce que j'admirai d'abord le plus en lui, ce fut la générosité de son cœur. Le ministre puissant, qui depuis tant d'années était entouré d'une si haute considération dans le monde politique où il semblait dominer les hommes et les événements de son époque, le prince de Metternich, sans hésiter, se fit, dès ce jour, l'ami fidèle d'un Français obscur, qui ne lui était recommandé que par ses revers et sa misère. Il tendit franchement une main affectueuse au malheureux à la casquette usée, à la mauvaise redingote. Son âme vint consoler mon âme, j'en conserve une éternelle reconnaissance.

Mon attente dans le cabinet du prince ne fut pas de longue durée. Le célèbre homme d'État ne tarda pas à venir me retrouver et mon premier entretien avec lui roula naturellement sur les tristes affaires de France.

— L'événement qui vous conduit ici, me dit-il, est des plus graves: Mais les gouvernements sont d'accord; ils ne peuvent agir ni comme ils l'ont fait en 1815, ni comme ils le firent en 1792. Les données sont bien changées. Les esprits ont généralement accueilli avec enthousiasme la nouvelle révolution que Paris a déchaînée sur la France. En Angleterre surtout, les masses se sont prononcées avec une exaltation qui ne laissait aucune possibilité au gouvernement britannique d'hésiter sur la reconnaissance de Louis-Philippe. L'Angleterre prenant ce parti, nous ne pouvions nous établir en hostilité immédiate contre la révolution de France.

— Mon prince, lui répondis-je, la Providence m'a amené près de vous à mon insu. Je ne suis chargé d'aucune mission par le roi Charles X, je vous parle donc comme un simple particulier. Ne croyez-vous pas qu'en permettant à une telle usurpation de participer au droit des gens, vous exposez votre pays à de graves désordres? Car vous apprenez à vos peuples que tout droit disparaît devant le succès d'un attentat.

— Votre observation est fondée en principe, mais nous ne pouvons pas rester isolés en Europe et lutter seuls contre un fait que j'ai soin de caractériser comme il le mérite. Je prends d'ailleurs les précautions nécessaires en face d'un si grand danger. Toutes nos réserves, tous nos militaires en congé, sont rappelés sous les drapeaux. De nombreux corps de troupes sont envoyés sur les points vulnérables, particulièrement en Italie.

« Il y a longtemps que je prévoyais la catastrophe de

21

France. J'ai fait part de mes appréhensions et de mes raisons de craindre aux différents ministères qui se sont succédé chez vous, mais ces avertissements n'ont guère eu de succès à Paris. Et, cependant, je connais bien la France. Tout gouvernement y est radicalement impraticable avec la tribune et la presse livrées aux factieux. Un homme qui connaissait encore mieux que moi la France et la Révolution, car il régnait sur l'une et sur l'autre, Napoléon, m'a souvent répété : « J'ai rétabli l'ordre en laissant à ces fous turbulents le nom des choses dont je leur ai supprimé la réalité. Une commission de la liberté de la presse exerce la censure. Ils ont un Corps législatif avec une tribune où mes conseillers d'État ont seuls la parole. Les députés présentés par mes électeurs, choisis par mon Sénat, votent silencieusement les lois qu'on leur propose ; ils sont payés et muets, par conséquent, sans action sur le pays. Si j'avais l'imprudence, pour complaire à quelques idéologues, de rétablir la liberté de la presse et de la tribune, mon gouvernement ne durerait pas quinze jours. L'édifice que j'ai construit n'a d'ailleurs de solidité qu'au prix de mes victoires. Les muets, qui rampent à mes pieds, devant mon épée triomphante, tenteraient de serrer le cordon, si j'éprouvais quelques revers. Le Conseil d'État, composé de supériorités intellectuelles, mûries par l'étude, peut seul concevoir la loi dans son ensemble et la rédiger avec harmonie dans ses détails. Le Corps législatif est formé de quelques médiocrités vaniteuses et d'un grand nombre d'incapacités déplorables. Les boules noires ou blanches de ces gens-là ne prouvent rien pour ou contre le mérite d'une loi que la plupart d'entre eux ne comprennent même pas. Cette assemblée, complètement inutile dans un temps de force gouvernementale, me serait funeste si la victoire abandonnait mes drapeaux. Dans ce cas, je fermerais les portes de cette Chambre et j'en jetterais la clef dans la Seine. » Ces dernières phrases, continua le prince de Metternich, Napoléon me les disait à l'apogée de sa fortune, pendant le voyage qu'il fit avec Marie-Louise en Belgique, où je l'accompagnais. Il me parlait alors avec une franchise qu'il puisait dans le sentiment de sa puissance supérieure. Les défaites arrivèrent avant qu'il eût fermé la Chambre et, comme il l'avait prévu, les muets se dressèrent contre lui.

« Aussi en 1814, l'empereur François, conservant sa haute raison, au milieu des aberrations de cette époque, envoya Henri de Bombelles à M. le comte d'Artois, alors à Nancy, pour le supplier de repousser toute proposition d'établir en France un gouvernement parlementaire. Ces conseils furent inefficaces en présence des intrigues que favorisait l'empereur Alexandre, égaré par Laharpe. On commit la faute immense de rendre aux passions révolutionnaires la tribune et la presse. La royauté fut livrée, sans défense, aux envahissements progressifs d'une démocratie effrénée, qui rendait le gouvernement impossible. J'ai prévu la catastrophe, elle m'a affligé sans me surprendre.

« Je suis loin de blâmer les ordonnances de juillet. Charles X devait, à tout prix, défendre l'autorité royale, mais il fallait avoir des moyens militaires suffisants pour empêcher une révolte ou tout au moins pour en triompher rapidement. Sous ce rapport, il y a eu insuffisance de la part du ministre de la guerre ou pour mieux dire de la part du prince de Polignac, qui s'était, mal à propos, chargé de le remplacer. Il eût mieux valu confier au maréchal Marmont la conquête d'Alger et laisser à M. de Bourmont le soin de réprimer la révolution. M. de Bourmont, militaire expérimenté et ne pouvant séparer sa cause de celle du ministère dont il faisait partie, aurait combattu la révolte avec une énergique habileté.

« Je me permets, ajouta le prince de Metternich, le blâme d'une seule phrase dans le rapport au Roi, chef-

d'œuvre de logique et d'évidence. Le moment est venu,
y est-il dit, de recourir à des mesures qui, rentrant dans
l'esprit de la Charte, sont en dehors de l'ordre légal. Il
fallait au contraire, afin de ne laisser aucune ressource à
vos adversaires, déclarer : « Nous restons dans l'ordre légal
tel que la Charte l'a établi. »

— Les ennemis de la royauté, répondis-je au prince
de Metternich, étaient de trop mauvaise foi, pour qu'un
changement dans la rédaction de notre rapport apportât
la modification la plus légère à leur intention de faire une
révolution de 1688. Vous avez lu les provocations du
Globe, du *National*, de tous les journaux du libéralisme.

— Vous avez raison, me dit le prince, mais, à mon avis,
cette pièce aurait dû être sans défaut. C'est un monument
historique, un acte d'accusation contre la presse, lumi-
neux comme la foudre et renfermant une prophétie frappante du châtiment, auquel n'échapperont ni Louis-Philippe, ni les autres coupables instigateurs de la révolution
de Juillet. Quand ce rapport m'est parvenu à Carlsbad, je
l'ai admiré et, malgré les événements arrivés depuis, je
signerais encore aujourd'hui cet acte aussi éloquent que
juste contre la presse périodique, qui manque à sa condition essentielle puisque au lieu de faire connaître la vérité,
elle l'étouffe sous de continuels mensonges et de constantes
calomnies. Elle a comblé la mesure en excitant l'opinion
publique contre l'expédition d'Alger et en dévoilant le
plan de campagne, livré grâce à la trahison de quelque
employé de la guerre. Dans la situation actuelle, je ne vous
demande pas quel a été le rédacteur de cet acte remarquable,
devenu un titre de proscription pour tous ceux qui l'ont
signé et qui attirerait sur son auteur la vengeance de tous
les folliculaires régnant aujourd'hui en France... Que
n'avez-vous réussi dans votre entreprise ! Vous eussiez
peut-être sauvé votre pays et l'Europe. Je ne suis pas de
ceux qui applaudissent tous les succès et blâment tous

les revers. Vous avez succombé, mais pour servir vos convictions vous n'avez pas hésité à compromettre votre fortune et votre existence. J'honore votre courageuse fidélité et je ne vous impute pas le défaut de forces suffisantes pour dompter la révolte... Quoi qu'il en soit, veuillez me raconter ce que vous pouvez me dire de ce terrible drame. Ce n'est pas une vaine curiosité de ma part ; il importe que ceux qui sont chargés de l'ordre social recueillent attentivement les indications pouvant éclairer leur marche.

— Je vous raconterai des faits, lui dis-je, les causes vous les connaissez.

Je lui détaillai alors plusieurs circonstances qu'il paraissait ignorer ou qui ne lui avaient pas été exactement présentées. Il m'écouta avec une grande patience et une attention parfaite.

— Quelle calamité ! s'écria-t-il. C'est au milieu d'une prospérité inouïe, en présence d'une victoire brillante, d'une conquête qui a excité l'envie de l'Angleterre et l'admiration reconnaissante des nations européennes, que le peuple s'est laissé pousser à la rébellion contre son Roi. Je comprends les calculs égoïstes des séducteurs, mais non l'insigne niaiserie des innombrables dupes.

— Ce que je comprends moins encore, ajoutai-je, c'est l'odieuse ingratitude des populations pour un souverain aussi noble, aussi bienveillant, aussi généreux que Charles X.

— Vous avez grandement raison, me répondit-il. Le comte Apponyi (1) m'écrit que les commissaires chargés par le gouvernement de Louis-Philippe d'examiner les papiers et la comptabilité de Charles X et de ses enfants restent confondus des immenses bienfaits que répandait en France cette famille royale si méconnue et si calomniée.

— Comment est avec vous M. de Rayneval ? demandai-

_____

(1) Ambassadeur d'Autriche à Paris.

je au prince de Metternich. Reste-t-il ambassadeur à
Vienne?

— J'ai été très satisfait de son attitude. Il a des sentiments trop honorables pour accepter d'être l'ambassadeur
de l'usurpation. Il a laissé les affaires de la légation au
secrétaire Schwebel et, cédant aux conseils que je lui ai
donnés, il est parti de Vienne, sans attendre l'arrivée de
l'envoyé extraordinaire, le général Belliard, chargé par
Louis-Philippe de signifier son avènement au trône à
S. M. l'empereur d'Autriche... L'esprit de désordre est
partout, reprit le prince de Metternich. Je crois néanmoins
que, jusqu'à présent, l'Autriche est le pays le plus éloigné
d'une révolution.

— L'archiduché d'Autriche, c'est possible, répliquai-je,
mais êtes-vous bien sûr que la Lombardie, la Bohême et la
Hongrie surtout soient complètement à l'abri de l'épidémie
politique de notre époque? Nos renseignements en France
seraient bien erronés, s'il en était ainsi.

— Certainement, me répondit le prince; si la Providence ne change pas le cours des idées actuelles, l'empire
autrichien aura inévitablement à subir de cruelles catas-
trophes. Pour le moment du moins, rien n'y signale les
troubles qui désolent déjà la Belgique et plusieurs États
de l'Allemagne. Nos forces militaires rendent impossible
toute entreprise des Italiens et des Polonais. Ces populations d'ailleurs sont gouvernées avec douceur et justice.
Quant à la Hongrie, j'avoue que le jeu de ses institutions
nous amène de grandes difficultés. L'aristocratie magyare,
qui jouit de privilèges exorbitants pour notre époque, ne
se contente plus de sa position. Séduite par les exemples
et les théories de l'Angleterre, elle tend à annuler l'autorité
du Roi et à la réduire à une existence nominale. Si pour
défendre son pouvoir menacé le Roi faisait appel aux masses,
l'aristocratie serait immédiatement anéantie. Tels ne sont
pas les sentiments de l'empereur François. Il défend les

institutions hongroises contre l'aristocratie qui les com-
promet chaque jour davantage et qui finira par les détruire. Le comte Stephan Szechenyi, qui est un homme de
haute intelligence, a beaucoup étudié l'Angleterre ; les
miracles du crédit, de l'industrie ont frappé son imagination. Il en a rapporté des théories brillantes, mais de fâ-
cheuses illusions. Je ne puis qu'applaudir à ses sentiments
généreux lorsqu'il provoqua la fondation d'une Académie
des sciences, à Pesth, par le don de quarante mille florins.
Sa popularité naquit alors ; elle s'accrut moins honorablement par l'introduction en Hongrie des clubs anglais,
réunions où l'oisiveté et l'ignorance viennent fronder
l'autorité. La faveur dont jouit le comte Szechenyi est
arrivée à son apogée, grâce à une publication récente intitulée *Hitel*, mot qui signifie « crédit » en magyar. Il agit
avec une bonne foi honorable, mais je lui prédis souvent
qu'il sera entraîné par ses succès bien au delà du but qu'il
se propose. Pour le moment, continua le prince de Metternich, nous espérons calmer les esprits, ou du moins faire
diversion à la fièvre qui les agite, par le couronnement du
prince impérial, comme roi de Hongrie. L'empereur François veut user de son influence encore respectée pour faire
placer sur la tête de son fils, par la Diète, cette couronne
de saint Étienne dont, à sa mort, la transmission pourrait
être menacée. J'accompagnerai incessamment l'Empereur
à Presbourg ; mon départ interrompra nos relations, mais
pendant quelques jours seulement. Dans quelle ville
de la monarchie avez-vous l'intention de fixer votre résidence ?

— A Vienne, mon prince ; j'ai demandé qu'on m'adresse
ici mes lettres et tout ce qui peut concerner mes affaires.

— Ne craignez-vous pas que votre séjour dans la capitale n'amène quelque fâcheuse compromission ?

— Non certainement. Le gouvernement de Louis-Philippe voudrait bien que tous mes collègues fussent avec

moi hors de France, ce serait pour lui une préoccupation et un danger de moins.

— Vous avez raison. Restez à Vienne. Je m'en rapporte à votre prudence. L'Empereur, le ministre de la police et moi connaissons seuls votre arrivée.

— Je suis ici sous le nom de Capdeville, artiste. Les dispositions actuelles de mon esprit me portent non seulement à une grande réserve, mais à une solitude presque absolue.

— Il est déjà tard, le temps a passé bien vite en causant. Je vous ai parlé avec une entière confiance. Sans vous connaître personnellement, il y a longtemps que je vous ai voué toute mon estime. Je vais rendre compte à S. M. l'Empereur de tout ce que vous m'avez raconté. Revenez demain à la même heure, nous avons encore beaucoup à nous entretenir. Si vous voulez écrire à votre famille et à vos amis, profitez d'un courrier que je vais expédier en France, je le chargerai de vos dépêches et le comte Apponyi nous enverra les réponses.

— J'accepte avec reconnaissance, mais avant de nous quitter, mon prince, veuillez me dire si vous avez quelques nouvelles du roi Charles X et de mes collègues.

— Demain, je vous donnerai à lire les dépêches de France et d'Angleterre à cet égard. La famille royale est en bonne santé ; le prince de Polignac, MM. de Peyronnet, Guernon de Ranville et Chantelauze sont à Vincennes. On ignore en France ce que vous êtes devenu ainsi que MM. Capelle et d'Haussez. Quel sera à votre avis le sort des malheureux prisonniers ?

— Hélas ! nos souvenirs en fait de tribunaux révolutionnaires sont loin de me rassurer. J'espère toutefois que le gouvernement actuel craindra de relever l'échafaud ; les vainqueurs du jour peuvent être les vaincus du lendemain.

— Espérons pour vos amis, me dit le prince en me serrant la main. Je me réjouis en pensant que vous êtes à l'abri de tels dangers. Nous tâcherons d'adoucir votre exil ; l'exil, d'ailleurs, vaut mieux que la prison au milieu des fureurs populaires.

Je retournai à ma demeure, consolé par la réception affectueuse du prince de Metternich et par la confiance qu'il m'avait témoignée. Cependant de tristes pensées me tourmentaient. De tout ce que j'avais entendu résultait pour moi la conviction que le principe d'autorité s'affaiblissait en Europe et que la France était livrée pour longtemps aux conséquences des idées fausses dont on l'avait saturée.

J'employai la soirée et la matinée du jour suivant à écrire à ma femme et à ma mère pour leur raconter mon voyage depuis Constance jusqu'à Vienne et le bienveillant accueil que je trouvais dans cette ville ; ce devait être pour elles une consolation. J'adressai aussi des lettres à Berne au comte de Gabriac et au baron de Binder pour les remercier de leur obligeance à mon égard.

La pluie tombait à torrents et augmentait encore l'obscurité des logements que nous habitions. Notre hôtel, situé dans une rue fort étroite, était de plus entouré de maisons très élevées.

— A-t-on souvent une atmosphère aussi nébuleuse? demandai-je aux gens qui nous servaient.

— Presque toujours, me répondirent-ils sans hésiter.

Je songeais en soupirant à l'air pur et au soleil radieux de la patrie. Je me rappelais Ovide, son exil, ses *Tristes*. Sans doute ceux que j'avais interrogés ne m'avaient pas compris. L'automne est à Vienne une belle saison et, quand les premières lueurs du jour ont dissipé les brouillards du Danube, le soleil y brille d'un éclat admirable, dans un ciel souvent aussi bleu, aussi transparent que celui de l'Italie. Telles ne furent pas les deux premières semaines que je passai dans cette capitale ; la pluie fut presque continuelle, les rues toujours mouillées ne se présentaient pas à moi sous leur habituel aspect de propreté

parfaite. Quelques moments d'éclaircie me permirent de
parcourir la rue de Carinthie, la place Saint-Étienne, le
Graben et le Kohlmarkt, les quartiers les plus élégants
et les plus animés de Vienne. Le nombre des magasins
m'étonna, ils sont moins grands et moins décorés que ceux
de Paris.

Les librairies de Gerold, de Schaunbourg et de plusieurs
autres offraient toutes les publications récentes de France
et d'Angleterre, à côté des trésors de la littérature allemande. Les étalages des Neumann, des Artaria me cho-
quèrent par les nombreuses reproductions de la figure de
Louis-Philippe entouré de ses complices, Dupont de l'Eure,
Benjamin Constant, Laffitte, La Fayette. Eh quoi! me
disais-je, les triomphes de l'insurrection et de l'usurpation
peuvent être ainsi glorifiés sans inconvénient dans les pays
où règne encore l'autorité légitime. Les banquiers de cette
capitale ne peuvent-ils pas être amenés par l'exemple de
M. Laffitte à travailler au renversement de l'Empereur
pour diriger à leur gré les finances de l'Autriche? L'armée
n'a-t-elle pas des généraux ambitieux comme Gérard,
Sébastiani, Lamarque? Les légistes viennois sont-ils à
l'abri de compter dans leurs rangs des factieux comme
MM. Dupin et Dupont de l'Eure? La Fayette doit-il être
proposé à l'admiration publique sous les yeux du souverain
qui l'envoya à Olmütz expier le crime de s'être fait le
geôlier de Louis XVI et de Marie-Antoinette?... Il ne faudrait pas croire que ces manifestations fussent accueillies
à cette époque par l'indifférence de la population. J'ai
connu depuis un grand seigneur hongrois, homme honorable, généreux, instruit, qui avait la niaiserie de faire tous
les jours prier ses enfants pour le général La Fayette; il
avait d'ailleurs donné le nom de « Tricolore » à son cheval.

Le soir, à huit heures, je me rendis exactement au rendez-
vous que m'avait donné le prince de Metternich. N'ayant
pas eu le temps de me procurer un habit convenable, je

n'avais plus du moins mon ignoble casquette ; un chapeau neuf constituait un véritable progrès sur mon accoutrement de la veille, progrès qui n'échappa point à l'œil exercé du portier de la chancellerie d'État ; il me traita avec plus d'égards et m'accorda un sourire d'ancienne connaissance. Je fis alors une remarque qui m'avait échappé au milieu des préoccupations de ma première visite. Tandis que, dans les hôtels des divers ministères où j'avais passé, j'étais habitué à voir une nombreuse garde, le Chancelier de Cour et d'État, le ministre prépondérant de l'empereur d'Autriche, le prince de Metternich, n'avait pas un seul factionnaire à sa porte. Un homme, en livrée grise, galonnée de jaune, était assis dans une loge et répondait aux étrangers qui entraient ; comme tous les huissiers et autres serviteurs du prince, il parlait fort bien le français. Au lieu des ordonnances qui piaffaient sous mes fenêtres ministérielles, j'ai vu souvent dans la cour de la Chancellerie d'État le portier nourrissant ses poules ; elles auraient été mieux à leur place chez un ministre du coq gaulois qu'auprès de l'aigle noir à deux têtes.

Le prince de Metternich m'accueillit comme un ancien ami.

— Tenez, me dit-il, je n'ai pas oublié ce que je vous ai promis ; voilà les rapports que j'ai reçus des légations de Londres et de Paris, ainsi que diverses lettres de mes agents secrets sur le voyage du roi Charles X, sur son arrivée en Angleterre et sur l'arrestation de vos infortunés collègues. Asseyez-vous auprès de cette table et lisez ces dépêches pendant que je travaillerai à celles que j'expédierai demain en France. J'ai l'habitude d'écrire moi-même tout ce que j'adresse aux légations de Berlin, de Paris, de Londres et de Saint-Pétersbourg. La longue habitude rend ma tâche facile. J'entre dans mon cabinet à onze heures du matin. J'y travaille avec mes chefs de service jusqu'à deux heures après midi, je reçois alors les membres du corps diplomatique et toutes les personnes qui ont des affaires à traiter avec moi. Immédiatement après mon dîner, je reviens ici pour reprendre mes travaux jusqu'à dix heures. Je passe alors dans mes salons dont mes filles font les honneurs à la nombreuse société qui s'y réunit. Je trouve ainsi le moyen de rédiger moi-même mes dépêches essentiellement politiques, de diriger la chancellerie, de lire avec soin non seulement tous les rapports de mes nombreux agents, mais aussi toutes les publications de quelque valeur et les journaux allemands, anglais, français, la plupart mensongers, toutefois nécessaires à suivre dans les manœuvres qu'ils font pour égarer l'opinion publique. J'attire chez moi les littérateurs, les savants, les artistes de mérite. Mon cercle habituel est formé de ce que la diplomatie a de plus grave et l'aristocratie européenne de plus élégant, de plus frivole. Je me tiens ainsi parfaitement au courant des progrès de l'intelligence humaine, de ses aberrations, de ses faiblesses. Mes occupations étant variées, il en résulte que mes travaux ne m'occasionnent jamais de fatigue.

— Vous avez pour vous, répondis-je au prince de Metternich, une longue expérience des affaires. Vous avez eu le temps de connaître non seulement les hommes qui vous secondent, mais aussi ceux avec qui vous avez à négocier et vous possédez surtout l'avantage de n'être pas le ministre d'un roi constitutionnel. C'est à cela que tient, pour beaucoup, votre calme à la tête de l'État. J'ai passé en France par les ministères de l'instruction publique, de l'intérieur et des finances. J'y travaillais depuis six heures du matin jusqu'à minuit. Par suite des exigences parlementaires, j'étais obligé de recevoir chaque jour des centaines de pairs, de députés, d'électeurs, de solliciteurs de tout rang, m'obsédant de leurs prétentions, de leurs intérêts personnels. Ces audiences prenaient plusieurs heures de ma journée et m'excédaient de fatigue. La vie ministérielle dans un gouvernement représentatif est une continuelle torture, supportée chez quelques-uns par le sentiment du devoir, chez quelques autres par la vanité la plus absurde. Pour châtier les ambitieux, Dieu pourrait les condamner pour l'éternité aux travaux forcés d'un ministère constitutionnel, sans que personne en sût rien... Me permettez-vous de prendre quelques notes d'après ces dépêches qui sont pour moi d'un si grand intérêt?

Je pris les dépêches, je les lus avec une profonde et douloureuse attention.

Le roi Charles X, après avoir investi le duc d'Orléans du pouvoir et des fonctions de lieutenant-général du royaume, vit arriver à Rambouillet le maréchal Maison, l'avocat Odilon Barrot et le conseiller Schonen, commissaires chargés par Louis-Philippe de conduire le Roi et sa famille hors de France. L'infortuné prince eut à subir la présence de ces ennemis de la monarchie, qui précédaient des milliers de bandits, mis en mouvement par le vieux La Fayette et par le digne fils d'Égalité pour forcer le Roi légitime à s'expatrier. Ces bandes, formées de la partie la plus vile et la plus forcenée de la garde nationale, d'ouvriers fanatisés par les sociétés secrètes, de gens sans aveu, s'étaient mises en marche sous le commandement du général Pajol, ayant pour chef d'état-major un colonel Jacqueminot et pour aide de camp Georges La Fayette, fils de cet homme néfaste dont la vanité se mêle depuis un demi-siècle à toutes les intrigues, à toutes les conspirations, à toutes les émeutes contre la famille royale et la monarchie. Cette foule ignoble, indisciplinée, en partie plongée dans l'ivresse, s'était grossie des malfaiteurs rencontrés sur son passage et qu'attirait l'instinct de la proie.

— Il faut s'éloigner, dirent les commissaires à Charles X, il faut partir pour éviter une collision sanglante ; nous sommes suivis par la population de Paris en armes.

— Les Parisiens viennent m'attaquer, dit le Roi, je

me défendrai et je ne quitterai point Rambouillet, avant
que les conditions adressées par moi au duc d'Orléans
soient remplies.

— Sire, vous avez abdiqué, dit l'avocat Barrot. S'il
reste des chances à M. le duc de Bordeaux, ne les annulez
pas en les souillant de sang français. Partez, Sire ! Quittez
la France ! Que Votre Majesté fasse encore ce sacrifice au
bien du pays !

— Nous sommes suivis par quatre-vingt mille hommes
armés, ajouta Maison, comment lutter contre une masse
aussi nombreuse et aussi exaltée? Ce serait verser des
flots de sang inutilement, car le Roi n'a pas la moindre
chance de succès.

Le Roi prit à part Maison, le seul maréchal qu'il eût
nommé, avant le vainqueur d'Alger, le comte de Bourmont.

— Monsieur le maréchal, lui demanda-t-il, ce que vous
venez de dire est-il exactement vrai?

— Oui, Sire.

Son affirmation était fausse, le nombre des bandits
n'était pas de quatre-vingt mille, il était de vingt mille
au plus. La garde royale les eût facilement culbutés et
aurait pu rentrer dans Paris.

Le duc de Raguse, trompé par l'assertion de son collègue
et craignant de mauvaises dispositions parmi les troupes
dont certaines commençaient à déserter, conseilla au Roi
de se diriger sur la Loire, où il ferait appel aux régiments
restés fidèles et aux populations royalistes de l'Ouest.

— Retirons-nous sur Maintenon, dit le Roi ; là nous
déciderons quel sera le meilleur parti à prendre.

Une action énergique aurait encore pu tout sauver. Les
commissaires la redoutaient. Mais vu les circonstances,
cette action était-elle possible? Des symptômes de découragement firent naître des doutes parmi les chefs. La lieutenance générale du royaume donnée au duc d'Orléans,

les abdications de Charles X et du Dauphin avaient compliqué la situation en augmentant l'incertitude des esprits.

Dans la nuit du 3 août, le Roi se rendit à Maintenon, où le duc de Noailles donna une généreuse hospitalité aux descendants si cruellement outragés du grand roi Louis XIV. Les troupes royales n'arrivèrent à Maintenon qu'à quatre heures du matin. Charles X annonça sa résolution de ne pas se rendre en Vendée et d'aller s'embarquer à Cherbourg, afin d'éviter à la France les malheurs d'une guerre civile. Il composa son escorte avec des gardes du corps, de la gendarmerie d'élite et deux pièces d'artillerie. Tout le reste de l'armée fut congédié, puis cantonné par le maréchal Maison à Chartres et dans les contrées voisines. Les officiers vinrent prendre congé du Roi, qui les reçut avec un affectueux empressement, en gardant une dignité que les circonstances n'avaient pu altérer. Il les remercia de leur courageuse fidélité, de leur dévouement à toute épreuve dont auraient encore besoin la France et le Roi Henri V.

A dix heures, Charles X partit pour Dreux, escorté de dix-huit cents chevaux et de deux pièces d'artillerie. Les commissaires précédaient la famille royale, sous prétexte de faciliter son passage au milieu de populations hostiles, en réalité pour empêcher toute manifestation d'intérêt en faveur des augustes proscrits. Le Roi était suivi par le maréchal duc de Raguse, le duc de Luxembourg, le prince de Croy-Solre, capitaines de ses gardes, par les généraux comte de Trogoff, de La Salle, Talon, Auguste de La Rochejaquelein, de Choiseul-Beaupré, Gressot et Crossard, le duc de Polignac, premier écuyer, le comte O'Hegerthy, écuyer commandant, le baron de Kentzinger ; Monsieur le Dauphin avait avec lui les ducs de Guiche et de Lévis ; Mme la marquise de Sainte-Maure-Montausier et le comte Charles O'Hegerthy étaient auprès de Madame la Dauphine ; le comte Emmanuel de Brissac et Mme la comtesse

de Bouillé suivaient Mme la duchesse de Berry ; le lieutenant général baron de Damas était avec le jeune prince,
ainsi que le marquis de Barbançois, le comte de Maupas,
M. Barrande et le capitaine La Villate ; Mademoiselle était
conduite par Mme la duchesse de Gontaut et Mme la
baronne de Charette.

Plusieurs militaires, la mort dans l'âme, accompagnaient
le Roi et sa famille dans ce triste convoi de la monarchie
française. Charles X et le Dauphin étaient presque toujours à cheval. Le voyage dura treize jours et paraissait
beaucoup trop long à Louis-Philippe, qui redoutait un
retour d'opinion, tant que le malheureux souverain serait
sur le sol de France. Des estafettes portaient sans cesse
aux trois commissaires des dépêches et des journaux ; ils
les communiquaient aussitôt au Roi et répandaient dans
l'escorte les bruits les plus alarmants. A Condé, ils apprirent
à Charles X que Louis-Philippe avait enfin placé sur sa
tête la couronne qui avait été, pour son père, l'objet d'une
si coupable et si funeste ambition. La famille royale connaissait trop le duc d'Orléans pour s'étonner de le voir
atteindre le but de ses implacables conspirations.

Les commissaires redoutaient toujours que le Roi se diri-
geât sur la Vendée ; ils parvinrent à éloigner de l'escorte
les gendarmes et l'artillerie. Le gouvernement leur avait
adjoint un nouveau collègue, un député du Calvados,
nommé La Pommeraie.

Le pouvoir usurpateur chargea alors le général H***,
pour hâter la marche de Charles X, d'ameuter contre lui,
sous l'excitation d'odieuses calomnies, les gardes nationales
de Valognes, de Carentan et les paysans des environs.
C'est ainsi qu'une foule nombreuse armée de fusils et de
canons se porta contre le cortège royal. On voulait s'emparer de Charles X et de sa famille, et forcer les gardes du
corps à s'éloigner, mais ceux-ci faisant bonne contenance,
le général H*** se contenta d'exiger qu'ils prissent la co-

carde tricolore que lui-même portait avec une insolente affectation, devant l'infortuné monarque. Charles X, indigné, repoussa de telles exigences. Les commissaires signifièrent alors au général H*** de terminer sa prise d'armes, une plus longue insistance pouvant amener une collision sanglante. On eut de la peine à écarter cette tourbe dont on avait exalté les passions brutales. Le Roi montra beaucoup de fermeté et de calme. Il eut de nouveau à résister aux insinuations des commissaires, qui prétendaient que la ville de Carentan ne laisserait pas entrer le cortège avec d'autres enseignes que les couleurs nationales.

— Messieurs, leur dit-il avec dignité, toutes vos insistances sont inutiles. Jamais je ne ferai l'outrage à mes gardes si braves, si loyaux d'infliger à leur fidélité les insignes de la révolte et de la trahison.

Les commissaires, convaincus que Charles X ne se laisserait pas imposer cette nouvelle humiliation, continuèrent leur route. Le cortège entra dans Carentan sans trouver de résistance ; toutefois, ce fut le seul point où la multitude manifesta de l'hostilité contre Charles X. Les vainqueurs ont multiplié sur son passage les drapeaux tricolores, ils en ont pavoisé leurs demeures, les édifices publics, les clochers de toutes les églises, mais en dépit de leurs efforts, ils n'ont pu empêcher les nombreux témoignages de respect et de sympathie des populations pour leur Roi vénérable, pour la fille de Louis XVI, pour les enfants du duc de Berry.

C'est à Valognes, le 15 août, jour de l'Assomption, que Charles X prit congé des gardes du corps. A onze heures du matin, chaque compagnie, représentée par six gardes, remit son étendard au Roi, en présence de Monsieur le Dauphin, de Madame la Dauphine, de Mme la duchesse de Berry, de M. le duc de Bordeaux, de Mademoiselle. Le Roi embrassa les officiers qui lui rendaient leurs enseignes.

22

— Messieurs, leur dit-il, votre fidélité si loyale, si courageuse ne s'effacera ni de mon cœur, ni de la mémoire de mes enfants. Vos étendards, je les reçois sans tache. Un jour, le duc de Bordeaux vous les rapportera de même. Adieu, puissiez-vous être heureux !

Des larmes vinrent aux yeux du noble vieillard, une émotion profonde étreignait tous les cœurs.

Un ordre du jour signé par Charles X et contresigné par le maréchal Marmont fut distribué à tous les gardes. Il était ainsi conçu :

Le Roi en quittant le sol français voudrait pouvoir donner à chacun des gardes du corps, à chacun de MM. les officiers et soldats qui l'ont accompagné jusqu'à son vaisseau, une preuve de son attachement et de son souvenir.

Mais les circonstances qui affligent le Roi ne lui laissent pas la possibilité d'écouter le vœu de son cœur ; privée des moyens de reconnaître une fidélité si touchante, Sa Majesté s'est fait remettre les contrôles des compagnies de ses gardes du corps, de même que l'état de MM. les officiers généraux, supérieurs et autres, ainsi que des sous-officiers et soldats qui l'ont suivie. Leurs noms, conservés par M. le duc de Bordeaux, demeureront inscrits dans les archives de la famille royale pour attester à jama's et les malheurs du Roi et les consolations qu'il a trouvées dans un dévouement si désintéressé.

CHARLES.

Valognes, le 15 août 1830.

Le major général, duc DE RAGUSE.

Ensuite, le Roi crut devoir remercier les commissaires des égards qu'ils lui avaient témoignés pendant la route. Le maréchal Maison prit maladroitement la parole en ces termes :

— Sire, la mission que nous venons d'accomplir, je l'ai acceptée par dévouement à votre personne et par un sentiment de reconnaissance pour la haute dignité militaire que je dois à Votre Majesté.

La loyauté de Charles X se révolta à ces paroles qu'il interrompit d'un geste.

Le 16 au matin, le cortège se dirigea sur Cherbourg. Les ouvriers du port, excités par les agents des commissaires, qui craignaient toujours de voir le Roi hésiter à s'embarquer, firent entendre des cris contre la famille royale. Un grand nombre d'Anglais, qui se trouvaient alors dans la ville, s'employaient à aviver cette manifestation d'hostilité. Un régiment, le 64e d'infanterie, empêcha les excès auxquels aurait pu se livrer la foule. Par un mouvement spontané, les soldats de ce régiment rendirent au Roi les honneurs militaires, réparant ainsi les lâches outrages de la populace.

Deux vaisseaux américains appartenant à M. Patterson, ex-beau-père de Jérôme Bonaparte, l'ex-roi de Westphalie, avaient été frétés depuis plusieurs jours pour transporter la famille royale hors de France. Ces deux navires se nommaient le *Great Britain* et le *Charles Carrol;* ils étaient sous le commandement du capitaine French, mais un officier de la république des États-Unis, tout républicain qu'il fût, n'offrait pas une garantie suffisante au duc d'Orléans. Dumont d'Urville, le célèbre marin, qui devait tous ses grades à la Restauration, fut chargé de convoyer les bateaux, sur lesquels devaient prendre place Charles X et sa famille. Le brick *la Seine* et le cutter *le Rôdeur* formaient cette escorte. Dumont d'Urville donna ordre au commandant du brick de canonner les vaisseaux américains à un signal qu'il lui ferait, si Charles X tentait de débarquer partout ailleurs qu'en Angleterre ou en Amérique. Telles étaient les instructions qu'il avait reçues du roi des Français.

Pendant la traversée, Dumont d'Urville se montra d'une arrogante dureté envers la famille royale. Charles X lui parlait avec dignité, mais Madame la Dauphine gardait à son égard un profond silence; quant au Dau phin, poussé à bout, il ne put s'empêcher de lui dire :

— Le Roi vous a toujours traité avec distinction, parce que nous vous avons considéré comme un officier habile et savant, mais l'orgueil de la science et les illusions d'un faux libéralisme vous font trop oublier le respect dû à la vieillesse.

Depuis ce moment, Monsieur le Dauphin n'adressa plus un seul mot à Dumont d'Urville.

L'embarquement eut lieu à deux heures après midi. Les gardes du corps formaient la haie. Une multitude immense couvrait les quais, les remparts, les maisons de Cherbourg. Charles X, en costume civil, sans décorations, mais imposant par l'élégance de sa haute stature et la noblesse de sa physionomie, produisit une profonde impression à laquelle s'ajoutait un vif intérêt pour la fille de Louis XVI et pour les autres membres de la famille royale. Des larmes mouillèrent bien des paupières et un sentiment de respect douloureux se manifesta lorsque Charles X, debout sur le pont du *Great Britain*, fit ses adieux aux gardes et aux officiers qui étaient venus lui baiser la main avant de prendre congé de lui. Les sept escadrons restèrent en bataille, jusqu'au moment où, sur l'ordre de Dumont d'Urville, les vaisseaux mirent à la voile.

Quel brisement de cœur pour ceux qui virent ainsi s'éloigner et disparaître des princes si respectables, si loyaux, si dévoués à la gloire et au bonheur de leur patrie ! Chassés par une odieuse révolution, ils allaient de nouveau connaître, sur un sol ennemi, l'amertume de l'exil.

Le 17 août, les navires étaient près des côtes d'Angleterre. A deux heures, ils mouillaient dans la rade de Portsmouth. Le gouverneur et quelques-uns de ses officiers allèrent à bord visiter Charles X et sa famille. Il était impossible de descendre à Portsmouth ; la joie qu'éprouvaient les Anglais de voir la prospérité de la France compromise par de nouvelles révolutions s'y manifestait avec une

arrogance intolérable. On se préparait à faire subir au Roi
de cruelles avanies. Des placards injurieux couvraient les
murs du port et de la ville. Le duc de Raguse, qui s'y
rendit le 18, après avoir pris congé de Charles X, fut victime d'indignes procédés de la part des autorités locales
et de la population. Le duc de Luxembourg et le marquis
de Choiseul furent alors envoyés par le Roi à Londres, afin
de s'entendre avec le ministre anglais sur le lieu de débarquement et sur la résidence de la famille royale. Après
plusieurs conférences diplomatiques, le gouvernement britannique autorisa Charles X à aborder à Poole et à demeurer en Angleterre en ne revendiquant aucun des honneurs
dus à la royauté.

Pendant les deux journées qui s'écoulèrent avant l'arrivée de cette décision ministérielle, les princesses et les
jeunes princes débarquèrent à Cowes et parcoururent
l'île de Wight. Ils s'arrêtèrent longtemps dans le château
de Carisbrook où le roi Charles Ier était allé demander un
asile et dont la trahison du gouvernement lui fit une
prison. Que de sombres analogies dans l'histoire de ces
deux pays, si hostiles l'un à l'autre ! Charles X et Monsieur
le Dauphin ne voulurent pas quitter le bord. Le capitaine
américain montrait à leur égard une respectueuse sympathie.

Le Roi et les siens furent ensuite conduits par un paquebot
à Poole, où ils débarquèrent. M. Weld, gentleman catholique, dont le frère a été nommé cardinal depuis le bill
d'émancipation, s'empressa de mettre à leur disposition
son château de Lulworth, dans le Dorsetshire, à quinze
milles au sud-ouest de Plymouth. Le château n'est pas
grand, mais le parc est très étendu et admirable, la végétation y est splendide. Le Roi trouva dans cet asile les
sympathies religieuses et politiques de la famille Weld ;
il aurait joui d'un calme parfait, si déjà le soi-disant
baron de Pfaffenhofen, comptant exploiter les dispositions

haineuses des Anglais contre Charles X, n'était accouru
pour le poursuivre devant les tribunaux comme son débi-
teur et n'avait procédé à la saisie des voitures du malheureux souverain.

— Connaissez-vous le baron de Pfaffenhofen? demandai-je au prince de Metternich.

— Certainement, et c'est un misérable intrigant. Il
réclame de Charles X une somme qu'il n'a jamais pu
prêter ni directement, ni indirectement à la famille royale.
Jadis, il ne possédait pas une obole et je ne sais comment
il est arrivé à acheter le Cobentzelberg, maison de campagne située sur les hauteurs qui dominent Vienne. Là,
il mène, habituellement en compagnie suspecte, une vie
fort peu édifiante.

Je repris la lecture des divers rapports et le prince de
Metternich continua la rédaction de ses dépêches. Sa
plume courait sur le papier avec une rapidité extrême,
instrument facile d'un esprit clair et positif.

Mes anxiétés pour la famille royale étaient apaisées,
du moins en partie. Je la voyais à l'abri des manifestations brutales de la populace de Londres ou de Portsmouth
et entourée de serviteurs fidèles. Je pris alors les lettres
qui concernaient mes malheureux collègues. Elles étaient
loin de me rassurer et me laissaient au cœur de cruelles
inquiétudes.

Le prince de Polignac avait quitté Saint-Cloud le
30 juillet. Il s'était réfugié chez des légitimistes courageux
qui lui avaient offert un refuge, en attendant qu'il trouvât
les moyens de se rendre en Angleterre. Une amie dévouée,
Mme Lepelletier de Saint-Fargeau, se chargea de l'y conduire. Elle avait des propriétés dans l'île de Wight et y
faisait de fréquents voyages; on était donc accoutumé
à la voir s'embarquer à Granville. Elle se mit en route
pour ce port, accompagnée par un domestique. C'était le
prince de Polignac. Mais comme il n'avait point de passe-

port, il devait s'embarquer en secret. Pendant qu'on cherchait un bateau qui consentît à prix d'or à le porter en Angleterre, il attendit sur la plage. On parvint enfin à assurer son passage sur un esquif devant prendre plusieurs autres personnes. Malheureusement l'extérieur distingué et les formes aristocratiques du prince éveillèrent les soupçons. Tout à coup la maison isolée où les voyageurs se tenaient avant le départ est entourée d'une horde furieuse de gardes nationaux. Ils saisissent le prince, lui demandent ses passeports, menacent sa vie et finissent par le traîner à Saint-Lô, au milieu d'une bande de paysans poussant des cris forcenés et lui imputant les nombreux incendies allumés naguère, en Normandie, par des agents révolutionnaires, pour soulever les populations. La prison le mit enfin à l'abri d'être déchiré par ces énergumènes. Pour le dérober à leur fureur, on fut obligé de lui faire prendre un déguisement, quand on le conduisit à Vincennes.

M. de Peyronnet s'était rendu à pied de Rambouillet à Chartres. Un officier supérieur de la garde royale l'accueillit et lui procura une chaise de poste. A onze heures du soir, M. de Peyronnet partit pour Tours. Le lendemain, en arrivant dans cette ville, il trouva la place publique couverte d'une foule très surexcitée. Il mit pied à terre et passa sans obstacle à travers les groupes. Il se crut sauvé. La voiture, après avoir relayé à la poste, devait le rejoindre sur la route. Soudain, il entend derrière lui des cris et un galop rapide de chevaux... Arrêtez !... Arrêtez !... Ce sont des gardes nationaux qui l'entourent. Il leur présente un passeport en règle, mais ces guerriers citoyens ne veulent pas avoir prodigué en vain leur zèle et leurs périls équestres ; ils s'emparent du voyageur et le font entrer dans une salle remplie d'hommes armés qui s'écrient à son aspect : « C'est Polignac ! C'est Peyronnet ! » Là se trouvaient deux individus qui avaient eu des relations avec les ministres. On les interroge : « Nous n'avons jamais vu cet homme », répondirent-ils sans hésitation. Alors, le chef de la garde déclara que le voyageur serait relâché, si un ancien magistrat, M. F***, ne reconnaissait pas en lui un des ministres. On envoya chercher M. F***, naguère procureur général et qui avait des obligations personnelles envers M. de Peyronnet. L'effroi sans doute lui fit oublier la reconnaissance.

— Ce voyageur, lui demanda le chef des gardes nationaux, est-il le prince de Polignac ou M. de Peyronnet?

On attendait la réponse dans un silence profond et angoissant.

— Le prince de Polignac, non... M. de Peyronnet, oui... Je crois que oui.

Un frémissement parcourut l'assemblée. Au silence succéda une agitation menaçante. M. de Peyronnet, retrouvant sa fermeté habituelle, s'écria :

— En effet, je suis celui qu'on vous dit. Un plus long déguisement ne convient ni à mon caractère, ni aux dignités publiques dont j'ai été investi. Je ne défendrai pas ma vie par des mensonges.

Puis, s'adressant à l'ancien procureur général :

— Monsieur, je vous pardonne, et je prie Dieu de ratifier ce pardon... Ne gardez pas un trop pénible souvenir de votre action. Vivez plus heureux que je n'ai vécu.

L'effet de ces paroles fut immense sur ces hommes animés de tant d'hostilité. Le courage ne manque pas de faire impression.

— Silence ! s'écria-t-on. Fermez les portes... Sur l'honneur, nous jurons tous au prisonnier de le défendre contre les violences populaires.

En conduisant M. de Peyronnet à la maison d'arrêt de Tours, ils l'entourèrent donc pour le garantir d'une populace fanatisée.

MM. de Chantelauze et Guernon de Ranville, partis ensemble à pied de Saint-Cloud pour Rambouillet, gagnèrent Chartres et continuèrent leur route dans une mauvaise voiture vers Châteaudun. Arrêtés dans un village par le zèle soupçonneux et inquisiteur des gardes nationaux campagnards, ils furent conduits à Tours. On les y reconnut et on les enferma dans la même prison que M. de Peyronnet. Tous trois furent menés à Vincennes. Ils y rejoignirent M. de Polignac et se trouvèrent là hors de portée d'une multitude qui faisait retentir des cris de mort autour du château.

M. d'Haussez parvint à gagner l'Angleterre sur un frêle bateau. En débarquant, il était épuisé de faim et de fatigue. Quant à MM. Capelle et de Montbel, ajoutaient les dépêches, on sait qu'ils sont partis de Rambouillet avant le Roi, mais depuis, on n'a aucune nouvelle d'eux. On espère toutefois qu'ils échapperont au sort si périlleux de leurs infortunés collègues.

Louis-Philippe et son gouvernement voudraient bien que les ministres de Charles X fussent hors de France, car on redoute de voir soulever des questions brûlantes et des troubles, par le procès qu'on sera obligé de faire aux membres du cabinet Polignac, pour tâcher de justifier la révolution. Ce procès est déjà exploité par des agitateurs qui organisent d'avance de nouveaux bouleversements. La bourgeoisie s'est servie des sociétés secrètes pour renverser Charles X, or ces sociétés ont conscience de leur force et n'entendent pas avoir combattu seulement au profit des vanités de la classe moyenne et des convoitises ambitieuses de Louis-Philippe. Elles prétendent aujourd'hui qu'elles ont été indignement trompées dans leur triomphe et se promettent d'avoir raison des d'Orléans et des bourgeois, qui ont mis la main sur la monarchie sans avoir affronté les périls des journées de Juillet.

J'avais achevé la lecture des papiers que m'avait confiés le prince de Metternich, je les lui remis. Il s'aperçut de l'impression pénible qu'ils avaient faite sur moi.

— Tout cela est bien affligeant, me dit-il, mais j'espère que les d'Orléans se rappelleront ce qu'a valu à leur père l'échafaud de Louis XVI. Vos collègues seront sauvés. Je me félicite néanmoins de vous voir auprès de nous. Non seulement vous y êtes en sûreté ; mais vous y trouverez notre sympathie. J'ai rendu compte à l'Empereur de notre entretien. Sa Majesté m'a ordonné de vous dire que vous êtes le bienvenu, parce que vous avez loyalement servi les principes d'ordre dont il est ici le symbole. Il m'a chargé de vous procurer un logement convenable et de pourvoir à tout ce qui peut être nécessaire à votre position. Étant donné votre départ précipité, vous devez avoir actuellement peu de ressources ; permettez-moi de mettre ma caisse à votre disposition, c'est un procédé de collègue à collègue, de gentilhomme à gentilhomme. L'Empereur regarde d'ailleurs comme un devoir de conscience d'adoucir votre situation, pour moi c'est un devoir d'honneur. Nous y joignons un véritable sentiment d'estime et d'affection.

— Mon prince, lui répondis-je, il est impossible d'ajouter plus de prix, par la délicatesse de vos procédés, à la générosité d'une telle offre. Veuillez mettre aux pieds de l'Empereur l'hommage de ma respectueuse reconnaissance, agréez-en vous-même la bien sincère expression. Je ne suis plus désormais qu'un simple particulier, accoutumé à la vie modeste. J'ai actuellement tout ce qui m'est nécessaire et si la révolution m'enlève mon patrimoine, je me sens la force de trouver dans le travail les moyens de subvenir à mon existence. C'est la seule manière pour moi de rester digne de l'estime de l'Empereur et de la vôtre.

— Vous êtes un brave homme, me dit le prince en me serrant affectueusement la main. De tout ce que je vous offre, vous n'acceptez que mon amitié, elle vous est irrévocablement acquise. Votre fidélité au roi Charles X peut lui être utile à Vienne. Je vais m'occuper de préparer le voyage de l'Empereur à Presbourg pour le couronnement du roi de Hongrie, mais je commencerai par congédier le général Belliard. Revenez dans quatre jours à la même heure, je vous fournirai les moyens de correspondre avec Charles X et je vous communiquerai les précis de mes entretiens avec l'envoyé extraordinaire de Louis-Philippe. Le Roi y verra quels sont nos sentiments dans cette terrible catastrophe et les principes qui dirigent notre politique.

Je me retirai plein de reconnaissance pour les offres du prince de Metternich, mais heureux de les avoir refusées. Il me restait six cents francs des sommes que j'avais reçues ou empruntées. Avec une stricte économie, je pouvais vivre pendant assez longtemps et, s'il était nécessaire, me créer des ressources en donnant des leçons de littérature ou d'histoire ou en prenant un emploi chez un banquier. Je voulais que mes revers ne fussent à charge à personne.

Quatre jours après, je me rendis chez le prince de Metternich.

— Asseyez-vous là, me dit-il, et copiez ce que j'ai rédigé de mes entretiens avec le général Belliard. Je l'ai congédié, il repart demain pour Paris. Ce précis donnera à Charles X une idée exacte de notre situation (1).

---

(1) Le comte de Montbel avait inséré ici le texte de ces précis, mais depuis lors ils ont été publiés dans les *Mémoires, documents et écrits divers laissés par le prince de Metternich* (t. V, p. 17 et suiv.). Il m'a donc semblé inutile de reproduire ce fragment. L'attitude respective du prince de Metternich et du général Belliard est, d'ailleurs, tout entière résumée dans la relation de leur troisième entretien qui eut lieu le 8 septembre 1830. Voici ce que le chancelier de Cour et d'État dit alors en substance à l'envoyé du roi des Français :

L'empereur « abhorre » la révolution de Juillet. D'après lui, le nouvel ordre de choses ne pourra durer. Si, toutefois, Louis-Philippe veut avoir quelque chance de se maintenir, il devra adopter la même ligne de conduite que les autres États européens. Cette conviction excuse aux yeux de l'empereur le parti qu'il a pris de reconnaître le duc d'Orléans. En outre, il s'est déterminé à se prononcer dans un tel sens, car sans cela, on aurait

Quand j'eus achevé ma copie, je remis les précis au prince de Metternich.

— Vous voyez, me dit-il, que si nous avons reconnu Louis-Philippe, c'est seulement comme un mal abhorré, mais moindre pour nous que l'anarchie. Si l'on me proposait d'être pendu ou roué, je préférerais la potence.

— Vous n'en mourriez pas moins. Ceci me rappelle un religieux de mon pays, qui, plusieurs années avant 1789, jouissait d'une grande réputation d'éloquence et il la méritait. Chargé des prisonniers, il exhortait à la mort les condamnés à la potence, en leur faisant accroire que, d'après leur arrêt, ils étaient destinés à subir la torture de la roue dont il leur décrivait les horreurs. Il les amenait ainsi à soupirer après le bonheur d'être pendus et à solliciter ardemment le supplice de la corde. Or un jour, préparant à sa manière un malheureux, qui devait être exécuté le lendemain, il lui dit : « Hélas ! vous devez être roué, vous avez à subir en expiation de votre crime non seulement la mort, mais auparavant les tourments les plus durs, les plus longs, les plus horribles. Toutefois, courage, mon fils ! Consolez-vous ! J'ai du crédit, je l'emploierai à obtenir que vous soyez pendu. — Vous avez du crédit, mon père, lui répondit l'autre, alors employez-le, je vous en supplie, d'une manière plus conforme à mes inclinations. Certainement je préfère la potence à la roue, mais à la potence je préfère la vie... » Dans l'espèce, mon prince, je pense exactement comme ce pauvre diable.

assisté au triomphe de l'anarchie, et il n'a pas voulu se reprocher d'avoir favorisé cette anarchie.

Le prince de Metternich ajoutait que jamais l'Autriche, ni l'Europe ne supporteraient d'empiétements de la part du gouvernement de Juillet ; il les trouverait partout où il tenterait de la propagande. L'Autriche n'avait nulle intention de se lancer dans des entreprises politiques. Son seul souci était d'agir dans la sphère des traités et sans troubler l'ordre public.

A cette profession de foi du ministre autrichien, le général Belliard répondit : « Fiez-vous à nos efforts, ils seront tous dirigés contre l'anarchie. Nous ne la voulons pas pour nous et tout aussi peu dans d'autres pays. »

De deux maux, continuai-je, vous prétendez avoir choisi le moindre. Il m'eût paru plus sûr de n'en accepter aucun. Et d'ailleurs, est-ce bien le moindre vers lequel vous avez penché? L'usurpation de famille s'appuyant sur l'émeute des rues est pour votre gouvernement et pour tous les gouvernements réguliers un danger beaucoup plus imminent que l'occupation d'un trône par un grand capitaine. Les hommes comme Napoléon ou même Cromwell sont heureusement fort rares, les intrigants comme Louis-Philippe sont malheureusement très communs. Tous les rois, tous les empereurs peuvent avoir de mauvais cousins que doit tenter l'entreprise fructueuse du duc d'Orléans. Si désormais le droit s'incline devant le succès, que deviendra le droit aux yeux des peuples? Vous dites à l'envoyé de Louis-Philippe : « l'Empereur abhorre ce qui vient de se passer en France », mais vos populations et l'Europe entière ne verront qu'un fait : l'empereur d'Autriche a reconnu le roi des Français. Il y a une logique inflexible qui lie des conséquences inévitables aux principes qu'on admet ; puissiez-vous en être à l'abri ! Sans vous immiscer dans les affaires intérieures de la France, sans lui faire la guerre, vous n'aviez qu'à rappeler votre ambassadeur, en refusant de reconnaître un fait contraire aux traités de 1815 ; vous auriez ainsi amené la chute de Louis-Philippe. Quant à l'anarchie, elle me semblerait pour vous bien moins redoutable que cette monarchie de mauvais aloi, car de sa nature l'anarchie est éphémère. elle s'use par ses propres excès et amène une prompte réaction. D'ailleurs, ne l'avez-vous pas dit au général Belliard, la chute de Louis-Philippe est inévitable, à cause des efforts incessants de ses anciens complices devenus ses redoutables adversaires. L'anarchie est donc en mesure de triompher à sa manière, on ne l'évitera pas. Quand elle bouleversera tout et accumulera des ruines, êtes-vous certain d'avoir pour lui résister les mêmes moyens qu'aujourd'hui, la corruption révolutionnaire n'aura-t-elle pas alors étendu chez vous ses ravages ?

— En principe, je pense comme vous, mais en fait il est des entraînements d'opinion générale auxquels on ne peut s'opposer sans danger. Ici, les personnes partageant le plus complètement vos opinions et les miennes s'écrient unanimement : « Laissons les Français s'agiter à leur gré ; d'autant mieux que chez eux le trône est comme le siège de Thésée aux enfers, on le relèverait vingt fois, il retomberait toujours. Tenons-nous en garde, s'ils nous attaquent, agissons contre eux avec vigueur ; à nos côtés se trouveront alors la Russie, la Prusse avec toute l'Allemagne, le Piémont avec toute l'Italie, peut-être même l'Angleterre, qui actuellement défendrait la révolution de Juillet... » Ces considérations ont fait prévaloir le parti que nous venons de prendre. Nous sommes loin d'ailleurs d'oublier les règles de la prudence en ayant confiance dans Louis-Philippe et dans sa fortune. Nous armons comme sous la menace d'une attaque prochaine.

— Et vous allez ainsi obérer vos finances en soutenant indéfiniment les dépenses de l'état de guerre, sans pouvoir arriver à la confiance nécessaire d'un état de paix... Mais j'oublie, mon prince, que je n'ai d'autre titre à discuter avec vous une semblable question que la bienveillance de votre accueil.

— Parlez toujours librement avec moi. J'aime à causer avec les hommes de bon sens et de bonne foi, j'y trouve toujours à gagner. Du reste tout ceci vient après l'événement, c'est un fait désormais historique dont les conséquences justifieront vos prévisions ou les miennes... Pendant mon absence, voyez le ministre de la police, le comte de Sedlnitzky ; il vous attend pour demain et fera à votre égard tout ce que vous jugerez pouvoir vous être utile. Lorsque vous serez fixé dans un autre logement, je vous enverrai des journaux et des livres de ma bibliothèque. Au revoir, à bientôt, l'Empereur ne passera que peu de jours en Hongrie.

CHAPITRE XIV

Je me rendis le lendemain chez le comte de Sedl-nitzky (1), alors âgé d'environ cinquante ans. Il appartient à une des familles les plus distinguées de la Silésie et, par son mariage, il s'est allié à la maison de Haugwitz. Il est de taille moyenne. Sa physionomie empreinte d'une bienveillante douceur ne reflète nullement le caractère de sévérité qu'on attribue naturellement aux graves fonctions de président de la police et de la censure. Il s'exprime parfaitement en français et il connaissait toutes les causes, toutes les circonstances de nos troubles.

Notre entretien fut long et animé. Il écoutait avec attention ce que je lui racontais des dernières années de la Restauration pendant lesquelles j'avais pris part à la vie politique. Il me parla aussi de nombreuses intrigues libérales remontant à 1820 et dont il me nomma les auteurs. Afin de compléter leur programme d'une nouvelle révolution de 1688, ces plagiaires de la Grande-Bretagne avaient voulu associer le prince d'Orange à leurs projets de désordre en France. « Nous dûmes intervenir auprès du roi des Pays-Bas, me dit M. de Sedlnitzky, pour lui signifier que tout acte de sa part dans ce sens serait pour

(1) Comte Joseph de Sedlnitzky (1778-1855), conseiller intime de l'empereur d'Autriche, président de la police et de la censure à Vienne, marié, le 29 juillet 1807, à la comtesse Anne de Haugwitz, dame du palais.

nous un attentat aux traités de 1815 et par suite un *casus belli*. Il nous suffit alors de faire cette déclaration. »

Nous causâmes ensuite des affaires des Pays-Bas et M. de Sedlnitzky conclut par ces mots : « Le continent est sans cesse exposé aux troubles organisés contre lui par le machiavélisme anglais, qui engage à sa solde tous les condottieri révolutionnaires. Nous avons réuni à propos de ces menées des notions incroyables, lorsque le gouvernement français fit procéder à une enquête sur les associations du carbonarisme. C'est alors, ajouta M. de Sedlnitzky, que j'entrai en relations habituelles avec votre directeur de la police, M. Franchet, homme admirable de courage et de droiture. J'ai appris avec bonheur qu'il est aujourd'hui en sûreté. Après être resté quelques jours dans un asile le préservant de tomber aux mains des furieux, il est sorti de France et il va trouver à Berlin l'hospitalité bienveillante du roi de Prusse qui le connaît et l'estime. Le dernier préfet de police, M. Mangin, a couru aussi de bien grands dangers, mais il est parvenu également à se soustraire aux attaques des malfaiteurs qui se disent le peuple.

— Et qui, repris-je, sont seulement la populace dans ce qu'elle a de plus hideux. Le vrai peuple n'aurait point payé par un assassinat les bienfaits et la belle conduite de M. Mangin. Ce père de famille de onze enfants, sans autre fortune que son emploi, a, pendant les rigueurs de l'hiver dernier, donné la moitié de son traitement aux indigents de Paris, auxquels Charles X prodigua des secours avec munificence. M. Mangin avait parlé contre les sociétés secrètes ; une multitude de lettres anonymes lui furent adressées ; l'une d'elles lui notifiait sa sentence de mort prononcée par la société des carbonari, cette pièce était illustrée de têtes de mort et de poignards dessinés à la plume. Je suis heureux que M. Mangin se soit soustrait aux vengeances par un exil volontaire.

M. de Sedlnitzky me parla ensuite de l'esprit public en
Autriche.

— Ici, me dit-il, les classes moyennes se sont légèrement
agitées à la nouvelle des événements de France, mais
jusqu'à présent le peuple de Vienne est loin de s'abandonner
à des préoccupations de mouvements politiques dont les
profits seraient pour d'autres et les dangers pour lui.
Quant à l'armée, elle est dévouée à l'Empereur et à l'ordre
établi. Tous les officiers, après un certain temps de service,
ont le droit de demander la noblesse. Aussi ne se prêtent-ils
pas à provoquer un état de choses qui serait le renversement de leurs privilèges ou de leurs prétentions. Les soldats et le peuple aiment le souverain, ils en ont donné des
preuves dans les circonstances les plus graves.

— La classe supérieure de la société prend-elle une
part active à la vie politique et aux fonctions sociales?
demandai-je alors au comte de Sedlnitzky.

— Pas assez grande, me répondit-il. Nos jeunes gens de
familles distinguées sont en général officiers dans des
régiments de cavalerie, mais la plupart abandonnent le
service militaire à l'époque de leur mariage. La haute
noblesse occupe en outre les postes élevés de la diplomatie.
A quelques exceptions près, toutes les autres carrières
sociales, le clergé, la magistrature, l'administration sont
abandonnées à la classe moyenne... Beaucoup de grands
seigneurs, ajouta-t-il, contractent des dettes énormes et à
force d'obsessions finissent par obtenir du gouvernement
l'autorisation de vendre leurs terres, qui passent aux riches
banquiers.

M. de Sedlnitzky en vint à des sujets me tenant bien à
cœur.

— En quittant Vienne, me dit-il, le prince de Metternich m'a chargé de vous informer qu'un courrier lui a
porté des nouvelles satisfaisantes sur la situation actuelle
de Charles X à Lulworth. Il s'y est établi le 25 août, le

jour même où, après la représentation de *la Muette de Portici*, la populace de Bruxelles imita les révolutionnaires de Paris. Cinq jours plus tard, lord Stuart de Rothsay, ambassadeur auprès de Charles X, roi de France, se hâtait de présenter ses lettres de créance à Louis-Philippe, roi des Français... Les habitants des environs de Lulworth montrent des égards respectueux envers la famille royale ; toutefois, selon notre légation, Charles X voudrait quitter la Grande-Bretagne, pays trop révolutionnaire, et réclamer l'hospitalité de l'empereur d'Autriche. Je dois ajouter qu'aucune demande officielle ne nous est parvenue à cet égard... Par le même courrier, ajouta M. de Sedlnitzky, nous avons reçu quelques renseignements sur les premiers interrogatoires subis par vos malheureux collègues, MM. de Polignac, de Peyronnet, de Chantelauze et Guernon de Ranville. Les trois derniers sont dans un complet dénuement, mais ils supportent leur cruelle position avec résignation et courage. Le prince de Polignac, familiarisé avec les prisons et les dangers, se montre impassible en présence de ses ennemis. Malgré la vive irritation du libéralisme contre M. de Peyronnet, les journaux les plus exaltés ne peuvent s'empêcher de reconnaître l'énergique fermeté de son attitude. Les quatre ministres occupent les quatre pavillons de l'étage supérieur du château de Vincennes. Dans la pièce centrale se trouvent des gardes nationaux dont quelques-uns ont eu la grossière lâcheté d'insulter leurs prisonniers.

Après avoir entendu ces tristes détails, je pris congé du comte de Sedlnitzky, dont je reçus de nouvelles offres de service.

Le lendemain était un dimanche. Mon ami Russell et moi traversions le Graben, c'est l'endroit le plus brillant et le plus spacieux de Vienne ; il est fréquenté par tout ce que la capitale renferme de riche et d'élégant. Le son d'une cloche voisine nous révéla l'église de Saint-Pierre, belle rotonde trop surchargée de dorures et d'ornements d'un goût germanique. Après un sermon allemand dont le sens fut perdu pour nous, quelle fut notre surprise d'entendre exécuter une messe de Hummel par un chœur et un orchestre excellents. De jolies voix de femmes se mêlaient à celles des ténors et des basses. Je m'informai et m'adressant en latin à un ecclésiastique :

— Célèbre-t-on aujourd'hui une solennité particulière? Qui sont ces artistes?

— C'est aujourd'hui un dimanche ordinaire, me fut-il répondu. La messe est chantée par une société qui consacre ses talents à donner plus d'éclat au culte divin.

En Autriche et en Bohême, où la musique est un élément de l'éducation primaire, les moindres localités offrent des ressources artistiques inconnues dans d'autres pays. Combien de fois, même dans de simples villages, n'ai-je pas été charmé dans l'apaisement et la sérénité d'un beau soir par des voix d'ouvriers ou de laboureurs, qui, la tâche finie, se réunissaient pour chanter. Le dimanche ces braves paysans font entendre pendant la messe les compositions des grands maîtres. Les noms de Bach, de Haydn, de Mozart, de Beethoven sont populaires dans les plus petites bourgades, dont les plus humbles habitants connaissent les sublimes jouissances de l'art. C'est pour le peuple un moyen de civilisation trop négligé dans le reste de l'Europe.

Russell prit congé de moi pour quelques jours.

— Mon frère, me dit-il, se rend avec son régiment à Presbourg pour les fêtes du couronnement; je vais le joindre, puisqu'il est le but essentiel de mon voyage en Autriche. Venez donc assister avec moi aux magnifiques cérémonies de Presbourg.

— Combien serait déplacée, lui répondis-je, la présence d'un ministre de Charles X à des solennités semblables. J'ai vu briser la couronne de France... Je fais des vœux pour le roi de Hongrie, mais il me serait trop pénible d'assister à un couronnement.

J'aurais pu ajouter que, dans ma position, ne voulant pas accepter de secours et ne sachant encore si je trouverais dans mon travail une ressource assurée, je ne devais faire aucune dépense inutile. Je dis adieu à Russell. Je me trouvais bien seul, mais cet isolement me facilitait l'économie. Je vécus presque exclusivement de pain et, dans toute mon existence, je n'ai jamais bu que de l'eau pure ; elle est détestable à Vienne, excepté dans quelques palais. Il y a ainsi dans le « Schweizerhof », la « cour des Suisses » du château impérial, une modeste fontaine qui déverse les eaux limpides et excellentes de Schönbrunn. Une écuelle de fer est enchaînée aux parois de cette fontaine pour permettre aux malheureux de se désaltérer à la porte du souverain. C'était le verre d'eau de l'Évangile que m'offrait la charité impériale et je l'acceptais avec une reconnaissance que les années n'ont pas effacée de mon cœur. J'allais tous les soirs après mon frugal repas recourir à l'écuelle du Schweizerhof, attendant souvent mon tour derrière de malheureux ouvriers en guenilles. J'avais ainsi l'occasion de recevoir une utile leçon de philosophie et de fraternité. Depuis lors, quand je passe par le Schweizerhof, je vais boire à la même fontaine avec la vieille écuelle et j'aime à donner aux pauvres que j'y rencontre les moyens de compléter leur repas.

La demande que m'avaient faite le prince de Metternich et le comte de Sedlnitzky d'attendre qu'ils m'eussent choisi un logement, me força à prolonger mon séjour dans l'hôtel de l'Archiduc-Charles ; il me paraissait d'une indicible tristesse. Je ne pus rester plus longtemps dans l'expectative de leurs journaux, tant j'étais impatient de connaître des nouvelles. Afin de me tenir au courant des questions politiques, j'allais de temps à autre dans un café situé au rez-de-chaussée du beau palais Fries. Ce café

recevait plusieurs feuilles françaises où je lisais les conséquences de la révolution de Juillet. Le ministère de la
justice était confié au démagogue Dupont de l'Eure,
l'intérieur à M. Guizot, les affaires étrangères à M. Molé,
la marine au général Sébastiani, l'instruction publique au
duc de Broglie, les finances au baron Louis. MM. Laffitte,
Périer, Dupin et Bignon étaient nommés membres du
Conseil des ministres. Les noms les plus honorables et les
plus illustres se trouvaient arbitrairement rayés de la
Chambre des pairs, du Conseil d'État et des hautes fonctions, pour faire place à des hommes qui, pendant quinze
ans, s'étaient acharnés à saper toutes les idées d'ordre.
Les rédacteurs des journaux les plus subversifs, ou même
les plus ridiculement frivoles, venaient supplanter dans les
préfectures des administrateurs aussi habiles qu'intègres.
Du reste, c'était justice. Les journalistes, parvenus à leur
but de destruction, pouvaient bien compter comme les
vrais triomphateurs de l'époque : ils avaient droit aux
dépouilles opimes. Des industriels ou des banquiers, révolutionnaires actifs, voyaient leur fortune engloutie dans
l'abîme qu'ils avaient laborieusement creusé ; ils échap-
paient à leurs créanciers les uns par l'exil, d'autres par
le suicide. Aussi quelque temps plus tard, M. Laffitte,
torturé par de cruels souvenirs, disait à la tribune : « Je
demande pardon à Dieu et aux hommes de la part que
j'ai prise à la révolution. » La Fayette, toujours dupe de
ceux qu'il croyait mener, s'étant laissé escamoter la présidence de sa république bien-aimée, reçut, en guise de consolation, le commandement général de la garde nationale ; il
enfourcha son dada sempiternel, un cheval blanc pavoisé
de tricolore. « Cet homme, disait alors le spirituel Colnet,
recevra dans l'autre monde un châtiment terrible, il sera
condamné à rester juché sur un cheval noir, en tenant un
drapeau blanc pendant toute l'éternité. »

À en croire ce que je lisais, des dissensions commençaient

à sourdre. Les feuilles avancées exaltaient certains membres du gouvernement, mais faisaient le sanglant reproche de modérantisme au duc de Broglie à MM. Guizot et Dupin. Quant au général Sébastiani, comme il voulait tout concilier, on l'appelait le « fléau du ministère ».

Les journaux de Paris groupaient autour des mêmes tables quelques Français habitant Vienne. L'un d'eux, plus communicatif que les autres, s'enquit de mon nom, puis me renseigna sur sa personnalité.

— J'étais, dit-il, au service du général Bernadotte, en qualité de cuisinier, déjà au temps où il passait pour un républicain convaincu. Je me trouvais avec lui à Vienne, quand il lui prit la malencontreuse fantaisie d'arborer le drapeau tricolore au palais de l'ambassade française. Il en résulta une émeute formidable contre nous. Les autorités autrichiennes eurent toutes les peines du monde à soustraire l'ambassadeur aux fureurs populaires. On nous lança des pierres, je fus au moment d'être pendu... Depuis cette époque, j'ai vu le général républicain devenir maréchal, duc, prince, héritier présomptif d'une couronne, membre de la grande coalition européenne contre Napoléon et enfin roi de Suède. Je l'ai suivi partout et auprès de lui j'ai appris à réfléchir... Voilà, continuait mon interlocuteur, nos compatriotes de nouveau lancés dans les aventures. Les terribles leçons de la Révolution et de l'Empire furent inutiles pour eux. Ils n'ont pas su apprécier le calme et la vraie liberté que leur avait offerts la Restauration. Comme en Autriche il y a du bon sens, de la tranquillité et du respect pour l'autorité, je me suis décidé à venir jouir ici de la pension que m'a accordée S. M. le roi Charles XIV.

Évidemment, le bonnet de coton blanc, que portait jadis ce brave homme, avait coiffé la tête d'un sage.

Quelques autres habitués du café m'adressaient parfois la parole en français. Il faut avoir éprouvé la tristesse d'un subit et complet isolement en pays étranger pour comprendre le bonheur qu'on éprouve à pouvoir causer dans la langue de sa patrie. Un de mes interlocuteurs était M. Himberger, de Strasbourg, appartenant à une famille des plus honorables. Son frère était colonel au service de France ; il avait des liens de parenté avec le général baron de Kentzinger, secrétaire militaire du roi Charles X. M. Himberger était depuis longtemps établi à Vienne où il s'occupait d'affaires industrielles. Par lui, j'étais tenu au fait des désordres qui bouleversaient la Belgique et quelques États de l'Allemagne. Il me communiquait en outre tout ce que son frère lui écrivait sur l'indiscipline des troupes dans plusieurs départements de France ; à Metz, les soldats en révolte avaient brutalement chassé leurs officiers.

Les rencontres avec M. Himberger et mes autres compatriotes étaient rares et toujours trop courtes. Je ne recevais de nouvelles ni de ma famille, ni de mes amis ; mon inquiétude sur leur compte assombrissait mes pensées et rendait ma solitude plus douloureuse.

Un dimanche, j'étais dans l'église de Saint-Étienne. J'aperçus près de moi un jeune homme qui lisait ses prières dans un livre français. En sortant, je l'abordai et me présentai à lui, toujours sous le nom de Capdeville, artiste peintre.

— Je m'appelle Crozet, me dit-il. Mon père a une maison de quincaillerie à Lyon et c'est pour les opérations de son commerce qu'il m'a envoyé en Autriche. Se souvenant des malheurs qu'il avait subis à Lyon pendant la Terreur, il m'a écrit de rester à Vienne jusqu'à nouvel ordre. Ayant terminé mes affaires, je trouvais le temps long, je suis donc tout heureux d'avoir fait votre connaissance. Permettez-moi de vous voir le plus souvent possible.

Dès ce moment, cet excellent Crozet devint ma société journalière. Son cœur était droit et son bon sens parfait.

J'avais alors besoin, non pas d'entendre les saillies d'un esprit vif et brillant, mais de m'épancher avec un être plein de bonté, qui pût comprendre mes peines et mes regrets. Il m'était infiniment agréable de causer avec quelqu'un qui me témoignait de l'affection, en me faisant sentir le prix qu'il attachait à la mienne.

J'allais souvent avec Crozet me promener sur les remparts et les bastions. De ce point élevé, j'acquis bientôt une idée exacte de l'ensemble de Vienne avec ses trente-quatre faubourgs, séparés de la ville par les spacieux glacis, qui forment autour d'elle un anneau de verdure. Ces glacis sont traversés par des routes rayonnant de toutes les portes qui livrent passage à des multitudes d'hommes, de chevaux, de voitures, aux équipages de la cour, à des régiments dont les armes étincellent et dont les musiques font entendre des airs entraînants. Souvent, sur le *Wasser glacis*, parmi les groupes assis sous les ombrages ou circulant dans les allées, j'eus plaisir à écouter les orchestres de Lanner et de Morelly ; mais j'éprouvai une sensation bien différente lorsque, au *Volksgarten*, par une belle soirée, Strauss me révéla toute la verve de son remarquable et fantaisiste talent. Au centre d'un cercle dont la circonférence est d'une part composée par un café en hémicycle, de l'autre par la végétation du jardin, s'élève une rotonde à jour au toit élégant que soutiennent de légères colonnes. Là, au milieu de son orchestre, les cheveux en désordre, l'œil vif et brillant, s'agitant comme la pythonisse sur le trépied sacré, sous l'inspiration du dieu de l'harmonie, Strauss électrisait tout, autour de lui, avec son archet magique, tantôt nonchalant et gracieux, tantôt rapide et passionné.

Quand, ce jour-là, il fit entendre la jolie valse qui portait le nom du duc de Reichstadt et qui était si en vogue à cette époque, des applaudissements saluèrent l'heureux artiste. Soudain, des bras s'entrelacent ; jeunes garçons, jeunes filles, enfants s'élancent en une valse animée, qui serpente à travers la colonnade de l'hémicycle. C'est un entraînement contagieux. Je vois bientôt de lourdes mamans se balancer sur leurs chaises et, tout à coup, abandonnant leur tasse de café, tourner avec de vieux et gros partners. Pour le coup, c'était la levée des masses. La lyre d'Orphée spiritualisait tout ; le luth d'Amphion faisait danser les pierres les plus pesantes... Le violon de Strauss avait réalisé sous mes yeux ces merveilles mythologiques.

Pauvre Strauss ! Au moment où j'écris ces lignes, il vient de finir sa mélodieuse carrière, au milieu de Vienne éplorée. Il en fut une des gloires les plus incontestables. Les artistes, les habitants ont assisté à ses funérailles, tous ont pleuré l'illustre *kapellmeister* de la danse. Le fidèle compagnon de ses triomphes, son violon harmonieux était là, voilé de crêpe, auprès du corps de l'habile maëstro. L'archet, qui fut pour Strauss le sceptre de son mobile royaume, sera-t-il tenu d'une main aussi experte par son fils, appelé à continuer les saines traditions de la valse ?

En poursuivant ma promenade au Volksgarten, j'aperçus un monument que les arbres m'avaient caché jusque-là ; c'était le temple de Thésée avec son beau fronton, sa frise aux élégants triglyphes, son majestueux péristyle aux colonnes cannelées. Je gravis les marches du soubassement et, pénétrant dans le temple, je vis le groupe de Thésée renversant, sous l'effort de son genou victorieux, un centaure qu'il tient à la gorge de sa main puissante. Un casque couvre la tête du demi-dieu, qui n'a d'autre vêtement qu'un baudrier ; sa droite, armée d'une massue, va frapper son ennemi expirant... Les derniers rayons du jour, pénétrant par le haut de la voûte, illuminaient la tête, le bras, la poitrine du héros ; tout le reste, noyé dans l'ombre, se perdait en de vagues demi-teintes. La partie éclairée de ce marbre de Carrare, dorée par le soleil couchant, sortait de l'obscurité environnante avec un relief étrange et saisissant. Au milieu de l'ombre déjà épaisse du crépuscule, ce chef-d'œuvre de Canova semblait être, au premier abord, quelque apparition fantastique.

Un jour, Crozet m'adressa la prière suivante :

— Vous êtes artiste, me dit-il, j'aime le dessin et la peinture ; donnez-moi donc des leçons.

— Je le veux bien, lui répondis-je, à condition que vous me traitiez en ami et que mes leçons soient gratuites.

Nous convînmes des heures de travail. C'était pour moi une occasion de me préparer au professorat qui, bientôt peut-être, serait mon unique moyen d'existence. Je commençai, pendant quelque temps, à enseigner à Crozet les notions élémentaires, puis nous allâmes ensemble au Prater dessiner d'après nature.

On est surpris de trouver aux portes d'une capitale une promenade aussi vaste et aussi agreste. Des arbres séculaires bordent d'immenses pelouses où vont et viennent des quantités de biches et de cerfs. Dans les grandes allées, c'est un mouvement incessant de piétons, de voitures, de cavaliers, mais il existe aussi des coins retirés où règne une paix profonde, où l'on goûte le calme de la campagne la plus paisible.

Les endroits animés du Prater offrent des scènes infiniment variées. On y voit des Orientaux marchant gravement ; les uns coiffés du turban, les autres, de grands bonnets cylindriques. Des Grecques, des Juives les accompagnent, parées de leurs cafetans d'une soie aux couleurs éclatantes, rose, lilas, bleu clair, jaune d'or, vert d'émeraude, rouge pourpre ; des monnaies entourent en précieux festons leur coiffure et leur cou, de longs pendants surchargent leurs oreilles, de larges cercles d'or brillent à leurs bras. Parmi ces Orientaux nonchalants, des Italiens passent en gesticulant et leur conversation intaris-

sable contraste avec la promenade silencieuse des Allemands. Là, ce sont des Croates aux amples vêtements ; ici,
des Hongrois enveloppés de leurs manteaux de laine
blanche, bordés d'ornements verts ou rouges ; des Slovaques
aux habits bruns ; plus loin, des Bohêmes serrés dans leurs
bondas de peaux de mouton, puis les robes brodées d'or
des Moldaves, des Valaques, des Bessarabes, les soutanes
et les longues barbes des Juifs, les chapeaux fleuris des
Tyroliens. A côté de cela, des gens vêtus comme partout
ailleurs en Europe, une opulente aristocratie, d'élégants
équipages avec des chasseurs aux larges épaulettes d'argent et des hussards aux beaux dolmans. Le Prater est
le rendez-vous de la population viennoise ; grands et petits
y trouvent place, depuis l'empereur et les archiducs jusqu'à Crozet et moi.

En ma qualité d'artiste et de professeur, je ne pouvais
me dispenser d'aller avec mon élève visiter les riches
collections des princes Esterhazy et Liechtenstein. Les
vastes galeries impériales du Belvédère absorbèrent plus
longtemps notre attention. Pour les visiter, je m'adjoignis
un homme fort spirituel et très instruit avec qui j'étais
entré en relation à l'Archiduc-Charles. Il m'avait beaucoup intéressé par de nombreux renseignements sur Marie-
Louise, dont il était un des officiers à Parme.

— Comment la nommez-vous dans votre cour? lui
demandai-je.

— Nous l'appelons Sa Majesté l'archiduchesse, duchesse
de Parme, Plaisance et Guastalla.

La conversation s'étant engagée sur les frères de Napoléon, l'officier de Marie-Louise m'en parla en termes peu
élogieux. Un jugement sévère qu'il émit ensuite sur Murat
me fait revenir en mémoire une anecdote que m'a racontée
le maréchal Marmont. Dans je ne sais quelle bataille, un
aide de camp court bride abattue vers Napoléon et lui
dit tout ému :

— Un grand malheur vient d'arriver. Dans une charge de cavalerie, le général Murat a été blessé ; une balle lui a traversé les deux joues.

— La langue est-elle atteinte?

— Heureusement non. A ce moment, il ouvrait la bouche.

— C'est la première fois qu'il l'a ouverte à propos, conclut Napoléon.

L'officier de Marie-Louise étant à même de nous donner de nombreux détails sur tout ce que nous voyions, notre séance fut longue dans les galeries du Belvédère. La nuit vint malheureusement mettre un terme à cette intéressante visite. Rentrés à Vienne, nous prîmes congé de notre aimable guide ; il partit pour l'Italie quelques jours après ; je ne l'ai plus revu depuis cette époque.

Je ne recevais toujours aucune nouvelle des miens. Pour échapper à mes préoccupations, je continuais de donner des leçons à Crozet. Nous faisions aussi des promenades dans les environs de Vienne. Schönbrunn, où résidait alors la famille impériale, fut un des premiers endroits où nous allâmes ensemble.

Le nom allemand de Schönbrunn est l'équivalent de Fontainebleau. La limpidité d'une source abondante, découverte par l'empereur Mathias, sous les ombrages d'une épaisse forêt, le détermina à bâtir à cette place un château devant servir de rendez-vous de chasse. Ce fut la demeure où se retirèrent plus tard Éléonore de Mantoue et Marie de Gonzague, veuves des empereurs Ferdinand II et Ferdinand III. Ce château fut complètement détruit par les Turcs, lors du siège de Vienne en 1683 et, sur ses ruines, Joseph Ier conçut le projet d'élever un palais d'été. Il en confia la construction au célèbre architecte Fischer d'Erlach, nommé surintendant des bâtiments impériaux. Fischer dressa son plan dans des proportions grandioses ; il établissait un avant-corps à la place même où se trouve le château actuel ; des rampes et des terrasses devaient conduire au palais, s'érigeant sur la hauteur que couronne aujourd'hui la Gloriette. La mort de Joseph Ier interrompit cette vaste entreprise. Sa veuve, Guilhelmine-Amélie de Brunswick, se retira à Schönbrunn en 1712 et le quitta seize ans après, pour aller terminer ses jours dans le couvent qu'elle avait fondé, pour les Salésiennes, au Rennweg, à côté du Belvédère.

L'impératrice Marie-Thérèse avait une dévotion particulière pour une église de Sainte-Marie, située à Hietzing, charmant village près de Schönbrunn. Afin d'être plus à portée de sa chapelle favorite, elle voulut créer dans son voisinage une vraie résidence impériale. Malheureusement, au lieu de suivre les projets de Fischer d'Erlach, elle fit exécuter par Balmagini, son architecte, un plan d'Antoine Pacassi, qui a laissé le palais dans un bas-fond sur les bords de la Wien, petit cours d'eau torrentueux, occasionnant parfois des ravages, le plus souvent à peu près desséché.

Dans l'espace de Vienne à Schönbrunn, de charmantes maisons se pressent si nombreuses qu'on croit parcourir encore un faubourg de la capitale. Soigneusement arrosée pendant la belle saison, la route présente la plus vive animation. On y voit les brillants équipages de la cour, des coupés, des calèches, d'innombrables omnibus où prennent place ceux qui, gênés dans leurs moyens, ne peuvent se mettre à l'aise dans une voiture, des stellwagen, charrettes légères ombragées d'une natte de paille et dans lesquelles s'entassent de pauvres plébéiens, qui ne sont pas les moins joyeux. Sur les côtés du chemin, marchent des files de piétons. On se rend non seulement à Schönbrunn, mais dans les villages environnants, Hietzing, Meidling, Saint-Veit, Hütteldorf, où se trouvent d'élégantes villas occupées pendant la belle saison par ce que la capitale a de plus distingué.

L'artiste et le quincaillier, son élève, allaient pédestrement. Mais, tout a ses compensations ; on voit mieux quand on est à pied, car on est plus longtemps en route et, pouvant s'arrêter à loisir, les choses intéressantes sont mieux observées et laissent de durables souvenirs.

En arrivant à Schönbrunn, nous rencontrons une de mes nouvelles connaissances du café Fries, un excellent et digne homme, M. Remy, architecte français, depuis nombre d'années établi à Vienne, où il est devenu inspecteur des bâtiments impériaux. Il se mit fort aimablement à notre disposition pour nous faire visiter le château.

— Voyez-vous, dit-il, en nous montrant le pavillon central, ce large balcon en terrasse que soutiennent douze colonnes accouplées. C'est là qu'après la bataille de Wagram, le vainqueur s'était placé pour passer ses troupes en revue. Derrière une colonne se tenait caché un jeune homme. Tout à coup, il se rapproche de Napoléon avec une précipitation fiévreuse. Remarqué par le général Rapp, il est arrêté et trouvé porteur d'un poignard. Après la revue, Napoléon le fit amener dans son cabinet, pièce qu'occupe aujourd'hui le duc de Reichstadt.

— Comment vous nommez-vous ? demanda Napoléon.

— Staps.

— D'où êtes-vous ?

— De Nauemburg.

— Que fait votre père ?

— Il est ministre protestant.

— Quel âge avez-vous ?

— Dix-huit ans.

— Que vouliez-vous faire de votre poignard ?

— Vous tuer.

— Pourquoi voulez-vous me tuer ?

— Parce que vous êtes le fléau de mon pays.

— Vous ai-je fait jamais quelque mal ?

— Oui, comme à tous les Allemands.

— Par qui êtes-vous envoyé? Qui vous pousse au crime?

— Personne. C'est l'intime conviction qu'en vous tuant je rendrais le plus grand service à mon pays et à l'Europe qui a seule armé mon bras.

— Est-ce la première fois que vous me voyez?

— Je vous ai vu à Erfurt à l'époque de votre entrevue avec l'empereur de Russie.

— N'avez-vous pas eu alors l'intention de me tuer?

— Non, je croyais que vous ne feriez plus la guerre à l'Allemagne. J'étais un de vos plus grands admirateurs.

— Depuis quand êtes-vous à Vienne?

— Depuis dix jours.

— Vous avez une tête bien exaltée. Je vous accorderai la vie, si vous me demandez pardon du crime que vous avez voulu commettre.

— Je ne veux point de votre pardon. J'éprouve le plus vif regret de n'avoir pu réussir.

— Un crime n'est donc rien pour vous?

— Vous tuer n'est pas un crime, c'est un devoir.

Toutes ces réponses, nous dit M. Remy, étaient articulées avec une assurance imperturbable, avec un calme effrayant qui fit sur Napoléon une profonde impression. La fermeté de Staps ne se démentit pas un instant. Livré à une commission militaire, loin de nier son attentat, il manifesta uniquement le regret de n'avoir pu le consommer. Quatre jours après, il marcha au supplice sans la moindre émotion. Au moment où les soldats allaient tirer sur lui, il s'écria d'une voix forte : « Vive la liberté! Vive l'Allemagne! »

M. Remy venait de nous conter cela et nous étions en train d'admirer l'étendue de la cour d'honneur, quand retentit le cri d'armes : « Heraus! » La garde se mit en ligne. Un jeune homme svelte montait à cheval. Il traversa la cour, suivi d'un aide de camp.

— C'est le duc de Reichstadt, me dit M. Remy. La distinction de ses traits, les grâces de son esprit et de ses manières le font briller au milieu des archiducs. Sa destinée est étrange et sa position difficile. L'empereur François l'aime tendrement et l'a presque toujours auprès de lui. De son côté, le jeune prince a pour son grand-père respect et affection, mais après la mort de l'Empereur, qui pourra exercer sur le jeune duc de Reichstadt une aussi salutaire influence? C'est une âme de feu et ses forces physiques sont malheureusement loin de répondre à son ardeur pour les exercices militaires. Son médecin Malfatti, avec qui je suis lié, craint pour sa poitrine, s'il n'observe pas les précautions qu'on lui recommande.

— Le duc de Reichstadt, demandai-je, connaît-il bien l'histoire de son père?

— Assurément. L'Empereur a trop de tact et de sagesse pour vouloir faire à ce jeune homme d'impossibles mystères. La bibliothèque du prince comprend tous les ouvrages militaires ou politiques publiés en France sur nos révolutions et sur les grandes guerres de 1792 jusqu'en 1815. Le comte Maurice Dietrichstein et les officiers placés auprès du duc de Reichstadt sont des hommes d'un caractère franc et honorable, incapables d'une absurde dissimulation sur des faits récents, qui font l'objet de fréquents entretiens dans les cours, dans les salons, parmi les contemporains.

— Votre assertion, dis-je à mon interlocuteur, est bien opposée à celle de Barthélemy, qui n'a pu parvenir jusqu'au duc de Reichstadt pour lui offrir son poème *Napoléon en Egypte*. D'après lui, le comte Dietrichstein aurait répondu par un refus à ses demandes d'audience et aurait même ajouté : « Le duc de Reichstadt n'est pas prisonnier, mais il se trouve dans une position particulière. Soyez-en bien persuadé, il ne voit, ne lit et n'entend que ce que nous voulons. »

M. Remy me répondit :

— On a beaucoup parlé de Barthélemy, quand il fit un séjour ici en 1829. Ce fut un événement parmi nos littérateurs et nos artistes. Sa réputation et celle de Méry son collaborateur l'avaient précédé parmi nous. Affamés de célébrité, gâchant leur talent à aigrir toutes les passions populaires, ils avaient produit, sous le nom de satires politiques, des libelles diffamatoires et calomnieux contre le gouvernement français et contre tous les principes d'ordre social. Le comte Dietrichstein pouvait-il admettre auprès du petit-fils de l'empereur d'Autriche un tel pamphlétaire ?

Pendant cette conversation nous avions traversé le péristyle et la grande porte du pavillon central. Les jardins nous offrirent tout à coup leur majestueux aspect et nous pûmes contempler la façade du château développant sa ligne imposante sur un vaste parterre orné de nombreuses statues en marbre. M. Remy nous montra l'endroit où se trouvait l'appartement de l'archiduchesse Sophie, qui venait de donner le jour à un fils, l'archiduc François-Joseph. L'archiduchesse Sophie est une princesse de Bavière. Elle a épousé, en 1824, le second fils de l'Empereur, l'archiduc François-Charles. Elle est fille de ce prince Maximilien de Deux-Ponts, qui fut colonel d'un régiment au service de France, pendant le règne de Louis XVI ; à la mort de Charles-Théodore, il devint électeur de Bavière et, en 1805, Napoléon le fit roi. L'archiduchesse Sophie a une sœur jumelle et il existe entre elles une si parfaite ressemblance de physionomie, de taille, de son de voix, qu'on les a souvent prises l'une pour l'autre.

L'impératrice d'Autriche, Caroline-Auguste, était également une princesse de Bavière. Elle avait d'abord épousé le prince royal de Wurtemberg. Mais celui-ci, contraint à ce mariage par la volonté despotique de son père, subit la bénédiction nuptiale, et ne voulut rien subir au delà. Il s'enfuit immédiatement après la cérémonie, laissant la princesse au désespoir, car malgré la publicité d'un aussi outrageant mépris, elle avait encore la faiblesse d'aimer cet ingrat. Rien ne put le ramener. Le mariage fut déclaré nul et celle qu'avait si cruellement dédaignée l'héritier du petit royaume de Wurtemberg est devenue à la fin de 1816 l'épouse de l'empereur d'Autriche. Cette princesse était dévouée à tous ses devoirs : généreuse, charitable, distinguée par son instruction, par les qualités élevées de son esprit et de son cœur.

Quant à l'ingrat, il se trouvait à Vienne au moment des solennités du Congrès. Parmi les beautés qu'on remarquait alors dans la capitale autrichienne, nulle ne brillait d'un éclat plus séduisant que la grande-duchesse Catherine, veuve du prince Pierre d'Oldenbourg et sœur de l'empereur Alexandre. Captivé par les charmes et les succès de la grande-duchesse, le prince royal de Wurtemberg s'occupa d'elle, beaucoup plus que de l'Europe, de sa politique et de son équilibre. Il tomba aux pieds de la belle princesse et obtint sa main le 16 janvier 1816. Ainsi la même année vit les deux époux d'un instant se remarier l'un à la sœur de l'empereur de Russie et l'autre à l'empereur d'Autriche.

L'impératrice Caroline-Auguste, issue du premier mariage du roi Maximilien, était beaucoup plus âgée que l'archiduchesse Sophie, née du second lit.

Dans nos conversations avec M. Remy, il fut question du Congrès de Vienne. M. Remy avait assisté aux fêtes qui enchantèrent à ce moment la capitale autrichienne ; il rappelait volontiers les splendeurs de cette époque, ses brillantes calvacades, ses somptueux cortèges de voitures, ses parties féeriques de traîneaux, ses carrousels, ses bals, ses feux d'artifice.

— J'ai eu alors, me dit-il, la satisfaction de voir plusieurs de nos compatriotes à Vienne. Ils y apportaient la gaieté un peu moqueuse qui a toujours caractérisé les

Français. Un soir, je les conduisais à travers des rues superbement illuminées : « C'est bien mieux à Paris, s'écriaient-ils. — C'est autrement, leur répondis-je, mais ces décorations ne sont pas à dédaigner. — Allons donc ! les Autrichiens eux-mêmes les méprisent. Voyez ce palais, partout ils ont écrit en verres de couleurs : FI, FI, FI. » Ils me montraient les initiales de l'empereur François Ier.

M. Remy, entraîné par ses souvenirs, me fit connaître quelques anecdotes sur le roi de Wurtemberg, lors de son séjour à Vienne, pendant le Congrès. Ce malheureux souverain, affligé d'une monstrueuse obésité, s'illustrait par de fantastiques exploits gastronomiques à une table qu'il avait fallu échancrer pour permettre à sa corpulence de s'étaler à l'aise.

Ce fut pour nous une véritable aubaine d'avoir trouvé un guide aussi compétent et aussi aimable que M. Remy. Il nous fit voir en détail le parc de Schönbrunn, sans oublier un petit jardin où le duc de Reichstadt enfant s'amusait à cultiver des fleurs. Assisté de l'aimable poète Mathieu Collin, alors chargé de la direction de ses études, le jeune prince avait creusé et palissadé une caverne comme celle de Robinson. Il aimait à se figurer qu'un naufrage l'avait jeté dans une île déserte.

L'heure était avancée et il nous restait à peine le temps de visiter le château. J'en admirai les belles galeries et le grand salon où figuraient les peintures allégoriques de Guglielmi représentant les diverses provinces de l'empire autrichien. Je vis aussi la salle de réception avec les intéressants tableaux où Meytens a évoqué les fêtes qui eurent lieu pour la fondation des ordres de Marie-Thérèse et de Saint-Étienne. Ce peintre, originaire de Stockholm, est également l'auteur d'une toile placée dans une des salles de Schönbrunn et qui a pour sujet l'imposante cérémonie du mariage de l'empereur Joseph II avec la princesse Élisabeth de Parme. Meytens, fort apprécié par Marie-

Thérèse, a fait de beaux portraits de la famille de l'impératrice. On remarque entre autres celui où il a reproduit le charme exquis de Marie-Antoinette.

Notre visite à Schönbrunn étant achevée, nous allâmes par une grande et belle allée à Hietzing d'où un fiacre nous ramena à Vienne.

Russell était enfin de retour ; après avoir assisté aux fêtes du couronnement à Presbourg, il s'était rendu à Bischdorf où son frère était en cantonnement. Là, il avait pu voir combien est fastidieuse l'existence d'un officier de cavalerie dans l'armée autrichienne. Par un système d'économie fort bien entendu, les régiments sont disséminés dans les villages de Galicie, de Bohême et surtout de Hongrie où la nourriture des hommes et des chevaux est presque pour rien. Le soldat s'en trouve à merveille, le gouvernement encore mieux, mais il en résulte pour l'officier une vie bien monotone. A certaines époques de l'année, pendant la belle saison, les escadrons se reforment. Au mois de septembre, il y a concentration des régiments pour les grandes manœuvres. Mais durant l'hiver, aux heures maussades du jour et tout le long des interminables soirées, au milieu du brouillard, de la pluie ou de la neige, l'officier, seul avec son peloton, n'a d'autre société que ses soldats et les habitants du village. A cela s'ajoute souvent l'impossibilité d'avoir un logement convenable ; c'est ainsi que le frère de Russell habitait une chaumière des plus primitives.

CHAPITRE XV

Le prince de Metternich était rentré à Vienne, j'allai donc le voir à la chancellerie d'État. Le prince me reçut avec beaucoup de bienveillance, il était entouré de ses filles et de la famille Zichy, à laquelle il devait bientôt s'allier. Sa fille Léontine (1) était remarquable par l'élégance de sa taille et la beauté de ses traits. Hermine, moins bien d'extérieur, est douée des plus charmantes qualités. La comtesse Molli Zichy (2), fille unique du maréchal Ferraris, m'accueillit avec un très aimable intérêt.

— Je suis attachée par une respectueuse affection à Madame la Dauphine, me dit-elle. Lorsqu'en sortant de la Tour du Temple, Madame de France arriva à la cour de Vienne, elle produisit sur tous ceux qui virent cette fille si malheureuse de Louis XVI et de Marie-Antoinette une impression qui ne s'est jamais effacée de mon cœur. Je la chéris autant que je déteste ses impitoyables persécuteurs. Nous étions du même âge et elle avait la bonté de m'admettre dans sa société. Il y avait auprès d'elle Fanny

---

(1) Le prince de Metternich avait épousé en premières noces, en 1795, la princesse Éléonore de Kaunitz (1775-1825). De ce mariage il avait eu deux filles : la princesse Léontine (1811-1861), mariée au comte Sandor de Slavnicza, et la princesse Hermine, née en 1815, et qui devint chanoinesse honoraire du chapitre de Savoie, à Vienne.

(2) Marie-Wilhelmine, comtesse Ferraris (1780-1866), mariée, le 6 mai 1799, au comte Zichy (1777-1839), qui prit, en 1811, le nom de Zichy-Ferraris.

de Roisins, aujourd'hui comtesse Esterhazy (1), que l'Empereur lui avait donnée pour grande maîtresse, pendant son séjour en Autriche. Fanny et moi, nous nous sommes mariées à la même époque, au printemps de 1799, aussitôt après le départ de Madame de France pour Mittau, où elle allait épouser, quelques jours après son arrivée, son cousin, le duc d'Angoulême... Infortunée princesse ! de nous trois, elle est la seule qui n'ait pas eu d'enfants pour la consoler dans ses afflictions... Je suis restée en relations intimes avec Henriette de Choisy (2), la future vicomtesse d'Agoult, qui, à l'époque dont je vous parle, était réfugiée à Vienne avec sa famille ; elle en partit pour accompagner Madame de France auprès de Louis XVIII... Quant à vous, soyez le bienvenu. Il y a entre nous communauté de principes et d'affections ; nous souffrons de vos souffrances, nous tâcherons de les adoucir.

La comtesse Zichy me présenta à ses filles Henriette et Mélanie. Henriette (3) était au moment de s'unir au prince Odescalchi, duc de Syrmie, grand d'Espagne de première classe. La comtesse Mélanie (4), plus jeune que sa sœur, était dans sa vingt-cinquième année. Sa physionomie d'une grande beauté avait tout à la fois quelque chose de bienveillant, d'animé et de spirituel ; son intelligence est vive

(1) La comtesse Maria-Franziska Romana (1779-1845), fille du marquis de Roisins, avait épousé, le 1er juin 1799, le comte Nicolas Esterhazy (1775-1856), chambellan impérial et royal, conseiller intime de l'empereur d'Autriche.

(2) Pendant l'émigration, Anne-Charlotte-Henriette de Choisy vivait avec sa mère et ses sœurs au couvent de la Visitation, à Vienne. C'est dans cette ville que la duchesse d'Angoulême se lia avec Mlle de Choisy, qui devint dame de compagnie de la princesse et la suivit en exil après la révolution de 1830. Née à Nancy en 1765, Mlle de Choisy mourut en 1841, à Goritz. Elle avait épousé, en 1817, le vicomte Jean-Antoine d'Agoult (1750-1828).

(3) La comtesse Henriette Zichy-Ferraris (1800-1855) épousa, en 1831, le prince Innocent Odescalchi (1778-1833), duc de Syrmie, grand d'Espagne de première classe, grand maître de l'archiduchesse Anne, femme du roi de Hongrie.

(4) Comtesse Mélanie Zichy-Ferraris, née en 1805, morte en 1854. Le prince de Metternich l'épousa en troisièmes noces le 30 janvier 1831.

et piquante. C'est elle qui trois mois plus tard épousa le prince de Metternich.

Entre ces dames hongroises et le Chancelier de Cour et d'État, il fut naturellement question du couronnement, d'autant mieux que sur la table autour de laquelle nous étions réunis, on avait étalé une collection d'aquarelles très bien exécutées, représentant les cérémonies et les principaux personnages. C'était le nouveau roi couvert du manteau vénérable, mais un peu fripé, de saint Étienne, portant la couronne et tenant le sceptre d'or du premier monarque chrétien de la race des Arpad ; c'étaient le primat, les archevêques, les évêques à cheval, mitre en tête, crosse en main et revêtus de leurs chapes éblouissantes ; c'étaient le palatin, les hauts dignitaires, les magnats avec leurs riches bonnets aux aigrettes brillantes, leurs attilas aux somptueuses fourrures, leurs dolmans brodés d'or et de perles, leurs larges et antiques colliers de turquoises ou de saphirs ; c'était la garde noble hongroise avec ses vêtements pourpres, ses manteaux en peaux de tigre, ses kolbaks de martre zibeline.

Presbourg, qui avait été le théâtre de ces fêtes, est situé contre le revers des Carpathes inférieures. Sur le granit d'une de leurs dernières cimes s'élèvent majestueusement les ruines d'un vaste château royal. C'est un carré flanqué de quatre tours ; dans celle de l'ouest on gardait jadis la couronne, le sceptre et le manteau de saint Étienne. Ces insignes royaux y avaient été transportés en 1552 de Stuhl-Weissenbourg où se trouvait la sépulture des rois et où avait lieu la cérémonie de leur couronnement. Poussé par ses idées d'innovation et d'unité, Joseph II avait fait transporter la couronne de saint Étienne dans le trésor impérial de Vienne. Les réclamations désespérées des Magyars le contraignirent à la renvoyer en Hongrie pour être déposée à Bude. Le retour de ce talisman de la liberté hongroise fut salué avec transport.

D'ordinaire, Presbourg ne compte guère plus de trente-six mille habitants, mais au moment du couronnement une population innombrable y était entassée. On bivouaquait dans les rues, sur les places publiques, sur la promenade des Tilleuls ; on logeait dans des voitures, dans des charrettes couvertes. Ce fut, paraît-il, une animation extraordinaire au sein de cette foule composée des éléments les plus divers et des costumes les plus variés. On y voyait des Magyars, des Croates, des Saxons, des Slovaques, des Cumans, des Jaziges, des Roumains, des Serbes, des Juifs.

Les récits pleins d'intérêt du prince de Metternich et de la comtesse Zichy me firent comprendre quels beaux et curieux spectacles Presbourg avait dû offrir.

A la fin du mois de septembre j'eus le regret de voir s'éloigner mon ami Russell. Par contre, j'éprouvai un vif plaisir en apprenant l'arrivée du baron de Kentzinger (1) à Vienne. Je m'empressai d'aller le trouver. Il était porteur d'une lettre du roi Charles X demandant à l'Empereur asile en Autriche. M. de Kentzinger avait déjà parlé de Laybach comme lieu de résidence ; cette proposition semblait convenir à l'Empereur et à M. de Metternich.

Naturellement M. de Kentzinger et moi cherchions à nous retrouver le plus souvent possible. Je fréquentais aussi un certain M. Hummel, répondant en réalité au nom de Bourdon. C'était un peintre français établi depuis l'émigration à Vienne où il jouissait d'une grande considération. Il avait fait le portrait de plusieurs personnalités importantes, entre autres celui de Mme Murat qu'il disait

---

(1) Le baron Charles-Louis de Kentzinger, né à Strasbourg, le 13 décembre 1770, émigra pendant la Révolution, fit campagne dans l'armée des princes, puis passa au service de l'Angleterre. Dès le retour des Bourbons, il donna sa démission d'officier anglais, rentra en France. Louis XVIII le nomma colonel et chevalier de Saint-Louis ; il devint ensuite maréchal de camp et fut attaché au cabinet de Charles X. Le baron de Kentzinger mourut à Vienne, le 20 janvier 1844.

fort spirituelle. M. Hummel, sa femme, sa fille, son fils formaient une société des plus agréables.

A cette époque je rencontrai le jeune Laporte-Lalanne. Il avait quitté le Conseil d'État, et d'après lui, rien ne pouvait donner une idée de la fièvre qui dévorait notre malheureux pays. Le gouvernement aurait voulu agir, mais il lui manquait l'énergie nécessaire. On se demandait même s'il parviendrait à sauver les quatre ministres arrêtés, que la population menaçait de massacrer. Ces angoissantes nouvelles m'atteignaient au cœur et j'étais obsédé par de sombres appréhensions sur le sort de mes collègues.

Au début d'octobre je quittai mon appartement si obscur de l' « Archiduc-Charles » pour prendre un modeste logement dans la Kohlmessergasse, n° 480. Là mes fenêtres donnaient sur des rues mouvementées, le Danube coulait tout auprès et je pouvais apercevoir les hauteurs qui le dominent. J'avais enfin du jour, le soleil pénétrait gaiement chez moi et, quand l'âme est triste, la lumière est une consolatrice. Le maître de la maison que j'habitais était un Grec marié à une Allemande ; il répondait au nom de Carissi. Mes entretiens avec cette famille étaient assez étranges. La fille causait facilement en français, mais je faisais aussi la conversation avec le Grec ; il m'adressait la parole en italien que j'entends et je répliquais en languedocien qu'il comprenait parfaitement. Quant à Mme Carissi, elle ne savait que l'allemand, son mari et sa fille me servaient de truchements auprès d'elle.

Le premier jour de joie que je connus sur la terre d'exil fut celui où je reçus directement des nouvelles de tous les miens. Deux mois s'étaient écoulés sans que j'eusse aucune lettre d'eux. Pendant tout ce temps, j'avais vécu dans des craintes continuelles, me demandant toujours la cause d'un tel silence ; les difficultés de correspondre étaient la seule raison de ce retard. Il me serait impossible de décrire mon saisissement quand je vis ce paquet de lettres. Je les lus avec un bonheur que ma position d'alors peut faire comprendre. Ce fut également pour moi une bien douce consolation d'apprendre comment MM. de La Bourdonnaye et de Lamezan avaient pris ma défense devant la Chambre des députés ; M. de Boisbertrand était aussi intervenu en ma faveur ; mais malgré leurs généreux efforts je fus mis en accusation, comme tous les autres ministres du cabinet Polignac.

Le mauvais temps et les dispositions de mon âme m'avaient d'abord fait voir Vienne sous un aspect bien triste. Il me semblait que le brouillard, la pluie, l'air glacial, qui m'avaient accueilli dès mon arrivée, ne cesseraient jamais. Je croyais ne plus pouvoir trouver quelqu'un parlant ma langue, ni surtout un cœur comprenant le mien. J'avais besoin de courage et j'en puisais dans le sentiment d'avoir rempli, autant qu'il était en moi, les pénibles devoirs qui m'étaient imposés. Peu à peu je fis des connaissances, je rencontrai des sympathies, elles m'aidèrent à envisager ma situation avec plus de calme. Quand enfin j'eus reçu des nouvelles de ma famille, mon inquiétude sur son compte étant dissipée, je me pris à espérer un avenir meilleur. Mon isolement était moins complet ; des amis m'entouraient de leur affection, ils partageaient mes idées et je pouvais m'entretenir avec eux de ce qui m'intéressait.

Un jour, la comtesse Rosalie Rzewuska, depuis peu à Vienne, me fit demander par M. Laporte d'aller la voir. J'étais encore peu disposé à rentrer dans le monde et je n'avais guère envie de me prêter à cette curiosité que provoquent un moment ceux dont le sort est lié à une grande catastrophe. Toutefois il m'était difficile de pouvoir sans impolitesse refuser cette invitation qui m'était adressée par une femme dont le rang élevé méritait des égards. Une confusion s'établit, je ne sais pourquoi, dans mon esprit ; je pensais sans doute à la belle-mère de la comtesse Rosalie,

qui comme celle-ci avait habité Vienne, bref j'étais persuadé que j'allais me trouver en présence d'une femme
d'un âge fort avancé. C'est un soir que je fis ma visite.
La comtesse vint à moi avec une amabilité extrême. Je
fus frappé de la noblesse et de la beauté de ses traits, de
sa taille élevée et cependant pleine de grâce ; je le fus
bientôt davantage de son instruction prodigieuse, de son
esprit pénétrant, de l'élégance de son langage dont le
charme est augmenté par un organe remarquablement
mélodieux. Son accueil fut des plus bienveillants. Quand
je la quittai, elle eut la bonté de m'engager à venir souvent
passer mes soirées auprès d'elle et de sa fille, me priant
de me joindre au groupe d'intimes qui fréquentaient son
salon.

La comtesse Rosalie Rzewuska fut ainsi une de mes
premières connaissances dans la haute société viennoise.
Elle était née à Paris en 1789. Son père, le prince Alexandre
Lubomirski, élevé en France, y était entré au service
et avait obtenu la croix de Saint-Louis. Il avait épousé
Mlle de Chodkiewicz, femme d'une beauté et d'un charme
inexprimables. Après la naissance de leur fille, le prince
et la princesse Lubomirski passèrent d'abord deux ans à
Paris, puis, fuyant la Révolution, ils quittèrent la France.
Peu de temps après, la princesse fut expulsée de Suisse,
pour avoir tenu des propos imprudents. Elle revint à Paris
et s'y trouva au plus fort de la Terreur. Accusée d'avoir
favorisé la fuite de la princesse de Monaco, la princesse
Lubomirska fut arrêtée au sortir du spectacle et traînée
en prison avec sa fille. Malgré les réclamations de Kosciuzko et les démarches de plusieurs amis, la princesse
fut guillotinée, laissant sa fille à la pitié des prisonniers
et aux mauvais traitements du concierge Durand, qui lui
faisait chanter des couplets atroces.

Mme de Talaru, émue par la triste position de cette
enfant, s'occupa d'elle avec une tendre sollicitude. La

petite Rosalie resta encore quatre mois en prison ; elle en sortit par les soins de Mme Sezanska, à qui sa mère l'avait recommandée. Elle fut d'abord conduite en Suisse, puis auprès de son père à Berlin, où la reine de Prusse et toutes les princesses voulurent entendre les récits de la jeune et intéressante enfant. Elle vécut ensuite tour à tour à Opolé dans les terres de son père et à Varsovie en compagnie de la princesse maréchale Lubomirska ; là elle put voir souvent le roi de France avec sa petite cour et surtout l'abbé Edgeworth. Plus tard elle vint à Vienne, où son père mourut en 1804, après avoir exprimé le désir que sa fille épousât le comte Wenceslas Rzewuski. Elle résista d'abord, mais, vaincue par son entourage, elle finit par céder. Le mariage fut célébré le 17 août 1805, il unit pour leur malheur deux êtres qui n'étaient nullement faits l'un pour l'autre.

La comtesse Rzewuska belle-mère ayant dépensé d'énormes sommes, la comtesse Rosalie se trouva avoir répondu pour son mari ; par conséquent sa fortune fut englobée dans ce désastre. Son mari, d'ailleurs, l'abandonna quelques années après, lui laissant leurs quatre enfants, pour aller courir les aventures en Arabie, où il prit le turban et vécut en nomade, couchant sous la tente ou chevauchant à la tête de caravanes d'indigènes dont il était devenu le chef et dont il mena désormais l'existence errante.

Quand je fis la connaissance de la comtesse Rzewuska, il y avait dix-huit ans que le comte Wenceslas l'avait quittée. Pendant longtemps elle s'était retirée du monde, où elle brillait par tant d'avantages, pour se consacrer à l'éducation de ses enfants et au relèvement de sa fortune. Après plusieurs années de retraite elle vint à Vienne passer l'hiver de 1830. La révolution qui éclata en Pologne fut pour la malheureuse comtesse une cause de bien vifs chagrins. Elle perdit son fils aîné Stanislas qui avait contracté une maladie de poitrine à la défense de Varsovie ; ce jeune

homme, distingué par ses vertus et ses talents, n'était âgé
que de vingt-quatre ans ; il avait épousé Mlle Wichlinska.
La comtesse Rzewuska avait deux autres fils. Le plus
âgé, Léonce, fut aide de camp de Skrzynecki, je le vis à
Vienne, c'était un jeune homme d'esprit doux et agréable.
Quant au troisième, Witold, il était au collège à Varsovie
lorsque j'entrai en relation avec sa mère.

La comtesse Rzewuska parle remarquablement bien
plusieurs langues ; elle possède les grandes littératures de
l'Europe et connaît les auteurs de l'antiquité. Elle n'a
cependant pas de pédanterie, elle est bonne et aimable.
Son intelligence est vive et brillante, sa conversation
variée. Un émigré français, l'abbé de Luziner, ancien précepteur du duc de Bourbon, avait jadis dépeint la charmante mobilité d'esprit de la comtesse, en dessinant une
boule au-dessous de laquelle il écrivit comme devise :
« Toujours sur un seul point, peu de temps sur le même. »
La conduite irréprochable de Mme Rzewuska a toujours
été sous l'influence de ses principes et de ses habitudes
religieuses. Elle a fréquenté les cours d'Autriche et de
Russie ; elle fut liée d'amitié avec le prince de Ligne,
Schlegel, Werner, le comte de Maistre, Niemcewicz, l'empereur Alexandre, l'impératrice Élisabeth, le grand-duc
Constantin, la malheureuse princesse Charlotte de Rohan,
la princesse de Lowicz, etc. Mme Rzewuska me confia la
relation de ses « Souvenirs ». Que de personnalités elle a
connues à Vienne, à Varsovie, à Saint-Pétersbourg ! Que
de choses curieuses elle a racontées dans les pages qu'elle
me remit. Sa fille, la comtesse Caliste (1), qui vivait auprès
d'elle, était âgée d'une vingtaine d'années, quand je fis
la connaissance de ces dames. La comtesse Caliste avait
la taille de sa mère, mais si elle était moins bien de figure, on

_____

(1) Caliste Rzewuska (1810-1842) épousa, en 1840, don Michelangelo
Caëtani, prince de Teano. De ce mariage naquirent une fille et un fils,
lequel devint ministre des affaires étrangères en Italie.

devait lui reconnaître encore plus de moyens et d'esprit.

Peu à peu, le cercle de mes relations s'étendait. J'allais souvent chez la duchesse d'Anhalt-Cœthen (1), sœur du roi de Prusse et à peu près exilée comme moi pour avoir embrassé le catholicisme. L'espèce de parité de situation qu'il y avait entre nous lui inspirait à mon égard une affabilité à laquelle je fus très sensible. La duchesse d'Anhalt-Cœthen savait toujours montrer la plus délicate bonté et il me semblait impossible d'ajouter à tant de vertus plus de dignité, plus de prévenance et d'aménité.

Je rencontrais aussi fréquemment la comtesse Fanny Esterhazy, l'intime amie de Madame la Dauphine. Elle recevait de cette princesse des lettres empreintes d'une résignation sublime que ne pouvaient abattre des malheurs incessants ; pas une plainte, pas une accusation, pas même une réflexion amère. Que de détails touchants me donna la comtesse Esterhazy sur son amie, dont elle avait un portrait, peint pendant le séjour que Madame la Dauphine fit à Vienne après sa sortie du Temple !

Quelles surprises réserve l'existence ! Quelles rencontres inattendues elle ménage ! Ne me vis-je pas bientôt réuni, à quatre cents lieues de chez moi, avec le maréchal Marmont, duc de Raguse, le baron de Kentzinger, le baron de Frénilly (2), le brave La Rochejaquelein (3).

(1) La duchesse Julie d'Anhalt-Cœthen (1793-1848) était issue du mariage morganatique de Frédéric-Guillaume II, roi de Prusse, avec la comtesse de Dœnhoff. Elle avait reçu, en 1794, le titre de comtesse de Brandebourg ; elle épousa, en 1816, Frédéric-Ferdinand d'Anhalt-Pless (1769-1830), qui, en 1818, devint duc d'Anhalt-Cœthen.

(2) Le baron de Frénilly (1768-1848), élu député en 1821, nommé pair en 1827, quitta la France après la révolution de 1830. Depuis lors, il passa quelque temps à Vienne, puis s'établit à Gratz, où il mourut. Le baron de Frénilly a laissé d'intéressants Mémoires, qui ont été publiés par M. Chuquet.

(3) Le comte Auguste de La Rochejaquelein (1783-1868) était frère du célèbre général vendéen. Sous la Restauration, il devint maréchal de camp.

Malgré moi, de jour en jour, je pénétrais davantage dans la société de Vienne, où j'étais attiré par des témoignages de précieuse sympathie. Je voyais des gens fort intéressants par leur situation et leurs connaissances. Je me liais avec des hommes d'un profond savoir et d'un mérite solide. La plupart ayant parcouru l'Europe l'avaient visitée en véritables observateurs ; ils connaissaient plusieurs personnages marquants de l'histoire contemporaine, dans laquelle certains d'entre eux avaient même joué un rôle.

J'évitais les cercles nombreux. Les maisons que je fréquentais réunissaient dix à douze habitués. Je trouvais là le meilleur ton de la France. D'ailleurs, au milieu de personnes de nations si différentes, c'est à peine si on entend parfois un mot d'allemand, d'italien, d'anglais ou de quelque langue slave. La conversation est presque toujours en français, parlé avec pureté, avec élégance ; on n'ignore aucun de nos auteurs, aucune de nos expressions proverbiales. L'influence de la France se remarquait partout. Le théâtre allemand ayant usé les productions de Schiller, de Gœthe, de Kotzebue, on ne donnait plus que des traductions de pièces françaises. Toutes les petites comédies de Scribe faisaient les frais de la plupart des représentations. Quant aux œuvres musicales, sauf Mozart et Beethoven, pour qui ils ont un culte, les Viennois n'entendaient que Boïeldieu, Méhul, Cherubini, Auber, Nicolo, Rossini. La société allait régulièrement au théâtre de six heures à neuf. C'est après cela, jusque vers minuit, que certains salons s'ouvraient pour grouper quelques intimes.

Ma présence à Vienne n'étant plus un mystère pour personne, on me montrait un affectueux intérêt dont j'appréciais tout le prix, mais ma pensée ne pouvait se détacher des miens, dont je souffrais beaucoup d'être séparé.

Le baron et la baronne de Stürmer (1) furent des pre-

(1) Bartholomé-Etienne de Stürmer (1787-1863), conseiller intime de

miers à me combler de leurs bontés. Ils offraient toutes les ressources de l'esprit et du cœur. La baronne était Française et fille d'un chef de division au ministère de la guerre. En 1814, M. de Stürmer, commissaire impérial auprès du quartier général du prince de Schwarzenberg, fut logé chez les parents de cette jeune personne, spirituelle, instruite et remarquablement jolie. Il la demanda en mariage. Les deux époux allèrent passer les premières années de leur union dans l'île de Sainte-Hélène, où M. de Stürmer occupait les fonctions de commissaire de l'empereur d'Autriche. Ce rôle ne lui attirait naturellement pas la bienveillance de Napoléon, ni celle de la suite du captif. M. et Mme de Stürmer vivaient presque uniquement dans la société du commissaire russe, M. de Balmain, et du commissaire français, M. de Montchenu, brave et digne homme, mais d'une imagination peu active. Les Anglais étaient absorbés dans la surveillance de leur prisonnier et dans les réclamations continuelles que leur adressaient les malheureux Français aigris par l'exil.

« Je n'ai jamais vu Napoléon, me disait Mme de Stürmer, et très peu les personnes qui étaient auprès de lui. Née Française, j'aurais été heureuse de me rendre utile ou agréable à Mmes Bertrand et de Montholon, mais elles repoussèrent toutes mes bonnes intentions. Une fois, tandis que je me promenais, j'aperçus une cavalcade au galop. C'étaient Mmes de Montholon et Bertrand, escortées de leurs maris et de M. de Las Cases. Mettant leurs chevaux au pas, elles passèrent près de moi et me rendirent à peine mon salut. Mme de Montholon dit à haute voix : « Elle n'est vraiment pas mal, c'est une jolie « petite marchande de modes ». J'acceptai le compliment

l'empereur d'Autriche, créé comte en 1842, occupa divers postes diplomatiques. En 1834, il fut nommé internonce à Constantinople, fonction dont son père avait jadis été chargé. Rappelé en 1850, le comte Bartholomé-Étienne de Stürmer vécut depuis lors en Autriche. Il avait épousé, en 1815, Ermance-Catherine de Boutet.

avec toutes les circonstances atténuantes... Nous n'avions donc, ajoutait Mme de Stürmer, point de rapports avec les Français, mais nous savions leurs dissensions. Loin d'adoucir la captivité de leur maître, ils ne faisaient que l'aggraver. S'ils avaient mis autant de zèle à calmer cette imagination ardente qu'ils en ont employé à l'irriter en s'irritant eux-mêmes, ils lui auraient épargné bien des amertumes. Quant aux reproches, adressés au gouvernement anglais, pour parcimonie envers le prisonnier et son entourage, ils sont complètement injustes. Jamais les commissaires des puissances alliées ne jouirent des recherches de luxe qui étaient prodiguées à Napoléon et à ses compagnons d'infortune... Combien nous fûmes heureux de quitter cette île de Sainte-Hélène qu'attristaient les tourments du Prométhée de notre époque. A Rio-Janeiro, où M. de Stürmer fut nommé ministre de l'empereur d'Autriche, nous trouvâmes une fraîcheur relative et nous eûmes la satisfaction d'y voir beaucoup d'Autrichiens qui avaient été amenés au Brésil par le mariage de Don Pedro avec l'archiduchesse Léopoldine. »

Une des personnalités les plus originales que j'eus l'occasion de fréquenter à Vienne était la Palatine Potocka, femme très charitable et très riche. Elle avait tant de diamants qu'on l'appelait « Diamantine ». Sa maison était encombrée de bêtes de toutes espèces : chiens qui grognaient, perroquets qui criaient, singes qui mordaient, etc. Au milieu de cette arche de Noé, on rencontrait des nègres aux habits de velours resplendissants d'or et un horrible nain, pauvre gentilhomme polonais, honteux d'être confondu avec les animaux du logis, tremblant les soirs de bal d'être écrasé par les valseurs et d'habitude faisant tristement, dans un coin, de la tapisserie et des grimaces. Cette infortunée créature avait une quarantaine d'années.

La Palatine aimait à montrer la peau d'un ours tué

25

par feu le Palatin Potocki ; c'est ce qu'elle nommait « la peau de mon pauvre mari ». Cette excellente dame, quoique âgée, était encore active et fort occupée des amusements du public, qui acceptait ses dîners, ses bals, ses fêtes et se moquait d'elle. Elle était aux aguets des moindres anniversaires et célébrait avec empressement les jours de nom, les jours de naissance. Je l'ai vue faire jouer des pièces et chanter des couplets en l'honneur du duc de Reichstadt à décontenancer ce jeune prince ; en pareille circonstance, M. de Metternich riait tout le premier. Elle avait le mérite de faire les visites les plus courtes qu'on puisse imaginer. Accompagnée de sa sœur, Mme de Littninoff, elle entrait, s'asseyait, se relevait et partait aussitôt.

Les nouvelles de Pologne jetaient la consternation autour de moi. Les nombreux Polonais avec qui j'entretenais des rapports étaient en proie aux plus vives inquiétudes. Ils se demandaient si leur pays n'avait pas été lancé mal à propos dans des voies bien périlleuses, si sa révolte, détruisant la prospérité dont il jouissait depuis quelques années, ne serait pas pour lui la cause de terribles désastres. Le moment, croyait-on, était bien peu propice pour remporter une indépendance qu'il eût été plus facile d'obtenir dans d'autres circonstances. On avait hâté l'explosion d'une conspiration, qui ne devait éclater que plus tard, mais, à ce qu'on prétendait, les ordres donnés par les comités de Paris avaient précipité cette tentative de révolution. On arrêtait, même à Vienne, des agents français ayant sur eux de grosses sommes d'argent et porteurs de dépêches pour les autorités polonaises. La désolation fut grande, quand on apprit que l'empereur Nicolas envoyait contre Varsovie des troupes commandées par Diebitsch. Je devins le consolateur de plusieurs familles profondément affligées par cet état de choses et très anxieuses de leur avenir.

Pour ma part, j'étais fort occupé des pénibles épreuves

qu'avaient à subir mes collègues. A ma demande, le prince
de Hohenlohe (1) offrait chaque jour pour eux le saint
sacrifice de la messe. Je voyais assez habituellement cet
homme extraordinaire qui me montrait les sentiments les
plus amicaux. Je le rencontrai pour la première fois chez
Mlle Boissié, Anglaise convertie et très pieuse. Il avait
alors de trente-cinq à quarante ans. Sa figure reflétait
une extrême bonté, ses manières étaient simples, douces,
sans la plus légère affectation, sa conversation facile et
bienveillante. Il parlait le français assez purement, mais
il exprimait mieux sa pensée en allemand. On ne se serait
pas douté en le voyant qu'on se trouvait en présence d'un
thaumaturge et d'un prince. Il ressemblait beaucoup plus
à un bon curé, quoique dans ses traits la noblesse fût
alliée à la simplicité.

Il n'avait pas de fortune et distribuait aux pauvres l'argent de son bénéfice. J'allais le visiter dans son logement,
chez le prince de Schwarzenberg ; il occupait une chambre
fort modestement meublée. Sa conviction était que le clergé
doit revenir aux mœurs évangéliques et n'être riche que pour
l'aumône. J'aimais à l'écouter, sa physionomie s'animait
en parlant ; je croyais voir, je croyais entendre un apôtre.

La famille Schwarzenberg était devenue pour ainsi dire
la sienne, depuis l'inconcevable guérison de la princesse
Mathilde. Je n'ai jamais entretenu le prince de Hohenlohe de cet événement que tout le monde à Vienne m'af-
firma. Cette guérison m'a été spécialement racontée par
la famille Schwarzenberg elle-même et par un de ses
intimes dont l'attestation était très intéressante à entendre,
car elle émanait d'un grand seigneur peu porté à la dévotion et passablement railleur.

(1) Le prince Alexandre de Hohenlohe-Waldenbourg-Schillingsfurst (1794-
1849) fut grand prévôt et chanoine du chapitre de Grosswardein (Hongrie),
abbé mitré de Saint-Michel de Gaborjan, assesseur des comitats de Bihar,
Borschod et Arad et enfin évêque de Sardica.

Quelle aimable hospitalité je trouvais dans cette patriarcale demeure du prince de Schwarzenberg! C'est là que
pour la première fois de ma vie, j'ai assisté, le jour de
Noël, à la charmante coutume du Christbaum. Au milieu
d'une vaste pièce était placé un sapin, qui supportait
une multitude de bougies, de globes dorés, de guirlandes
de fleurs, de rubans, de jouets, de bijoux précieux. Le
vénérable chef de l'illustre famille distribua des cadeaux
à ses enfants et petits-enfants qu'il bénit tous ensuite avec
une religieuse émotion. Le prince de Schwarzenberg n'avait
auprès de lui que les siens. On avait pourtant fait accueil
à un proscrit qui assistait avec un amer attendrissement
au touchant spectacle d'un bonheur évoquant pour lui
tant de chers souvenirs. Devinant mes pensées, cette
famille étrangère m'entoura des preuves de la plus conso-
lante affection, en me disant tous les vœux qu'elle formait
pour les miens.

Au temps dont je parle, le salon du prince Clary était
un des plus agréables de Vienne; petit-fils du prince de
Ligne (1), il avait hérité de son esprit et de son exquise
urbanité. Autour de lui on trouvait une réunion très
choisie, sa maison était le rendez-vous d'une société européenne, je la fréquentais beaucoup, aussi éprouvai-je un
réel chagrin quand le prince Clary mourut.

Tous les vendredis, j'allais régulièrement chez la comtesse
Palffy, une des filles du prince de Ligne. Elle était la bonté
même et se consacrait avec le plus complet dévouement
à sa famille qu'elle chérissait. N'ayant pas d'enfants, elle

----

(1) De son mariage avec la princesse Françoise-Xavière de Liechtenstein
le célèbre prince Charles-Joseph de Ligne eut pour filles :
1° Marie-Christine (1757-1830), qui épousa le prince Jean-Népomucène
Clary (1753-1826). De cette union naquit le prince Charles-Joseph Clary
(1777-1831), dont il est question ci-dessus ; 2° Euphémie (1773-1834), mariée
au comte Jean-Baptiste-Gabriel Palffy d'Erdœd, qui mourut en 1821 ;
3° Flore (1775-1851), mariée au général baron de Spiegel, qui mourut en 1836.
Le prince de Ligne avait eu en outre deux fils : Charles, tué à la guerre,
en 1792, et Louis Lamoral (1766-1813).

devint la seconde mère de ceux du prince Clary. Chez elle,
je retrouvais d'ordinaire les dames Rzewuska, le baron de
Spiegel et sa femme, autre fille du prince de Ligne, aimable
et spirituelle comme lui ; M. de la Rue, consul général à
Trieste pendant la Restauration ; le savant orientaliste
Hammer et sa femme.

Je recueillais beaucoup d'observations intéressantes, j'entendais de plaisantes anecdotes.

La comtesse O'Donnell (1) me racontait qu'elle avait
été en relation avec nombre de personnages marquants,
entre autres avec Gœthe.

— Cet homme extraordinaire, me disait-elle, est peu
aimable dans la société. Sa correspondance ne se trouve
pas au niveau de son remarquable talent, mais il a sur toutes
les questions des aperçus empreints de son génie. Tandis
qu'en France, certains écrivains portent aux nues son
Werther et que Stendhal le proclame son meilleur ouvrage,
lui-même se le reproche comme une production peu digne
de sa plume et presque comme une mauvaise action.

La comtesse O'Donnell me parla aussi de Mme de
Staël.

— Je la connus à Tœplitz, me dit-elle. Lors de son séjour
à Vienne, je voulus la joindre ; des malheurs de famille
m'en empêchèrent, mais je reçus d'elle des lettres pleines
de charme et que j'aime à conserver. Ce qui donnait du
ridicule à Mme de Staël, c'était son obstination à vouloir
être, malgré la nature, une jolie femme. Elle jouait la
comédie avec peu de succès, parce qu'elle choisissait des
rôles exigeant de la beauté. Un jour, à Vienne, Mme de
Staël représentait Agar. Pour la vérité du costume, elle
avait adopté des draperies qui accusaient les disgrâces

(1) Fille du prince Charles de Ligne, elle était née en 1788 et avait épousé,
en 1811, le comte O'Donnell (1780-1843), feld-maréchal. C'est leur fils, le
comte Maximilian-Karl-Lamoral O'Donnell qui, le 18 février 1853, sauva la
vie à l'empereur François-Joseph, en maîtrisant son agresseur Libenyi.

de sa taille. « Ah ! comme elle justifie Abraham ! » s'écria la princesse maréchale Lubomirska.

Par la princesse Jablonowska, l'intime amie de la comtesse Flore de Wrbna, j'appris d'autres détails sur le séjour de Mme de Staël à Vienne. Elle attirait chez elle beaucoup de monde ; tant qu'une réunion nombreuse occupait son salon, c'était, paraît-il, chose insupportable ; elle devenait réellement aimable et éloquente quand il n'y avait plus à ses côtés qu'un petit groupe de personnes. Elle avait la manie de fixer l'attention de toutes les célébrités. Elle s'occupa avec enthousiasme de l'archiduc Charles et lui fit à l'improviste de telles avances que le prince se sauva presque épouvanté. Un des objets de son admiration passionnée fut le comte Maurice O'Donnell. Une fois, tandis qu'il faisait compliment à la comtesse Flore de Wrbna de l'élégance de son costume, Mme de Staël tomba évanouie de fureur. La comtesse Flore de Wrbna court à son secours, mais elle pousse aussitôt un cri affreux ; Mme de Staël s'était vengée en lui mordant cruellement la main.

En fait d'anecdotes, il en circulait d'amusantes sur M. le duc de Laval, naguère ambassadeur à Vienne. On l'estimait au plus haut point, mais ses distractions étaient extrêmes. Un jour, un M. de Traversay, officier au service de Russie, lui fut présenté, il s'obstina à le prendre pour un officier prussien. M. de Traversay lui répondit à la fin : « Je suis Russe et je m'en fais honneur. — Voilà un singulier goût, reprit M. de Laval en s'adressant à M. de Tatitscheff, ambassadeur de Russie. » Une autre fois, tandis qu'il dînait chez M. de Campuzano, ministre d'Espagne, il se crut chez lui et dit au ministre : « Je vous demande mille excuses, je ne sais ce qui est arrivé à mon cuisinier, mais aujourd'hui tout est détestable. » On prétendait que rencontrant Mgr Lucciardi, secrétaire de la nonciature, il le prit pour un de ses collègues : « Venez demain chez moi, lui demanda-t-il, mais n'amenez pas Lucciardi, il est beaucoup trop ennuyeux. »

J'ai mentionné plus haut la comtesse Flore de Wrbna, née comtesse de Kageneck (1), et son inséparable amie la princesse Thérèse Jablonowska (2), chanoinesse du chapitre de Vienne. Ces deux grandes dames étaient toutes deux très distinguées par leur instruction et leurs sentiments élevés. La comtesse, qui a été une des beautés les plus admirées de Vienne, brille par la grâce de son esprit et le charme de sa physionomie. La princesse Jablonowska, moins bien partagée sous ce rapport, l'emporte par son érudition encyclopédique et ses talents de polygotte. Elle parle également bien le polonais, l'allemand, le français, l'anglais, l'italien, elle possède à fond la littérature et l'histoire des pays dont elle connaît la langue. Dans la discussion elle déploie une ardeur et des poumons virils qui souvent épuisaient la verve emportée de l'économiste Rubichon : « Comme elle est bien nommée, disait-il, cette demoiselle Diablonowska. C'est un diable polonais à qui Lucifer lui-même n'aurait pas le pouvoir de faire entendre raison. »

Les deux amies avaient composé ensemble un roman fantastique en quatre gros volumes et en français. Elles me le soumirent pour corriger les fautes grammaticales, il y en avait très peu. Ces dames écrivaient purement, mais les pensées présentaient un caractère extrêmement germanique.

La comtesse Flore de Wrbna était cousine du prince de Metternich. Jadis, il avait été question de leur mariage, mais la princesse de Kaunitz l'emporta sur la comtesse Flore. On pouvait considérer le nom de Kaunitz comme une fortune diplomatique. Les Jablonowski et les Wrbna comptaient de nombreuses illustrations parmi leurs ancêtres.

(1) La comtesse Flore de Kageneck (1779-1857), dame du palais, avait épousé en 1799 le comte Eugène de Wrbna, chambellan impérial et royal de l'empereur d'Autriche.

(2) La princesse Thérèse Jablonowska (1778-1864), dame du palais et dame de la Croix étoilée, était fille du prince Antoine-Barnabé Jablonowski et de la princesse, née Thécla de Czlapik.

Les Jablonowski avaient des liens de parenté avec la famille royale de France par Marie Leczinska. La comtesse de Wrbna et son autre elle-même — ainsi qu'elle disait en parlant de la princesse Jablonowska — avaient beaucoup connu l'empereur Alexandre de Russie.

Dans ces premiers temps de mon séjour à Vienne, je fus mis en rapport avec le comte Paar, colonel au service d'Autriche. Il avait été aide de camp général du prince de Schwarzenberg et il signa la capitulation du duc de Raguse. Il m'assura que le maréchal, entouré de forces supérieures, après avoir perdu dans la journée huit mille hommes, n'avait cédé qu'à la loi absolue de la nécessité.

Un jour du mois de décembre, je m'étais rendu chez la comtesse Rzewuska pour entendre de la musique et pour être présenté à la comtesse Alfred Potocka. Je trouvai toute cette société vivement émue par les nouvelles de Varsovie. On causait encore de ce triste sujet lorsque entra le prince Louis de Rohan (1). Il arrivait de Paris, qu'il disait être d'un morne effroyable. Avant son départ il avait vu Louis-Philippe, qui l'entretint tout le temps d'Henri V. « On a eu tort de ne pas me le confier, déclarait-il ; je l'avais réclamé. » Ce nouveau monarque paraissait fort malheureux d'être dans une position dont il n'avait aperçu tous les dangers qu'après l'avoir remportée. Le prince Louis de Rohan me parla longuement de la mort du duc de Bourbon (2). Voici son récit :

« J'avais dîné avec le duc la veille, me dit-il, et je lui entendis donner des ordres pour préparer secrètement son départ de France. Il devait se rendre le lendemain à

---

(1) Le prince Jules-Armand-Louis (1768-1836), général major au service d'Autriche, était un des Rohan-Guémenée qui avaient quitté la France à la fin du dix-huitième siècle.

(2) Le duc de Bourbon (Louis-Henri-Joseph), 1756-1830, était le fils du prince de Condé, chef de l'armée des émigrés et le père du duc d'Enghien, fusillé à Vincennes. Le duc de Bourbon avait épousé, en 1770, la princesse Bathilde d'Orléans, qui mourut en 1822 ; ils s'étaient séparés en 1780.

Chantilly, ayant pris la précaution de ne pas annoncer
son arrivée, afin qu'on ne lui donnât pas le spectacle du
drapeau tricolore qu'il détestait : « Venez me joindre
« demain, me dit-il, nous causerons d'affaires importantes. »
Il joua tranquillement sa partie, monta ses montres et,
suivant son habitude, les plaça à côté de lui en se couchant.
Il fit. aussi des arrangements accoutumés pour reprendre
facilement le lendemain des bandages dont il avait
besoin.

« Le matin on ne put pénétrer chez lui. Sa porte étant
fermée intérieurement fut enfoncée en présence de Mme de
Feuchères. On aperçut le malheureux prince la tête passée
dans deux cravates attachées à l'espagnolette d'une croisée.
Les pieds touchaient terre ; le cou ne présentait aucune
marque de strangulation ; les cravates n'étaient pas serrées,
comment d'ailleurs le prince aurait-il pu les nouer au-
dessus de sa tête, lui qui ne pouvait lever jusqu'à son front
sa main mutilée à l'armée de Condé. Son lit fut trouvé
éloigné d'environ deux pieds de la muraille ; or, il avait
soin de l'en faire rapprocher le plus possible, à cause des
fréquents vertiges auxquels il était sujet. Le valet de
chambre remarqua que les jambes du prince, qu'il avait
vues la veille au soir parfaitement saines, portaient l'empreinte de beaucoup de meurtrissures. Une chose à considérer c'est que la chambre du prince communiquait avec
l'appartement de Mme de Feuchères.

« Dans le premier moment de trouble on ne constata pas
toutes ces circonstances et on procéda à l'inhumation. Mais
bientôt sept personnes vinrent auprès de moi faire des
dépositions importantes. J'eus toutes les peines du monde,
au milieu de l'anarchie, du remplacement et du déplace-
ment continuel des procureurs du roi ainsi que des procureurs généraux, à obtenir une enquête. Elle fut d'abord
contraire à mes réclamations, mais j'ai persisté et j'ai
obtenu un supplément d'enquête. Aux sept premiers

témoins s'en sont joints d'autres, ils se trouvent aujourd'hui au nombre de vingt-deux.

« Cousin par ma mère de M. le duc de Bourbon (1), j'avais des droits dans la ligne maternelle. Si l'indignité de Mme de Feuchères vient à être prononcée, comme le testament institue le duc d'Aumale héritier universel, les legs en faveur de la dame retourneraient à l'héritier. Mais il ne m'est pas difficile d'attaquer l'acte sous le rapport de la captation. Le duc d'Orléans, désirant obtenir en faveur de son fils le testament du duc de Bourbon, avait chargé le prince de Talleyrand de négocier la chose avec Mme de Feuchères. Talleyrand offrit à la dame de se faire accorder six millions sur la succession. Elle refusa, elle en voulait quinze, exigeant en outre d'être admise à Neuilly et qu'on lui ouvre les Tuileries.

« Le duc d'Orléans finit par accepter ces conditions. Il sollicita et obtint de la bonté de Charles X que celui-ci ne ferait pas obstacle à une combinaison enrichissant pourtant la maison d'Orléans au préjudice de la famille royale. Dès lors, Mme de Feuchères tint son traité avec une étonnante fidélité. Elle dicta ses lois au faible duc de Bourbon, qui chercha, mais inutilement, à refuser de faire un testament pour lequel il avait une profonde répugnance. Vainement proposa-t-il à Mme de Feuchères, si elle renonçait à lui imposer de telles dispositions, de lui donner la forêt de Guise qui rapportait des sommes énormes, mais Mme de Feuchères fut invariable dans sa résolution de servir les intérêts du duc d'Orléans

(1) La mère du duc de Bourbon et celle du prince Louis de Rohan étaient sœurs, toutes deux filles du maréchal de Soubise, prince de Rohan.

L'une, Charlotte-Godefride-Élizabeth, épousa, en 1753, le prince de Condé, le futur chef de l'armée des émigrés. De ce mariage naquit le duc de Bourbon dont on lit ici la fin tragique.

L'autre, Victoire-Armande, épousa en 1760 Henry-Louis-Marie de Rohan-Rohan, prince de Guémenée. L'un des fils issus de cette union fut le prince Louis de Rohan, celui-là même qui fit au comte de Montbel le récit de la mort du duc de Bourbon.

et, grâce à ses obsessions, le testament fut enfin signé.

« Après les sinistres événements de Juillet, le duc de Bourbon, qui avait la révolution en horreur, voulut donner à la famille royale et au duc de Bordeaux une preuve de son dévouement en allant les joindre et en faisant un autre testament. Il laissa malheureusement connaître cette décision à ceux dont elle renversait les espérances. Peu de temps avant sa mort, le duc de Bourbon avait eu l'occasion de dire ce qu'il pensait du suicide. Son barbier lui avait raconté la fin d'un nommé Béranger, qui du haut d'un pont s'était précipité dans la Seine avec un grand courage. « Qu'est-ce à dire? un grand courage! s'écria le duc. Le « suicide est l'action d'un lâche. Le courage consiste à « supporter ses malheurs avec résignation. »

« — Mais croyez-vous, demandai-je au prince Louis de Rohan, que Mme de Feuchères soit l'auteur de l'assassinat?

« — Je ne le présume pas, continua-t-il. Elle me paraît d'un naturel trop doux pour cela. Je soupçonne un personnage, espèce de précepteur, qui avait pris un grand empire sur elle et que M. le duc de Bourbon détestait ; il en avait même une espèce de frayeur. Ce misérable craignait sans doute de voir M. le duc de Bourbon échapper à sa position et il redoutait par suite l'anéantissement du testament et de ses espérances. Il aura pris le parti d'assassiner, pensant ensuite obtenir de Mme de Feuchères le prix du service qu'il lui aurait rendu. Quoi qu'il en soit, c'est un homme d'une grande force physique, bien capable d'exécuter un semblable forfait. Il savait les ordres pour le départ du duc. Ces ordres avaient été cachés à Mme de Feuchères et pour que le neveu de celle-ci, lequel était chargé des écuries, ne pût concevoir aucun soupçon, le prince fit acheter une voiture exprès. M. de Surval réalisa un million en or et huit cent mille francs en lettres de change. Primitivement l'intention du duc était de partir en malle-poste, mais il y avait renoncé à cause des incon-

vénients du passeport qu'il eût fallu lui procurer. L'usurpation provoquait chez lui une horreur invincible. Il ne
voulut pas reconnaître Louis-Philippe. C'est en vain que
la duchesse d'Orléans chercha à surprendre son assentiment
en allant lui faire une visite. Il la reçut poliment, mais elle
ne put obtenir de lui le nom de reine. »

Je questionnai alors le prince de Rohan sur l'existence
antérieure de Mme de Feuchères.

— Mme de Feuchères, me répondit-il, était une fille
de Londres, sœur d'une maîtresse de lord S***, qui se
chargea de l'honorable soin de la faire connaître au duc de
Bourbon. Quand celui-ci fut de retour en France, elle vint
l'y joindre. Il la renvoya avec un faible cadeau ; c'était
du vivant de son père et il avait peu de ressources. A la
mort du prince de Condé, elle accourut de nouveau, mais
ne reçut pas un accueil très empressé. Plus tard le baron de
Feuchères, chef d'escadron dans la garde royale, entra en
rapport avec elle et en devint amoureux. Elle affecta une
contenance modeste, parla de mariage et fit accroire à
M. de Feuchères qu'elle était fille naturelle du duc de
Bourbon, qui, pour des raisons particulières, n'aurait pas
voulu la reconnaître comme il avait reconnu Mme de
Rully (1). Elle alla prévenir le duc, lui montrant qu'il assu-
rerait son bonheur en ne démentant point ce qu'elle avait
dit. Le prince eut la coupable faiblesse d'y consentir.
Quand M. de Feuchères se présenta à lui, il ne nia pas sa
paternité et l'officier ayant pris son silence pour un aveu, le
mariage fut conclu. Cette femme intrigante ne tarda pas
à reprendre son ancien empire et M. de Feuchères, s'apercevant des relations qu'elle avait avec le duc de Bourbon,
l'abandonna. Aujourd'hui elle est soutenue par le duc
d'Orléans, reconnaissant de ce qu'elle a procuré au duc
d'Aumale, qu'elle appelait son protégé, une fortune dont

(1) Adélaïde-Louise-Charlotte (1780-1874), fille naturelle reconnue du duc
de Bourbon et de Catherine Michelot.

la totalité s'élève à soixante millions. Les gens du duc de Bourbon la détestent, ils ont été traités dans le testament avec une extrême dureté. M. de Surval (1), exécuteur testamentaire, est resté chargé de l'administration des biens. Les autres officiers ou employés ont été renvoyés sur-le-champ ; on ne leur a pas donné le délai qu'ordinairement on accorde aux domestiques dans les successions. Tous, sous ce rapport, ont été dupes de Mme de Feuchères. Elle leur avait dit, lorsque le duc fit son testament, qu'ils y étaient l'objet de beaucoup de bienveillance... J'ai vu le duc d'Orléans à cause de nos affaires et de mon opposition en qualité d'héritier naturel du duc de Bourbon. Il m'a paru triste et soucieux. A en croire leur entourage, lui et sa famille sont, depuis l'usurpation, dans une mortelle inquiétude. La crainte leur tient lieu de remords. »

— Quels sont, demandai-je au prince de Rohan, les témoignages les plus significatifs relativement à la mort du duc de Bourbon ?

— Celui de son valet de chambre est fort important, me dit-il. Le duc, pour avoir une raison à opposer aux obsessions de Mme de Feuchères, donna ordre au fidèle Manoury de faire croire que ses jambes étaient malades. Il faisait mettre tous les soirs près de son lit des bandes et des cataplasmes, comme si on eût dû le panser. C'est ainsi qu'il avait eu un prétexte pour ne pas se rendre chez le duc d'Orléans. En réalité, les jambes du duc étaient parfaitement saines. Or Manoury remarqua qu'elles avaient de nombreuses traces de contusions, quand, entré le premier dans la chambre de son maître, il l'aperçut pendu à l'espagnolette de la fenêtre.

« L'aumônier du prince était alors à l'église, on alla l'avertir. Il vint au plus vite pour voir si on ne pouvait administrer les secours spirituels au duc. Il n'était plus temps. Dès

(1) Le baron de Surval avait été intendant général des maison, domaines, forêts et finances du duc de Bourbon, prince de Condé.

ce moment, l'aumônier veilla près du corps et il se plaint d'avoir été écarté dans toutes les constatations qui furent faites. Le médecin ordinaire du prince a été aussi éloigné pendant l'autopsie, sous prétexte qu'il n'avait pas de diplôme français. Tous assurent qu'on a reçu leurs dépositions de manière à ne pas leur laisser le moyen de dire entièrement ce qu'ils savaient. »

A cette époque je revis d'autres fois le prince Louis de Rohan. Nous nous entretînmes beaucoup de son affaire et des intérêts publics. Il partit bientôt pour la Bohême où il avait des terres. De là, si la situation des choses le lui permettait, il comptait se rendre en France.

Le prince Louis de Rohan était le premier mari de la duchesse Catherine de Sagan, qui depuis avait épousé successivement le prince Troubetzkoy et le comte Schulenburg. S'étant convertie au catholicisme, elle quitta ce dernier. Il paraîtrait que le prince Louis de Rohan serait volontiers revenu auprès d'elle, mais sa famille s'y opposa.

La duchesse Catherine de Sagan était une princesse de Courlande. Je devais la rencontrer à maintes reprises ainsi que ses sœurs, la princesse de Hohenzollern et la princesse Pignatelli, duchesse d'Acerenza (1), principalement dans le salon si intéressant de la comtesse Batthyani.

Je ne tardai pas à multiplier le nombre des relations que j'avais déjà nouées dans cette fin de l'année 1830. La haute société de Vienne offre un attrait tout particulier ; il y règne une intimité charmante où la confiance et la bonne humeur savent s'allier à la réserve et à la distinction. Bientôt, je fus appelé à fréquenter spécialement

(1) La duchesse Catherine-Frédérique-Wilhelmine-Bénigne de Sagan (1781-1839), la princesse Marie-Louise-Pauline de Hohenzollern-Hechingen (1782-1845), la princesse Jeanne Catherine Pignatelli di Belmonte, duchesse d'Acerenza (1783-1876), étaient les sœurs de la duchesse Dorothée de Dino (1793-1862), l'auteur des *Souvenirs* et de la *Chronique* récemment publiés. Ces quatre princesses de Courlande étaient filles de Pierre de Biron-Sagan, duc de Courlande et d'Anne-Charlotte-Dorothée de Médem.

les diplomates et je devais compter parmi eux de véritables amis.

Les premières communications que je reçus directement de l'entourage de la famille royale me furent adressées par le baron de Damas.

« J'avais besoin d'avoir de vos nouvelles, me disait-il, mais votre lettre du 20 septembre ne nous est parvenue que le 27 octobre, j'espère qu'il n'en sera pas toujours ainsi.

« Je pense que le Roi vous écrira, mais je puis vous assurer qu'il a été ravi d'avoir la certitude que vous étiez en lieu de sûreté ; il m'a chargé de remercier le prince de Metternich pour l'accueil qui vous a été fait ; il m'a parlé de sa confiance en vous, de ses vœux.

« Profitez de l'obligeance de M. de Metternich, écrivez-nous souvent, dites-nous des nouvelles du pays que vous habitez, dites ce que vous voyez, ce que vous sentez ; l'avenir est effrayant, le présent est triste, le passé désolant... Mais je vois que j'allais m'enfoncer dans les profondeurs de la politique, au lieu de vous parler du plaisir que nous avons éprouvé en apprenant que vous étiez sauvé ; de l'inquiétude où j'ai été si longtemps sur votre compte, des sentiments déchirants qui m'ont accablé pendant cet éternel voyage de Rambouillet à Cherbourg, enfin de la douleur profonde que j'ai sentie en abordant encore une fois les rives de l'exil.

« Dans l'isolement où vous vivez, vous pouvez encore, retranché dans votre conscience, oublier parfois les calamités dont vous êtes victime. Mais nous, bien qu'entourés de la bienveillance qui s'attache à de nobles et grandes infortunes, nous éprouvons à chaque instant des inconvénients qui en résultent. Ma chambre se remplit de gens qui me demandent des consolations et je n'en ai point à leur donner. D'autres demandent des ordres, des instructions, d'autres écrivent pour en avoir, ils exposent leurs souffrances et ne peuvent me comprendre quand je veux leur expliquer pourquoi le Roi doit garder le silence, pourquoi il faut souffrir encore et attendre, pour agir, un moment plus opportun. J'ai tort pourtant de me plaindre ; mon élève, dont le caractère avait été aigri par des événements si extraordinaires, est complètement revenu à son assiette ordinaire. Ses études se poursuivent comme par le passé, mieux même que par le passé. Les sentiments de son cœur se développent de la manière la plus satisfaisante: Soit erreur de mon imagination, soit justesse de jugement, je crois toujours que cet enfant est destiné à de grandes choses. Le Roi et les princes sont bien ; la duchesse de Berry n'est pas encore ici.

« Comme j'écrivais cette lettre, j'en ai reçu une de vous du 14 d'octobre. Déjà j'ai à peu près répondu à tout ce que vous me mandez. Je ne vous ai pas assez dit pourtant qu'aujourd'hui comme par le passé, le Roi compte entièrement sur vous et verra votre correspondance avec grand plaisir... »

Je m'occupais donc à recueillir des renseignements pouvant être utiles à des intérêts qui m'étaient bien chers. J'avais de nombreuses entrevues avec le prince de Metternich. Le 25 décembre, nous eûmes ensemble une longue conversation. Je fis connaître au prince ma pensée sur la situation de la famille royale de France par rapport à la politique de l'Europe et aux affaires intérieures de mon pays. Le prince partageait entièrement ma manière de voir. Une abdication nouvelle ou, pour mieux dire, la confirmation de l'abdication de Charles X et du Dauphin ne pouvait qu'être utile à la cause de la légitimité.

— Le temps, me disait le prince de Metternich, rattachera les esprits à l'espoir de l'avènement du duc de Bordeaux, mais il faut qu'aucune intrigue ne compromette son avenir. L'idée de la formation actuelle d'un conseil de régence est inadmissible. Elle créerait sur-le-champ des

jalousies et de misérables ambitions... Louis-Philippe m'a
fait dire par un de ses affidés qu'après le procès des ministres,
je verrai s'il porte un bonnet rouge ou une couronne, qu'il
me demandait pour le juger d'attendre cette époque.
Pour le moment, je reçois de France des nouvelles indiquant toutes un affreux malaise... Quant à votre correspondance, ajouta M. de Metternich, écrivez une liste de
mots dont vous devez vous servir avec le Roi, je vous ferai
faire un chiffre diplomatique, vous en enverrez le double
au baron de Damas.

Le prince de Metternich me remit ce jour-là un exemplaire de son portrait lithographié d'après Lawrence, me
priant de l'accepter en souvenir de son estime et de son
affection.

Quelque temps après, je fus très nettement fixé sur
divers points dont il avait été question entre le prince de
Metternich et moi. Voici ce que m'écrivait, en effet, le
duc de Blacas :

« Le rapport, monsieur le comte, que vous avez adressé
au Roi le 5 décembre a été fort longtemps à lui parvenir,
mais ce retard n'a pu diminuer de son intérêt et Sa Majesté
l'a reçu avec le plus grand plaisir. Elle a reconnu, dans ce
que vous lui dites, le zèle et le dévouement dont vous lui
avez donné tant de preuves et Elle désire que vous conti-
nuiez à lui rendre compte de ce que vous pouvez apprendre.
La promesse faite à vous par le prince de Metternich de
vous tenir au courant de tout ce qui lui parviendrait, ne
peut qu'ajouter à l'utilité de vos rapports et le Roi a été
fort sensible à ce témoignage de confiance et d'intérêt du
prince de Metternich.

« Je ne sais si vous êtes informé que le Roi, ne voulant
laisser aucun doute sur son abdication, ni sur la renonciation de Monsieur le Dauphin en faveur de M. le duc de
Bordeaux, a cru devoir confirmer cet acte par une déclaration datée de Lulworth, le 24 août. Dans cette décla-

26

ration, le Roi, après avoir confirmé son abdication et la renonciation de Monsieur le Dauphin, proteste contre l'usurpation de M. le duc d'Orléans et déclare nul le titre de lieutenant-général du royaume que Sa Majesté lui avait donné dans un moment de trouble et de désordre pour chercher tous les moyens d'arrêter l'effusion du sang et d'éviter la guerre civile. Par ce même acte, Sa Majesté se réserve de pourvoir à la régence dès que les circonstances la rendront nécessaire. Il l'assure cependant à Mme la duchesse de Berry, si le Roi venait à mourir avant la majorité de M. le duc de Bordeaux.

« Toutefois, Sa Majesté continue à diriger les affaires ; mais il fait connaître à Mme la duchesse de Berry ce qui a trait aux intérêts du prince, son auguste fils, et de son côté Mme la duchesse de Berry soumet au Roi les demandes, comme toutes les propositions concernant M. le duc de Bordeaux. Voilà, monsieur le comte, l'état actuel des choses, mais cette position du Roi et de Mme la duchesse de Berry changerait de nature, si les affaires de France prenaient une tournure plus favorable, car aussitôt qu'elles permettraient à Mme la duchesse de Berry de s'y rendre, le Roi lui laisserait la direction des affaires et prononcerait sur la régence. Cependant, Sa Majesté ne consentirait au passage en France de M. le duc de Bordeaux qu'après s'être assurée qu'il pourrait, sans aucun danger pour des jours aussi précieux, aller rejoindre la princesse sa mère.

« Je viens, monsieur le comte, de vous donner à connaître toute la pensée du Roi pour vous mettre à portée d'en faire l'usage que vous croirez convenable dans votre sagesse.

« Le Roi, qui a jugé nécessaire, dans les circonstances actuelles, d'établir des rapports directs avec l'empereur de Russie, avait désiré lui envoyer le maréchal comte de Bourmont ; mais des nouvelles venues de France ayant fait regarder sa présence à Londres comme très utile, le Roi a dû renoncer au projet de le laisser partir pour la Russie. Toutefois, Sa Majesté, voulant satisfaire à un objet qu'il croit important, a chargé de ses dépêches pour l'empereur Nicolas le comte Alfred de Damas, qui était dans l'intention de faire ce voyage, et dont le nom et la personne sont avantageusement connus de Sa Majesté Impériale.

« C'est dans le même but que le Roi désire voir M. Franchet se rendre à Berlin et le fils aîné de M. de Bourmont à Madrid où il trouvera encore M. le vicomte de Saint-Priest.

« Je n'ai pas jusqu'à présent reçu les réponses de M. Franchet ; je l'avais vu à Soleure très souffrant et il me tarde de savoir si l'état de sa santé lui permettra d'aller auprès de S. M. le roi de Prusse ; il peut être là fort utile aux intérêts du roi Charles X . . . .

. . . .

« P.-S. — Les détails que je vous ai donnés vous prouveront que le Roi n'a jamais pensé établir un conseil de régence à Edimbourg. »

Cette lettre fut une des premières que le duc de Blacas m'adressa à Vienne. Il s'établit bientôt entre nous une correspondance très régulière. J'apportais tous mes soins à renseigner Charles X sur ce qui pouvait lui être utile de savoir. De leur côté, le duc de Blacas ou le baron de Damas me communiquaient les pensées et les volontés du Roi.

FIN

INDEX ALPHABÉTIQUE

DES NOMS DE PERSONNES CONTENUS DANS CE VOLUME

ACHER-MONTGASCON (Clément, baron D'), 140, 142.

ADÉLAIDE (Mademoiselle). V. Orléans.

AGIER (Député des Deux-Sèvres), 192.

AGOULT (Vicomtesse D'), née de Choisy, XXII ; 149, 374.

AGOULT (Jean-Antoine, vicomte D'), 374.

AGUILAR (Comte D'), 137.

AGUIN (Auguste D'), 25.

AGUIN (Jean-Joseph D'), 25.

ALAVA (Général), 95, 116.

ALBIS (François-Joseph, chevalier D'), 24.

ALBIS (Comte D'), 137.

ALBOUY-MONESTRAL (Marie-Jacquette (D'), 71.

ALEXANDRE (Empereur de Russie), 60, 66, 79, 80, 81, 104, 105, 106, 107, 111, 112, 113, 134, 196, 323, 370, 381, 392.

ALLIX (Général), 201.

ANEL (D'), 6, 25.

ANGOULÊME (le *Dauphin* Louis-Antoine DE BOURBON, duc D'), fils aîné de Charles X, XXVI, XXVII ; 76, 98, 116, 117, 118, 119, 120, 133, 138, 139, 142, 143, 144, 145, 146, 147, 149, 153, 158, 159, 160, 176, 177, 180, 216, 217, 226, 227, 235, 248, 251, 252, 255, 260, 261, 262, 263, 335, 336, 337, 340, 341, 374, 400, 401, 402.

ANGOULÊME (la *Dauphine* Marie-Thérèse-Charlotte DE FRANCE, duchesse D'), femme du précédent, fille de Louis XVI, XV, XXII, XXVI, XXVII ; 51, 52, 114, 124, 134, 141, 148, 149, 158, 177, 180, 189, 198, 204, 257, 258, 263, 335, 337, 339, 373, 374, 382.

ANHALT-CŒTHEN (Frédéric-Ferdinand, duc D'), 382.

ANHALT-CŒTHEN (Julie, duchesse D'), XIII ; 382.

APPONYI (Antoine-Rodolphe, comte), ambassadeur d'Autriche à Paris, 325, 328.

AREMBERG (Louis, duc D'), 53.

ARGOUT (Comte D'), pair de France, ministre sous Louis-Philippe, 214, 215, 247, 248.

ARTOIS (Comte D'), depuis Charles X, 79, 80, 121, 130, 139, 150, 151, 152, 177, 323.

ASPE (Agathe D'), première femme du comte de Montbel, III ; 48, 49, 58, 277.

ASPE (Augustin-Charles-Louis, marquis D'), 10, 48.

ASPE (Marquise D'), née de Caulet de Grammont, III; 45, 48, 49, 58.

ASSIGNAN (Jacques-Joseph-François-Fortuné, chevalier DE TARBOURIECH D'), 3, 34, 86, 137.

AUBUGEOIS (Général), 24.

AUGEREAU (Maréchal), duc de Castiglione, 31, 93.

AUGUSTE-AMÉLIE (Princesse de Bavière, femme d'Eugène de Beauharnais), 313.

AULTANNE (Joseph-Augustin DE FOURNIER, général, marquis D'), 143.

AUMALE (Duc D'), 394, 396.

AUMONT (Duc D'), pair de France, premier gentilhomme de la Chambre du Roi, 204.

AYGUESVIVES (Félix DE MARTIN D'), 14.

AYGUESVIVES (Pauline DE MARTIN D'), née de Cambon, 14.

BACCIOCHI (Élisa), née Bonaparte, princesse de Lucques et de Piombino, 59.

BACCIOCHI (Félice-Pasquale), prince de Lucques et de Piombino, 59.

BALMAGINI (Architecte), 365.

BALMAIN (M. DE), 384.

BALZAC (Marie-Auguste, baron DE), député de la Moselle, 190, 214, 284, 291.

BAPTISTE (Acteur), 55.

BARANDE (Joachim), sous-précepteur du duc de Bordeaux, XXIII, 256, 336.

BARAS (Marc-Antoine), publiciste, 13.

BARBANÇOIS (Lieutenant-colonel, marquis DE), sous-gouverneur du duc de Bordeaux, 256, 336.

BARBOTAN (Joseph-Carris, comte DE), 12.

BARCLAY DE TOLLY (Prince Michel), 60, 80.

BARÈRE DE VIEUZAC (Bertrand), député des Hautes-Pyrénées à la Convention, membre du Comité de salut public, 12.

BARON DE MONTBEL (V. Montbel).

BARRAS (Paul-Jean-François-Nicolas, comte DE), membre de la Convention, du Comité de salut public, du Directoire, 22, 134, 135.

BARROT (Odilon), homme politique, 333, 334.

BARTHÉLEMY (Capitaine), 141.

BARTHÉLEMY (Auguste-Marseille), poète satirique, 368, 369.

BASTOULH (Bruno DE), conseiller à la cour royale de Toulouse, 58.

BASTOULH (M. DE), procureur général à la cour royale de Toulouse, député de la Haute-Garonne, 186, 209, 214.

BATTHYANY (Comtesse), née Sigray, XV; 398.

BATZ (Gaspard, baron DE), 8.

BATZ (Julie, baronne DE), née de Montégut-Ségla, 8, 27.

BAUDIOT (Musicien), 179.

BEAUFFREMONT (Théodore, prince DE), lieutenant-colonel, aide de camp du duc de Bordeaux, 256.

BEAUHARNAIS (Alexandre, vicomte DE), 313.

BEAUHARNAIS (Eugène DE), 62, 312, 313.

BEAUHARNAIS (Joséphine DE). V. Joséphine.

BEAUHARNAIS (Hortense DE). V. Hortense.

ᶜBEAUMONT (Vicomte DE), député de la Dordogne, 189.

BEAUREGARD (Mme DE), 205.

BECQUEY (Louis), député de la Haute-Marne, 126, 207, 212, 214.

BEILSTEIN (Comtesse DE). V. Leykam.

BELISSENS (Mme DE), 200.

BELLIARD (Général, comte), 326, 347, 349.

BELLISSEN (Mme DE), 36.

BELLUNE (Duc DE). V. maréchal Victor.

BENOIST, 146, 147.

BÉRANGER, 395.

BÉRANGER (Jean-Pierre DE), chansonnier, 192, 193.

BÉRARD (Député de Seine-et-Oise), 209.

BERBIS (Chevalier DE), député de la Côte-d'Or, 188.

BÉRENGER (Comte Jean), 126.

BÉRENGER (Alphonse-Marcellin-Thomas), député de la Drôme sous la Restauration, puis conseiller à la Cour de cassation et pair de France, XVIII.

BERESFORD (William CARR, feld-maréchal, vicomte), 91, 92, 116.

BÉRIOT (Charles-Auguste DE), violoniste, 183.

BERLIER (Général), 92.

BERNADOTTE (Général), 26, 358.

BERRY (Charles-Ferdinand D'ARTOIS, duc DE), XXII ; 79, 139, 150, 258.

BERRY (Marie-Caroline-Ferdinande-Louise DE BOURBON, duchesse DE), XXI ; 177, 180, 187, 188, 189, 194, 197, 198, 204, 252, 255, 336, 337, 402.

BERRYER (Pierre-Antoine), avocat et célèbre orateur politique, XVI, XXV.

BERTIER DE SAUVIGNY (Blanche-Louise-Antoinette DE), comtesse de Solages, 73.

BERTIER DE SAUVIGNY (Ferdinand DE), député, puis conseiller d'État, et en 1829 directeur général de l'administration des forêts, 65, 73, 203, 205.

BERTIER DE SAUVIGNY (Louis-Bénigne DE), 65, 73, 74, 75.

BERTIER DE SAUVIGNY (Louis-Bénigne-François DE), intendant de la généralité de Paris, 73.

BERTIN DE VAUX (Louis-François), 196, 197, 198.

BERTON (Henri MONTANO-), compositeur de musique, 46, 50.

BERTON (Stéphanie MONTANO-), cantatrice, fille du précédent, 50.

BERTRAND (Comtesse), femme du général comte Bertrand et fille du général comte Arthur Dillon, mort sur l'échafaud en 1794, 384.

BESSIÈRES (Maréchal), duc d'Istrie, 67.

BESSIÈRES (Mlle DE), 41, 42.

BEUGNOT (Jacques-Claude), comte), 123, 124, 126, 152, 204.

BEURNONVILLE (Pierre RIEL DE), maréchal, 105, 152.

BIGNON (Louis-Pierre-Édouard, baron), ministre sous Louis-Philippe, 292, 357.

BIGOTTINI (Mlle), 178.

BILLOT (Jean-François-Cyr, baron), sous la Restauration procureur général en Corse, puis auprès du tribunal de première instance de la Seine, XXIII.

BINDER DE KRIEGELSTEIN (Baron DE), diplomate autrichien, 300, 318, 329.

BING (Général anglais), 116.

BLACAS (Pierre-Louis-Jean-Casimir D'AULPS, duc DE), XXII; 123, 124, 125, 126, 128, 129, 135, 151, 254, 401, 403.

BLACAS (Henriette-Marie-Félicité, duchesse DE), née du Bouchet de Sourches de Montsoreau, XXII.

BLUCHER (Gebhard-Leberecht, maréchal DE), 156.

BOIELDIEU (François-Adrien), compositeur de musique, 50.

BOIGNE (Général, comte DE), 181.

BOISBERTRAND - TESSIÈRES (M. DE), conseiller d'État, député de la Vienne et, en 1829, directeur de l'agriculture et du commerce, 378.

BOISSIÉ (Mlle), 387.

BOMBELLES (Comte Henri DE), 323.

BONALD (Louis - Gabriel - Ambroise, vicomte DE), 46, 184, 185, 205, 207, 209, 302, 304, 305.

BONALD (Louis-Anne-Henri DE), fils du précédent, 205, 302, 303, 306.

BONAPARTE (Napoléon), 20, 22, 24, 26, 27, 31, 44, 150, 152, 200, 201 (V. Napoléon Ier).

BONNIER (Ange-Louis-Élisabeth-Antoine), 21.

BORDEAUX (Henri-Charles-Ferdinand - Marie-Dieudonné D'ARTOIS, duc DE), plus tard comte de Chambord, XXII, XXVI, XXIX, XXX; 69, 188, 193, 198, 211, 213, 216, 255, 256, 260, 264, 334, 335, 337, 338, 392, 401, 402.

BORDESOULLE (Étienne TARDIF DE POMMEROUX, général, comte DE), pair de France, 111, 261.

BOUCHEPORN (Claude-François-Bertrand DE), 10.

BOUGON (Charles-Jacques-Julien, baron), médecin de la famille royale, XXIII.

BOUILLÉ (François-Marie-Michel, comte DE), XXII; 56, 57, 127, 255.

BOUILLÉ (Comtesse DE), femme du précédent, XXII; 127, 255, 336.

BOURBON (Louis-Henri-Joseph, duc DE), prince de Condé, 392, 394, 395, 396, 397.

BOURBON-BUSSET (François, comte DE), lieutenant général, XXII.

BOURDEAU (Pierre-Alpinien-Bertrand), député de la Haute-Vienne, garde des sceaux en 1829, pair de France, 207, 208, 209.

BOURDON (dit HUMMEL), peintre, 376.

BOURET (Général), 92.

BOURG (Du), 73.

BOURGES (Mgr DE VILLÈLE, archevêque DE), 188.

BOURGOIN (Marie-Thérèse-Étiennette), actrice, 55.

BOURMONT (Louis-Auguste-Victor, maréchal, comte DE CHAISNE DE), 1773-1846, ministre de la guerre dans le cabinet Polignac, XXV; 216, 217, 222, 323, 334, 403.

BOURRIENNE (Louis-Antoine FAUVELET DE CHARBONNIÈRE DE), 151.

BOUSCATEL (M. DE), 137.

BRASSAC (Chevalier DE), 7, 8.

BRÉA (Mme DE), 64.

BRÉA (Jean-Baptiste-Fidèle, général), 65.

BRISSAC (Emmanuel, comte DE Cossé-), chevalier d'honneur de la duchesse de Berry, lieutenant-colonel, XXVI ; 252, 255, 335.

BROGLIE (Duc DE), ministre sous Louis-Philippe, 357, 358.

BROSSES (Comte DE), 133.

BRUC-MONTPLAISIR (Marquis DE), 31.

BRUCE (Miss), 117.

BRUNEAU (Mathurin), faux Louis XVII, 210.

BRUNSWICK (Guillelmine-Amélie, princesse DE), 365.

BUCKINGHAM (Duc DE), 117.

BULLY (M. DE), député du Nord, 199.

BULOW (Frédéric-Guillaume, baron DE), 68.

CADORE (J.-B. NOMPÈRE DE CHAMPAGNY, duc DE), 193.

CAETANI (Don Michelangelo), prince de Teano, 381.

CAFFARELLI DU FALGA (Marie-François-*Auguste*, général, comte DE), 71.

CAFFARELLI DU FALGA (*Charles*-Ambroise, baron DE), 71, 78, 79, 81, 87.

CAFFARELLI DU FALGA (*Jean*-Baptiste-Marie), évêque de Saint-Brieuc, 71.

CAFFARELLI DU FALGA (Louis-Marie-Joseph-*Maximilien*, général DE), 44, 71, 78.

CAILHIVE (Jean-Denis, abbé), 15, 34.

CALONNE (Charles-Alexandre DE), ministre de Louis XVI, 174, 175.

CAMBACÉRÈS (Jean-Jacques-Régis DE), 26.

CAMBON (Dorothée DE), née de Riquet, 14.

CAMBON (Jean-Louis-Augustin-Emmanuel DE), premier président du parlement de Toulouse, 13.

CAMBON (Auguste, marquis DE), conseiller d'État, député de la Haute-Garonne, fils du précédent, 82, 86, 117, 188.

CAMPUZANO (Don Joaquim DE), ambassadeur d'Espagne à Vienne, 390.

CAMUS (Mme), 209.

CANOVA (Antoine), sculpteur, 362.

CANTALAUZE (M. DE), 73, 74.

CAPDEVILLE (Nom pris par le comte de Montbel dans les premiers temps de son exil), 278, 284, 289, 292, 328, 359.

CAPELLE (Guillaume-Antoine-Benoît, baron), 1775-1843. Sous l'Empire, préfet à Livourne, puis à Genève. Sous la Restauration, préfet à Bourg, à Besançon, secrétaire général du ministère de l'intérieur, préfet de Seine-et-Oise, ministre des travaux publics dans le cabinet Polignac. Comme signataire des ordonnances, il fut condamné par contumace, à la prison perpétuelle et à l'interdiction légale et il fut amnistié le 27 avril 1840, XI, XVI, XIX ; 228, 251, 252, 253, 258, 262, 265, 266, 267, 268, 269, 270, 273, 274, 285, 291, 328, 345.

CAPPELLE (Jean-Pierre), accusateur public à Toulouse, 10.

CARISSI, 377.

CARISSI (Mme), 377.

CARNOT (Lazare-Nicolas-Marguerite), 135, 136, 150.

CAROLINE-AUGUSTE (Impératrice d'Autriche), femme de l'empereur François Ier ; elle était née du mariage de Maximilien-Joseph de Bavière avec Marie-Wilhelmine de Hesse-Darmstadt, 369, 370.

CARS (Amédée-François-Régis,

comte, puis duc DES), 99, 120, 142.

CARTELLIER (Pierre), sculpteur, 46.

CASSAN (Antoinette - Adrienne DE), née de Rabaudy, 10, 11.

CASTELBAJAC (Armand, marquis DE), 19, 27.

CASTELBAJAC (Marie-Barthé- lemy, vicomte DE), pair de France, 167, 173, 176, 182, 189, 203, 204.

CASTELLANE (Joseph-Léo- nard, marquis DE), 86.

CATALANI (Angelica), cantatrice, mariée en 1800 à M. de Vala- brègue, 183.

CATEL (Charles-Simon), compo- siteur de musique, 50.

CATHERINE (Grande-duchesse de Russie), fille de Paul Ier, femme en premières noces du prince Pierre d'Oldenbourg et en secondes noces de Guil- laume de Wurtemberg, 307, 370.

CAUCHY (Augustin-Louis, ba- ron), mathématicien, collabora à l'éducation du duc de Bor- deaux, XXIII.

CAULAINCOURT (Marquis DE), duc de Vicence, 107, 111, 112, 121.

CAULET (Tristan DE), marquis de Grammont, 48.

CAULET DE GRAMMONT (Anne- Jeanne-Amable DE), 163.

CAVAIGNAC (Jean-Baptiste), dé- puté du Lot à la Convention, 12.

CAVALIER-LARIVE, 36.

CAZALS (Chevalier DE), 2, 88, 155.

CAZALS (Pétronille DE), 1, 2.

CAZALS (Raymond DE), 2.

CHABROL DE CROUSOL (Chris-

tophe-Jean-André, comte DE), 1771-1836, ministre de la ma- rine, en 1823, et des finances dans le cabinet Polignac du 8 août 1829 au 20 mai 1830, VIII ; 173, 212, 216, 217, 219, 222, 223, 224, 226, 227, 228, 230, 231, 271.

CHABROL-TOURNOËL (Comtesse DE), née de Saulty, 271.

CHABROL-TOURNOËL (Gaspard- Marie-Amédée, comte DE), 270.

CHABROL DE VOLVIC (Gilbert- Joseph - Gaspard, comte DE), préfet de la Seine 1812-1830, membre de l'Institut, député du Puy-de-Dôme, 180, 189.

CHALVET (Marquis DE), 172.

CHALVET (Bernard DE), 71.

CHALVET (Élisabeth DE). V. Har- gicourt.

CHALVET (Gabrielle DE), 171, 172.

CHAMBORD (Comte DE). V. duc de Bordeaux.

CHAMBORD (Comtesse DE), née Marie - Thérèse - Béatrice - Gaé- tane, archiduchesse d'Autriche- Este, fille du duc François IV de Modène, XXIX.

CHAMPAGNY (Nicolas - Charles- Louis - Stanislas - Marie NOM- PÈRE, vicomte DE), maréchal de camp, sous-secrétaire d'État de la guerre dans le cabinet Polignac, aide de camp du duc d'Angoulême, XXVI, 213.

CHANTELAUZE (Jean - Claude- Balthazar - Victor DE), 1787- 1859, député de la Loire en 1827 ; il était premier prési- dent de la cour royale de Gre- noble quand il fut nommé garde des sceaux (20 mai 1830) ; comme signataire des ordonnances, il fut interné au fort de Ham. Vu son état de santé, un décret du 17 octobre 1836 lui permit de sortir de prison et il fut amnistié le 8 mai 1837, 198, 199, 204, 206, 213, 216, 228, 231, 234, 238, 239, 253, 285, 291, 328, 344, 354.

CHAPPE (Jean-Joseph), administrateur des lignes télégraphiques, frère de l'inventeur des télégraphes, 146.

CHAPTIVES, 86.

CHARBONNET, 13.

CHARBONNIER DE SAINTE-CROIX, 13.

CHARETTE (Baronne DE), 336.

CHARLES (Archiduc d'Autriche), feld-maréchal, frère de l'empereur François Ier, XXVIII, 390.

CHARLES X, VI, VIII, IX, X, XI, XVI, XVII, XIX, XX, XXI, XXII, XXIII, XXIV, XXV, XXVI ; 127, 152, 189, 203, 216, 221, 222, 223, 224, 228, 230, 231, 232, 233, 234, 236, 237, 238, 239, 241, 249, 250, 254, 255, 256, 260, 261, 262, 263, 266, 270, 286, 289, 292, 293, 294, 311, 316, 318, 321, 325, 328, 331, 333, 335, 336, 337, 338, 339, 340, 341, 342, 345, 346, 347, 353, 354, 376, 394, 400, 403.

CHARLES-THÉODORE (Électeur de Bavière), 369.

CHARLEVAL, 13.

CHASTELLUX (César-Laurent, comte DE), pair de France, 189.

CHASTELLUX (Adélaïde-Louise-Zéphirine, comtesse DE), femme du précédent et fille du duc Charles de Damas, 189, 198, 209.

CHATEAUBRIAND (François-René, vicomte DE), XX, XXV, 33, 46, 152, 153, 185, 196, 198, 206.

CHATEAUFORT (M. BOUTEILLER DE), député de la Sarthe, 189.

CHATEAUGIROUS (Mlle DE), 133.

CHATEAUNEUF (M. DE), 185.

CHAUDET (Antoine-Denis), statuaire, 46.

CHAUVELIN (Bernard-François, marquis DE), député de la Côte-d'Or de 1817 à 1822 et de 1827 à 1829, 205.

CHEFFONTAINE (René, vicomte DE), 30.

CHÉNIER (Joseph), 46, 165.

CHERUBINI (Compositeur de musique), 46, 50.

CHIÈZE (Abbé DE), 92.

CHOISEUL-BEAUPRÉ (Auguste, marquis DE), maréchal de camp, 335, 341.

CHOISY (Henriette DE). V. vicomtesse d'Agoult.

CHOTEK (Comte Charles), XXV.

CINTI (Mlle), cantatrice, 182.

CLARKE (Duc de Feltre), 152.

CLARY (Aloyse, princesse), née Chotek, XXV.

CLARY (Charles-Joseph, prince), seigneur de Tœplitz, mari de la précédente, XIII, 388.

CLARY (Jean-Népomucène, prince), seigneur de Tœplitz, père du précédent, 388.

CLARY (Marie-Christine, princesse), née princesse de Ligne, femme du précédent, 388.

CLAUSEL (Bertrand, comte), maréchal de France, 85, 91, 119, 148, 187.

CLAUX, 166.

CLAVIÈRE (Étienne), ministre des finances en 1792, 175.

CLERMONT-TONNERRE (Aimé-Marie-Gaspard, marquis, puis duc DE), pair de France, ministre dans le cabinet Villèle, XXV ; 173, 193.

CLERMONT-TONNERRE (Anne-Antoine-Jules, cardinal DE), 209.

CLERMONT-TONNERRE (Duc DE), pair de France, major général de la garde nationale sous la Restauration, 187, 193.

CLERMONT-TONNERRE (Duchesse DE), 198.

CLOUET (Anne-Louis-Antoine, général, baron), aide de camp du maréchal Ney, XXVI, 69, 70.

COIGNARD (Voir comte de Sainte-Hélène).

COLBERT, 174.

COLBERT-MAULEVRIER (Comtesse Charles DE), née de Montboissier, petite-fille de Malesherbes, 198.

COLLIN (Mathieu), instituteur du duc de Reichstadt, 371.

COLNET DU RAVEL (Charles-Jean-Auguste-Maximilien), poète et journaliste, 357.

CONDÉ (Louis-Joseph DE BOURBON, prince DE), 392-396.

CONFLANS (Louis, marquis DE), pair de France, maréchal de camp, écuyer de la duchesse d'Angoulême, 258.

CONFLANS (Louise-Églé DE), fille de Gabriel, marquis de Conflans et femme de Charles, prince de Rohan, XXIII.

CONNY (Vicomte DE), député de l'Allier, maître des requêtes au Conseil d'État, 190.

CONSALVI (Cardinal), 31.

CONSTANT (Benjamin), 139, 152, 185, 195, 201, 202, 205, 260, 330.

CONSTANTIN (Grand-duc), frère de l'empereur Alexandre Ier et fils de Paul Ier, 381.

CONTAT (Louise), actrice, 55.

COOKE (Colonel), 95.

CORBIÈRE (Comte DE), ministre de l'intérieur dans le cabinet Villèle, 196, 198, 205, 211.

CORBINEAU (Jean-Baptiste-Juvénal, général, comte), 144, 145, 147.

CORCELLES (M. DE), député de la Seine, 190, 207.

CORN DU PEYROUX (Guillaume-Joseph-Blaise-Marie, chevalier DE), 38, 39.

CORN DU PEYROUX (Zacharie-Jean DE), 38, 39.

CORNELIUS (Pierre DE), peintre, 315.

CORVETTO (Comte), ministre des finances de 1815 à 1818, 175.

CORVISART (Baron), médecin de Napoléon, 166, 167.

COTTER (Jane-Cœcilia), 140.

COTTU (Charles, baron), publiciste, conseiller à la cour de Paris sous la Restauration, 214.

COURDEMANCHE (Fortunée DE), 38.

COURLANDE (Pierre de Biron-Sagan, duc DE), 398.

COURLANDE (Princesses DE). V. Médem, Sagan, Hohenzollern, Pignatelli, Dino.

COURTEMANCHE (Henri-Alexis LEMAIRE, marquis DE), maréchal de camp, 254, 256.

COURVOISIER (Jean-Joseph-Antoine DE), 1775-1835. Pendant la Révolution, il émigra et servit dans l'armée de Condé. En 1815, il devint avocat général à Besançon, sa ville natale. De 1816 à 1824, il fut député du Doubs. Du 8 août 1829 au 20 mai 1830, il fit partie du cabinet Polignac, comme garde des sceaux, VIII; 216, 217, 219, 222, 226, 227, 228, 230, 231

Cousin (Victor), 110.

Crossard (Jean-Baptiste-Louis, général, baron), 68, 255, 335.

Croy-Dulmen (Stéphanie, princesse de), XXIV.

Croy-Solre (Emmanuel, prince de), 255, 335.

Crozet, 359, 362, 363, 364.

Curtz (Général), 256.

Curzay (Vicomte de), député de la Vienne, maître des requêtes au conseil d'État, gentilhomme honoraire de la chambre du roi, préfet de la Gironde, 194, 200, 202, 209.

Cuvier (Baron), 85, 216.

Czlapick (Thécla de), 391.

Dalayrac (Nicolas), compositeur de musique, 46, 50.

Dalberg (Émeric-Joseph, duc de), 105.

Damas (Ange-Hyacinthe-Maxence, général, baron de), ministre de la guerre (1823), des affaires étrangères (1824-1828), puis gouverneur du duc de Bordeaux, XXII; 142, 143, 144, 145, 189, 192, 193, 194, 211, 212, 213, 251, 256, 264, 267, 318, 336, 399, 403.

Damas (Alfred, comte de), XXIII; 403.

Damas-Crux (Étienne, comte puis duc de), 140, 141.

Dambray (Charles-Henri, vicomte), 123, 124, 126, 127.

Darmagnac (Général, baron), 43, 44, 91, 92, 93.

Darricau (Augustin, général, baron), 91.

Dartigoeyte (Pierre-Arnaud), député des Landes à la Convention, 12.

Daunou (Pierre-Claude-François), 17.

Dauphin (V. duc d'Angoulême).

Dauphine (V. duchesse d'Angoulême).

David (Jacques-Louis), peintre, 34, 45, 46, 49, 314.

Davidoff (Mlle), femme du marquis de Gabriac et fille du général Davidoff qui avait épousé Aglaé de Gramont, dont la mère, la duchesse de Gramont, était née Louise-Gabrielle-Aglaé de Polignac, 291.

Debry (Jean-Antoine), 21.

Decaen (Charles-Mathieu-Isidore, comte, lieutenant général), 154, 155, 158.

Decazes (Élie, duc), ministre de Louis XVIII, 197, 210, 214.

Dejoy (Dom.), 16.

Delèle, 141.

Desaix (Général), 29.

Desbassayns (Henri-Paulin Panon-), 169.

Desbassayns (M. Panon-), 171.

Desbassayns-Montbrun (M.), 171.

Desbassayns de Richemont (Philippe, comte), député de la Meuse, conseiller d'État, 171, 188.

Desbassayns de Richemont (Comtesse), née de Mourgues, 171.

Deschamps (Émile), poète, 185.

Descuns, 278, 283, 284, 285, 286, 287.

Desgrassyns, 173.

Desmoutier (Mme), 214.

Despax (Jean-Baptiste), peintre, 34.

Destailleurs, 175.

Destillières, 180.

Destillières (Mlle), 181.

Destouches (Alexandre-Guillaume Hersent, baron), 77

Destrem (Hugues), 19

DEUX-PONTS (Maximilien, prince DE), 369.

DEVIENNE (Mlle THÉVENIN, dite Sophie), 55.

DIÉBITSCH (Général, comte), 386.

DIETRICHSTEIN (François-Joseph, prince), 52.

DIETRICHSTEIN (Maurice, comte), vice-gouverneur du duc de Reichstadt, 368, 369.

DINET (Mme), 196.

DINET (M.), 275, 276.

DINO (Dorothée, duchesse DE), née princesse de Courlande, 398.

DIRAT (Abbé), 18.

DODE DE LA BRUNERIE (Général, vicomte), 212.

DŒNHOFF (Comtesse DE), 382

DOMÉZON (Député du Gers), 186.

DOM PEDRO (Empereur du Brésil), 385.

DOUDEAUVILLE (Ambroise-Polycarpe DE LA ROCHEFOUCAULD, duc DE), 173.

DOUZIECH (Jean, général), 13.

DROUET (Musicien), 197.

DU BARRY (Comte Jean), 10, 71.

DU BARRY (Comte Guillaume), 10, 71.

DU BARRY D'HARGICOURT. (V. Hargicourt.)

DUBREUIL DE FRÉGOSE (Mme), 36.

DUCHATEL, 81.

DUCHESNOIS (Mlle), tragédienne, 55.

DUCOS (ROGER-), 27.

DUCREUX, 16.

DUMONT D'URVILLE (Amiral), 339, 340.

DUPIN (Aîné), 103, 189, 199, 204, 330, 357, 358.

DUPONT DE L'ETANG (Général), 126, 127, 128.

DUPONT DE L'ETANG (Mlle), 206.

DUPONT DE L'EURE, 330, 357.

DURAND, 379.

DURAS (Amédée-Bretagne-Malo DE DURFORT, duc DE), pair de France, 254.

EBERHARDT (Conrad), statuaire, 314.

EDGEWORTH (Abbé), 380.

ELISABETH (Impératrice de Russie), femme d'Alexandre Ier, 381.

ENCOCOELLES DE SALERS (Marie-Thérèse D'), 38.

ENGHIEN (Duc D'), XXIV, 30, 392.

ENTRAIGUES (Comte D'), 4.

ERLON (Maréchal, comte DROUET D'), 93.

ESCALONNE (Tristan D'), 10.

ESCOULOUBRE (Marquis DE MONSTRON D'), 116.

ESMENARD (Joseph - Alphonse), poète, 29.

ESQUIROL (Jean-Étienne-Dominique), médecin, inspecteur général de l'Université, 276.

ESQUIROL (Adelphe), 277, 278, 279, 289.

ESTE (Marie-Béatrix, archiduchesse D'), 59.

ESTERHAZY (Franziska, comtesse), née de Roisins, XV ; 374, 382.

ESTERHAZY (Nicolas, comte), 374.

EUPHÉMIE, 56, 57.

FABVIER (Charles-Nicolas, baron), 112, 113.

FALCON, 28.

FERDINAND II (Empereur d'Allemagne), 364.

FERDINAND III (Empereur d'Allemagne), 364.

FERDINAND VII (Roi d'Espagne), 76.

FERRAND (Antoine-François-

Claude, comte); sous la Restauration il devint directeur général des postes, pair de France, membre de l'Académie française, 123, 126, 127.

FERRARIS (Joseph, maréchal, comte), 373.

FESCH (Cardinal), 51.

FEUCHÈRES (Général, baron DE), 396.

FEUCHÈRES (Baronne DE), née Sophie Dawes, 393, 394, 395, 396, 397.

FEUTRIER (Mgr), 189, 192, 198.

FISCHER (Architecte), 315.

FISCHER (Emmanuel-Frédéric), avoyer, 292.

FISCHER D'ERLACH (Jean-Bernard), architecte, 364, 365.

FLEURY (Acteur), 55.

FOISSAC-LATOUR (Henri, général, vicomte DE), 68.

FONTAINE (Pierre-François-Léonard), architecte, 46.

FONTANES (Louis DE), littérateur, 61.

FONTANGES (Mgr DE), 32.

FONTENILLES (Marquis DE LAROCHE-), maréchal de camp, aide de camp du duc d'Angoulême, 255.

FORBIN (Comte DE), peintre, 314.

FORBIN DES ISSARTS (Marquis DE), pair de France, maréchal de camp, 194.

FORESTA (Marquis DE), sous la Restauration, préfet à Nancy, puis à Bourbon-Vendée, XXIII.

FORMON (M. DE), député de la Loire-Inférieure, maître des requêtes au Conseil d'État, 209.

FOUCHÉ (Duc d'Otrante), XXIII, 26, 134, 150, 151, 152.

FOULON (Joseph-François), 73.

FOULON (Marie-Joséphine), 73.

FOURNIER (Claude, dit l'Américain), terroriste, 37.

FOY (Général), 82, 109, 260.

FRANCHET D'ESPEREY (Directeur de la police sous la Restauration), 193, 352, 403.

FRANCHET D'ESPEREY (Mme), 185.

FRANÇOIS Ier (Empereur d'Autriche), 83, 84, 315, 320, 323, 327.

FRANÇOIS-CHARLES (Archiduc), fils du précédent et père de l'empereur d'Autriche actuel, 317.

FRANÇOIS-JOSEPH (Empereur d'Autriche), fils du précédent, 317, 369.

FRAYSSINOUS (Mgr DE), évêque d'Hermopolis, pair de France, membre de l'Académie française, ministre des affaires ecclésiastiques en 1824 ; il fut, après 1830, chargé de l'éducation du duc de Bordeaux, XXII ; 259.

FRAYSSINOUS (M. DE), 259.

FRÉDÉRIC-GUILLAUME II (Roi de Prusse), 382.

FRÉDÉRIC-GUILLAUME III (Roi de Prusse), 66.

FRENCH, 339.

FRÉNILLY (Baron DE), pair de France, XV ; 382.

FREYRE (Don Manuel), général espagnol, 89, 116.

FRISELL (John FRASER-), 185.

FROTIER DE BAGNEUX (Comte), député des Côtes-du-Nord, préfet de Maine-et-Loire, 206.

FUMEL (Louise-Michèle-Élisabeth DE), 71.

GABRIAC (Paul-Joseph-Alphonse-Marie-Ernest DE CADOINE, marquis DE), diplomate, 291, 292, 293, 295, 300, 329.

GACH (Mme), 7.

GAETE (Martin-Michel-Charles GAUDIN, duc DE), ministre des finances sous le Consulat et sous le premier Empire, 175.

GAIN-MONTAIGNAC (Alix DE), troisième femme du comte de Montbel, XXIX.

GAIN-MONTAIGNAC (Jean-Éléonore-Romain, comte DE), XXIX.

GALABERT (Mme), 36.

GARAT (Dominique-Joseph, comte), conventionnel, 105.

GARAT (Pierre-Jean), musicien, 49.

GARCIA (Manuel), compositeur de musique, 183.

GARTNER (Frédéric DE), architecte, 315.

GARY (Abbé), 92.

GASQUET (Général), 92.

GAURAN (Armand DE), 9, 11.

GAURAN (Anne-FRANÇOISE DE), née de Reynal, 9, 11, 14.

GÉLAS (Mlle DE), 34.

GENOUDE (Antoine-Eugène DE), journaliste ; il entra dans les ordres en 1834, 194, 200, 204, 205, 206, 207, 213, 219.

GEOFFROY (Mmes), 33.

GÉRARD (François-Pascal-Simon), peintre, 124.

GÉRARD (Étienne-Maurice, comte), ministre de la guerre après la révolution de Juillet, maréchal en 1831, 330.

GÉRUSSE (M. DE), 35.

GILLY (Jacques-Laurent, baron), général, 143.

GIROD DE L'AIN (Baron), 188.

GIRODET (Anne-Louis), peintre, 45, 49, 314.

GŒTHE, 389.

GONTAUT (Duchesse DE), née Marie-Joséphine-Louise de Montault-Navailles, gouvernante des Enfants de France sous la Restauration, XXII ; 336.

GONZAGUE (Marie DE), 364.

GOSSEC (François-Joseph), compositeur de musique, 50, 165.

GOUAULT (Chevalier DE), 80, 81, 95.

GOUDIN, 28.

GOURGAUD (Gaspard, baron), 112.

GOURGUE (Marquise DE), née Anne-Charlotte-Albertine de Montboissier-Beaufort-Canillac, 255.

GOUVION-SAINT-CYR (Maréchal, marquis DE), 138.

GRÉGOIRE (Henri, abbé), conventionnel, 105.

GRESSOT (Baron), maréchal de camp, 335.

GREY (Lord HOWICK, comte), 106.

GROSSOLLES-FLAMARENS (Mlle DE), 295.

GROUCHY (Maréchal, marquis DE), 144, 145, 146, 147.

GUDIN (Charles-Étienne-César), général, 60.

GUÉNÉE, 28.

GUÉRIN DE SAINT-TROPEZ, 135.

GUERNON DE RANVILLE (Martial-Côme-Annibal-Perpétue-Magloire, comte DE), 1786-1866. procureur général à Limoges en 1824, à Grenoble en 1826, à Lyon en 1829 ; député du Maine-et-Loire, il entra dans le cabinet Polignac en novembre 1829 ; comme ministre de l'instruction publique et des cultes. Pour avoir signé les ordonnances, il fut interné au fort de Ham. Un décret du 22 novembre 1836 lui permit d'en sortir et il fut amnistié le 8 mai 1837, 220, 226, 253, 258, 285, 291, 299, 328, 344, 354.

GUGLIELMI (Peintre), 371.

GUIBAL DE COMBESCURE (Élisabeth-Marguerite DE), 302.

GUICHE (Agénor DE GRAMONT, duc DE), XXII ; 99, 120, 142, 255, 335.

GUICHE (duchesse DE), née d'Orsay, XXII.

GUIGNARD, XXIII.

GUILLEMINOT (Armand - Charles, général, comte), 62.

GUIZOT, 127, 357, 358.

HABENECK (Antoine - François), violoniste, 55, 179.

HAMILTON (Colonel), 117.

HAMMER - PURGSTALL (Joseph, baron DE), XIV, 389.

HARDIVILLIERS (M. D'), XXIII.

HARGICOURT (Jean - Baptiste - Guillaume-Nicolas DU BARRY, comte D'), 58, 71, 95, 118.

HARGICOURT (Comtesse DU BARRY D'), née de Chalvet, IV, 58, 71, 72, 74, 78, 117.

HARISPE (Général, comte), 92, 99, 100.

HAUGWITZ (Comtesse Anne DE), 351.

HAUSSEZ (Baron LEMERCHER D'), 1778-1854 ; sous la Restauration, il fut préfet, conseiller d'État, député des Landes, ministre de la marine dans le cabinet Polignac. Comme signataire des ordonnances, il fut condamné à la prison perpétuelle et à l'interdiction légale, et amnistié le 27 avril 1840, XVI, XIX ; 214, 216, 219, 222, 235, 236, 249, 252, 291, 328, 345.

HAUTPOUL (Général, marquis D'), gouverneur du duc de Bordeaux à Prague, XXIII.

HAVRÉ (Prince Joseph DE CROŸ, duc D'), lieutenant général, capitaine des gardes du corps, pair de France sous la Restauration, 135.

HAWARDEN (Lady), 188.

HENRI V (V. duc de Bordeaux).

HERMOPOLIS (V. Mgr de Frayssinous).

HERVAGAUT (J.-Marie), faux Louis XVII, 210.

HILL (Général), 116.

HIMBERGER, 359.

HOHENLOHE (Prince Alexandre DE), 387.

HOHENZOLLERN - HECHINGEN (Princesse DE), née princesse de Courlande, 398.

HOLSTEIN-OLDENBOURG (Pierre, prince DE), 307, 370.

HORTENSE (de Beauharnais), reine de Hollande, XX ; 24, 134, 152, 303, 305.

HOWARD (Mr), 117.

HOWARD (Mrs), 117.

HOWARDEN (Lord), 117.

HOWARDEN (Lady), 117.

HUGO (Victor), 185, 206.

HUGO (Mme Victor), née Adèle Foucher, 185.

HUMANN (Député de l'Aveyron, ministre sous Louis-Philippe), 208, 214, 215, 223, 224.

IBRAHIM-PACHA, 208.

JABLONOWSKA (Princesse Thérèse), XIV ; 390, 391, 392.

JABLONOWSKI (Antoine-Barnabé, prince), 391.

JACQUEMINOT (Jean - François), 333.

JAUCOURT (François, marquis DE), 105, 152.

JEAN (Archiduc), XXVIII ; 315.

JÉROME BONAPARTE (Roi de Westphalie), 58, 339.

JESZENSKI (Amélie DE), XV.

JOCARD (Abbé), XXII.

JOSSÉ-LAUWREINS (Jeanne-Catherine DE), 43.

JOSEPH Ier (Empereur d'Allemagne), 364, 365.

JOSEPH II (Empereur d'Allemagne), 371, 375.

JOSEPH (Archiduc), palatin de Hongrie, XXVIII.

JOSEPH BONAPARTE (Roi d'Espagne), 58.

JOSÉPHINE (Impératrice), 51, 56, 57, 313.

JUCHEREAU DE SAINT-DENIS (Général, baron), 86.

JUIGNÉ (Victor, comte DE), sous la Restauration, préfet à Bourges, à Toulouse, à Tours, 187.

JULIEN (Statuaire), 46.

KAGENECK (Comtesse Flore DE), V. Wrbna.

KAULBACH (Guillaume), peintre, 315.

KAUNITZ (Princesse Éléonore), première femme du prince de Metternich, 319, 373, 391.

KENTZINGER (Général baron DE), 255, 335, 359, 376, 382.

KÉRATRY (Auguste-Hilarion DE), 193, 198.

KLÉBER (Général), 29.

KLENZE (Léo DE), architecte, 315.

KOSCIUZKO (Thadée, général), 379.

KREUTZER (Rodolphe), 182.

KUTUSOW (Feld-maréchal, prince), 61.

LABADENS, 16.

LABARTHE (Famille DE), 100.

LABARTHE-MALARD (Pauline DE), femme du comte Marcel de Montbel, 186.

LABBEY DE POMPIÈRES (Adrien), député de l'Aisne, 194, 195.

LABENSKY (Mme DE), 53.

LA BOUILLERIE (Comte DE), pair de France, 184, 207, 214, 252, 253, 259, 260, 262.

LA BOURDONNAIS (Bertrand-François MAHÉ DE), sous Louis XV gouverneur des îles de France et de Bourbon, puis gouverneur des Indes françaises, 218.

LA BOURDONNAYE (Arthur, marquis DE), maréchal de camp, député du Morbihan, 378.

LA BOURDONNAYE (François-Régis, comte DE), 1769-1839, fit partie du cabinet Polignac, comme ministre de l'intérieur, du 8 août 1829 au 18 novembre 1829; il devint alors pair de France, 187, 188, 195, 199, 202, 204, 205, 210, 211, 212, 213, 215, 216, 217, 218, 219, 233.

LACROIX-LAVAL (M. DE), député du Rhône, maire de Lyon, 202.

LA FAYETTE (Général, marquis DE), 121, 122, 206, 261, 330, 333, 357.

LA FAYETTE (Marquise DE), née de Noailles, 122.

LA FAYETTE (Georges DE), député de Seine-et-Marne, 333.

LAFFITTE (Jacques), financier, député des Basses-Pyrénées, ministre sous Louis-Philippe, 107, 189, 190, 330, 357.

LA FITE (Jean-Bernard-Tristan, chevalier DE), 171.

LA FITE (Louise-Marie-Renée DE), 171.

LAFON (Pierre), acteur, 179.

LAFOND (Charles-Philippe), violoniste, 49, 183, 197.

LAFONT (Général, baron), commandant l'artillerie de la garde royale sous Charles X, 214.

LAGARRIGUE (Mme), 16.

La Goudalie (Pierre-Antoine-Hippolyte de Goudal de), 73.

La Goudalie (René-Jean de Goudal de), 73, 74.

Laharpe (Jean-François de), littérateur, 46, 47.

Laharpe (Frédéric-César, colonel), précepteur d'Alexandre Ier de Russie, 323.

La Hitte (Jean-Ernest du Cos, général, vicomte de), 140, 142.

Laisné de Villevêque (Député du Loiret), 190.

Lakanal (Joseph), 17.

Lally-Tollendal (Trophime-Gérard, marquis de), 152.

Lalot (M. de), député de la Charente, 188.

Lamarie, 15.

Lamarque (Général, comte de), 109, 190, 330.

Lamartine (Alphonse de), vi ; 206.

Lamartine (Mmes de), 206.

Lambrechts (Charles-Joseph-Mathieu), sénateur sous le premier Empire, 105.

Lambesc (Charles-Eugène de Lorraine, prince de), grand écuyer de France avant 1789, puis feld-maréchal au service de l'Autriche, 150.

Lamennais (Abbé de), 195.

Lameth (Alexandre, comte de), député de Seine-et-Oise, 200.

Lamezan (Comte de), officier d'ordonnance de Napoléon en 1813 et 1814, lieutenant-colonel sous la Restauration, élu député du Gers en 1827, 378.

Lamoignon-Malesherbes, 198.

Lamorlière (Général), 92.

Lamothe-Langon (Étienne-Léon, baron de), 53, 199.

La Motte-Piquet (Amiral, comte de), 43.

La Motte-Védel de Termes (Zoé-Antoinette de), 98.

Lanner (Joseph), compositeur de musique, 360.

Lannes (Maréchal), duc de Montebello, 31.

Lapène, 35.

Laplace (Marquis de), mathématicien, 31.

Laplane (Général, baron de), 43.

La Pommeraie (M. de), député du Calvados, 336.

Laporte (Les dames de), 58.

Laporte-Lalanne (M. de), auditeur au Conseil d'État, 377, 378.

Laporte-Mauriac (M. de), 37.

La Réveillère-Lépeaux (Louis-Marie), conventionnel, membre du Directoire, 23.

La Rivière (M. de), 37.

La Rochebarneaud (M. de), 37.

La Rochefoucauld (Vicomte Sosthène de), xxv ; 172.

La Roche-Gensac (M. de), 163.

La Rochejaquelein (Auguste, comte de), 335, 382.

La Rochejaquelein (Marquise de), née Marie-Louise-Victoire-de Donnissan, 207.

La Roncheraie (Colonel, chevalier de Beaufils de), xxiii.

Lartigue (Abbé Antoine-Louis), 13.

La Rue (M. de), 389.

La Salle (Chevalier de), lieutenant général, aide de camp de Charles X, 255, 335.

Lasbordes (Henri de), 140.

Las Cases (Comte de), 384.

Lascours (Baron Reynaud de), député du Gard, 189.

Lasplanes (Mlle de), 275.

Lassus, 27.

Latil (Marie-Anne-Antoine, cardinal de), xxii.

LATOUR (Général), 25.
LA TOUR D'AUVERGNE, 29.
LAURAGUEL (Comte DE), 3, 34.
LAURENT (Colonel), 143.
LAURISTON (Jacques-Alexandre-Bernard LAW, maréchal, marquis DE), 182.
LAURISTON (Maréchale DE), 182.
LAVAL (Anne-Adrien-Pierre DE MONTMORENCY, duc DE), sous la Restauration, ambassadeur de France, à Madrid, à Rome, à Vienne, à Londres, 390.
LAVERGNE (Mme DE), 35.
LA VILLATE (Chevalier DE), 211, 256, 336.
LAWRENCE (Thomas), 401.
LECZINSKA (Marie), 392.
LEBRUN (Charles-François), duc de Plaisance. 29.
LEFEBVRE (Jacques), banquier, président de la chambre de commerce de Paris, député de la Seine, 190.
LEFÈVRE-GINEAU (Louis), 189.
LEHMANN, 300, 301, 302.
LEKAIN (Henri-Louis), tragédien, 185.
LEMOT (Baron), sculpteur, 46.
LENORMAND (Marie-Anne), 56, 57.
LÉOPOLDINE (Archiduchesse), fille de l'empereur François Ier d'Autriche et femme de Don Pedro, empereur du Brésil, 385.
LEPELLETIER DE SAINT-FARGEAU (Louis-Michel), 8, 136.
LEPELLETIER DE SAINT-FARGEAU (Marquise), 342.
LÉPINE (Baron DE), député du Nord, 198.
LEROY, XXIII.
LERSCH (Nicolas), statuaire, 318.
LESUEUR (Jean-François), compositeur de musique, 46.

LEUCHTENBERG (Duc DE). V. Eugène de Beauharnais.
LEVASSEUR (Général, baron), 65.
LÉVIS (Gaston, duc DE), duc de Ventadour, colonel, pair de France, aide de camp du duc d'Angoulême, gouverneur du duc de Bordeaux à Goritz, XXV, XXVI ; 142, 255, 335.
LÉVIS (Duchesse DE), née Amanda d'Aubusson de la Feuillade, femme du précédent, XXVI.
LEYEN (Sophie-Thérèse, princesse DE), née de Schœnburg-Wiesentheid, 53.
LEYKAM (Antoinette), comtesse de Beilstein, seconde femme du prince de Metternich, 319, 320.
LIBENYI, 389.
LIECHTENSTEIN (Prince Aloys), XXV.
LIGNE (Prince Charles DE), 388.
LIGNE (Charles-Joseph, prince DE), XIII, XXV ; 381, 388, 389.
LIGNE (Louis-Lamoral, prince DE), 388.
LIGNE (Marie-Françoise-Xavière, princesse DE). née princesse de Liechtenstein, 388.
LIMAYRAC (Charles-Antoine-Gabriel DE), 9, 95, 114, 160.
LIMAYRAC (Mlle DE), 9.
LIPONA (Comtesse DE), nom de Caroline Murat, en exil, 158.
LISZT (François), 182.
LITTNINOFF (Mme DE), 386.
LOCMARIA (Colonel, comte DE), XXVI.
LŒWENSTEIN-WERTHEIM-ROSENBERG (Adèle, princesse DE), XXIV.
LOUBAISSENS (Mme DE), 36.
LOUIS (Archiduc), directeur général d'artillerie, frère de l'empereur François Ier, XXVIII.

Louis (Baron), ministre des finances sous la Restauration et sous la monarchie de Juillet, 126, 128, 152, 175, 357.

Louis Bonaparte (Roi de Hollande), 59, 134.

Louis XVII, 149, 210.

Louis XVIII, 93, 94, 95, 96, 101, 121, 122, 123, 124, 125, 127, 129, 130, 152, 158, 176, 177, 178, 179, 241, 374.

Louis-Philippe (V. Orléans).

Lourdoueix (Jacques - Honoré Lelarge, baron de), publiciste, 194, 205.

Lowicz (Princesse de), femme du grand-duc Constantin ; née Jeanne, comtesse de Grudzinska, elle fut créée princesse de Lowicz par l'empereur Alexandre, 381.

Lubomirski (Alexandre, prince), 379.

Lubomirska (Princesse), née Rose de Chodkiewicz, 379.

Lubomirska (Princesse maréchale), 380, 390.

Lucas (François), sculpteur, 34.

Lucciardi (Mgr), 390.

Lucques (Charles II, duc de), 59.

Lucques (Ferdinand-Charles, prince de), plus tard Charles III, duc de Parme, 59.

Ludovisi-Buoncompagni (Louis-Marie, prince), 59.

Lur-Saluces (Comte de), député de la Gironde, 188.

Lusignan (Marquis de), 133.

Luxembourg (Charles - Emmanuel - Sigismond, prince de Montmorency, duc de), pair de France, lieutenant général, capitaine des gardes du corps de Charles X, 255, 335, 341.

Luziner (Abbé de), 381.

Mac Carthy (Abbé de), 73, 92.

Mac Carthy (Christine de), 73.

Mac Carthy (Justin, comte de), 72.

Mac Carthy (Robert, comte de), 72.

Macdonald (Maréchal), duc de Tarente, 107, 112, 150.

Madame (V. duchesse de Berry).

Madame de France (V. duchesse d'Angoulême).

Mademoiselle (Louise - Marie-Thérèse d'Artois, Son Altesse Royale), fille du duc de Berry, sœur du duc de Bordeaux ; en 1845, elle épousa Ferdinand-Charles, prince de Lucques, qui devint duc de Parme, xv, xxii, xxviii, xxix, xxx ; 59, 194, 211, 264, 336, 337.

Maillé (Charles-François-Armand, duc de), pair de France, 254.

Maindouze, 13.

Maison (Marquis, maréchal), 333, 334, 335, 338.

Maistre (Comte Joseph de), 381.

Malaret (Joseph-François, baron de), 115.

Malaret (Mme de), 36.

Malfatti (Jean), archiatre du duc de Reichstadt, 368.

Malibran (Marie-Félicité), née Garcia, 183, 184, 197, 198.

Malouet (Pierre-Victor), 126, 128.

Mangin (Jean - Henri - Claude), préfet de police sous la Restauration, 241, 352.

Manoury, 397.

Mantoue (Éléonore de), 364.

Manuel (Jacques-Antoine), député de la Vendée, 260.

Marat (Jean-Paul), conventionnel, 164, 288.

MARCEN (Rosa). V. comtesse de Sainte-Hélène.

MARCHAL (Pierre-François), député de la Meurthe, 198, 200.

MARET (Duc de Bassano), 61, 126, 145, 146, 147, 150, 236.

MARHALLACH (M. DU), député du Finistère, 223, 224.

MARIE-ANNE (Impératrice d'Autriche), femme de l'empereur Ferdinand Ier et fille de Victor-Emmanuel Ier, roi de Sardaigne, XXVIII.

MARIE-ANTOINETTE (Reine de France), 372.

MARIE-LOUISE (Impératrice), III, XIX, XXVIII ; 50, 52, 55, 59, 107, 113, 323, 363.

MARIE-LOUISE (Infante d'Espagne), 59.

MARIE-THÉRÈSE (d'Autriche), impératrice, 365, 372.

MARIE-THÉRÈSE de France (V. duchesse d'Angoulême).

MARMONT (Maréchal), duc de Raguse, XIV ; 68, 107, 109, 110, 111, 112, 113, 242, 244, 246, 248, 323, 334, 335, 338, 341, 363, 382, 392.

MARS (Mlle), 55.

MARSAC (Eugène DE), 15, 34, 114, 138.

MARSAC (Pierre DE), 15.

MARSAC (Victor DE), 15, 34, 114, 138.

MARTIGNAC (Jean - Baptiste-Silvère GAGE, vicomte DE), ministre de Charles X, 173, 187, 190, 197, 199, 204, 207, 209, 210, 214.

MATHIAS (Empereur d'Allemagne), 364.

MATHIEU, 11.

MAUDET (Aimée-Louise DE), 30.

MAUDET (Général, comte DE), 30, 36.

MAUDET (Comtesse DE), 30, 31, 36.

MAUGUIN (François), député de la Côte-d'Or, 190.

MAULÉON (Mme DE), 36.

MAUPAS (Lieutenant - colonel, comte DE), sous-gouverneur du duc de Bordeaux, 256, 336.

MAXIMILIEN-JOSEPH (Roi de Bavière), 312, 313.

MAZURIER, 178.

MÉDEM (Anne-Charlotte-Dorothée DE), femme du duc Pierre de Courlande, 398.

MÉHÉMET-ALI, 319.

MÉHUL (Étienne-Nicolas), compositeur de musique, 46, 50, 156.

MÉHÉE DE LATOUCHE, 136.

MELVIL (Lady), 117.

MENSDORFF - POUILLY (Emmanuel, feld-maréchal, comte DE), XXIV.

MERCIER (Gabrielle DE), 1.

MERLIN (Comtesse), 69.

MERLIN (Philippe - Antoine, comte), 12.

MERMET (Lieutenant général, comte), aide de camp de Charles X, 255.

MESNARD (Louis - Charles - Bonaventure-Pierre, comte DE), 187, 255.

MESPLEZ (Marie DE), 48.

METTERNICH (Clément, prince DE), chancelier de cour et d'État, en Autriche, XII, XV, XVI ; 83, 84, 105, 300, 318, 319, 320, 323, 324, 326, 327, 329, 330, 331, 332, 342, 345, 347, 348, 353, 356, 373, 375, 376, 386, 399, 400, 401.

METTERNICH (Hermine, princesse DE), 373.

METTERNICH (Léontine, princesse DE), 373.

METTERNICH (Mélanie, princesse DE), V. Zichy-Ferraris.

METTERNICH (Richard, prince DE), ambassadeur d'Autriche-Hongrie à Paris, sous le second Empire, 320.

MICHAUD (Joseph-François), 14.

MILHAU (Jean-Joseph BRET DE), 6.

MITIVIER, 276, 277.

MOLÉ (Comte), 270, 357.

MOLINIS (Abbé DE), XXII.

MOLLIEN (Comte), 175.

MOMBELLI (Mme), 182.

MOMIGNY, 50.

MONACO (Catherine, princesse DE), née Brignole, 379.

MONCALVEL (Mlle DANDRIEU DE), 86.

MONGE (Gaspard), mathématicien, 31.

MONGE (Frère du précédent), 35.

MONNEROT (Abbé), 16.

MONSIEUR (Comte d'Artois), 178, 179.

MONTBEL (Anne-Amélie BARON DE), sœur du comte de Montbel, 3, 34.

MONTBEL (Gaspard-Guillaume BARON DE), 6.

MONTBEL (Guillaume-François BARON DE), 6.

MONTBEL (Jean BARON DE), 2.

MONTBEL (Jean-Louis BARON DE), père du comte de Montbel, 1, 3, 9.

MONTBEL (Jeanne-Marguerite BARON DE), 6.

MONTBEL (Marcel, comte BARON DE), fils aîné du comte de Montbel, 186.

MONTBEL (Marie BARON DE), 43.

MONTBEL (Marie-Joséphine BARON DE), sœur du comte de Montbel, 3, 34.

MONTBEL (Pétronille-Marie BARON DE), 6.

MONTBEL (Pierre BARON DE), 1.

MONTBEL (Comtesse DE), V. Agathe d'Aspe.

MONTBEL (Comtesse DE). V. comtesse Nina Sigray.

MONTBEL (Comtesse DE). V. Alix de Gain-Montaignac.

MONTBEL-LADRAGONIÈRE (Jean-Joseph-Anne BARON DE), dit d'Anel, 6, 25.

MONTCALM (Henriette-Macrine DE), 116.

MONTCHENU (Claude-Marie-Henri, comte DE), 384.

MONTÉGUT (Raymond-André-Philibert DE), 9.

MONTÉGUT-SÉGLA (Jean-François DE), 8, 9.

MONTÉGUT-SÉGLA (Julie DE), 8.

MONTESQUIOU (Abbé, duc DE), 105, 123, 124, 126, 127, 129, 131, 207.

MONTESSUY (M. DE), 107.

MONTHOLON (Comtesse DE), 384.

MONTMORENCY (Mathieu-Jean-Félicité, vicomte, puis duc DE), ministre sous Louis XVIII, 72, 196.

MONTMORENCY-LAVAL (Louis-Joseph-Adélaïde, comte DE), 163.

MONTMORENCY-LAVAL (Comtesse DE), née de La Roche-Gensac, 163, 164, 166, 167.

MONTMORENCY-LOGNY (Princesse DE). V. Vaudémont.

MONVEL (Jacques-Marie BOUTET DE), acteur et auteur dramatique, 55.

MORAND (Général, comte), 62.

MORE (Mlle), 49.

MOREAU (Général), 315.

MORELLY, 360.

MORTEMART (Casimir-Louis-

Victurnien DE ROCHECHOUART, duc DE), lieutenant général, ambassadeur en Russie, 188, 256, 257, 261.

MOUCHY (Charles DE NOAILLES, prince DE POIX, duc DE), sous la Restauration, lieutenant général, capitaine des gardes du corps, pair de France, 255, 335.

MOUILHET (Marie-Anne DE), 8.

MOUNIER (Colonel), XXIII.

MOURGUES (Mlle DE). V. Desbassayns de Richemont.

MURAT (Caroline), reine de Naples, XXVII ; 58, 158, 376.

MURAT (Joachim), roi de Naples, XVII ; 39, 40, 58, 120, 157, 158, 363, 364.

NAPLES (François Ier, roi DE), 254.

NAPLES (Marie-Caroline, reine DE), 31.

NAPOLÉON Ier, III, IV, XIX ; 50, 51, 52, 55, 57, 58, 59, 60, 61, 66, 67, 68, 70, 74, 76, 77, 78, 80, 81, 83, 84, 85, 91, 94, 95, 101, 104, 105, 106, 312, 313, 314, 317, 322, 323, 349, 363, 364, 366, 367, 384.

NAYLIES (Théodose, vicomte DE), 28.

NECKER, 175.

NESSELRODE (Charles-Robert, comte DE), chancelier de l'empire russe, 104.

NEUVILLE (Léon-Alfred RIOULT, comte DE), 172.

NEUVILLE (Louise-Augustine, comtesse DE), née de Villèle, 169, 172.

NEY (Maréchal), prince de la MOSKOWA, XXVI ; 68, 69, 70, 107, 112, 139.

NICOLAÏ (Marquise DE), née de Lévis, XXII.

NICOLAS Ier (Empereur de Russie), 386, 403.

NIEMCEWICZ (Julien), sénateur castellan et littérateur de Pologne, 381.

NOAILLES (Alexis, comte DE), aide de camp de Charles X, député de la Corrèze, 122, 188, 189.

NOAILLES (Duc DE). V. Mouchy.

NOURRIT (Adolphe), chanteur, 197.

OBERKAMPF (Baron), député de Seine-et-Oise), 188.

ODESCALCHI (Innocent, prince), duc de Syrmie, 374.

O'DONELL (Comtesse), née de Ligne, XV ; 389.

O'DONELL (Maurice, comte), 389, 390.

O'HEGERTHY (François - Pierre-Charles-Daniel, comte), maréchal de camp, écuyer commandant de Charles X, XXIII ; 255, 335.

O'HEGERTHY (Charles, comte), écuyer de la duchesse d'Angoulême, XXIII ; 335.

OHLMULLER (Architecte), 315.

O'KELLY (Comte), 14.

O'KELLY (Amélie-Éléonore-Joséphine), 98.

O'KELLY (Charles-Denis-William, comte), 98.

O'KELLY (Jean-Henri-Denis, comte), 97.

O'KELLY (Marie), 73.

OKLAGEN (Misses), 117.

OLDENBOURG (V. Holstein-Oldenbourg).

OLLIVIER (M.), pair de France, 227.

ORANGE (Guillaume Ier, roi des Pays-Bas, prince de NASSAU-), 351.

ORGEIX (Marquis D'), 73, 137.

ORLÉANS (Mademoiselle Adé-laïde, princesse D'), sœur de Louis-Philippe, 237.

ORLÉANS (Bathilde, princesse D'), sœur de Philippe-Égalité, femme du duc de Bourbon, 392.

ORLÉANS (Louis-Philippe D'), XI ; 52, 150, 234, 236, 237, 260, 261, 262, 317, 321, 324, 325, 326, 327, 330, 333, 334, 336, 345, 349, 350, 392, 394, 396, 397, 401, 402.

ORLÉANS (Marie-Amélie, du-chesse D'), femme du précé-dent, fille de Ferdinand IV, roi de Naples, 396.

ORSAY (Anna D'), 99.

ORTRIC (Abbé), 209.

ORVILLIERS (Amiral, comte D'), 43.

OSMOND (Vicomtesse D'), 180, 181.

OUDINOT (Maréchal), duc de Reggio, 68.

OUDINOT (Maréchale). V. du-chesse de Reggio.

PAAR (Comte), 392.

PACASSI (Antoine), architecte, 365.

PAC DE BELLEGARDE (Comte DU), 72, 117.

PACKENHAM (Général), 116.

PADIÈS (Marie-Françoise-Alexis DE), 43.

PADIÈS (Jean-Pierre-Étienne DE), 43.

PAËR (Ferdinand), musicien, 50, 182, 183.

PAER (Mlle), 182.

PAJOL (Claude-Pierre, général, comte), 333.

PALACKY (Franz), historien tchè-que, XXV.

PALFFY (Jean-Baptiste-Gabriel, comte), 388.

PALFFY (Euphémie, comtesse), née princesse de Ligne, XIII ; 388.

PAMIERS (Charles-Constance-Cé-sar-Loup-Mathieu-Joseph D'AGOULT, évêque DE), 196.

PARDESSUS (Jean-Marie), député des Bouches-du-Rhône, con-seiller à la Cour de cassation, 188.

PARME (Duchesse DE). V. Made-moiselle.

PARME (princesse Élisabeth DE), 371.

PARTOUNEAUX (Louis, comte), lieutenant général, 64, 65.

PAS DE BEAULIEU (Baron), dé-puté du Nord, 189.

PASQUIER (Étienne-Denis, duc), 126.

PASTA (Giuditta), cantatrice, 184.

PASTORET (Claude-Emmanuel-Joseph-Pierre, marquis DE), sous la Restauration, pair de France et chancelier, XXV.

PATERSON, 339.

PAUL (Danseur), 178.

PAULINE (Reine de Wurtemberg), 307.

PAULO (Jules, comte DE), 23, 24, 25.

PEDRO (Dom), Empereur du Bré-sil, 385.

PEFFAU, 18.

PÉLISSIER (Colonel DE), 40.

PELLEGRINI (Félix), 182.

PERCIER (Charles), architecte, 46.

PÉRÉ, 284.

PÉRIER (Casimir), député de l'Aube, ministre sous Louis-Philippe, 188, 197, 204, 205, 357.

PÉRIGNON (Maréchal, marquis DE), 161.

PERNES (M. DE), 286.

PERREGAUX (Alphonse, comte), banquier, 107.

PESSEPLANE (Alexandre-Charles, colonel DE RAYNAUD-), 37.

PEYRONNET (Pierre-Denis, comte DE), 1775-1853, député de la Gironde de 1820 à 1827, ministre de la justice de 1821 à 1828, pair de France ; le 20 mai 1830, il devint ministre de l'intérieur. Comme signataire des ordonnances, il fut interné au fort de Ham. Vu son état de santé, un décret du 17 octobre 1836 lui permit de sortir de prison et il fut amnistié le 8 mai 1837, 188, 194, 204, 206, 207, 209, 227, 228, 229, 231, 232, 235, 236, 238, 245, 253, 270, 271, 285, 291, 328, 343, 344, 345, 354.

PEZZARONI (Mme), cantatrice, 183.

PHILIDOR (François-André DANICAN dit), compositeur de musique, 49.

PICTON (Sir Thomas), 116.

PIE VI, 29.

PIE VII, 29, 31, 58, 75, 76.

PIGNATELLI DI BELMONTE (Jeanne-Catherine, princesse), née princesse de Courlande, 398.

PINA (Marquis DE), député de l'Isère, maire de Grenoble, 206.

PLATOFF (Hetman), 64.

POIRIER, 316.

POITEVIN (Philippe-Vincent), 26.

POLIGNAC (Armand-Jules-Héraclius, duc DE), maréchal de camp, aide de camp de Charles X, XXII ; 255, 335.

POLIGNAC (Auguste-Jules-Armand-Marie, prince DE), 1780-1847. Impliqué dans le complot de Georges Cadoudal, il fut condamné à deux ans de prison, mais après expiration de cette peine, sa détention continua jusqu'en 1813. Ayant réussi à s'évader, il rejoignit le comte d'Artois à Vesoul et rentra un des premiers à Paris. Sous la Restauration, il devint pair de France, ambassadeur à Londres et, le 8 août 1829, ministre des affaires étrangères. Le 18 novembre de la même année, il reçut la présidence du conseil. Comme signataire des ordonnances, il fut interné au fort de Ham. Le 22 novembre 1836, sa peine fut commuée en vingt ans de bannissement ; il fut amnistié le 8 mai 1837, VII, IX, X, XVI ; 194, 196, 204, 212, 215, 216, 217, 218, 219, 221, 222, 223, 224, 227, 228, 229, 232, 233, 235, 236, 241, 252, 291, 296, 328, 342, 344, 345, 354.

POMIAU, 34.

POMPIGNAN (LEFRANC DE), 27, 120.

PONS (Dom), 32, 58.

PONTIER (François-Médard), 15.

PORTAL (Antoine) médecin, 53.

PORTAL (Baron), 206, 207.

PORTALIS (Joseph-Marie, comte), 216.

PORTES, 277.

PORTLAND (Duc DE), 117.

PORTLAND (Duchesse DE), 117.

POTOCKA (Comtesse Alfred), née princesse Joséphine Czartoriska, XIV ; 392.

POTOCKA (Palatine), XV ; 385.

POTOCKI (Palatin), 386.

POUCHARAMET (J.-A.-A. JUGOUNOUX DE), 4.

POZZO DI BORGO (Comte), ambassadeur de Russie à Paris, 216, 237.

PRADHER (Louis-Barthélemy), pianiste, 49

PRAX (Abbé), 16.

PRÉVOT, 15.

PRIMAT (Mgr), 33.

PROKESCH-OSTEN (Comte), XIII.

PRUDHON (Pierre-Paul). peintre, 46

PUJOL (Chevalier DE), 139.

PUJOL, 15.

PUYBUSQUE (Claire-Félicité DE), 6.

PUYMAURIN (Jean-Pierre-Casimir DE MARCASSUS, baron DE), 45.

PUYMIROL (Joseph-Louis DE), 31.

PUYSÉGUR (Augustin-Athanase, comte DE), 98.

PUYSÉGUR (Charles, comte DE), 186.

PUYVERT (V.-E.-F. ROUX DE), 13.

QUINSONNAS (Emmanuel, comte DE), maréchal de camp, député de l'Isère, puis pair de France, 190.

RAGUSE (Duc DE). V. Marmont.

RAINNEVILLE (Alphonse-Valentin, vicomte DE), 173, 174, 194, 200, 232, 233.

RAMEL, 75.

RAMEL (Jean-Pierre, général), IV, 160, 161.

RANVILLE (V. Guernon de Ranville).

RAPP (Jean, général comte), 366.

RAUCOURT (Françoise-Marie-Antoinette SAUCEROTTE), actrice, 55.

RAVEZ (Simon), pair de France, 187, 188, 194, 197, 198, 202, 204, 212, 213.

RAYMOND (DE), 73.

RAYNEVAL (François-Maximilien GÉRARD, comte DE), ambassadeur, pair de France, 325.

REGGIO (Maréchale OUDINOT, duchesse DE), née de Coucy, 187, 255.

REICHSTADT (Duc DE), III, XIII, XIX, XX ; 317, 366, 367, 368, 386.

REILLE (Honoré-Charles-Michel-Joseph, général comte), 91.

RÉMY (Architecte), 366, 367, 368, 369, 370, 371.

RÉNIER (Archiduc), vice-roi de Lombardie et de Venise, XXVIII.

RENOYER, 144.

RESSÉGUIER (Jules, comte DE), 185.

RESSÉGUIER (Madame DE), 36.

RESSÉGUIER (Thérèse-Rosalie DE), 25.

REYNAL-MONTAMAT (Aimée-Louise, baronne DE), née de Maudet, 30, 36.

REYNAL-MONTAMAT (Anne-Françoise DE), V. Gauran.

REYNAL-MONTAMAT (Catherine-Rosalie DE), mère du comte de Montbel, 1, 2, 9.

REYNAL-MONTAMAT (François-Joseph-Auguste, baron DE), 30.

REYNAL-MONTAMAT (Joseph, baron DE), 3, 9, 19.

REYNAL-MONTAMAT (Marie-Caroline-Dominique DE), 31.

REYNAL-MONTAMAT (Pierre-Marcel, baron DE), 30.

REYNIER (M. DE), 35.

RICARD, 154.

RICHARD (Charles-Joseph, baron), 41.

RICHARD (Peintre), 314.

RICHEMONT (M. DE), 206.

RICHER-SÉRISY, 15.

Rigaud (Honoré-Joseph-Julien de), 74.

Rigaud (Léopold, chevalier de), 74.

Rigny (Henri Gauthier, amiral, comte de), 207, 208, 216.

Rivals (Jean-Pierre), peintre, 34.

Rivière (Charles-François de Riffardeau, marquis, puis duc de), 28, 196.

Rivière (Louis de), 192, 214.

Roberjot (Claude), 21.

Rochechouart (Auguste, comte de), ayant émigré devint major-général en Russie ; après 1815, il fut nommé maréchal de camp en France, 79.

Rode (Pierre), violoniste, 49.

Rohan-Chabot (Louis-François-Auguste, cardinal duc de), pair de France, archevêque de Besançon, 295, 296, 298, 299.

Rohan-Guémenée (Alain-Gabriel-*Charles*, prince de), duc de Bouillon et de Montbazon, feld-maréchal, xxiii.

Rohan-Guémenée (Berthe, princesse de), xxiii.

Rohan-Guémenée (Jules-Armand-*Louis*, prince de), général-major en Autriche, xxiii, 392, 394, 395, 397, 398.

Rohan-Guémenée (Louis-Mériadec-*Victor*, feld-maréchal, prince de), xxiii.

Rohan-Rochefort (*Benjamin*-Armand-Jules-Mériadec, prince de), prince de Guémenée, xxiv.

Rohan-Rochefort (*Camille*-Joseph-Idesbald, prince de), prince de Guémenée, xxiv.

Rohan-Rochefort (Charlotte, princesse de), xxiv ; 381.

Roisins (V. Esterhazy).

Romieu, 18, 35.

Romiguières (Jean-François-Louis), 36.

Romiguières (Mme), 36.

Roquefeuil (Mme de), 36.

Roquette-Buisson (Comte de), député de la Haute-Garonne, 186, 189, 197, 203, 209, 211, 213, 214.

Rossi (Comte), 183, 184.

Rossini (Gioachino), compositeur de musique, 198.

Rothschild (James de), 180.

Rougé (Général), 23, 24, 25.

Rougé (Adrien, comte de), pair de France, 254, 256.

Rougé (Mmes de), 189, 212, 214.

Rovigo (Marie-Charlotte-Félicité, duchesse de), née de Faudoas-Barbason, 116.

Roy (Antoine, comte), ministre des finances, 175, 180, 203, 207, 212.

Royer-Collard (Pierre-Paul), député de la Marne, président de la Chambre, vi ; 127, 188, 209, 214, 216, 234.

Rozières (Abbé de), 139.

Rubichon, 391.

Ruffat (Jean-Baptiste), 13, 17.

Ruffat (Jean-Dominique-François-Marie), 17, 18, 27, 34.

Rully (Comtesse de), fille du duc de Bourbon, femme du comte de Rully, pair de France, lieutenant général, aide de camp du duc de Bourbon, 396.

Rzewuska (Comtesse), née Lubomirska, femme du comte Séverin Rzewuski, 380.

Rzewuska (Comtesse), belle-fille de la précédente, elle était née Rosalie, princesse Lubomirska, et avait épousé Wenceslas, comte Rzewuski, xiv ; 378, 379, 380, 381, 389, 392.

Rzewuska (Comtesse Caliste), xiv ; 381, 389.

Rzewuska (Comtesse), née Wichlinska, 381.

Rzewuski (Léonce, comte), 381.

Rzewuski (Stanislas, comte), 380.

Rzewuski (Wenceslas, comte), 380.

Rzewuski (Witold, comte), 381.

Sagan (Catherine, duchesse DE), née princesse de Courlande, xxiv ; 398.

Saint-André (Comte Louis Dupin DE), 100, 101.

Saint-André (Comtesse Dupin DE), née de Labarthe de Giscaro, 100, 101.

Saint-Chamans (Alfred, comte DE), maréchal de camp, colonel du régiment de dragons de la garde royale sous Charles X, xxii.

Saint-Cricq (Comte DE), ministre du commerce dans le cabinet Martignac, 207.

Saint-Didier (M. DE), 171.

Saint-Didier (Mme DE), née Panon-Desbassayns, 171.

Saint-Félix (Amiral DE), marquis de Maurémont, 42, 43, 168.

Saint-Félix (Armand-Joseph-Marie DE), marquis de Maurémont, 43, 114.

Saint-Félix (Célestin DE), 43, 44.

Saint-Félix (Jean-Jacques, chevalier DE), 43.

Saint-Géry (Christine DE Rey, marquise DE), née de Mac Carthy, 73, 139.

Saint-Géry (Christine DE Rey DE), femme de Joseph de Reynal, baron de Montamat, 3, 9.

Saint-Géry (Clément-Jean-Augustin DE Rey, marquis DE), 3, 5, 72.

Saint-Géry (Jean-Jacques-Augustin DE Rey, marquis DE), 72.

Saint-Julien (M. DE), 12.

Saint-Lambert (Poète), 46.

Saint-Luc (Comte DE Conen DE), député du Finistère, préfet de la Creuse, 203.

Saint-Marcellin (Jean-Victor DE), fils de M. de Fontanes, officier, puis auteur dramatique, 61.

Saint-Paul (Philippe Cadiot DE), 3, 34.

Saint-Priest (Emmanuel-Louis DE Guignard, lieutenant général, vicomte DE), sous la Restauration, ambassadeur à Berlin, puis à Madrid, 403.

Saint-Prix (Jean-Amable Foucault), acteur, 55.

Saint-Raymond, 87.

Saint-Roman (Alexis-Jacques DE Serre, comte DE), pair de France, 200.

Saint-Sernin (Madame DE), 209.

Saint-Simon (M. DE), 34.

Saint-Simon (Henri-Jean-Victor DE Rouvroy, marquis, puis duc DE), maréchal de camp, pair de France, 95, 96, 97.

Saint-Vincent, 140.

Sainte-Aulaire (Louis DE Beaupoil, comte DE), 140, 141, 188, 189.

Sainte-Croix (Guillaume-Emmanuel-Joseph, baron DE), 47.

Sainte-Hélène (Comte DE), 100, 101, 102.

Sainte-Hélène (Comtesse DE), 100, 101.

Sainte-Marie (M. DE), député de la Nièvre, 188, 202.

Sainte-Maure (Marquise DE), dame d'honneur de la duchesse d'Angoulême, 335.

SAINTE-PREUVE (Baron DE), XXIII.

SALIS-ZIZERS (François-Simon, comte DE), colonel du 7ᵉ régiment suisse sous Charles X, puis général au service du pape, 256.

SALVAN, 17.

SALVANDY (Narcisse-Achille, comte DE), 208.

SALVERTE (Anne-Joseph-Eusèbe BACONNIÈRE DE), 189, 194, 195.

SANCHELY (Françoise DE), 1.

SANCHELY DE MASCARVILLE (Pierre DE), 6.

SATGÉ, 154.

SAULTY (Albertine DE), 270

SAULTY (Henriette-Alexandrine DE), 270.

SAULTY (Marie-Adélaïde DE), née Pruvost, 270, 271, 272.

SAULTY (Philippe-Albert-Joseph DE), 269, 270.

SAUVO (François), rédacteur en chef du Moniteur, 242, 243.

SAVOIE-CARIGNAN (Charles-Albert, prince DE), roi de Sardaigne (1831-1849), 180.

SAVY (Mgr), évêque d'Aire, 15.

SAXE (Frédéric-Auguste Iᵉʳ, roi DE), 66.

SAXE (Frédéric-Auguste II, roi DE), XXVIII.

SAXE (Marie-Anne-Léopoldine, reine DE), femme du précédent, fille de Maximilien-Joseph, roi de Bavière, et de Caroline, princesse de Bade ; elle était sœur jumelle de l'archiduchesse Sophie, la mère de l'empereur d'Autriche actuel, XXVIII.

SAXE-COBOURG (Léopold, prince DE), 234.

SAXE-COBOURG (Sophie, princesse DE), XXIV.

SCHÉRER (Général), 22.

SCHLÉGEL (Auguste-Guillaume), critique et poète, 381.

SCHŒNBURG (Henri-Édouard, prince DE), 54.

SCHNORR VON KAROSFELD (Jules), peintre, 315.

SCHONEN (Baron DE), député de la Seine, 260, 333.

SCHULENBURG (Rodolphe, comte), 398.

SCHWANTHALER (Charles), sculpteur, 315.

SCHWARZENBERG (Aloyse, princesse DE), 54.

SCHWARZENBERG (Charles-Philippe, maréchal-prince DE), 53, 107, 108, 111, 112, 113, 384, 392.

SCHWARZENBERG (Joseph, prince DE), XIII, 53, 54, 387, 388.

SCHWARZENBERG (Marie-Éléonore, princesse DE), XXV, 54.

SCHWARZENBERG (Marie-Pauline-Thérèse-Éléonore, princesse DE), 54.

SCHWARZENBERG (Mathilde, princesse DE), 387.

SCHWARZENBERG (Pauline-Charlotte, princesse DE), 53.

SCHWÉBEL (Chevalier DE), diplomate, 326.

SEBASTIANI (Horace, général, comte), député de l'Aisne, ministre et maréchal sous Louis-Philippe, 109, 188, 199, 210, 260, 330, 357, 358.

SEDLNITZKY (Joseph, comte), 350, 351, 352, 353, 354, 356.

SÉGLA (Jeanne DE), 9.

SÉGUIER (Antoine-Jean-Mathieu, baron), premier président, 247.

SÉGUY (Député du Lot, procureur général près la cour royale de Lyon), 189, 216.

SÉMONVILLE (Charles-Louis Hu-

GUET, marquis DE), 126, 127, 145, 146, 147, 222, 236, 237, 239, 247, 260.

SÉVENNE (Toussaint), 13.

SEZANSKA (Mme), 380.

SHÉRIDAN (Richard BRINSLEY), orateur et auteur dramatique anglais, 124.

SICARD (Marthe DE), 2.

SIEYÈS (Abbé, puis comte), 27.

SIGRAY (Joseph, comte), XV.

SIGRAY (Nina, comtesse), seconde femme du comte de Montbel, XV.

SIRIEYS DE MAYRINHAC (Jean-Jacques), conseiller d'État, député du Lot, 202.

SKARBEK (Mgr), XXV.

SKRZYNECKI (Général), 381.

SLAVNICZA (Sandor, comte DE), 373.

SOLAGES (Comtesse DE), née de Juillot de Longchamps, 73.

SOLAGES (Gabriel, chevalier DE), 73.

SOLAGES (Hippolyte, comte DE), 73.

SOLRE (V. Croÿ-Solre).

SOMBREUIL (Mlle DE), 185.

SONTAG (Henriette), cantatrice, 183, 184, 197.

SOPHIE (Archiduchesse), femme de l'archiduc François-Charles et mère de l'empereur d'Autriche actuel. Elle était née du mariage de Maximilien-Joseph de Bavière et de Caroline, princesse de Bade, 317, 369, 370.

SOUBISE (Charles, maréchal-prince de ROHAN-), 394.

SOUBISE (Charlotte-Godefride-Élisabeth DE ROHAN-), 394.

SOUBISE (Victoire-Armande DE ROHAN-), 394.

SOUHAM (Joseph, général comte), 111, 112.

SOUILLAC (Georgette-Macrine DE), 186.

SOULT (Maréchal), duc de Dalmatie, 85, 88, 89, 91, 93, 96, 100, 101, 115, 120.

SOUVAROW (Général. comte), 22, 61.

SOYE (Henri DE), 270.

SPIEGEL (Général baron DE), 388, 389.

SPIEGEL (Flore, baronne DE), née princesse de Ligne, XIII, 388, 389.

SPONTINI (Compositeur de musique), 46.

STAEL (Baronne DE), 175, 389, 390.

STAPS (Frédéric), 366, 367.

STENDHAL (Henri BEYLE), 389.

STRAUSS (Jean), 360, 361.

STUART DE ROTHSAY (Charles, lord), ambassadeur d'Angleterre à Paris, 354.

STRÜMER (Bartholomé-Étienne, baron, puis comte DE), diplomate autrichien, 383, 384, 385.

STÜRMER (Ermance, baronne, puis comtesse DE), née de Boutet, XV ; 383, 384, 385.

SUAU (Peintre), 29, 34.

SUBLEYRAS (Pierre), peintre, 34.

SUCHET (Maréchal), duc d'Albuféra, 93, 120, 133, 145, 146, 147.

SUFFREN (Bailli DE), 43.

SURVAL (Anthéaume, baron DE), 395, 397.

SZECHENYI (Stephan, comte), 327.

TALARU (Louis-Justin-Marie, marquis DE), sous la Restauration, maréchal de camp, pair de France, ambassadeur à Madrid, 198.

TALARU (Marquise DE), mariée en premières noces à Stanislas, comte de Clermont-Tonnerre, massacré en 1792, et en secondes noces à Louis-Justin-Marie, marquis de Talaru, 198.

TALARU (Marquise DE), 379.

TALLEYRAND (Prince DE), XXIII, 104, 105, 106, 107, 112, 121, 125, 126, 128, 181, 200, 205, 236, 394.

TALMA, 179, 185.

TALMONT (Princesse DE), née d'Argouges, 194, 206.

TALON (Mathieu-Claire-Denis, général, vicomte), 335.

TALON (Flûtiste), 182.

TANCEY, 284.

TARNOWSKA (Comtesse), née Potocka, XIV.

TASCHER DE LA PAGERIE (Mme), 56, 57.

TATISTCHEFF (Dmitri, bailli DE), grand chambellan de l'empereur de Russie, ambassadeur à Vienne, 237, 390.

TAUENTZIEN (Général), comte de Wittenberg, 68.

TAUPIN (Général, baron), 91, 92.

TERRIER DE SANTANS (Marquis), 284.

TESTE, 145.

THORWALDSEN (Barthélemy), sculpteur, 313.

TISSIER, 35, 36.

TOULAN, 13.

TOURZEL (Augustine-Joséphine-Frédérique DE), 99.

TRACY (Comte DE), député de l'Allier (1822-1834), ministre de la marine (1849), 198.

TRAVERSAY (Amiral, marquis DE), 390.

TRÉBUQUET (Abbé Stanislas), XXII.

TRENQUALIE (Abbé DE), 115.

TROGOFF (Comte DE), maréchal de camp, aide de camp de Charles X, 255, 335.

TROUBETZKOY (Prince), 398.

TURBEN (Mme), 7.

TURICQUE (Pauline-Marie-Jeanne RÉMY DE), XXIX.

URHAN (Musicien), 179.

VANDAMME (Général, comte), 68.

VARICOURT (François ROUPH DE), garde du corps sous Louis XVI, 165.

VATIMESNIL (Henri LEFEBVRE DE), ministre de l'instruction publique (1828-1829), 190, 198, 213.

VAUDÉMONT (Joseph-Marie, prince DE), 150.

VAUDÉMONT (Louise-Auguste-Élisabeth, princesse DE), née de Montmorency-Logny, 150, 151.

VAULCHIER (Marquis DE), sous la Restauration conseiller d'État, directeur général des postes, puis des douanes, député du Jura, 173.

VENTADOUR (V. Lévis).

VERNET (Jean-Émile-Horace), 46.

VERNEAU (Mme DE), 294-295.

VICHET (M. DE), 206.

VICTOR (Maréchal), duc de Bellune, 64, 212.

VIEN (Joseph-Marie), peintre, 34.

VIGUERIE (Charles-Guillaume-Marguerite), 82, 161.

VILLATTE (Général, comte), 85, 91, 119, 141.

VILLEBOIS (Baron DE), administrateur de l'imprimerie royale, 242.

VILLÈLE (Joseph, comte DE), président du Conseil sous Louis XVIII et sous Charles X, V, VI, VII, VIII, XVI; 73, 114, 123, 140, 160, 161, 168, 169,

170, 171, 172, 173, 174, 175, 185, 188, 189, 196, 197, 214. 215, 216, 219, 221, 222, 223, 224, 227, 229.

VILLÈLE (Comtesse DE), née Panon-Desbassayns, femme du précédent, 169, 171, 182.

VILLÈLE (Henri, comte DE), 169, 171, 172, 195.

VILLÈLE (Ignace DE), 6, 7.

VILLÈLE (Jeanne DE), 2.

VILLÈLE (Jeanne-Françoise DE), née Baron de Montbel, 6, 10.

VILLÈLE (Jeanne-Marie DE), née Baron de Montbel, 6, 7, 10.

VILLÈLE (Justine DE), 16.

VILLÈLE (Louise-Augustine DE). V. Neuville.

VILLÈLE (Louise-Marie-Renée, comtesse DE), née de La Fite, 171.

VILLÈLE (Maurice DE), 7.

VILLÈLE-LAPRADE (Guillaume DE), 6.

VILLENEUVE-CROZILLAT (Jeanne-Marie DE), 2.

VILLETTE (Charles, marquis DE), 163, 164, 165, 166.

VILLETTE (Marquise DE), née Reine-Philiberte Rouph de Varicourt, 165, 166.

VIMES (Baron DE), sous la Restauration préfet à Albi, Angers, Troyes, Dijon, 140.

VINCENT (Général, baron), écuyer cavalcadour de Charles X, 255.

VIOTTI (Violoniste), 179.

VIREBENT (Architecte), 34.

VIREBENT (M. M.), 138.

VITROLLES (Baron DE), sous la Restauration, ministre d'État, député, puis pair de France, 130, 140, 141, 216, 248.

VIVENS DE LADOUS (Louise-Suzanne-Alexandrine DE), 302.

VOGÜÉ (Comte DE), 209.

VOISINS-LAVERNIÈRE (Mme DE), née de Corn, 38.

VOLNAIS (Mlle), actrice, 55.

VOLNEY (Comte DE), littérateur, 31, 46.

VOLTAIRE, 163, 164, 166, 167, 316.

WACQUANT-GRŒSELLES (Théodore, général, baron), 66, 67.

WAGNER (Martin DE), statuaire, 314.

WELD, 341.

WELLINGTON (Maréchal, duc DE), 76, 81, 85, 88, 91, 93, 94, 95, 96, 97, 98, 99, 100, 116. 119, 120, 133, 156.

WELLINGTON (Duchesse DE), née Catherine Pakenham des lords Longford, 116.

WERNER (Poète allemand), 381.

WICHLINSKA (Mlle), 381.

WIDRANGES (Marquis DE), 79, 80.

WINDISCHGRAETZ (Alfred, prince), XXV, 54.

WINDISCHGRAETZ (Princesse), née princesse Schwarzenberg, femme du précédent, XXV, 54.

WITTGENSTEIN (Prince de SAYN-), feld-maréchal russe, 64.

WOLF (Général, baron), XXIII.

WRBNA (Eugène, comte DE), 391.

WRBNA (Flore, comtesse DE), femme du précédent, XIV; 390, 391, 392.

WURTEMBERG (Pauline, reine DE), femme de Guillaume-Frédéric-Charles, roi de Wurtemberg, 307.

WURTEMBERG (Frédéric DE), roi (1806-1816), 66, 67, 371.

WURTEMBERG (Guillaume-Frédéric-Charles DE), roi (1816-1864), 307, 369.

WURTEMBERG (Louis-Frédéric-Alexandre, duc DE), 307.

ZICHY-FERRARIS (Molly, comtesse), née Ferraris, 373, 374, 376.

ZICHY-FERRARIS (François, comte), 373.

ZICHY-FERRARIS (Mélanie, comtesse), troisième femme du prince de Metternich, 374.

ZICHY-FERRARIS (Henriette, comtesse), 374.

ZIEBLAND (Georges-Frédéric), architecte, 315.

ZIETEN (Comte DE), lieutenant général prussien, 156.

TABLE DES MATIÈRES

Pages.

Introduction.. I

CHAPITRE PREMIER

Premières années (1787-1810)......................... 1

CHAPITRE II

Séjour à Paris.. 45

CHAPITRE III

Le déclin de l'Empire................................ 58

CHAPITRE IV

La bataille de Toulouse.............................. 85

CHAPITRE V

Le retour des Bourbons.............................. 104

CHAPITRE VI

Les Cent-Jours. — La seconde Restauration........... 137

CHAPITRE VII

Nouveau séjour à Paris.............................. 163

CHAPITRE VIII

Le comte de Montbel député. — Son journal en 1829........ 186

CHAPITRE IX

Le comte de Montbel au ministère. — Les ordonnances. —
La révolution de Juillet.................................... 221

CHAPITRE X

Les dernières heures de la monarchie légitime.............. 250

CHAPITRE XI

Vers la frontière.. 265

CHAPITRE XII

Sur les routes de l'exil.................................. 288

CHAPITRE XIII

Entretiens avec le prince de Metternich.................... 318

CHAPITRE XIV

Premières semaines à Vienne.............................. 351

CHAPITRE XV

La société viennoise. — Anecdotes et portraits............ 373

INDEX ALPHABÉTIQUE des noms de personnes contenus dans ce
volume.. 405

PARIS. — TYP. PLON-NOURRIT ET Cⁱᵉ, 8, RUE GARANCIÈRE. — 18139.